Brenda Jagger stammt aus der Grafschaft Yorkshire in England. Sie arbeitete in Paris und Dundee und später als Bewährungshelferin im Norden Englands. Die Beschäftigung mit schwererziehbaren Mädchen und ihrer eigenen Familie – sie ist verheiratet und hat drei Töchter – hat ihr Bewußtsein für die Situation der Frau geschärft.
Die Trilogie über die Barforth-Familie hat Brenda Jagger in England sehr bekannt gemacht. Als Knaur-Taschenbücher werden weitere Titel dieser Autorin erscheinen.

Von Brenda Jagger ist bisher als
Knaur-Taschenbuch erschienen:

»Wolken über dem Tal« (Band 1215)

Deutsche Erstausgabe

Titel der Originalausgabe »Flint and Roses«

Umschlaggestaltung Adolf Bachmann, Reischach
Umschlagillustration Wendell Minor, N. Y.
Satz H.-D. Günther Verlag, Köln
Druck und Bindung Clausen & Bosse, Leck
Printed in Germany 5 4 3 2 1
ISBN 3-426-01370-3

Brenda Jagger: Steine und Rosen

Roman

Aus dem Englischen von Ingeborg Ebel

Knaur

ISBN 3-426-01370-3 1480

Stammtafel

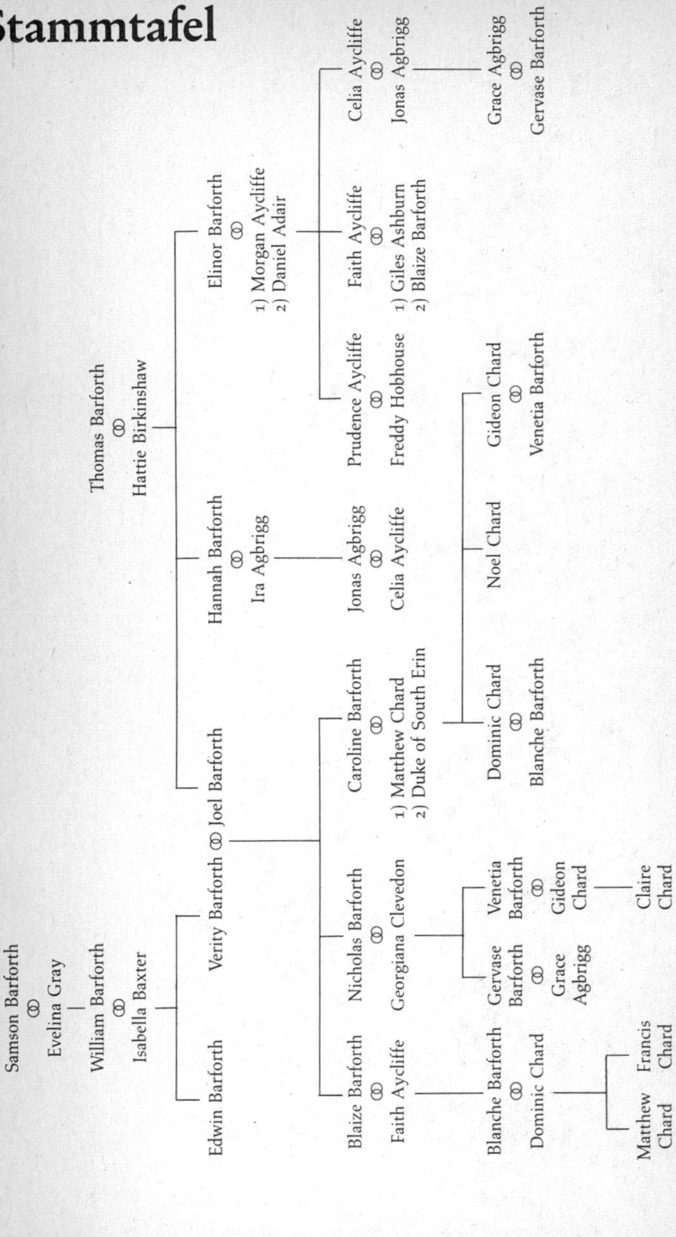

Samson Barforth ⚭ Evelina Gray
William Barforth ⚭ Isabella Baxter
Thomas Barforth ⚭ Hattie Birkinshaw
Edwin Barforth
Verity Barforth ⚭ Joel Barforth
Hannah Barforth ⚭ Ira Agbrigg
Elinor Barforth ⚭ 1) Morgan Aycliffe 2) Daniel Adair
Blaize Barforth ⚭ Faith Aycliffe
Nicholas Barforth ⚭ Georgiana Clevedon
Caroline Barforth ⚭ 1) Matthew Chard 2) Duke of South Erin
Jonas Agbrigg ⚭ Celia Aycliffe
Prudence Aycliffe ⚭ Freddy Hobhouse
Faith Aycliffe ⚭ 1) Giles Ashburn 2) Blaize Barforth
Celia Aycliffe ⚭ Jonas Agbrigg
Blanche Barforth ⚭ Dominic Chard
Gervase Barforth ⚭ Grace Agbrigg
Venetia Barforth ⚭ Gideon Chard
Dominic Chard ⚭ Blanche Barforth
Noel Chard
Gideon Chard ⚭ Venetia Barforth
Grace Agbrigg ⚭ Gervase Barforth
Matthew Chard
Francis Chard
Claire Chard

1

Meine Mutter war ein unbeschwertes junges Mädchen von siebzehn Jahren, als sie heiratete, mein Vater ein strenger, selbstgerechter neunundvierzigjähriger Mann. Und obwohl bereits an ihrem Hochzeitstag abzusehen war, daß sein Tod – zwanzig Jahre später – ihr nicht das Herz brechen würde, hielt man sie doch für absolut unfähig, das Leben ohne ihn zu meistern.
Sehr wahrscheinlich hat sie ihn nie geliebt – in Anbetracht seines Alters und seines mürrischen, despotischen Charakters hätte eine gefühlsmäßige Bindung eher erstaunt –, doch sie war völlig von ihm abhängig. Für sie war er mehr als nur ein Ehemann. Er war ihr Lehrer, dessen unfehlbares Urteil ihr Leben bis ins kleinste Detail – von der Auswahl eines Sonnenschirms bis hin zur Sorge für das Wohl ihrer unsterblichen Seele – bestimmte. Er war ihr Beschützer, der sie vor allen Gefahren und Risiken des Lebens abschirmte und der es nicht einmal gestattete, daß sie allein in die Stadt ging; stets sorgte er dafür, daß sie von einer ehrbaren Frau begleitet wurde, falls er verhindert war. Er war ihr Herr und Gebieter gewesen, dessen Anordnungen sie absoluten Gehorsam zu leisten hatte.
»Arme Elinor«, munkelte man, als eine Krankheit ihn niederwarf. »Ohne ihn wird sie sich im Leben nicht zurechtfinden.« »Madam, er ist von uns gegangen«, eröffnete ihr der Arzt behutsam, bereit, sie aufzufangen, falls sie ohnmächtig werden sollte. »Ach, du meine Güte!« sagte sie jedoch nur. »O je – wie schrecklich! Ich möchte jetzt gerne allein sein!« Wie ein kleiner gefangener Vogel ging sie dann leise die Treppe hinunter, blieb dort im verdunkelten Salon stehen, und weil sie sich unbeobachtet glaubte, begann sie zunächst zaghaft, dann übermütig mit wehenden Röcken zu tanzen – sie war nicht länger die unterwürfige verhätschelte Frau meines Vaters, sondern wieder das junge Mädchen, das einst, um einem kärglichen Leben in Armut zu entfliehen, einen alten, mürrischen Mann des Geldes wegen geheiratet und diesen Entschluß bald bitter bereut hatte.
Als Miss Elinor Barforth geboren, war sie eine der beiden Töchter des Besitzers der Low-Cross-Weberei, hatte jedoch unglücklicher-

weise einen Vater, der – zu einer Zeit, als die Stoffabrikation sich zu einem blühenden Geschäft entwickelte und andere Männer damit ein Vermögen erwirtschafteten – einen leichtsinnigen Lebenswandel führte und zur Verschwendungssucht neigte, die seine Familie unweigerlich in die Armut trieb. Anstatt die Gewinne wieder zu investieren, gab Großvater Barforth sein Geld für extravagante Kleidung und leichtfertige Frauenzimmer aus, und als meine Mutter das heiratsfähige Alter erreichte, hatte sie nichts weiter vorzuweisen als ihre zierliche, schlanke Figur, hellblonde Locken, die ein hübsches Gesicht umrahmten, und ungewöhnlich blaugrüne Augen – alles Eigenschaften, die bei den nüchternen Yorkshire-Männern unseres industriell aufsteigenden Law Yalley wenig bedeuteten. In unserer Stadt Cullingford wurde ein Mann nur nach seinem Ansehen im Zeughaus und seiner Kreditwürdigkeit bei der Cullingforder Handelsbank bewertet. Wie erstaunt und überaus dankbar muß sie gewesen sein, als Mr. Morgan Aycliffe sich bereit erklärte, sie auch ohne Mitgift zu seiner zweiten Frau zu machen.

Mein Vater war zeitlebens ein wohlhabender Mann gewesen. Als Sohn eines Bauunternehmers hatte er ein gut eingeführtes, florierendes Geschäft geerbt und war nie gezwungen, sich selbst mit Ziegeln und Mörtel die Hände schmutzig zu machen. Er war wohl kein brillanter, aber ein schlauer Mann von pragmatischer Intelligenz, der stets zur rechten Zeit am rechten Ort war und mit untrüglichem Gespür die Zeichen der Zeit zu deuten und für seinen geschäftlichen Erfolg zu nutzen wußte. Als die Dampfmaschine, der Webrahmen, die mechanischen Webstühle dem Norden ungeheuren wirtschaftlichen Aufschwung bescherten und ganze Scharen von mittellosen Arbeitern die Städte überschwemmten, expandierte Vaters Bauunternehmen, und in fieberhafter Eile wurde die karge Landschaft mit sechsstöckigen Fabrikgebäuden, hohen Schornsteinen, Warenhäusern und den verwahrlosten Arbeiterhütten zugebaut, die die vordem hübschen Städtchen Bradford, Halifax, Cullingford und Huddersfield in häßliche graue Industriestädte verwandelten.

Damals, als mein Vater sein Haus in der fast ländlich ruhigen Abgeschiedenheit der Blenheim Lane baute, gab es nur zwei Textilfabriken in Cullingford. Fünfundzwanzig Jahre später, als er seine erste, mit einer reichen Mitgift ausgestattete Frau beerdigt und sich mit meiner Mutter verlobt hatte, gab es bereits fünfzig Fabriken, die meisten davon nach seinen Entwürfen von billigen irischen Arbeitskräften erbaut. Das untere Ende der Blenheim Lane erstickte im

Qualm der Fabrikschlote und an der Flut ärmlicher Fabrikarbeiter, die dort in ihren elenden Hütten hausten. Erst weiter oben am Hügel hatte sich die Straße ihre vornehme Atmosphäre bewahrt und galt als bevorzugter Wohnort für die wohlhabenden, alteingesessenen Bürger von Cullingford. Mein Vater hatte das ererbte Vermögen in Reichtum verwandelt, seine erste Frau des Geldes und seine zweite des Vergnügens wegen geheiratet und sich im Alter einer neuen Verlockung – der Politik – zugewandt.

In dem Jahr, in dem ich geboren wurde, gab es in Cullingford noch keine gewählten Politiker. Politik wurde von den Besitzenden, den Gutsherren gemacht, die dieses Recht von ihren Vätern ererbt hatten. Die Bauern, die das Land bestellten, oder die Fabrikbesitzer besaßen keine politische Macht. Regierungsgeschäfte waren immer ein ausschließliches Privileg des Adels gewesen, und im rein landwirtschaftlich genutzten Süden saßen die einflußreichen Großgrundbesitzer, die die Geschicke des ganzen Landes steuerten. Oft verfügte ein einziger, aber hochwohlgeborener Gentleman über ein halbes Dutzend Wahlbezirke und vertrat deren Interessen im Parlament. Solange der rauhe Norden wirtschaftlich bedeutungslos war, weil dort die Bergbauern mühsam ihre Schafe züchteten und Weber das Vlies in ihren ärmlichen Hütten zu einem Stück groben Tuchs verarbeiteten, lehnte sich niemand gegen diese Regelung auf. Doch die Dampfmaschine und die mechanischen Webstühle veränderten die gesellschaftliche Struktur auf drastische Weise, und mein Vater zählte zu den ersten Befürwortern der Parlamentarischen Reform, die für den Anspruch der aufstrebenden Industriestädte und ihrer reichen Bürger auf eine eigene Vertretung im Parlament kämpften. Sie weigerten sich, weiterhin die Oberherrschaft des Landadels anzuerkennen, und verlangten, daß im Parlament nicht nur die privilegierten Gutsherren, sondern auch die fortschrittlichen, wenn auch oft etwas ungehobelten aggressiven Geschäftsleute aus dem zusehends reicher werdenden Norden mitzubestimmen hatten.

»Cullingford verlangt das Wahlrecht«, forderte er unablässig, und diese Forderung wurde von Spinnereibesitzern, Eisenfabrikanten, Kammgarnherstellern und Brauereibesitzern unterstützt, und nachdem der Stadt ein Mandat zugeteilt worden war, hatte er mit ihrer Hilfe auch die Wahl zum ersten Abgeordneten Cullingfords gewonnen und bis zu seinem Tod die Interessen der Stadt redlich und engagiert vertreten.

In der Öffentlichkeit war mein Vater ein durchaus begabter und gewandter Redner, doch im Privatleben zeigte er sich als schweigsamer, verschlossener Mann, dessen einziges Vergnügen, das er bis zum Exzeß kultivierte, das Sammeln kostbaren Porzellans war. Erlesene Stücke aus Sèvres und Meißen schmückten die Glasvitrinen seines Salons, und jedem Kind drohte eine schlimme Strafe, sollte es eine dieser Kostbarkeiten auch nur berühren. Auch bot sich uns kaum Gelegenheit, aus kindlichem Übermut gegen dieses Verbot zu verstoßen, da mein Vater, der Kinder eigentlich verabscheute, uns nur selten Zutritt zum Salon gewährte und uns, wenn dies nun einmal unumgänglich war, lieber oben in dem Flügel des Hauses, der uns zugeteilt war, aufsuchte.

Aus meines Vaters erster Ehe existierte ein Sohn, ein sehr mißratener junger Mann, der, nachdem er seine Stiefmutter, die jünger war als er selbst, abgelehnt hatte, aus dem Haus vertrieben und dessen Name aus der Familienbibel, dem Testament und unserer Erinnerung gestrichen worden war. Ich kann mir nicht vorstellen, daß mein Vater sich weitere Kinder gewünscht hatte. Doch eins nach dem anderen wurden wir geboren – drei Mädchen; Jungen hätten wenigstens dazu erzogen werden können, ihm später im Geschäft zur Seite zu stehen oder seinen Platz im Parlament einzunehmen. Doch Mädchen brachten nur Belastungen und Probleme mit sich und kosteten obendrein Geld. Töchter, deren einziger Vorzug darin bestand, einmal einen brauchbaren Schwiegersohn in die Familie einzubringen, wurden deshalb nur im Hinblick auf diese Aufgabe erzogen, jedoch nicht von unserer Mutter, die ausschließlich zur Unterhaltung meines Vaters ausersehen war, sondern von Kindermädchen und Gouvernanten, die entsprechende Qualifikationen vorzuweisen hatten.

Die Richtlinien unserer Erziehung waren klar und fest umrissen. Absoluter Gehorsam war erstes und oberstes Gebot, denn ein Mädchen, das frühzeitig lernt, den Lehrern aufs Wort zu folgen, würde sich später mit derselben Demut und Fügsamkeit ihrem Ehemann unterordnen. Als nächstes wurde uns Pünktlichkeit gelehrt – die Herren lieben es schließlich nicht, wenn man sie warten läßt. In meiner Kindheit war ich jeden Morgen Punkt sechs Uhr fertig angezogen und begann die unumstößliche Routine des täglichen Ablaufs. Die Zeiger der Uhr im Kinderzimmer bestimmten die Dauer der einzelnen Beschäftigungen, und keine Gouvernante hätte genauer den Stundenplan überwachen können. Ohne hinzusehen, wußte ich bald, wann der Zeichenblock gegen den Stickrahmen ausge-

tauscht werden mußte, wann die Klavierübungen durch das Rezitieren französischer Verben oder englischer Gebete abgelöst wurden. Man lehrte uns zu singen und zu lächeln; zu sprechen, ohne wirklich etwas zu sagen; unsere Rechenkünste beschränkten sich darauf, den Wert unserer Mitgift beziffern zu können; im Religionsunterricht wurde uns unmißverständlich klargemacht, daß wir Mädchen es nur Gottes unermeßlicher Güte zu verdanken hätten, daß wir überhaupt leben durften, und es daher auch Gottes Wille sei, ausschließlich der Bequemlichkeit der Herren der Schöpfung zu dienen. Jeglicher Zweifel an dieser Bestimmung grenzt an Gotteslästerung. Wir wurden zu absoluten Ignoranten erzogen, indem einfach alles, was unsere kindliche Neugier hätte wecken können, von uns ferngehalten wurde. Im häuslichen Bereich mußten wir fleißig sein – selbst unsere Strümpfe und Unterröcke flicken –, in der Öffentlichkeit durften wir nur ein Tüchlein mit hauchzarter Stickerei in gepflegten, müßigen Fingern halten, denn eine Frau, die nicht fähig ist, auch nur einen Handgriff selbst zu tun, ist der beste Beweis für den Reichtum ihres Mannes, der ihr ein luxuriöses Leben bieten kann. Wir lernten, zu jeder Gelegenheit passend gekleidet zu sein, ein Fleck auf dem Handschuh war eine mittlere Tragödie, ein plötzlicher Regenguß löste einen hysterischen Anfall aus. Beim Anblick eines neugeborenen Kätzchens stießen wir verschämte Entzückensrufe aus, durften aber nicht danach fragen, wie diese kleinen Wesen so plötzlich in das Körbchen gekommen waren. Denn da wir nicht ganz so unschuldig waren, wie die Erwachsenen annahmen, ahnten wir, daß diese Frage als »unschicklich« gegolten hätte. Wir waren die perfekt erzogenen Töchter Morgan Aycliffes – wie unsere Mutter jeglicher Individualität beraubt – und würden eines Tages ebenso willig ins Brautbett steigen, wie wir unsere Klavierstunden absolviert hatten: gehorsam, pünktlich, unschuldig, geduldig und sehr, sehr gelangweilt.
In dieser Hinsicht war meine jüngere Schwester Celia eine vorbildliche Tochter. Sie war ängstlich und schüchtern und fieberte nur dem Tag entgegen, an dem man sie mit dem Brautschleier schmücken würde; auch von meiner älteren Schwester Prudence, deren kühler und scharfer Verstand meinen Vater oft bedauern ließ, daß sie nicht ein Junge geworden war, erwartete man, daß sie diese Rolle perfekt erfüllen würde. Celia entsprach absolut dem Bild der Tochter aus gutem Hause – klein und zierlich von Gestalt, zimperlich und wehleidig, machte sie sich bereits mit fünfzehn weitaus mehr Gedanken über ihr Hochzeitskleid als über die Wahl des Bräutigams.

Meine Schwester Prudence war größer, weniger gefügig, ihr Blick zu forschend, ihr Geist zu wach, um Anklang in einer Welt zu finden, die klugen Frauen mit mißtrauischer Ablehnung begegnete. Mein Vater glaubte jedoch, daß ihre Qualitäten – Tüchtigkeit, gepaart mit vornehmer Anmut – sie für die Rolle der charmanten Gastgeberin an der Seite eines ehrgeizigen, erfolgreichen Mannes prädestinierten.

Celia, so munkelte man, würde mit einem Industriellen verheiratet werden. Einem Mann aus dem Law Valley, der es zu Reichtum gebracht hatte und der meinen Vater im Wahlkampf unterstützen würde. Prudence würde einen Politiker heiraten, einen vielversprechenden Kandidaten der Whigs vielleicht, der den Sprung ins Kabinett schaffen konnte, was meinem Vater versagt geblieben war. Mich irgendwo einzuordnen bereitete ihm erhebliche Schwierigkeiten, und es schien, wenn auch aus Gründen, die ich damals nicht kannte, daß er sich in meiner Gegenwart stets unbehaglich fühlte.

Als seine zweitälteste Tochter ähnelte ich in manchem meiner Mutter, war aber andererseits – sehr zu seinem Mißfallen – das genaue Gegenteil von ihr. Ich hatte ihr hellblondes Haar geerbt, allerdings ringelten sich meine Locken nicht seidig schimmernd, sondern hingen schwer und gerade herab. Einzelne Strähnen entschlüpften ständig widerspenstig den Fesseln aus Schleifen und Haarnadeln, lugten vorwitzig unter dem Hut hervor und machten sich mit Vorliebe dann selbständig, wenn ich besonders ordentlich aussehen sollte. Meine blauen Augen gefielen wohl jedem, nur war ich leider kurzsichtig, und meistens überschattete Langeweile ihr strahlendes Leuchten. Und diese Langeweile ließ mich auch unaufmerksam im Unterricht sein. Ich vernachlässigte meine Studien, entzog mich Vaters Forderungen und kehrte in meine eigene, viel vergnüglichere Welt zurück. Mein schlimmster Fehler war jedoch, daß ich bereits mit vierzehn größer als Prudence war, und in den letzten Monaten seines Lebens bereitete es ihm sichtliches Mißbehagen, daß ich nicht mehr zu ihm aufblicken mußte, wenn ich ihm in die Augen sehen wollte.

Natürlich würde es ihm gelingen, auch für mich einen Ehemann zu finden, betrug unsere Mitgift doch je zwanzigtausend Pfund und Anteile aus seinem Besitz. Die Hälfte des Gesamtvermögens würde treuhänderisch verwaltet werden bis zu Mutters Tod. Doch offensichtlich bereitete ich ihm am meisten Kummer. Mein Verhalten war Gegenstand langer Diskussionen mit unserer Gouvernante, Miss

Mayfield, und die Beschwerdeliste wuchs von Tag zu Tag. Je schwächer Vater wurde, um so stärker entwickelte sich mein Widerspruchsgeist. Ich hatte mein Skizzenbuch auf einem Tisch in der Halle liegenlassen und antwortete auf die Ermahnung zu mehr Ordentlichkeit unbedacht: »Du lieber Himmel, Miss Mayfield, das kann doch mal vorkommen.« Einen ganzen Morgen hatte ich untätig über meiner Stickerei verträumt – wovon oder von wem träumte ich? – und die Rüge der Gouvernante mit einem Schulterzucken und der ungehörigen Bemerkung »Du meine Güte, das wird den Himmel nicht zum Einstürzen bringen« abgetan. Doch die größte Schandtat beging ich an jenem Nachmittag, als ich volle zehn Minuten lang meine Augenbrauen im Spiegel inspizierte, sie als zu fahl empfand und dabei erwischt wurde, wie ich sie mit einer Lösung aus Tinte und Rosenwasser dunkler färbte. Mein Vater, von seiner Krankheit bereits sehr geschwächt, zitterte am ganzen Körper vor ohnmächtiger Wut und verkündete Mutter dann: »Ich muß unbedingt mit Joel über dieses Mädchen sprechen. Denn du, Elinor, wirst niemals mit ihr fertig werden.«
Am selben Tag noch schickte er nach Mutters Bruder, Mr. Joel Barforth aus *Tarn Edge*, der in Vaters Testament zu unserem Vormund bestimmt war, und legte ihm eindringlich ans Herz, daß zwar Celia gefügig und Prudence vernünftig sei, doch die mißratene Faith einer strengen Hand bedürfe.
»Sie ist nur ein wenig wirrköpfig«, hatte Mutter mit sanfter Stimme und niedergeschlagenen Augen einzuwenden gewagt, nicht um sein Urteil in Frage zu stellen, sondern nur, um es zu mildern.
»Sie ist unverschämt«, beharrte er starrsinnig, »und unordentlich. Und vor allem unverzeihlich eitel.«
Und dies waren die letzten Worte, die ich aus seinem Munde vernahm.
Am Trauergottesdienst in der Pfarrkirche, hoch oberhalb der Stadt, nahmen erstaunlich viele Leute teil, denn Vater hatte nicht nur als Abgeordneter die Interessen der Cullingforder Fabrikanten länger als zwölf Jahre vertreten, sondern war auch als harter, erfolgreicher Geschäftsmann angesehen, wenn auch bei der Bevölkerung nicht beliebt gewesen.
Als Morgan Aycliffe, der Bauunternehmer, hatte er Cullingfords prächtige Stadthalle errichtet, die größten Fabriken im Umkreis und die pompösen Villen der neureichen Bürger. Er hatte rechtwinklige, schmucklose Kapellen für die Andersgläubigen, anmutige, spitztür-

mige Kirchen für die Anhänger der Staatskirche, ein College für die Katholiken und eins für die Quäker gebaut. In seinem Auftrag waren ein Bahnhof und ein Bahnhofshotel entstanden, denn in nicht allzu langer Zeit würde Cullingford an die Eisenbahnlinie nach Leeds angeschlossen werden.
Auch die untersten Schichten unserer Gesellschaft hatte er nicht vernachlässigt, und als Beispiel für seinen Geschäftssinn wurde uns oft vor Augen gehalten, daß die engen, schäbigen Gassen mit ihren verlotterten, zweiräumigen Arbeiterhütten, die sich wie ein Spinnennetz von Fabriktor zu Fabriktor zogen, sein Werk waren. Und ich hatte gehört, wie er sich stolz damit brüstete, daß er auf einen Morgen Land mehr Familien zusammenpferchen könne als jeder andere Bauunternehmer in der Grafschaft von Yorkshire.
Als Morgan Aycliffe, das Parlamentsmitglied, war er für den Freihandel und gegen die Getreidegesetze eingetreten, da die Beschränkung der Einfuhr billigen Getreides aus dem Ausland den einheimischen Landbesitzern zum Vorteil gereichte und hohe Brotpreise den Interessen der Fabrikbesitzer an niedrigen Löhnen widersprachen. Wegen dieser politischen Grundsätze war er von den Industriellen zum Abgeordneten gewählt worden. Weniger erfolgreich hatte er gegen den Einsatz von staatlichen Inspektoren gekämpft, die in den heimischen Fabriken die Einhaltung der Arbeitszeitregelung für Kinder und Frauen kontrollierten. Mit Vehemenz hatte er versucht zu verhindern, daß es gesetzlich verboten wurde, Kinder unter neun Jahren zur Arbeit heranzuziehen, denn in den Webereien konnten nur die schmächtigen Kleinen unter die Maschinen kriechen und zerrissene Fäden wieder verknoten. Außerdem lebten viele Familien von den Hungerlöhnen dieser Arbeiterkinder. In seiner letzten Rede vor dem Unterhaus hatte er mit Nachdruck gegen die geplante Einführung des Zehn-Stunden-Arbeitstages gesprochen und diese Regelung als unverantwortlichen Eingriff in die geschäftlichen Angelegenheiten seiner Wähler angeprangert. Eine Arbeitszeitbeschränkung würde außerdem keineswegs die Situation der Arbeiterklasse verbessern, sondern ihr Elend nur vergrößern, da sie dann von dem verminderten Lohn für nur zehn Stunden leben müßte.
Und so fanden wir, als wir an diesem frostigen Januarmorgen in unserer Kutsche den Trauerzug die steile, gepflasterte Straße hinauf anführten, den Kirchhof vollgestellt mit vornehmen geschlossenen Kutschen. Die Kirche konnte all die eleganten Herren und Damen kaum aufnehmen, die gekommen waren, ihm die letzte Ehre zu erweisen.

Der Kammgarnfabrikant Mr. Hobhouse aus Nethercoats war in Begleitung seiner Frau und dem ältesten seiner vierzehn Kinder gekommen; der Bankier Mr. Rawnsley, der meinem Vater Kredite in unbegrenzter Höhe gewährt hatte; der Webereibesitzer Mr. Oldroyd aus Fieldhead, ein Witwer, der bereits in unserem Haus vorgesprochen hatte, um meiner Mutter persönlich sein Beileid auszudrücken; der fremdländische, sehr erfolgreiche Mr. George Mandelbaum, dessen Frau, in südlicheren, gefühlsbetonteren Ländern aufgewachsen, doch tatsächlich einige Tränen vergoß. Viele Fabrikanten und Geschäftsleute aus Leeds und Bradford waren ebenfalls anwesend, Parlamentsmitglieder aus beiden Städten, vereinzelte Angehörige des Landadels, die zwar die politischen Ansichten meines Vater mißbilligt hatten, es jedoch für vorteilhaft hielten, in diesen Zeiten des Umbruchs den Neureichen mit ihrer Anwesenheit zu schmeicheln. Als höchste Ehrenbezeigung wurde die Kutsche mit dem Wappen von Sir Giles Flood, dem Gutsherrn von Cullingford, registriert, obwohl der noble, hochwohlgeborene, nichtsdestoweniger übel beleumundete Gentleman nicht selbst erschien.
»Welch ein tragischer Verlust«, flüsterten die Trauernden mit gedämpften Stimmen. »Arme, vaterlose Kinder! Arme Elinor! Es würde uns nicht wundern, wenn sie ihm bald ins Grab folgt. Gütiger Himmel – wie schrecklich auch nur zu denken, daß wir alle einmal sterben müssen!« Vaters Sarg wurde in die harte, gefrorene Erde hinuntergelassen. »Immerhin, er war ja kein junger Mann mehr; älter als ich, auf jeden Fall«, bemerkten manche mit Genugtuung. Die Beerdigung war vorüber; wir fuhren nach Hause. Prudence, Celia und ich bewirteten die Trauergäste mit Portwein und Sherry, und manch spekulativer Blick streifte uns – Väter mit heiratsfähigen Söhnen versuchten abzuschätzen, wie hoch unser Familienvermögen wohl war und was als Mitgift über die zwanzigtausend Pfund hinaus, die Vater uns bereits vererbt hatte, zu erwarten wäre.
Vater war tot, darüber gab es keinen Zweifel – und doch konnte ich mich während dieser langweiligen, trostlosen Zeremonie nicht davon freimachen, daß er hier mitten unter uns weilte. Ich fühlte förmlich seine Augen auf mir, erwartete jeden Moment sein mißbilligendes, strenges Gesicht zu sehen, hörte die herrischen Worte, die eine Erklärung für die Anwesenheit dieser Leute hier in seinem Salon verlangten, die so sorglos ihre Gläser auf seinen auf Hochglanz polierten Tischen absetzten und deren Achtlosigkeit eine Bedrohung für sein kostbares Porzellan bedeutete. So stark spürte ich seine Gegenwart,

daß ich mich fragte, ob es Mutter, die so still und zerbrechlich dasaß, ebenso erging.
Doch die Hobhouses und die Oldroyds, die Mandelbaums und die Rawnsleys, die Herren aus Bradford und Leeds und Halifax neigten nicht dazu, kostbare Zeit zu verschwenden. Mehr oder weniger unbeholfen drückten sie Mutter ihr Beileid aus und machten sich auf den Weg nach Hause oder zum Wirtshaus *Old Swan* am Marktplatz, um dort bei einem Glas heißen Punsch noch schnell geschäftliche Dinge zu besprechen, damit nicht der ganze Tag vertan war. Schließlich saß nur noch Mutters Familie, die Barforths – einst eine der ärmsten und nun eine der reichsten Familien im Law Valley – in Vaters Salon. Er selbst hatte bis auf jenen mißratenen Sohn, dessen Name nie über seine Lippen gekommen war, keine Angehörigen.
Zeit meines Lebens war ich nur mit reichen und mächtigen Männern in Berührung gekommen – Vater gestattete uns keinen anderen Umgang –, doch es war allgemein bekannt, daß Mr. Joel Barforth aus *Tarn Edge,* Lawcroft Fold und Low Cross – den drei größten Textilfabriken des Law Valley – sie alle in den Schatten stellte. Denn ihm war es gelungen, aus dem Erbe seines Vaters – das nur aus Schulden und schändlicher Armut bestanden hatte – und einer glücklichen Heirat ein Imperium zu errichten. Er war der erste Mann in Cullingford – vielleicht sogar in der ganzen Welt – gewesen, der die Vorteile der neuen Technik erkannt und den Mut besessen hatte, sie rigoros einzusetzen.
Nach den Kriegen gegen Napoleon hatte die Tuchfabrikation erhebliche Einbußen hinnehmen müssen, was die meisten Fabrikanten dazu verleitete, ängstlich ihre mageren Gewinne beiseite zu schaffen und krampfhaft an den alten Herstellungsmethoden festzuhalten. Damals wagte es Joel Barforth – noch ein junger und, wie es hieß, rücksichtsloser Draufgänger –, im Alleingang die alten Webstühle durch mechanische zu ersetzen. Die Beschwerden der Handweber, er würde sie damit ihrer Existenz berauben, ihre Drohungen, diese teuflischen Maschinen zu zerstören und seine Fabriken niederzubrennen, tat er nur mit einem Achselzucken ab. Während die Hobhouses und andere alteingesessene Fabrikanten es als törichte Geldverschwendung ansahen, ihr Kapital in Löhne für Ingenieure und Musterzeichner zu investieren, kaufte Joel Barforth sich damit ihr technisches und schöpferisches Können und produzierte Barforth-Stoffe, die zwar teurer, aber von höchster Qualität und dem Zeitgeschmack entsprechend waren und ihm weltweit Abnehmer sicherten. Seine

herablassende Arroganz, sein stolzes, selbstbewußtes Auftreten im Zeughaus von Cullingford – er reagierte nur mit einem spöttischen Heben der Augenbrauen auf die Klagen seiner Konkurrenten, die mit ihren veralteten Fabrikationsmethoden den Anschluß an den wirtschaftlichen Aufschwung verpaßt hatten und ihm seinen Erfolg neideten – gewannen ihm wenig Freunde unter den Geschäftsleuten von Cullingford, und viele wünschten, er möge Schiffbruch erleiden. Jetzt, da es kaum noch Handweber im gesamten Tal gab, war Onkel Joel dort der mächtigste und erfolgreichste Unternehmer. Seine Auftragsbücher waren voll und sein Ansehen in der Stadt Cullingford unangefochten.

Und dennoch, als ich ihn an jenem Tag betrachtete, wie er mit natürlicher Ungezwungenheit und gelassener Selbstsicherheit in einem von Vaters zerbrechlichen, brokatbezogenen Stühlen neben seiner eleganten, anmutigen Frau saß, fürchtete ich weniger seinen Einfluß auf unser zukünftiges Leben als die Autorität seiner Schwester, die auch Mutters Schwester war – unsere Tante Hannah.

Onkel Joel war zu überlegen, zu sehr Weltmann, dachte ich, zu distanziert, um sich näher mit den Bedürfnissen seiner heranwachsenden Nichten zu befassen. Auch die uns betreffenden Entscheidungen würde er mit der ihm eigenen Weitsicht und überlegenen Manier treffen. Aber Tante Hannah war eine Respektsperson, deren Autorität unser bisheriges Leben maßgeblich beeinflußt hatte, eine sehr bestimmte und resolute Frau, auf deren Urteil meine Mutter sich absolut verließ. Immer wieder waren wir dazu ermahnt worden, ihr mit Respekt und Achtung zu begegnen, da sie, im Gegensatz zu meiner Mutter, ein hartes, entbehrungsreiches Leben geführt hatte.

Als junges Mädchen hatte sie Onkel Joel den Haushalt geführt, während er darum kämpfte, die fast bankrotte Weberei, die er von seinem Vater geerbt hatte, wieder zu einem ertragreichen Unternehmen aufzubauen, um damit sich und seine beiden Schwestern ernähren zu können. Tante Hannah hatte in ihrer Jugend aufopferungsvoll für ihre Geschwister gesorgt, und nachdem weder Joel noch meine Mutter sie weiter brauchten, zog sie keinen Nutzen für sich aus den Millionen, die ihr Bruder mittlerweile verdiente, sondern heiratete weit unter ihrem Stand. Ihr Mann, Mr. Agbrigg, war ein Witwer mit einem halbwüchsigen Sohn, hatte sich jedoch zum Leiter von Lawcroft Fold, der wohl wichtigsten Fabrik des Barforthschen Imperiums, hochgearbeitet und mit seinem Können und seiner ruhigen, besonnenen Art es zu Ansehen und Achtung im Textilgewerbe gebracht. Und nach Meinung von Mrs. Hobhouse und Mrs. Rawnsley könnte Tante Hannah ein durchaus angenehmes Leben führen, wenn sie sich nur mit dem Gehalt ihres Mannes zufriedengeben würde.

Doch es widersprach zutiefst Tante Hannahs Charakter, hinter Mrs. Morgan Aycliffe, ihrer Schwester, oder Mrs. Joel Barforth zurückzustehen, die beide jünger und in ihren Augen weniger tüchtig waren als sie. Obwohl Tante Hannah nie zögerte, deren Pferdegespann auszuleihen und sich auch freizügig aus dem Überfluß der Barforthschen Küche zu bedienen – da ihr jede Verschwendung zuwider war, wie sie behauptete –, hatte ich sie stets als Autoritätsperson anerkannt.

Onkel Joel würde Vaters Geschäfte zweifelsohne mit gewohntem Erfolg weiterführen; und sollte Mutter nicht wider Erwarten endlich ihr und unser Leben selbst in die Hand nehmen – ich konnte mich nicht daran erinnern, daß sie je eine selbständige Entscheidung getroffen hatte –, würde wohl Tante Hannah in Zukunft bis ins kleinste Detail unser tägliches Leben bestimmen. Und diese Veränderung würde unser Dasein entscheidender beeinflussen als die Verwaltung unseres Vermögens durch Onkel Joel.

Onkel Joel, offensichtlich nicht in der Stimmung für eine Unterhaltung, stand jetzt vor dem Kamin, nahm sein Zigarrenetui aus der Rocktasche – obwohl ich nicht annahm, daß er es wagen würde, hier in Vaters Salon zu rauchen – und ließ einen abwägenden Blick über die Glasvitrinen mit ihren kostbaren Intarsien, die kunstvoll gefertigten Tischchen, die Schmuckstücke aus Sèvres und Meißen, Minton und Derby schweifen, die mein Vater mehr geliebt hatte als seine Kinder.

Ich sah, wie Tante Hannahs Mann verlegen seine Stiefelspitzen musterte. Die Regeln des Anstands sagten ihm, daß es an der Zeit war zu gehen, doch ohne Tanta Hannahs Einwilligung wagte er nicht aufzubrechen. Ich sah, wie Onkel Joels Frau, die liebenswürdige Tante Verity, ihrem Mann verständnisvoll zulächelte, denn sie spürte seinen Wunsch, diese verbotene Zigarre zu rauchen, und wußte auch, daß er gleichzeitig, ganz seinem natürlichen Instinkt folgend, den Wert von Vaters Porzellan abschätzte.

Eine ganze Weile wurde das bedrückende Schweigen nur durch das Knistern des Feuers und das Ticken der vergoldeten Emailuhr auf dem Kaminsims unterbrochen. Doch Tante Hannah, die nicht viel von tiefsinnigen Betrachtungen hielt, richtete ihren Blick auf Mutter

und verkündete gereizt: »Nun denn, Elinor – es ist ein tragisches Ereignis.«
»Ja, meine Liebe, das ist es.«
»In der Tat. Er wird uns allen fehlen. Weiß der Himmel, woher wir einen Nachfolger für ihn nehmen sollen, der unsere Interessen im Parlament so gut vertritt. Die Nachwahl wird wohl bald stattfinden?«
»Ja, meine Liebe, das nehme ich an.«
»Ich frage mich nur, ob du dir schon Gedanken über ein gebührendes Denkmal gemacht hast, das deinem Mann zu Ehren errichtet werden sollte.«
»Ach, du meine Güte! Erwartet man das von mir, Hannah?«
»Davon bin ich fest überzeugt, Elinor. Für einen so angesehenen Mann dürfte ein Gedenkstein wohl nicht ausreichen. Nein, nein – es muß etwas ganz Außerordentliches sein. Man müßte die Honoratioren dieser Stadt dazu bringen, Mittel zum Bau einer Konzerthalle zur Verfügung zu stellen, die deinem Mann gewidmet ist und seinen Namen tragen soll. Nun, wie denkst du darüber?«
»Das wäre großartig, Hannah.«
»Gut. Und wenn du damit einverstanden bist, wollen wir unverzüglich ein Komitee bilden, das die Sache in Angriff nimmt. Im Hinblick auf die Verdienste, die sich dein Mann um die Stadt erworben hat, dürften wir keine Schwierigkeiten zu erwarten haben. Es scheint mir wirklich ein ausgezeichneter Vorschlag zu sein.«
Und während Mutter freundlich lächelte, ganz die gefügige kleine Frau, die allem zustimmte – ob es nun um ein Denkmal oder eine Konzerthalle oder irgend etwas anderes ging, solange sie nicht in ihrer beschaulichen Ruhe gestört wurde –, breitete sich unvermutet auf dem Gesicht von Onkel Joel, diesem überaus ehrfurchtgebietenden Gentleman, ein jungenhaftes, recht boshaftes Grinsen aus, als er sagte: »Ach ja, ein vortrefflicher Gedanke. Und wenn Morgan Aycliffes Firma den Auftrag zur Errichtung dieses Bauwerks erhält, würde ich diese Idee sogar als überaus schlau bezeichnen.«
Und diesen Worten folgte eine Geste grandioser Unbekümmertheit. Er nahm einfach das Recht des Hausherrn in Anspruch, wählte sorgfältig eine Zigarre, zündete sie an, inhalierte tief, und mit dieser fast verächtlichen Handlung wurde mir endgültig bewußt, daß Vater, der niemals geduldet hätte, daß in seinem Haus, geschweige denn in seinem Salon, geraucht würde, wirklich tot war.
»Joel!« rief Tante Hannah entsetzt. »Gütiger Himmel! Wie kannst du es wagen, *hier* zu rauchen!«

Breitbeinig stand Onkel Joel mitten im Zimmer, und seine mächtige Gestalt verdrängte die Erinnerung an den hageren, schweigsamen Mann. Er zuckte nur mit den breiten Schultern.
»Wenn Elinor etwas dagegen hat, wird sie es mir wohl sagen.«
»Elinor?« rief Tante Hannah entgeistert, ein nervöses Zittern in der Stimme. »Hier geht es nicht um Elinor. Dies ist Morgan Aycliffes Haus, wie du sehr wohl weißt, und Elinor hat weder Sinn noch Verstand genug, um zu entscheiden, was richtig ist. Es gehört sich einfach nicht, Joel. Der arme Mann ist kaum unter der Erde. Rauch schadet dem Porzellan. Und du weißt, wie ängstlich besorgt er um seine kostbare Sammlung war.«
»O ja«, murmelte Mutter, die gelassen den Wortschwall über sich ergehen ließ. »Das Porzellan – das berühmte, wunderbare Porzellan. Darüber werden wir noch sprechen, nicht wahr, Joel?«
Mutter war unvermutet aus ihrer Lethargie erwacht, lächelte mir, Prudence und Celia zu und schickte uns ins Bett.
Wir hatten jeder ein eigenes Zimmer, völlig gleich ausgestattet, die Frisiertischchen mit weißem Musselin umhüllt, auf den schmalen Betten weiße Decken, nichts unterschied einen Raum vom anderen, nur daß Prudence und Celia stets für makellose Ordnung sorgten, während ich darin recht nachlässig war. Celia wünschte uns traurig gute Nacht und eilte in ihr Zimmer, zu ihren Träumen. Ein fünfzehnjähriges Mädchen, das zufrieden war, daß die zwanzigtausend Pfund Mitgift ihr die Hochzeit, das vornehme neue Haus und somit ihre sehnlichsten Wünsche erfüllen würde. Ich begleitete Prudence in ihr Zimmer, und wir saßen still neben dem Kaminfeuer, scheuten das Alleinsein.
Wir hatten unseren Vater nie geliebt. Er hatte es nicht erwartet, und uns wäre es nie in den Sinn gekommen, ihn mit Gefühlen zu belästigen. Im Gegensatz zu Celia, die sich unter seiner autoritären Persönlichkeit sicher und behütet gefühlt hatte, empfanden wir seine ständigen Bevormundungen als Unterdrückung. Doch sein Tod verschaffte uns keine Erleichterung, gab uns keine Hoffnung auf ein freieres Leben, das die engstirnige Erziehung, die unseren Geist geprägt hatte, lockern, den begrenzten Horizont unseres Lebens erweitern würde.
Vielleicht konnten wir in Zukunft unserer gestrengen Gouvernante, Miss Mayfield, geringfügige Zugeständnisse an unsere persönliche Entscheidungsfreiheit abringen, sie dazu bringen, uns unbeaufsich-

tigt Besuche abstatten und empfangen zu lassen, Briefe zu schreiben und abzuschicken, ohne sie ihr vorher zur Einsichtnahme vorzulegen. Sie würde uns vielleicht sogar zugestehen, daß wir selbst die Kleider auswählten, uns für Borten oder Bänder entschieden, die Hüte mit Federn oder Satinrosen schmückten. Doch nur eine von Vaters drei Töchtern würde sich mit diesen bescheidenen Zugeständnissen an die persönliche Freiheit begnügen, und allein daran war zu erkennen, wie sehr Vaters Erziehung fehlgeschlagen war. Celia hatte sich immer widerspruchslos gefügt und verlangte nicht mehr, als ihr freiwillig zugestanden wurde. Prudence würde sich im Leben schwer tun, denn sie hatte ganz eigene Vorstellungen von ihrer Zukunft als Frau in dieser Gesellschaftsordnung. Ich wußte noch nicht, was ich erwartete, was ich mir wünschte und war mir nur gewiß, daß dieses Etwas mir noch nicht begegnet war, auch daß ich es nicht in der Blenheim Lane finden würde.

»Was ist mit dem Porzellan?« fragte ich vorsichtig. »Ob wohl unser Bruder es bekommen wird, was glaubst du?« Und da die Angst, eine dieser zarten Kostbarkeiten aus Unachtsamkeit zu zerbrechen, mein ganzes bisheriges Leben beherrscht hatte, fügte ich noch hinzu: »Nun, ich hätte nichts dagegen.«

»Ich auch nicht«, stimmte Prudence zu und starrte weiterhin blicklos ins Feuer. Mit ihren strengen, beherrschten Gesichtszügen ähnelte sie mehr denn je Vater. »Es wäre nur gerecht, wenn er wenigstens etwas erben würde. Hätte er sich nicht mit Vater zerstritten, wäre ihm jetzt alles zugefallen. Aber er ist ja ein Mann, und ich nehme an, sehr wohl in der Lage, für sich selbst zu sorgen. Über sein Schicksal kann ich mir im Moment nicht den Kopf zerbrechen. Mich beschäftigt vielmehr die Frage, ob sie mir für die zwanzigtausend einen Hobhouse oder einen Rawnsley kaufen werden.«

»Vielleicht erlaubt Mutter dir doch eine Saison in London, so wie Vater es geplant hatte.« Doch Prudence, die sich stets geweigert hatte, an diesem Heiratsmarkt in London teilzunehmen, lächelte nur sarkastisch und schüttelte den Kopf. »O nein. Mutter wird genau das tun, was ihr gesagt wird. Du kennst sie doch. Immer heißt es nur: ›Ja, mein Lieber – nein, mein Lieber.‹ Anstelle von Vater wird sie in Zukunft Onkel Joel zulächeln und brav allem zustimmen, was er anordnet. Und obwohl ich davon überzeugt bin, daß er bestens für uns sorgen wird und unseren Reichtum eher vermehren wird, als uns auch nur einen Penny wegzunehmen – und du kannst mir glauben, es gibt genug Onkel, die uns betrügen würden –, käme es ihm

doch nie in den Sinn, uns nach London zu schicken. Er weiß, daß er uns verheiraten muß, und wird dieser Verpflichtung auch nachkommen. Aber er wird bei der Auswahl nicht so sorgfältig und wählerisch sein, wie Vater es gewesen wäre. Er wird jeden Kandidaten, den Tante Hannah ihm vorschlägt, akzeptieren, um diese leidige Angelegenheit so schnell wie möglich hinter sich zu bringen. Und Mutter wird dazu nur sagen: ›Ja, mein Lieber, wie wunderbar.‹ Was für eine arme, törichte Person ist sie doch , Faith. Ist sie immer schon so gewesen, oder hat Vater – zwanzig Jahre Ehe mit Vater – sie zu einer willenlosen Porzellanpuppe gemacht? Manchmal habe ich Alpträume, daß ich so wie sie sein könnte.«
Ich küßte Prudence flüchtig auf die Wange, denn ich wußte, daß sie es nicht gern hatte, berührt zu werden, und fühlte, daß ich ihr kein Trost, kein Beistand sein konnte. Dann überquerte ich den Treppenabsatz auf dem Weg zu meinem Zimmer – erinnerte mich dabei an den erstaunlichen Anblick, wie diese »Porzellanpuppe«, diese zierliche Marionette in jener Nacht, als ihr Herr und Meister gestorben war, glückselig im Walzerschritt durch den Salon getanzt war, und wurde wiederum unfreiwillig Zeuge eines Gesprächs.
Unter mir, in der dämmrigen Halle, verabschiedeten sich eben Onkel Joel und seine Frau. Tante Verity beugte sich vor und küßte Mutter zärtlich auf die Wange, während Onkel Joels kräftige männliche Gestalt – ein so ungewohnter Anblick in unserem Haus, daß ich gleichzeitig schockiert und fasziniert war – ungeheure Vitalität ausstrahlte. Gebannt starrte ich hinunter, fürchtete dann, entdeckt zu werden, und wagte nicht, mich zu bewegen.
»Er hat dir eine ganze Menge Geld hinterlassen, Elinor«, hörte ich Onkel Joel zu Mutter sagen. »Nicht schlecht, wie, für zwanzig Jahre Arbeit, wenn es auch schwierige, anstrengende Zeiten waren. Und du bist noch jung genug, so wie ich es dir prophezeit habe. Die Welt ist groß, und wenn du noch ein wenig Geduld aufbringst, kannst du das Leben in vollen Zügen genießen. Aber ich erwarte von dir, daß du brav Trauerkleidung trägst, so wie der Anstand es erfordert, ehe du die Flügel ausbreitest und davonfliegst.«
Das Lächeln auf Mutters Gesicht, als sie zu ihm aufblickte, war weder gefügig noch hilflos, sondern strahlend und von einem hinreißend übermütigen Charme. Sie stellte sich auf die Zehenspitzen, warf beide Arme um Onkel Joels Hals und schmiegte sich zärtlich an ihn.
»Ja, Joel, zwölf Monate den schwarzen Schleier für einen Ehemann,

so ist es doch, nicht wahr? Danach Lila und Grau für ein weiteres Jahr. Sorg dich nicht, ich werde ihn tragen, zumal Schwarz mir sehr gut steht. Und wenn ich es vorziehe, aus Rücksicht auf meine angegriffene Gesundheit – du weißt, ich bin so anfällig für Erkältungen – einige Monate im sonnigen, warmen Süden zu verbringen, wird niemand daran Anstoß nehmen. Mein Arzt wird mir dringend zu einem Klimawechsel raten.«

»Ja, das kann ich mir vorstellen.«

»Ich denke dabei an Italien oder Südfrankreich. Diese Erholung habe ich mir doch verdient, nicht wahr, Joel? Hannah kann sich um die Mädchen kümmern – und Verity. Es ist doch allgemein bekannt, daß ich nicht imstande bin, eine Einladung zum Tee zu organisieren, geschweige denn eine Hochzeit.«

»Das stimmt. Versprich mir nur, daß du uns nicht mit einer Einladung zu deiner eigenen Hochzeit überraschst – in Italien oder Frankreich.«

»O Joel«, sagte Mutter und umarmte ihn wieder. Ihr Gesicht war leuchtend, voller Leben. »Dieses Versprechen gebe ich dir leichten Herzens. Eine Ehe kommt für mich nicht mehr in Frage, vielleicht später, wenn ich wirklich alt bin. Aber ich bin ja noch so jung.«

Da stand sie in der Tür, winkte den beiden anmutig nach, eine graziöse, zierliche Frau, reckte sie sich in der frischen Nachtluft – ohne Schal und ohne Anstandsdame –, bis die Kutsche außer Sicht war.

2

Am nächsten Tag mußte Mutter das Bett hüten. Es hieß, die Anstrengungen und die Trauer hätten sie völlig erschöpft, und es sei zu befürchten, daß der beißende Januarwind, der kalte Februar und die rauhen Märzstürme ihre Lungen angreifen könnten. So blieb es Onkel Joel überlassen, uns mitzuteilen, daß Vater die gesamte kostbare Porzellansammlung Prudence vererbt hatte. Diese Verfügung bereitete Celia erheblichen Kummer, die sich zwar nichts aus dem Porzellan machte, es aber erhofft hatte, da sie die einzige war, die Vaters Anordnungen widerspruchslos befolgt hatte und glaubte, eine Belohnung verdient zu haben.

»Es ist Tausende von Pfund wert«, sagte Tante Hannah. »Tausende, und es gehört jetzt einem Mädchen, das noch nicht einmal neunzehn ist. Gütiger Himmel! Dies war keine sehr weise Entscheidung.

Natürlich darfst du nicht frei darüber verfügen, Prudence. Es wurde dir nur zur Verwahrung anvertraut, bis du verheiratet bist. Dein Mann wird dann über die Verwendung des Porzellans entscheiden.«
Eine Stunde später, nachdem Tante Hannah eingehend darüber nachgedacht hatte, behandelte sie Prudence plötzlich mit ungewohnter Freundlichkeit. Wahrscheinlich war ihr inzwischen bewußt geworden, daß diese Erbschaft Prudence zur begehrenswertesten Partie von uns dreien machte. Und wir Schwestern mußten nicht daran erinnert werden, daß Tante Hannahs Stiefsohn, Jonas Agbrigg, eine reiche Frau suchte.
Es überraschte mich auch nicht sonderlich, daß ich drei Wochen später Mutter nach Leeds begleiten durfte. Von dort aus reiste sie weiter nach London und dann aufs Festland in den sonnigen Süden, wie der Arzt es ihr geraten hatte. Gemeinsam mit Prudence kehrte ich zurück in Tante Hannahs Haus, wo uns bereits Celia, die ebenfalls an einer Erkältung litt, erwartete.
Diesem Arrangement waren etliche hitzige Diskussionen vorangegangen. Tante Hannah war strikt gegen den Vorschlag gewesen, daß Prudence Mutter begleiten sollte, und wollte auch nichts davon wissen, daß wir drei unter der Aufsicht unserer Haushälterin, Mrs. Naylor, und unserer Gouvernante, Miss Mayfield, sehr wohl allein in unserem Haus leben könnten. Tante Hannah hatte darauf bestanden, daß wir zumindest für eine Woche als Gäste unter ihrem Dach weilten. Und während ich in ihrem Salon saß, ihren dünnen Tee trank und dazu Brot, dünn mit Butter bestrichen, aß, ahnte ich, daß ihre Pläne, uns betreffend, weitaus ehrgeiziger waren.
Das Haus meiner Tante in Lawcroft Fold war alt und schlicht, die Mauern rußgeschwärzt. Es schmiegte sich an den Hügel oberhalb der Lawcroft-Weberei, die ihrem Bruder gehörte und von ihrem Mann geleitet wurde. Die Fenster boten einen tristen Ausblick auf die Fabrikgebäude, die das Tal verunzierten, auf die hohen, mit Eisenspitzen bewehrten Fabrikmauern und die verwahrlosten Arbeiterhütten darum herum. Jeden Morgen, Punkt fünf Uhr, weckte uns die gräßliche Fabriksirene und das Quietschen der eisernen Tore, die genau eine halbe Stunde später mit lautem Krach geschlossen wurden.
Das Haus selbst war praktisch aufgeteilt, eine solide Eichentür teilte die Vorderfront, zu beiden Seiten davon gab es je ein hohes, quadratisches Zimmer, es waren auch genügend Schlafzimmer vorhanden, und der vordere Salon – in dem Tante Hannah ihre Besucher emp-

fing – war recht hübsch eingerichtet. Pflaumenfarbene Samtbezüge schmückten die Polstermöbel, die buntgemusterten Teppiche zeigten nur leichte Verschleißerscheinungen, grüne Zimmerpflanzen in dekorativen Töpfen und jede Menge Zierdeckchen – auf dem Kaminsims und den Tischen – und gestickte Wandbilder in schweren Rahmen zeugten von Tante Hannahs Fingerfertigkeit und ersetzten notdürftig die prächtigen Porzellanfiguren aus Meißen und Sèvres und das alte Silber, das im Überfluß das Haus in der Blenheim Lane schmückten.
Im krassen Gegensatz dazu war das hintere Wohnzimmer kärglich eingerichtet, und während der endlosen Woche, die wir in Tante Hannahs Haus verbrachten, mußte ich die meiste Zeit in diesem freudlosen Raum verbringen und plagte mich stundenlang mit Stick- und Näharbeiten. An den Nachmittagen saß ich gelangweilt im vorderen Salon, wo Tante Hannah die Damen mit Tee bewirtete, die wie sie in Wohltätigkeitsorganisationen mildtätige Werke verrichteten. Es stärkte Tante Hannahs Selbstwertgefühl immens, daß diese ihr gesellschaftlich übergeordneten Damen, durchwegs Frauen von Fabrikbesitzern, zwar insgeheim gegen sie rebellierten und sie ablehnten, sich gegen ihre angeborene Autorität jedoch nicht durchsetzen konnten.
Tante Hannahs Ideenvorrat schien unerschöpflich. Ihr neuester Plan bestand darin, Waisenmädchen im Haushalt auszubilden und sie dann in den Häusern ihrer Freundinnen unterzubringen. Unermüdlich sammelte und verteilte sie Decken und gute Ratschläge an jene armen Familien, die diese Wohltaten in ihren Augen verdienten. Unbeirrbar verfolgte sie ihr Ziel, die ortsansässigen Fabrikanten dazu zu überreden, die Mittel für eine Konzerthalle in Cullingford aufzubringen – schließlich wollte man Bradford nicht nachstehen – und diese Halle nach meinem Vater zu benennen. Doch das unerschöpflichste Thema dieses Winters war wohl die Eingabe an das Parlament, mit der für Cullingford das Stadtrecht beantragt wurde und das die Wahl eines eigenen Bürgermeisters und Stadtrates beinhaltete. Tante Hannahs Ehrgeiz richtete sich in dieser Hinsicht nicht so sehr auf das Gemeinwohl der Stadt – die Instandsetzung der Straßen und die Versorgung mit Wasser, vor allem in den armen Wohngebieten, waren dringende städtebauliche Maßnahmen, die bisher sträflich vernachlässigt worden waren –, sondern auf die Verwirklichung ihrer persönlichen Ziele. Mr. Ira Agbrigg, ihr Mann, sollte unser erster Bürgermeister werden.

Mr. Agbrigg konnte ihr keine Reichtümer bieten, doch mit ihrer Hilfe würde er eines Tages dieses ehrenvolle Amt bekleiden und Tante Hannah an seiner Seite die Vorrangstellung in der Stadt einnehmen, die sie anstrebte. Natürlich gab es andere, weit verdienstvollere Kandidaten für diesen Posten, doch mit dem Hinweis, daß ihre Nichten Töchter des verstorbenen Parlamentsmitglieds Morgan Aycliffe wären und Joel Barforth, der mächtigste Fabrikant im Umkreis, ihr Bruder war, erstickte sie jegliche Einwände in dieser Richtung, die Mrs. Hobhouse aus Nethercoats und Mrs. Rawnsley, die Bankiersgattin, bei ihren gelegentlichen Besuchen vorbrachten, im Keim.

»Aber möchte Ihr Bruder denn nicht selbst dieses Amt bekleiden?« fragte eines Tages Mrs. Rawnsley Tante Hannah.

»Aber nein«, antwortete sie, »dafür lassen ihm seine Geschäfte keine Zeit. Doch er wird selbstverständlich einen eigenen Kandidaten aufstellen.«

Und da Mr. Rawnsleys Bank einen Abzug der Barforthschen Gelder finanziell wohl kaum verkraftet hätte, lenkte Mrs. Rawnsley beflissen ein und bemerkte nur noch: »Ganz recht. Und auf Mr. Barforths Urteil kann man sich verlassen.«

»Selbstverständlich«, erwiderte Tante Hannah übertrieben freundlich und genoß ihren Triumph unverhohlen. Sie erweckte tatsächlich den Anschein, als hätte sie Onkel Joel bereits dazu überredet, notfalls die Bank zu wechseln und daß er sich in geschäftlichen Dingen mit ihr beriet. »Es steht natürlich noch nicht fest, wer sein Kandidat sein wird, doch ich habe volles Vertrauen zu meinem Bruder. Wir alle wissen, wie ihm das Wohl der Stadt am Herzen liegt. Und damit, meine Damen, können wir uns wieder mit den Plänen für unsere Konzerthalle beschäftigen . . .«

Und ohne auch nur einmal den Namen ihres Mannes ins Gespräch zu bringen, hatte sie es geschickt verstanden, auf das feingesponnene Netz finanzieller Abhängigkeiten hinzuweisen, in das fast jeder Einwohner der Stadt verstrickt war und dessen Pläne ihr Bruder in der Hand hielt. Gleichzeitig erwähnte sie ganz beiläufig die Vorzüge ihrer Nichten, deren Mitgift für Väter mit heiratsfähigen Söhnen doch von einiger Bedeutung war.

Wir hatten natürlich nicht angenommen, daß wir in Tante Hannahs Haus verwöhnt werden würden, obwohl das großzügige Gehalt, das Onkel Joel ihrem Mann zahlte, ihr durchaus ein Leben im Wohlstand ermöglicht hätte. Doch Tante Hannahs Engagement bei den

unterschiedlichen Wohltätigkeitsorganisationen verlangte auch entsprechende finanzielle Zuwendungen, denn schließlich konnte sie nicht hinter den Spenden der Damen der Gesellschaft zurückstehen, die sie ständig zur Unterstützung ihrer mildtätigen Werke aufforderte. Als Gattin des zukünftigen Bürgermeisters mußte sie soziale und gesellschaftliche Verpflichtungen eingehen und den entsprechenden repräsentativen Rahmen bieten. So wurde also an Besuchstagen der Tisch mit Kristallgläsern und altem Silber geschmückt und üppige Mahlzeiten serviert – die Tante Hannah selbst zubereitete, doch das wurde verheimlicht. Hinter dieser Fassade knauserte sie an allem, zählte die Kerzen, teilte die Kohlerationen ein und bediente sich der Waisenmädchen, die die Hausarbeit erledigten. Bei Tisch servierte das einzige ausgebildete Hausmädchen, das bei ihr arbeitete. »Ah, was bringst du denn da für Köstlichkeiten?« rief Tante Hannah scheinbar überrascht aus, wenn das Teegebäck hereingebracht wurde, das sie selbst erst wenige Stunden zuvor gebacken hatte.
Während Celia und ich am ersten Tag unseres Aufenthalts in Tante Hannahs Haus zu den verschiedenen Arbeiten herangezogen wurden, begegnete sie Prudence mit derart offensichtlicher Bevorzugung, daß Celia, die leicht beleidigt war, sich bald bitter beklagte. »Sie will, daß du Jonas heiratest«, sagte sie vorwurfsvoll zu Prudence und war wie immer sehr empfindlich, wenn es um die Vergabe von Heiratskandidaten ging und sie sich benachteiligt fühlte. »Schließlich warst du ja Vaters Liebling und hast sein Porzellan geerbt. Aber mir ist es recht, wenn du als erste heiratest, schließlich bist du die Älteste. Jonas soll ja sehr klug sein.«
Und wenn Prudence, ernsthaft verärgert, jeden Gedanken an eine Heirat weit von sich wies, widersprach Celia ganz gelassen. »Das ist doch Unsinn, Prudence. Natürlich wirst du eines Tages heiraten. Das ist doch der sehnlichste Wunsch eines jeden Mädchens – und warte nicht zu lange damit, denn auch Faith und ich wollen unsere Chancen wahrnehmen.«
Ich kannte Jonas Agbrigg von klein auf, doch das einzige, woran ich mich erinnern konnte und was ich wirklich von ihm wußte, war seine vielgerühmte Intelligenz. Schon als Kind, im städtischen Gymnasium, hatte er alle seine Mitschüler überflügelt und war ihnen und teilweise später seinen Lehrern weit voraus gewesen. Da er das Kind eines einfachen Arbeiters war, hatte dies oft zu Spannungen und Auseinandersetzungen mit den Söhnen der wohlhabenden Bür-

ger geführt, deren Väter beträchtliche Summen in das Schulsystem investierten. Erst durch die Heirat seines Vaters mit Tante Hannah hatte er eine gewisse gesellschaftliche Anerkennung gefunden und durch Tante Hannahs Förderung und Unterstützung einen Studienplatz an einer Universität in Cambridge erhalten. Tante Hannah hatte zunächst davon geträumt, ihn eines Tages in der Robe eines Erzbischofs zu sehen, doch eine gewisse Schroffheit und Unumgänglichkeit in seinem Charakter, das Fehlen jeglicher Frömmigkeit, ließen ihn eher für das Jurastudium geeignet erscheinen. Nach seiner Rückkehr aus Cambridge hatte sie ihn mit Onkel Joels finanzieller Hilfe in Mr. Corey-Mannings Anwaltskanzlei – unser Nachbar in der Blenheim Lane – eingekauft.

Jonas war jetzt vierundzwanzig, ein blasser, unscheinbarer junger Mann, mit schlanken wohlgeformten Händen, die niemals ein Tintenfleck verunzierte und für Cullingforder Verhältnisse übertrieben sorgfältig gepflegt waren. Und obwohl er sich schlicht und einfach kleidete, war seine Erscheinung stets makellos, und dessen war er sich auch bewußt. Ich hielt ihn für eingebildet.

Wenn ich mich an unsere Kindheit zurückerinnere, muß ich gestehen, daß wir Jonas nicht sehr freundlich behandelt haben. Als Kinder durften wir miteinander spielen – Onkel Joels Söhne Blaize und Nicholas Barforth, die Jonas gnadenlos verspotteten, weil er im Gegensatz zu ihnen stets sorgfältig darauf bedacht war, seine Kleidung nicht zu beschmutzen. Ihre Schwester, meine Cousine Caroline, der ein feines Gespür für gesellschaftliche Rangordnung angeboren war und die den Sohn des Fabrikleiters auf eine Stufe mit einem Stallknecht stellte, hatte ihn ebenfalls mit Verachtung behandelt und uns ermutigt, es ihr gleichzutun.

»Ach, es ist nur der Agbrigg-Junge«, spottete Caroline überheblich. »Er mag sowieso nicht mitspielen.«

Und Jonas, mit seinen leicht vorstehenden Augen, zog sich beleidigt zurück, vermittelte uns dabei aber das Gefühl, daß unsere Spiele kindisch seien und er jeden von uns langweilig fand.

Selbst jetzt, wo Jonas uns mit ausgesuchter Höflichkeit begegnete, fühlte ich mich in seiner Gegenwart nicht sonderlich wohl, und seine Heimkehr jeden Abend rief eine unerklärliche Spannung im Haus hervor, die vielleicht daher rührte, daß zwischen ihm und seinem Vater eine merkwürdig kühle Distanz herrschte, die Tante Hannah jedoch nicht zu bemerken schien.

»Guten Abend, Sir«, grüßte Jonas knapp.

»Guten Abend, Junge«, kam die ebenso kurze Antwort, und dies erstaunte mich um so mehr, als ich Tante Hannahs hochgesteckte Erwartungen für die Zukunft ihres Schwiegersohnes kannte. Aber Mr. Agbrigg, das Gesicht hager und verhärmt im Lampenlicht, der leichte Geruch von ungesponnener Wolle haftete in seinen Kleidern, aß schweigend seine Mahlzeit. Die schmalen, scharfsinnigen Augen auf den Teller vor ihm gesenkt, wirkte er völlig in sich gekehrt und beteiligte sich nicht am Gespräch. Jonas' Schilderungen seines Tagesablaufs, die Neuigkeiten, die er auf Tante Hannahs Fragen bereitwillig erzählte, schienen Mr. Agbrigg nicht im geringsten zu interessieren. Nachdem er sein Mahl beendet hatte, faltete er sorgfältig mit seinen großen, schwieligen Händen die Serviette und erklärte einfach: »Ich gehe zurück in die Weberei. Die Nachtschicht beginnt bald.«

Tante Hannah hegte natürlich für Jonas weit ehrgeizigere Pläne als für ihren Mann. Mr. Agbrigg war ein ungebildeter Mann, der sich im Lauf der Zeit gewisse Fertigkeiten und Umgangsformen angeeignet hatte, aber doch nie ganz den schwerfälligen Dialekt des West-Riding-Distrikts abgelegt hatte. Seine Zukunftsaussichten waren begrenzt. Er war überaus angesehen und geachtet in Cullingford, denn hier zählten Tüchtigkeit und Geschäftssinn mehr als Bildung. Als Bürgermeister würde er sicherlich bei der Bevölkerung von Cullingford sehr beliebt sein, die zum größten Teil ebenfalls aus einfachen Arbeiter- und Handwerkerfamilien stammte. Doch Jonas, mit seinem akademisch geschliffenen Verstand, seinem eiskalt berechnenden Ehrgeiz würde es weit bringen, nicht nur in Cullingford.

Tante Hannahs Pläne für Jonas waren fest umrissen. An dem Tag, an dem sich sein Arbeitgeber, Mr. Corey-Manning, der keinen Nachfolger hatte, zur Ruhe setzte, mußte Jonas in der Lage sein, die Kanzlei zu übernehmen. Danach würde auf den angesehenen Anwalt ein Mandat als Stadtrat warten, und nach ein, zwei erfolgreichen Jahren folgte unweigerlich die Wahl ins Parlament, wo er den Platz meines Vaters in der Partei der Whigs einnehmen konnte. Und Jonas' politische Karriere würde sicher mit der Ernennung zum Minister und dem Einzug ins Kabinett – ob nun für eine Whig- oder Toryregierung, war Tante Hannah gleichgültig – gekrönt werden. Doch alle diese hochfliegenden Pläne waren trotz Jonas' Begabung, seines genialen Intellekts, zum Scheitern verurteilt, wenn er nicht über genügend Mittel verfügte, den ersten Schritt auf der Erfolgsleiter – den Kauf der Anwaltskanzlei – zu tun. Er mußte über ein gesichertes Einkommen verfügen und damit die Wahl ins Parlament und die Abgeordnetenlaufbahn finanzieren können. Da Tante Hannah ihm das Geld dafür nicht geben konnte und Onkel Joels Zuschüsse nicht unbegrenzt flossen, blieb Jonas nur der Ausweg, eine reiche Frau zu heiraten.

Selbstverständlich überließ er die Auswahl einer geeigneten Kandidatin ganz seiner Stiefmutter, und die hatte sich aus mehreren Gründen für Prudence entschieden: Zum einen gab es da die beachtliche Mitgift und die kostbare Porzellansammlung meiner Schwester, und dann besaß sie genau die erforderlichen Charaktereigenschaften – sie war klug, tüchtig und energisch –, die für die Frau eines ehrgeizigen Mannes unerläßlich waren. Der wichtigste Aspekt jedoch war wohl das begrenzte Angebot unter den heiratswilligen Töchtern in Cullingford: Tante Hannah mußte eine von uns dreien wählen. Sie wußte ganz genau, daß Jonas niemals als Bewerber für eine Miss Mandelbaum oder eine Miss Rawnsley akzeptiert werden würde, deren Väter von einem zukünftigen Schwiegersohn eher materielle Werte als Ehrgeiz und einen akademischen Titel erwarteten, die in ihren Augen völlig überflüssig waren, wenn es darum ging, ein Vermögen zu erwerben. Diese Ansicht hatte auch unser Vater vertreten, doch da er nun tot war und Tante Hannah von ihrer jüngeren Schwester, unserer Mutter, keinen Widerstand zu erwarten hatte, steuerte sie geradewegs und mit der ihr eigenen Skrupellosigkeit ihr Ziel an und ging bereits soweit, Mrs. Hobhouse von der Nethercoats-Weberei, die zehn Söhne hatte, zu verkünden, daß Prudence bereits vergeben sei.

Doch Mrs. Hobhouse, die sich genau erkundigt hatte, wieviel die Porzellansammlung meines Vaters auf einer Auktion einbringen würde, kämpfte ebenso wie Tante Hannah um die Zukunft ihrer Söhne. Und so geschah es, daß bei unserem nächsten Besuch in Nethercoats auf Prudence ein weiterer Bewerber – und zwar der joviale Freddy Hobhouse, ein ziemlich plumper junger Mann – wartete.

»Prudence ist so ein liebes Mädchen«, schwärmte Mrs. Hobhouse und beobachtete wohlgefällig, wie Freddy meiner Schwester den Hof machte, sie aufmerksam mit Tee und Gebäck bewirtete. Tante Hannah saß hochaufgerichtet, mit verkniffenem Mund in ihrem Sessel und wußte genau, daß Freddys Mutter dieses Zusammentreffen arrangiert hatte.

»Ja«, stimmte Tante Hannah gezwungenermaßen zu, »sie war schon immer meine Lieblingsnichte. Eltern sollten ja unparteiisch sein, doch eine Tante kann sich gewisse Vorlieben erlauben.« Später, auf dem Nachhauseweg – Freddy hatte die Decke besonders liebevoll um Prudence' Beine drapiert –, fragte Tante Hannah Prudence in scharfem Ton, ob sie es für schicklich halte, in Anbetracht des traurigen Todesfalls in der Familie, derart unverschämt mit einem jungen Mann zu flirten. Worauf meine Schwester erwiderte – ihr beherrschter Zorn erinnerte mich sehr an Vaters Ausdruck in solchen Momenten –, daß sie nicht verstünde, was Tante Hannah damit andeuten wollte und eine derartige Unterstellung sie zutiefst beleidigen würde.

»Die Hobhouses«, verkündete Tante Hannah am selben Abend beim Essen und wandte sich dabei an ihren Mann, »sind wirklich zu bedauern. Es stimmte mich traurig, mit ansehen zu müssen, wie dieses einst blühende Unternehmen heruntergewirtschaftet wurde. Ist es nicht so, Mr. Agbrigg? Als Bradley Hobhouse die Weberei von seinem Vater übernahm, zählte die Familie zu den reichsten und angesehensten im Tal, sonst hätte Emma-Jane Rawnsley niemals dort eingeheiratet. Aber Bradley war nie ein Geschäftsmann, er nahm das Leben zu leicht und wählte stets den bequemsten Weg. Mein Bruder hat das oft gesagt. Emma-Jane ist ja eine gute Seele, aber es fehlt ihr an Durchsetzungskraft. Wie die Hobhouses jemals ihre zehn Jungen versorgen und die Mitgift für die vier Mädchen aufbringen wollen, ist mir schleierhaft. Für Freddy und Adolphus ist ja Platz in der Fabrik, doch die anderen werden sich ihren Lebensunterhalt anderweitig verdienen müssen, und das ist doch sehr bedauerlich, nicht wahr, Mr. Agbrigg? Man kann wirklich nur um ihre Zukunft bangen.«

Doch Freddy Hobhouse, völlig unbekümmert ob dieser düsteren Aussichten, erschien am darauffolgenden Sonntag in der Gemeindekirche. Und da alle Welt wußte, daß die Hobhouses überzeugte Methodisten waren, hatte diese Tatsache fast den Symbolcharakter eines offiziellen Heiratsantrages. Nach dem Gottesdienst, draußen im Kirchhof, bot er Prudence seinen Arm und geleitete sie fürsorglich über den hartgefrorenen Weg zur Kutsche. Jonas, der sich ebenfalls um meine Schwester bemüht hatte, schob er einfach beiseite.

»Ich möchte nur verhindern, daß Ihnen ein Mißgeschick zustößt, Miss Aycliffe«, erklärte er mit der angeborenen Sicherheit eines Mannes, der in einem wohlhabenden Haus aufgewachsen ist und sich seiner gesellschaftlichen Stellung bewußt war. Ich folgte den beiden an Jonas' Arm und bemerkte sehr wohl seinen unterdrückten

Zorn über diese Zurückweisung. Mit beleidigter Miene trippelte Celia allein hinter uns her.
Onkel Joels Frau, Tante Verity, erkannte die unglückliche Situation, in der wir drei waren, und rettete uns daraus.
»Ich möchte, daß die Mädchen jetzt zu mir kommen«, sagte sie, nachdem fast zwei Wochen vergangen waren, und obwohl diese Einladung Tante Hannah keineswegs gefiel, wagte sie Mrs. Joel Barforth aus *Tarn Edge* nicht zu widersprechen.
»Nun gut, Verity. Aber denk bitte daran, sie sind in Trauer und sollten nicht zu oft ausgehen. Ihr Vater war sehr strikt in dieser Hinsicht. Junge Mädchen gehören ins Haus und sollten sehr zurückgezogen leben.«
Doch Tante Veritys wunderschöne, silberbeschlagene Kutsche mit den seidenbespannten Sitzen wartete bereits vor der Tür. Weiche Pelze schmiegten sich um unsere Beine, und innerhalb einer Stunde saßen wir behaglich vor einem fröhlich knisternden Kaminfeuer, unsere Füße ruhten auf Samtbänkchen, und unsere junge, liebenswerte Tante erwartete von uns nur, daß wir uns wohl fühlten.
Onkel Joels Haus in *Tarn Edge* war kaum zwölf Jahre alt, und obwohl seine größte Fabrik nur etwa eine Meile davon entfernt lag, boten die weiten Fenster der geräumigen Zimmer einen herrlichen Ausblick auf alte Bäume, die sich im sanft ansteigenden Moorland verloren.
Das Haus selbst, mit seinen gotischen Säulen und Türmchen, war für Onkel Joel weit mehr als reiner Wohnsitz. Denn im Gegensatz zu den meisten Geschäftsmännern im Law Valley, die ihr überflüssiges Geld nur für wertbeständige Dinge ausgaben, hatte er einen Hang zum Luxus und verschwenderischer Pracht. Zu seinem eigenen Ruhm, dem äußeren Zeichen unermüdlichen, erfolgreichen Schaffens, hatte er diesen Palast gebaut und ihn mit allen erdenklichen Kostbarkeiten ausgestattet. Und in der Unbekümmertheit, mit der er seinen Reichtum zur Schau stellte und sich selbst daran ergötzte, sahen viele den Ausdruck maßloser Arroganz, andere jedoch stilvoller Großartigkeit.
Die weite Eingangshalle erinnerte ans Mittelalter; ein bronzener Hirsch in Lebensgröße bewachte den Treppenaufgang. Durch ein riesiges Buntglasfenster flutete Licht über die kunstvoll gefertigte Täfelung, umspielte sanft die weiße Marmorstatue einer griechischen Göttin und mehrerer Nymphen, die in ihrer glorreichen – manche nannten es schamlosen – Nacktheit die Galerie zierten.

Die Räume des Hauses waren licht und in zarten Farben gehalten und verströmten die Fröhlichkeit eines Sommergartens. Blaue und honigfarbene Teppiche bedeckten die Böden, blaue Seidentapeten erstreckten sich zu den hohen Decken, die schwungvoll geformt und in Weiß, Blau und Gold abgesetzt waren. Funkelnde, prächtige Kristallüster krönten die Herrlichkeit der Räume. Vom Ballsaal aus führten ein Dutzend breiter Flügeltüren direkt hinaus auf die geräumige, geflieste Terrasse, hinunter zu einem ausgedehnten Rosengarten mit beschaulichen Spazierwegen und einem Seerosenteich.
Niemand in *Tarn Edge* kümmerte sich je um die Weißnäherei, dafür war eine ältere Frau zuständig, während zu allen Tageszeiten fröhliche Hausmädchen heißes Wasser oder Tabletts, beladen mit köstlichen Leckereien, durch das Haus trugen. In *Tarn Edge* lebte man auf großem Fuß, genoß das Leben in vollen Zügen, und hätte mein imposanter Onkel einen weniger überwältigenden Eindruck auf mich gemacht, wäre ich wunschlos glücklich gewesen.
Er war fraglos ein sehr attraktiver Mann mit einer kräftigen und doch eleganten Gestalt, dichtem dunklen Haar und herrischen Augen. Da ich nur an die schmale, gebeugte Gestalt meines Vaters gewöhnt war, erschreckte mich Onkel Joels vitale Männlichkeit, der starke Duft nach Wein und Zigarren, den er ausströmte, die Freizügigkeit seines Benehmens und seiner Sprache. Vaters Anordnungen waren mit kalter, leiser Stimme erteilt worden, und Onkel Joel brüllte in voller Lautstärke vom Fuß der Treppe nach seinen Söhnen, wenn sie sich, wie es oft vorkam, morgens verspätet hatten und er ungeduldig zum Aufbruch in die Fabriken drängte. Denn mein Onkel stand auch noch jetzt, im Alter von fünfzig Jahren, fast jeden Morgen um halb sechs am Fabriktor und kontrollierte, die Uhr in der Hand, seine Arbeiter. Und ständiger Anlaß für lautstarke Auseinandersetzungen in *Tarn Edge* war die Tatsache, daß meine Cousins, Blaize und Nicholas, grundsätzlich verschiedene Charaktere hatten und ihre Meinungen selten übereinstimmten.
»Bewegt euch gefälligst, verdammt noch mal!« tönte gewöhnlich Onkel Joels kräftige Stimme durch das Haus. »Wir haben schließlich etliche Fabriken zu leiten. Und Gott steh uns bei, wenn ihr Faulenzer sie eines Tages übernehmt. Aber solange sie mir gehören – solange ich eure Rechnungen bezahle –, springt ihr, wenn ich rufe, verdammt noch mal!«
Mit finsterem Gesicht raste dann mein Cousin Nicholas die Treppe hinab, so groß und dunkel und zornig wie sein Vater; die Weste nicht

zugeknöpft, schlüpfte er in seine Jacke, während mein Cousin Blaize lässig hinabschlenderte, die Brokatweste korrekt geknöpft, den breitkrempigen Zylinder, die Glacéhandschuhe in der Hand. In meinem Zimmer an der Vorderfront des Hauses hörte ich den Kies unter den Rädern der Kutsche knirschen, die mein Onkel bestieg, und beobachtete manchmal meine beiden Cousins auf ihren Vollblutpferden, wie sie sich ein Wettrennen zum Parktor lieferten. Von dort aus führte Nicholas' Weg nach Lawcroft Fold, wo er von Mr. Ira Agbrigg in die Geheimnisse der Textilfabrikation eingeweiht wurde, während Blaize die elegante Büroflucht in Tarne Edge ansteuerte, um dort über den Segen des Gewinnes und den Fluch des Verlustes aufgeklärt zu werden.
Mein Onkel genoß im gesamten West-Riding-Distrikt den berechtigten Ruf eines Mannes, der im Leben alles erreicht hat, was erstrebenswert ist. Nie hatte er eine geschäftliche Niederlage hinnehmen müssen, und obendrein hatte er zu einer Zeit, da Männer Ehen aus rein wirtschaftlichen Gründen schlossen, eine Frau geheiratet, die nicht nur überaus anmutig, liebenswürdig und von eleganter Schönheit war, sondern für ihn eine tiefe Liebe empfand, die er ebenso innig erwiderte. Sie fühlte sich so offensichtlich wohl in seiner Gegenwart und zeigte so unverhüllt ihre Gefühle für ihn, daß ich davon in höchstem Maße fasziniert und gleichzeitig verwirrt war, denn meine Vorstellungen über die eheliche Gemeinschaft waren durch das kalte, verächtliche Schweigen, das zwischen meinen Eltern geherrscht hatte, geprägt. Ich konnte meinen Onkel und meine Tante nur um diese Form der Liebe beneiden. Es war nicht weiter verwunderlich, daß dieses gutaussehende, sich liebevoll zugetane Paar wunderbare Kinder hatte: Caroline und Nicholas, der jüngere Sohn, waren wie ihr Vater von dunkler, anziehender Schönheit; Blaize, der elegante, sorglose Erstgeborene, mit helleren und feineren Gesichtszügen, war ganz der Sohn seiner Mutter und würde mit seinem Charme und seinem entwaffnenden Lächeln mühelos durch alle Wirrnisse und Unannehmlichkeiten des Lebens gleiten.
Als Kind war ich unzählige Male Zeuge gewesen, wie dieses strahlende Lächeln den Zorn der Erwachsenen verrauchen ließ und selbst Tante Hannah gütig stimmte, obwohl alle wußten, daß Blaize der wahre Missetäter war. Er stiftete seine Kameraden zu Streichen an und entzog sich dann mit einem spitzbübischen Lächeln der gerechten Strafe, die unweigerlich den ehrlichen, aber eigensinnigen Nicholas traf. Und obgleich Blaize entschieden weniger gut aussah als sein

Bruder – die hellgrauen Augen wirkten im Vergleich zu Nicholas' fast schwarzen Augen fahl, seine geraden, schokoladenfarbenen Haare unansehnlich gegen Nicholas' dichte, schwarzglänzende Locken, das Gesicht unscheinbar, bis es von diesem leuchtenden Lächeln überstrahlt wurde –, war er von einer solch unbekümmerten Selbstsicherheit, daß er auf ganz natürliche Weise immer im Mittelpunkt stand.
»Ja, natürlich, das tue ich gern«, hörte ich Blaize während meiner Kindheit fast täglich sagen. Unbekümmert stimmte er irgendwelchen Anordnungen der Erwachsenen zu und tat dann doch das Gegenteil.
»Das ist doch Unsinn«, erwiderte dagegen Nicholas geradeheraus. »Ich will das nicht«, verteidigte er sich hitzig. Seine schwarzen Augen funkelten wütend, und klaglos ertrug er die Prügel, die nur zu oft für Blaize bestimmt gewesen waren.
Es war Nicholas, der halsstarrig und vor Wut bebend sagte: »Wenn es mir nicht leid tut, sehe ich auch keinen Grund, mich dafür zu entschuldigen.« Blaize jedoch zuckte nur gleichgültig mit den Schultern, erklärte bereitwillig sein Bedauern und tat dann genau dasselbe wieder, wofür er sich vorher so leichtherzig entschuldigt hatte. Nicholas, der sich keinerlei Schwächen zugestehen konnte, arbeitete hart und ausdauernd in der Schule und erwarb sich den Ruf eines schwierigen, streitsüchtigen Jungen, der jede Meinungsverschiedenheit mit den Fäusten austrug; an Blaize, den die Schule wenig interessierte und der sich keinerlei Mühe gab zu lernen, erinnerte man sich als einen liebenswerten, geistreichen Draufgänger, der es weit hätte bringen können, wäre ihm nur etwas daran gelegen gewesen. Blaize hatte mich mein Leben lang verwirrt. Es war wirklich verblüffend zu beobachten, wie sorglos er in den Tag hineinlebte, unbeirrt ging er seinen Weg, war nie niedergeschlagen oder bedrückt, das Leben schien für ihn ein einziger strahlender Sommertag zu sein. Und da ich selbst ständig bei meinem Vater in Ungnade gefallen war, hatte ich für Nicholas stets eine grenzenlose Zuneigung empfunden.
So hatten diese beiden Cousins mich durch meine ganze Kindheit begleitet, wurden von mir bewundert und nachgeahmt. Doch jetzt trennte uns eine unsichtbare Barriere, die um alle heiratsfähigen Mädchen errichtet wurde, und es war Caroline, die Prudence als zu ernsthaft und Celia als zu jung empfand und mich völlig mit Beschlag belegte.

»Natürlich weiß ich, daß Faith in Trauer ist«, erklärte sie ungeduldig ihrer Mutter, die ihrerseits nicht zu streng darüber dachte, »aber niemand wird etwas daran auszusetzen haben, wenn sie mich begleitet.« Und so wurde ich bald nicht nur Carolines beste Freundin, sondern auch ihr uneingeschränkter Besitz.
»Heute morgen fahren wir in die Stadt«, verkündete sie und stürmte lange vor dem Frühstück in mein Zimmer. »Und danach, wenn ich meine Einkäufe erledigt habe, statten wir den Mandelbaums einen Besuch ab. Ich langweile mich immer entsetzlich bei ihnen, weil der junge Mandelbaum mich heiraten möchte. Aber du kannst dich ja mit ihm unterhalten, Faith. Außerdem würdest du viel besser zu ihm passen. Und heute abend kommen wieder Geschäftsleute mit ihren Frauen zum Dinner – Vater hat doch tagsüber dauernd mit ihnen zu tun, da muß er sie auch noch nach Hause einladen –, aber wir machen es uns auf der Galerie gemütlich, und ich verlasse mich darauf, daß du mir den jungen Battershaw vom Hals hältst, er will mich auch heiraten. Du kennst sie doch, Faith . . . die Battershaw-Brauerei. Stell dir nur vor, wie geschmacklos. Mrs. Battershaw hat mir erzählt, wie viele Tausende von Pfund sie mit ihrem Bier verdienen, über Geld spricht man doch nicht. Komm jetzt, Faith, sag mir, was ich anziehen soll, du hast doch so einen guten Geschmack. Du rätst mir zu dem blauen Samtmantel mit dem Pelzbesatz? Ja, daran hatte ich ebenfalls gedacht. Nein, den kann ich nicht anziehen. Meine liebe Freundin Arabella Rawnsley hat sich einen ganz ähnlichen Mantel schneidern lassen, und ich kann schließlich nicht durch die Miller Gate kutschieren und aussehen wie eine Rawnsley! Beeil dich, Faith. Wir wollen zuerst beim *Old Swan* vorbeifahren und nachfragen, ob endlich die Pakete aus London angekommen sind. In Cullingford kann man ja wirklich nicht einkaufen.«
Das war meine Cousine Caroline, die junge Königin, die wie selbstverständlich meine Dienste wie die einer Hofdame in Anspruch nahm. Von klein auf hatte ich gewußt, daß ich ihr immer unterlegen sein würde. Wieviel Geld ich auch einmal besitzen mochte, Caroline würde vermögender sein; wie großartig meine Hochzeit ausfallen mochte, Carolines Heirat würde grandioser sein. Aber ich war glücklich darüber, sie mindestens zweimal täglich begleiten zu dürfen. Fröhlich schwatzend fuhren wir die Blenheim Lane hinunter, holperten über die steile, gepflasterte Miller Gate, über die steinige Sheep Gate zum Marktplatz. Dort stand auf der einen Seite der *Old Swan*, vor dem nach wie vor jeden Nachmittag die Kutsche aus Lon-

don polternd zum Stehen kam, und gegenüber lag das alte Zeughaus, nunmehr fast ein Relikt aus alten Zeiten, als die Handweber hier wöchentlich einmal ihr mühsam gefertigtes Stück Stoff zum Verkauf anboten. Auf Betreiben meines Vaters hatte man die alten Markthäuser abgerissen und die kleinen Geschäfte der Fischhändler, Metzger, Butter- und Käseläden hinter einer kunstvollen Fassade aus Stein im italienischen Stil versteckt. Für dieses Bauwerk hatte Vater sehr viel Lob eingeheimst. Die große Stadthalle – sein aufwendigstes und pompösestes Gebäude – war ebenfalls vom Marktplatz aus zu sehen. Dieses rauchgraue Bauwerk im klassischen Stil mit seinen dorischen Säulen und ausgewogenen Proportionen verwehrte den Blick auf die tristen Warenhäuser, die sich dahinter bis zum Kanal hinab erstreckten, deren Keller ständig vom Wasser überflutet, deren Dielenbretter morsch und aufgeweicht von jahrzehntelangen Regenfällen waren.
Obwohl selten etwas in den Geschäften der Miller Gate Gnade vor Carolines Augen fand und sie zum Kauf verführen konnte, verbrachten wir doch Stunden damit, alles zu betrachten. Und manchmal gelang es mir, da ich ja einen unfehlbaren Geschmack in dieser Hinsicht besaß, sie dazu zu überreden, ein oder zwei Längen Seide, dazu passende Spitze und verschiedene Bänder zu erstehen.
»Miss Aycliffe hat Geschmack«, urteilte man ein wenig gönnerhaft in den Geschäften der Miller Gate über mich. Denn neben Miss Barforths hinreißender Schönheit, ihren dunklen Augen, ihren herrlichen Locken, verblaßte ich wohl zur Unscheinbarkeit. Und obwohl ich bis mindestens Juni schwarze Kleidung tragen mußte, erfreute ich mich doch an der Pracht dieser wunderschönen Stoffe und genoß insgeheim diese kleine Überlegenheit über Caroline, die mich in allem andern so mühelos überflügelte.
»Was hältst du davon, Faith?« würde sie fragen und drapierte sich eine Länge purpurroten Samtes über die Schulter.
»O nein, Caroline – das solltest du erst tragen, wenn du Herzogin bist.«
Und während sie – zwar schmollend und widerstrebend, nichtsdestotrotz meinem Rat folgend – andere Stoffe ausprobierte, betrachtete ich mich in dem hohen Spiegel, schmückte mein tristes schwarzes Kleid mit einem gekräuselten Kragen, der meinen schlanken Hals noch zarter erscheinen ließ, und erfreute mich daran, wie vortrefflich mein schmales, blasses Gesicht darüber zur Wirkung kam und welch schönen matten Glanz mein widerborstiges helles Haar in sanftem Kerzenlicht annahm.

»Was tust du da, Faith?«
»Ich mache mich schön, Caroline. Wenn man nicht hübsch ist – sondern groß und blond, wo doch kleine, dunkle Frauen gefragt sind –, muß man etwas für seine Schönheit tun.«
Von allen Barforth-Kindern war Caroline Onkel Joel am ähnlichsten. Sie besaß dieselbe kraftvolle Vitalität und Ausdauer, diese Skrupellosigkeit, die jeden erfolgreichen Geschäftsmann auszeichnete. Wie er steuerte Caroline jedes Ziel direkt an und räumte rücksichtslos jedes Hindernis aus dem Weg, anstatt es zu umgehen. Sie würde im Leben alles erreichen, was sie sich in den Kopf gesetzt hatte.
Natürlich würde sie eines Tages heiraten; doch für Caroline boten die »Battershaws« und »Mandelbaums« des Städtchens Cullingford wenig Anreiz. Aufgewachsen im Luxus, bestärkt in ihrem Gefühl, daß nur das Beste und Außergewöhnlichste gut genug für sie war, strebte sie eine Verbindung an, die ihren sehnlichsten Wunsch, alle anderen in den Schatten zu stellen, befriedigen würde. Sie befand sich in einem eigenartigen Widerspruch und war zwar einerseits ungeheuer stolz auf ihren Vater und schwelgte genüßlich in dem Luxus, den sein Reichtum ihr bescherte, verbannte jedoch jeden Gedanken an den Ursprung dieses Geldsegens aus ihrem Bewußtsein.
Geld war in jeder Form erstrebenswert für die Barforths, die Hobhouses, die Oldroyds und die Mandelbaums, ganz gleich aus welcher Quelle es kam. Doch Caroline, der es niemals an den nötigen Mitteln gefehlt hatte, lernte von den wenigen Adligen, mit denen sie bisher zusammengetroffen war, sehr rasch den feinen, aber entscheidenden Unterschied. Der einzige Reichtum, der von dieser Gesellschaftsschicht akzeptiert wurde, bestand in ererbtem Besitz, einem alten Familienstammbaum, jahrhundertealter Tradition – alles Dinge, die ihr die Barforth-Webereien nicht bieten konnten.
Ihr Vater besaß sicher großen Einfluß in der Geschäftswelt von Cullingford, ja selbst in Bradford und Leeds, sogar in London begegnete man ihm mit Hochachtung und Anerkennung. Doch in den Augen der vergnügungssüchtigen Adligen, die regelmäßig zur Fuchs- und Hasenjagd aus London anreisten, selbst für den übel beleumundeten, völlig verarmten Sir Giles Flood, Lord von Cullingford, war Mr. Joel Barforth eben nur ein Geschäftsmann, dem man zwar im Vorbeigehen huldvoll zunickte, dem man aber niemals durch die Vordertür Einlaß ins Herrenhaus gewähren würde. Und da Caroline aus bestem Barforth-Holz geschnitzt war, reizte sie natürlich das

Unerreichbare, wurde ihr Ehrgeiz angestachelt, das zu bekommen, was alle Welt für unmöglich hielt. Ich vermutete, daß es sich Caroline in den hübschen, eigensinnigen Kopf gesetzt hatte, diese herrschaftlichen Häuser nicht nur zu betreten, sondern darin zu residieren – als Lady Caroline.

»Deine Schwester Prudence wird sich wohl für Freddy Hobhouse entscheiden«, erzählte sie mir an einem regnerischen Nachmittag, den wir auf einem Sofa auf der Galerie verbrachten. »Auch wenn die Nethercoat-Weberei im Moment wenig Gewinn abwirft, kann Freddy sie mit ihrem Geld wieder aufbauen. Der junge Agbrigg ist wirklich keine Partie für sie. Freddy ist leicht zu handhaben, und sie werden ein bescheidenes, glückliches Leben führen. Und für dich und Celia werden sich ebenfalls nette Männer finden. Wie einfach ihr es doch habt! Ich beneide dich wirklich, Faith. Oder kannst du dir vorstellen, daß ich je in einer Weberei, in einem simplen Wohnhaus leben könnte? An der Seite eines Tuchfabrikanten oder Brauereibesitzers, die den ganzen Tag nur über Wolle oder Bier sprechen? Gütiger Himmel! Das könnte ich nicht ertragen.«

Ihre Entrüstung entlockte mir ein Lächeln, und während ich mir vorzustellen versuchte, wie ihr Vater darauf reagieren würde, daß seine Tochter *Tarn Edge* als einfaches Wohnhaus abtat, bemerkte ich nicht, daß Blaize die Treppe heraufgekommen war und sich jetzt neben Caroline setzte. In seiner leicht gelangweilten, gedehnten Sprechweise sagte er dann: »Gräm dich nicht, Caroline. Wenn ein Fabrikant unter deiner Würde ist, kaufen wir dir eben einen Lord. Wie wär's mit Sir Giles Flood? Seit seinem achtzigsten Geburtstag scheint er eine besondere Vorliebe für ganz junge Mädchen zu entwickeln.«

»Hüte deine Zunge«, fuhr Caroline ihren Bruder wütend an.

»Oh, ich hätte dir noch mehr Vorschläge zu machen.«

»Daran bin ich nicht interessiert. Und außerdem, mein lieber Bruder, solltest du nicht in der Fabrik sein?«

»Ja, natürlich. Schließlich bin ich nur ein hart arbeitender Geschäftsmann.« Sein leicht spöttisches Lächeln brachte Caroline aus der Fassung, rüttelte sie aus ihrer gelangweilten Pose auf, und zornig fuhr sie ihn an: »Ja, du bist ein Fabrikant und ein schlechter obendrein, wie Vater sagt.«

»Na ja, wenn *Vater* das sagt . . .«

»Ja, so ist es, du blasierter Kerl. Und außerdem seist du ein Nachtschwärmer, was immer das bedeuten mag.«

»Oh, das weißt du sehr genau«, antwortete er amüsiert. »Und ich gestehe es auch ein. Aber mach dir keine Sorgen. Irgendwann werde auch ich mich in die Arbeit stürzen – nicht so ausschließlich wie Nicholas –, aber ich verspreche dir, daß ich hart genug arbeiten werde, damit immer genügend Geld da ist, um die Hypotheken und Spielschulden deines Lords, den du einmal heiraten wirst, zu bezahlen.«

»Das würde ich niemals zulassen.«

»So stolz, meine Liebe? Wenn nicht des Geldes wegen, warum glaubst du, würde ein Lord die Tochter eines Händlers heiraten?«

»Mein Vater«, erwiderte Caroline giftig, die Hände wütend zu Fäusten geballt, »ist kein Händler. Du würdest es nie wagen, ihm das ins Gesicht zu sagen, Blaize Barforth. Denn trotz deiner eitlen Aufgeblasenheit und Wichtigtuerei fürchtest du ihn genauso wie Nicholas. Hinter seinem Rücken schimpft und murrt ihr. Nicholas bildet sich ein, bereits mehr über die Tuchherstellung zu wissen als er, und du gefällst dir in der Rolle des charmanten Tagediebs – aber wenn es darauf ankommt, kuscht ihr alle beide vor ihm und tut genau das, was er befiehlt. Ihr solltet dankbar sein für alles, was er für euch getan hat.«

»Wie recht du hast«, stimmte Blaize ihr ernsthaft zu, weniger spöttisch, doch immer noch lächelnd. »Er hat sehr viel für mich getan. Immerhin hat er einen Geschäftsmann aus mir gemacht. Was durchaus erstrebenswert und großartig ist, vorausgesetzt, man mag diesen Beruf.«

»Was haben denn Gefühle damit zu tun?« fauchte Caroline, wieder ganz das hitzige kleine Mädchen, das notfalls mit seinen Fäusten das Ansehen der Barforths verteidigen würde. »Du solltest dich gefälligst anstrengen und dein Bestes geben. Denn wenn du Vater im Stich läßt, würde ich dir das niemals verzeihen. Er hat sein Leben lang geschuftet, um Tarn Edge, Lawcroft Fold und Low Cross aufzubauen, und er hat ein Recht, Blaize, ein Recht . . .«

»Ein Recht worauf? Meine Dankbarkeit?«

»Ja, deine Dankbarkeit und deine Arbeit.«

Und da sah ich plötzlich die wahre Caroline, die sich bisher hinter dem vornehmen Gehabe verborgen hatte – ein Mädchen, das, wäre sie in eine andere Generation hineingeboren worden, an der Seite ihres Mannes ums Überleben gekämpft hätte, zäh und ausdauernd wie die Frauen der Barforth-Familie vor ihr. Sicherlich verachtete sie zutiefst in ihrem Herzen das affektierte Getue der adligen Kreise, um deren Anerkennung sie gleichzeitig buhlte.

»Ich sage dir«, fuhr sie fort, »wenn er die Fabrik mir überschreiben könnte, würde ich alles daransetzen, sie in seinem Sinn zu leiten. Ich wäre jeden Morgen am Fabriktor, so wie er, und würde darauf achten, daß die Arbeiter pünktlich an den Maschinen stehen und den Betriebsleitern auf die Finger sehen. Ich würde . . .«
Als sie atemlos nach Luft rang und Blaizes erstauntes Lächeln sah, wurde ihr plötzlich schmerzhaft bewußt, daß sie sich selbst verraten hatte. »Meine liebe Caroline – gütiger Himmel! –, du bist ja die geborene Geschäftsfrau. Was verbirgst du doch für Qualitäten hinter dieser hübschen Fassade.«
»Verdammt noch mal!« entfuhr es ihr da, ein Ausdruck, den ich bisher noch niemals von weiblichen Lippen gehört hatte, und zitternd vor Wut sprang sie auf, wahrte mit letzter Kraft ihre Würde und entschwand.
»Das war nicht nett von dir, Blaize«, sagte ich nur gelassen, denn mittlerweile war ich an die Barforthschen Wutanfälle gewöhnt.
»Nein, aber keine Angst, sie wird mir verzeihen, denn schließlich bin ich ihr Lieblingsbruder.«
»Ach, wirklich?«
»O ja – davon bin ich überzeugt. Und außerdem schadet es gar nicht, sie von Zeit zu Zeit daran zu erinnern, wie stolz sie auf Vater ist. Armer Vater, wahrscheinlich hat er sich oft gewünscht, sie wäre ein Junge geworden, denn er beschwert sich dauernd darüber, daß ich zu nichts zu gebrauchen bin und daß er sich mit Nicholas nicht versteht.«
»Stimmt es denn, daß du nicht gern Fabrikant bist?«
»Du meine Güte!« sagte er lachend. »Du siehst so schockiert aus, als hätte ich behauptet, Katholik oder Sozialist zu sein. Also ganz ehrlich gesagt – ich bin mir nicht schlüssig darüber, ob es mir gefällt oder nicht – jedenfalls liebe ich das Geld, das es mir einbringt. Mein Bruder Nicholas hat zweifelsohne seine Bestimmung darin gefunden. Ihn würdest du nicht am hellichten Tag dabei erwischen, daß er nach Hause kommt, die Kleider wechselt und einen kleinen Ausflug nach Leeds unternimmt, so wie ich das jetzt vorhabe.«
Doch kurz darauf zeigte sich, daß Blaize sich geirrt hatte, denn während wir noch eine Weile plauderten, erschien plötzlich Nicholas und hastete die Treppe herauf. Als er uns erblickte, blieb er abrupt stehen, kniff die Augen vor Überraschung und, wie mir schien, Mißbilligung zusammen, mich hier mit seinem Bruder bei einem vertraulichen Tête-à-tête anzutreffen. Doch noch rechtzeitig, ehe

ich mich durch Nicholas' Verhalten geschmeichelt fühlte, fiel mir ein, daß diese beiden Brüder instinktiv sofort das begehrten, was einem von ihnen gefiel, und sich bereits im Kindesalter mörderische Zweikämpfe um Nichtigkeiten geliefert hatten. Dieser Wettkampf, zu dem Onkel Joel sie erzogen hatte, war ihnen in Fleisch und Blut übergegangen, und jeder mußte sich immer wieder beweisen, daß er besser und stärker als der eigene Bruder war.
»Kann ich meinen Augen trauen?« mokierte sich Blaize. »Mein Bruder Nicholas läßt am hellichten Tag seine Webschuppen im Stich?«
»Ganz recht, ich habe schließlich die ganze Nacht dort verbracht. Und nach sechzehn Stunden Arbeit habe sogar ich das Bedürfnis, ein frisches Hemd anzuziehen.«
Und als Blaize aufstand und lässig davonschlenderte – allein die Vorstellung, sechzehn Stunden zu arbeiten, schien ihn zu ermüden oder tödlich zu langweilen –, setzte sich Nicholas genau auf die Stelle, die kurz zuvor sein Bruder neben mir freigemacht hatte.
»Hat Blaize dich geärgert?«
»O nein, keineswegs. Er hat Caroline ziemlich in Rage gebracht. Er hat mitbekommen, wie sie verächtlich über Geschäftsleute sprach, und sie dann so lange gereizt, bis sie ihm an den Kopf warf, daß sie die Fabrik besser führen könnte als jeder hier im Tal – wenn sie als Junge geboren worden wäre.«
Nicholas lächelte, nicht strahlend und hinreißend wie Blaize, sondern verhalten, beinahe widerstrebend breitete sich dieses leise Lächeln aus, ließ ihn für einen kurzen Moment heiter und gelassen erscheinen, bis es ebenso rasch wieder verschwand, als wäre ein Lächeln wie Zeit und Geld kostbar und sollte nicht vergeudet werden.
»Das kann schon sein. Besser als Blaize auf jeden Fall.«
»Taugt er so wenig?«
»Es ist schlimm genug. Dabei könnte er gute Arbeit leisten, wenn er nur wollte. Ihm liegt einfach nichts daran.«
»Aber dir gefällt die Arbeit? Nicht wahr, Nicholas?«
»Ach ja«, sagte er und lehnte sich zurück. »Da mir die Phantasie meines Bruders fehlt, konnte ich mir nie vorstellen, jemals etwas anderes zu tun. Wir werden im Geschäft gebraucht, und nur ein Narr würde das alles aufgeben und irgendwelchen Hirngespinsten nachlaufen. Im Grunde genommen denkt Blaize ebenso. Er sieht sich zwar nicht gern als Fabrikant und Geschäftsmann, weiß aber nicht, was er lieber wäre. Wenn wir einmal das Unternehmen erben, wird

er sehr gern seinen Anteil davon beanspruchen. Ich muß dann dafür sorgen, daß er auch seinen Teil der Arbeit leistet.«
Wieder lächelte Nicholas mir zu, aber es war nicht das Lächeln eines Mannes, der mit mir flirten wollte. Es drückte eher eine gewisse Vertraulichkeit aus, ein kameradschaftliches Verständnis. Er sah in mir eine Gesprächspartnerin, der er seine Gedanken offenbaren, mit der er über die Schwächen seines Bruders und seine eigene vernünftige Lebenseinstellung sprechen konnte.
»Und wie geht es dir, Faith – ich meine, hier bei uns?«
»Oh, ich fühle mich sehr wohl hier.«
»Das freut mich.«
Und das war es. Er stand auf, lächelte mir noch einmal zu, war aber in Gedanken bereits wieder bei seiner Arbeit und ließ mich allein zurück. Im Haus herrschte ungewöhnliche Stille. Tante Verity war ausgefahren. Das gedämpfte Licht der Lampen hüllte mich ein, die frühe Dämmerung des Winterabends kroch leise durch die Fenster herein, das anheimelnde Knistern der Kaminfeuer versprach wohlige Wärme. Nichts war geschehen. Nicholas Barforth hatte eine Weile neben mir gesessen, hatte sich höflich mit mir unterhalten, mir zweimal freundlich auf diese verhaltene, sehr anziehende Weise zugelächelt. Aus dem dunklen, gutaussehenden, mürrischen Jungen war ein attraktiver, nüchtern denkender Mann geworden, dessen Worte in meinen Ohren nachklangen. Nichts Außergewöhnliches war geschehen. Und doch fühlte ich, daß sich etwas verändert hatte, spürte, daß ich endlich zu leben begann.

3

Ich hatte keine Eile, in unser großes, kaltes Haus in der Blenheim Lane, unter die Fittiche von Miss Mayfield, zurückzukehren, die nun fast gänzlich ihrer Autorität beraubt war. Doch Celia reagierte gekränkt, weil Caroline mir so offensichtlich den Vorzug gab, so wie sie beleidigt gewesen war, als Tante Hannah Prudence hofiert hatte, und legte sich mit einer Erkältung ins Bett. Wenn Caroline sie nur einmal eingeladen hätte, mit ihr auszufahren, oder Blaize einige Minuten mit ihr geplaudert hätte, wäre sie sicher prompt genesen. Doch da meine Cousins ihr diesen Gefallen nicht erwiesen hatten, blieb uns nichts weiter übrig, als sie nach Hause zu bringen.
Miss Mayfield, dankbar für jede Aufgabe, die ihren weiteren Ver-

bleib rechtfertigte, steckte Celia ins Bett und tröstete sie mit Himbeerblättertee, betupfte ihre Stirn mit wohlriechenden Essigessenzen und flüsterte ihr sicherlich ins Ohr, daß sie bald einen liebevollen Ehemann finden würde, der sie vor hochnäsigen Cousins, boshaften Schwestern und allem Übel dieser Welt beschützen würde, mit denen sich Miss Mayfield, eine mittellose, fünfundvierzigjährige Jungfer, ganz allein herumschlagen mußte.
Vaters düsterer Geist tauchte noch gelegentlich in den Räumen auf, und jedesmal, wenn ich ein Stück der Porzellansammlung zurechtrückte, glaubte ich, seinen verdrießlichen Blick auf mir zu fühlen. Rasch zog ich dann die Vorhänge zurück, und das helle Sonnenlicht vertrieb den bösen Geist. Bald begann ich diesen unerhörten Luxus, frei über meine Zeit verfügen zu können, in vollen Zügen zu genießen.
Mrs. Maylor, unsere Haushälterin, war vollauf mit ihren eigenen Aufgaben beschäftigt, und Miss Mayfield, dieser feuerspeiende Drache unserer Kindheit, war zu einer unansehnlichen kleinen Maus geschrumpft und fürchtete zu sehr um ihre Anstellung, als uns weiterhin ernsthaften Widerstand entgegenzusetzen. Bis zu Mutters Rückkehr konnten wir unsere Freiheit genießen. Celia spann sich in ihre Träume ein und hörte in ihrer Phantasie bereits die Hochzeitsglocken läuten; Prudence legte ihren Stickrahmen endgültig beiseite und übernahm das Kommando im Haus, bestellte Tee, wann es ihr paßte, und nicht, wenn Mrs. Maylor es für richtig hielt, ließ zu jeder Tageszeit und bei jedem Wetter die Kutsche vorfahren und befahl Miss Mayfield barsch: »Bitte sagen Sie Mr. Jonas Agbrigg, daß ich nicht zu Hause bin«, und das jedesmal, wenn er sie besuchen wollte.
»Ach du meine Güte, Miss Prudence, dies ist schon das zweite Mal, daß sie ihn abweisen. Er war sehr verärgert darüber. Was wird nur Mrs. Agbrigg dazu sagen? Sie sind doch morgen bei ihr zum Dinner eingeladen und können es nicht umgehen, Mr. Jonas dort zu treffen.«
»Nun denn, meine Liebe«, beschied Prudence, wenig geneigt, den Klagen der Gouvernante weiter zuzuhören. »Dann müssen Sie eben eine Nachricht nach Lawcroft schicken, daß ich mich nicht wohl fühle und leider absagen muß.«
»Arme Miss Mayfield«, sagte ich mitleidig, als sie den Tränen nahe hinauseilte. »Sie lebt in Angst und Schrecken davor, daß Tante Hannah sie der Unfähigkeit bezichtigen könnte, wenn Mutter wieder hier ist. Die arme Seele! Ich glaube zwar kaum, daß Mutter sie ent-

lassen wird. Sie beklagt sich ja ständig wie schrecklich es ist, in ihrem Alter und mit ihren angegriffenen Nerven eine neue Anstellung suchen zu müssen.«

Doch Prudence' feingeschnittenes, strenges Gesicht zeigte kein Mitgefühl.

»Dann hätte sie vor langer Zeit dafür sorgen müssen, daß sie nicht in eine solche Situation gerät.«

»Sie hat kein Geld, Prudence. Sie ist dazu gezwungen, in Abhängigkeit zu leben.«

»Ganz recht«, kam die knappe Antwort. »Du hast ihre Lage hier im Haus exakt beschrieben. Anstatt sich ihren Lebensunterhalt zu verdienen, hat sie sich nur scheinbar unentbehrlich gemacht und geriet dadurch in diese Abhängigkeit.«

»Vater hielt große Stücke auf sie.«

»Ja, denn sie entsprach genau seinen Vorstellungen und gehorchte ihm aufs Wort. Sie ist eine sogenannte gebildete Dame, stammt aus einer besseren Familie, als wir es sind. Ihr Vater war Geistlicher und ihre Mutter die Tochter eines Anwalts. Sie wurde zum Nichtstun erzogen. Und als das Familienvermögen aufgebraucht war und sich kein Mann zum Heiraten fand, mußte sie als Gouvernante arbeiten und gab alle diese überflüssigen Dinge, die sie gelernt hatte, an andere weiter. Sie weiß nichts, absolut nichts, Faith. Und ich bin ebenso unwissend wie sie. Deshalb behandele ich sie auch so barsch. Jahrelang hat sie mich mit ihren Stickereien gequält. Ich kann keine Nadel mehr anfassen. Ihr törichtes Geschwätz über Blumen und Kräuter hat mir jede Freude daran genommen. Sie hat nicht bemerkt, wenn ich absichtlich einen Fehler in den Rechenaufgaben machte, um sie auf die Probe zu stellen. Und mir scheint, ihre grammatikalische Ausdrucksweise wechselt wie der Mond. Sie ist dumm und ungebildet, und wir sind in ihrem Sinn erzogen worden, so wie Vater es gewollt hat. Mädchen sind dumm und sollen es bleiben, damit sie später ihren Männern keine unbequemen Fragen stellen können. Quält es dich nicht manchmal, Faith, so wenig zu wissen?«

»Ich versuche, es mir nicht anmerken zu lassen.«

»Nun«, sagte Prudence unverblümt, »man merkt es. Und wenn Jonas Agbrigg mich so von oben herab behandelt und sich bemüht, über einfache, belanglose Dinge zu sprechen, die ein dummes Mädchen wohl gerade noch versteht, dann könnte ich ihm die Augen auskratzen, obwohl er ja nichts dafür kann. Und wenn ein Freddy Hobhouse mir seinen Arm und seinen Schutz anbietet, dann könnte

ich gleichzeitig weinen und lachen – ja, er ist ein Mann, aber so einfältig und töricht. Glaube mir, der Gedanke, ein Leben lang einen Schafskopf wie Freddy ehren und ihm gehorchen zu müssen, entbehrt keineswegs einer gewissen Komik.«
»Du hast also vor, alle beide abzuweisen?«
»Ich habe keine Ahnung, was ich tue. Erst einmal werde ich mir Zeit lassen. Ich lehne eine Ehe nicht rundweg ab. Es gibt ja welche, die recht glücklich sind. Aber ich weiß so wenig vom Leben, habe noch nichts gesehen, nichts gelernt . . . nein, es ist zu früh für eine endgültige Bindung. Warum soll ich mir damit alle Möglichkeiten verbauen? Celia wünscht sich nichts sehnlicher, als sicher und wohlverwahrt ihr Leben im Salon ihres Mannes zu verbringen – aber für mich ist das nichts. Ich könnte mir vorstellen, daß ich ein oder zwei recht vergnügliche Jahre hier als Tochter des Hauses verbringe. Mit Mutter komme ich schon zurecht. Und in dieser Zeit gelingt es mir vielleicht, aus der Rolle des Zierpüppchens zu schlüpfen und meinem Leben einen Sinn zu geben.«
»Denkst du nicht manchmal daran, daß du dich verlieben könntest?«
»Warum?« fragte Prudence. »Denkst du etwa daran?«
Und da ich keine Zweifel mehr darüber hegte, dieses Gefühl jedoch noch zu zart, zu kostbar war, um ans helle Licht des Tages gezerrt zu werden, zuckte ich nur lächelnd die Schultern, gab vor, eine Kutsche in der Auffahrt zu hören, und eilte aus dem Zimmer.
Im Frühjahr dieses Jahres wurde die Eisenbahnlinie von Leeds nach Cullingford eröffnet, ein Ereignis, das viel Aufregung und Vergnügen mit sich brachte. Die Geschäftsleute konnten so ihre Waren schneller in die größeren Städte transportieren, und für die Bürger Cullingfords, die sich den Fahrpreis leisten konnten, bot sich nun die bequeme Möglichkeit, jederzeit Liverpool oder London einen Besuch abzustatten.
Jahrzehntelang war die schmale, holprige Straße von Cullingford nach Leeds die einzige Verbindung zur Außenwelt, zu den großen Märkten gewesen. Die schwer beladenen Karren mühten sich durch die vom Regen aufgeweichten, tief eingesunkenen Fahrspuren, oft über gefährlich enge Haarnadelkurven. Auch der Kanal war unzureichend – dieses stinkende, träge Gewässer konnte die Anforderungen einer aufstrebenden Industriestadt nach rascher, sicherer Beförderung der Güter nicht länger zufriedenstellend bewältigen. In den vierzig Jahren technischen Fortschritts hatte die Industrielandschaft Cullingfords sich um das Achtfache vergrößert.

Onkel Joel hatte sich als einer der ersten die Errungenschaften der neuen Technik zunutze gemacht, mit der Installation von mechanischen Webstühlen und Spinnmaschinen den Übergang von der Hausindustrie zum Fabrikbetrieb eingeführt und damit die Herstellung von Massenartikeln ermöglicht, mit denen Großbritannien die Weltmärkte erobert hatte. Auf der Suche nach Arbeit waren in der Folgezeit Horden von hungrigen Landarbeitern aus dem Süden des Landes und aus dem notleidenden Irland in die aufstrebenden Industriestädte des Nordens gezogen und hatten Lohn und Brot in den Fabrikhallen gefunden. Ihre ärmlichen Behausungen verunzierten zwar bald das einst hübsche, friedliche Bild der kleinen Marktstadt; und ihr Elend und ihre Not führten zu Aufruhr und Rebellion. Die Frauen des Law Valley, die einst zu Hause an ihren Spinnrädern gearbeitet hatten, waren gezwungen, für einen Hungerlohn in der Kammgarnspinnerei von Mr. Oldroyd zwölf bis vierzehn Stunden am Tag zu arbeiten. Für die mechanischen Webstühle genügte die Kraft einer Frau oder eines Kindes, und in den harten Wintermonaten zerschlugen die einst selbständigen Weber ihre Handwebstühle zu Feuerholz, weil sie damit nicht mehr den Unterhalt für ihre Familien verdienen konnten. Der Hunger brach ihren Widerstand, sie beugten sich der Tyrannei der Technik und der neuen Fabrikherren und verdingten sich als Arbeiter an Männer wie Onkel Joel.
In Zeiten wirtschaftlicher Not war Cullingford ein gefährlicher Ort. Horden arbeitsloser Männer verunsicherten die Straßen, schlossen sich zu rebellierenden Gruppen zusammen und forderten mehr Lohn und mehr soziale Gerechtigkeit. Die Eleganz der Blenheim Lane mit ihren Palästen, die teuren Villen machten mich nicht für das Elend der irischen Viertel in der Simon Street und der Saint Street blind, wo vielköpfige Familien auf engstem Raum zusammengepfercht ohne Licht und Wasser, ohne Heizung und ausreichende Nahrung erbärmlich dahinvegetierten.
Und selbst diese untersten Schichten der Bevölkerung – die Arbeitslosen und Unruhestifter, die Verzweifelten und Schwachen, die Iren, Katholiken und andere namenlose, vom Schicksal benachteiligte Minderheiten konnten von der Einführung der Eisenbahn profitieren. Als Massentransportmittel diente sie vielen als letzte Möglichkeit, anderswo Arbeit zu suchen, und weckte den Wunsch, nach Übersee auszuwandern. Um diese Bewegung zu unterstützen, war ein Hilfsfonds eingerichtet worden, der die Mittel zur Überfahrt bereitstellte, und Onkel Joel hatte tausend Pfund dazu beigesteuert.

Wie mein Vater war Onkel Joel immer ein Befürworter der Eisenbahn gewesen, deren Bau von Anfang an auf heftige Widerstände gestoßen war. Diejenigen, die finanziellen Gewinn aus dem Straßen- und dem Kanaltransport zogen, verdammten sie als Teufelswerk. Die Landbesitzer, empört über die Beeinträchtigung des Landschaftsbildes, waren bald felsenfest davon überzeugt, daß der Rauch und der Gestank der Dampflokomotiven die Kühe unfruchtbar, das Getreide ungenießbar machen und ihre Arbeit moralisch verderben würde. Einige politische Persönlichkeiten, wie der Herzog von Wellington und unser Gutsherr, Sir Giles Flood, warnten eindringlich vor der Gefahr, daß die Eisenbahn die Arbeiterklasse dazu verführen würde, sich zusammenzuschließen und gemeinsam gegen die herrschende Ordnung zu rebellieren.
Doch unaufhaltsam wie die mechanischen Webstühle hatte sich die Eisenbahn durch das ganze Land geschlängelt, verband die Städte miteinander, eröffnete neue Absatzmärkte, bis selbst die rückständigsten Geschäftsleute von Cullingford dem Anschluß an das Eisenbahnnetz zustimmten. Ein Antrag wurde ins Parlament eingebracht, und nachdem der Bau genehmigt worden war, brach die nächste Flut von unzivilisierten, trunksüchtigen Arbeitern über die Stadt herein, die unterhalb der Simon Street ihre notdürftigen Lager errichteten. Jahrelang wurde dann in den steinigen Hügeln, die Cullingford umgaben, gegraben und gearbeitet, und viele Einwohner der Stadt bereuten es bereits, ihre Zustimmung zum Bau der Eisenbahn gegeben zu haben.
Im April des Jahres, als Vater starb – es war ihm nicht vergönnt worden, den Erfolg seiner Beteiligung an der Finanzierung der Bahn und dem gewinnträchtigen Betrieb seines Bahnhofshotels zu erleben –, wurde die Cullingford-Linie offiziell eingeweiht. An einem nebligen Morgen um zehn Uhr sollte der erste Zug den Bahnhof verlassen. Über hundert der wohlhabendsten Herren der Cullingforder Gesellschaft füllten die Waggons, und sie feierten mit Champagner diese aufregende erste Fahrt nach Leeds, die Cullingford den Anschluß an das Eisenbahnnetz nach Liverpool und London ermöglichte.
Schon Wochen vor diesem großartigen Ereignis hatte ich an Mutter geschrieben, die immer noch auf dem Kontinent weilte, und ihr vorgeschlagen, zu dieser prunkvollen Einweihung nach Cullingford zurückzukehren. Insgeheim erhoffte ich mir, daß sie uns zu diesem Anlaß gestatten würde, endlich unsere Trauerkleidung abzulegen.

In ihrem Antwortbrief ließ sie völlig offen, ob sie nun nach Hause kommen würde oder nicht, und so war ich gezwungen, an den Eröffnungsfeierlichkeiten in meinem schlichten schwarzen Kleid mit dem hohen Kragen teilzunehmen, und beneidete Caroline aus vollem Herzen um ihr prachtvolles Gewand mit den blauen und goldenen Streifen, das ich für sie ausgewählt hatte.
Ich fuhr im Barforthschen Landauer zum Bahnhof; unsere eigene Kutsche, besetzt mit meinen Schwestern und Tante Hannah, folgte uns. Auf dem mit vielen bunten Fahnen beflaggten Bahnhofsvorplatz war ein großes Festzelt errichtet worden, in dem ein üppiges Büffet, bestehend aus Enten- und Truthahnbraten und dreißig erstklassigen Yorkshire-Lämmern, an Spießen gegrillt, auf die Rückkehr der Reisenden wartete. In den Straßen vor dem Bahnhof, wo die Kutschen warteten, herrschte ein unübersehbares Chaos, die Menschen drängten und stritten sich um die besten Plätze.
Wir wurden auf eine Tribüne geführt, zu der nur geladene Gäste Zutritt hatten, und unseren Augen bot sich ein farbenprächtiges Spektakel. Zwei Blaskapellen spielten flotte Marschmusik und überboten sich gegenseitig an Lautstärke. Die funkelnagelneue Lokomotive erglänzte in den Farben Rot, Schwarz und Gold und zischte energiegeladen. Und obwohl ich schon mehrmals mit dem Zug von Leeds nach London gefahren war – in Begleitung meines gestrengen Vaters –, übertrug sich die angespannte Aufregung aller auf mich.
Noch hatten wir keinen Bürgermeister, der dem Lokomotivführer das Startsignal geben konnte, doch Onkel Joel, dessen Güter die Frachtkapazität des Zuges größtenteils auslasten würden und in dessen Besitz die meisten Anteile der Eisenbahngesellschaft waren, stand bereit, um diese Aufgabe zu übernehmen. Und als der Morgennebel sich lichtete – an die grauen Rauchwolken aus den Fabrikschloten waren wir längst gewöhnt, ja wir erfreuten uns sogar daran, waren sie doch Zeugnis unseres wirtschaftlichen Erfolgs – und die fahle Frühlingssonne die Trompeten und Trommeln, die polierten Eisenteile zum Funkeln brachte, sich auf den Goldketten und Tante Veritys Diamanten reflektierte, die Perlenketten von Mrs. Hobhouse und Mrs. Mandelbaum aufleuchten ließ und die vielen hundert strahlenden Gesichter beschien, kam es mir vor, als wollte die Natur selbst unsere Freude und Zufriedenheit mit uns teilen.
Wir hatten wahrlich Grund, stolz auf unsere Errungenschaften zu sein, denn noch zwei Generationen vor uns war dieses Tal nur von ärmlichen Handwebern und Bauern bewohnt worden. Unsere El-

tern hatten die Technik hierhergebracht, die Fabriken aufgebaut und damit die gesellschaftliche Struktur unserer Grafschaft verändert. Diese hart arbeitenden Männer und Frauen hatten Häuser und Fabriken errichtet, wurden dafür von den adligen Gutsbesitzern verachtet, hatten es zu Reichtum und Ansehen gebracht und machten dem Adel seine Privilegien streitig, was jahrhundertelang niemand gewagt hatte. Diese Eisenbahnlinie gehörte uns, nicht ihnen, war indirekt durch unserer Hände Arbeit geschaffen worden, durch die Fäden, die in den Fabriken gesponnen wurden, das Tuch, das dort gewebt wurde. Unser Fleiß, unser Unternehmungsgeist, unsere Zähigkeit und Ausdauer waren von Erfolg gekrönt worden und wir waren zu Recht stolz darauf.
Jeder der bevorzugten Tribünengäste hatte natürlich darauf gehofft und es sich sehnlichst gewünscht, an dieser ersten Fahrt teilnehmen zu dürfen. Viele waren bitter enttäuscht worden, und während der vergangenen Wochen hatte es kaum ein anderes Gesprächsthema gegeben. Onkel Joels Teilnahme hatte niemals zur Diskussion gestanden, ebensowenig die Anwesenheit der Herren Hobhouse, Mandelbaum, Rawnsley und Oldroyd. Sir Giles Flood war eingeladen worden, hatte jedoch verächtlich abgelehnt. Aber sein Cousin, Sir Charles Winterton, der Grundstücke in Cullingford besaß und in fast jeder Stadt des West-Riding-Distrikts verschuldet war und dessen Sohn, der »Winterton-Junge«, sich mittlerweile in die Schar der Bewerber um Carolines Hand eingereiht hatte, war nicht zu stolz gewesen, anzunehmen. Mr. Coray-Manning, der Anwalt, hatte freudig der Einladung zugestimmt, obwohl Tante Hannah lautstark die Meinung verkündete, er hätte aus Altersgründen zugunsten von Jonas darauf verzichten sollen. Ihr größter Triumph jedoch war, daß Onkel Joel ihrem Mann die Teilnahme ermöglicht hatte, dies betrachtete sie als unschätzbaren Beitrag zu seiner Wahl zum Bürgermeister.
Der Besitzer des *Old Swan* durfte ebenfalls an dieser Reise teilnehmen, dies war eine freundliche Geste als Entschädigung für die geschäftlichen Einbußen, die er in Zukunft hinnehmen mußte, wenn die vierzehn Kutschen, die sonst täglich vor seinem Gasthaus hielten, in Zukunft ohne Passagiere abfahren würden. Der Kampf um die Plätze in den Waggons war so mörderisch gewesen, daß Onkel Joel, der ursprünglich beide Söhne, Mr. Rawnsley seine fünf und Mr. Hobhouse alle zehn mitnehmen wollte, sich zähneknirschend darauf einigen mußten, nur jeweils einen Sohn, den ältesten, als Begleitung auszuwählen.

Somit würden Freddy Hobhouse, Jacob Mandelbaum, der junge Jack Rawnsley, Benjamin Battershaw und als Repräsentant der nächsten Barforth-Generation mein Cousin Blaize ihre Väter begleiten. Dieser Entscheidung waren hitzige Debatten vorausgegangen: zwischen Onkel Joel und Nicholas, der brennend an der Eisenbahn interessiert war, und zwischen Nicholas und Blaize, der in aller Öffentlichkeit erklärt hatte, daß ihm wenig an dieser Reise gelegen sei. Und nur um Nicholas zu ärgern, schien er darauf zu bestehen, das Recht des Erstgeborenen in Anspruch zu nehmen.
»Was für ein Getue«, empörte sich Caroline und rümpfte die Nase, als die erste Dampfwolke aus der Lokomotive zu uns heraufwehte. »Es wurde beschlossen, daß nur die ältesten Söhne mitfahren dürfen, und Blaize ist nun einmal der Älteste, dafür kann er schließlich nichts. Es ist sein Privileg und hat mit Bevorzugung nichts zu tun. So ein Angebot muß man einfach wahrnehmen. Wenn ich eingeladen worden wäre, hätte ich für niemanden auf dieser Welt darauf verzichtet.«
Nicholas, der neben Onkel Joel auf der Plattform der Lokomotive stand, schien seine Enttäuschung überwunden zu haben und war in eine angeregte Unterhaltung mit einer Gruppe Eisenbahnangestellter vertieft, von denen er sich wahrscheinlich die technischen Einzelheiten dieser Dampfmaschine erklären ließ. Bei seinem Anblick bekam ich heftige Magenkrämpfe, und die lärmende Menge verschwamm vor meinen Augen, versank in Bedeutungslosigkeit, schien zu hölzernen Marionetten zu erstarren, bis auf eine Ausnahme – Nicholas Barforth. Um nichts in der Welt konnte ich mir dieses merkwürdige Gefühl erklären.
Der Augenblick der Abfahrt schien nahe – die Ehrengäste kletterten in die Waggons, während ein ohrenbetäubender Tusch der beiden Kapellen ertönte. Mächtige Rauchwolken zischten aus der Lokomotive, die Signalpfeife schrillte, die Zuschauer stießen erregte Rufe aus, und selbst Tante Hannah unterbrach für einen Moment ihre Unterhaltung mit der Frau des neugewählten Abgeordneten. In vornehmer Zurückhaltung klatschten die Damen der Gesellschaft Beifall, sie waren darüber erleichtert, daß die ermüdende Wartezeit sich dem Ende näherte. Manch besorgter Blick streifte die dunklen Wolken, die am Himmel aufgezogen waren, das unbeständige Frühlingswetter konnte uns eine unangenehme Überraschung bescheren. Übermütig wurden die Fahnen geschwenkt, und gerührt tupfte sich Mrs. Hobhouse mit einem Taschentuch die Augen. Prudence bat

mich flüsternd, ihr meinen Platz in der Barforth-Kutsche für die Heimfahrt abzutreten, sie wollte um jeden Preis vermeiden, mit Tante Hannah und Jonas gemeinsam zurückzufahren. Da bahnte sich plötzlich Onkel Joel einen Weg durch die Menge und schritt wütend auf Tante Verity zu.
»Wo ist Blaize?« herrschte er sie an, und ich glaube, Tante Verity war der einzige Mensch auf der Welt, der derart gelassen auf diesen Zornesausbruch reagieren konnte. »Liebling . . . ich habe keine Ahnung.«
»Er sagte mir, er würde mit dir im Landauer kommen.«
»Aber nein, mein Lieber. Ich habe Faith abgeholt, und es gab gar keinen Platz mehr für ihn.«
»Hat er das gewußt? Aber natürlich. Wo, zum Teufel, ist er?«
»Joel«, sagte sie mit sanftem Nachdruck. »Bitte beruhige dich.«
Darauf preßte er die Lippen zusammen; sein mächtiger Körper bebte unter der Anstrengung, der ohnmächtigen Wut Herr zu werden, und nur seiner Frau zuliebe unterdrückte er diesen Zornesausbruch.
»Ich bemühe mich«, sagte er gepreßt. »Bei Gott, ich gebe mir alle Mühe, mich nicht von ihnen – von allen beiden – provozieren zu lassen. Aber manchmal gehen sie zu weit.«
»Ich weiß, Liebling. Sie gehen oft bis an die Grenzen des Erträglichen. Sie scheinen es geradezu darauf anzulegen herauszufinden, *wie* weit sie gehen können. Doch jetzt ist nicht der geeignete Moment für eine Auseinandersetzung.«
»Dann warten wir eben«, entschied Onkel Joel barsch und ging mit langen Schritten zurück zur Lokomotive, wo er ein paar Worte mit Mr. Hobhouse wechselte. Danach schritt er unruhig auf der Plattform auf und ab, blickte abwechselnd auf seine Uhr und die große Bahnhofsuhr.
»Wir warten noch«, sah ich seine Lippen formulieren. Die Eisenbahnangestellten eilten ratlos an den offenen Fenstern entlang, beantworteten ausweichend die Fragen der ungeduldigen Prominenz. Das aufgeregte Gemurmel ebbte ab, die Fahnen wurden unschlüssig wieder gesenkt. War etwas mit der neuen Lokomotive nicht in Ordnung, noch ehe sie ihre erste Fahrt angetreten hatte? War irgendwo auf der Strecke ein Tunnel eingestürzt, so wie eine Wahrsagerin aus der Simon Street es prophezeit hatte? Oder war die Verzögerung nur auf eine von Mr. Barforths selbstherrlichen Entscheidungen zurückzuführen?
»Ach, du meine Güte«, murmelte Tante Verity mit leicht amüsiertem Bedauern.

»Was ist nur in ihn gefahren?« verlangte Tante Hannah zu wissen.
»Nicholas!« rief Caroline gebieterisch und winkte ihn an ihre Seite.
»Ich nehme an, das habt ihr gemeinsam ausgeheckt – du und Blaize. Dann weißt du auch, wo er steckt.«
»Ich habe keine Ahnung, was hier vor sich geht«, wehrte Nicholas gelassen ab. Unsere Blicke trafen sich kurz, und ich fühlte freudige Hoffnung in mir aufsteigen; falls Blaize nicht rechtzeitig erschien, würde er an seiner Stelle mitfahren können.
Der Augenblick war gekommen, wo Onkel Joel die Abfahrt nicht länger verzögern konnte, hier und da streiften ihn spöttische Blicke, das erwartungsvolle Lächeln auf den Gesichtern von Cullingfords einflußreichsten Bürgern wich allmählich verdrießlicher Ungeduld. Auch ein Joel Barforth konnte nicht willkürlich der wartenden Menge seinen Willen aufzwingen und die Zeremonie bis zur fragwürdigen Ankunft seines ältesten Sohnes hinauszögern. Onkel Joel war sich der Schadenfreude durchaus bewußt, die diese für ihn blamable Situation hervorrief, zeigte es doch deutlich und in aller Öffentlichkeit, daß der mächtige, von allen gefürchtete Mr. Joel Barforth nicht fähig war, seinen widerspenstigen Sohn unter Kontrolle zu halten. Das Gesicht zur Maske erstarrt, trat er vor Tante Verity, und mit vor Zorn funkelndem Blick betrachtete er sie und dann Nicholas.
»Mein Gott, Verity, diese Situation ist unerträglich.«
»Ich weiß. Du mußt ohne ihn fahren, Joel. Blaize hatte sicher einen triftigen Grund.«
»Ja – wahrscheinlich ist er vom Pferd gefallen und hat sich das Genick gebrochen.«
»Hoffentlich nicht.«
»Nein, diesen Gefallen tut er mir nicht. Und ganz bestimmt sitzt er nicht in der Fabrik und ist so in seine Arbeit vertieft, daß er alles andere darüber vergessen hat.« Dann wandte er sich an Nicholas und befahl ihm scharf:
»Also gut, Junge, du hast erreicht, was du wolltest. Steig ein!«
Und damit hätte diese ganze unerfreuliche Szene ein Ende haben können. Wäre Nicholas nicht ein Barforth gewesen, hätte er freudigen Herzens diese unerwartete Gelegenheit wahrgenommen und Blaize die Strafe gegönnt, die ihm unweigerlich drohte. Und wäre Onkel Joel nicht ein Barforth gewesen, hätte er Nicholas etwas freundlicher zu der Fahrt eingeladen, da er ihm im Grunde genommen dieses Vergnügen gönnte und eigentlich gern beide Söhne bei

sich gehabt hätte. Aber im Gegensatz zu Blaize und Tante Verity, die mit Anmut und Geschick einem Sturm ausweichen konnten und sich der Gewalt beugten, waren diese beiden Barforths hart und unnachgiebig und trotzten hocherhobenen Hauptes jeder Herausforderung, würden eher dabei zugrunde gehen als einen Schritt zurückweichen. Und als Onkel Joel sich zum Gehen wandte, denn für ihn war die Angelegenheit erledigt, sagte Nicholas ganz ruhig:
»Dieses Angebot kann ich leider nicht annehmen, Sir.«
»Du kannst nicht? Mein Gott!« sagte Onkel Joel mit unbewegtem Gesicht, die Lippen zu einem Strich zusammengepreßt. Mit unverhohlener Neugier drängten die unmittelbar um uns Stehenden näher, wollten kein Wort dieser erbitterten Auseinandersetzung versäumen. Der Machtkampf zwischen den Barforth-Männern war im Law Valley bereits zur Legende geworden. Tante Verity legte beschwichtigend eine Hand auf den Arm ihres Mannes, ihr ganzer Körper war liebevolle, besänftigende Hingabe.
»Nicht hier, Joel. Bitte . . . Liebling . . .«
Doch ihre Geste war vergeblich, denn für Onkel Joel zählte in diesem Augenblick nur dieses Kräftemessen mit einem ihm ebenbürtigen Mann – seinem Sohn. Er war zu eigensinnig und stolz, um an die Konsequenzen zu denken.
Für eine lange Zeit – so schien es mir jedenfalls – standen die beiden sich inmitten der sensationsgierigen, hämischen Menge gegenüber, maßen sich mit harten Blicken. Die Luft war zum Zerreißen gespannt.
»Du besteigst diesen Zug, Nicholas!«
»Wohl kaum, Sir.«
»Nicholas, du tust, was ich dir sage.«
»Das geht leider nicht, Sir. Nur dem ältesten Sohn gebührt diese Ehre, so wurde es entschieden. Keine Ausnahme, unter keinen Umständen, das waren deine Worte. Und ich werde in der Fabrik gebraucht, die Geschäfte laufen nicht von alleine. Das hast du mir ebenfalls gesagt.«
Die Erfahrungen der Vergangenheit hatten Onkel Joel gelehrt, daß er Nicholas nur mit Gewalt in diesen Zug zerren konnte – und vielleicht fragte er sich auch, ob er mit fünfzig noch die Kraft dazu hatte –, so stieß er nur noch einen unverständlichen Fluch aus, und mit einer Gebärde, die mir Angst und Schrecken einjagte, wandte er sich ab und stapfte zum Zug.
Niemand sprach ein Wort zu Nicholas, als der Zug sich endlich in

Bewegung setzte und unter fröhlichem Fahnengeflatter aus dem Bahnhof hinausdampfte. Schweigend bahnte Nicholas uns einen Weg durch die dichtgedrängte Menge hinaus auf den Bahnhofsplatz zu unseren Kutschen. Nur miteinander plapperten wir mit falscher Fröhlichkeit.

»Wie froh ich bin, daß es nicht angefangen hat zu regnen«, sagte Tante Verity.

»Ja, ich hatte fest damit gerechnet«, antwortete Tante Hannah.

»Es hätte die ganze prächtige Zeremonie zerstört«, spielte ich mit.

»Ich glaube, ich habe mich erkältet«, jammerte Celia.

»Unsinn«, widersprach Prudence. »Das bildest du dir nur ein.«

Caroline beschäftigte sich eingehend mit ihren Handschuhen, streifte sie ab und zog sie wieder an und unterdrückte somit mühsam den Impuls, ihrem Bruder an die Gurgel zu fahren, und sagte kein Wort. Als wir dann endlich in unseren Kutschen saßen (für Nicholas war kein Platz mehr frei, und er stand auf der Treppe und zog grüßend den Hut), konnte ich mich nicht zurückhalten – es war mir gleichgültig, ob er im Recht oder Unrecht war – und rief: »Auf Wiedersehen, Nicholas!« Dafür erntete ich ein Lächeln von Tante Verity und einen eisigen, verächtlichen Blick von Caroline.

Wir waren am selben Abend zum Dinner nach *Tarn Edge* eingeladen. Wie drei kleine schwarze Amseln bewegten wir uns inmitten der farbenprächtigen, pfauenartigen Buntheit von Tante Veritys Gästen. Wir waren mit gewohnter ruhiger Gelassenheit empfangen worden, Nicholas und Blaize zeigten keinerlei Beunruhigung, und sogar Caroline lächelte jedem charmant zu, der an ihr vorbeiging. Nur den Winterton-Jungen zu ihrer Rechten und den jungen Mandelbaum zu ihrer Linken würdigte sie keines Blickes.

Ein Dinner in *Tarn Edge* war stets eine sehr förmliche Angelegenheit. Diener erwarteten uns in der Eingangshalle und nahmen unsere Mäntel so ehrerbietig entgegen, als wären sie aus kostbarstem Zobel. Der Butler, so würdevoll und unnahbar wie ein Bischof, geleitete uns zur Tür des Salons und verkündete mit sonorer Stimme unsere Ankunft:

»Miss Prudence Aycliffe, Miss Faith Aycliffe. Miss Celia Aycliffe.«

Wohlerzogen und sittsam schritten wir hochaufgerichtet, mit steifen Beinen über diesen schier endlosen Teppich und gaben der Gastgeberin und dem Herrn des Hauses artig die Hand. Während der darauffolgenden halben Stunde ergingen wir uns in höflichen Komplimenten über unsere eleganten Kleider und herrlichen Schmuckstücke.

An diesem Abend führte Onkel Joel Lady Winterton zu Tisch, die als Angehörige des Landadels wohl die vornehmste Dame dieser Gesellschaft, ja in ihren Augen wohl die einzige wirkliche Dame unter den weiblichen Gästen war. Blaize reichte Miss Rebecca Mandelbaum den Arm, und Nicholas verneigte sich höflich vor Miss Amy Battershaw von der Battershaw-Brauerei. Wie gern wäre ich an ihrer Stelle gewesen. Amy, eine enge Freundin Celias, war ein bläßliches albernes Mädchen, hatte jedoch den Vorzug, eine durchaus erstrebenswerte Partie für einen der Söhne des Hauses zu sein. Prudence schritt kühl distanziert neben Jonas einher, und mir war Freddy Hobhouse zugeteilt worden, dessen Mutter wohl mittlerweile gemerkt hatte, daß Prudence für ihren Sohn unerreichbar blieb und sich deshalb mit meiner Mitgift von zwanzigtausend Pfund begnügen würde. Celias beleidigte Miene zeigte mir, daß sie wenig Gefallen an ihrem Tischherrn, Adolphus Hobhouse, fand.
Caroline schritt neben dem jungen Winterton einher, und Tante Verity war die Ehre zuteil geworden, von Sir Charles, seinem Vater, zu Tisch geführt zu werden. Diese hochwohlgeborene Familie zu Gast zu haben war eine Auszeichnung, um die die Barforths von allen beneidet wurden. Die Wintertons besaßen zwar kein Geld im üblichen Sinne, waren aber im Besitz eines ausschlaggebenden Vorzugs, der nicht zu kaufen war und damit außerhalb unserer Reichweite lag – ihre adlige Abstammung und die damit verbundenen Privilegien. Seit Generationen hatte ihr Grundbesitz ihnen unantastbare Rechte eingeräumt, und wenn dieser Grund auch mit Hypotheken belastet war, so sicherte er ihnen doch die Zugehörigkeit zu einer Gesellschaftsschicht, zu der ein Barforth oder Hobhouse mit ihren Fabriken keinen Zugang bekamen. Während Onkel Joels Vater gearbeitet hatte, um die Low-Cross-Weberei zu erhalten, hatte ein Winterton in Waterloo ein Regiment angeführt. Kein Winterton hatte sich jemals an Handelsgeschäften beteiligt, höchstens ein Stück Land oder eines der Vollblutpferde oder vielleicht ein kostbares Gemälde verkauft, während Onkel Joel es auch heute noch nicht für unter seiner Würde hielt, falls nötig, selbst die Ärmel aufzukrempeln und Hand anzulegen. Er hatte sich nie dafür geschämt, daß er nur durch Fleiß und harte Arbeit zu unermeßlichem Reichtum gekommen war, und lehnte kein Geschäft ab, wenn es ihm zum Vorteil gereichte. Und obwohl der hier anwesende Sir Charles ihn insgeheim auf eine Stufe mit dem Dorfschmied stellte, ließ er sich dazu herab, an Onkel Joels Tafel zu dinieren, ja schien sogar damit ein-

verstanden, daß die Tochter eines Kaufmanns sich mit seinem blaublütigen Sprößling verband – vorausgesetzt, der Preis für diesen wenig noblen Handel stimmte. Und wie unsere Großväter vor uns, die vor diesen Gutsherren unterwürfig die Mützen gezogen und sich verbeugt hatten, konnten wir uns ihrer angeborenen Autorität nicht entziehen und begegneten ihnen mit ehrfürchtiger Scheu.
Onkel Joels Speisesaal war wie das ganze Haus mit großartiger Pracht ausgestattet. An den Wänden mit mattschimmernder Ebenholzverkleidung hingen riesige goldgerahmte Porträts von Tante Verity und Caroline. Schwere Vorhänge aus weißem Musselin und dunkelrotem Samt umrahmten die Fenster. Der Tisch war eine Augenweide: Das Tuch aus feinster weißer Spitze schmückten Pflanzengestecke, Efeu umrankte die schweren Armleuchter aus purem Silber, blaßgelbe Kerzen verströmten sanftes Licht. Üppige Frühlingssträuße aus Narzissen, zarten Veilchen und farbenprächtigen Tulpen zierten die festliche Tafel. Da Freddy Hobhouse während der nächsten zwei Stunden die oberste Pflicht des Tischherrn – die Konversation – sträflich vernachlässigte und mit herzhaftem Appetit den Köstlichkeiten des Dinners – Lachs und Weißfisch, Rindsrouladen, Wachteln, Cremespeisen und Biskuitkuchen und Torten – zusprach, konnte ich mich ungehindert meinen Gedanken und Betrachtungen über Nicholas hingeben.
Er saß neben Amy Battershaw – wie hatte ich sie nur je für ein nettes Mädchen halten können? –, reichte ihr höflich die Menükarte, und da er wußte, daß sie kurzsichtig war, las er ihr die verschiedenen Gänge vor, beriet sie in der Auswahl der Gerichte, da er als Sohn des Hauses natürlich die Spezialitäten der Köchin kannte. Doch Miss Amy Battershaw, die von ihrer Gouvernante damenhaftes Benehmen gelernt hatte, pickte nur hie und da wie ein Spatz von ihrem Teller, akzeptierte ein Häppchen davon, ein Löffelchen von dieser Speise, nippte allenfalls vom Champagner.
Dumme Göre, dachte ich verächtlich, ließ mir mein Glas ein zweites Mal mit Champagner füllen und beobachtete geringschätzig Rebecca Mandelbaum, die mit Blaize dasselbe gezierte Gehabe aufführte. Und nur ein entsetzter Blick von Celia hinderte mich daran, ein zweites Stück Schokoladentorte zu essen.
Dumme Gören, alle miteinander, urteilte ich gnadenlos. Geschmacklos gekleidet, herausgeputzt mit Bändern, das Haar neckisch gelockt, kokettierten diese zuckersüßen Püppchen mit ihrer einfältigen mädchenhaften Scheu. Verwundert über meine eigenen bösarti-

gen Gedanken – noch vor einer Woche hatte ich Amys Einladung zu einer Ausfahrt freudig angenommen und Rebeccas Klavierspiel bewundert –, erkannte ich plötzlich, daß dieser Sinneswandel darauf zurückzuführen war, daß ich unter allen Männern dieser Welt nur noch Nicholas sah, und ebenso unterteilten sich jetzt die Mädchen in zwei Gruppen – in jene, die ich als Konkurrentinnen fürchtete, und in jene, die mir nicht gefährlich werden konnten.
Ich bildete mir nicht etwa ein, daß Nicholas mir gehörte. Nur diese seltsame Erregung, die ich jedesmal empfand, wenn er in meiner Nähe war, gestand ich mir zu. Ich konnte mir auch nicht erklären, warum ausgerechnet Nicholas, dieser eigensinnige und hitzköpfige Mann, und nicht etwa Blaize mit seinem personifizierten Charme oder irgendein anderer Mann diesen gefühlsmäßigen Aufruhr in mir verursachte. Ich fragte mich auch nicht, ob die Zuneigung, die ich diesem anziehenden Mann entgegenbrachte, vielleicht nur Ausdruck einer Sympathie war, die ich schon als Kind für Nicholas empfunden hatte. Doch welches siebzehnjährige Mädchen versucht schon, sein Herzklopfen mit unsinnigen Fragen zu ergründen?
Das Dinner war vorüber, die köstlichen Speisen hinterließen nur einen vagen, angenehmen Geschmack auf meiner Zunge. Tante Verity hob die Tafel auf, und die Damen zogen sich in den Salon zurück, wo Kaffee und Unmengen von Gebäck warteten, an denen sich diejenigen – wie Amy Battershaw – gütlich taten, die in Gesellschaft von Gentlemen in vornehmer Geziertheit ihren Appetit zügelten. Doch Caroline, der jedes Damenkränzchen ein Greuel war, gab mir bald ein heimliches Zeichen, und wir flohen hinauf zur Galerie und setzten uns auf das wohlvertraute Sofa.
»Ah, das wäre geschafft«, seufzte sie erleichtert, »ich kann dieses Gegackere nicht ausstehen. Hast du bemerkt, daß Lady Winterton einen Platz für mich freihielt? Trotz Titel und blaublütiger Ahnengalerie drängt sie mir ihren Francis ebenso unverfroren auf wie Mrs. Battershaw ihren Benjamin. Ich kann mich nicht entscheiden, ob ich Francis Winterton nehmen soll oder nicht. Jedenfalls muß Vater mir zuerst eine Saison in London bewilligen und eine Reise nach Paris. Das wird er mir nicht abschlagen, schließlich bin ich jetzt Vaters Lieblingskind.«
»Dann hat es also Krach gegeben, als er aus Leeds zurückkam?«
»Wie du dir vorstellen kannst.«
»Sind sie beide in Ungnade gefallen?«
»O ja, und natürlich hat es Nicholas besonders hart getroffen, was

ja auch verständlich ist. Du brauchst gar nicht so überrascht zu sein, Faith. Schließlich war es Nicholas, der Vater in aller Öffentlichkeit blamiert hat. Anscheinend hat Mr. Hobhouse ihm während der ganzen Fahrt Vorträge über den Umgang mit widerspenstigen Söhnen gehalten, und du kannst nicht erwarten, daß Vater Nicholas das verzeiht. Natürlich hatte Blaize von Anfang an nicht vor, die Reise mitzumachen, aber anstatt es rundweg abzulehnen und gleich Nicholas seinen Platz abzutreten, ist er dieser Auseinandersetzung mit Vater ausgewichen und einfach nicht erschienen. Er wußte, daß Nicholas am Bahnhof sein und Vater ihn zur Teilnahme auffordern würde. Damit wollte Blaize Nicholas ein Geschenk machen, das ist so seine spezielle liebenswürdige Art. Und beide, Nicholas und Vater, wußten das. Blaize steckt voller unerwarteter Überraschungen. Es ist unverkennbar sein Stil. Nicholas hätte nur darauf einzugehen brauchen, und alles wäre vergessen gewesen. Aber nein, er muß natürlich Vater herausfordern und sich selbst beweisen, daß er den Mut dazu aufbringt, ihm zu widersprechen. Er ist einfach zu stolz und eigensinnig, um nachzugeben, und hat sich die Schuld an dieser mißlichen Lage selbst zuzuschreiben. War es nicht immer so, Faith? Und du hast ihn stets verteidigt, ihn bedauert. Das konnte ich nie verstehen, er verdient dein Mitgefühl nicht.«
Dann gingen wir wieder hinunter. Doch ehe ich hinter Caroline den Salon betrat, spürte ich ein allzu vertrautes Prickeln im Nacken. Meine widerspenstigen Locken lösten sich aus den unzähligen Haarnadeln, und ich eilte rasch in den kleinen Salon im rückwärtigen Teil des Hauses, den nur die Bewohner von *Tarn Edge* gelegentlich benutzten. Hier fühlte ich mich vor unerwünschten Eindringlingen sicher. Oberhalb des Kaminsimses hing ein Spiegel. Ich stellte mich mit den Zehenspitzen auf das Kamingitter, mein Rock bauschte sich gefährlich nahe über dem knisternden Feuer. Befreit schüttelte ich meine widerborstige Mähne, strich sie mit ungeduldigen Fingern zurück. Da öffnete sich plötzlich die Tür, fiel mit einem lauten Knall wieder ins Schloß, und Nicholas stand im Raum. Sein verärgerter, mißmutiger Gesichtsausdruck bei meinem Anblick zeigte überdeutlich, daß auch er gehofft hatte, hier allein zu sein.
»Faith, was um Himmels willen tust du da?«
Und im Überschwang der Gefühle – nichts wünschte ich mir sehnlicher, als ihm freundlich und verständnisvoll zu begegnen – kam es barsch und abweisend über meine Lippen:
»Das siehst du doch. Meine Frisur hat sich mal wieder aufgelöst. Ständig habe ich Ärger damit.«

»Ja, und wenn du nicht sofort von dem Kamingitter herabsteigst, werden deine Röcke Feuer fangen, und das wäre wohl ein noch größeres Ärgernis.«
»Ach, glaubst du wirklich?«
»Ja, das befürchte ich.«
»Leider muß ich dir widersprechen. Jedenfalls gehe ich das Risiko ein. Sonst kann ich mich nicht im Spiegel sehen.«
»Das ist offensichtlich«, erwiderte er nur kurz angebunden und leicht ironisch, so wie es seine Art war, mit törichten jungen Mädchen zu sprechen, die sich einem vernünftigen Ratschlag widersetzten. Nichts in der Welt hätte mich nun dazu bewegen können, von meinem gefährlichen Standort herabzusteigen, ehe mein schwieriges Unterfangen beendet war. Nicholas erkannte sofort, daß er nun seinerseits meinen Eigensinn herausgefordert hatte, und lenkte rasch ein:
»Bitte Faith, komm da runter. Mein Bedarf an Katastrophen ist für heute gedeckt. Erspar mir weiteres Unheil, denn falls du Feuer fängst, werden sie mir sicherlich die Schuld daran geben.«
»Oh, da du so um dein Heil besorgt bist, steige ich natürlich sofort hinunter. Wie könnte ich es ertragen, dir auch nur für einen Moment Sorgen zu bereiten.«
»Das ist sehr nett von dir.«
»Das finde ich auch. Wie du siehst, bin ich sowieso fertig und habe mir nicht einmal den Rocksaum angesengt. Dann wünsche ich dir eine gute Nacht, Nicholas.«
»Ja, gute Nacht.«
Doch als ich vor ihm stand und meine wahren Gefühle so überzeugend hinter der abweisenden Fassade der frostigen Aycliffe-Art verbarg, wußte ich bereits, daß ich mir später bittere Vorwürfe ob dieser vertanen Gelegenheit machen würde. Unvermutet glätteten sich Nicholas' finstere Gesichtszüge, und er lächelte mich reumütig an.
»Arme Faith! Lernst du es denn nie, dein Haar zu bändigen? Bereits als Kind hast du ständig deine Haarnadeln verloren. Erinnerst du dich noch daran? Einmal saßen Blaize und ich hinter dir in der Kirche und haben deine Haarbänder aufgezupft.«
»Ja, das werde ich nie vergessen, vor allem nicht die Schelte, die es mir eintrug.«
»Nun, das tut mir leid. Wir hatten natürlich erwartet, daß du uns als die wahren Missetäter verraten würdest. Nur von Jungen wird erwartet, daß sie nicht petzen. Mädchen klatschen doch zu gern. Jedenfalls tut Caroline es.«

»Ihr kommen wohl auch genügend Klatschgeschichten zu Ohren.«
»Ja«, gab er zu. Der Mißmut war nun völlig aus seinem Gesicht gewichen, und er grinste übermütig wie ein Schuljunge. »Das kann ich mir gut vorstellen.«
Ein unglückseliger Zufall wollte es, daß eben in diesem Moment, als wir uns zulächelten, die Tür aufgerissen wurde und Onkel Joel wutentbrannt hereinstürmte. Für ihn waren wir nicht zwei Cousins, die glückliche Kindheitserinnerungen austauschten und sich nur zufällig hier in diesem Raum getroffen hatten. Er sah einen jungen Mann, dessen ungehöriges Betragen er keineswegs verziehen hatte und der darüber hinaus die Frechheit besaß, die Gäste sträflich zu vernachlässigen, hier im vertraulichen Gespräch mit einem heiratsfähigen, einem Flirt anscheinend nicht abgeneigten jungen Mädchen. Erst als ich den entgeisterten Ausdruck auf Onkel Joels Gesicht sah, wurde mir bewußt, wie sehr nur einige Minuten allein mit einem jungen Mann meinem Ruf schaden konnten.
Onkel Joel schloß die Tür fest hinter sich; seine mächtige Gestalt schien den Raum auszufüllen. Schweigend bannte uns sein bedrohlicher Blick wütend und gleichzeitig voller selbstherrlicher Anmaßung. Er wollte die Situation absichtlich mißverstehen und würde keine Erklärung akzeptieren.
»Vater . . .« richtete Nicholas das Wort an ihn, das Gesicht ebenso hart und kantig. Allein die Tatsache, daß er das Schweigen gebrochen hatte, verriet seine Bestürzung und würde ihm als Schuldeingeständnis ausgelegt werden. Und obwohl wir nichts Unrechtes getan hatten, würde er dafür büßen müssen.
»Es fiel mir auf«, sagte mein Onkel, »daß du längere Zeit abwesend warst. Und es überrascht mich nicht, dich hier unter diesen Umständen anzutreffen.«
»Ich glaube, du mißverstehst die Umstände.«
»Das glaube ich nicht.«
»Doch, das ist meine Meinung.«
»Und du maßt dir ein Recht dafür an, wie?«
»Nein Sir. Aber ich möchte eine Erklärung abgeben.«
»Ich bin keineswegs . . .« erwiderte Onkel Joel, und da ich diese zornigen Gesichter nicht mehr ertragen konnte, diese mörderischen Blicke, und das Schlimmste befürchtete – denn hier wurde der Kampf ausgetragen, der am Bahnhof begonnen hatte –, trat ich hastig vor.
»Onkel Joel, bitte. Ich kam hierher, um mein Haar in Ordnung zu bringen.«

»Und mein Sohn ist dir gefolgt.«
»Das tat er mit Sicherheit nicht. Er war nicht sehr erfreut, als er mich hier antraf.«
Doch meine Einwände trafen auf taube Ohren. Onkel Joel hielt an seiner vorgefaßten Meinung fest, und ich war entsetzt, als Nicholas mit einem gleichgültigen Achselzucken erklärte:
»Du hast natürlich recht, wie immer. Ich bin Faith hierher gefolgt, aus einem einzigen, sehr fragwürdigen Motiv, doch leider teilt sie meine Neigungen nicht. Ich allein trage die Schuld an dieser zweideutigen Situation, und jetzt kannst du ihr erlauben, unversehrt zu ihren Schwestern zurückzukehren.«
»Oh, Nicholas«, flehte ich, »Nicholas«, und konnte doch nur hilflos zusehen, fasziniert und entsetzt gleichzeitig, wie diese beiden unbeugsamen Hitzköpfe sich gegenüberstanden. Mit zornigen Blicken maßen sie sich wie zwei Kampfhähne. Ich war mir voll meiner Schwäche bewußt, verblaßte zur Bedeutungslosigkeit und harrte doch hartnäckig aus, denn auch in mir floß Barforth-Blut.
»Gib nach, Nicholas«, flehte ich in Gedanken. »Bitte, gib nach, so wie Blaize jetzt nachgeben würde. Du brauchst dich deswegen nicht zu schämen. Er würde es dir nicht als Schwäche auslegen. Er würde ja zu gern selbst zurückstecken, aber er kann nicht. Tu es für ihn, er ist älter, und dir fällt es doch leichter.« Und als ich sah, daß Nicholas keinen Zentimeter weichen würde, allen Konsequenzen die Stirn bot – so wie sein Vater in seinem Alter getan hatte –, murmelte ich flehend:
»Onkel Joel . . .« Dabei hoffte ich, ihn davon abhalten zu können, seinen Sohn hier in Hörweite der Gäste zu schlagen, die eine solche Szene mit hämischer Schadenfreude genießen würden.
»Ganz recht«, sagte er da, als hätte er meine Gedanken gelesen, und brachte mit eisernem Willen seinen Zorn unter Kontrolle. »Nun denn, im Moment ist es wohl das beste, mein Junge, wenn du in den Salon zurückkehrst. Und ich erwarte dabei ein freundliches Gesicht von dir. Wage es ja nicht, deine Mutter zu beunruhigen. Und nun zu dir, meine junge Dame. Vor seinem Tod hat dein Vater mit mir über dich gesprochen. Mir scheint, ich habe mit deiner Mutter ein Wörtchen zu reden – falls sie sich je entscheidet, wieder nach Hause zu kommen.«
Daraufhin machte Onkel Joel auf dem Absatz kehrt und schlug die Tür hinter sich ins Schloß. Wir waren wieder allein.
Es war ein entsetzlicher Augenblick. Schwer lastete das verlegene

Schweigen auf uns. Und die Gewißheit, daß dieser peinliche Vorfall jegliche Sympathie für mich in Nicholas im Keim erstickt hatte, brach mir schier das Herz. Um weiteren Peinlichkeiten aus dem Weg zu gehen, würde er mich in Zukunft meiden wie die Pest.

»Mach dir keine Sorgen«, sagte er ruhig und vermied es, mich anzusehen. »Er wird weder zu deiner Mutter noch zu sonst jemandem darüber sprechen. Sicherlich hat er sich bereits beruhigt und sieht nun ein, wie lächerlich sein Verhalten war. Er wird in Zukunft besonders freundlich zu dir sein und dir mit einem Geschenk Abbitte leisten. Auf diese Weise bin ich zu meiner braunen Stute gekommen und Blaize zu seinem Vollblutpferd. Du hast nichts zu befürchten.«

»Du lieber Himmel, das ist meine geringste Sorge.«

»Aber mir liegt daran, daß du dich nicht darüber aufregst, Faith. Er wollte dir nicht wehtun. Du warst nur unglücklicherweise da, als er eine Gelegenheit suchte, seinem Zorn Ausdruck zu verleihen. Das ist eben so seine Art.«

»Ich mache mir keine Sorgen. Es tut mir nur leid. Sag mir eins, Nicholas . . . eigentlich wolltest du doch die Eisenbahnfahrt heute morgen mitmachen, nicht wahr?«

»Ach das«, sagte er gleichgültig. Dieses Thema war für ihn bereits erledigt. »Ja, natürlich wäre ich gern mitgefahren, so wie jeder andere auch.«

»Blaize lag nichts daran.«

»Blaize gefällt sich eben darin, grundsätzlich anders als die anderen zu sein. Und ich habe mich geweigert, seinen Platz einzunehmen, weil ich der eifersüchtige jüngere Sohn bin, der es nicht mag, als Ersatz für seinen Bruder einzuspringen . . . und außerdem wollte ich Vater damit ärgern. So wird es doch überall in Cullingford erzählt, nicht wahr?«

»Ja. Und ich wundere mich, daß du diese peinliche Szene provoziert hast, da du doch sowieso mitfahren solltest.«

»Ja«, sagte er leise. »Warum sollte ich mir selbst dieses Vergnügen versagen? Jedenfalls hatte Blaize damit gerechnet, daß ich die Chance wahrnehmen würde. Er hat sich wirklich sehr viel Mühe gegeben und wollte von Anfang an, daß ich an seiner Stelle fahren sollte, weil er wußte, daß mir mehr daran lag als ihm. Er hatte alles so geplant und sich sogar ein Alibi, wenn auch ein wenig stichhaltiges, in der Fabrik besorgt. Wie auch immer: Ich war beleidigt oder wollte vielleicht nicht derart manipuliert werden oder war einfach nur dickköpfig. Und ich vermute, daß ich das nächste Mal nicht klüger reagieren werde – wir können eben nicht anders. Du solltest jetzt in den Salon zurückgehen, Faith, sonst überrascht uns noch Tante Hannah hier, und sie wird wirklich glauben, was Vater nur vorgab zu glauben.«

»Ja, ich gehe sofort. Und du? Er erwartet dich ebenfalls im Salon.«

»Ich weiß. Aber wir können kaum gemeinsam dort auftauchen. Wenn er nach mir fragt, sag ihm, daß ich auf dem Weg bin. Gute Nacht, Faith. Beeil dich.«

Die restlichen Stunden dieses Abends verbrachte ich schweigend, hörte Prudence' kühl abweisende Antworten auf Jonas' vergeblichen Versuch, eine Unterhaltung in Gang zu bringen, verschloß meine Ohren gegen Celias Klagen über stechende Kopfschmerzen. Zum ersten Mal in meinem Leben war ich mit echten Gefühlen und Konflikten konfrontiert worden, und dieses Erlebnis hatte mich aus meinen sentimentalen Jungmädchenträumen aufgeweckt; ich hatte einen ersten Schritt ins wirkliche Leben getan. Alle meine unbewußten Hoffnungen und Gebete nahmen allmählich Gestalt an, die Zukunft breitete sich mit unendlich vielen Möglichkeiten und einer erregenden Ungewißheit vor mir aus wie das komplizierte Muster eines bunten, farbenprächtigen Teppichs. Und da war Nicholas – ich war bereit für das Abenteuer Leben.

4

Der Sommer in diesem Jahr bescherte uns zwei bemerkenswerte Ereignisse: Miss Caroline Barforths achtzehnten Geburtstag und die Abschaffung der Getreidegesetze, diese verhaßte Reglementierung des Freihandels durch die adligen Grundbesitzer, die soviel Not und Elend verursacht hatte.

Um die Einfuhr billigen ausländischen Getreides zu verhindern, waren nach den Napoleonischen Kriegen zum Schutz der Gutsbesitzer diese Gesetze erlassen worden, die daraufhin willkürlich und skrupellos die Preise für ihr eigenes Getreide festsetzten und die Arbeiter in den Industriestädten an den Rand des Hungertodes trieben, was blutige Aufstände zur Folge hatte.

Denn die kleineren Bauern hatten von dieser Preispolitik nicht profitiert und waren oft gezwungen gewesen, da die bettelarme Bevölkerung ihnen ihr teures Getreide nicht abkaufen konnte, ihr eigenes Stück Land an die Großgrundbesitzer zu verkaufen und sich in die Schar der mittellosen Wanderer einzureihen, die jährlich auf der Suche nach Arbeit in Cullingford ankamen. In einem der reichsten und fortschrittlichsten Länder der Welt wurden in dem Jahr, in dem Vater starb, Tausende von Männern, Frauen und Kindern nur durch verschiedene karitative Organisationen, die ihre mildtätigen Gaben recht willkürlich und oft ungerecht verteilten, vor dem Hungertod bewahrt.

Landarbeiter verhungerten in ihren Hütten; die durch die mechanischen Webstühle ihrer Existenz beraubten Handweber starben mit ihren Familien, weil sie die wenigen Pennies, die sie zum Leben brauchten, nicht mehr verdienen konnten. Ich wußte, daß nach einem langen, harten Winter, einem rauhen, späten Frühling und einem verregneten Sommer, der die Ernten kärglich ausfallen ließ oder gar gänzlich verdarb, in den von Unrat übersäten Gassen unzählige Tote gefunden wurden.

Nur der Freihandel konnte diese entsetzlichen Mißstände beheben. Diese Forderung war stets ein Bestandteil von Vaters politischen Reden gewesen, doch an unseren gegenwärtigen politischen Führern – Robert Peel, der mit der Wiedereinführung der Einkommensteuer von sieben Penny je Pfund wenig Sympathisanten in unseren Reihen gefunden hatte, und seinem engsten Verbündeten, dem hochbetagten Herzog von Wellington, der den neureichen Emporkömmlingen eine Lektion in Unterordnung und Klassenbewußtsein erteilen wollte – waren bisher alle diesbezüglichen Versuche gescheitert.

Gewählt und unterstützt vom Landadel mit seinen ererbten Ansprüchen auf seinen Sitz im Parlament, hatten sie jahrelang ausschließlich die Interessen der besitzenden Klasse vertreten und den nachdrücklichen Forderungen der Industriestädte widerstanden. Erst die tragische Hungersnot in Irland spitzte die Situation derart zu, daß nur noch die Wahl blieb zwischen billigem Brot oder blutiger Revolution.

Seit Jahrzehnten bereits bevölkerten bettelarme Iren Cullingford. Auf der Flucht vor dem Hungertod hatten sie ihre Heimat verlassen und waren auf der Suche nach Arbeit in die Industriestädte des Nordens gekommen und fristeten in der Simon Street ein erbärmliches Dasein, da hauptsächlich Frauen und Kinder für die Arbeit an den modernen Maschinen erforderlich waren. Und als ein Jahr vor Vaters Tod die Kartoffelernte auf den Feldern verfaulte, breiteten sich Not und Elend im ganzen Land aus.

Und als der Hunger in Irland Tausende dahinraffte, flammte auch in unserem Land Widerstand auf, und die radikalen politischen Führer der Arbeiterbewegung schürten im ganzen Land die Unzufriedenheit und riefen zum Aufstand auf. Bürgerkriegsähnliche Zustände bedrohten den Frieden des Landes, und erst da erkannte Sir Robert Peel, daß die einzige Möglichkeit, die Leute zu beruhigen, darin bestand, billiges ausländisches Getreide einzuführen.
»Das kann Peel nicht zulassen«, hieß es in den aufgeschreckten Kreisen der Grundbesitzer in London.
»Er wird es nicht tun«, hieß es resigniert in Cullingford, denn damit würde dieser überzeugte Anhänger des Protektionismus keine Unterstützung in der eigenen Partei finden und seine politische Karriere aufs Spiel setzen. Es gab Machtkämpfe in den eigenen Reihen – der ehrgeizige Mr. Disraeli beschimpfte ihn als Verräter, und sogar der Herzog von Wellington, der grundsätzlich gegen jegliche Reform war und die Getreidegesetze befürwortete, würde ihn nicht unterstützen.
Und wäre die Ernte des darauffolgenden Jahres zufriedenstellend ausgefallen, hätte Sir Robert Peel neue Einwände vorgebracht, die Entscheidung weiter hinausgezögert, nur um sich selbst an der Macht zu halten. Doch wieder verfaulten die Kartoffeln auf den Feldern, und ein Großteil der irischen Bevölkerung starb. Die Überlebenden nährten sich von Kräutern und Nesseln und ihrem mörderischen Haß auf die englischen Großgrundbesitzer, die ihre Pächter gnadenlos von ihrem Boden vertrieben, sobald sie den Pachtzins nicht bezahlen konnten. Sir Robert Peel ging das Risiko ein, opferte seine eigene politische Karriere, überwand die feindselige Einstellung der meisten Abgeordneten im Unterhaus und überredete den Herzog von Wellington, den Gesetzesentwurf dem Oberhaus vorzulegen.
»Verflucht sei der Verräter Robert Peel«, schimpfte man in den landwirtschaftlich genutzten Grafschaften, den Gutshäusern und herrschaftlichen Landsitzen, auf den lieblich grünen Fleckchen unseres Landes.
»Endlich hat er Vernunft angenommen«, hieß es im *Old Swan*, dem Zeughaus und den Fabrikhöfen. »Es war höchste Zeit.«
Wie vorherzusehen war, wurde Peel kurz darauf gezwungen, als Premierminister zurückzutreten. Doch die Häfen waren wieder offen, der Brotpreis würde sinken und damit auch die Lohnkosten. Die Stoffe aus Cullingford – Barforth-Tuche – konnten in noch größeren Mengen in alle Welt exportiert werden.

Völlig überraschend kam Mutter rechtzeitig zu Carolines Geburtstagsball nach Hause. Freudig erstaunt begrüßten wir sie, doch dabei entging mir nicht, wie sie leicht die Nase rümpfte, als sie den Salon betrat. Da sie an die sonnigen Düfte des Südens und die würzige Brise des Meeres gewöhnt war, behagte ihr die muffige Luft des kühlen, feuchten Nordens nicht mehr.
»Wie dunkel es hier drin ist«, stellte sie fest. »Kann man die Vorhänge wirklich nicht weiter aufziehen? Nun, es liegt wohl daran, daß auf dem Kontinent alles so licht ist – Frankreich sprüht und funkelt, und ganz Italien ist eine einzige Farbenpracht. Ich habe wohl vergessen, wie grau . . . Ach, was soll's, das gehört alles der Vergangenheit an. Ich habe mich gut von meinen Krankheiten erholt und bin nach Hause gekommen, um mich meinen Töchtern vorzustellen. Nicht wahr, meine Lieben, wir kennen uns kaum und wissen so wenig voneinander. Seht, ich habe euch Geschenke mitgebracht . . .«
Und sie breitete vor unseren staunenden Augen glitzerndes, funkelndes Geschmeide, rosa Seide, blaue Seide, Armreifen und Ohrringe aus Korallen und Email aus, schillernde Pailletten, Fächer aus Federn und Spitze und eine verschwenderische Fülle von reichbesticktem fremdländischem Brokat.
»Ich dachte, ihr hättet vielleicht gern etwas Neues zum Anziehen – in eurem Alter hatte ich nur Kleider im Sinn –, und wenn ihr auch damit einverstanden seid, so schlage ich vor, ihr legt die Trauerkleidung ab. Es ist jetzt sechs Monate her, nicht wahr? Mein Gott, sechs Monate! Ich muß noch ein weiteres Jahr Schwarz tragen und danach Grau und Lila in allen Schattierungen. Aber ihr seid ja keine trauernden Witwen, sondern junge Damen mit einem Anrecht auf Eitelkeit. Faith, diese blauen Schleifen und Schärpen und kleinen Rüschen werden Celia gut stehen. Aber du, du bist so erwachsen geworden. Mein liebes Mädchen, niemand in Venedig würde es für möglich halten, daß du meine Tochter bist. Meine Schwester, ja, denn du hast meine Augen- und Haarfarbe – und das ist recht selten in Venedig, glaube mir. Ja, laß dich ansehen, du scheinst mir auch in anderen Dingen zu ähneln.«
»Kaum, Mama. Ich bin viel größer als du, und meine Nase ist zu lang.«
»Ja, aber auf diese Einzelheiten kommt es nicht an. Eine kluge Frau lernt es, Illusionen zu schaffen.«
»Vater sagte immer, ich wäre dir am ähnlichsten«, warf Celia ein,

warf den Kopf zurück, so daß ihre Löckchen flogen, und wollte einmal in ihrem Leben im Mittelpunkt stehen.
»Natürlich, Liebes«, stimmte Mutter ihr abwesend zu und gönnte ihr keinen Blick. »Du bist ein entzückendes Mädchen. Und du, Prudence . . . gütiger Himmel! Du erinnerst mich an jemanden, den ich eine Ewigkeit nicht mehr gesehen habe. Einen Verwandten deines Vaters.«
»Sie wollte damit sagen, daß du unserem Bruder ähnlich siehst«, erklärte Celia später gönnerhaft, denn ein Vergleich mit dem in Ungnade gefallenen Sohn war in ihren Augen kein Kompliment. Mutter, die viel feinfühliger und verständnisvoller war, als wir annahmen, tröstete Celia in ihrer verletzten Eitelkeit und schenkte ihr alle Spitzen und Bänder, die sie zur Verzierung ihrer Kleider haben wollte, und akzeptierte Prudence' Wunsch, allein gelassen zu werden und selbständige Entscheidungen zu treffen. So kam es, daß Mutter und ich bald eine freundschaftliche Beziehung zueinander hatten, die auf unserer Vorliebe für Mode basierte.
»Man muß seinen eigenen Stil entwickeln«, erklärte sie mir. »Man kopiert nicht, sondern wird kopiert – das sagte mir eine Freundin in Paris und bestätigte mir damit nur, was ich schon lange ahnte und verwirklichte. Du bist groß, und da wir dich nicht schrumpfen lassen können, mußt du diese Größe unterstreichen – einfache klassische Linien, kräftige Farben oder reines Weiß. Kein Firlefanz. Später, wenn du älter bist, wird dir ein Hut mit einer auffallenden Feder gut stehen. Es macht mir so viel Spaß, dich einzukleiden. Früher hat Miss Mayfield es nicht zugelassen, daß ich euch nach meinem Geschmack anzog. Und was deine Nase angeht, Liebes, und deinen Mund, der etwas zu breit ist, so mußt du dir einen Gesichtsausdruck angewöhnen, der deutlich zeigt, wie leid dir all diese Mädchen mit Knospenmündchen, Knopfnasen und Grübchen tun. Wenn du den Eindruck vermittelst, daß dir gefällt, wie du aussiehst, werden die anderen vielleicht nicht derselben Meinung sein, sich aber zumindest über dich wundern.«
Zu Carolines Geburtstagsball trug Celia ein Kleid aus zartrosa hauchdünner Seide, der weite Rock war übersät mit winzigen silbernen Schleifchen und rosa und weißen Blümchen. Prudence sah in ihrem schlichteren blaßblauen Kleid, das nur spärlich mit cremefarbener Spitze besetzt war und das ihre schmale, hohe Gestalt vorteilhaft unterstrich, sehr elegant aus. Mein Kleid war weiß – ich bin ein Schwan, hatte ich glücklich vor mich hin geträumt, während die

Näherin den weiten Rock befestigte. »Es ist zu schlicht«, hatte Celia kritisiert. »Weiß steht nur Brünetten, das ist allgemein bekannt.« Eine weiße Blume schmückte meine Taille, eine weitere weiße Blume wurde an der Schulter befestigt. Ich trug mein Haar zu einem schweren Knoten geschlungen, in dem eine weiße Rose steckte, tief im Nacken, und dies würde alle Aufmerksamkeit auf meinen langen, schlanken Hals, weg von der Nase und dem Mund, lenken. Außerdem trug ich Perlenohrringe, um den Hals ein breites perlenbesticktes Samthalsband, und darüber blickten mir ein Paar ängstliche, weit auseinanderstehende, kurzsichtige blaue Augen aus dem Spiegel entgegen, denn ich war bei weitem nicht so überzeugt von der Vorteilhaftigkeit dieser ungewohnten Aufmachung, wie es den Anschein hatte. Mit jeder Minute, die wir uns dem Aufbruch näherten, wuchsen mein Unbehagen und meine Zweifel, daß diese klassischen Linien und Farben in Venedig wohl Aufruhr verursachen mochten, aber hier in Cullingford, das an das einheitliche Bild von jungen Mädchen in rosa Seide und vielen Schleifchen gewohnt war, höchstens Verwunderung auslösen würde.

Mutter, der während der Trauerzeit die Teilnahme an Bällen eigentlich untersagt war, begründete ihren Wunsch, uns zu begleiten, mit dem Hinweis, daß es schließlich ein Familienfest sei. Man hatte zumindest erwartet, daß sie ihrer Stellung entsprechend ein schlichtes Trauerkleid wählen würde, doch sie erschein in einer schwarzen Robe von atemberaubender Extravaganz, mit einem Ausschnitt, der milde ausgedrückt, als gewagt bezeichnet werden konnte. Der Rock war mit glitzernden Glasperlen bestickt, ihr blondes Haar schmückte ein hauchzartes Gebilde aus gesprenkelter schwarzer Seide, und gekrönt wurde das Ganze durch eine schwarze Straußenfeder. Diese Kreation war fraglos extra deswegen entworfen worden, um die Damenwelt von Cullingford mit Klatsch für Wochen zu versorgen.

»Tante Hannah wird das nicht gutheißen«, bemerkte Prudence, ein amüsiertes Lächeln in den Augen, als wir aufbrachen. Doch Mutter zupfte nur leicht an der schwarzen Rose, die verführerisch in ihrem Ausschnitt steckte, und lächelte.

»Ach, meine Liebe, Tante Hannah findet immer etwas zum Nörgeln. Ich nehme an, sie genießt es. Und wenn ich ihr nicht gefalle – nun, es gibt ja auch noch Tante Verity, die Eleganz zu schätzen weiß. Ja, meine Lieben, starrt mich nur ungläubig an, aber eure Tante Verity erschien eines Tages auf einem Ball und trug ein Kleid – mein Gott, es war ein Traum! –, dagegen komme ich mir direkt matronenhaft vor. Ja, es war nur ein Hauch von Chiffon, weiter nichts. An den Füßen hatte sie Goldsandalen, im Haar ein goldenes Band. Mein Gott, haben wir sie alle angestarrt, und zu Recht, denn wenn eine Frau mit bloßen Schultern und lackierten Zehennägeln erscheint, will sie Aufmerksamkeit erregen. Ich war damals wohl der einzige Mensch in der Stadthalle, der den Grund für diesen Auftritt verstand. Ihr Mann begriff sicherlich nichts, denn ich weiß noch genau, wie wütend er auf sie war. Ja, es fällt euch wohl schwer zu glauben, daß eure Tanten – und eure Mutter – in ihrer Jugend ebenfalls aufregende, herzzerreißende Erlebnisse hatten, wie? Nun, das alles ist längst vorbei. Und wenn mich nicht alles täuscht, Prudence, wird Tante Hannah dir heute abend wesentlich mehr Aufmerksamkeit schenken als mir. Oh, meine Liebe, habe ich etwas Falsches gesagt? Wenn ich nicht wüßte, wie unfähig du bist, ein so schlechtes Benehmen an den Tag zu legen, würde ich sagen, du starrst mich sehr unhöflich an.«

»Gewiß nicht, Mama«, widersprach Prudence kühl. »Darf ich diese Bemerkung so verstehen, daß dir Gerüchte über mich und Jonas Agbrigg zu Ohren gekommen sind? Dann möchte ich folgendes dazu sagen . . .«

»Aber nein, meine Liebe, du brauchst mir nichts zu erklären. Ich habe volles Vertrauen zu dir, Prudence. Du wirst sicherlich die richtige Entscheidung treffen, ob du ihn nun heiratest oder nicht.«

Doch Prudence, in ihrem neuerworbenen Selbstbewußtsein, reagierte sehr empfindlich auf jeden Versuch, sich das mühsam erkämpfte Recht auf freie Entscheidung auch nur im geringsten beschneiden zu lassen. Sie schüttelte nachdrücklich den Kopf und hielt Mutter mit einer herrischen Gebärde zurück, die zu Vaters Lebzeiten undenkbar gewesen wäre.

»Nein, Mama, damit gebe ich mich nicht zufrieden. Ich erwarte von dir eine konkrete Stellungnahme, etwas mehr Anteilnahme an den Entscheidungen, die mein Leben betreffen. Darf ich aus deiner Bemerkung schließen, daß dir Mr. Jonas Agbrigg als Schwiegersohn willkommen wäre?«

»Meine Liebe, er ist der Stiefsohn meiner Schwester, und ich teile natürlich ihre Ansichten. Zugegeben, er hat kein *Geld*, aber er ist ein sehr ehrgeiziger Mann und wird es zu Macht und Ansehen bringen. Dein Vater hat ihm eine erfolgreiche Karriere als Politiker vorhergesagt, und glaube mir, Macht bedeutet für viele Männer und auch

manche Frauen alles im Leben. Und sollte dir etwas daran liegen, die Frau eines mächtigen Mannes zu werden, dann ist Jonas Agbrigg zweifelsohne der geeignete Kandidat. Freddy Hobhouse wird nie sehr erfolgreich sein und dein Geld leichtfertiger ausgeben als Jonas. Immerhin hat er neun Brüder und vier Schwestern, die es zu versorgen gilt, da wird von deiner Mitgift nicht viel übrigbleiben. Aber das weißt du selbst, meine Liebe. Und du wirst gewiß die richtige Entscheidung treffen.«
Dann mahnte sie zum Aufbruch, denn die Kutsche wartete bereits vor der Tür, zupfte noch einmal an ihrer Tüllrose und trippelte hinaus.
»Du wolltest diese Freiheit, Prudence«, bemerkte ich zu ihr, und sie lächelte, halb amüsiert, halb verärgert.
»So ist es. Aber ein wenig mehr Hilfe hatte ich doch von ihr erwartet. Natürlich hat Tante Hannah ihr gesagt, daß Jonas um meine Hand anhalten will, und sie hat sicher ihre Zustimmung gegeben. Nun, wir werden sehen. Ihm liegt genausowenig an einer Verbindung mit mir, aber er braucht das Geld. Hoffentlich erklärt er sich bald, damit ich diese leidige Angelegenheit vom Hals habe. Dann kann er dir den Hof machen, Faith, Und wer weiß, vielleicht bewirbt er sich sogar um dich, Celia.«
»Ich würde ihn jedenfalls nicht so schändlich behandeln wie du«, entgegnete Celia mit einer Lebhaftigkeit, die das Thema Ehe stets in ihr weckte. »Ich bin zwar die Jüngste, und ich weiß, daß ihr mich für dumm haltet, aber eure Art, Jonas und auch Freddy Hobhouse vor den Kopf zu stoßen, ist der sicherste Weg, sie beide loszuwerden und als alte Jungfern zu verkümmern.«
»Ach wirklich?«
»Ja, wirklich. Du hast wohl gar nicht gemerkt, Prudence, daß beide, Freddy Hobhouse und Jonas, sich sehr liebenswürdig um mich bemühen. Jedesmal, wenn du, Prudence, dich geweigert hast, sie zu empfangen, und du, Faith, an Carolines Rockzipfel hingst, haben wir uns äußerst angeregt unterhalten, und sie blieben jedesmal länger als nötig. Um die Wahrheit zu sagen, Prudence, wenn sie nicht verpflichtet wären, um dich zu werben, könnte ich schon morgen Mrs. Hobhouse oder Mrs. Agbrigg sein.«
»Ach, tatsächlich?«
»Ja, tatsächlich. Du solltest endlich eine Entscheidung treffen, Prudence. Denn es schickt sich nicht für einen Mann, Faith oder mir den Hof zu machen, solange du nicht verlobt bist. Das ist auch Tante

Hannahs Meinung. Und wenn Faith nichts daran liegt, nun, mir gefällt es nicht, zusehen zu müssen, wie ich meine Chancen verpasse, nur weil dir keiner gut genug ist.«

»Gütiger Himmel!« Prudence schien wieder halb amüsiert, halb verärgert über diesen Ausbruch. »Keine Angst, Celia. Natürlich werde ich dir zuliebe den erstbesten Heiratsantrag annehmen und möglichst noch in diesem Monat vor den Altar treten. Aber denk daran, heute abend wird unsere Cousine Caroline als heiratsfähiges Mädchen in die Gesellschaft eingeführt, und du wirst eben warten müssen, bis du an der Reihe bist, Celia Aycliffe.«

Tarn Edge erstrahlte an diesem Abend in grandioser Lichterpracht. Schon aus der Ferne funkelte und leuchtete das Haus wie ein Schatzkästchen. Die ausgedehnten Rosenbeete, die Auffahrt, von breitkronigen Kastanienbäumen gesäumt, waren in sanftes Glitzern getaucht. Tante Verity empfing die Gäste in der Eingangshalle, die in einen Blumengarten verwandelt worden war. Ein Meer von rosa und weißen Blüten schien aus dem Marmorboden zu sprießen, prächtige Gestecke aus Treibhausblumen schmückten jede Stufe der weit geschwungenen Treppe.

Alles an diesem Abend war nach Carolines Wünschen arrangiert worden, in Anlehnung an die prächtigen Feste der eleganten Londoner Gesellschaft, mit der sie ein- oder zweimal in Berührung gekommen war und die sie vorhatte eines Tages zu erobern.

Und sie begrüßte ihre Gäste tatsächlich mit der Anmut und Grandezza einer Herzogin und nahm huldvoll die Glückwünsche entgegen. Carolines runde, kräftige, bernsteinfarbene Schultern hoben sich wunderschön von dem weißen, bestickten Brokatkleid ab, das sich eng um ihren Oberkörper schmiegte. Vor uns stand nicht ein junges, geziertes Mädchen, sondern eine selbstsichere, sich ihrer Schönheit voll bewußte Gastgeberin. Drei Reihen kostbarer Perlen schmückten ihren Hals, Ohrringe, mit Diamanten und Perlen besetzt, zierten ihre Ohren, und in ihren dunklen Locken glitzerten silberne Schleifen und mit Perlen besetzte Haarnadeln.

Natürlich war dieser Schmuck zu aufwendig für sie, alles eine Spur zu pompös für ein achtzehnjähriges Mädchen. Der Seidenbrokat, durchwoben von Silberfäden, war zu extravagant für sie und wäre eher einer Lady Winterton angemessen gewesen, deren Perlen längst verpfändet worden waren, deren kräftige, an den Umgang mit Pferden gewöhnte Hand nur ein einziger antiker Ring schmückte, oder einer Lady Annabel Flood – dem vornehmsten Ehrengast, und

ihre Anwesenheit stellte unbestritten einen gesellschaftlichen Triumph für die Barforths dar –, deren Juwelen und Aussteuer dem ausschweifenden Lebenswandel des Lebemanns von adligem Geblüt, unseres hochwohlgeborenen Gutsherrn, geopfert waren.
Und hier – in den primitiven Kreisen der niederen Bevölkerungsschichten – unterzogen sie sich der vornehmen Pflicht und opferten sich, wie ihre Ahnherrinnen, für das Ansehen ihrer Familien, überwanden ihren Stolz und ihren Hochmut und gaben sich freundlich und leutselig, galt es doch für ihre Söhne eine vermögende Heirat zu arrangieren, die dem chronischen Geldmangel in den Herrschaftshäusern abhelfen sollte. Francis Winterton gab sich gelassen und gelangweilt; Julian Flood eiferte bereits mit zweiundzwanzig seinem liederlichen und draufgängerischen Großvater nach und würde einen unberechenbaren und teuren Ehemann abgeben.
Die Mandelbaums präsentierten ihren musikalischen, dunkeläugigen Jacob; Mrs. Battershaw ihren hoffnungsvollen Sprößling Benjamin, und Mrs. Hobhouse hatte gleich drei Söhne mitgebracht, Freddy, Adolphus und James, und beim Anblick von Carolines Diamanten glitzerten ihre Augen verdächtig.
»Guten Abend«, begrüßte Caroline jeden einzelnen Gast mit einem gleichbleibenden huldvollen Lächeln – den Mandelbaums und Wintertons und auch Lady Annabel Flood, deren Vorfahren bereits mit Wilhelm dem Eroberer ins Land gekommen waren, zeigte sie nicht mehr Ehrerbietung als Mrs. Hobhouse, die keinerlei nennenswerte Ahnen vorzuweisen hatte.
»Guten Abend«, hieß es für die drei jungen Hobhouses, so als wären sie fremde Gäste, die sie nie zuvor gesehen, geschweige denn als Kind mit ihnen gespielt hätte.
»Guten Abend« klang es ebenso gleichgültig freundlich zu Julian Flood, dem sie nun tatsächlich noch nie in Gesellschaft begegnet war. Wir hatten ihn nur gelegentlich in der Kirche gesehen oder ihn beobachtet, wie er in seines Großvaters zweirädriger Kutsche in halsbrecherischem Tempo durch die Stadt – die er in arroganter Anmaßung immer noch als Eigentum der Familie betrachtete – gerast war. Doch hinter dieser gespielten Gleichgültigkeit fühlte Caroline sich sehr geschmeichelt, hätte aber um keinen Preis der Welt zugegeben, daß sie sich in einem Zustand höchster Erregung befand.
»Guten Abend«, sagte sie auch zu mir, viel zu sehr von ihrer eigenen prachtvollen Erscheinung eingenommen, als daß sie meiner außerordentlichen Aufmachung auch nur einen Blick gegönnt hätte.

Das Orchester – auf Empfehlung der Mandelbaums aus Manchester herbeigeholt – spielte auf dem Podium am Ende des langen, in Weiß und Gold gehaltenen Ballsaals die ersten Melodien. Erfrischungsgetränke standen bereit, und den ganzen Abend würde natürlich Wein und Champagner gereicht werden. Im Speisesaal wartete eine Fülle von verführerischen Kuchen, Sorbets, unerschöpfliche Mengen von Tee und Kaffee, um müde Tänzer zu erfrischen und den Anstandsdamen die Langeweile zu vertreiben.
Meine Mutter begnügte sich mit einem Glas Wein, registrierte die feindseligen Blicke der Matronen und die bewundernden Augen des Witwers, Mr. Oldroyd aus Fieldhead, und einer Reihe anderer Herren in gesetztem Alter.
»Mein Gott, ist das wirklich Elinor Barforth?« hörte ich Mr. Hobhouse' erstaunten Ausruf, der vergessen zu haben schien, daß sie zwanzig Jahre lang Mrs. Aycliffe gewesen war. Und seine Verwunderung überraschte mich nicht, denn obwohl Mutter immer eine hübsche Frau gewesen war, kannte man sie in Cullingford doch nur als demütiges, unterwürfiges Wesen und brave Ehefrau. Heute abend präsentierte sie sich in ihrer vollerblühten Schönheit. War es auch in den Augen der meisten Anwesenden unschicklich für eine Witwe, sich derartig glanzvoll zur Schau zu stellen, so mußten alle ihr doch neidvoll zugestehen, daß sie zauberhaft aussah.
»Wir gehen erst in den Ballsall, wenn der Tanz beginnt«, sagte sie zu uns. »Es wird wohl niemand wagen, mit der armen, kleinen Witwe zu tanzen, und ich habe keine Lust, als Mauerblümchen herumzusitzen.«
Mit strahlendem, charmantem Lächeln – die Straußenfeder auf ihrem Kopf wippte frech bei jedem freundlichen Nicken – bewegte sie sich elegant durch die Menge, und ihre ganze aufreizende Erscheinung schien auszudrücken: »Ja, seht nur her, ich bin Elinor Aycliffe, der ihr nicht zugetraut habt, daß sie ohne ihren Mann das Leben meistern kann. Seht nur, wie sehr ich es genieße. Ich liebe das Leben.«
Und während ich Mutter beobachtete, jede ihrer Gesten verstand, fühlte ich mich ihr zutiefst verbunden, spürte, wie ähnlich ich ihr in vielem war, und ich liebte sie dafür.
Der Ball wurde von Caroline und Onkel Joel eröffnet, die elegant übers Parkett glitten. Tante Verity tanzte zuerst mit Sir Charles Winterton, dem ältesten der anwesenden adligen Gäste, und anschließend mit Mr. Mandelbaum, dem erfolgreichsten Kaufmann der

Stadt. Onkel Joel überließ dann Caroline der Schar ihrer Verehrer und führte Lady Annabel Flood aufs Parkett. Und während diese Pflichttänze absolviert wurden, saß ich wie alle anderen jungen Mädchen mit klopfendem Herzen auf einem der samtbezogenen Goldstühlchen, und selbst Prudence konnte sich sicherlich nicht der Aufregung entziehen, die die Ungewißheit mit sich brachte, ob wir begehrte Tanzpartnerinnen oder Mauerblümchen sein würden.
Es war nicht der erste Ball, an dem ich teilnahm, und ich wußte aus Erfahrung und aufgrund der ungeschriebenen gesellschaftlichen Regeln, daß es mir nicht nur wegen meines eleganten Kleides und vornehmen Auftretens niemals an Tanzpartnern fehlen würde. Mädchen, die weder Schönheit noch Reichtum aufweisen konnten, waren oft dazu verdammt, auf dieser endlosen langen Reihe von Stühlen auszuharren, verlegen und gelangweilt darauf hoffend, daß Tante Verity sich ihrer annehmen und einen Mann, irgendeinen Mann, dazu auffordern würde, mit ihnen zu tanzen. Aber einer Miss Aycliffe mit einer Mitgift von zwanzigtausend Pfund und weiterem Reichtum in Aussicht blieb diese demütigende Erfahrung erspart.
Natürlich mußte jeder männliche Gast zunächst mit der Gastgeberin und ihrer Tochter tanzen. Blaize und Nicholas waren sicherlich mit einer endlosen Liste von Namen ausgestattet worden und würden in höflichem Pflichtbewußtsein eine Dame nach der anderen zum Tanz führen. Und so saß ich zwischen Celia, die begierig darauf wartete, daß irgendein Mann sie aufforderte, und Prudence, die hoffte, daß ganz gleich wer, nur nicht Jonas sie zum Tanz bitten würde, und ich merkte, daß ich das Geschehen um mich herum völlig unbeteiligt verfolgte. Mein Unterbewußtsein, meine Gedanken beschäftigten sich ausschließlich mit Nicholas.
Doch es waren keine glücklichen Gefühle, die mich bewegten. Nach dem unglückseligen Zwischenfall am Tag der Feierlichkeiten zur Eröffnung der neuen Eisenbahnlinie hatte ich tagelang nur an ihn gedacht, rief mir jede Linie seines dunklen, entschlossenen Gesichts, das Grübchen in seinem energischen Kinn, das unvermutete humorvolle Strahlen seines Lächelns, das den Mißmut aus seinen Zügen vertrieb, ins Gedächtnis zurück. Immer wieder hatte ich aufs neue unser Zusammentreffen durchlebt, jedes Wort unserer Unterhaltung wiederholt, Worte hinzugefügt, die ich hatte sagen wollen, die aber unausgesprochen geblieben waren. Und am Ende war mir mit erschreckender Klarheit bewußt geworden, daß ich mich in ein

dichtes Netz von Wünschen und Hoffnungen verspann und allmählich jeden Sinn für die Realität verlor. Abrupt war ich aus meinen Träumen erwacht und zwang mich dazu, endlich den Tatsachen ins Gesicht zu sehen und mir darüber klarzuwerden, in welcher Lage ich mich befand und welche Erwartungen ich für die Zukunft hegen konnte.

Trotz Vaters überaus sittenstrenger Erziehung war mir nicht verborgen geblieben, daß es auf der Welt verschiedene Kategorien von Frauen gab, für die die Männer die unterschiedlichsten eigennützigen Verwendungen hatten. Es gab die Kategorie »Dame«, zu der ich gehörte, und von ihr wurde Reinheit des Herzens und eine zarte körperliche Konstitution erwartet, die den beschützenden Besitzerinstinkt in den Männern wecken sollte. Ihr war ein Leben in luxuriösem Nichtstun vorbestimmt, und im Austausch dafür schuldete sie ihrem Mann demütige Unterwerfung und Selbstaufopferung, die möglichst einmal im Jahr in der Geburt eines Kindes gipfelte. Dann gab es die Kategorie »Dienstmädchen«, das waren Frauen von so robuster und vitaler Körperkraft, daß sie mit ihren damenhaften Geschlechtsgenossinnen nichts gemein zu haben schienen. Diese unermüdlichen Frauen und Mädchen wurden ausschließlich als Arbeitskräfte betrachtet, erledigten die schwere Hausarbeit, schrubbten die Böden, schürten die Feuer, schleppten Wasser herbei und bügelten die Wäsche. Jede Weiblichkeit wurde ihnen abgesprochen, und zeigte sich, daß ihre natürlichen Instinkte sie zu einem Fehltritt verleitet hatten, wurden sie unweigerlich entlassen. Dann war da noch die Kategorie der »Fabrikarbeiterinnen«, harte, vulgäre Frauenzimmer, die vierzehn Stunden in den Fabrikhallen schuften konnten und noch die Kraft aufbrachten, unzählige Kinder zu gebären und aufzuziehen. Und so wie die Herren der Schöpfung sich für die Befriedigung ihrer praktischen, täglichen Bedürfnisse an diese zähen, ausdauernden Frauen wandten – wozu ihre zarten Treibhauspflänzchen von Ehefrauen nicht fähig waren –, fanden sie in der Kategorie »Mätresse« – leichtfertige, ruchlose Geschöpfe – willige Partnerinnen für die Befriedigung ihrer sinnlichen Bedürfnisse, die ihnen ihre empfindsamen Gattinnen nicht gewährten.

Ich wußte auch, daß alle diese Eigenschaften mit mir nichts zu tun hatten. Niemand würde je von mir verlangen, daß ich grobe Hausarbeit verrichtete oder einen Fuß in die Fabrik setzte. Ich war eine Dame, dafür bestimmt, nicht geliebt, aber geheiratet zu werden. Und selbst falls es mir gelingen sollte, in Nicholas den Wunsch nach einer ehelichen Verbindung zu wecken, würde seine Familie – mit der ich ja nahe verwandt war – mich niemals als seine Frau akzeptieren.

Ich wurde als gute Partie für einen Hobhouse oder einen Mandelbaum, für Jonas Agbrigg als überaus begehrenswert angesehen, doch für die Barforth-Kinder kam nur eine außergewöhnliche Verbindung in Frage. Und wäre ich ein wenig älter gewesen und hätte nur einen Teil von Prudence' vernünftiger Lebenseinstellung besessen, hätte ich Jacob Mandelbaum etwas ermutigender zugelächelt, der mich gern zu haben schien, oder wäre dem jovialen Freddy Hobhouse freundlicher begegnet und hätte jeden Gedanken an Nicholas aus meinem Herzen verbannt.

»Vergnügt euch nur«, riß Mutter mich aus den trübsinnigen Gedanken und lächelte Jonas Agbrigg zu, der sich steif vor Prudence verbeugte. »Vergnügt euch, während Tante Hannah und ich hier sitzen und uns über die guten alten Zeiten unterhalten.« Und obwohl ich wenig Lust verspürte, an dem munteren Treiben teilzunehmen, gehorchte ich dieser Aufforderung.

Ich wußte nicht, was ich mir von diesem Abend erhofft hatte, da Nicholas für mich unerreichbar war. Freddy Hobhouse schwang mich zu übermütigen Polkaklängen übers Parkett; Jacob Mandelbaum wiegte mich leichtfüßig zu den sanfteren Melodien eines anderen Tanzes; Francis Winterton hielt mich mit steifen Armen weit von sich und plauderte gelangweilt über Caroline; Julian Flood, der durch die Teilnahme an diesem Ball seine Absicht auf eine bestimmte Dame kundtat, flirtete auf geradezu unverschämte Weise mit mir. Es war ein Ball, das aufregendste Ereignis für junge Damen, getragen von Hoffnungen und Enttäuschungen; erste zarte Bande für spätere Ehen wurden hier geknüpft, heiratsfähige junge Männer und Mädchen zur Schau gestellt – ein Ball wie viele andere, an denen ich bereits teilgenommen hatte. Nur fand hier in *Tarn Edge* alles in einem großartigeren, festlicheren Rahmen statt. Von den hohen, goldgefaßten Decken hingen drei prächtige Lüster und versprühten funkelndes Licht; durch die hohen Flügeltüren strömte würzige Nachtluft aus dem Garten herein. Das Orchester spielte hervorragend auf zu Polka, zur Quadrille und zu beschwingten Walzermelodien. Die jungen Mädchen tanzten, und Tante Verity bemühte sich unermüdlich darum, daß kein Mauerblümchen unbeachtet sitzenblieb.

Die älteren Herren hatten sich an das Büffet oder in das Rauchzimmer begeben; die Anstandsdamen rückten ihre Stühle aneinander und tauschten gelangweilt die neuesten Klatschgeschichten aus. Tante Hannah hatte einen Platz neben Mr. Fielding, unserem neuen Abgeordneten, ergattert, der sicherlich nicht ahnte, daß sie in Jonas bereits seinen Nachfolger sah. Und während sie sich angeregt unterhielt und zu wissen verlangte, welche Fortschritte der Antrag auf die Gewährung der Cullingforder Stadtrechte im Unterhaus machte und wann damit zu rechnen sei, daß ihr Mann zum Bürgermeister gewählt werden könne, folgte ihr ruheloser Blick ständig ihrem vergötterten Stiefsohn, registrierte genau, mit wem er tanzte und wer ihm einen Korb gab. Offensichtlich hatte sie auch Mutter unter ihre fürsorglichen Fittiche genommen, denn als diese wieder einmal von einem Ausflug ans Getränkebüffet zurückkam, wo der Witwer, Mr. Oldroyd aus Fieldhead, ihr Champagnerglas ein weiteres Mal gefüllt hatte, beugte sich Tante Hannah vor und zischte ihr ins Ohr: »Elinor, benimm dich!«

Wider Erwarten verbrachte ich doch noch recht vergnügliche Stunden, aber auch dieser Ball würde wie ähnliche vor ihm bereits morgen in Vergessenheit geraten. Weder Blaize noch Nicholas würden Zeit finden, mit mir zu tanzen. Von Blaize erhaschte ich ein oder zweimal einen bewundernden Blick, ein charmantes Lächeln, das mir zeigte, daß ihm mein Kleid und meine neue Frisur gefielen. Der Überschwang der ersten Stunden ließ langsam nach, und der Abend nahm einen ruhigen Verlauf. Dann, als ich mit Jacob Mandelbaum aus dem Erfrischungsraum zurückkehrte, wo ich ein zweites Glas Limonade getrunken hatte, stieß ich unvermutet im Türrahmen mit Nicholas und Caroline zusammen. Caroline fuhr eben ihren Bruder an:

»Nicholas, du hast noch kein einziges Mal mit Amy Battershaw getanzt, und du weißt, wie sie darauf wartet.«

»Da hast du allerdings recht. Aber ich habe mit jeder deiner langweiligen Freundinnen getanzt, und du wirst mir wohl einen Moment Pause . . .«

»Nicholas«, unterbrach sie ihn aufgebracht und vergaß ganz die vornehme Gelassenheit, die sie zur Schau stellte. »Bitte, tu mir den Gefallen. Du weißt doch, daß Amy Battershaw mich nach Paris begleiten soll, und wenn sie beleidigt ist, läßt sie mich womöglich im Stich, und ich muß irgendeine bezahlte Aufpasserin mitnehmen.«

»Oder Vater verbietet dir die ganze Reise.«

»Nein, das wird er nicht tun. Es ist gemein von dir, mich heute abend zu ärgern . . . Nicholas, ich flehe dich an, tu nur ein einziges Mal, worum ich dich bitte. Dort sitzt die dumme Gans und schaut zu dir herüber und wartet.«

Doch wie immer in kritischen Momenten tauchte Tante Verity auf und beschwichtigte die erhitzten Gemüter ihrer Kinder. Sie legte die Hand auf meinen Arm und sagte bewundernd:

»Faith, meine Liebe, wie hübsch du heute abend aussiehst – findest du nicht auch, Caroline? Oh, Nicky, Liebling, geh und tanz mit Miss Battershaw – es langweilt dich, ich weiß, aber die fünf Minuten sind die ganze Aufregung wirklich nicht wert.«

Und er wäre sicherlich bereitwillig dieser Bitte gefolgt, wäre nicht Onkel Joel dazwischengeplatzt.

»Was ist hier los?« verlangte er zu wissen, und sofort wandte sich Caroline, sein Lieblingskind und Augapfel, an ihn und klagte:

»Nicholas setzt mal wieder seinen Dickkopf auf und weigert sich, mit Amy Battershaw zu tanzen.«

»Oh, er wird mit ihr tanzen«, erwiderte Onkel Joel, das vertraute zornige Glitzern in den Augen. »Er wird – und zwar binnen der nächsten zehn Minuten.«

»Meine Lieben . . .« murmelte Tante Verity besänftigend, und da ich nicht noch einmal in einen von Onkel Joels Zornesausbrüchen verwickelt werden wollte, zog ich mich zurück und wollte gehen, als Nicholas, der seiner Mutter zuliebe bereit war, einen halbherzigen Kompromiß einzugehen, plötzlich sagte:

»Aber natürlich werde ich mit Miss Battershaw tanzen – das stand doch von vornherein fest –, aber sie wird etwas länger als zehn Minuten warten müssen, da ich diesen Tanz Faith versprochen habe.«

Unverzüglich sah ich drei Paar Barforth-Augen auf mich gerichtet: Onkel Joels, hart und argwöhnisch, sagten: »Ah, natürlich wieder dieses Aycliffe-Mädchen, flatterhaft wie ihre Mutter.« Carolines enthielten die warnende Botschaft, ihr nicht in den Rücken zu fallen. Denn mit Freunden, die sich ihren Wünschen widersetzten, machte sie kurzen Prozeß; nur Tante Verity zeigte verständnisvolle Zustimmung, da sie wußte, daß meine Ablehnung die Lage nur noch verschärft hätte. »Na gut«, lenkte sie ein. »Miss Battershaw wird die Verzögerung wohl überleben.« Also reichte ich Nicholas die Hand und wartete auf den Einsatz der Musik.

Wie hatte ich mich nach diesem Tanz gesehnt. Und nun – wie es oft im Leben geschieht, wenn man sich etwas wünscht – war er eine bittere Enttäuschung, eine peinliche Qual. Wie oft hatte ich an Nicholas gedacht, nicht nur mit der Erregung aufkeimender Zuneigung, sondern auch aus Besorgnis, hatte ihn verteidigt, wenn Caroline oder Celia ihn als launisch und boshaft bezeichneten. Ich hatte um ihn gebangt, wenn ihn wieder einmal Onkel Joels Zorn traf. Doch jetzt wünschte ich ihm mit aller Grausamkeit, deren ich fähig war, daß Onkel Joel ihn verprügeln möge für seine Aufsässigkeit. Ja ich wünschte mir, daß er ihm schon vor langer Zeit seinen Starrsinn ausgetrieben hätte.

»Du siehst fabelhaft aus, Faith.«

Ich starrte weiterhin mit unbewegtem Gesicht über seine Schultern hinweg und strafte ihn mit eisigem Schweigen. Da fügte er rasch hinzu:

»Faith, es tut mir leid.«

»Wofür solltest du dich wohl entschuldigen?«

»Ach, versteh doch . . . Aber bitte glaube nicht, daß ich dich nur um diesen Tanz gebeten habe, weil ich damit Amy Battershaw eins auswischen wollte.«

»O du meine Güte, wie kommst du nur auf diesen unsinnigen Gedanken?«

Ein Walzer wurde gespielt, und da ich in meinen Tagträumen mit ihm Walzer getanzt hatte, seit Tante Veritys Einladung zu diesem Ball in unser Haus geflattert war, hätte ich jetzt grenzenlos glücklich sein müssen – doch ich fühlte mich so elend wie nie zuvor in meinem Leben. Ein scharfer, stechender Schmerz durchfuhr mich, unerträgliche Qual riß unwiederbringlich den Schleier sentimentaler Mädchenträume von meiner Seele und warf mich in die erbarmungslose Wirklichkeit des Lebens. Es kostete mich alle Kraft, diesen inneren Aufruhr zu verbergen und Haltung zu bewahren.

»Ich verstehe, daß du verärgert bist, Faith.«

»Verärgert? Was für eine absurde Idee! Ich genieße den Abend über alle Maßen, Nicholas. Es ist ein großartiger Ball.«

Seufzend gab er den Versuch auf, sich mit mir zu unterhalten, und ich lag so steif und abweisend in seinen Armen, daß er sicher ebenso erleichtert war wie ich, als die Musik ausklang und er mich zu Mutter brachte.

»Wir haben uns köstlich amüsiert«, erzählte Mutter mir. Ihre Augen funkelten vor Übermut und dem genossenen Champagner. »Prudence hat zweimal mit Jonas getanzt und ist ihm zweimal dank der Hilfe deines so vielseitigen Cousins Blaize entwischt. Ja, der liebe Blaize weiß genau, was hier gespielt wird, und ich habe eine vergnügliche halbe Stunde damit verbracht, darüber nachzudenken, warum er sie so galant gerettet hat. Was hat ihm dabei wohl mehr Spaß gemacht? Tante Hannahs verärgertes Gesicht? Oder Jonas' absolut ausdruckslose Miene? Oder wollte er nur von Prudence bewundert werden, da sie so wenig Gefallen an den anderen Männern zeigt? Ja, ich denke, das war seine Absicht, denn er ist ein wenig herzlos, unser Blaize. Kluge Männer neigen dazu, aber das macht sie keineswegs weniger attraktiv. Celia hat mit Jonas, Freddy und Adolphus getanzt und scheint ihre Kopfschmerzen ganz vergessen zu haben.«

Aber Mutters Geplapper ging mir im Moment auf die Nerven, und ich murmelte etwas von Haarnadeln und floh in Carolines Schlafzimmer. Dort saß ihre alte Kinderfrau und hielt Nadel und Faden bereit für abgerissene Rüschen und Fläschchen mit verschiedenen Essenzen für gebrochene Mädchenherzen.

»Du siehst blaß aus, meine Liebe«, sagte sie. »Trink das«, und ich trank die klare Flüssigkeit, deren Geschmack mich an meine Kindheit erinnerte. Dann wurde mir abwechselnd heiß und kalt, als mir in einem einzigen Aufruhr der Gefühle klar wurde, daß ich in einen Abgrund gefallen war.

Ich liebte einen Mann, der diese Liebe nicht erwiderte, was schon schlimm genug war. Den schlimmsten Schock verpaßte mir jedoch die Gewißheit, daß diese Liebe nicht in dem Wunsch gipfelte, ihn zu heiraten, den Gedanken an eine Ehe sogar völlig unwichtig erscheinen ließ.

Ich verstand die Bedeutung der sexuellen Vereinigung nicht ganz. Gemäß Miss Mayfields versteckten Andeutungen war sie für eine verheiratete Frau eine Pflicht, die sie zu erfüllen hatte. Widerfuhr einer unverheirateten Frau dieses Mißgeschick, konnte es sich dabei nur um eine brutale Vergewaltigung handeln, und dieses arme Wesen, sollte es die Missetat unglücklicherweise überlebt haben, wurde aus der Gesellschaft ausgestoßen. Einmal hatte ich zufällig mit angesehen, wie Vater die Hand auf Mutters Nacken legte, eine Geste, die mir körperliches Unbehagen bereitete, und drängte:

»Elinor, es ist Zeit fürs Bett«, worauf Mutter den Kopf abwandte und ihren Widerwillen hinter gesenkten Augenlidern verbarg. Dann zwang sie sich zu einem demütigen, leeren Lächeln. »Aber ja, Lieber.«

Aber noch andere Bilder stiegen in mir hoch. Junge Pärchen, die engumschlungen durch die abendliche Dämmerung bummelten,

Leute aus dem einfachen Volk, wie man uns erklärte, die sich lieber zu Hause für den nächsten anstrengenden Arbeitstag ausruhen sollten, anstatt sich auf diese ungehörige Art in der Öffentlichkeit zu präsentieren. »Schaut nicht hin, Mädchen«, wurden wir ermahnt. Doch ich verstand sehr wohl, daß wir unsere Augen nicht vor der Verderbtheit, sondern vor dem offensichtlichen Vergnügen verschließen sollten, der natürlichen Freude, die diese zwei jungen Körper, diese beiden verliebten Menschen aneinander fanden. Eine Freude, die nichts mit Aussteuer und Eheverträgen zu tun hatte, der Pflicht, Söhne zu gebären.

Aber niemand hatte mir je verboten mit anzusehen, wie Onkel Joels Gesicht weich wurde, wenn er Tante Verity nur ansah, mit welch liebevoller Zuneigung sie oft ihre Hand in seine starken Finger schmiegte und sie ein Lächeln voll zärtlicher Erinnerungen austauschten. Diese offen zu Schau gestellte Zuneigung hatte meinen Vater stets peinlich berührt; Tante Hannah und Mutter senkten dann verlegen den Blick, als hätte diese warme Geste eine Erinnerung in ihnen geweckt, die sie verdrängt hatten.

Die Hände fest ineinander verschlungen wie Halt suchend, erkannte ich plötzlich mit aller Klarheit, daß alles, was ich mir im Leben ersehnte, in diesen innigen Gesten enthalten war, die mein Onkel und meine Tante austauschten. Ich strebte nicht wie Caroline nach gesellschaftlichem Ruhm noch wie Prudence nach sozialem Engagement. Ich hatte keinen Hang zu trauter Häuslichkeit in mir wie Celia. Ich wünschte mir nur, daß Nicholas mir abends im behaglichen Licht der Lampe so zulächeln würde, wie sein Vater – der niemandem sonst mit dieser Sanftmut begegnete – Tante Verity zulächelte. Ich wollte, daß er vertrauensvoll die Hand in der sicheren Gewißheit ausstreckte, daß ich immer dasein würde, um sie zu umfassen. Und obwohl ich nicht einmal wußte, was das Wort »Sinnlichkeit« bedeutete, ahnte ich, daß mein Körper bereits davon erfüllt war und sich ebenso wie mein Herz danach sehnte, ihn lieben zu dürfen.

Da stürmte meine ältere Schwester ins Zimmer und riß mich brutal in die Wirklichkeit zurück. Atemlos stieß sie hervor:

»Faith, ich bin ganz außer mir . . . so etwas Entsetzliches ist mir in meinem Leben noch nicht passiert.«

»Hat Jonas etwas damit zu tun?«

»Ja, natürlich Jonas. Doch hauptsächlich ärgere ich mich über mich selbst. Ich hatte keine Ahnung, daß ich so . . . wie soll ich es nur nennen . . . ja, so feige sein könnte.«

»Großer Gott, Prudence! Du hast doch nicht etwa seinen Antrag angenommen, weil du zu feige warst, nein zu sagen?«
»Nein, das ist es nicht – aber was ich getan habe, ist einfach schändlich. Ich hatte ihm diesen Walzer versprochen, der eben beginnt, und als ich ihn auf mich zukommen sah, ahnte ich, daß er mir statt dessen irgend etwas Törichtes wie einen Spaziergang im Mondlicht vorschlagen und mir dann einen Antrag machen würde. Doch anstatt die Sache durchzustehen – denn, gütiger Himmel, es ist doch nur Jonas und ich habe keine Angst vor ihm –, bin ich plötzlich wie ein verschreckter Hase die Treppe hinaufgelaufen. Ich habe mich benommen wie eine alberne Gans. Celia hätte nicht törichter reagieren können. Faith, wie konnte mir das nur passieren?«
»Das weiß ich nicht«, mußte ich eingestehen, denn zeitlebens hatte ich Prudence' Mut bewundert und mich auf ihren kühlen Verstand verlassen, wenn ich im Überschwang der Gefühle nicht mehr weiter wußte. »Vielleicht kamen dir der Ort und die Gelegenheit ungeeignet vor, und du hattest Angst, Tante Hannah könnte dir eine Szene machen, falls du ihn abgelehnt hättest.«
»Glaubst du? Nein, das war es nicht. Jonas war den ganzen Abend schon so merkwürdig. Eigentlich ist er ja immer etwas seltsam, aber heute abend . . . Nein, mir war die ganze Angelegenheit plötzlich so zuwider. Es ist alles so schäbig und gemein. Aber das ist keine Entschuldigung. Ich hätte ihm nicht ausweichen dürfen. Und was, um Himmels willen, soll ich jetzt tun? Er wird unten auf mich warten und eine Erklärung verlangen. Du meine Güte, es ist einfach gräßlich!«
»Ich werde hinuntergehen und mit ihm sprechen.«
»Faith, das kann ich nicht von dir verlangen . . .«
»Das tust du ja nicht. Ich bin nicht so heikel wie du, Prudence. Ich sage ihm einfach, daß du dich nicht wohl fühlst, und damit muß er sich abfinden, ob es ihm nun paßt oder nicht. Und wenn du dann hinuntergehst, tust du so, als ob nichts geschehen wäre – und das entspricht ja auch der Wahrheit. Das wird ihn davon abhalten, dich heute abend weiter zu belästigen. So regelt man diese Dinge, verstehst du? Ich kümmere mich darum.« Erfreut über diese Gelegenheit, ihr einmal den Schutz gewähren zu können, den sie mir zeit meines Lebens hatte angedeihen lassen, ging ich hinunter.

5

Jonas hatte tatsächlich am Fuß der Treppe Stellung bezogen, versperrte den einzigen Zugang zum Ballsaal. Der kalte, entschlossene Ausdruck auf seinem Gesicht erinnerte mich an den Jungen meiner Kinderzeit, der jeder Beleidigung mit hochmütiger Verachtung begegnete. In seinem eleganten Anzug, dem Rüschenhemd sah er eine Spur zu korrekt aus. Er gab sich so betont als Gentleman und konnte doch niemanden darüber hinwegtäuschen, daß er nicht in diese Gesellschaftsschicht hineingeboren worden war. Er war und blieb einfach Jonas, der, daran gewöhnt, von uns mißachtet zu werden, kaum überrascht sein konnte, erneut zurückgewiesen worden zu sein.

»Prudence läßt sich entschuldigen«, sagte ich beiläufig zu ihm und rechnete nicht mit Schwierigkeiten von seiner Seite. »Sie fühlt sich nicht wohl und bat mich, dir zu sagen, daß sie auf diesen Tanz verzichten muß.«

»Ach wirklich«, erwiderte er sarkastisch. »Es ist doch hoffentlich nichts Ernstes?«

»O nein. Sie wird sicher bald wieder herunterkommen.«

Und damit hätte die Angelegenheit beendet sein müssen. Er würde sich leicht verneigen, mir lächelnd den Arm reichen und mich zur Mutter zurückbegleiten. Wir hätten einige Belanglosigkeiten über den Ball, einige lobende Worte über das hervorragende Orchester und die vorzügliche Bewirtung austauschen können, und danach wäre jeder von uns erleichtert seines Weges gegangen. Doch statt dessen sagte er mit unverändert kühler Gleichgültigkeit und so leise, daß ich einen Schritt näher treten mußte, um ihn zu verstehen:

»Und du könntest dir vorstellen, daß sie ihren Schwächeanfall schneller überwinden würde, falls ich mich unter irgendeinem Vorwand von Mrs. Barforth verabschieden und den Ball verlassen würde?«

»Gütiger Himmel!« sagte ich lachend. Ich nahm diese Bemerkung als Scherz auf, obwohl ich wußte, daß sie durchaus nicht witzig gemeint war. »Wie kommst du nur auf so einen absurden Gedanken, Jonas?«

»Wenn du etwas mehr Verstand hättest, Faith, würdest du verstehen, daß dieser Gedanke sehr nahe liegt«, sagte er so tonlos und ruhig, daß es einige Sekunden dauerte, bis ich mir über die Unverschämtheit dieser Bemerkung klar wurde. Und damit war ich nicht länger gezwungen, die höfliche junge Dame zu spielen, und antwortete ihm grob.

»Ich erwarte nicht, daß du dich für diese Bemerkung entschuldigst, Jonas, denn sie tut dir nicht leid. Aber ich bin keineswegs so dumm, wie du annimmst, und wenn Prudence dir aus dem Weg geht, hat sie dafür ihre Gründe, und dafür kannst du nicht mir die Schuld geben.«

»Habe ich das denn getan?« fragte er auf seine überhebliche Art. Er kehrte den gelehrten Rechtsanwalt heraus und blickte mit seinen blassen schmalen Augen auf mich herab, obwohl wir gleich groß und seine schmächtigen Schultern kaum breiter als meine waren. »Meines Wissens hat sie keinen Grund, mich zu meiden. Wie kommst du zu dieser Annahme?«

»Na, es schien mir eben so.«

»Weil du dachtest, ich wollte ihr einen Antrag machen?«

»Ja«, gab ich überrascht zu, entschlossen, meine Schwester um jeden Preis zu verteidigen. »Das nahm ich an, und es wäre sehr unfein von dir, es zu leugnen.«

»Ach, tatsächlich? Und warum, wenn ich fragen darf?«

»Du weißt ganz genau, warum . . . und bitte sprich nicht zu mir wie ein Rechtsanwalt.«

»Aber ich bin Anwalt, Faith – ein sehr guter obendrein.«

»Das freut mich für dich. Dann weißt du ja auch, daß eine Dame die Aufmerksamkeiten eines Herren zurückweisen darf, während ein Herr an sein Wort gebunden ist, wenn er sich einmal erklärt hat. Natürlich wolltest du ihr einen Antrag machen.«

»Ich gebe es zu«, antwortete er mit einem verkniffenen, humorlosen Lächeln. »Natürlich hast du recht – eine Dame irrt sich ja nie –, denn es ist schließlich kein Geheimnis, daß meine Mutter mich zu gern mit Prudence verheiraten würde. Aber die Wünsche meiner Mutter, Prudence' Wünsche und meine müssen nicht unbedingt übereinstimmen. Ich schlage vor, wir belassen es dabei. Richte das bitte deiner Schwester aus.«

»Ja, das werde ich. Jedenfalls freue ich mich, daß du nicht an gebrochenem Herzen leidest.«

»Woher willst du das wissen?«

»Wie bitte?«

»Bist du wirklich froh, daß ich nicht leide?«

Und für einen Augenblick hob sich der Vorhang vor seinen farblosen Augen und enthüllte mit peinigender Offenheit die Qual in sei-

nem Herzen. Hinter der Maske kühler Beherrschtheit verbarg sich ohnmächtiger Zorn. Mir lief es eiskalt den Rücken hinunter. Diesen Ausdruck kannte ich zu gut von Vater. Es war der Blick eines Mannes, der zeit seines Lebens in krankhafter Angst vor Zurückweisung alle Gefühle unterdrückt und sich jede natürliche Regung des Herzens versagt hatte. Wurde er doch einmal von einem Gefühlsaufruhr übermannt, so haßte er sich und jeden dafür, der Zeuge dieser Schwäche wurde.
Dabei war ich mir ziemlich sicher, daß Jonas nicht in Prudence verliebt war. Er hatte sich ihr aus rein vernunftmäßigen Gründen genähert, von Tante Hannahs Willen und seinem eigenen berechnenden Ehrgeiz angetrieben. Dieser gefühlsmäßige Aufruhr in einem Mann, den ich für kalt und herzlos gehalten hatte, verwirrte mich derart, daß ich ihm widerspruchslos folgte, als er meinen Arm nahm und mich den Gang entlang zum hinteren Treppenaufgang führte.
Nur wenige Menschen betraten diesen Teil des Hauses, Dienstboten eilten an uns vorbei, wenig interessiert an einem jungen Pärchen, das offensichtlich allein sein wollte. Vergeblich zerbrach ich mir den Kopf darüber, warum er mich hierhergebracht hatte. Seine finanzielle Situation konnte doch nicht so verzweifelt sein, daß er jetzt mir anstelle von Prudence einen Antrag machen würde, das hielt ich denn doch für sehr übereilt, und deswegen sagte ich schroff:
»Bitte, bring mich zu Mutter zurück.«
»Ich habe mit dir etwas zu besprechen.«
Jonas war noch immer angespannt und gereizt, und sein seltsames Verhalten beunruhigte mich, denn später, wenn er zu seiner gewohnten Selbstbeherrschung zurückgefunden hatte, würde er mich dafür hassen, daß er sich vor mir diese Schwäche erlaubt hatte.
»Erkläre mir bitte«, forderte er barsch, »womit ich das Mißfallen deiner Schwester erregt habe. Ich bin fest entschlossen, so schnell wie möglich zu heiraten, und möchte wissen, warum sie mir so ablehnend gegenübersteht. Ich bin mir durchaus im klaren darüber, daß mir der Makel der Armut anhaftet . . .«
»Das hat damit nichts zu tun.«
»Wirklich nicht? Weißt du, Faith, das glaube ich dir sogar. Geld spielt für dich keine Rolle, da du es immer besessen hast. Unglücklicherweise gibt es Menschen, die einen Großteil ihrer Zeit damit verbringen, ausschließlich über Geld nachzudenken. Ehrgeiz ist teuer, und ich bin sehr ehrgeizig, das gebe ich offen zu. Es mag dir seltsam

erscheinen, daß in dieser Welt ein Mann mit Fähigkeiten und Tatendrang weniger Aussicht auf Erfolg hat als ein Schafskopf mit ein paar tausend Pfund im Rücken. Aber so ist es nun einmal. Ich habe rasch gelernt, diese Tatsache zu akzeptieren, und bin fest entschlossen, diesem Manko abzuhelfen. Ich werde mehr aus meinem Leben machen, als einem Mann meiner Abstammung eigentlich zusteht.«

»Ich weiß nichts über deine Herkunft, Jonas.«

»Unsinn«, herrschte er mich an, »du weißt genau, daß mein Vater früher als Weber in der Fabrik deines Onkels gearbeitet hat und daß er mit einer Arbeiterin verheiratet war, falls er sich überhaupt die Mühe gemacht hat, sie zu heiraten. Ein Mann kann schließlich nicht in Holzschuhen und abgerissener Kleidung in der Kirche erscheinen, und der Pfarrer erwartet ja auch ein kleines Entgelt für seine Bemühungen. Also sparen sich die meisten armen Leute diese Ausgabe. Wenn das erste Kind unterwegs ist, ziehen sie eben zusammen in irgendeine schäbige Hütte und produzieren noch mehr Kinder. Heiraten hat doch nur einen Sinn, wenn Geld dabei im Spiel ist. Was schert sich schon ein Mann darum, der keinen Penny besitzt, ob seine Söhne legitim gezeugt werden oder ob es überhaupt seine Söhne sind? Niemand in der Simon Street – und von dort kommt Vater, dort wurde ich geboren – fragt danach. Aber für eine Miss Aycliffe macht das natürlich einen grundlegenden Unterschied.«

»Jonas«, sagte ich schockiert, von Mitleid überwältigt, und wünschte mir, er würde damit aufhören, sich selbst auf diese Weise zu quälen. »Bitte, sprich nicht so mit mir. Zum einen darf ich von all diesen Dingen nichts wissen, da ich aber verstehen kann, was du damit meinst, will ich dir sagen, daß es für mich nicht wichtig ist. Und du solltest dich dessen auch nicht schämen.«

»Schämen?« spie er haßerfüllt aus. »Habe ich gesagt, daß ich mich schäme? Wofür denn? Ich kann mich nicht mehr an die Simon Street erinnern; ich habe den Tag vergessen, als mich meine Mutter mit sieben Jahren in die Fabrik zur Arbeit brachte. Ich habe vergessen, daß ich jede Nacht stinkend und ungewaschen ein Bett mit weiß Gott wie vielen ebenso stinkenden Brüdern und Schwestern geteilt habe. Ich kann mich nicht einmal an meine Geschwister erinnern, da sie alle gestorben sind, weil sie nicht den Mut oder die Energie hatten weiterzuleben. Nur ich blieb übrig. Das alles habe ich vergessen, denn Vater war es ja gelungen, sich die Gunst deines Onkels zu erwerben, und er konnte es sich somit leisten, mich aus der Fabrik zu nehmen und zur Schule zu schicken. Dein Onkel machte ihn zum Betriebsleiter, und wir durften in das Wohnhaus neben der Weberei ziehen, das jetzt als Lager dient. Doch damals, nach dieser elenden Baracke in der Simon Street, kam es uns vor wie ein Palast. Mutter hat diesen Aufstieg nicht verkraftet und den Verstand darüber verloren. In geistiger Umnachtung streunte sie durch die Straßen, ging immer wieder in die Simon Street, zu ihren alten Freunden zurück, die auch nichts mehr mit ihr zu tun haben wollten. Sie wurde krank aus Angst, ein Hemmschuh für ihren Mann und ihren klugen Sohn zu sein, der mit den vornehmen Söhnen der Hobhouses und Barforths die Schulbank drückte und die Unverschämtheit besaß, intelligenter zu sein als die verwöhnten Sprößlinge aus reichem Haus. Kann man mir verdenken, daß ich mich schämte, wenn ihr wirrer Geist sie zur Schule trieb und die Hobhouses und dein Cousin Nicholas hinter meinem Rücken darüber lachten und dein Cousin Blaize spöttisch den Hut vor ihr zog und sagte: ›Guten Tag, Madam.‹ Das alles habe ich aus meiner Erinnerung gestrichen. Sie starb, als ich dreizehn war, und an dem Tag hat Vater mir vorgeworfen, daß ihr Tod eine Erleichterung für mich sei und ich mich in Zukunft nicht mehr ihretwegen vor meinen Freunden schämen müsse, und ich weiß bis heute nicht, wen er damit gemeint hat, denn ich hatte keine Freunde. Mein Vater hat sehr unter ihrem Tod gelitten. Obwohl er sich schnell davon erholte und sofort nach Ablauf der Trauerzeit Miss Hannah Barforth geheiratet hat – mir zuliebe, wie er sagt, da ihr der Gedanke gefiel, einen intelligenten Sohn zu haben, für den sie ehrgeizige Pläne schmieden konnte. Und wenn mein ungebildeter Vater die schwieligen, verarbeiteten Hände nach einer Miss Barforth ausstrecken konnte und sie zur Frau bekam, also dann kann ich wirklich nicht glauben, daß eine Miss Aycliffe für mich unerreichbar sein sollte, oder?«

Doch da ich fühlte, wie schmerzlich diese peinlichen Enthüllungen für ihn waren, wich ich entsetzt und den Tränen nahe vor ihm zurück und konnte nur stammeln: »Jonas, bitte . . .«

»Es tut mir aufrichtig leid«, sagte er da, rang mühsam nach Luft und mit übermenschlicher Willensanstrengung brachte er den leidenschaftlichen Haß unter Kontrolle, der die Fassade seiner überheblichen Gelassenheit durchbrochen und einen Teil seines so sorgsam verborgenen Wesens vor meinen Augen enthüllt hatte.

Ich dachte, daß er mich unverzüglich in den Ballsaal zurückführen und peinlich darauf bedacht sein würde, mich in Zukunft zu meiden. Doch nach einem Moment bedrückten Schweigens drehte er

sich um und stellte sich so nahe vor mich, daß ich an die Wand zurückwich.
»Faith«, sagte er ruhig, die Augen wieder völlig ausdruckslos, doch er war unterschwellig so angespannt, daß ich kaum mehr zu atmen wagte. »Ich habe Prudence keinen Antrag gemacht, weil ich es nicht riskieren wollte, abgelehnt zu werden. Ich bin davon überzeugt, daß sie mir eine hervorragende Frau gewesen wäre. Es heißt, ein Mann begegnet in seinem Leben drei verschiedenen Arten von Frauen: der Frau, die gut zu ihm paßt, der Frau, die er liebt, und der Frau, die für ihn erreichbar ist. Prudence hätte ausgezeichnet zu mir gepaßt.«
»Ich werde ihr sagen . . .«
»Das ist nicht nötig. Wir beide haben uns in keiner Weise festgelegt, ja jede verpflichtende Geste äußerst sorgsam vermieden. Diese Angelegenheit ist abgeschlossen. Du kannst sie in dieser Hinsicht beruhigen. Meine Mutter hält dich für einen Wirrkopf, Faith.«
»So . . . nun, sie wird wohl recht haben, denn das bin ich.«
»Ich weiß.«
Den Rücken fest gegen die Wand des dämmrigen Ganges gepreßt, fühlte ich eine unerträgliche Spannung, jeder Atemzug schmerzte mich, und plötzlich verstand ich intuitiv, daß dieser gefühlsarme Mann mich hierher gebracht hatte, nicht um sich über meine Schwester zu beklagen, sondern um mit mir allein zu sein. Einem unerklärlichen, jeder Vernunft entbehrenden Impuls folgend, neigte er jetzt den Kopf und wollte mich küssen. Panische Angst ergriff mich, ich durfte mich keineswegs aus Mitleid dazu hinreißen lassen, nachzugeben, denn das hätte die katastrophale Lage nur verschlimmert. Ich durfte auch auf keinen Fall seinen Stolz verletzen, denn er hatte genug Demütigungen erleiden müssen. Gleichzeitig erstaunte mich diese unvermutete Gefühlsanwandlung, denn er hatte mir nie auch nur den leisesten Hinweis gegeben, daß er mich anziehend fand. Doch es galt um jeden Preis diesen Kuß zu verhindern. Ein Kuß war ein viel intimeres und bindenderes Versprechen als ein Antrag, der jederzeit mit dem Hinweis auf ungenügende berufliche Qualifikationen des Mannes abgelehnt werden konnte. Doch wenn ich jetzt den Kopf abwandte, um seinem Kuß auszuweichen, würde ich ihn damit zutiefst beleidigen; ließ ich mich jedoch küssen, wäre das eine gefährliche, törichte und verlogene Geste. Ich wollte ihn keineswegs ermutigen, ihn aber auch nicht unnötig verletzen. Und ich wollte mir selbst nicht wehtun, denn ich war noch nie zuvor geküßt worden. Ich war zwar begierig, diesen ersten Kuß endlich zu empfan-

gen, doch es verlangte mich keineswegs danach, diesen ganz speziellen Kuß ausgerechnet von Jonas zu bekommen.

»Es tut mir aufrichtig leid, daß ich das alles zu dir gesagt habe, Faith, obwohl mich seltsamerweise nicht stört, daß du nun weißt, was mich bewegt.«

»Warum solltest du dir deswegen Vorwürfe machen? Du kannst sicher sein, daß ich zu niemandem darüber sprechen werde. Immerhin bist du mein Cousin.«

»Nicht wirklich. Wir sind keine Blutsverwandten, Faith. Du bist also doch ein kleiner Wirrkopf und ein wenig überspannt, wie deine Mutter, stimmt's?«

»O ja, ich ähnele Mutter sehr. Ich bin keineswegs Tante Hannahs Liebling.«

»Das weiß ich. Doch Tanten und Mütter neigen dazu, junge Damen nur nach ihren Fertigkeiten zu beurteilen. Doch es gibt wichtigere Eigenschaften.«

Und dieser Jonas, der sich nie in seinem Leben eine törichte Handlung zugestanden hatte, ließ sich von mir zu einer närrischen Tat hinreißen, neigte den schmalen Kopf, ein winziges beschämtes Lächeln auf den Lippen, und ich flehte zu allen guten Geistern, daß er im letzten Moment sein unsinniges Verlangen aufgeben würde, denn ich war von dem panischen Schrecken erfüllt, daß ich ihn grob zurückstoßen oder, noch schlimmer, in hysterisches Gelächter ausbrechen würde. Ich schloß fest die Augen, wollte das scheinbar Unvermeidliche erdulden, betete darum, daß ich die Kraft finden würde, mit einem Achselzucken darüber hinwegzugehen, wollte ihm die Peinlichkeit ersparen zu erkennen, wie zuwider mir das alles war. Doch anscheinend hatte ich meine schauspielerischen Fähigkeiten überschätzt, denn als er mich nicht berührte, öffnete ich nach einer Weile die Augen und begegnete seinem kalten, harten Blick. Er hatte offenbar verstanden, in welch einem Dilemma ich mich befand.

»Du hattest darum gebeten, zu deiner Mutter zurückzukehren, Faith.«

»Ja, das möchte ich gern.«

Schweigend geleitete er mich zur Tür des Ballsaals, ließ mich dort einfach stehen, und seinem verschlossenen Gesicht konnte ich nicht entnehmen, ob ich einen Verehrer oder einen Feind gewonnen hatte. Es drängte mich danach, sofort zu Prudence hinaufzugehen, doch als ich mich umdrehte und auf die Treppe zustrebte, stürzte Celia mit hochroten Wangen und völlig außer Atem auf mich zu.

»Um Himmels willen, Faith, wo warst du so lange? Prudence ist auch verschwunden – du mußt sofort kommen! Mutter hat es sich in den Kopf gesetzt, den nächsten Walzer mit Mr. Oldroyd zu tanzen. Du mußt sie daran hindern, es wäre ein fürchterlicher Skandal. Ich lasse es nicht zu, daß sie mir den Abend verdirbt. Sie hat ihr Leben gelebt, Faith, es wäre einfach nicht fair.«

Mutter saß elegant zurückgelehnt in ihrem Sessel, sprühte vor Lebensfreude und lächelte sanft und spitzbübisch zu Tante Hannahs strengen Ermahnungen.

»Du bist hier nicht in Venedig, Elinor.«

»Nein, meine Liebe, offensichtlich nicht. Aber was regst du dich so auf, Hannah. Matthew Oldroyd hat mich um diesen Tanz gebeten, was ich sehr nett finde, und es wäre sehr unfreundlich von mir gewesen, ihm diese Bitte abzuschlagen . . .«

»Er hat es nicht ernst gemeint damit, Elinor. Das weißt du genau. Es war nur eine galante Geste. Hast du nicht bemerkt, wie entgeistert er war, als du zugestimmt hast? Er ist ja auch prompt verschwunden, und wenn er noch ein Fünkchen Verstand besitzt, läßt er sich hier nicht mehr blicken. Sei doch vernünftig, Elinor, in Venedig mag das ja alles erlaubt sein, doch hier hat man dafür kein Verständnis. Denk nur ein einziges Mal an deine Verantwortung und an dein Alter.«

»Ach, was das betrifft . . .« setzte Mutter zu einer sicherlich sehr eigenwilligen Theorie über ihre Auffassung von Verantwortung an. Glücklicherweise schnitt ihr eine plötzlich eintretende Stille das Wort ab, das Orchester unterbrach mitten in einer lustigen Polkamelodie, die Gäste stellten sich auf Zehenspitzen und verrenkten die Hälse. Dies konnte nur bedeuten, daß etwas sehr Außergewöhnliches geschehen war. Die beiden Flügel der Tür zum Salon wurden geöffnet, Tante Verity erschien und neben ihr – ungläubiges Raunen und atemloses Staunen bewegte die neugierige Menge – die hohe, ungebeugte Gestalt eines alten Mannes. Es war Sir Giles Flood, der Lord von Cullingford.

Er war noch nicht achtzig, wie Blaize mir einmal erzählt hatte, doch sicher nicht weit davon entfernt. Das Gesicht, obwohl grob geschnitten, war von dieser autokratischen Würde und selbstgefälligen Arroganz, die nur Adelsgeschlechter mit jahrhundertealter Tradition und Macht hervorbringen.

»Was für ein Triumph für Verity!« flüsterte Mutter. Sir Giles Flood, aus dessen Familie seit über dreihundert Jahren die Gutsherrn von

Cullingford stammten, hatte diesen Titel zu einer Zeit geerbt, als die Stände noch in ihrer festgefügten traditionsgebundenen Ordnung verankert waren – der Lord in seinem Schloß, der Pfarrer in der Kirche, der Bauer auf dem Feld und der Weber in seiner Kate. Jedermann beschied sich mit dem Platz, der ihm von Gott zugewiesen worden war, und eben dieser Sir Giles hatte in aller Öffentlichkeit geschworen, niemals den Fuß in das Haus eines neureichen Fabrikanten zu setzen.

Man begegnete diesen Emporkömmlingen zwar mit der angeborenen Höflichkeit eines Gentlemans, der diese ja auch seinem Stallknecht oder Gärtner entgegenbrachte, hatte er erklärt, doch jede gesellschaftliche Anerkennung sei ihnen zu verweigern. In selbstgerechtem Zorn hatte er die Anmaßung dieser Neureichen verdammt, die mit ihren schmutzigen Maschinen schmutziges Geld verdienten und daraus den Anspruch ableiteten, als gleichwertige Mitglieder der Gesellschaft behandelt zu werden.

Rigoros hatte Sir Giles dagegen gekämpft, daß den Fabrikanten seiner Stadt Zugang zu einem öffentlichen Amt gewährt wurde – Regieren war und blieb ein Privileg des Adels –, und sich geweigert, als Friedensrichter die Bank mit einem Mann zu teilen, der selbst Händler oder auch nur ein Verwandter dieser Sippe war. Er war einer der erbittertsten Gegner der Parlamentsreform im Jahre 1832 gewesen, die erstmals den ortsansässigen Industriellen die Wahl eines eigenen Abgeordneten – meines Vaters – zubilligte, und setzte seine ganze Macht im Parlament ein, um der Stadt Cullingford die Stadtrechte zu verweigern, denn damit würde die traditionelle Form der Vorherrschaft des Adels in der Gemeindeverwaltung aufgehoben werden und die Stadt, die er immer noch als seinen Besitz betrachtete, der Verwaltung eines gewählten Bürgermeisters und somit dem gewöhnlichen Volk und den Fabrikanten ausgeliefert werden.

Und doch war er heute abend hier erschienen, zeigte kein Anzeichen von verächtlicher Abneigung, als er Tante Verity den Arm reichte, sie in die Mitte der nun leeren Tanzfläche führte und mit erstaunlicher Vitalität zu den Klängen eines Walzers übers Parkett schwang.

Die Gäste, beinahe ausnahmslos Angehörige der verpönten Fabrikanten- und Geschäftswelt, klatschten spontan Beifall, als würde der Herzog von Wellington oder Prinz Albert höchstpersönlich hier das Tanzbein schwingen.

»Also wird es Julian Flood sein – für Caroline?« murmelte Tante Hannah Mutter ins Ohr. Und Mutter, die mit den Augen jeder Bewe-

gung dieser übel beleumundeten, aber nichtsdestoweniger vornehmen Gestalt folgte, wisperte bewundernd: »Ja, in der Tat – Joel muß reicher sein, als wir ahnen, oder die Floods am Rande des Ruins. Stell dir nur vor, Hannah – Caroline im Schloß von Cullingford. Lady Winterton wird der Schlag treffen, und Lady Annabel Flood sieht jetzt schon aus wie eine Katze, die im Sahnetopf nascht.«
Caroline betrat nun am Arm von Julian Flood das Tanzparkett, Celia tanzte mit Freddy Hobhouse und Jonas mit einer jungen Dame, die sicherlich nicht unvermögend war. Ich machte mich auf die Suche nach Prudence, die sich immer noch oben versteckt hielt, und stand plötzlich Nicholas gegenüber, dessen Bitte um einen zweiten Tanz sofort jeden anderen Gedanken aus meinem Herzen vertrieb.
Mit festem Griff umschlossen seine Finger meine Hand, ein Arm umspannte meine Taille, und seine Stimme klang ebenso entschieden:
»Ich habe mich bei dir in aller Förmlichkeit entschuldigt, Faith. Aber du warst so beleidigt und wolltest mich nicht anhören. Und seitdem habe ich auf diese Gelegenheit gewartet.«
Eine unbeschreibliche Freude durchströmte mich. In diesem Moment hätte ich ihm die unvorstellbarsten Schandtaten vergeben.
»Das ist nicht nötig, Nicholas.«
»O doch, du hast so bestürzt ausgesehen . . .«
»Das hatte nichts mit dir zu tun. Mutter hat sich mit Tante Hannah gestritten, und, um die Wahrheit zu sagen, ich glaube, Jonas Agbrigg hat mir einen Heiratsantrag gemacht.«
»Großer Gott, Faith!« entfuhr es ihm entgeistert. »Hat er dich nun gefragt oder nicht? Hoffentlich bist du dir wenigstens darüber im klaren, ob du den Antrag angenommen hast oder nicht.«
»O ja, darüber besteht kein Zweifel. Aber ich befürchte, ich habe mich sehr ungeschickt benommen und seine Gefühle verletzt.«
»Jonas? Unsinn. Der hat keine Gefühle, die man verletzen könnte. Er ist der kälteste Fisch, der mir je begegnet ist. Er sorgt sich nur um seine Brieftasche und nicht um seine Gefühle. Es ist ein offenes Geheimnis, daß er gerade jetzt dringend Geld braucht, denn der alte Mr. Coray-Manning will sich zur Ruhe setzen. Er hat sich ein Haus in Bridlington gekauft und kann es kaum erwarten, dort hinzuziehen. Hast du das nicht gewußt? Jonas braucht Geld, um die Kanzlei zu kaufen, sonst sitzt ihm bald ein neuer Inhaber vor der Nase. Und sollte dieser eigene Söhne haben, die es gilt unterzubringen, wird Jonas bald auf der Straße sitzen.«

»Würde dein Vater ihm denn nicht helfen?«

»Doch, das ist anzunehmen. Aber er erwartet natürlich, daß Jonas eigene finanzielle Mittel einbringt. Mit dem Kauf der Kanzlei ist es schließlich nicht getan. Wenn Jonas in Corey-Mannings Fußstapfen treten will, muß er einen gewissen gesellschaftlichen Status besitzen – und dieser Lebensstil ist nicht billig. Tante Hannahs Mittel reichen dafür nicht aus. Sie braucht jeden Penny, um sich als künftige Bürgermeisterin zu etablieren. Und sie können nicht erwarten, daß Vater alles finanziert. Er hat jederzeit ein offenes Ohr für eine geschäftliche Abmachung, aber er sieht sich nicht als Wohltäter. Zuerst muß Jonas beweisen, daß er bereit ist, seinen Teil dazu beizutragen.«

Alle Spannungen und Mißverständnisse zwischen uns waren nun behoben, und wir gaben uns schweigend dem Vergnügen des Tanzes hin, bis plötzlich die Musik wieder mitten in der Melodie abbrach – eine respektvolle Geste zu Ehren von Sir Giles und Tante Verity, die den Ballsaal verließen und zu Tisch baten.

»Dem Himmel sei Dank dafür!« sagte Nicholas. »Ich dachte schon, der alte Flood würde nicht mehr auftauchen. Viel war ihm sicher nicht daran gelegen, hier zu erscheinen. Aber ohne ihn konnte das Dinner nicht beginnen, und es galt ja auch dafür zu sorgen, daß alle seine Anwesenheit mitbekamen. Na, ich bin jedenfalls am Verhungern. Komm, Faith. Willst du mit mir zu Tisch gehen?«

Überschwengliche Freude erfüllte mich. »Aber ja, Nicholas«, sagte ich. Und dann, als ich mich wieder erinnerte, daß Onkel Joel sicher andere Pläne für seinen Sohn hatte, wandte ich zaghaft ein:

»Aber hat dein Vater nicht bestimmt . . .? Solltest du nicht Miss Battershaw oder eine andere junge Dame . . .?«

»Keineswegs. Vater fühlt sich so geschmeichelt durch Sir Giles' Anwesenheit, daß die Battershaws zum Teufel gehen können. Komm jetzt, ehe die Hobhouses und die Wintertons die Tafel abräumen . . .«

Sir Giles saß mit Tante Verity und Onkel Joel an einem abgeschirmten Tisch, aufgeregt umflattert vom Butler und dem obersten Hausmädchen. Vor ihm stand ein Teller mit frischen Austern und eine Magnumflasche eisgekühlten Champagners; und seine älteste Schwiegertochter, Lady Annabel, bedachte ihre ehemalige Freundin, Lady Winterton, mit einem triumphierenden Lächeln, als sie an ihr vorbeirauschte und ebenfalls am Tisch Platz nahm.

»Ich habe keine Lust, in diesem Gedränge hier zu essen«, verkündete da Nicholas plötzlich. »Wir verziehen uns zur Hintertreppe.« Rasch gab er einem Hausmädchen die Anweisung, ein entsprechendes Tablett herzurichten, bahnte uns einen Weg durch die Menge und zog mich den Gang entlang, in dem ich vor nicht einmal einer Stunde mit Jonas gestanden hatte.

Als Kinder hatten wir auf dieser Treppe oft miteinander gesessen, Blaize und Nicholas und Caroline, eng aneinander gedrückt, und hatten heimlich dem emsigen Hin und Her der Dienstboten zugesehen, von den Schokoladenpuddings und Eiscremes genascht, die die Hausmädchen uns gaben. Voll Bewunderung hatten Prudence und ich zugesehen, als Blaize und Nicholas einmal einen halbvollen Weinkrug leerten, den sie von einer Anrichte stibitzt hatten.

Diese unbeschwerte Fröhlichkeit war nun dahin, und etwas befangen breitete ich den weiten Seidenrock meines »Schwanenkleides« aus und setzte mich auf eine Stufe. Nicholas ließ sich eine Stufe unter mir nieder. Und während wir dort im Halbdunkel von den Köstlichkeiten auf dem Tablett naschten und Champagner tranken, war uns beiden bewußt, daß wir gegen die strengen Regeln der Gesellschaft verstießen, die uns ein Alleinsein strikt verboten. Eine Entdeckung konnte mit einem milden Verweis wie: »Junge Dame, du gehst jetzt besser zurück zu deiner Mutter, und wir wollen das hier vergessen« enden, sie konnte mir aber ebensogut als schlechtes Benehmen ausgelegt werden und meinen guten Ruf unwiederbringlich ruinieren. Nicholas würde mich gegen diesbezügliche Angriffe verteidigen und suchte offensichtlich das Vergnügen meiner Gesellschaft – sonst hätte er mich nicht in diese Situation gebracht.

»Wie sehr du dich verändert hast«, hatte er oft in meinen Tagträumen zu mir gesagt, doch nun genügte mir auch seine Frage:

»Sind wir wieder Freunde?«

»Ja, obwohl du mich zweimal in einen Streit mit deinem Vater hineingezogen hast, der mir Angst und Schrecken einjagte. Fürchtest du dich vor ihm?«

»Nein. Er hätte es zwar gern oder glaubt zumindest, daß er sich das schuldig ist. Aber ich habe keine Angst vor ihm.«

»Dann bist du aber sehr mutig.«

»O ja – wie ein Löwe. Ich bin neugierig, wie Julian Flood mit ihm fertigwerden wird. Vater verlangt für jede Investition einen entsprechenden Gegenwert. Der liebe Julian sollte da vorsichtig sein.«

»Es gefällt dir nicht besonders, daß Caroline ihn vielleicht heiraten möchte?«

Er zuckte die Achseln; sein Gesicht konnte ich in dem Dämmerlicht nicht deutlich sehen.
»Ich habe nichts gegen ihn – von den adligen Jünglingen scheint er mir noch der annehmbarste zu sein, besser als dieser Schwächling Winterton auf jeden Fall. Aber er ist nun mal adlig, und Caroline ist es nicht. Deswegen habe ich so meine Bedenken.«
»Aber sie würde doch eine hervorragende Herrin abgeben, Nicholas.«
»Das leugne ich auch nicht. Sie will das Gut und den Titel, aber ich bezweifle, daß sie sich darüber im klaren ist, was sie dort erwartet. Blaize könnte ohne weiteres eine Herzogin heiraten und sich problemlos in diese Kreise einfügen. Aber er ist nicht wie wir. Caroline sieht aus wie eine Herzogin, ist aber durch und durch eine Barforth. Sie liebt das Geld, weiß, wie es verdient wird, und versteht die Männer, die es verdienen. Ich bin mir nicht sicher, ob sie die Floods je verstehen wird.«
»Sie lieben das Geld auch.«
»O gewiß. Sonst wären sie heute abend ja nicht hier. Aber sie wollen es für etwas anderes, haben eine andere Verwendung dafür als wir. Du weißt, wie schwer Vater sein Leben lang gearbeitet hat, um Lawcroft, Low Cross und Tarn Edge aufzubauen. Und doch würde er alles morgen verkaufen, wenn er sich einen Vorteil davon versprechen würde. Die Floods können sich von keinem Acker trennen, nur weil er seit über dreihundert Jahren in Familienbesitz ist. Ich will damit nicht sagen, ob das richtig oder falsch ist, ich will nur zum Ausdruck bringen, daß sie anders denken und fühlen. Und Caroline ist nicht wie sie. Sie wird versuchen, im Gutshaus zu herrschen und es zu führen, wie Vater seine Fabrik führt, und selbst wenn für die Floods dabei ein Profit herausspringt, werden sie ihre Methoden verachten.«
»Das Geld würden sie aber einstecken.«
»Selbstverständlich.«
Und wir lachten herzhaft darüber, zwei junge Leute, die sich verstanden – ein starrköpfiger Law-Valley-Mann, mit scharfem Verstand und freimütiger Offenheit, kein bequemer Partner für eine Ehefrau, ein nüchterner Mann, mit beiden Beinen im Leben stehend und wenig Sinn für Romantik; und eine Law-Valley-Frau, die zäher und ausdauernder war, als sie aussah, die seine Wünsche und Hoffnungen mit ihm teilte, die Anforderungen seines Berufes verstand und sein Können anerkannte und bewunderte.

Wir waren uns sehr ähnlich. Wir paßten gut zusammen, und als ich langsam aufstand, meinen Rock zurechtschüttelte und mit leicht zitternder Hand mein Haar zurückstrich, sah ich in seinem Gesicht denselben gespannten Ausdruck, den ich bei Jonas gemerkt hatte. In Nicholas' Augen sah ich dieses plötzlich aufflackernde Begehren, das er rasch wieder unterdrückte. Bei Jonas hatte es in mir ein Gefühl des Widerwillens, ja Ekels hervorgerufen, doch bei Nicholas spürte ich, wie mich dieser Blick unwiderstehlich anzog. Mein ganzer Körper fieberte danach, von ihm berührt zu werden. Und nur die Angst, mit der alle weiblichen Wesen geboren zu sein schienen, deren wichtigstes Heiratsgut die Jungfräulichkeit ist, ließ mich dieses verräterische Verlangen meines Körpers unterdrücken.
»Ich sollte jetzt besser zurückgehen, Nicholas.«
»Ja«, sagte er, der seine Jungfräulichkeit sicher schon vor langer Zeit bei einer der Damen des Königlichen Theaters verloren hatte, wie es so üblich war bei den Männern des Law Valley. Er wußte, daß er sich mir nur auf die ehrerbietigste Weise nähern durfte und eine Verführung außer Frage stand, bis er sich über seine endgültigen Absichten mir gegenüber schlüssig war.
»Ich bringe dich zurück. Niemand wird dich in dieser Aufregung über das Abendessen und Sir Giles vermißt haben.«
Doch wir waren anscheinend doch zu lange geblieben, denn im Gang war plötzlich das Rascheln von Röcken zu hören. Ich drückte mich eng an die Wand und wurde mir erst jetzt, da es zu spät war, der Gefahr bewußt, die eine Entdeckung für mich bedeutete, die Mißverständnisse, die ich wieder einmal unbedachterweise heraufbeschworen hatte.
»Keine Sorge«, beruhigte mich Nicholas. Doch ich glaube, wir waren beide erleichtert, als Carolines Stimme herrisch fragte:
»Was geht denn hier vor?« Ihr Gesicht strahlte nicht mehr triumphierend wie kurz zuvor im Ballsaal. Mißmutig und schlecht gelaunt stand sie vor uns und suchte offensichtlich Streit.
»Ach, du bist es«, sagte Nicholas. »Gott sei Dank!«
Irgend etwas hatte ihr gründlich die Laune verdorben, denn anstatt sich für eine Weile zu uns zu gesellen und mit uns zu plaudern, starrte sie uns mit demselben harten und fordernden Blick an wie ihr Vater in einer ähnlichen Situation zuvor, schien sogar froh darüber zu sein, ein Ventil für ihren aufgestauten Zorn gefunden zu haben.
»Ich habe dich etwas gefragt«, sagte sie. »Was machst du hier, Nicholas?«

»Ich kümmere mich um meine eigenen Angelegenheiten und rate dir, dasselbe zu tun.«
»Dies ist meine Angelegenheit«, fauchte sie zurück. »Es ist mein Ball, und du bist mir eine Erklärung schuldig.«
Im Grund genommen interessierte es sie nicht, was Nicholas machte. Caroline saß nur auf ihrem hohen Roß und würde sich bald wieder beruhigen.
»Komm, Faith«, sagte Nicholas. »Wir wollen Tante Elinor suchen.«
Doch Caroline weigerte sich, den Weg freizumachen.
»Ihr bleibt hier, bis ich weiß, was hier vor sich geht.«
»Caroline – warum, zum Teufel, mußt du dich immer einmischen?«
»Ich verbiete dir, in meiner Gegenwart zu fluchen, Nicholas Barforth!«
»Deine zarten Öhrchen haben schon schlimmere Ausdrücke gehört – sogar von deinem geliebten Vater.«
»Laß meinen Vater aus dem Spiel. Du hast ihn schon genug geärgert. Und was dich betrifft, Faith Aycliffe . . .«
»Jetzt reicht's, Caroline!« fuhr Nicholas sie an, und da ich mittlerweile den Verlauf solcher Auseinandersetzungen kannte, stellte ich mich zwischen die beiden und sagte in scharfem Ton:
»Was ist mit mir, Caroline?«
»Ja, was ist mit dir? Ich dachte, ich kenne dich, Faith, aber dies ist das zweite Mal, daß man dich allein mit meinem Bruder erwischt. Das erste Mal war ich ja bereit, deine Geschichte zu glauben, aber jetzt weiß ich wirklich nicht mehr, was ich davon halten soll . . .«
Und rasch, ehe Nicholas darauf antworten konnte, denn ich wußte, wenn die beiden erst wieder aneinandergerieten, würde ich keine Gelegenheit mehr haben, für mich selbst zu sprechen, sagte ich:
»Nun, Caroline, du kannst darüber denken, wie es dir beliebt. Solltest du aber unbedingt an dieser idiotischen Schlußfolgerung festhalten, dann bist du eine noch größere Gans als meine Schwester Celia.«
»Wie kannst du es wagen, so mit mir zu sprechen?« fragte sie verblüfft, wollte es anscheinend wirklich wissen. Und da ich mir vor Nicholas keine Blöße geben und ihm zeigen wollte, daß ich durchaus in der Lage war, mich selbst zu verteidigen, und kein kleines, ängstliches Mädchen mehr war, gab ich ihr bereitwillig die Erklärung.
»Das hat nichts mit Mut zu tun, Caroline. Du benimmst dich ein-

fach dumm, und ich sehe keinen Grund, warum ich dir das nicht sagen sollte.«
»Nun, dann werde ich dir einen Grund nennen. Du bist Gast in meines Vaters Haus, und hier herrschen gewisse Regeln des Anstands. Und du hast in einer empörenden Unverschämtheit dagegen verstoßen. Ich finde dein Benehmen skandalös.«
»Ich habe mir nichts zuschulden kommen lassen, und das weißt du ganz genau. Wahrscheinlich hat Julian Flood sich danebenbenommen, deiner schlechten Laune nach zu urteilen. Was sonst könnte dich hierhergetrieben haben? Die Hintertreppe führt direkt zu deinem Schlafzimmer. Ich lasse mich von dir nicht zum Sündenbock machen, Caroline. Also lauf hinauf zu deinem Kindermädchen und heul dich bei ihr aus.«
Diese heftige Auseinandersetzung konnte durchaus dazu eskalieren, daß sie in ihrer Wut Onkel Joel herbeiholte. Doch selbst in ihrem aufbrausenden Zorn wußte Caroline, daß dies für uns beide katastrophale Folgen haben würde, und besann sich auf die freundschaftlichen Gefühle, die wir ehrlich füreinander empfanden. Sie begnügte sich mit einem haßerfüllten:
»Das hätte ich niemals von dir erwartet, Faith. Ich hätte nie gedacht, daß du dich gegen mich stellen würdest. Es ist wohl der Neid. Einfach nur Neid, daran sollte ich gewöhnt sein.«
»Mein Gott!« sagte Nicholas bewundernd, nachdem sie mich zur Seite geschoben und hochaufgerichtet die Treppe hinaufgerauscht war, wohl hoffend, daß ich die Tränen in ihren Augen nicht bemerkt hatte. »Wer ist denn hier der Löwe?«
»Ja, aber ich gehe jetzt lieber zu ihr. Es tut mir leid, daß ich sie so angefahren habe, und sie bereut sicher bereits diesen Auftritt. Was, um Himmels willen, hat Julian Flood ihr angetan?«
»Bestimmt nichts Schlimmes. Vielleicht hat er versucht, sie zu küssen, und wenn ihr das nicht gefällt, kann sie sich ihr Schloß gleich aus dem Kopf schlagen, denn eins kommt zum anderen. Laß sie jetzt allein. Sie wird morgen zu dir kommen und sich entschuldigen und dir alles erzählen. Komm jetzt, Faith, rasch. Wir sind schon zu lange fortgeblieben.«
Nicholas nahm meine Hand, zog mich zum Ende des Ganges, hinaus durch eine kleine Seitentür, die ich völlig vergessen hatte. Draußen empfing uns nicht dunkle Nacht, wie ich erwartet hatte, sondern eine klare, rosige Morgendämmerung.
»Oh, Nicholas, schau. Noch nie zuvor war ich eine ganze Nacht auf.«

»Das glaube ich dir gern. Hör zu. Wir können nicht gemeinsam hineingehen. Du mußt um das Haus herumgehen. Dort führt vom Garten eine Tür in den hinteren Salon, und von dort aus gelangst du in die Eingangshalle. Kennst du den Weg?«

»Ja, natürlich. Eigentlich ist es schade, überhaupt wieder ins Haus zu gehen.«

»Faith«, sagte er, »weißt du denn nicht, in welch eine üble Lage du geraten könntest?«

Doch er lachte bei diesen Worten, ein amüsiertes, fast bewunderndes Lachen, und er wäre kein echter Barforth gewesen – sie alle waren draufgängerische, sinnenfreudige Männer –, hätte er der Verlockung widerstanden. Er neigte den Kopf, und seine Lippen berührten ganz leicht meine Mundwinkel; ein Kuß, den Cousins durchaus unverfänglich unter dem Mistelzweig zu Weihnachten austauschen konnten; und für ihn war es vielleicht auch nicht mehr. Doch für mich war es das aufregendste, wichtigste Erlebnis in meinem bisherigen Leben.

»Lauf jetzt«, sagte er noch, und ich lief schwindlig vor Glück durch das Gartentor. Nicholas hatte mich geküßt. Der hintere Salon war leer, nur noch wenige Gäste hielten sich in der Halle auf, die Musik spielte, doch es herrschte eine Stimmung des allgemeinen Aufbruchs. Hatte man mich vermißt? Sicherlich würden sie mir mit ihren bohrenden Fragen und strafenden Blicken, entrüsteten Vorhaltungen und Androhungen von Strafmaßen die ungetrübte, verzauberte Stimmung, in der ich war und die, wie ich glaubte, ewig anhalten würde, zerstören. Aber als ich bangen Herzens die Tür zum Ballsaal erreichte, bestätigte sich wieder einmal, daß im Grunde genommen jeder nur an seinen eigenen Angelegenheiten interessiert ist. Mutter saß noch immer in ihrem Sessel, schäkerte angeheitert mit Mr. Oldroyd, der ihr wer weiß was ins Ohr flüsterte. Prudence saß geduldig neben Tante Hannah, während Jonas – der verzweifelte, beleidigte, von Geldnöten geplagte Jonas – in eine angeregte Unterhaltung mit Celia vertieft war.

6

Anscheinend war Tante Hannah doch nicht die enge Vertraute ihres Stiefsohnes Jonas, wie sie glaubte, denn als er eine Woche später auf einem Wohltätigkeitsball in der Stadthalle Celia einen Heiratsantrag machte, fiel sie aus allen Wolken.

»Jonas, das kann doch nicht dein Ernst sein?« sagte sie bestürzt, als die beiden Hand in Hand nach einem Tanz vor sie traten. Und da Jonas in ihren Augen natürlich ein Mann ohne Fehl und Tadel war, traf ihr empörter Blick Celia, die ihn zu diesem überstürzten Schritt verleitet haben mußte. Barsch befahl sie ihr:

»Du gehst am besten sofort zu deiner Mutter, junge Dame, und sagst ihr, daß wir über dich ein Wörtchen reden müssen.«

Wir brachten Celia einer Ohnmacht nahe nach Hause. Schluchzend saß sie in einer Ecke der Kutsche und fühlte sich von aller Welt mißverstanden und betrogen.

Als Jonas am nächsten Morgen seiner Stiefmutter auseinandergesetzt hatte, daß Prudence ihn nicht heiraten würde und Mr. Corey-Manning ungeduldig den Verkauf seiner Kanzlei vorantrieb, und ihr klarmachte, was es für sie beide bedeuten würde, wenn er die Nachfolge nicht antreten konnte, bewirkte dies einen entscheidenden Sinneswandel bei Tante Hannah, und noch am selben Vormittag erschien sie in der Blenheim Lane und erklärte, wie überaus entzückt sie über diese Verlobung sei.

Im trauten Kreis der Familie – natürlich nicht in Celias Gegenwart – äußerte sie zwar Bedenken, daß Jonas' plötzlicher Entschluß Anlaß zu Gerede geben könnte, denn er hatte immerhin in aller Öffentlichkeit sein Interesse für Prudence gezeigt. Doch junge Menschen neigen nun einmal zu impulsiven, emotionell bedingten Handlungen, und da ihr kluger Jonas ja Prudence keinen Antrag gemacht hatte, konnte man ihm auch nicht nachsagen, daß er abgewiesen worden sei und Celia als Ersatz diente.

Jonas' Eigenmächtigkeit fand sie zwar nicht ganz korrekt – er hätte zuerst die Einwilligung der Erziehungsberechtigten einholen müssen –, doch auch dieses Vorgehen schrieb sie dem Überschwang seiner jugendlichen Gefühle zu. Ehe sie zu uns kam, war sie bei Onkel Joel in *Tarn Edge* gewesen, der als Celias Vormund seine Zustimmung geben mußte, und hatte alles mit ihm geregelt. Seine Nichte könne heiraten, wann immer sie wolle, und es bestand kein Zweifel darüber, daß er ihr zuliebe und um ihr ein angenehmes Leben zu er-

möglichen, Jonas in einer bestimmten geschäftlichen Angelegenheit finanziell unterstützen würde.
Tante Hannah war glücklich und zufrieden, denn mit Celias Mitgift konnte Jonas den ersten Schritt auf der goldenen Erfolgsleiter tun und würde bald alleiniger Besitzer von Mr. Corey-Mannings Kanzlei sein. Er würde einen eigenen Haushalt gründen und als solider, angesehener Mann gesellschaftliche Anerkennung finden. Aller finanzieller Sorgen ledig, die seine bis dahin ungewisse Zukunft ihr bereitet hatte, konnte sie nun ihre ganze Energie der politischen Karriere ihres Mannes widmen. Jonas war wohl aus denselben Gründen ebenfalls glücklich und zufrieden. Celia, die im zarten Alter von fünfzehn ihren ersten und höchstwahrscheinlich einzigen Heiratsantrag bekommen hatte – vor ihren älteren und begehrenswerteren Schwestern –, schwebte im siebten Himmel. Als Tante Hannah sich verabschiedet hatte, um die frohe Botschaft anderweitig zu verkünden, stellte Prudence, die der ganzen Unterhaltung verdächtig schweigsam gefolgt war, sich vor Mutter und sagte scharf:
»Das kannst du nicht zulassen, Mama!«
»Aber meine Liebe, was für ein merkwürdiges Ansinnen! Warum, um alles in der Welt, sollte ich den Wunsch haben, diese Heirat zu verhindern?«
»Du weißt sehr wohl, warum, Mutter. Sie passen einfach nicht zueinander. Sie ist noch nicht einmal sechzehn und dumm obendrein. Sie weiß nicht, welche Konsequenzen . . .«
Mutter lächelte. »Oh, sie ist klüger, als du denkst, meine Liebe, denn sie weiß genau, welches Leben sie führen will, was man von dir nicht behaupten kann. Und was die Konsequenzen angeht – wenn man sich jeden Schritt vorher überlegen würde, bezweifle ich sehr, ob man dann überhaupt noch etwas unternehmen würde.«
»Ganz recht, Mama. Doch in diesem Fall ist es kein Entschluß aus freiem Willen. Celia wird manipuliert und schamlos zur Befriedigung der ehrgeizigen Pläne anderer mißbraucht. Für Celias Wünsche scheinst du dich nicht zu interessieren, und wenn du dich weigerst, Verständnis dafür zu zeigen, nun, dann bleibt mir keine andere Wahl, als mich an Onkel Joel zu wenden.«
»Großer Gott!« sagte Mutter überaus amüsiert. »Wie mutig du bist! Würdest du es wirklich wagen, meinen Bruder damit zu belästigen? Ja, ich glaube fast, du würdest es tun. Wie sehr ähnelst du doch deinem Halbbruder, über den wir nie sprechen durften! Der liebe Crispin war so empfindsam und schwierig und voller romantischer,

idealistischer Vorstellungen. Und ich bin wohl nicht die einzige Frau in Cullingford, die sich manchmal fragt, was wohl aus ihm geworden ist. Aber das steht jetzt nicht zur Debatte. Was würdest du deinem Onkel denn sagen, Prudence? Daß Jonas Agbrigg deine Schwester des Geldes wegen heiraten will? Das weiß er nur zu gut. Geld ist ein durchaus akzeptabler Grund, eine Ehe einzugehen. Als Jonas deinen Onkel vor einigen Wochen um Rat fragte bezüglich der Übernahme von Mr. Corey-Mannings Kanzlei, hat er ihm selbst den Vorschlag gemacht, sich die Mittel dafür durch die Ehe mit einer vermögenden Frau zu beschaffen. Mein Bruder ist durch und durch Realist und hat wenig Sinn für Sentimentalitäten. Und obwohl er großes Vertrauen in Jonas' Fähigkeiten hat, würde er ihm nicht das Startkapital für seine Karriere zur Verfügung stellen, wenn Jonas nicht selbst die Weiterführung finanzieren könnte. Seine Ehe mit Celia gibt ihm die Möglichkeit dazu, und sie bekommt ihren heiß begehrten Ehering dafür. Und du kannst nicht leugnen, daß dies ihr sehnlichster Wunsch ist. Meine Liebe, ich zwinge sie nicht dazu, vor den Altar zu treten. Du magst mich für gefühllos halten, aber ich versichere dir, so etwas würde ich niemals tun. Du sagst mir, ich kann diese Heirat nicht zulassen. Aber selbst wenn es dir gelingen würde, mich, Onkel Joel und Tante Hannah davon zu überzeugen – Celia würde dir einen Strich durch die Rechnung machen. Du wirst sogar entdecken, wenn du mit ihr darüber redest, daß sie sich verliebt hat. O ja, meine Liebe, und warum auch nicht? In wenigen Monaten wird sie Herrin im eigenen Haus sein, eigene Dienstboten zur Verfügung haben, frei und ungehindert über ihre eigene Kutsche verfügen und ganz nach Belieben ausfahren können, während du und Faith hier im Haus zurückbleibt. Wie sollte sie sich nicht in einen Mann verlieben, der ihr alle diese wunderbaren Dinge ermöglichen wird?«
»Ich werde mit ihr reden, Mutter«, beharrte Prudence eigensinnig auf ihrem Standpunkt. »ich werde ihr klarmachen, welch einen törichten Handel sie da eingeht und wozu die Unvereinbarkeit ihrer Charaktere führen wird – dann hat wenigstens einer von uns den Versuch gemacht, ihr Gerechtigkeit widerfahren zu lassen.«
»Tu, was du für richtig hältst, meine Liebe«, sagte Mutter geduldig. »Doch ich rate dir davon ab. Es wird sie nur in der Überzeugung bestärken, daß du selbst gern Jonas geheiratet hättest und aus Eifersucht ihr diese Verbindung ausreden willst.«
Prudence und ich gingen gemeinsam die Treppe hinauf und blieben zögernd vor Celias Tür stehen.

»Es ist natürlich meine Schuld«, sagte die aufrichtige, geradlinige Prudence. »Wenn ich den Mut aufgebracht hätte, mir seinen Antrag anzuhören und ihn abzuweisen, hätte er nicht gewagt, eine Woche später um Celias Hand anzuhalten. Das hätte ihr Zeit zum Nachdenken gelassen. Zum ersten Mal in meinem Leben bin ich vor einer Entscheidung davongelaufen; es wird mir nie wieder passieren.«
»Es war so gar nicht deine Art, davonzulaufen, Prudence.«
»Nein. Und wenn ich nur die leiseste Hoffnung gehabt hätte, daß er mir offen seine Beweggründe dargelegt hätte, wäre ich auch nicht davongelaufen. Wenn er sich hätte dazu überwinden können, mir offen und ehrlich zu sagen: ›Ich brauche dein Geld, Prudence. Und im Austausch dafür befreie ich dich aus der Abhängigkeit von deiner Mutter, die dich irritiert, und aus der Abhängigkeit von meiner Stiefmutter, deren Einmischung in dein Leben du nicht ertragen kannst. Heirate mich, und du wirst reich und frei sein, das Leben einer erwachsenen Frau zu führen, anstatt die gefügige Tochter zu Hause zu spielen.‹ Ich hätte ihn zwar trotzdem abgewiesen, denn er hat zu viele Eigenschaften, die ich nicht ausstehen kann, aber ich hätte ihn wenigstens respektieren können. Aber nein. Ich wußte, er würde mir etwas über unsterbliche Liebe vorlügen – womit er zweifelsohne Celia eingewickelt hat –, und das hätte mich zu sehr beleidigt. Ich konnte diese Schmierenkomödie einfach nicht mitspielen. Und ich muß Mutter in diesem Fall recht geben. Alle Einwände, die ich vor Celia vorbringen würde, würde sie mir unweigerlich als Eifersucht auslegen.«
»Mutter hat oft recht, Prudence, wenn man sich nur die Mühe macht, ihr zuzuhören. Sag nichts zu Celia. Wir haben immer gewußt, daß sie den erstbesten Mann nehmen würde, der ihr einen Antrag macht. Und Jonas ist doch nicht so . . . so viel übler als irgendein anderer, oder?«
»Übel? Nein, ich halte ihn nicht für schlecht. Ich glaube sogar, wenn Tante Hannah ihn nicht so vollgestopft hätte mit ihren ehrgeizigen Plänen, nicht diesen Wunderknaben aus ihm gemacht hätte, könnte er ganz nett sein. Er ist sehr intelligent, vielleicht ein wenig herzlos, aber ich glaube, er hat es Tante Hannah zu verdanken, daß er so eingebildet und empfindlich ist. Aber Celia – oh, Himmel, Faith! –, Celia ist so eine dumme Gans.«
Viele von Celias Fehlern und Unzulänglichkeiten hätten sich wohl im Laufe der Zeit verloren, und sie wäre dem kindlichen Drang nach Anerkennung, um jeden Preis im Mittelpunkt zu stehen, bald ent-

wachsen. Auf jede vermeintliche Zurücksetzung reagierte sie beleidigt, zog sich schmollend zurück und erpreßte Zuneigung durch alle möglichen Wehwehchen, zu denen sie Zuflucht suchte. Dies rührte wohl daher, daß wir sie als Kind zuwenig an unseren Vergnügungen teilnehmen ließen und sie nicht ins Vertrauen zogen. Doch als ich am nächsten Morgen in ihr Zimmer ging, hatte sich die selbstgefällige Eitelkeit der jungen Braut – sie würde die erste von uns sein, die heiratete – bereits in glückselige Verliebtheit gewandelt, ein Zustand, in den sie sich hineingesteigert hatte und der ihr zweifelsohne ungeheure Befriedigung verschaffte.
»Ich weiß, daß Jonas zunächst Prudence den Hof machte«, plapperte sie aufgeregt. »Er hat mir alles erklärt. Er hält Prudence für ein bewundernswertes Mädchen, was sie ja auch ist. Und als Tante Hannah ihm einredete, daß sie die passende Frau für ihn wäre, hat er das auch geglaubt. Aber allmählich wandelten sich seine Gefühle, und die ganze Zeit, die er mit mir verbracht hat, wenn er zu Besuch kam und sie ihn nicht empfing, fühlte er sich mehr und mehr, ganz gegen seinen Willen, zu mir hingezogen. Und auf Carolines Geburtstagsball habe ich bereits gespürt, woher der Wind weht. Und ich muß zugeben, ich war lange in einer Zwickmühle, wagte nicht, meine Gefühle zu zeigen, da ich nicht wußte, ob er Prudence einen Antrag machen würde. Und er hatte Angst, Prudence' Gefühle zu verletzen. Ist das nicht alles irrsinnig komisch? Aber wie schön, daß sich alles noch rechtzeitig geklärt hat! Eigentlich hatte er ja nicht vor, mir schon gestern abend seine Gefühle zu gestehen, er wollte eine Weile warten und den passenden Moment abwarten. Er dachte wohl auch, daß ich noch zu jung wäre – doch du weißt, wie so etwas passiert. Wir haben getanzt und uns unterhalten – wir verstehen uns wirklich gut –, und dann ist er eben damit herausgeplatzt. Er hat sich völlig korrekt und überaus höflich verhalten, und als ich seinen Antrag angenommen hatte, bat er mich sogleich, alles andere ihm zu überlassen. Er ist so klug und umsichtig. Prudence hat ja noch mehr Verehrer, und mit Freddy Hobhouse wird sie sicher glücklicher werden, und du, Faith, du gefällst anscheinend Jacob Mandelbaum sehr.«
Kluger Jonas, dachte ich; kluger, kalt berechnender Jonas. Da gibt es eine Frau, die gut zu ihm passen würde; eine Frau, die er liebt, und eine dritte, die für ihn erreichbar ist. Er konnte es nicht riskieren, von der ersten abgewiesen zu werden, wagte einen halbherzigen Versuch bei der zweiten und begnügte sich mit der dritten. Celia in ih-

rer Angst, keinen Mann zu bekommen, hätte jeden Antrag angenommen. Aber war ich denn wirklich die Frau, die er liebte? Wie es mir schien, hatte ich völlig ahnungslos die Aufmerksamkeit eines Mannes auf mich gezogen, der nur Sinn für seine berufliche Karriere hatte und dessen ganzer Ehrgeiz darauf gerichtet war, reich und erfolgreich zu werden. Könnte es mir dann nicht auch gelingen, Nicholas' Zuneigung zu gewinnen?

Aber in der strahlenden Helle von Celias Brautgemach tat ich Jonas' plötzlich aufflackerndes Begehren als Ausdruck flüchtiger Sinnlichkeit ab, die jedes aufreizende Hausmädchen hätte entfachen können. Ein Impuls, den Jonas sofort wieder unterdrückt und längst vergessen hatte. Wie erleichtert mag er gewesen sein, daß er dieser gefährlichen Neigung nicht nachgegeben hatte und weiterhin ungehindert sein Ziel, berufliche und gesellschaftliche Anerkennung zu erreichen, verfolgen konnte. Und dafür genügte ihm Celia als Frau.

»Ich hoffe, du wirst sehr, sehr glücklich«, sagte ich zu ihr.

»Oh, ganz gewiß«, sagte sie überzeugt, und für den Rest des Sommers waren wir ausschließlich mit Celias Aussteuer, mit Celias Leinen und Porzellan, Celias Teppichen und Vorhängen und ihren Hochzeitsgästen beschäftigt. Es war oft langweilig und ermüdend, und doch begrüßte ich diese Inanspruchnahme, hielt sie mich doch davon ab, darüber nachzugrübeln, warum Nicholas sich in den vergangenen Wochen so wenig blicken ließ.

»Ich werde Caroline bitten, meine Brautjungfer zu sein«, verkündete Celia hochtrabend und zählte dann alle Namen ihrer Freundinnen auf, die ihr in einer langen Prozession zum Altar folgen würden. Die Vorstellung dieses großartigen Spektakels – die herrliche Caroline Barforth würde hinter der kleinen Celia Aycliffe durch die Kirche schreiten – erfüllte sie mit triumphierender Freude.

»Niemand hat es für möglich gehalten«, erging sie sich in langen Tiraden. »Keine von euch beiden hätte mir das zugetraut. Faith, sei doch bitte vorsichtig mit dem Musselin, er muß für mindestens zwei Dutzend Unterröcke reichen. Bei Miss Constantine in der Miller Gate habe ich weinroten Samt gesehen – nein, Faith, nicht für ein Abendkleid. Denkst du denn immer nur an Kleider? Ich will ihn für die Vorhänge haben, dazu die passenden Kissenbezüge . . . Was siehst du mich so erstaunt an, Faith? Ich habe jetzt ernstere Dinge zu bedenken als Bänder und Rüschen und Spitzentücher. Ihr könnt euch damit ja noch eine Weile vergnügen, aber ich habe ein Haus einzurichten.«

»Ja, gewiß«, erwiderte Prudence bissig. »Schwerwiegende Probleme in der Tat – wirst du Wachsblumen oder ausgestopfte Vögel auf den Tisch in der Eingangshalle stellen? Großer Gott, wie wirst du je diese ernsthaften Probleme lösen?«
Doch Celia in ihrer neugewonnenen Würde behandelte uns mit herablassender Nachsicht, wie zwei streitsüchtige Kinder. Eine Haltung, die sie für völlig gerechtfertigt hielt, denn ihre Heirat mit Jonas, die für Oktober angesetzt war, kurz nach ihrem sechzehnten Geburtstag, würde sie zur Frau machen und sie somit gesellschaftlich über uns stellen. Sie war dann eine Frau die »Bescheid« wußte, während wir weiterhin in unserer naiven Jungfräulichkeit gefangen blieben.
»Ich kann das nicht mehr ertragen«, stöhnte Prudence wiederholt. »Wenn sie sich noch einmal so überheblich benimmt, verpasse ich ihr eine Tracht Prügel. Sie lebt in einem Traum. Kannst du nicht versuchen, sie in die Wirklichkeit zurückzuholen?«
Doch Celia schlug alle Warnungen und vorsichtigen Ermahnungen in den Wind. Sie schwebte weiterhin auf ihrer rosaroten Wolke durchs Leben, die nur aus Teppichmustern, Seidentapeten, Mahagonianrichten und roten Plüschsesseln zu bestehen schien, und Jonas, der vollauf mit der Übernahme der Kanzlei beschäftigt war, überließ ihr gern die Einrichtung des Hauses.
»Sie bezahlt sie ja schließlich«, bemerkte Prudence giftig, als wir wieder einmal über endlosen Näharbeiten saßen.
»Ja, aber es macht ihr so viel Spaß, gönn ihr doch die Freude. Vielleicht werden sie auch miteinander glücklich. Er hat seinen Beruf und sie den Haushalt. Das kann genügen.«
»Ja, er hat ihr Geld und wird auch die Hand nach unserem ausstrecken, wenn er eine Chance dazu bekommt.«
»Prudence, was, um Himmels willen, willst du damit sagen?«
»Nur so viel«, sagte sie und stieß die Nadel wütend in die hauchdünne Seide, »er ist ein Mann, und wir sind vier Frauen. Im Augenblick ist er nur der Stiefsohn unserer Tante, dessen Entscheidungen unser Leben nicht weiter beeinflussen. Aber als Celias Ehemann wird er rechtlich gesehen unser Bruder. Dir ist dieser Gedanke noch nicht gekommen. Aber ich bin mir sicher, daß er und Tante Hannah sich dessen sehr wohl bewußt sind. Gut, Onkel Joel ist unser Vormund, aber er wird nicht ewig leben. Und angenommen, ich werde nicht heiraten und du auch nicht, oder unsere Männer sterben. Was geschieht mit Jungfern und Witwen, Faith? Sie kehren ins Elternhaus

zurück oder verlassen es nie und leben dort unter dem Schutz des einzigen männlichen Verwandten. Sie unterwerfen sich dessen Anordnungen und übertragen ihm die Verwaltung ihres Vermögens. In geschäftlichen Dingen besitzen Frauen doch keine Rechte, sie sind auf einen Mann angewiesen. Und falls ich ledig bleibe, wird mir Jonas kaum erlauben, daß ich mir mit meinem eigenen Geld eine eigene Existenz aufbaue und allein lebe. Vergiß nicht, er ist Anwalt und kennt alle rechtlichen Mittel und wird sie auch einsetzen. Warum sollte er sich mit einer Mitgift zufriedengeben, wenn sich ihm die Chance bietet, sich zwei oder drei anzueignen? Und die einzige Möglichkeit, das zu verhindern, besteht darin, zu heiraten.«

Caroline kam regelmäßig zu Besuch in die Blenheim Lane. Julian Flood wurde noch immer als ihr zukünftiger Bräutigam betrachtet, obwohl sie noch nicht offiziell verlobt waren.

»Mein Gott, Celia!« rief sie verwundert aus, »es geht ja hier zu wie in einem Bienenstock. Ich hatte keine Ahnung, daß es dieser Mengen Musselin und Taft bedarf, um zu heiraten. Ach, da fällt mir ein, wenn deine Hochzeit im Oktober stattfindet, kannst du leider nicht auf mich rechnen, meine Liebe. Ich werde dann in Paris sein – es tut mir wirklich leid für dich –, aber auf eine Brautjungfer mehr oder weniger kommt es wohl nicht an. Ich reise mit den Battershaws, und die Floods werden dann ebenfalls dort sein. Das wird sicher sehr amüsant werden, obwohl ich die Floods hier ja regelmäßig zu sehen bekomme und in einem fremden Land doch eigentlich auch gern andere Leute kennenlernen würde. Ich unternehme die weite Reise schließlich nicht, um an einer Familienveranstaltung teilzunehmen. Nun, Celia, ich wünsche dir alles Glück der Welt. Wenn ich aus Frankreich zurückkomme, wirst du Mrs. Jonas Agbrigg vom Albert Place sein. Meine Güte – Mrs. Agbrigg vom Albert Place! Wie ungewöhnlich.«

Mr. Ira Agbriggs Vorschlag, die Hochzeit aufzuschieben, bis Miss Caroline aus Frankreich zurück wäre, fand weder Tante Hannahs noch Jonas' Zustimmung. Und da das Haus, das Celia sich immer erträumt hatte, zufälligerweise zum Verkauf stand und Mutter ebenfalls für die Einhaltung des Hochzeitstermins plädierte, blieb es bei Oktober.

»Das Haus ist in einem ausgezeichneten Zustand«, sagte Mutter. »Sie brauchen nur die Möbel auszuwählen und sie hineinstellen zu lassen. Und was die Aussteuer betrifft – nun, es ist heutzutage durchaus üblich, diese Dinge zu kaufen. Wir müssen nicht alles selbst nähen.

Wir haben doch nun diese phantastische Zugverbindung und können, was wir brauchen, bringen lassen.«
Mutter fand offensichtlich ebensowenig Gefallen an diesen Hochzeitsvorbereitungen wie Prudence, und im Handumdrehen hatte sie Tapezierer, Möbeltischler und Maler engagiert, fuhr selbst nach Leeds, Bradford und Manchester und kaufte dort alles ein, was in den Geschäften von Cullingford nicht aufzutreiben war. Dann schickte sie mehrere Putzfrauen in das neu erworbene, quadratische Haus am Albert Place, stellte eine Köchin, ein Hausmädchen und zwei von Tante Hannahs Wohlfahrtsmädchen für die gröberen Arbeiten und ein männliches Faktotum für alle möglichen Aufgaben ein, der sofort vollauf damit beschäftigt war, täglich Celias Pakete vom Zug abzuholen. Und ich kannte Mutter mittlerweile gut genug, um zu wissen, daß hinter ihrer hektischen Aktivität nicht der Wunsch stand, Celia, Jonas oder Tante Hannah einen Gefallen zu erweisen. Sie hatte ganz persönliche Gründe dafür.
»So viel Energie hast du mir nicht zugetraut, wie?« fragte sie mich ungefähr vierzehn Tage vor der Hochzeit. »Aber da Celia es kaum erwarten kann, unter die Haube zu kommen, kann ich doch ein wenig helfen, daß alles rechtzeitig fertig wird. Ich gebe zu, Faith, als ich zu Carolines Geburtstag nach Hause kam, hatte ich nicht vor, so lange zu bleiben. Nein, ich wollte nur einige geschäftliche Dinge mit Joel besprechen, von denen ich sowieso nichts verstehe. Gott sei Dank kann ich mich ganz auf ihn verlassen, er würde mich nicht um einen Penny betrügen. Und nun, meine Liebe, nachdem alle Vorbereitungen für Celias Hochzeit abgeschlossen sind, hält mich nichts mehr hier in Cullingford. Der Winter in England ist gräßlich.«
»Du willst also wieder in den Süden, Mutter?«
»Ja, meine Liebe. Und ich wäre schon vor drei Monaten abgereist, wenn Celia es sich nicht in den Kopf gesetzt hätte zu heiraten. Aber das hat auch einen Vorteil, so braucht sich niemand um sie zu kümmern, wenn ich verreist bin. Bleiben nur Prudence und du. Und Prudence gefällt es, hier allein mit Miss Mayfield zu bleiben, denn dann kann sie tun und lassen, was ihr gefällt. Und du, meine liebe Faith, wirst mich begleiten. Nun, was hältst du davon?«
Ich ließ mich langsam auf die Kante meines Bettes sinken und dachte einfach nur an Nicholas – Nicholas. Ich war nicht in der Lage, ihr zu sagen, daß ich den Gedanken, ihn nicht sehen zu können, einfach nicht ertrug, obwohl wir uns in letzter Zeit kaum begegnet waren.

»Das wäre sehr . . . schön, Mama. Aber ich glaube, ich bleibe lieber bei Prudence.«
»Warum solltest du?« fragte sie lächelnd. »Ich denke nicht, daß Prudence dich braucht, wohingegen ich nicht mehr gern allein reise. Ich habe schon alles veranlaßt. Gleich nach der Hochzeit können wir abreisen. Du siehst, wie umsichtig ich bin, wenn ich es mir einmal in den Kopf gesetzt habe. Denn wenn ich bis zu ihrer Rückkehr von der Hochzeitsreise warte, könnte sich diese Reise bis nach der Geburt des ersten Kindes verzögern. Und reisen bildet auf jeden Fall; jemandem, der in Cullingford aufgewachsen ist, kann es nicht schaden, und außerdem wird es dir guttun, eine Weile nicht in der Nähe von Nicholas Barforth zu sein.«
Ich spürte nicht nur, wie eine purpurne Röte in meine Wangen stieg und gleich darauf einer eisigen Kälte in mir Platz machte, sondern ein schmerzhaftes Gefühl des Verlustes, den ich unbedingt verhindern mußte. Und dieses Gefühl war so schrecklich, daß ich nur murmeln konnte:
»Mama, falls du dir vorstellst . . .«
»Oh«, sagte sie, noch immer lächelnd. »Ich stelle mir gar nichts vor. Ich tue viel mehr als das. Ich bin zwar nicht so klug wie dein Vater und Prudence und auch kein Hausmädchen wie Celia, aber ich habe immer sofort erkannt, was sich zwischen einer Frau und einem Mann abspielt. Dafür habe ich ein Gespür. Liebes, ich bin nicht garstig zu dir, nur vernünftig. Ich wäre entzückt, wenn du Nicholas Barforth heiraten würdest. Es wäre einfach wunderbar, aber so vieles steht dagegen – nicht allein die Tatsache, daß du zur Ehe reif bist und er noch nicht. Meine Liebe, nur arme und alte Männer brauchen Ehefrauen. Junge reiche Männer können es sich leisten, spät zu heiraten oder überhaupt nicht. Denn normalerweise warten sie, bis sie sich ausgetobt und ihre Freiheit genossen haben. Wenn sie dann auf die Fünfzig zugehen, glauben sie, daß ein Sohn, der ihnen bei ihren Geschäften hilft, ganz nützlich wäre. Und aus diesem Grund wählen sie junge Frauen. Wenn Nicholas einmal soweit ist, wird es für dich zu spät sein, Faith. Es tut mir leid, das so offen aussprechen zu müssen, aber so geht es nun einmal in der Welt zu, und ich kann sie nicht ändern. Blaize ist genauso, und selbst Jonas hätte so gehandelt, wenn ihm die Wahl geblieben wäre. Warum soll ein Mann heiraten, wenn er sich auch ohne das lästige Joch der Ehe vergnügen kann? Eine unverheiratete Frau ist ein trauriger Anblick, aber ein gutaussehender junger lediger Mann mit Geld – das steht auf ei-

nem ganz anderen Blatt. Du brauchst die Ehe, Faith. Und solltest du nicht heiraten, wirst du dein Leben als verfehlt betrachten. Aber falls Nicholas ledig bleibt, wird er immer noch als toller Bursche angesehen. Und ich jedenfalls habe meine Gründe und betrachte ihn noch nicht als reif für die Ehe. Das weiß er auch. Die Welt hat ihm noch so viel zu bieten, dir dagegen wenig. Und wenn du heute nacht in deinem Bett seinetwegen weinst, mag es dir vielleicht ein Trost sein zu wissen, daß er sich wirklich von dir angezogen fühlt, sonst wäre er in den vergangenen Monaten häufiger gekommen. Wenn er dich nur für ein nettes Mädchen hielte, hätte er dich weiter besucht, mit dir getanzt und dich zum Abendessen eingeladen. Und weder Tante Verity noch ich hätten etwas gemerkt. Aber wir *haben* etwas gemerkt, und er ist – wahrscheinlich zum ersten Mal in seinem Leben – vernünftig. Das mußt du auch sein.«

»Ja, Mama.«

»Gut. Und du brauchst nicht den Kopf hängen zu lassen, denn in Frankreich und Italien wirst du viel Zerstreuung finden. Wir kennen uns nicht sehr gut, Faith, mein Liebe. Ich will dir nicht verschweigen, daß dein Vater von mir keine sehr hohe Meinung hatte und mich zwang, mich von meinen Kindern fernzuhalten. Er hatte wohl Angst, ich würde euch Flausen in den Kopf setzen. Aber ich bin eigentlich ein sehr angenehmer Mensch und werde dir eine gute Gesellschafterin sein. Dann ist es also abgemacht? Welche Frage, natürlich ist es das. Du meine Güte, rückt denn dieser dumme Hochzeitstag niemals näher?«

Die Barforths schenkten Celia ein wunderschönes Coalport-Service, Mutter Möbel und Teppiche, Tante Hannah spendierte das Sofa und die Sessel für den Salon. Meine Schwester wurde geradezu mit Geschenken überhäuft. Und als sie an diesem frischen Oktobermorgen an Onkel Joels Arm die Kirche betrat, hätte ich nicht gedacht, daß sie so schön aussehen würde.

Sie war immer ein hübsches, wenn auch langweiliges Mädchen gewesen. Sie kränkelte oft, und man zollte ihr, ihrer Meinung nach, zu wenig Beachtung. Doch als sie den Gang im Mittelschiff auf den bleichen, kalten Jonas zuschritt, war sie von derart strahlender Schönheit, daß ich die Tränen, die bei solchen Gelegenheiten häufig vergossen wurden, verstehen konnte. Celia befand sich in einem Zustand völliger Selbstzufriedenheit, und auch Jonas schien zufrieden. Mutter weinte höchst anmutig während des ganzen Gottesdienstes, und später, bei dem Empfang, mußten sie mehrere ältere Herren trö-

sten. Die Brautjungfern wurden sehr bewundert, obwohl ich mich in dem blauen Organzakleid, das Celia ausgewählt hatte, nicht wohl fühlte und froh war, daß Nicholas der Feier fernbleiben mußte, weil sein Vater ihn auf eine Geschäftsreise nach London geschickt hatte.
Es wurde Champagner und Kuchen gereicht, und eine mit Schimmeln bespannte weiße Kutsche fuhr das Brautpaar zum Bahnhof.
»Gott behüte dich!« sagte Prudence. Sie war bewegter, als sie zugeben wollte.
»Gebt eurem Bruder einen Kuß, Mädchen«, bat Tante Hannah uns, und als wir das getan und zum Abschied gewinkt hatten, kehrte Mutter eiligst in die Blenheim Lane zurück, um ihre und meine Koffer zu packen, wobei ihre Augen aufgeregt funkelten.
»Du wirst so viel Spaß haben, Faith«, sagte sie. Und da ich Morgan Aycliffes Tochter war, die nie eine Gefühlsregung zeigen durfte, antwortete ich wohlerzogen:
»Ja, Mama.«
Und auf diese Weise wurden wir zum ersten Mal getrennt. Celia reiste mit Jonas nach Scarborough; Prudence blieb in der Blenheim Lane, und ich verließ Nicholas.
»Du wirst mir doch schreiben, Prudence?«
»Ja. Wenigstens einmal die Woche. Mehr kann ich nicht versprechen. Und antworte mir.«
»Ich möchte nicht verreisen.«
»Nein, jetzt nicht. Aber vielleicht willst du eines Tages gar nicht mehr nach Hause kommen.«
Doch ich hatte es mir in den Kopf gesetzt, mich elend zu fühlen. Aber ich war ja erst siebzehn, und selbst der Zug, den ich unbequem und langweilig finden wollte, stellte sich als angenehm heraus. Das ungewohnte Hotelzimmer und Essen im Restaurant entzückten mich ebenso wie Mutters Geplauder – nicht mehr von Mutter zu Tochter, sondern von Frau zu Frau.
»Wir brauchen Kleider, Liebes«, sagte sie. »Die werden wir in Paris kaufen.« Und das taten wir. Wir bestellten sie bei einem kleinen, terrierartigen Mann, der uns eine ganze Weile warten ließ und diesem Geschäft ebensoviel Bedeutung beimaß wie andere Männer der Konstruktion einer Brücke.
»Er zieht dich nur an, wenn er dich gut leiden kann«, murmelte Mutter mit überraschender Nervosität. »Und hüte dich, ihm deinen Geschmack aufzudrängen. Er bestimmt, was du anziehst. Sei vor-

sichtig, Liebes. Das letzte Mal, als ich hier war, lehnte er die Frau eines Botschafters und eine Gräfin als Kundinnen ab.«
Welten trennten diesen Mann von den Schneiderinnen in Cullingford, die zu uns nach Hause kamen und anfertigten, was wir wünschten. Doch als Monsieur Albertini mich eine Weile begutachtet hatte, wobei er mich in den Rauch seiner qualmenden Zigarre einhüllte, blieb er plötzlich stehen, klatschte in die Hände und erklärte, mein Kleid wäre eine Scheußlichkeit. »London? Natürlich. Was kann man da schon erwarten?« Daraufhin erklärte er, daß er in ein bis zwei Tagen, dank seiner genialen Inspiration, für mich eine Garderobe geschaffen haben würde, bei deren Anblick ich vor Dankbarkeit in Tränen ausbrechen würde.
Aber ich fand schnell heraus, daß dieser tänzelnde kleine Kauz ein ebenso gerissener Geschäftsmann wie Onkel Joel war. Sein tyrannischer Geschmack tendierte unweigerlich zu dem Teuersten, Erlesensten hin. Doch ich lernte von ihm, wie ich mich kleiden mußte.
Da gab es Morgenmäntel – lichte, durchsichtige Gebilde –, speziell dazu gedacht, darin den Morgentee zu schlürfen; Plisseeroben, die vor dem offenen Kamin zu tragen waren oder in denen man auch morgendliche Besucher empfangen konnte. Seine Redingoten waren superb und für den Nachmittag ausersehen, wenn Madame einen Spaziergang im Park zu machen gedächte. Und dann seine Abendkleider: traumhafte Kreationen aus Seide oder Satin, eng tailliert und tief ausgeschnitten. Schließlich gab es noch die »kleinen Dinge«, wie er sie nannte – spitzengenähte Schals aus Kaschmir, Fächer, Handschuhe, federgeschmückte Hüte, elfenbeinerne Kämme, um das Haar nachts hochzustecken.
»Du glaubst sicher, ich bin extravagant – und sogar ein wenig frivol«, sagte Mutter bei der Betrachtung unserer Einkäufe. »Ja, das bin ich auch. Aber jetzt lebe *ich*, Faith. Es ist das erste Mal, daß ich tun kann, was mir beliebt, nicht, was man von mir erwartet. Und vielleicht ist diese Zeit bald vorüber. Irgend etwas wird mich zwingen, in die Blenheim Lane zurückzukehren. Und Jonas wird ein großes Gezeter anfangen, weil ich mein Geld verschwende und Celia nichts übriglasse, und Joel wird meine Ausgaben einschränken. Irgend etwas wird mich wieder einengen und mir diese langweilige Ehrbarkeit auferlegen. Und selbst wenn das nicht der Fall sein sollte: Ich werde älter. Du wirst also ein nettes Mädchen sein und mir meinen Spaß nicht verderben.«
Wir blieben bis Mitte Dezember in Frankreich. Dann siedelten wir

in eine Villa am Stadtrand Roms um. Innen war sie ganz aus Marmor, die Wände waren mit Fresken bedeckt, und eine große Freitreppe führte in einen herrlichen Garten, wo Putten in steinerne Wasserbassins spien. Dort erwartete uns ein Herr, der uns artig die Hände küßte und den ich nie wieder zu Gesicht bekam. Dann reisten wir im Frühling nach Neapel, von dort aus nach Monaco und wieder nach Rom zurück, wo uns ein anderer Herr, der offensichtlich Mutters Reife schätzte, erwartete.

»Schockiere ich dich?« fragte sie. »Ich glaube, ja. Am Anfang war ich selbst über mich schockiert, doch man gewöhnt sich schnell an die Sitten dieser Länder. Ich halte mich nicht für durch und durch frivol. Doch im Ehrgeiz finde ich keine Befriedigung wie Tante Hannah, auch hatte ich nicht das Glück, wie Tante Verity meinen Mann zu lieben. Also muß ich das Beste aus meinem Leben machen, solange noch Zeit ist, oder nicht?«

Wir wohnten in luxuriösen Häusern, die Mutter von ihren Bekannten zur Verfügung gestellt wurden, und speisten in seltsam pittoresken Gasthäusern am Wegesrand – Tante Hannah hätte sie als schmutzig bezeichnet. Wir machten Ausflüge auf Eseln in eine blumenübersäte Landschaft, aßen mit Knoblauch gewürzten Käse und tranken roten Wein dazu. Die Räume des Abends waren schwer von süßen Düften, Kerzen verströmten ein sanftes Licht. Wir lebten wie auf Rosen gebettet, und die Männer in dieser Welt, mit ihren dunklen, glatten Gesichtern erinnerten mich alle an Nicholas.

»Cullingford ist doch sehr provinziell, nicht wahr?« sagte Mutter oft, und ich weiß nicht mehr, wie – oder wann – mir bewußt wurde, daß dieser charmante, ewig gutgelaunte Signor Marchetti, der uns so zuvorkommend seine römische Villa zur Verfügung gestellt hatte, ihr Liebhaber war.

»Wir kehren wieder nach Paris zurück«, verkündete sie eines Morgens, und auf scheinbar magische Weise stand uns eine Wohnung am Ufer der Seine zur Verfügung, deren Fenster auf Notre-Dame hinausblickten. Wir gingen unter dem Schutz von Kastanienbäumen und zierlichen Sonnenschirmen spazieren. Ein gewisser Monsieur Fauret begleitete uns in die Oper, ins Ballett oder nach Versailles und stellte uns seine Kutsche für Ausfahrten in den Bois de Boulogne zur Verfügung. Solange wir uns bei dem Couturier, Monsieur Albertini, oder in Mutters Lieblingsparfümerie in der Rue Saint-Honoré aufhielten, wartete er geduldig. Er war ein zierlicher Mann mittleren Alters und vollendet in seinen Umgangsformen.

»Erweisen Sie mir die Ehre, heute abend mit mir zu dinieren, Madame – und Sie, Mademoiselle.« Doch manchmal ging Mutter in ihren extravaganten schwarzen Roben allein aus und kehrte erst in den frühen Morgenstunden zurück. Am nächsten Tag war sie dann seltsam träge und lächelte merkwürdig, wenn Blumen gebracht wurden. Und obwohl sie nie über Liebe oder Leidenschaft sprach, wußte ich alles, und es faszinierte mich, daß eine Beziehung zwischen einem Mann und einer Frau so oberflächlich und doch so befriedigend sein konnte.

Natürlich hatte dieser freizügige Lebensstil für mich keine Gültigkeit. Meine Tugendhaftigkeit mußte nicht nur intakt, sondern über jeden Zweifel erhaben sein. Doch da ich so plötzlich mit dem wirklichen Leben konfrontiert wurde, war ich mit meinen siebzehn und dann achtzehn Jahren reifer, als ich normalerweise gewesen wäre. Ich entwickelte eine Sicherheit im Auftreten, die für die Verhältnisse in Cullingford nicht adäquat war. Ich übte mich in der Kunst der Konversation, des Zuhörens, um das Beste aus mir zu machen. Und ich übte mich in der Kunst, Nicholas Barforth zu vergessen, ihn als einen jungen Provinzler zu sehen, der eine junge Provinzlerin bezaubert hatte. Und ich glaubte an das neue Bild, das ich mir von ihm machte.

Hin und wieder hörte ich Neuigkeiten von Caroline, deren Aufenthalt in Paris mit den Battershaws enttäuschend gewesen war. Und obwohl sie oft von den Floods sprach – entweder hatte Julian ihr noch keinen Antrag gemacht, oder sie ging ihm aus dem Weg. Sie hatte den Weihnachtsabend in *Cullingford Manor* verbracht – eine unzweideutige Einladung –, doch dann hatte sie in ihrem Brief von ganz anderen Dingen gesprochen. Sie berichtete, daß Blaize, der nicht gern in der Fabrik arbeitete, beschlossen hatte, daß seine Talente darin lägen, in Übersee die Barforthschen Stoffe zu verkaufen. »Damit meint er, daß er sich auf der ganzen Welt herumtreiben will«, schrieb sie, »mit einer Musterkollektion von Stoffen in seinem Koffer will er sie in luxuriösen Hotels anstatt im Zeughaus, wie alle anderen auch, verkaufen. Das ist sehr angenehm für *ihn*, sagte Nicholas. Trotzdem glaube ich, daß Vater diesen Plänen zustimmen wird, denn wir wissen ja überhaupt nicht, welche Farben und Qualitäten von unseren überseeischen Kunden bevorzugt werden. Und wenn wir das nicht wissen, können wir auch nicht liefern. Und Blaize mit seinem Charme wird uns gut vertreten und Aufträge hereinbringen, ein Gesichtspunkt, den man nicht außer acht lassen darf, weil es jetzt so viele neue Textilfabrikanten gibt.«

Das sind seltsame Gedanken für die zukünftige Frau eines Baronets, dachte ich, denn sie hatte vollständig vergessen, mir zu schreiben, ob Nicholas anläßlich eines Balls mit Amy Battershaw oder Rebecca Mandelbaum getanzt hatte oder ob er – schrecklicher Gedanke – eine andere junge Dame kennengelernt hatte.

Von Celia erhielt ich alle vierzehn Tage einen Brief, in dem sie ihre häuslichen Miseren auflistete: den verheerenden Einfluß des Sonnenlichtes auf ihre Vorhänge im Speisezimmer und Mr. Coray-Mannings Schlampigkeit, die Jonas zwang, ganze Abende außer Haus zu verbringen, um die Kanzlei in Ordnung zu bringen.

Wie versprochen, schrieb mir Prudence getreulich jede Woche. Ihre scharfgestochene, elegante Schrift verriet nicht nur ihre Beschäftigung mit Literatur und Mathematik – ihr ehrliches Bestreben, sich zu bilden –, sondern sie teilte uns auch mit, in welch erbärmlichem Zustand sich Cullingfords Straßen befänden und wie unzureichend die Wasserversorgung sei. Sie hatte neue Leute kennengelernt, schrieb sie, ohne Näheres mitzuteilen. Doch es mußte sich um seriöse Bekanntschaften handeln, ältere Leute, nahm ich an, die Vorträge veranstalteten und Gelder sammelten, um Cullingfords schlecht ausgerüstetes Krankenhaus besser einzurichten. Und als Cullingford die Stadtrechte verliehen wurden und somit ein Bürgermeister, vierzehn Ratsherren und vierzig Beisitzer gewählt werden durften, berichtete Prudence ausführlich darüber.

Ihre Erwartungen würden nicht erfüllt werden, meinte sie, denn die meisten Männer stellten sich wegen des damit verbundenen Prestiges zur Wahl und nicht, weil sie der Allgemeinheit dienen wollten. Doch würde dieser Stadtrat trotzdem mehr erreichen, als jemals zuvor getan wurde, und sie könne sich keinen besseren Mann als Ira Agbrigg an der Spitze vorstellen, versicherte sie in ihrem Brief.

»Wir haben ihn immer als äußerst ruhigen Mann angesehen«, schrieb sie, »ja als unbedeutend erachtet. Er verblaßte hinter Jonas' Brillanz und Tante Hannahs Entschlußfreudigkeit. Er ist ein schwermütiger Mann, wenn auch mit dem Recht, es zu sein, denn er hat mich ins Vertrauen gezogen und mir von seiner Vergangenheit erzählt. Aber er ist ein Mann ohne Fehl, der dieses schwere Amt nicht zu seinem eigenen Ruhm übernommen hat, noch weil seine Frau nach diesen Ehren strebt, sondern weil er helfen will. Ich kann ihn gut leiden.«

Und wie Caroline vergaß sie völlig zu schreiben, daß Freddy Hobhouse ihr einen Heiratsantrag gemacht hatte, wobei er sich damit zufriedengab, bis in alle Ewigkeit auf eine Antwort von ihr zu warten.

»Die liebe Hannah«, hatte Mutter an dem Morgen gemurmelt, als der Brief eintraf. Die Sonne und der Chianti hatten sie sentimental werden lassen. »Welch ein großer Tag für sie. Jetzt werden wir unsere Konzerthalle bekommen, mit dem Namen deines Vaters darauf, dessen kannst du gewiß sein. Ich muß ihr sofort schreiben und ihr etwas schicken – etwas Großartiges, als Ausdruck unserer Glückwünsche. Jetzt wird sie unsere Hilfe brauchen, die arme Hannah. Ich fürchte, sie wird Joel nicht mehr viel Geld entlocken können und wird jeden Penny ausgeben, um ihren Mann zum Bürgermeister zu machen. Mein Gott . . . wenn sie wüßte, wieviel mich dieses lila Taftkleid gekostet hat.«

Und es überraschte uns beide, daß Ira Agbriggs erste Handlung als Bürgermeister nicht die Ausgabe von Anteilscheinen für diese berühmte Konzerthalle war, sondern der Versuch, öffentliche Gelder lockerzumachen, um die Cullingforder Wasserwerke, die in privater Hand und in einem desolaten Zustand waren, zu sanieren, damit die Wasserversorgung in der Simon Street verbessert werden konnte.

»Du gütiger Himmel!« sagte Mutter und rümpfte die Nase. »Ich glaube nicht, daß Hannah ein Wasserwerk als würdiges Denkmal für meinen verstorbenen Mann ansieht. Sollte sich Mr. Agbrigg als widerspenstiger erweisen, als sie annahm? Übrigens, Faith, nächste Woche fahren wir in die Schweiz. Dort gibt es sauberes Wasser im Überfluß. Und schreib Prudence, daß ich ihre Besuche in der Simon Street mißbillige und nicht im geringsten verstehen kann, was sie dort zu tun hat. Ich bin recht schockiert über die Nachricht, die ich gestern von Celia erhielt, denn ich werde Großmutter. Nein, mir ist durchaus bewußt, daß du nichts davon weißt, denn sie schrieb mir unter größter Geheimhaltung, weil sie nicht wollte, daß junge Damen wie Prudence und du davon wissen. Und dieser Umstand, meine Liebe, zwingt uns zur Heimreise – in etwa sechs Monaten –, da beide, Celia und unsere Frau Bürgermeisterin, mich bei diesem Ereignis erwarten. Und Monsieur Fauret fährt ja wieder nach Martinique. Also reisen wir erst in die Schweiz und dann nach Paris. Und ich glaube, wir tun gut daran, uns immer wieder einzureden, wie schön es doch sein wird, Cullingford wiederzusehen.«

7

Ein gutes Jahr waren wir auf Reisen gewesen und fuhren jetzt wieder gen Norden, begleitet von einem kalten Novemberwetter. Dicker gelber Nebel hüllte den Bahnhof in Leeds ein, wo wir in den Zug nach Cullingford umstiegen, und Mutter murmelte immer wieder: »Du meine Güte, wie finster es hier ist! Das vergißt man einfach – diese Dunkelheit und Ärmlichkeit.« Und da sie eigentlich nur nach Hause gekommen war, um die Geburt ihres Enkelkindes abzuwarten und ihre finanzielle Situation mit Onkel Joel zu besprechen, war es gut, daß sie nicht wußte, daß die kommenden politischen Ereignisse in Europa eine baldige Reise verhindern würden.

Wir standen alle an der Schwelle eines revolutionären Jahres, ohne es zu wissen. In Frankreich würde sich das Volk wieder einmal erheben und den König Louis Philippe vom Thron stürzen, um eine neue Republik auszurufen; und eine Welle der Erschütterung würde Europa und die autokratischen Regierungen Italiens, Preußens, Bayerns und Österreich-Ungarns erfassen, ein Aufschrei gegen Armut und Unterdrückung.

Doch davon wußten wir noch nichts. Wir standen verfroren und reisemüde auf dem Bahnhof von Leeds.

»Wie finster es ist!« sagte sie wieder, als Cullingford in Sicht kam. »Nachmittags um vier ist es schon dunkel. Habe ich hier wirklich mein Leben verbracht?«

Und selbst ich – die ich mich doch auf das Nachhausekommen freute – empfand die regen- und windgepeitschten Hügel, die die Luft verpestenden Schornsteine, die rußgeschwärzten Häuser Cullingfords als trostlos. Es war wirklich keine schöne Stadt und nur den industriellen Bedürfnissen nach konzipiert.

»Die Leute . . .« klagte Mutter. »Wie trübsinnig sie alle aussehen.« Und das waren sie. Die Köpfe geneigt, in unförmige Schals gegen die Kälte gehüllt, eilten sie durch die engen gepflasterten Gassen. Niemand verweilte; geschlossene Kutschen tauchten schmutzbespritzt aus dem Nebel auf, und irgendwo heulte eine Fabriksirene und kündete den Schichtwechsel an.

»Ich hatte vergessen, wie sie hier alle husten«, sagte Mutter fröstelnd. »Ich nehme an, das kommt von dem Qualm und diesen ungesunden Behausungen, von denen deine Schwester schrieb.« Und das Taschentuch vor das Gesicht gepreßt, eilte sie aus dem Bahnhof auf unseren wartenden Kutscher zu.

»Nun denn, Thompson. Wir sind wieder zu Hause.«
»Ja, Madam«, erwiderte er. »Der verdammte Zug hatte Verspätung.« Und wir fuhren in die Blenheim Lane.
Prudence stand in der Halle, um uns zu begrüßen, in einem einfachen, eleganten Kleid. Ihr Haar war eine Nuance dunkler, als ich es in Erinnerung hatte; sie trug einen Mittelscheitel und einen tiefsitzenden Knoten. Diese Frisur verlieh ihrem schmalen Gesicht einen Anflug von Reife. Und obwohl ich sie liebte und mich freute, sie wiederzusehen, begegneten wir uns mit einer gewissen Schüchternheit, denn es wurde uns bewußt, daß wir einander nicht wirklich vermißt hatten.
Das ganze letzte Jahr war sie ihre eigene Herrin gewesen, hatte Entscheidungen getroffen, Bekanntschaften geschlossen und hatte auf niemanden Rücksicht nehmen müssen. Doch jetzt mußten wir beide uns wieder den kapriziösen Launen Mutters fügen, waren wieder »die jungen Damen zu Hause«. Und dieses Haus – das ich immer noch als das Haus meines Vaters betrachtete – ergriff wieder Besitz von mir mit dieser Stille, Düsterkeit und Kälte. Ich wußte nicht, wie lange es dauern würde, bis ich wieder mit meiner Schwester vertraut werden würde.
»Du siehst elegant aus«, sagte sie, wähend sie mir beim Auspacken der Koffer half. Doch meine Geschichten über Monsieur Albertini, römische Gärten und Flirts unter Pariser Kastanienbäumen interessierten sie nicht. Hingegen setzten mich ihre Erzählungen über Bürgermeister Agbriggs Pläne hinsichtlich einer neuen Wasser- und Abwasserversorgung in Erstaunen.
»Und was wird dann aus Tante Hannahs Konzerthalle?«
»Oh, die wird sie sicherlich bekommen. Doch Bürgermeister Agbrigg kümmert sich im Augenblick nicht darum. Er weiß ganz genau: wenn er seiner Frau dieses Projekt überläßt, mischt sie sich nicht in seine Angelegenheiten ein. Und seine Pläne sind geradezu bewunderungswürdig, Faith. Er wird auf große Schwierigkeiten stoßen, da er die Wasserwerke kaufen will, denn die Besitzer wollen sie nicht aufgeben. Aber er wird Erfolg haben. Siehst du, es ist völlig unsinnig, dem armen Volk Sauberkeit zu predigen, wenn es nicht einmal über ausreichend Wasser zum Trinken und Kochen verfügt, ganz abgesehen vom Waschen. Wenn man in einer Straße wohnt, wo der Wasserhahn nur einmal am Tag geöffnet wird und man nur einen Eimer besitzt, verschwendet man dieses Wasser nicht. Diese Menschen brauchen Wasser, Faith, und keine Konzert-

halle. Und ich bin überzeugt, Bürgermeister Agbrigg wird es ihnen verschaffen.«
»Du meine Güte, wie du dich engagierst! Doch ich hoffe, sie bekommen es. Und wie geht es Celia und Jonas?«
Prudence zuckte leicht mit den Schultern. »Ich sehe sie kaum. Er arbeitet. Und sie poliert ihre silberne Teekanne. Ich hatte zuviel zu tun, um mich um sie zu kümmern.«
»Zu tun? Mit was denn, Prudence?«
»Nun, ich habe neue Bekanntschaften geschlossen, wie du ja weißt. Ich habe mich nie gelangweilt, nein, ich bin sogar ziemlich kühn gewesen und habe mit Crispin Aycliffe, unserem Bruder, korrespondiert.«
»Prudence, das kann doch nicht wahr sein? Wie aufregend!« Ich war wirklich beeindruckt, denn diesen Namen hatten wir nicht einmal aussprechen dürfen, und so ließ ich mich auf meinem Bett nieder und fühlte, wie die Entfremdung zwischen uns schwand.
»Ja. Ich endeckte, daß einer meiner neuen Bekannten auch Crispin kennt – welch seltsamer Zufall –, und so gelangte ich an seine Adresse und schrieb ihm, daß Vater gestorben ist. Denn niemand hatte sich die Mühe gemacht, ihn darüber zu unterrichten.«
»Sicherlich hast du ihm einen Teil deines Porzellans angeboten?«
»Nun«, entgegnete sie und errötete leicht, »das habe ich getan. Und ich hatte auch dafür gesorgt, daß er es bekommt. Ganz gleich, was die Barforths und Agbriggs davon gehalten hätten – es wird doch nur in diesen Glasvitrinen verwahrt und ist zu nichts nütze. Und er hätte Geld brauchen können. Jedoch schrieb er mir sehr höflich und lehnte mein Anerbieten ab. Seitdem haben wir wohl ein halbes Dutzend Briefe gewechselt. Er hat im Ausland gelebt, ist jetzt aber wieder in London und verheiratet und führt ein anständiges Leben, mit der Ausnahme, daß er Chartist ist.«
»Oh, Prudence. Das kann doch nicht möglich sein?« entgegnete ich erschrocken, doch gleichzeitig fasziniert. »Chartisten sind Revolutionäre und Kriminelle.«
»Sind sie das wirklich? Sie fordern doch nur das allgemeine Wahlrecht. Das mag jenen kriminell erscheinen, die es schon besitzen, doch den Nichtwahlberechtigten wohl kaum.«
»Nun, ich habe mir über diese Dinge nie viel Gedanken gemacht. Aber wer ist dieser neue Bekannte? Auch ein Chartist?«
»Vielleicht. Es ist ein Dr. Ashburn, der aus Cheshire stammt, viel gereist ist und erst seit kurzem in Cullingford lebt. Letzten Winter

hielt er eine Reihe bemerkenswerter Vorträge, zu denen Bürgermeister Agbrigg mich begleitete. Dr. Ashburn sprach hauptsächlich über soziale Probleme wie Hungersnöte, Alkoholismus und Kindersterblichkeit. Er besitzt in diesen Dingen große Erfahrung, denn viele seiner Patienten kommen aus der Simon Street.«
»Du gütiger Himmel! Ich dachte, niemand aus der Simon Street könnte sich einen Arzt leisten.«
»Das stimmt auch. Und deshalb ist es ein glücklicher Umstand, daß Giles über Privateinkünfte verfügt.«
»Oh, ja . . . Giles nennst du ihn. Ich verstehe.«
»Ich glaube, das tust du nicht.«
»Nein? Nun gut, Prudence. Wie ist er denn, dieser Giles? Ist er zweiundsiebzig, glatzköpfig und dick wie ein Schweinchen?«
Sie mußte lächeln, und ihre Augen funkelten amüsiert. »Nein. Er ist etwa dreißig und schlank. Und ja, Faith – ich sehe ihn ziemlich oft. Aber Freddy Hobhouse sehe ich noch öfter und kann ihn jetzt besser leiden, weil er mich nicht mehr drängt, seine Frau zu werden. Und ich sehe noch eine ganze Reihe anderer junger Männer – auch Blaize Barforth, was dich überraschen mag.« Und in meiner Erleichterung, daß sie sich nicht mit Nicholas getroffen hatte, entfuhr es mir:
»Nun, das tut es wirklich, denn ich wußte nicht, daß sich Blaize um das öffentliche Wohlergehen Sorgen macht.«
Doch meine so beherrschte Schwester war nicht im geringsten beleidigt.
»Er kümmert sich nicht einen Deut um solche Dinge. Ich glaube, es amüsiert ihn, eine junge Dame zu beobachten, die das tut. Und wenn Blaize nur will, kann er sehr nützlich sein. Manchmal vollbringt er geradezu Wunder – so bei der neuen Einrichtung für das Krankenhaus. Aber er ist sehr unzuverlässig. Nun, man muß ihn nehmen, wie er ist, und eben das Beste aus ihm herausholen. Er ist mit Giles Ashburn befreundet – was du sicherlich auch nicht erwartet hättest.«
Am nächsten Morgen statteten wir Celia am Albert Place einen Besuch ab. Ihre Schwangerschaft hatte sie sehr verändert, doch sie begrüßte uns, als wären wir nie fort gewesen oder als hätte sie es gar nicht richtig bemerkt. Und als sie Mutter zur Seite zog, um mit ihr das kommende freudige Ereignis zu besprechen – von dem Prudence und ich ja nichts wissen durften –, merkte ich, daß auch sie sich wenig für unsere Reiseerlebnisse interessierte.

Jedes Ding in Celias peinlich sauberem Haus paßte zueinander und hatte seinen angestammten Platz. Die roten Vorhänge paßten zu den roten Sofakissen und ihren roten Sesseln. Die Kaminuhr stand haargenau in der Mitte auf dem Kaminsims, so wie Vater es geliebt hätte. Doch sie selbst, mitten in dieser kalten Ordnung, die sie so nötig zum Leben brauchte, war voller Klagen über das Personal.
»Ja . . . wie ich dir schon schrieb, war ich gezwungen, dieses Küchenmädchen zu entlassen. Das hat Tante Hannah sicher nicht gefallen, da sie es mir doch empfohlen hatte, aber es war einfach zu nachlässig und unsauber. Seitdem haben sich schon fünf andere Mädchen bei mir vorgestellt, doch keines genügt meinen Ansprüchen. Nun, Jonas überläßt mir das alles, denn er hat alle Hände voll zu tun. Immer ist er in seiner Kanzlei, um Mr. Corey-Mannings Fehler wieder auszubügeln. Du siehst wirklich sehr gut aus, Faith, aber dieses helle Kleid wirst du in Cullingford nicht öfter als zweimal tragen können, dann ist es schmutzig. Und ich muß gestehen, seit meiner Hochzeit habe ich jeden Geschmack an Mode verloren. Denn eine verheiratete Frau sollte wahrhaftig andere Dinge im Kopf haben, als das Augenmerk auf sich zu lenken. Grüße bitte Caroline von mir, wenn du sie heute abend siehst, denn sie kommt nie hierher, und ich kann im Moment nicht ausgehen.«
Dann fuhren wir nach Lawcroft Fold, um unsere Frau Bürgermeisterin zu ihrer neuen Würde zu beglückwünschen. Doch auch sie zeigte nur flüchtiges Interesse für unsere Reiseerzählungen, denn sie war sehr beschäftigt.
Ja, sie glaube, Paris sei eine sehr interessante Stadt, doch wüßten wir schon, daß die Cullingforder Wasserwerke sich weigerten, mit ihrem Mann zusammenzuarbeiten? Ja, sie hatte schon von dem milden Klima Italiens und seinen Kunstschätzen gehört, doch wir hatten sicher von Celia erfahren, welch außerordentlichen Erfolg Jonas beruflich habe, und selbst einflußreiche Geschäftsleute wie Mr. Oldroyd, Mr. Hobhouse, Mr. Mandelbaum und die Barforths suchten um seinen Rat nach.
»Der gute Junge«, sagte Mutter geistesabwesend.
»Ja, Elinor. Und du wirst doch wohl jetzt das Reisen aufgeben, wo du nun Großmutter wirst?«
»Oh, um davon zu sprechen . . .«
Doch glücklicherweise wurde Mutters Erklärung von der Ankunft Mr. Agbriggs und eines anderen Herrn unterbrochen, der sichtlich nicht in der Gunst Tante Hannahs stand.

»Es freut mich, dich wiederzusehen«, sagte Bürgermeister Agbrigg zu Mutter.
»Und du siehst großartig aus«, begrüßte er mich.
Aber Prudence hatte Recht auf ein »Nun, Mädchen, wie geht es dir heute?«, und man konnte die Wärme, mit der er diese Frage ausgesprochen hatte, direkt spüren.
»Und wie fühlst du dich?« fragte Prudence mit derselben inneren Anteilnahme. »Mittwoch abend schienst du sehr müde zu sein.«
»Ja. Aber nur wegen Dr. Blackstones langweiligem Vortrag. Wenn Tante Hannah mich nicht daran gehindert hätte, wäre ich glatt eingeschlafen.«
»Nun gut«, sagte Tante Hannah sichtlich verärgert. »Nicht allen wurde die Gabe der Rede verliehen, wie Dr. Ashburn hier . . .« Und mit großer Anstrengung und nur um die Form zu wahren, deutete sie mit einer vagen Handbewegung auf den Begleiter ihres Mannes und sagte unfreundlich:
»Elinor, dies ist Dr. Ashburn. Dr. Ashburn, meine Schwester Mrs. Aycliffe und ihre Tochter Miss Faith Aycliffe. Prudence kennen Sie ja schon.« Und auf ihre Weise hatte sie uns allen klargemacht, daß diese Vorstellung gar nicht stattgefunden hätte, wäre es nach ihrem Kopf gegangen.
Dr. Ashburn war ein mittelgroßer Mann mit braunen Augen und braunem Haar. Er wirkte überhaupt nicht wie ein finsterer Revolutionär, sondern war von fast zarter Gestalt und hatte sehr ebenmäßige Gesichtszüge. Er strahlte eine ungeheure Ruhe aus und war sicherlich ein Gentleman – ein Mann, der das Leben eher zu beobachten als daran teilzunehmen schien.
»Ich bin entzückt, Sie endlich kennenzulernen«, begrüßte er mich mit leiser Stimme.
»Dr. Ashburn ist auf dem besten Wege, hier eine Berühmtheit zu werden«, unterbrach Tante Hannah ihn, und ihre Stimme klang nach der seinen sehr schrill. »Er hat sich vorgenommen, uns die Leviten zu lesen. Er glaubt, daß wir uns zuwenig um die Arbeiter kümmern und daß dein Mann, Elinor, äußerst ungesunde Häuser für sie gebaut hat. Wir fühlen uns alle ziemlich beschämt seinetwegen.«
»Schon gut, schon gut«, sagte Bürgermeister Agbrigg beruhigend. Offensichtlich waren ihm solche Reden vertraut.
»Das sollten wir auch«, murmelte Prudence.
»Sollten wir das?« fragte Mutter obenhin. »Nun, ich habe die Häu-

ser meines Mannes nie einer gründlichen Inspektion unterzogen, denn ich möchte ja nicht darin wohnen. Leben Sie in einer dieser Aycliffe-Hütten, Dr. Ashburn?«

»Nein, Madam«, erwiderte er lächelnd und völlig unberührt von Tante Hannahs Feindseligkeit. »Ich wohne in der Miller Gate.«

»Oh, das ist ja ganz in unserer Nähe. Sie müssen einmal mit uns zu Abend essen. Paßt es Ihnen am nächsten Dienstag abend?«

Und als Dr. Ashburn entgegnete, es würde ihm gut passen, warf ich einen Blick auf Prudence, die jedoch völlig ruhig blieb, viel ruhiger, als ich es in Nicholas' Gegenwart gewesen wäre.

»Sie sind sicher heute gekommen, Doktor, um die Aufständischen wieder zusammenzuflicken«, sagte Tante Hannah voller Sarkasmus, den Blick auf Mutter gerichtet, die sofort darauf einging.

»Aufständische, Hannah? Was soll das heißen?«

»Du hast einen ungünstigen Zeitpunkt für deinen Besuch gewählt, Elinor. Denn die Chartisten werden heute kommen – sie sind wahrscheinlich schon hier, wenn ich nicht irre –, um unseren Arbeitern eine Liste zur Unterschrift vorzulegen. Du kannst sie hier vom Fenster aus sehen. Vor einem Monat waren sie schon in Nethercoats, und als Bradley Hobhouse alle entließ, die unterschrieben, entstand ein Aufruhr, und es gab Verletzte. Deshalb hat mein Mann auch wohl Dr. Asburn mitgebracht, nehme ich an.«

»Ich hoffe, daß ich nicht gebraucht werde, Mrs. Agbrigg.«

»Das hoffe ich auch. Doch da Sie nun schon einmal hier sind, dürfte es Sie interessieren – und auch meine Nichte Prudence, die ja viel Anteil an solchen Dingen nimmt –, daß die Frau meines Bruders – deine Tante Verity, Prudence – sah, wie ihr Vater hier ermordet wurde. Damals war sie nicht älter als sechzehn; und einen Abend später wurde ihr Bruder umgebracht, von ebensolchen Leuten, die sich heutzutage Chartisten nennen. Das kann ich niemals vergessen, selbst wenn andere es tun.«

»Hannah . . . meine liebe Hannah«, murmelte Mutter und streckte tröstend die Hand aus. Zum ersten Mal sah ich unsere unbesiegbare Tante den Tränen nahe. Doch die Erinnerung an diese Geschehnisse war anscheinend für Mr. Agbrigg zu schwer zu ertragen, denn er zwinkerte mit den Augen, so als wolle er eine unliebsame Vision verscheuchen.

»Heute wird es kein Blutvergießen geben«, sagte er barsch. »Ich gehe hin und werde mich darum kümmern.«

»Ich begleite dich«, sagte seine Frau.

»Das ist nicht nötig.«
»Ich habe nicht behauptet, daß es nötig ist. Ich werde dich bis zum Gartentor begleiten. Und Dr. Ashburn wird hier bleiben. Die Anwesenheit eines Arztes könnte bedeuten, daß wir Gewalttätigkeiten erwarten. Das möchte ich verhindern. Ich werde nach ihm schicken, falls nötig.«
Sie ergriff ihren Schal, hüllte sich fest darin ein und ging ohne ein weiteres Wort mit steinernem Gesicht aus dem Zimmer. Wir anderen stellten uns ans Fenster, von wo aus wir eine gute Sicht auf den Fabrikhof hatten, auf dem sich nichts Ungewöhnliches abzuspielen schien. Dort standen die üblichen Karren, die bei ihrer Ankunft mit Säcken voller Wolle beladen waren und zur Abfahrt mit Stoffballen beladen wurden. Die kräftigen Pferde standen geduldig wartend im Geschirr, und zwischen den Karren herrschte das übliche Kommen und Gehen der Arbeiter und Arbeiterinnen. Nur eine Ansammlung von Männern in einer entfernten Ecke deutete auf ein besonderes Ereignis hin.
Ich sah, wie Tante Hannah an der Gartenpforte halt machte und ihre Augen gegen die blasse Wintersonne abschirmte, während ihr Mann durch das Heer von Arbeiterinnen schritt, die ihm, ohne die Augen zu heben, Platz machten, bis er die Versammlung erreicht hatte.
»Arme Hannah«, sagte Mutter. »Sie hätte eine bessere Sicht gehabt, wäre sie hier am Fenster stehengeblieben, doch für sie ist dieser Tag eine Reise in die Vergangenheit. Denn sie hätte Tante Veritys Bruder, Edwin Barforth, heiraten sollen, der dort unten vor langer Zeit ermordet wurde. Ich kann mich kaum noch an ihn erinnern, aber er hätte die Fabrik geerbt, und dann wäre Tante Hannah sehr reich geworden. Auch Mr. Agbrigg war an jenem Tag dabei, als Edwin starb, und so erbte Verity die Fabrik und heiratete meinen Bruder Joel, der somit ein reicher Mann wurde. Jetzt erst weiß ich, daß sie das alles nie vergessen hat, denn sie ist nur in den Garten gegangen, damit wir ihre Tränen nicht sehen können – und ihrem Mann wird das sicher sehr wehtun. Mein Gott, wie seltsam das Leben doch spielt – denn wenn dieser junge Revolutionär Edwin nicht erstochen hätte, wärt ihr, meine Kinder, und auch eure Cousins und Caroline gar nicht auf der Welt. Mit Edwin an seiner Seite hätte der alte Mr. Barforth niemals Joels Hilfe nötig gehabt und Verity nicht gezwungen, ihn zu heiraten. Sie hätte wahrscheinlich . . . gütiger Himmel, ja! . . . sie hätte euren Halbbruder Crispin Aycliff geheiratet,

obwohl er dann gar nicht euer Halbbruder gewesen wäre, denn unter diesen Umständen hätte euer Vater auch mich nicht zur Frau genommen. Zwei junge Bräute in der Blenheim Lane wären ihm zuviel gewesen. Wahrscheinlich wäre ich die Frau eines Geistlichen oder Lehrers geworden und hätte mein Leben in wohlgesitteter Armut verbracht, mir von Hannah ihre Kutsche ausgeliehen und ihre abgelegten Kleider aufgetragen. Und Verity wäre mit Crispin sicher nicht glücklich geworden, denn ich glaube nicht, daß er einen guten Ehemann abgegeben hätte. Und das alles ist nur geschehen, weil ein halbverhungerter armer Kerl mit seinem Messer hier auf dem Fabrikhof Amok gelaufen ist. Ich wünschte, du würdest etwas sagen, Prudence. Diese Erinnerungen machen mich noch ganz verrückt.«
Mutter ging wieder zu ihrem Stuhl zurück und ließ sich schwer darauf niedersinken. Wir spürten, daß auch sie den Tränen nahe war, und blieben am Fenster stehen. Bürgermeister Agbrigg stand weiterhin inmitten der versammelten Männer und machte keinen Versuch, in irgendeiner Weise einzugreifen.
»Ich verstehe das alles nicht . . .« sagte ich.
»Sei still«, murmelte Prudence. »Es ist wichtig.«
Doch Dr. Ashburn, dem solche Szenen sicher vertraut waren, wandte sich mit großer Höflichkeit an mich. »Diese Leute hoffen, dem Parlament eine Charta unterbreiten zu können, die jedem einzelnen von ihnen – auch den Besitzlosen – das Wahlrecht garantiert. Und deshalb lassen sie hier eine Petition unterschreiben.«
»Ja. Das verstehe ich. Aber warum kommen sie während der Arbeitszeit hier in die Fabrik? Das könnte doch auch woanders geschehen, ohne daß Mr. Agbrigg davon Kenntnis hat.«
»Du meine Güte!« sagte Prudence bissig. »Du hast geredet wie eine Barforth. Wenn Nicholas heute hier wäre, würde er jeden einzelnen wegen Nichteinhaltung der Arbeitszeit zur Rechenschaft ziehen, genau wie Mr. Hobhouse. Doch wahrscheinlich hat Mr. Agbrigg Nicholas heute nachmittag irgendwo hingeschickt, und deshalb wird es auch nicht zu Gewalttätigkeiten kommen.«
»Entschuldige bitte«, sagte ich halb lachend, doch bereit, mich jederzeit zu verteidigen. Aber Dr. Ashburn enthob mich dieser Notwendigkeit.
»Ja. Und ich glaube, Sie erwarteten sogar, Mr. Barforth hier anzutreffen, und sind wahrscheinlich enttäuscht.«
»Giles, wie können Sie das nur sagen? Sie glauben doch an die gerechte Sache der Chartisten.«

»Das tue ich. Doch es gibt Männer unter ihnen, die Gewalt nicht scheuen, ja sie sogar provozieren und sie für ihre Zwecke gebrauchen, sich dabei aber immer im Hintergrund halten. Und sie geben vor, daß Gewalt nötig ist, weil auf die Mehrheit dieser Leute kein Verlaß ist. Es ist auch kein Verlaß auf sie, denn sie haben Angst, weil sie Hunger haben und das wenige, was sie besitzen, auch noch verlieren könnten. Deshalb braucht diese Reform so lange.«

»Sie haben sicher recht«, sagte ich.

»Oh, Faith, du verstehst überhaupt nichts von diesen Dingen«, sagte meine Schwester. »Jetzt bist du einer Meinung mit Giles, doch wenn du heute abend Nicholas und Onkel Joel gehört hast, wirst du ihnen zustimmen. Giles vertritt die Forderung, daß jedermann, ganz gleich, welchen Standes, das Wahlrecht erhält. Die Barforths hingegen wollen das auf jeden Fall verhindern, denn schließlich gibt es mehr Arbeiter als Barforths, von denen sie sich nichts sagen lassen wollen.«

»Vielen Dank, Prudence, daß du mich aufgeklärt hast.«

»Natürlich ist es nicht ganz so einfach«, sagte Giles Ashburn. »Sie fordern das geheime und freie Wahlrecht, damit sie nicht Repressalien seitens der Unternehmer fürchten müssen. Das klingt natürlich alles sehr revolutionär und macht vielen Leuten Angst, was verständlich ist. Denn die Machtverhältnisse würden sich ganz gewaltig verschieben.«

»Giles will damit sagen«, meinte Prudence, die noch immer zum Fenster hinausschaute, »daß absolut jeder, auch der kleinste Arbeiter, das Wahlrecht erhält und es bei der zukünftigen Politik nicht mehr auf Beziehungen und Besitz, sondern allein auf den Verstand und die Entschlußfähigkeit ankommt.«

»Vorausgesetzt, man ist ein Mann«, sagte ich böse. Da sah ich zu meinem Erstaunen, daß Mr. Agbrigg sich umdrehte und wieder auf das Haus zuschritt. Sein diplomatisches Vorgehen hatte vielleicht Schlimmes verhindert. Auch Tante Hannah betrat wieder mit steinernem Gesicht das Zimmer, und Dr. Ashburn beobachtete mich auf seine ruhige Weise.

»Du hast eine Eroberung gemacht«, sagte Prudence, als wir wieder abfuhren.

»Nein. Er war nett zu mir, weil ich deine Schwester bin. Das ist alles.«

»Unsinn. Ich kenne ihn gut. Und normalerweise ist er zu jungen Damen nicht so höflich. Dazu fehlt ihm die Zeit. Nun, wenn er dich mit

diesem Ausdruck eines Mondkalbes anstarrt, mir ist es gleich. Ich sage das nur, weil du dich vielleicht darüber ärgerst.«
»Prudence, ich bin sicher, du irrst dich.«
»Das tue ich nicht. Und du brauchst auch nicht so schuldbewußt auszusehen. Ja, wir sind Freunde, Giles und ich. Stell dir nur vor: das gibt es zwischen einer heiratsfähigen jungen Dame und einem Mann. Aber es ist die Wahrheit. Und ich wäre sehr überrascht, würde er mich auf diese Weise ansehen. Mutter wird dir dasselbe sagen, nicht wahr, Mutter?«
»Ja, Liebes«, sagte sie. »Und ich bin erstaunt, daß du es nicht selbst gemerkt hast, Faith. Vielleicht trübt irgend etwas deine Sicht. Nun, das mußt du dich selbst fragen, Liebling.«
Ich wußte, daß ich niemandem sagen durfte, was mir die Wiederbegegnung mit Nicholas bedeutete. Ich hatte mich nicht während des ganzen vergangenen Jahres nach ihm gesehnt, sondern auch andere junge Männer kennengelernt, die mich kurz bezaubert hatten. Doch als ich mich für das Dinner an jenem Abend umzog, wollte ich nur ihn beeindrucken, mit dieser neu gewonnenen europäischen Lebensart, und darüber wurde ich so nervös und verkrampft, daß sich weder mein Haar hochstecken ließ noch mir das Kleid gefiel, das ich für diese Gelegenheit ausgewählt hatte.
»Du meine Güte!« sagte Prudence, die schon fertig angezogen und frisiert vor mir stand. »Wir gehen doch nur nach *Tarn Edge*, nicht auf einen Ball. Ich kann ja verstehen, daß du Caroline vor Neid erblassen sehen willst und auch Blaize beeindrucken möchtest, der etwas von Mode versteht. Doch Nicholas wird deine Anstrengungen kaum bemerken – falls du dir das wünschst –, denn er wird jetzt wissen, warum ihn Mr. Agbrigg heute nachmittag nach Leeds geschickt hat, und deswegen sehr ärgerlich sein.«
Ich würde mich ganz kühl und gelassen geben, beschloß ich, als ich die große Halle in *Tarn Edge* betrat, so wie diese Pariserinnen und Römerinnen es taten, doch niemanden im Zweifel lassen, daß weitaus mehr hinter dieser exquisiten Oberfläche steckte.
Doch die Wirklichkeit sah ganz anders aus. Tatsächlich befand ich mich in einem beklagenswerten Zustand. Mein Mund war trocken vor Aufregung, und ich mußte enttäuscht feststellen, daß Nicholas gar nicht zu Hause war.
»Faith! Wie hübsch du aussiehst!« sagte Tante Verity.
»Ja. Das läßt sich nicht bestreiten«, sagte Onkel Joel. Und während ich meine Tante auf die Wange küßte und mein Onkel sich zu mir

beugte, um mich zu küssen, waren alle meine Sinne nur auf eins gerichtet: Nicholas' Ankunft. Und als die Tür sich dann schließlich öffnete und Blaize vor mir stand, sah ich ihn einen Augenblick lang nur verschwommen und begrüßte ihn dann mit dieser einstudierten Nonchalance, die ich eigentlich Nicholas zugedacht hatte.
»Faith!« sagte er mit leicht fragender Stimme.
»Ja. Blaize, wie geht es dir?«
»Sehr gut, aber jetzt noch besser.«
Doch meine Pose, die wohl Blaize und auch Dr. Ashburn beeindruckt haben mochte, wurde von Caroline einfach ignoriert. Sie erklärte, daß zum Dinner noch viel Zeit sei und wir Gelegenheit zu einem Schwätzchen hätten – wahrscheinlich ausschließlich über ihre eigenen Angelegenheiten.
»Du bist ja weiter gereist als ich, und ich muß gestehen, es ist dir bekommen«, sagte sie, »obgleich ich nicht mehr auf den Kontinent reisen möchte. Mrs. Battershaw war auf der Überfahrt krank und Amy schrecklich langweilig. Ich war froh, als ich wieder zu Hause war, wo ich jeden kenne. Und ich bin froh, daß du wieder hier bist, Faith, denn es gibt niemanden, mit dem ich *reden* kann. Mit Amy Battershaw habe ich mich zerstritten, und Prudence denkt nur an Abwässerkanäle und Bandagen, was für eine Arztfrau ja sehr passend ist, denn ich glaube, sie wird Dr. Ashburn heiraten, nicht wahr? Nun, wir haben viel Zeit zum Plaudern, denn wir müssen ja auf Nicholas warten, der in Leeds war und vom Bahnhof aus noch einmal in die Fabrik fährt. In Lawcroft gibt es jetzt viel zu tun, wo Mr. Agbrigg doch Bürgermeister geworden ist und sich nicht mehr soviel darum kümmern kann.«
»Blaize ist doch aber pünktlich zu Hause.«
»Ja. Das ist er immer, falls er überhaupt in der Fabrik war. Wahrscheinlich hat er irgendeine Entschuldigung parat, weil er den ganzen Nachmittag mit irgend jemandem Whisky getrunken hat. Eine seltsame Art, Stoffe zu verkaufen, ist das, aber merkwürdigerweise verkauft er sie. Doch Nicholas arbeitet ständig.«
»Und was machst du, Caroline? Wir dachten, du hättest schon vor Monaten geheiratet.«
»Ach«, sagte sie. »Nun ja, ich werde heiraten, wenn ich mich dazu entschlossen habe.«
»Und hast du dich entschlossen?«
»Das mag schon sein. Es stört mich nur, daß jeder mich verheiratet sehen will, und manchmal frage ich mich, ob es nicht noch zu früh ist.«

»Der junge Flood wird nicht ewig warten.«
»Das ist einzig und allein seine Sache«, entgegnete sie und richtete sich stolz wie eine Königin auf.
»Nun, wenn du die Sache auf diese Weise siehst, Caroline . . . Obwohl es sicher ein großer Triumph wäre, einen Flood zu heiraten, wäre er wohl noch größer, wenn du ihn abblitzen ließest.«
»Du sprichst sehr kühn«, sagte sie verärgert darüber, daß ich ihren eigenen Gedanken so frei ausgesprochen hatte. »Wir gehen wohl besser nach unten, denn selbst Mutter kann nicht ewig mit dem Essen auf Nicholas warten.«
Doch als sie gerade aufstehen wollte, sagte sie fast gegen ihren Willen:
»Du kennst nicht zufällig Matthew Chard? Nein. Wie solltest du auch, denn er lebt erst seit kurzem hier im Norden. Er heißt Sir Matthew, denn der Titel ging von seinem Großvater auf ihn über. Der eigentliche Erbe von *Listonby Park* wurde letztes Jahr bei einem Jagdunfall getötet, und der alte Sir Richard mußte nach Matthew schicken, der zuvor noch nie in Yorkshire gelebt hatte. Und jetzt hat er das schönste Haus geerbt, das ich kenne. Ich war mit den Floods letzten September dort. Julian und Matthew jagen zusammen.«
»Und er gefällt dir, dieser Sir Matthew Chard?«
»Du gütiger Himmel! Ich habe keinen Grund, ihn nicht zu mögen. Er ist ein sehr angenehmer Mann. War das der Gong, der zum Dinner ruft, Faith? Ich nehme an, es wurde beschlossen, nicht auf Nicholas zu warten, da ja nun die Familie versammelt ist. Beeilen wir uns, Vater ist sicher hungrig.«
Doch als ich die Treppe hinunterging, war Nicholas in der Halle, und ich konnte mich ihm auf die vorteilhafteste Weise präsentieren. Mein helles Satinkleid raschelte bei jedem Schritt, und mein helles Haar hatte einen silbrigen Schimmer im sanften Licht der Lüster. In meiner Vorstellung hätte er jetzt zu mir aufblicken müssen, um eine faszinierend schöne Fremde zu sehen, die ihm ein kühles, geheimnisvolles Lächeln schenkte. Und mit einem Mal wäre ihm bewußt geworden, daß er dieses Mädchen einst gekannt hatte. Doch mein Glück hatte mich wohl gänzlich im Stich gelassen. Ich sah, wie er seinen Hut und seine Handschuhe verärgert auf den Tisch warf, und hörte die spöttische Frage seines Vaters:
»Was hat dich so lange aufgehalten? Wir können jetzt essen, Verity. Dein Sohn ist da.« Nicholas antwortete kurz angebunden:

»Gütiger Himmel. In diesem Aufzug kann ich nicht bei Tisch erscheinen. Geht nur schon. Ich komme gleich.«
Und weil ich einfach überwältigt war, konnte ich nur sagen:
»Guten Abend, Nicholas.«
»Guten Abend.«
»Geht es dir gut?«
»So einigermaßen. Und dir?«
»O ja. Sehr gut.«
Ich wußte genau, daß mein Ton ausgedrückt hatte: »Was bist du doch für ein mieser Kerl, uns warten zu lassen.« Und er hatte geantwortet: »Du kleine Idiotin. Ich komme schon zu spät. Was belästigst du mich jetzt.«
Ich ging und nahm meinen Platz bei Tisch ein, meine ganze schöne Pose war vergessen, und ich hatte nur noch einen Gedanken: »Sieh mich an, Nicholas. Sieh mich doch an.«

8

Ein paar Tage später machte Julian Flood Caroline einen zweiten Heiratsantrag, wurde von ihr jedoch auf eine Art und Weise zurückgewiesen, die einen dritten Antrag unmöglich machte. Diese Tatsache empfand seine Familie als ungeheure Beleidigung und erklärte – nicht ohne gewisse Berechtigung –, Caroline hätte Julian an der Nase herumgeführt.
»Dieses langweilige Fabrikantenweibsbild«, nannte er sie eines Abends nach einem oder zwei Glas Brandy im *Old Swan*, ohne zu merken, daß auch Nicholas sich dort aufhielt, bis mein Cousin aufstand, den jungen Lord bei seinen Rockschlägen packte und ihn niederschlug, was Carolines Unwillen erregte, die auf keinen Fall – und wahrscheinlich Matthew Chards wegen – der Anlaß für eine Wirtshausrauferei sein wollte.
»Ich wünsche nicht, daß meine Angelegenheiten zum Stadtgespräch werden«, sagte sie mir, erregter, als ich sie jemals erlebt hatte. Und diese Erregung konnte ich gut verstehen, denn sie hatte eine glänzende Partie ausgeschlagen, in der Hoffnung, einen anderen Mann zu gewinnen – ein riskantes Spiel, und sollte sie es verlieren, würden sich etliche ihrer Bekannten darüber freuen.
»Sie hat sich Matthew Chard in den Kopf gesetzt«, erzählte mir Mutter ganz unnötigerweise. »Und der wird sich nicht so leicht ein-

fangen lassen.« Denn Sir Matthew, obwohl an Tarn-Edge-Maßstäben gemessen nicht gerade reich, konnte für einen angemessenen Lebensstil sorgen. Sein Großvater hatte ihm dreitausend Morgen Weideland, Moor und Wald in gutem Zustand hinterlassen. Und da er ein vernünftiger junger Mann war, ohne allzu extravaganten Geschmack und ohne Reitstall und eine Meute kostspieliger Hunde wie die Floods, waren wir alle der Ansicht, daß Caroline es schwer haben würde, an das Ziel ihrer Wünsche zu gelangen.

»Was ist nur in sie gefahren«, sagte meine Schwester Celia, als ich sie zum Tee am Albert Place besuchte. »Die eine Familie ist ebenso adlig wie die andere. *Cullingford Manor* ist genauso groß wie *Listonby Park* und macht die gleiche Arbeit. Und unter uns gesagt, diese Landedelleute ähneln sich in meinen Augen alle. Sie haben lange Nasen und laute Stimmen. Carolines Benehmen überrascht mich.« Und vielleicht war Caroline über ihre törichte Handlungsweise am meisten überrascht.

Denn Caroline hatte sich ganz einfach verliebt. Ländereien und Titel interessierten sie überhaupt nicht mehr, vielmehr gab sie sich solch schwachsinnigen Betrachtungen hin wie dem kastanienbraunen Farbton von Matthew Chards Haar und dem Haselnußbraun seiner Augen – deren Farbe wirklich nichts Ungewöhnliches hatte, außer für sie. Diese Qualitäten – ob eingebildet oder wirklich, spielten keine Rolle, zeichneten ihn jedoch vor allen anderen jungen Männern aus, die sie kannte. Er war größer, kühner als Francis Winterton, jedoch wesentlich träger und nicht annähernd so gut aussehend wie Julian Flood. Ihm fehlte völlig der bezaubernde Charme ihres Bruders Blaize, die intellektuelle Feinheit Jacob Mandelbaums und selbst die kalte Würde Jonas Agbriggs. Tatsächlich war er ein ganz gewöhnlicher junger Landedelmann, ein Mann, der viel an der frischen Luft war und vom Leben nichts anderes verlangte, als dem Jagdvergnügen zu frönen, wenn das Wetter es erlaubte. Vielleicht war er ein wenig arrogant, denn niemand hatte ihm je seine angeborenen Rechte streitig gemacht, und ein wenig egozentrisch, da das Leben, in das er hineingeboren worden war, seiner wahren Natur entsprach und ihn in dem Glauben bestärkte, wenn er etwas wünschte, wäre es auch der Wunsch eines jeden anderen, ihm eben diesen Wunsch zu erfüllen. Aber Caroline liebte ihn, und da ich selbst liebte, konnte ich sie gut verstehen.

»Sie kann sich nicht mit ihm treffen«, erklärte Mutter. »Sie hat ihn

durch die Floods kennengelernt, doch die werden sie jetzt kaum noch nach *Listonby* mitnehmen.«
Aber Caroline, deren innere Verzweiflung größer als ihr Stolz war und deren Barforth-Charakter keine Niederlage zuließ, wäre auch ohne Einladung nach *Listonby* gefahren und hätte es im Sturm erobert, wenn nicht Tante Verity auf geschickte Weise interveniert und den jungen Baronet häufig nach *Tarn Edge* eingeladen hätte. So wurde seine ständige Anwesenheit dort zu einer Verpflichtung, und sollte Sir Matthew sich bis Weihnachten nicht erklärt haben, würde Onkel Joel sicher fragen, warum.
»Diese Situation wird nicht eintreten«, sagte Mutter. »Darauf achtet Verity schon. Wenn irgend etwas Caroline aufregt, regt das Joel genauso auf, und das wird Verity nicht zulassen. Die Hochzeit wird stattfinden, wenn Verity sich dazu entschlossen hat. Dessen kannst du gewiß sein.«
Doch obwohl ich Caroline alles Gute wünschte und auch sicher war, daß sie ihr Ziel erreichte, hatte ich das Gefühl, dieses Jahr und auch das nächste würde nicht ihr Erfolg bringen, sondern mir.
Ein paar Tage nach unserer Rückkehr kam Nicholas in der Blenheim Lane vorbei, um Mutter von Tante Verity irgendeine Nachricht zu überbringen, und wir verbrachten eine Stunde zusammen im Salon. Wir redeten über meine Reiseerlebnisse, an denen er aber nicht wahrhaft interessiert war, ein Umstand, der mich entzückte, blieb er doch meinetwegen und nicht wegen des banalen Gesprächsstoffs.
Eine Woche später saß er hinter mir in der Stadthalle und lauschte mit unverhohlenem Ärger den Ausführungen unserer beiden renommierten Ärzte Dr. Blackstone und Dr. Overdale, die erklärten, daß wir auf unsere Stadt stolz sein konnten, während Prudence' Freund, Dr. Ashburn, uns sehr höflich zu der Tatsache gratulierte, daß es selbst in London und Glasgow weniger Slums gäbe.
Und später, nachdem er uns nach Hause begleitet hatte, blieb er so lange, daß Mutter sich verpflichtet fühlte, ihm zu sagen:
»Nicholas, mein lieber Junge, obwohl wir deine Gesellschaft sehr schätzen, möchte ich doch nicht, daß deine Mutter mich beschuldigt, eine Nachteule aus dir zu machen.«
»Oh, mein Gott!« sagte er und sprang auf. »Ist es wirklich schon so spät? Du bist so charmant, Tante Elinor, daß du jeden Mann die Zeit einfach vergessen läßt.«
»Du kannst selbst sehr charmant sein, Nicholas, wenn du es nur willst«, entgegnete sie. Und als sie ihm die Hand gab, wußte sie ge-

nau, daß er mich über ihren Kopf hinweg anlächelte, und während er zu ihr sprach, mich damit meinte:
»Du kommst doch zu dem Tanz am Mittwoch in der Stadthalle?«
»Faith, meine Liebe«, sagte Mutter zu mir, als er gegangen war, »ich möchte nicht, daß du dir allzu viele Hoffnungen machst. Nicholas ist bei weitem nicht so verliebt in dich wie Dr. Ashburn – der bei seinem Vortrag heute abend ziemlich nervös war, weil du anwesend warst. Aber sicherlich . . . die Tatsache, daß Nicholas überhaupt die Vorträge besucht hat und hinterher so lange geblieben ist . . . nun, das hat schon etwas zu bedeuten. Aber er ist ein dickköpfiger junger Mann, und während seines Heimwegs – oder dem Weg zum *Old Swan*, was wahrscheinlicher ist – wird er sich überlegt haben, daß er für eine feste Bindung noch viel zu jung ist. Es wird nicht leicht sein, ihn von dieser Überzeugung abzubringen, meine Liebe, und sollte er dich in nächster Zukunft meiden, darfst du dich geschmeichelt fühlen, denn das kann nur bedeuten, daß er ernsthafte Absichten hat. Doch Vorsicht, Faith, mach dir nicht allzu große Hoffnungen. Glaube mir, ich habe recht.«
Und das hatte sie, denn der Tanzabend am folgenden Mittwoch erwies sich als harte Geduldsprobe. Ich wartete lange auf Nicholas, der schließlich auch sehr spät erschien und offensichtlich vorher im *Old Swan* gewesen war. Er begrüßte mich kurz, ging dann an das Getränkebüffet und verabschiedete sich wieder. Doch am folgenden Nachmittag trafen wir uns in Lawcroft bei Tante Hannah. Er kam aus der Fabrik, und die Kälte, mit der wir wohl einander begegnen wollten, machte einer ausgesprochenen Herzlichkeit Platz, ganz einfach, weil wir uns freuten, einander zu sehen.
Ich hatte ihn nicht verwirrt. Unter meiner Pariser Robe und meiner hochgetürmten, kunstvollen Frisur, die gewiß auf andere Eindruck machten, blieb mein Körper ihm ein zu vertrauter Anblick, um jene physische Leidenschaft in ihm zu erwecken, die auf schnelle Befriedigung drängt. Zwischen uns mußte sich etwas ganz anderes entwickeln, das wußte ich. Aber wie immer freute er sich, mich zu sehen. Er suchte in jedem Zimmer nach mir und war glücklich, wenn er mich gefunden hatte, und beschloß jede Diskussion mit der Bemerkung: »Oh, Faith weiß, was ich meine.« Und das tat ich.
Er besuchte uns oft – ebenso Blaize, Dr. Ashburn und ein paar andere junge Männer – und raste mit seinem Zweispänner die Blenheim Lane hinunter, so waghalsig wie einst sein Vater, was die älteren unserer Nachbarn erschreckte.

»Die alte Miss Corey-Manning glaubte, ich wollte sie überfahren.«
»Ja. Ich habe es vom Fenster aus gesehen. Damit hast du ihr sicher einen Gefallen getan. Für die nächsten sechs Monate hat sie jetzt Gesprächsstoff.«
»Ja. Übrigens . . . Blaize verbringt den Sommer wahrscheinlich in Amerika.«
»Macht es dir etwas aus?«
»Nein, überhaupt nicht. Ich habe weder Lust, ihn zu begleiten, noch, an seiner Stelle zu reisen. Mir gefällt es hier ganz gut. Doch wenn er Vater mitnehmen würde, wäre mir das ganz lieb. Mit dem alten Agbrigg komme ich ziemlich gut aus, aber Vater – das steht auf einem anderen Blatt. Er sollte endlich einen Entschluß fassen. Entweder er leitet die Fabriken oder ich. Immer sagt er mir, ich soll meinen Verstand gebrauchen und daß er genug gearbeitet hätte, doch wenn ich Entscheidungen treffe, fällt er mir in den Rücken. Glaubst du, ich wäre glücklich, wenn ich die Leitung übernehmen würde?«
»Ganz bestimmt, Nicholas. Du darfst nicht vergessen, daß er alles aufgebaut hat und es ihm jetzt schwerfällt, sich von den Geschäften zurückzuziehen. Vielleicht will er auch nicht zugeben, wie sehr er sich schon jetzt auf dich verläßt, Du würdest genauso handeln.«
Er lächelte plötzlich ein Lächeln reuevoller Selbsterkenntnis und vielleicht auch der Freude, von mir verstanden zu werden.
»Wahrscheinlich hast du recht. Eigentlich ist er kein so übler Bursche – manchmal ist er sogar fantastisch. Wenn er sich doch nur entschließen könnte, die mechanischen Kämmaschinen anzuschaffen. In Bradford machen sie damit ein Vermögen, Faith. Ich weiß nicht, worauf er noch wartet. Schon seit Jahren warten wir auf eine Kämmmaschine, die funktioniert. Die Wolle muß gekämmt werden, ehe sie gesponnen werden kann, und die Arbeiter, die das mit der Hand machen, können mit uns nicht Schritt halten. Vater installierte als erster mechanische Webstühle, da hielt ihn jeder für verrückt. Aber er machte Millionen damit. Doch wenn ich ihn jetzt bitte, diese Kämmaschinen anzuschaffen, kommt er mir mit denselben Argumenten, die er vor zwanzig Jahren zu hören bekam. Abwarten. Ich weiß, daß ich damit den Arbeitern ihren Verdienst wegnehme, aber solche Skrupel haben ihn früher nicht geplagt. Bei Gott, wenn ich das Kapital hätte, würde ich sofort eine Wollkämmfabrik errichten – um den Absatz bräuchte ich mir keine Sorgen zu machen, und außerdem hätte ich noch Zeit genug, mich um Lawcroft und *Tarn Egde* zu kümmern, wenn er mich nur ließe. Wir könnten zusammenar-

beiten. Seine Ratschläge sind äußerst wertvoll. Er könnte mir das Geld leihen und bräuchte selbst nichts zu tun. Ich würde ihm jeden Penny zurückzahlen, und diese Fabrik würde *mir* gehören, Faith. Verstehst du das?«
»Natürlich, Nicholas. Und er versteht das auch. Doch jetzt, wo er älter geworden ist, ist er vorsichtiger. Er hat ja alles im Leben erreicht. Wenn du ihm deine Pläne noch einmal unterbreitest, wird er sicherlich zustimmen.«
»Ja«, entgegnete er und beugte sich vor. Fast hätte er meine Hand ergriffen. »Es genügt nicht, Faith, daß man das Werk eines anderen einfach übernimmt und weiterführt. Ich werde es natürlich tun und die Erträge verdoppeln, falls das möglich ist. Aber ich möchte etwas Eigenes auf die Beine stellen, etwas, das meinen Namen trägt. Ich will, daß Vater weiß, ich bin dazu fähig.«
»Das bist du auch.«
»Faith, warum geht es mir immer soviel besser, wenn ich mit dir gesprochen habe?«
Er hatte nicht gesagt, er liebe mich, sich in keiner Weise verpflichtet. Aber zwischen uns existierte ein starkes Gefühl. Und wenn ich es geduldig wachsen ließ, würde es dann so stark werden und mich mit dem belohnen, was ich mir einzig und allein wünschte? Falls Nicholas mich wirklich heiraten wollte, konnte niemand das verhindern. Meine gesellschaftliche und wirtschaftliche Stellung hatte sich nicht verändert. Ich war keine glänzende Partie, aber gut genug – genauso gut, wie Jonas für Celia gewesen war. Und selbst wenn sein Vater ihn enterben sollte, was höchst unwahrscheinlich war, würden mein Geld und sein Können uns eine sorgenfreie Zukunft sichern. Ich verlor mich nicht in romantischen Träumereien von Liebe in einem kleinen, bescheidenen Häuschen, denn das war nichts für Nicholas. Ich lebte in der Realität und sah Nicholas als den klugen, ehrgeizigen Mann, der auf sein Erbe nicht verzichten würde und daneben eigene Fabriken errichtete, ein Mann, der den Luxus liebte und sogar mit zunehmendem Alter dem Wohlleben frönen würde – der Mann, an dessen Seite ich leben wollte. Ohne Scham gestand ich mir ein, daß ich ihn begehrte – mein Körper nach seinem verlangte. Ich wußte, daß wir uns geistig verstanden, daß ich ihn glücklich machen würde. Und so würde ich auf ihn warten, bis auch er diese Erkenntnis gewönne.
Auch Dr. Ashburn besuchte uns oft in Blenheim Lane. Er war so ruhig, so bescheiden, daß man erst nach geraumer Zeit seinen Charme

bemerkte. Und obgleich ich wußte, daß ich gleich zu Beginn unserer Bekanntschaft einen großen Eindruck auf ihn gemacht hatte, war er derart höflich zu jedermann, daß ich seine besondere Zuneigung zu mir nicht bemerkte – oder wegen Nicholas nicht bemerken wollte. Nur Tante Hannah, die nach wie vor außerordentliches Interesse für unsere Familienangelegenheiten bekundete – speziell wegen der Mitgift –, sah in Dr. Ashburn eine Bedrohung für Jonas, der ja jetzt unser Familienoberhaupt war. Da Dr. Ashburn ihren Mann außerdem in seinen Sanierungsplänen für die Stadt unterstützte, konnte er in ihren Augen nichts richtig machen.

Seine Besuche in der Simon Street betrachtete sie nicht als einen Akt der Nächstenliebe, sondern als Ermutigung für die unteren Klassen, dem Müßiggang zu frönen. Sie würden sich dann überhaupt nicht mehr bemühen, für ihre Medikamente zu zahlen, erklärte Tante Hannah, da Dr. Ashburn diese armen Patienten umsonst behandelte. Auch seine Tätigkeit als Arzt im Krankenhaus fand vor ihren Augen keine Gnade, obwohl sie selbst zur Sanierung des Krankenhauses durch öffentliche Sammlungen beigetragen hatte. Doch Geldspenden standen auf einem Blatt, persönliches Engagement auf einem anderen, und schließlich wußten wir doch alle, daß anständige Leute nicht ins Krankenhaus gingen, um sie kümmerte man sich zu Hause. Nur Trunkenbolde und Taugenichtse bevölkerten derlei Anstalten auf Kosten der Bürger. Und Krankenschwestern waren geschwätzige, nach Gin riechende Kreaturen, die nicht zögerten, ihr Einkommen durch gewisse Dienste, die mit der Medizin überhaupt nichts zu tun hatten, aufzubessern – einfach Abschaum. Krankenhausärzte waren in der Regel sehr jung, standen noch am Anfang ihrer Karriere, oder so alt, daß sie eigentlich nicht mehr praktizieren sollten. Und da Dr. Ashburn ein sehr qualifizierter und beliebter Arzt war, der auch zahlende Patienten hatte, hielt Tante Hannah ihn für scheinheilig.

»Bin ich nicht eben Sankt Ashburn begegnet?« pflegte sie zu fragen. »Er fuhr gerade in seinem schäbigen Einspänner an mir vorüber.«

»In der Simon Street einen neuen Zweispänner stehen zu lassen wäre wohl nicht sehr intelligent von ihm«, entgegnete Prudence dann sittsam, obwohl ein drohender Unterton in ihrer Stimme mitklang.

»Natürlich. Denn dieser Pöbel hätte die Pferde schon auf den Markt getrieben, noch ehe er den ersten Krankenbesuch gemacht hätte. Das ist der einzige Dank, den er jemals von diesen Leuten ernten wird. Jedesmal, wenn er sich zu uns an den Tisch setzt – Mr. Agbrigg besteht darauf, ihn einzuladen –, schaudere ich bei dem Gedanken, was für Keime er mir wohl in die Wohnung trägt. Hast du denn nicht dasselbe Gefühl, Elinor? Euch Mädchen beeindruckt natürlich sein idealistisches Gehabe. Doch eure Mutter und ich, wir haben länger gelebt und wissen, wohin so etwas führt. Und irgend etwas stimmt nicht mit diesem Mann, was mein Gatte auch über ihn sagen mag.«

Trotz Tante Hannahs abfälliger Bemerkung war Dr. Ashburn ein Mann von tadelloser Herkunft, der Sohn eines Londoner Pfarrers und einer Dame, die aus Cheshire stammte, wo er auch nach dem frühen Tod seiner Eltern erzogen wurde. Seine Erziehung war weitaus besser als die unsere gewesen, auch stammte er aus einer vornehmeren Familie, ganz zu schweigen von seiner Lebenserfahrung, da er in vielen Großstädten gearbeitet hatte und weit gereist war. Er war ein sanfter, nicht unattraktiver Mann, von großer intellektueller Neugierde und voller Ideale, die ihn in Prudence' Augen sehr anziehend machten. Und ich beobachtete ihn aufmerksam, wenn er sich meiner Schwester zuwandte, die ihm einen medizinischen Artikel zu lesen gab, den sie oft eigenhändig abgeschrieben hatte.

»Das wird Sie sicher interessieren, Giles.«

»O ja.« Und während er flink die Zeilen überflog, gab er niemals zu erkennen, daß er – wie ich vermutete – einen ähnlichen Artikel schon gelesen hatte.

»Die beiden würden so gut zusammenpassen«, sagte ich zu Mutter, ganz einfach, weil ich daran glauben wollte. Die bunten Flecken einer Patchworkdecke fügten sich zu einem fröhlichen Muster zusammen, und jede von uns stellte das von ihr gewünschte Quadrat dar. Caroline würde Lady Chard, Herrin auf *Listonby Park*. Giles und Prudence würden sicherlich heiraten, Celia hatte ihre Stofftapeten und Stilmöbel; Jonas seine Kanzlei in Croppers Court, er würde als Anwalt immer bedeutender. Blaize hatte seine Freiheit und war ein anerkannter Fabrikant. Und mir würde – vielleicht? gewiß? – Nicholas gehören, wenn ich mich weiterhin abwartend verhielt und unseren aufkeimenden Gefühlen dieselbe Vorsicht angedeihen ließ wie einst mein Vater seinem kostbaren Porzellan. Doch im Inneren verzehrte ich mich nach ihm, meine Augen glühten, und ich war derart voller Freude, daß ich jedem mit überströmender Freundlichkeit begegnete. »Prudence, wie geschickt du das gemacht hast. – Celia, dein Haus ist einfach ein Traum – perfekt. – Mama, du

siehst nicht einen Tag älter als neunzehn aus. – Natürlich hat er dich gern, Caroline. Wer hätte das nicht?«
Die Einladung zum Weihnachtsessen in *Tarn Edge* schlug Matthew Chard aus. Seine Pflichten als Baronet banden ihn an *Listonby*, erklärte er. Auch am nächsten Tag sei er verhindert, da dann traditionsgemäß die Charts, Floods und Wintertons auf die Fuchsjagd gingen und er deshalb keine festen Zusagen machen könne. Doch falls der Jagdverlauf es erlaube, käme er gern im Laufe des Nachmittags, vielleicht mit ein paar Freunden, auf ein Glas Wein vorbei.
»Wirklich sehr nett von ihm«, sagte Onkel Joel gefährlich ruhig. »Und falls er kommt, tut er gut daran, sich zu erklären, sonst ist er zum letzten Mal hier gewesen.«
Und so verbrachte Caroline den ersten Weihnachtsfeiertag schlecht gelaunt. Ihr überladener Gabentisch war kein Ersatz für entgangene gesellschaftliche Freuden in *Listonby*. Und am nächsten Tag saß sie derart auf glühenden Kohlen, daß allein ihre Gegenwart schon schmerzlich war.
Natürlich waren zu dieser Stunde Onkel Joels Fabriken schon wieder in Betrieb – die Maschinen ruhten nur ab zehn Uhr abends am Heiligabend bis fünf Uhr morgens am ersten Feiertag –, ein Umstand, der Nicholas und Blaize an ihre Arbeitsplätze rief. Doch Tante Verity hatte dafür Sorge getragen, daß sie alle schon frühzeitig zurückkehrten, vielleicht, um nicht zu lange mit der verstörten Caroline allein zu sein, und Blaize war schon im Salon, als wir eintrafen. Wenig später kam auch Nicholas, ohne Hut stürmte er die Treppe hinauf und rief:
»In einer Minute bin ich bei euch.« Doch diese Worte waren nur für mich bestimmt, das wußte ich.
»Mußt du denn solchen Lärm machen?« rief Caroline hinter ihm her. »Du wirst mehr als eine Minute brauchen, um dich umzukleiden. Und zieh nicht wieder dieses grüne Jackett an, Nicholas. Blaize, sag ihm, daß er damit wie ein Arbeiter aussieht. Mein Gott! Wer kommt denn da?«
Aber es war nur Tante Hannah, deren Ankunft sich durch ihren Mann verzögert hatte – da Bürgermeister Agbrigg wie alle anderen sich um die Fabrik kümmern mußte –, doch nichtsdestotrotz war sie mit sich sehr zufrieden, da es ihr endlich gelungen war, ihn dazu zu bewegen, eine öffentliche Versammlung einzuberufen, damit eine Spendenliste für die Konzerthalle ausgelegt würde.
»Ich habe schon mit Mr. Outhwaite gesprochen«, erzählte sie On-

kel Joel – das war der Architekt, der schon eng mit meinem Vater zusammengearbeitet hatte –, »und wir haben uns auf ein Minimum von fünfzehntausend Pfund geeinigt, die als Anteile von jeweils zehn Pfund ausgegeben werden sollen. Was hältst du davon, Joel? Er will mir die Pläne nächste Woche Mittwoch vorlegen.«

»Ihr müßt zwanzigtausend investieren«, entgegnete mein Onkel, der wohlig in seinem Sessel am Kamin saß, eine Zigarre in der Hand. »Ihr könnt auch weniger ausgeben, aber wenn ihr schon einmal anfangt zu bauen, Hannah, muß es auch Hand und Fuß haben.«

Und während sich meine Tante zu Onkel Joel setzte, um mit ihm die Einzelheiten der neuen Musikhalle zu besprechen, ging ich mit Caroline zu dem Sofa, das auf der Galerie im ersten Stock stand. Dort warteten wir gemeinsam auf das Erscheinen von Sir Matthew Chard.

Wahrscheinlich würde er gar nicht kommen. Caroline hatte bereits ein Dutzend Entschuldigungen für sein Fernbleiben parat; die Jagd in dieser kalten Winterluft war zu anstrengend, um anschließend noch einen Besuch zu machen.

»Vielleicht hat er sich sogar das Genick gebrochen«, sagte Blaize, der gekommen war und sich neben uns gesetzt hatte. »Hast du daran schon gedacht? Er könnte in einem Graben liegen und flüstert mit ersterbender Stimme seinem Diener zu: ›Richte der Dame meines Herzens aus, daß ich heute abend nicht zum Dinner kommen kann.‹ So etwas hat doch Stil, liebe Schwester. Das mußt du zugeben.«

Aber Caroline war derart voller gespannter Erwartung, daß sie gar nicht richtig zornig werden konnte.

»Was für ein Unsinn. Er ist ein viel zu guter Reiter, als daß ihm ein solcher Unfall passieren könnte. Sein ganzes Leben ist er geritten.«

»Das haben wir auch getan.«

»Wie kannst du dich nur mit ihm vergleichen«, entgegnete sie und sah selbst in ihrer Verachtung bezaubernd aus. »Du und Nicholas, ihr reitet doch auf euren Gäulen gerade von hier zur Fabrik und zurück. Ich rede von richtigem Reiten – Hindernisrennen. Und wart ihr beide jemals auf der Jagd?«

»Nein, niemals«, sagte Blaize und zog in komischer Verzweiflung die Schultern hoch. »Das ist mir zu sportlich.«

»Du hast nur nicht den Mut dazu.«

»Nein, den hat er nicht«, sagte Nicholas, der urplötzlich aufgetaucht war und gerade das grüne Jackett trug, das Caroline so mißfiel, obwohl er mit seiner Weste aus Brokat darunter und der tadellos gebundenen Krawatte völlig korrekt gekleidet war. »Blaize will damit nur sagen, daß ihm der rote Jagdrock nicht steht. Außerdem hält er es für sinnlos, seinen Kopf wegen eines Fuchses zu riskieren. Bringt das etwa Geld ein?«

Mit diesen Worten setzte er sich neben mich, und obwohl er mich nicht berührte, war ich mir seines schlanken, muskulösen Körpers sehr bewußt. Ich war glücklich.

»Davon verstehst du überhaupt nichts«, sagte Caroline hochmütig und fiel prompt auf die gemeinsam gestellte Falle ihrer Brüder herein. »Wie solltest du auch? Das kann man schließlich nicht von dir erwarten. Blaize wird niemals auf die Jagd geben, weil er sich dort nicht auszeichnen kann. Aber du würdest es gerne tun, Blaize, nicht wahr? Ich weiß es, obwohl du es nicht zugibst. Du spielst gern den strahlenden Helden. Es würde dir gefallen, bei Mondschein über Hecken und Zäune zu springen. Und du würdest es auch tun, wenn du der Beste in diesem Sport wärst. Was dich angeht, Nicky – du bist für derartige Vergnügen nicht geschaffen.«

»Nein«, gab Nicholas unumwunden zu. »Das bin ich nicht. Und ich will dir auch sagen, warum. Den Luxus eines gebrochenen Beines kann ich mir einfach nicht leisten. Ich muß mir meinen Lebensunterhalt verdienen – dein Vater ist der erste, der dir das sagen würde –, und ein Mann, der um fünf Uhr morgens aufstehen muß, bringt nicht mehr viel Enthusiasmus für Fuchsjagden um Mitternacht auf. Wenn die Füchse noch einen Gewinn abwerfen würden, könnte ich mich dazu entschließen – und ich würde sie auch fangen, es sei denn, jemand erfindet eine Maschine, die mir das abnimmt.«

»Wenn du nichts Intelligenteres als diesen Blödsinn von dir geben kannst«, wies Caroline ihn zurecht, »bitte ich dich, in Gegenwart von Matthew den Mund zu halten. Er würde das kaum verstehen.«

»*Falls* er kommt.«

»Oh, er wird kommen«, sagte Blaize und lächelte ein Lächeln falscher Zuversicht. »Und mach dir um Nickys Gerede keine Sorgen, denn Matthew wird ihn nur für sonderbar halten. Und außerdem wird er ganz andere Dinge im Kopf haben und dir von der Jagd erzählen wollen und wie viele Hunde dem armen Fuchs dann endlich den Garaus gemacht haben.«

»Füchse«, erklärte Caroline und stand auf, »sind Raubtiere. Sie töten Hühner und . . . und . . . andere Tiere. Wenn du ein Landedelmann wärst, würdest du das wissen. Und du, Blaize Barforth, würdest einen mit deinen bloßen Händen erwürgen, wenn man dich dafür bezahlte. Und du, Nicholas, würdest es selbst in deinem besten Abendanzug tun, falls der Preis stimmte. Nicht, daß ich kein Mitleid mit ihnen hätte . . . oh, warum müßt ihr mich denn so provozieren. Das ist einfach nicht fair.«

»Ich glaube, sie macht sich auch nicht viel aus der Jagd«, sagte Blaize ruhig, als Caroline die Röcke raffte und zu ihrem Vater enteilte, der sicher nicht das Leben seiner edlen Pferde bei einer Fuchsjagd aufs Spiel setzen würde.

»Dann sollte sie aber Geschmack daran entwickeln«, entgegnete Nicholas. »Denn was hat Matthew Chard denn sonst noch zu bieten? Die eine Hälfte des Jahres füttert er seine Vögel und Füchse, in der zweiten Hälfte tötet er sie. Und wenn er nicht damit beschäftigt ist, spielt er Whist und Faro, wofür sie sich auch nicht sonderlich interessiert.«

»Er ist kein übler Bursche, Nick.«

»Das habe ich auch nicht behauptet. Er paßt nur nicht zu uns, das ist alles. Überlaß ihm nur für einen Monat die Leitung von Lawcroft oder Tarn Edge, und wir sind bankrott. Caroline hingegen würde dafür sorgen, daß alles so weiterläuft wie bisher – wenn sie auch wie eine Herzogin aussieht.«

»Ja, das würde sie«, stimmte Blaize zu und lächelte voller Wärme. »Und gleichzeitig ist sie fähig, eine kleine Krone zu tragen. Liebe Caroline, sie wird schon einen Weg finden, nie an einer Jagd teilzunehmen. Und selbst wenn sie mit Matthew Chard fünfzig Jahre verheiratet sein sollte, wird er niemals erfahren, daß sie nicht reiten kann. Glaub mir, wenn sie erst einmal Lady Chard ist, wird sie mehr über Pferde wissen als alle diese Adligen zusammen. Und im ganzen Land wird es keinen besseren Bügeltrunk geben.«

Dann gingen wir die Treppe hinunter und blieben vor dem großen Weihnachtsbaum stehen, der mitten in der Halle stand. Seine Zweige waren mit Lametta und Kerzen geschmückt. Diese neue Mode war dem deutschen Gemahl unserer Königin zu verdanken.

»Ob der Baum sich hier drinnen wohl fühlt?« fragte ich und erinnerte mich, wie er noch vor einer Woche im Garten gestanden hatte.

»Er wurde mit den Wurzeln ausgegraben«, sagte Nicholas lächelnd.

Da nahm Blaize meinen Arm und murmelte:

»Wir wollen ihn fragen. Komm näher, Faith. Hierher, unter den Mistelzweig.« Und mit einer kühlen Hand hob er mein Kinn und nahm sich, dem Weihnachtsbrauch gemäß, die Freiheit, mich zu küssen.

»Frohe Weihnachten«, flüsterte er, und seine Wange streifte meine, »oder sollte ich dir ein glückliches neues Jahr wünschen? Das ist besser, denn es dauert viel länger. Bleib stehen. Wir sind noch nicht mit dir fertig.«

Und in seinen Augen tanzten Teufelchen, als er sagte:

»Jetzt bist du an der Reihe, Bruder. Das ist die einzige Gelegenheit, wo wir sie ungestraft küssen dürfen – vorausgesetzt, man fürchtet die Strafe.«

»Blaize«, rief da Caroline vom Salon her. »Der Tee wird serviert.«

»Ich komme«, erwiderte er. Und ihre Stimmen waren sehr weit weg, sie kamen aus einem dichten Wald, gedämpft und kaum wahrnehmbar. Nicholas berührte mich ganz anders als Blaize, obwohl ein zufälliger Betrachter keinen Unterschied gemerkt hätte.

Natürlich war es Unsinn, dieser Brauch, sich Weihnachten zu küssen, ein Brauch der sonst so strengen Etikette, der zwischen jungen Leuten gepflegt wurde, damit die Mädchen hinterher sagen konnten: »Mir war ganz schwindlig, wenn der Kuß nur einen Augenblick länger gedauert hätte, wäre ich ohnmächtig geworden.« Oder: »Dieser unverschämte Kerl. Das hat er nun schon zum zweiten Mal getan. Wenn es noch einmal vorkommt, werde ich es Mama erzählen.«

Aber ich wurde weder ohnmächtig, noch wich ich vor ihm zurück: nur ein Lächeln, während er sich vorbeugte und meine Lippen berührte, ganz zart zuerst, dann öffneten sie sich leicht. Seine Hände berührten mich nicht. Er wußte wohl, daß ich dann nicht hätte widerstehen können.

»Ein glückliches neues Jahr«, sagte er und küßte mich wieder. Diesmal umschlossen mich seine Arme, denn seine Zunge teilte sanft meine Lippen, und ein niegekanntes Gefühl erfüllte mich, überflutete alle meine Sinne, die nach Erfüllung drängten.

»Du meine Güte, Nicholas!« rief Caroline wieder. Sie stand noch immer vor der Tür zum Salon und konnte nur seinen Rücken und einen Zipfel meines Kleides sehen, die von den Zweigen des Weihnachtsbaums eingerahmt wurden. Unser Verliebtsein bemerkte sie nicht, sie war vollauf mit ihren eigenen Gefühlen beschäftigt. »Wir müssen den Tee zu uns nehmen, versteht ihr das denn nicht? Tante Hannah möchte gehen, denn Celia fühlt sich nicht wohl, und sie ist mit Jonas ganz allein. Nicky . . . was machst du da draußen?«

»Er küßt Faith«, sagte Blaize, der neben sie trat. »Was anders sollte ein vernünftiger Mann da draußen tun?«

Und wir alle tranken zusammen Tee.
Der Nachmittag zog sich in die Länge. Schon früh wurde es dunkel; Nebel wallte hinter den Fenstern, und dann klatschte plötzlich Schneeregen gegen die Scheiben. Bei diesem Wetter würde sich kein Reiter nach *Tarn Edge* begeben.
»Komm, Mr. Agbrigg«, sagte Tante Hannah, die sich wie immer bei nassem Kopfsteinpflaster Sorge um ihre Pferde machte. »Machen wir uns auf den Weg. Bergab lasse ich mir immer gern etwas Zeit. Kommst du morgen mit deinen Töchtern zu mir nach Lawcroft, Elinor? Bring wenigstens Faith mit, denn Prudence ist ja zur Zeit ziemlich beschäftigt. Jonas wird natürlich dasein. Ob Celia kommt, weiß ich allerdings nicht. Wie oft habe ich ihr schon gesagt, daß sie sich nicht so abkapseln soll – denn schließlich ist sie nicht leidend. Aber sie ist in letzter Zeit ziemlich wehleidig geworden, und du solltest einmal mit ihr reden, Elinor. Natürlich bist auch du willkommen, Verity. Ja, ja, ich weiß, in welcher Situation du dich im Moment befindest, aber falls es in deinem Haus zu stürmisch wird, ist dir ein Szenenwechsel vielleicht ganz angenehm. Die Entscheidung liegt bei dir. Bis morgen dann, zum Tee.« Und während Mutter bedauernd die Überreste der verschiedenen Kuchen anstarrte, weil ihr noch ein wenig übel von dem gestern genossenen Champagner war, und sie gerade vorschlagen wollte, daß wir auch aufbrechen sollten, war auf der Auffahrt lautes Hufgetrappel zu hören; nicht das geduldige Stampfen von Tante Hannahs alten Mähren, sondern ein wildes, aufregendes Geräusch, das Caroline aufspringen und in beängstigend starrer Haltung verharren ließ.
»Da sind sie«, sagte Blaize. »Die Herrschaften geruhen zu erscheinen.«
Und mit einem Mal war die Halle voll von ihnen: eine rotberockte Gesellschaft, mit Schmutz bespritzt. Ihre Selbstherrlichkeit ließ sogar den Weihnachtsbaum kleiner erscheinen. Diese Invasion war so beängstigend; sie schienen geradewegs mit ihren schaumbedeckten Pferden bis zum Fuß der Treppe geritten zu sein.
»Stiefel«, sagte Onkel Joel unheilverkündend, die Augen auf den Teppich geheftet. Doch junge Leute wie diese waren nur die steinernen Fußböden der Schlösser ihrer Vorfahren gewöhnt. Dort hingen Teppiche höchstens an den Wänden und vermoderten. Und seine ganze Zuneigung für Caroline fand darin ihren Ausdruck, daß er schwieg, während Tante Verity auf ihre Gäste zuging und sie mit einem »Wie nett, daß Sie gekommen sind« begrüßte. Erst jetzt stell-

ten wir voller Überraschung fest, daß sie nur zu viert waren. Matthew Chard, Francis Winterton und noch ein junger Mann und ein Mädchen.
Der erste, flüchtige Blick sagte mir, daß Caroline nicht auf sie eifersüchtig zu sein brauchte. Sie war eine dünne Person, lachte genauso laut wie die Männer und war genauso arrogant wie die Männer. Sie war neunzehn oder zwanzig, hatte kastanienbraunes Haar, das unter ihrem Zylinder hervorquoll, ein paar Sommersprossen auf der Nase, ein spitzes Gesicht mit weit auseinanderstehenden Backenknochen. Ihr großer Mund sprudelte unentwegt halbfertige Sätze hervor, die sie mit Gelächter beendete. Ihr Reitkleid hatte schon bessere Tage gesehen; der Rock war mit Dreck beschmutzt, und auf ihrer Wange glänzte ein rostfarbener Fleck: Fuchsblut wahrscheinlich. Und sie erklärte lachend, sie sei die erste Dame, die die Jagd bis zum Ende durchgehalten habe. Daran zweifelte ich nicht. Denn schließlich hatte man ihr Gesicht mit dem ausgerissenen Schwanz des armen Tieres beschmiert.
»Fantastischer Tag«, sagte sie zu Tante Verity. Ihre Stimme hatte dieses hohe, näselnde Timbre der Privilegierten. »Ist das ein Weihnachtsbaum? Ich habe noch nie einen gesehen. In London ist das jetzt große Mode, wie man mir gesagt hat. Aber ich hasse die Großstadt – und mein Großvater ist zu altmodisch für solche Neuerungen. Kennen Sie meinen Großvater? Sicher. Matthew . . . komm doch und stell mich vor.«
Und spontan streckte sie Tante Verity die Hand hin und begleitete diese Geste mit einem bezaubernden, offenen Lächeln. »Ich bin Georgiana Clevedon und freue mich sehr, Ihre Bekanntschaft zu machen. Ich bin Matthews Cousine oder so etwas Ähnliches, und uns gehört die Abtei – *Galton Abbey*. Mein Großvater ist Gervase Clevedon. So, nun habe ich mich vorgestellt. Und Sie müssen Caroline sein.«
»Das stimmt«, entgegnete Caroline, die außerordentlich verärgert war, weil sie einfach mit ihrem Vornamen angeredet wurde – in unseren Kreisen eine Freiheit, die man sich nur gegenüber Dienstmädchen gestattet. »Ich bin entzückt, Ihre Bekanntschaft zu machen, Miss Clevedon.«
Doch Miss Clevedon streckte auch ihr unverfroren ihre schmutzige Hand entgegen. »Du meine Güte, Miss Barforth! Entschuldigen Sie bitte. Ich habe wirklich schlechte Manieren. Und wenn ich den ganzen Tag im Sattel bin, vergesse ich sie vollkommen. Matthew, komm

doch und hilf mir. Ich habe einen Schnitzer gemacht. Und Perry, du mußt auch kommen und dich Miss Barforth vorstellen lassen. Miss Barforth, dies ist mein Bruder, Peregrine. Er hat auch keine Manieren. Doch weil ihm eines Tages *Galton Abbey* gehören wird, macht das nichts aus.«
Ich beobachtete dies alles von der Tür zum Salon aus und war zu weit entfernt, um bemerkt zu werden. Blaize und Nicholas standen eng beieinander einen Schritt von mir. Ich war noch immer aufgeregt und glücklich und sehr weit von diesen lauten jungen Männern und dieser seltsamen jungen Frau entfernt, die nichts mit mir zu tun hatte.
»Dies ist einmal ein sehr seltener Vogel, direkt aus dem Urwald«, sagte Blaize, die Augen zu schmalen Schlitzen prüfend zusammengezogen. »Wirklich, sehr selten.«
»Sie ist schwierig«, entgegnete Nicholas. Seine Augen hatten denselben Ausdruck, und dieser Anflug von Grobheit tröstete mich. So, stellte ich mir vor, sahen Männer Schauspielerinnen von zweifelhaftem Ruf an, die Frauen, die sie nicht heirateten. Also war Miss Clevedon keine Bedrohung für Caroline – und für mich auch nicht.
»Schwierig ist sie, Blaize. Verdammt schwierig zu zähmen.«
»Das brächte ich nie fertig«, entgegnete Blaize, der vollständig meine Gegenwart vergessen hatte. »Ich möchte es auch nicht. Ich sagte dir doch, sie kommt direkt aus dem Urwald. Da muß sie dir schon aus der Hand essen. Einen Versuch wäre es wohl wert, selbst wenn man ein paar Kratzer davonträgt.«
Und dann, ganz plötzlich, bemerkten mich die beiden, doch Blaize lachte ganz ungeniert und sagte:
»Bitte, entschuldige, Faith. Hoffentlich hast du nicht verstanden, wovon wir geredet haben.«
Doch in diesem Augenblick kam Caroline auf uns zu. Sie hielt sich sehr steif und war sichtlich von dem unziemlichen Aufzug ihrer Gäste beleidigt – genau wie ihr Vater.
»Und hier stelle ich Ihnen meine Cousine, Miss Aycliffe, und meinen Bruder, Nicholas Barforth vor«, sagte sie kalt und höflich.
Und ich spürte eine große, namenlose Erleichterung, als Nicholas nur kurz nickte und sagte:
»Miss Clevedon.« Mit unverhohlenem Spott starrte er auf ihren beschmutzten Rock.
»Und dies ist mein älterer Bruder, Blaize Barforth. Blaize – Miss Clevedon.«

»Ja«, sagte er, und auf seinem Gesicht spiegelte sich dieselbe Erregung, die ich bei meinem Vater gesehen hatte, wenn er ein seltenes Stück Porzellan mit nach Hause brachte, irgendeine rare Beute. Doch bei Blaize war die Freude inniger, sie würde aber auch kürzer sein. »Miss Clevedon, Sie sind ja völlig durchnäßt. Hoffentlich erkälten Sie sich nicht.«

»Das ist höchst unwahrscheinlich«, entgegnete sie und streckte ihm spontan wieder die Hand entgegen. Auf ihrem Gesicht machte sich ein gewisses Erstaunen breit, so als hätte sie bei dem Sohn eines Fabrikanten nicht einen derartigen Charme erwartet.

»Doch trotzdem sollten Sie sich ans Feuer setzen. Miss Clevedon, obwohl ich sicher bin, daß Ihnen schlechtes Wetter kaum etwas ausmacht.«

»Blaize«, sagte Caroline, und ihre Augen blitzten warnend auf. »Die Stiefel – denk an unsere Teppiche.« Doch Blaize schien seine Schwester überhaupt nicht gehört zu haben. Er nahm sehr behutsam Miss Clevedons Arm und führte sie hinweg, wobei er Nicholas einen verschwörerischen Blick zuwarf, der nichts anderes bedeuten konnte als: »Habe ich es dir nicht gesagt? Sie ist ein seltener Vogel. Na, wir werden ja sehen.«

»Was für eine seltsame Person«, murmelte Caroline.

»Ja«, sagte Nicholas geistesabwesend. Er starrte die beiden nur unverhohlen an, und sein Schweigen war um so beredter, bis Caroline ihn nervös fragte:

»Was hältst du davon?«

»Wovon?«

»Von Miss Clevedon.«

»Oh, nichts Besonderes.«

Und obwohl er mich anlächelte, an meiner Seite blieb und mich zur Kutsche begleitete und barhäuptig im Regen wartete, bis wir fortgefahren waren, und mir außerdem versprach, mich von Tante Hannah am nächsten Nachmittag abzuholen – was er auch tat –, wußte ich, daß unsere Zeit, die ja erst im November mit meiner Rückkehr begonnen hatte, schon vorüber war.

9

Die Barforths wurden am Neujahrstag nach *Listonby Park* eingeladen, keine großartige Angelegenheit, und Tante Verity erzählte Mutter später, daß es nur einen einfachen Braten gegeben habe und die Bedienung äußerst schlecht gewesen sei. Die Wirtschafterin hätte sie wohl am liebsten am Lieferanteneingang empfangen. Der Herrensitz selbst war sehr schön, eine große Halle, die noch aus dem Mittelalter stammte, mit schweren Eichenbalken und eine lange Galerie mit den beeindruckenden Bildern der Ahnen. Doch das war schon alles. Die übrige Schönheit des Gebäudes war dem Verfall preisgegeben und erinnerte Tante Verity an die Schönheit einer sterbenden Rose.
Nach dem Essen gingen Onkel Joel und Sir Matthew nach draußen und rauchten ihre Zigarren. Sie schritten die Ulmenallee entlang, die ein längst gestorbener Chard vor Menschenaltern gepflanzt hatte, und bewunderten die knorrigen Eichen, die sogar noch älter waren. Onkel Joel ergriff die Gelegenheit beim Schopf und erklärte, daß Sir Matthew wohl genug Geld zum Leben habe, es für eine standesgemäße Existenz wohl kaum ausreichen dürfe – allein die Kosten für die Jagd und Hundehaltung verschlangen mehr als dreitausend Pfund im Jahr – und daß die Vermählung mit einer reichen, schönen und dazu noch kompetenten Frau Sir Matthew wohl nur gelegen sein könne.
Am nächsten Morgen erschien Matthew Chard in *Tarn Edge* und hielt um Carolines Hand an. Diesmal war er tadellos gekleidet, seine Stiefel poliert, und seine Manieren ließen nichts zu wünschen übrig. Er war einfach ein gesunder junger Mann, der sich nichts sehnlicher als eine gesunde Frau wünschte. Und obwohl Caroline jetzt im siebten Himmel schwebte, verlor sie sofort ihre Selbstsicherheit und kam in die Blenheim Lane, um mir die aufregende Neuigkeit mitzuteilen.
»Ich werde Lady Chard.«
»Oh, Caroline. Daran habe ich nie gezweifelt.«
Aber sie hatte ihm noch nicht ganz sein unhöfliches Benehmen am ersten Weihnachtstag verziehen, diese angeborene Arroganz, mit der er mit schmutzigen Stiefeln auf ihres Vaters Teppichen herumgetrampelt war. Außerdem langweilte er sie mit immer denselben Jagdgeschichten. Sie war sich der Kluft zwischen ihnen wohl bewußt. Trotzdem – und abgesehen von der Tatsache, daß in seiner

Gegenwart ihr Herz immer noch wild klopfte – stand sie bereits in dem Ruf, einem Anwärter den Laufpaß gegeben zu haben. Ein zweites Mal durfte sie das nicht tun. Außerdem hatte er keine Spielschulden, ja überhaupt keine Schulden, und an ihrem Hochzeitstag würde nicht irgendein Gläubiger vor der Kirchentür stehen und die Hand aufhalten. Warum sollte sie denn nicht um ihrer selbst geliebt werden?

»Er war sehr charmant«, erzählte sie mir. »Er sagte, er hätte sofort gewußt, daß ich nach *Listonby* gehöre, als er mich das erste Mal dort sah. Ich könnte soviel aus dem Haus machen, Faith. Von der großen Halle aus führt eine weite, geschwungene Treppe nach oben in einen riesigen Raum, der nicht benützt wird. Der würde einen prächtigen Ballsaal abgeben. Nun, die Halle selbst ist in ziemlich traurigem Zustand. Es gibt dort nur einen großen offenen Kamin, ein paar alte Eichenschränke und Truhen und einen schrecklichen Eichentisch. Aber mit ein paar Teppichen, Sesseln und Sofas passend möbliert, wäre das der ideale Raum für Einladungen. Kannst du dir das Feuer zur Teezeit in diesem kolossalen Kamin vorstellen? Sicher sind auch genügend Gästezimmer vorhanden, obwohl ich sie natürlich noch nicht gesehen habe. Die oberen Stockwerke sind verschlungen wie ein Kaninchenbau und müssen natürlich renoviert werden. Ebenso die Küche. Und ich bin entschlossen, diese Aufgabe in die Hände zu nehmen, denn was hat man schon von einem Haus in diesen Dimensionen, wenn man es nicht *bewohnen* kann? Ja, um die Küche muß ich mich unbedingt kümmern. Ich werde einen guten Koch einstellen, der seine eigenen Küchenmädchen mitbringt, denn wenn ich meinen Gästen kein gutes Essen vorsetze, kommen sie nicht wieder. Und das Beste an der ganzen Sache ist, es gibt keine Schwiegermutter, die mir wegen all dieser Veränderungen grollt.«

»Und Matthew?«

»Oh, das kümmert ihn herzlich wenig. Er ist nicht in *Listonby* aufgewachsen, sondern in Leicestershire. Deshalb liegt ihm an *Listonby* nicht soviel. Ich kann also nach Belieben schalten und walten. Bei diesen langweiligen Floods und Clevedons ist das natürlich etwas ganz anderes.«

Und sie war derart hingerissen von ihren Plänen für *Listonby Park*, daß ich erst nach gewisser Zeit auf Georgiana Clevedon zu sprechen kommen konnte, deren schmales Gesicht und bezauberndes Lächeln mir einfach nicht aus dem Sinn ging.

»Oh, sie sind mit den Chards durch irgendeine Heirat verwandt,

glaube ich«, sagte sie zerstreut, »und ich weiß überhaupt nicht, warum sie sich so großartig vorkommen, denn diese Abtei ist der düsterste Ort, den ich jemals kennengelernt habe. Nur ein Viertel so groß wie *Listonby* und so alt – man kann sie, glaube ich, gar nicht renovieren. Einst war es wirklich mal ein Kloster, das dann irgendein König – Heinrich VIII.? – zerstören ließ. Nun, die Clevedons haben es von ihm gekauft oder bekamen es als Geschenk für geleistete Dienste, und sie haben dann das Haus aus den verbliebenen Steinen des Klosters gebaut. Teilweise sieht es auch immer noch so aus. Es gibt dort noch einen Kreuzgang, auf den sie sehr stolz sind, obwohl er kalt wie ein Grab und genauso bedrückend ist. Natürlich haben sie kein Geld und auch keine Hoffnung, zu irgend etwas zu kommen, denn Peregrine Clevedon ist der leichtfertigste junge Mann, den ich kenne. Keine Frau, die ihre fünf Sinne beisammen hat, würde ihn heiraten. Und falls sich Georgiana einbildet, sie kann ihre Angel nach Blaize auswerfen, wird es für sie ein böses Erwachen geben. Blaize denkt noch längst nicht ans Heiraten, und wenn er es einmal tut, dann sicher nur eine reiche Frau, dessen kannst du gewiß sein. Das Beste, was sie tun können, ist, ihr Land und diese Abtei zu verkaufen, denn es würde mich nicht überraschen, wenn sie eines Tages über ihren Köpfen zusammenstürzte.«
Neujahr besuchten wir meine Schwester Celia, die sich beharrlich weigerte auszugehen. Den ganzen Abend verbrachte sie auf dem Sofa hingestreckt, so sehr war ihr unförmiger Leib ihr peinlich, und die Aufmerksamkeiten ihres besorgten Schwiegervaters waren ihr lästig.
»Liegst du auch bequem, mein Mädchen?« fragte er sie ständig und wollte sie damit, wie es schien, seiner Zuneigung versichern. Doch Celia antwortete nur: »Sehr bequem, danke.« Aber die Schärfe ihres Tons drückte vielmehr aus: »Laß mich in Ruhe, und lenk nicht die Aufmerksamkeit auf diesen bedauernswerten Zustand, in dem ich bin.«
Wir tranken ausgezeichneten Wein, aus Celias Kristallgläsern – einem Hochzeitsgeschenk.
»Auf deine Gesundheit«, sagte Bürgermeister Agbrigg, wobei er es diesmal sorgfältig vermied, sie anzusehen.
»Ich habe dem Mädchen schon hundertmal Vorhaltungen wegen der Gläser gemacht«, erwiderte sie. »Jonas, habe ich ihr nicht gesagt, daß sie mit klarem Wasser abgespült werden müssen? Aber nein, sie trocknet sie ab, wenn sie noch voller Seife sind. Jonas, du

wirst sie noch einmal darauf hinweisen müssen, denn ich in meinem Zustand bin nicht dazu in der Lage.«

»Ja, Celia«, sagte Jonas ruhig und blickte seine Frau auch nicht an. Vielleicht war ihm der Anblick der zitternden Unterlippe – das ganze Gesicht den Tränen nahe – nur zu wohlvertraut. »Ich will es ihr morgen früh sagen. Jetzt ist wohl kaum der richtige Zeitpunkt dafür. Bitte, wein deswegen nicht. Es ist nicht soviel Aufregung wert.«

»So redest du immer. Du verstehst überhaupt nicht, wie mich diese Schlampigkeit aufregt.«

»Da irrst du, Celia. Ich verstehe, wie – und wie oft – du dich aufregst. Bist du müde?«

»Natürlich bin ich müde. Ihr glaubt wahrscheinlich, daß ich besser im Bett aufgehoben wäre.«

»Nur, wenn du das wünschst.«

Doch erst als Bürgermeister Agbrigg – der einzige andere Mann im Zimmer – ihr den Rücken zuwandte und vorgab, im Kaminfeuer herumzustochern, erlaubte sie ihrem Mann, ihr auf die Füße zu helfen und sie aus dem Zimmer zu geleiten.

»Deine Tochter ist ziemlich launisch«, bemerkte Tante Hannah. »Man könnte fast glauben, daß sich noch nie eine Frau zuvor in ihrem Zustand befunden hat.«

Aber ehe meine Mutter antworten konnte, legte Bürgermeister Agbrigg den Schürhaken zur Seite und sagte: »Sie ist noch keine Frau, Hannah – nur ein kleines Mädchen, außer sich vor Angst. Ich hoffe, mein Sohn versteht das.«

Um Mitternacht gab es Champagner – niemand beklagte sich über die Gläser, da Celia schlief –, und Bürgermeister Agbrigg hob sein Glas im flackernden Licht der Kerzen und sagte zu seiner Frau:

»Wir wollen auf deine Konzerthalle trinken, Hannah, die größte hier im Distrikt«, und dann mit einem Lächeln zu Prudence: »Und die Straßen werden wir auch pflastern, Mädchen, und Abwässerkanäle anlegen.«

Jonas saß völlig unbewegt da. Sein schmales Gesicht verriet nicht, ob er sich um Celia Sorgen machte oder über ihr lächerliches Betragen ärgerlich war. Er küßte Prudence und mich zum neuen Jahr, wie es Brauch war. Er spielte seine Rolle als Bruder und Ehemann perfekt, ließ aber keine Gefühle erkennen.

»Ein frohes neues Jahr, Sir«, sagte er zu seinem Vater.

»Ja. Wir wollen es hoffen«, entgegnete der Bürgermeister. Bald darauf fuhren wir nach Hause. Bürgermeister Agbrigg begleitete uns als erster über die Schwelle unseres Hauses und brachte einen Schütter Kohlen für den Ofen und Salz, das uns Glück und Wohlstand bescheren sollte. Tante Hannah wartete unterdessen in der Kutsche.

»Frohes neues Jahr«, sagte Prudence zu mir später vor der Tür zu ihrem Schlafzimmer.

»Ja, Liebling. Das wünsche ich dir auch.« Doch das Leuchten in mir war erloschen. Eine innere Kälte erfüllte mich – ich wußte nicht, warum –, und wie Celia brauchte ich einen Zufluchtsort, ein Versteck, die Geborgenheit meines Bettes, um meinen Tränen freien Lauf lassen zu können.

Ein paar Tage später gingen wir zu der öffentlichen Versammlung in der Stadthalle, um Tante Hannahs Pläne hinsichtlich des Baus der Konzerthalle zu unterstützen.

»Was haben wir denn schon hier in Cullingford?« fragte Bürgermeister Agbrigg frei heraus. Er ließ sich von den anwesenden Fabrikbesitzern in keiner Weise einschüchtern. »Es gibt die Fabriken und ein paar schöne Privathäuser, das Institut für Maschinenbau und die Stadthalle. Außerdem gibt es jetzt noch den neuen Bahnhof, doch das ist schon alles. Die Leute, die unsere Stadt besuchen – und jetzt kommen sie von weit her –, behaupten, daß Cullingford überhaupt keine Stadt ist. Sie behaupten, daß es hier nicht viel besser als in einer Garnison zugeht. Nun, manche von Ihnen kümmert das nicht, andere wiederum doch – genauso wie es Bürger gibt, denen es egal ist, ob Leeds schneller wächst oder Bradford sauberer ist. Aber wenn wir schon Dreck machen, meine Freunde, dann haben wir auch das Geld, ihn wieder zu beseitigen – genug Geld, um unsere Stadt zu verschönern.«

Und obwohl Tante Hannah kaum solche Worte für ihre Rede gewählt hätte – sie legte sehr viel Wert auf kulturelle Belange –, trug dieser ungeschliffene Mann den Sieg des Tages davon. Es wurde ein Komitee gebildet, das Zehn-Pfund-Anteile ausgab, die der Finanzierung der Konzerthalle dienen sollten, wobei von vorneherein klar war, daß der wohltätige Mr. Joel Barforth für den Rest der Kosten aufkommen würde. Und fürderhin spielte sich mein Leben hauptsächlich in zwei Bahnen ab: der Konzerthalle und Carolines bevorstehender Hochzeit.

Sie sollte im Juni stattfinden, nicht in *Listonby Park*, wie wir alle erwartet hatten, sondern in unserer Pfarrkirche, denn Caroline lag mehr daran, die Cullingforder Bürger zu beeindrucken als den Land-

adel. Und so saß ich denn mit ihr während der kalten Januartage in dem gemütlichen Salon in *Tarn Edge*, und wir redeten über die prächtigste Hochzeit, die unsere Stadt jemals sehen würde.
»Du verstehst viel von Kleidern, Faith«, sagte sie, »das ist mir oft aufgefallen.« Und als wir mit den Gästelisten fertig waren, wandten wir uns den Schnittmustern und Stoffproben zu.
»Ich werde nach London reisen. Und du begleitest mich, Faith. Eigentlich könnten wir doch nach Paris fahren, zu diesem Couturier, von dem du mir erzählt hast. Warum eigentlich nicht? Vater wird das schon arrangieren.«
Doch bereits im Januar brachen in Frankreich Unruhen aus. Alle Anzeichen deuteten darauf hin, daß die Chartisten bei uns wieder tätig werden würden.
»Sie werden nichts erreichen«, erklärte Onkel Joel, während er eine Zigarre an der anderen anzündete. »Diese Hitzköpfe, Feargus O'Connor und seine Gesinnungsgenossen. Was bringen ihnen diese Demonstrationen denn schon ein? Zwar gelingt es ihnen, die Maschinen für ein paar Stunden zu stoppen, doch ebenso schnell setzen wir sie wieder in Gang. Und die Chartisten sind aus demselben Holz geschnitzt. Nichts als große Worte, denn sie sind nicht einmal richtig organisiert. Außerdem bin ich gegen das allgemeine Wahlrecht. Soll ich mich denn von gewählten Arbeitervertretern regieren lassen?«
Trotzdem kursierten Gerüchte, daß die Londoner Straßen nicht mehr sicher wären und daß sich in Cullingford die Armen zusammengerottet hätten und im Moor hinter *Tarn Edge* heimlich Schießübungen veranstalteten. Viele waren durch die mechanischen Kämmaschinen arbeitslos geworden. Und zu meiner Erleichterung wurde beschlossen, daß Caroline ihre Einkäufe hier zu tätigen hatte.
Es war nicht so, daß Nicholas mich vernachlässigte. Wir trafen uns oft, redeten, lächelten miteinander. Nach außen hatte sich an unserer Beziehung nichts verändert. Und wahrscheinlich war es dieser statische Zustand, der mich zutiefst beunruhigte, denn unsere Gefühle wurden weder größer noch geringer; und es gab auch Augenblicke, wo er sich mir entzog.
»Faith weiß, was ich meine«, sagte er immer noch, aber während die Wochen verstrichen, konnte ich ihn immer weniger verstehen. Ich merkte nur, daß ihn irgend etwas zutiefst beunruhigte, und meine Sinne, durch meine wachsende Angst geschärft, hatten schnell eine Barriere zwischen uns entdeckt. Doch ich war mir nicht ganz sicher, ob diese Barriere tatsächlich Georgiana Clevedon hieß.

Denn dafür glaubte ich ihn zu gut zu kennen. Im Gegensatz zu Blaize gefielen ihm extravagante Frauen nicht. Zu oft hatte er davon gesprochen, mit einem ihm wesensverwandten Menschen sich verbinden zu wollen. Natürlich hatte er flüchtige Abenteuer, aber Miss Clevedon – genauso wie mich – konnte er nur gewinnen, wenn er heiratete. Nicholas war ein zu pragmatischer und vernünftig denkender Mann, um eine Frau zu wählen, die nicht zu ihm paßte. Und da Georgiana Clevedon, dieser ›rare Vogel aus dem Urwald‹, wie Blaize sie so treffend bezeichnet hatte, überhaupt nicht zu ihm paßte, verbrachte ich den größten Teil meiner Zeit damit, mich zu überzeugen, daß ich mich irrte.
Und in Augenblicken, wenn ich meine inneren Qualen nicht mehr ertragen konnte und mir vorstellte, daß er sie begehrte – so wie er eine Schauspielerin begehrte –, faßte ich den Entschluß, die Augen einfach zu schließen und abzuwarten, zu warten, bis diese Leidenschaft vorüber wäre. Ich würde nichts sagen, nichts tun, einfach nur für ihn dasein, wie immer, keine Forderungen stellen, bereit sein, die Wunden, die sie ihm zugefügt hatte, zu heilen.
Aber begehrte er sie wirklich? Sicherlich bildete ich mir das nur ein. Caroline war über die offensichtlichen Verführungskünste, mit denen Miss Clevedon ihren Bruder Blaize umgarnte, verärgert, und Tante Verity amüsierte sich darüber. Außerdem kannte sie ihren ältesten Sohn sicher besser als ich. Bildete ich mir das alles nur ein, weil ich auf jede Frau eifersüchtig war, mit der Nicholas in Berührung kam? Doch mir wäre leichter ums Herz gewesen, wenn er sich vorgebeugt hätte, um einen Blick auf ihr Bein zu erhaschen, als sich ihr Rock im Trittbrett der Kutsche verfing – was er automatisch bei jeder anderen Frau getan hätte –, anstatt mit steinernem Gesicht das Pferd anzustarren. Mir wäre leichter ums Herz gewesen, hätte er mit ihr geflirtet. Und ich konnte niemandem, nicht einmal Mutter, erklären, wie Nicholas' gespielte Gleichgültigkeit Miss Clevedon gegenüber mir tief ins Herz schnitt.
Auch sie schien sich nicht für ihn zu interessieren. Auf Blaize war ihre Wahl gefallen. Und ein Besuch *Galton Abbeys* Ende Januar überzeugte mich davon, daß Caroline mit ihren Worten recht gehabt hatte. Der Besitz war in einem deplorablen Zustand. Miss Clevedon mußte sich allein durchs Leben schlagen, denn von ihrem extravaganten Bruder hatte sie nichts zu erwarten.
Natürlich besuchten wir zuerst *Listonby Park*. Selbst Mutter begleitete uns. Cullingford begann sie aufs äußerste zu langweilen, und sie

brach in entzückte Rufe aus, als die Silhouette des Landsitzes vor uns im Nebel auftauchte.

»Caroline, meine Liebe . . . wie wunderschön!«

Und das war das Haus auch. Die große Halle nur spärlich möbliert, aber edel. Die majestätische Treppe führte elegant nach oben, und das Speisezimmer und der Salon waren von solch auserlesener Schönheit, die wirklich an sterbende Blumen erinnerte.

Nach dem Tee, den wir am Kamin einnahmen, fuhren wir die drei Meilen zu dem kleineren Besitz *Galton Abbey*, einem Haus von ganz anderem Aussehen.

Es stand an einer Biegung des Flüßchens Law, einem glitzernden, schnell dahinfließenden Gewässer, das von einer altersschwachen Brücke überquert wurde. Im Fluß lagen Steine, auf denen vielleicht die Nonnen zu Tudor-Zeiten das Wasser überquert hatten. An das Flüßchen schloß sich ein ziemlich steiler Hügel an, seine Ufer waren von Weiden gesäumt, die ihre Zweige ins Wasser tauchten, und das Haus selbst war derart geschickt in die Landschaft eingebettet, als ob es dort auf natürliche Weise gewachsen und nicht von Menschenhand errichtet worden wäre. Und obwohl ich es abstoßend und kalt wie Caroline hätte finden müssen, gefiel es mir außerordentlich gut, was ich mir aber nicht eingestand.

Natürlich gab es dort auch eine Halle, nur viel kleiner und sehr dunkel, und alles war aus Stein: der Fußboden, die Wände und die Treppe, die zu einer Galerie führte. Das alles strömte auf seltsame Weise eine beklemmende Vergangenheit aus und paßte so sehr zu Miss Clevedon, daß ich froh war, daß Blaize uns begleitet hatte, da Nicholas verhindert war.

Sie empfing uns allein. Ihr Großvater und ihr Bruder waren noch nicht von der Jagd zurückgekehrt. Plötzlich tauchte sie im Salon auf – wie immer trug sie ihr grünes Jagdkostüm, die Schleppe nachlässig über einen Arm drapiert –, zwei ältliche Jagdhunde marschierten steifbeinig neben ihr her, und hinter ihr erschien eine ganze Meute schwanzwedelnder Terrier.

»Ich habe gehört, Sie haben hier noch einen richtigen Kreuzgang«, sagte Mutter, als die Begrüßungszeremonie vorüber war, »wird er etwa von Gespenstern heimgesucht?«

Und ohne weitere Formalitäten zeigte uns Georgiana sofort den Kreuzgang, einen dunklen, unheimlichen Ort, der direkt in die Vergangenheit zu führen schien. »Meine Ur- Ur-Urgroßväter haben das Kloster bis auf das Haus der Äbtissin und den Kreuzgang einreißen lassen«, erklärte sie. »Einmal habe ich hier als Kind ganz allein die Nacht verbracht und mich in die Vergangenheit zurückversetzt. Ist das nicht der faszinierendste Ort auf der Welt?«

»Unbedingt«, sagte Blaize. Doch er hatte, anstatt die Architektur zu bewundern, nur Augen für Georgiana. Und sofort machte ihre quasi ehrfürchtige Bewunderung für diesen Platz einem jungenhaften Lachen Platz.

»Ach, Unsinn . . . Sie necken mich und geben vor, meinen Kreuzgang zu bewundern, dabei sehen Sie nur mich an. Aber mich können Sie nicht hinters Licht führen.«

»Miss Clevedon«, erklärte Blaize, eine Hand auf dem Herzen und ein schelmisches Lächeln auf den Lippen. »Ich bin der aufrichtigste aller Männer . . .«

»Er ist der größte Charmeur, den es auf der Welt gibt«, unterbrach ihn Caroline scharf. »Und es ist sehr kalt hier und die Luft auch ziemlich abgestanden. Matthew, ich möchte gehen.«

»Das wollen wir tun, denn ich möchte sowieso einen Blick in Perrys Stall werfen«, entgegnete Sir Matthew. Wahrscheinlich war er sich dessen wohl bewußt, daß er in Kürze jedes Pferd im Land kaufen könne, trotz der Einschränkungen, die Onkel Joels Heiratskontrakt ihm auferlegen würde. Doch Caroline hatte Angst vor Pferden, Blaize interessierte sich nicht dafür, und so beschlossen wir – außer Mutter und Tante Verity –, einen Spaziergang zu machen.

»Es wäre schön, wenn Sie uns das Gelände zeigten, das zur Abtei gehört«, schlug Blaize vor. Und so gingen wir in der kalten Winterluft spazieren. Caroline und ich waren auf den steinigen Feldwegen ziemlich unsicher auf den Füßen, während Miss Clevedon unbekümmert einherschritt – ihre schmale Gestalt glich der eines Jungen. Sie war heute blaß, doch ihre Haut besaß ein fast transparentes Leuchten, und im fahlen Licht der Wintersonne leuchtete ihr Haar wie Kupfer. Sie strahlte eine ungebändigte Vitalität aus.

Ihr ganzes Leben hatte sie in der Abtei verbracht, erzählte sie uns, die nur ein paar Meilen von *Tarn Edge* entfernt lag. Doch bis jetzt hatten wir von ihrer Existenz ebenso wenig geahnt wie sie von unserer. Die Stadt – und in ihren Augen war das London – war für sie nicht mehr als eine riesige Ansammlung von Häusern, wo man nur ein Leben voller Einschränkungen führen könne, das sie sich nicht die Mühe gab zu verstehen. Hier war sie glücklich, war es jeden Tag in ihrem Leben gewesen, und die Gesellschaft ihres Großvaters und Bruders und deren Freunde genügte ihr vollauf.

Nach einer halben Stunde hatte sie uns allen klargemacht, daß ihr Bruder, Peregrine Clevedon – ein wirklich leichtfertiger und verschwendungssüchtiger junger Mann, der schon mehrmals mit dem Gesetz in Konflikt gekommen wäre, hätte er nicht Beziehungen gehabt –, in ihren Augen einfach unfehlbar war und daß ihr Großvater, Mr. Gervase Clevedon, einen solch edlen Charakter besaß und von einer Weisheit war, die schon göttliche Züge trug, und daß die Abtei das vollendetste Bauwerk der Welt sei, woneben der Glanz anderer Bauten verblaßte. Sie war eine passionierte Reiterin und hatte seit ihrem fünften Lebensjahr während der Saison an jeder Jagd teilgenommen; auch eine schlechte Schützin war sie nicht, obwohl sie ihrem Bruder in dieser Kunst nicht das Wasser reichen konnte, der an einem verhangenen Herbsttag mit sechsundneunzig Schüssen sechsundneunzig Fasane und mit vierunddreißig Schüssen vierunddreißig Rebhühner erlegt hatte.

»Ich glaube, Sie bedauern uns alle, weil wir nicht ein Leben wie das Ihre führen«, bemerkte Caroline spitz, woraufhin Miss Clevedon in ihr berühmtes Gelächter ausbrach. Sie warf den Kopf übermütig wie ein junges Fohlen zurück und erklärte, daß sie uns in der Tat bedaure.

»Aber Sie werden doch wohl kaum Ihr ganzes Leben hier verbringen? Schließlich ist Ihr Großvater nicht unsterblich, und eines Tages wird Ihr Bruder sicher heiraten.«

Doch Miss Clevedon ließ sich von dieser Frage nicht aus der Fassung bringen. »Sehen Sie denn nicht, daß nur die Abtei und der Besitz zählen«, erklärte sie Caroline, die immer abweisender wurde. »Wenn Großvater stirbt, erbt Perry alles, dann seine Kinder, und so fort. Wir verwalten nur, was uns von der Vergangenheit geschenkt wurde. Das ist doch großartig. Das *ist* Unsterblichkeit. Verstehen Sie?«

»Welch tröstlicher Gedanke«, sagte Caroline und beschleunigte den Schritt, bis sie das Flußufer erreicht hatte. Prüfend ließ sie den Blick über die altersschwache Brücke schweifen.

»Ob sie wohl sicher ist?«

»Das glaube ich kaum«, rief Miss Clevedon, »aber ich benutze sie nie.« Mit diesen Worten raffte sie ihre Röcke und sprang leichtfüßig auf den ersten, dann den zweiten Stein. Ihre Stiefel wurden vom Wasser umspült, und leicht schwankend stand sie da, als sie herausfordernd sagte:

»Wer folgt mir auf die andere Seite?«

»Ich gewiß nicht«, entgegnete Caroline. Und sichtbar stieg Zorn in ihr auf, denn ihr war bewußt, daß Matthew Chard, wäre sie nicht dagewesen, der ungebührlichen Aufforderung von Miss Clevedon ohne Zögern gefolgt wäre.
»Ich werde mich über die Brücke wagen«, ließ sich Blaize da vernehmen, »und Ihnen auf der anderen Seite zu Hilfe kommen.«
»Mir braucht niemand zu Hilfe zu kommen, Mr. Barforth. Ich versichere Ihnen . . .«
Und schon waren sie beide auf dem Weg zur anderen Seite des Flüßchens. Miss Clevedon hüpfte von Stein zu Stein, das Haar fiel ihr in goldenen Kaskaden über die Schultern, und ihre Füße wirbelten bei jedem Sprung feine Sprühwölkchen auf. Blaize ging über die Brücke, nicht eilig, aber er hielt mit ihr Schritt und reichte ihr seine Hand, als sie beide gleichzeitig das andere Ufer erreichten. Einen winzigen Augenblick zog sie ihn näher zu sich – zum Wasser – heran.
»Ich werde Ihnen zu einem erfrischenden Bad verhelfen, Mr. Barforth.«
»Das werden Sie nicht.« Und dann lachte sie wieder hell auf, als er sie näher, und, für einen Moment, in seine Arme zog.
»Matthew, du mußt ihnen folgen!« befahl Caroline. »Sie dürfen dort drüben nicht allein sein.«
Aber in Matthew Chards Augen war dieses Ansinnen seiner Verlobten von einer methodistischen Engstirnigkeit geprägt, und so antwortete er, lässig gegen das Brückengeländer gelehnt: »Du meine Güte, Caroline. Was tun sie den Schlimmes?«
»Nichts. Wenn sie sofort zurückkommen. Aber falls sie den Hügel hinaufgehen und außer Sichtweite sind, könnte diese junge Dame sich kompromittieren.«
»Du meine Güte«, sagte er wieder – leicht amüsiert. Vielleicht wünschte er sich, lieber auf die Jagd gegangen zu sein. »Ich bin wenigstens ein dutzendmal mit ihr allein auf diesem Hügel gewesen und habe mir nichts dabei gedacht. Solche Dinge haben in der guten . . . ich meine, auf dem Land überhaupt nichts zu bedeuten.«
Doch ehe Caroline Matthews Bemerkung kommentieren konnte – sie wußte sehr gut, daß er ›in der guten Gesellschaft‹ hatte sagen wollen –, waren die beiden wieder zurückgekommen. Miss Clevedon atemlos und fast schön. Blaize hielt sie ungeniert weiter an der Hand. Ich lächelte ihn an, weil ich ihn mochte, und wünschte ihm – wenn auch nicht ohne Hintergedanken – im Inneren alles Gute. Verlieb dich in sie, Blaize, dachte ich. Oder laß dich von ihr lieben.

Wenig später traten wir die Heimfahrt an. Matthew Chard blieb in *Calton Abbey*, er wollte die Rückkehr von Miss Clevedon abwarten. Und kaum war das Haus außer Sicht, da sagte Caroline, die sich bisher in eisiges Schweigen gehüllt hatte, zu ihrer Mutter:
»Ich muß dich davon unterrichten, daß Blaize sich äußerst töricht – ja schlecht benommen hat.«
»Wirklich?« entgegnete Tante Verity. »Hast du das, mein Lieber?«
»Ja und nein«, entgegnete Blaize, der sich mit seiner Mutter ausgezeichnet verstand. »Vielleicht schlecht, aber gewiß nicht töricht.«
»Du hast sicher mit Miss Clevedon geflirtet.«
»Ja. Das habe ich.«
»Und es hat dir Spaß gemacht?«
»Unglaublichen.«
»Und ihr hat es wahrscheinlich auch gefallen. Aber ist das klug, mein Lieber?«
»Natürlich nicht«, unterbrach Caroline das Gespräch, »da das Mädchen doch so offensichtlich nach einem Ehemann angelt. Nur er ist blind und merkt es nicht.«
»Meine liebe Caroline«, sagte Blaize, wobei er perfekt den hochtrabenden Tonfall seiner Schwester imitierte, »ich kenne ihre Absichten, glaube mir. Ihr Besitz ist ruiniert, der Bruder zu ungestüm, daß irgendeine Frau ihn heiraten würde, und so ist Miss Clevedon dazu auserkoren worden, das größte Opfer zu bringen. Der Gedanke, einen Fabrikanten zu heiraten, gefällt ihr nicht – überhaupt nicht. Und es ist ein Zeichen der Hingabe an ihre Familie, daß sie eine solche Verbindung überhaupt in Betracht zieht. In der Tat fühle ich mich geschmeichelt, daß in meinem Fall dieser Gedanke ihr weitaus angenehmer ist, als sie sich jemals vorgestellt hatte.«
»Dann gibst du also zu, sie ist eine abscheuliche und berechnende Person?«
»Überhaupt nichts gebe ich zu«, erwiderte Blaize scharf, »denn sie ist einfach bezaubernd. Und in keiner Weise berechnend oder gefühllos. Ich will dir eins sagen, Caroline. Sie ist haargenau die Frau, über die ein Mann den Verstand verlieren könnte, das kannst du mir glauben. Er könnte sie lieben mit Haut und Haaren, ob er will oder nicht. Aber sie braucht einen sehr gefühlvollen Mann, was mich als möglichen Kandidaten ausschließt. Da stimmst du mir doch zu, oder nicht?«
»Dann machst du ihr also nicht mehr den Hof?«
»Nein. Wahrscheinlich nicht. Denn am Ende dieser Woche reise ich

auf jeden Fall nach London. Und falls es dich erleichtert, Caroline – Mutter und Tante Elinor werden darüber nicht schockiert sein, und Faith soll weghören –, ich habe eine Freundin in London, die mich fasziniert, vielleicht nicht so sehr wie Miss Clevedon, und die ich viel leichter gewinnen kann. Also brauchst du dir ihretwegen und auch meinetwegen keine Sorgen mehr zu machen.«
»Nun, das freut mich. Deswegen brauchst du aber nicht so aufbrausend zu sein.«
»Was ist mit dir, Faith?« fragte Mutter ruhig. »Geht es dir nicht gut?«
Ich rang mir ein Lächeln ab. Eine ungeheure Müdigkeit hatte mich plötzlich befallen. »Nein . . . nein . . . es ist nur die Kälte, Mama«, sagte ich. »Das ist alles. Nur die Kälte.«

10

Meine Schwester Celia bekam ihr Kind Anfang Februar. Es war ein Junge, der ein paar Wochen zu früh geboren wurde und nur kurz lebte. Der Zufall wollte es, daß ich mit ihr im Haus allein war, als ihre Wehen einsetzten; Jonas befand sich auf einer Geschäftsreise in Leeds, Mutter mit Prudence in Harrogate, und Tante Hannahs Gegenwart konnte Celia nicht ertragen, also schickte ich sofort nach Dr. Ashburn, wobei ich mir nicht auszumalen wagte, was geschehen würde, sollte er nicht anzutreffen sein.
»Es ist nichts«, sagte sie, zu Tode erschrocken. »Jedenfalls nicht das, was du denkst.« Und als ich ihr mageres, schweißüberströmtes Gesicht sah und die Anstrengung erkannte, mit der meine siebzehnjährige Schwester auch noch in diesem Zustand die erfahrene Frau spielen wollte, entgegnete ich:
»Du redest Unsinn, Celia. Ich bin zwar unverheiratet, weiß aber, daß Babys nicht von Störchen gebracht werden.«
»Dann weißt du mehr als ich – jedenfalls bis zum vergangenen Jahr wußte«, keuchte sie und biß sich in die Unterlippe. Ich half ihr die Treppe hoch; ihre Finger umklammerten mit festem Griff meine Hand, und die Empörung in ihrem Gesicht wirkte fast komisch, wäre es nicht so entsetzlich gewesen.
»Celia, Liebling. Alles wird wieder gut.«
»Wieder gut? Es ist ekelhaft!« schrie sie, und ihre Zähne gruben sich in ihre Unterlippe. »Alles ist ekelhaft!«
»O nein, Liebling. Das ist doch alles natürlich.«

»Was verstehst du schon davon. Du weißt nicht einmal, worüber ich rede. Es ist schrecklich. Ekelhaft.«
»Celia, du solltest dich nicht so aufregen.«
»Warum denn nicht?«
»Es tut dir nicht gut. Der Arzt wird bald hier sein.«
»Der Arzt!« spie sie mir ins Gesicht. »Der Arzt. Was ist schon ein Arzt? Wieder ein Mann, der mich traktiert. O mein Gott, Faith! Bleib bei mir! Ich will mit ihm nicht allein sein.«
Doch Giles Ashburn, der unmittelbar darauf eintraf, erlaubte mir nicht zu bleiben. Mit ruhiger Autorität löste er Celias klammernde Hand von meiner.
»Mrs. Agbrigg, ich bin gekommen, um Ihnen zu helfen. Nur müssen Sie auch das Ihre dazu tun. Miss Aycliffe, wollen Sie bitte unten warten . . .«
»Nein!« schrie Celia und bäumte sich auf.
»Ja«, erwiderte er ruhig und öffnete mir die Tür.
Jonas würde bald hier sein, dachte ich und ging im Geiste den Fahrplan durch, und Mutter würde den Zettel lesen, den ich in der Blenheim Lane zurückgelassen hatte, und sofort kommen. Doch kaum war es dämmrig geworden – ein oder zwei Stunden waren vergangen, währenddessen ich ins Feuer starrte und auf die Geräusche über mir lauschte –, betrat Giles Ashburn den Raum und sagte mir mit ruhiger Stimme, daß Celias Sohn nicht überlebt hätte. Ihr selbst ging es den Umständen entsprechend gut.
»Ich konnte nichts tun«, sagte er, vorsichtig seine Worte wählend, denn er wußte wohl nicht, inwieweit ich über den Prozeß der menschlichen Reproduktion instruiert war. Ich nickte nur, denn ich wollte ihm seine Aufgabe nicht noch schwerer machen.
»Kann ich zu ihr gehen?«
»Am besten schläft sie jetzt für eine Weile. Meine Krankenschwester ist bei ihr.«
»Natürlich. Ist sie . . . sehr unglücklich?«
»Nein. Noch nicht. Das kommt vielleicht später.«
Und plötzlich stellte ich mir das kleine leblose Würmchen vor, das mein Neffe gewesen wäre, und mir wurde der Schmerz meiner Schwester bewußt, und ich konnte nicht mehr an mich halten.
»Es war alles umsonst!« rief ich erregt.
»Ja«, entgegnete er ruhig. »Ich weiß. Miss Aycliffe, ich sehe keinen Grund, warum Sie noch länger hierbleiben sollten. Auch ich will

bald gehen, da meine Krankenschwester alles Nötige tun kann. Darf ich Sie nach Hause fahren?«

»Nein, danke. Vielleicht erwacht sie – und Jonas. Jemand muß es ihm doch sagen, wenn er kommt. Diese Nachricht darf er nicht von einem Dienstmädchen erfahren.«

»Das ist sehr umsichtig von Ihnen, Miss Aycliffe.«

»Nein. Nur selbstverständlich. Aber bitte, Dr. Ashburn, nehmen Sie doch einen Moment Platz, Sie sehen ziemlich mitgenommen aus. Darf ich Ihnen etwas anbieten? Tee oder einen Brandy?«

»Einen Brandy trinke ich gern«, antwortete er, und ich ging, um das Gewünschte selbst zu holen. Als ich zurückkehrte, saß er müde auf dem Sofa, ein Mann, der jünger und verletzlicher schien, als ich angenommen hatte.

»Vielen Dank«, sagte er und erhob sich halb, als er mir das Glas aus der Hand nahm. Dann trank er, fast gierig, wie ich ihn schon früher hatte trinken sehen.

»Fühlen Sie sich nicht wohl, Dr. Ashburn?«

»Wie? Doch, doch. Mir geht es gut. Danke. Ich war die ganze Nacht auf den Beinen, das ist alles. Und um Ihnen die Wahrheit zu sagen, ein Todesfall nimmt mich immer mit. Das mag Ihnen zwar seltsam erscheinen, da ich doch fast täglich damit konfrontiert werde. Ich glaubte, mich daran gewöhnen zu können.«

»Ich bin froh, daß Sie es nicht können.«

»Warum sagen Sie das?«

»Ich glaube, wenn man sich daran gewöhnt, wird man gleichzeitig auch hart.«

Da beugte er sich vor, atmete tief ein, vielleicht um sich Mut zu machen, und sagte, obwohl es nicht der passende Augenblick war, wie er sicher wußte:

»Sie sind mir oft eine große Hilfe gewesen.«

»Ich? Aber was habe ich denn getan?«

»Sie sind immer dagewesen. Ich wußte immer, wo ich Sie finden kann. Der Anblick des Schönen erquickt den Geist eines Mannes, so heißt es doch. Ich finde diesen Ausspruch sehr zutreffend.«

Dann stimmt es also, dachte ich. Ich bin nicht schön, aber er findet mich schön, also muß er mich lieben. Warum nur? Er ist ein intelligenter, sensibler Mann, auf seine Weise sogar vornehm, und ich habe nichts als Mode, Zerstreuung und Nicholas Barforth im Kopf. Warum liebt er mich? Und mir wurde bewußt, daß das Muster der hübschen Patchworkdecke, in die ich unser aller Leben verwoben hatte, nicht stimmte. Giles Ashburn, der so glücklich mit Prudence hätte sein können, liebte mich, und Nicholas liebte mich nicht. Und weil ich Dr. Ashburn keinen Kummer machen wollte – ich hoffte, Nicholas würde mich in einer ähnlichen Situation auch damit verschonen –, murmelte ich eine nichtssagende Bemerkung, die man mich für solche Gelegenheiten gelehrt hatte, während er sich für seine Vertraulichkeit entschuldigte. Beide redeten wir schnell aufeinander ein, ohne etwas zu sagen. Da ertönten Hufschläge vor dem Haus, und Jonas betrat das Zimmer.

Er war so korrekt gekleidet wie immer, obwohl er ein paar Meilen vom Bahnhof hierher durch den Abendnebel geritten war. Sein Gesicht drückte weder Überraschung noch Unruhe aus.

»Dr. Ashburn?«

»Ja. Vor einer Stunde wurde Ihr Sohn geboren, Mr. Agbrigg. Ihrer Frau geht es den Umständen entsprechend gut, doch das Kind war nicht lebensfähig. Es tut mir sehr leid.«

»Ah«, sagte Jonas und senkte kurz den Blick, dann fuhr er fort: »Ich verstehe. Ich bin sicher, Sie haben Ihr Bestes getan.«

»Alles, was in meinen Kräften stand.«

»Soll ich zu ihr gehen?«

»Ja. Vielleicht braucht sie Sie.«

Ich ging in die Halle und reichte Giles Ashburn Mantel und Hut, da sich niemand anders darum kümmerte, und wartete, bis er in seiner Kutsche fortgefahren war. Als ich in den Salon zurückkehrte, stand Jonas neben dem Kamin und starrte nachdenklich ins Feuer.

»Du bist nicht lange oben gewesen, Jonas. Schläft sie?«

»Nein. Sie schläft nicht.«

»Was macht sie denn?«

»Sie ist wach.«

»Jonas, wenn du damit sagen willst, daß ich mich um meine eigenen Angelegenheiten kümmern soll . . . sie ist immerhin meine Schwester.«

»Ja«, sagte er und nahm die Kohlenzange, wählte ein Stück Kohle und zerbrach es in gleiche Teile, die er zu einer kleinen Pyramide aufhäufte. »Ich will es dir sagen. Sie ist wach und hat die Schwester nach Tee geschickt. Ich ging zu ihr, weil man mir sagte, daß sie mich braucht. Ich bin wieder hier, weil sie mich nicht braucht. Sollte sie später nach mir verlangen, gehe ich wieder zu ihr. Das ist alles.«

»Jonas . . . bitte ärgere dich nicht über sie. Ich selbst ärgere mich oft genug über sie, aber sie ist erst siebzehn, und das Ganze war für sie ein . . . ein Schock.«

»Ich?« fragte er, den Blick immer noch aufs Feuer gerichtet. »Ich ärgere mich nie. Ganz im Gegenteil. Ich war gerade in der Küche, um die Zubereitung des Tees zu überwachen. Damit auch alles nach ihrem Geschmack ist. Was kann ich denn noch mehr tun?«
Das ungetaufte Kind meiner Schwester wurde ein paar Tage später beerdigt. Jonas stand unnahbar am Rand des Grabes. Mutter und sein Vater wischten sich verstohlen die Augen, während Tante Hannah sehr ernst aussah. Sie haßte jede Art von Mißerfolg, und obwohl ihr Celia leid tat, bezweifelte sie wohl die Kompetenz meiner Schwester hinsichtlich ihrer Aufgaben als Gattin eines zukünftigen Ministers.
Bei unserer Rückkehr vom Friedhof empfing uns Celia, das Gesicht wie versteinert. Ihr ganzer Körper drückte noch immer diesen seltsam starren Zorn aus.
»Der Tee ist fertig«, sagte sie, »und ist auch sicher höchst willkommen, da es draußen so kalt ist.«
»Vielen Dank«, entgegnete Jonas höflich und nahm die Tasse, die sie ihm anbot. Dann entschuldigte er sich mit dringender Arbeit und ging in sein Büro.
»Heute nacht wird es sicher noch schneien«, meinte Tante Hannah, um das Schweigen zu überbrücken. Und wir alle murmelten gehorsam:
»Das wird es wohl.«
»Sie sehen gar nicht gut aus, Miss Aycliffe«, murmelte Giles Ashburn, der kurz gekommen war, weil er unsere Kutsche vor der Tür gesehen hatte.
»Oh, mir geht es ganz gut, danke.« Doch die Wirklichkeit sah anders aus. Die Kälte des Friedhofs wollte einfach nicht von mir weichen, meine Knochen schmerzten, und auf der Brust fühlte ich den Druck einer kommenden Grippe, die mich länger ans Bett fesselte, als eigentlich nötig war. Ein Umstand, der Caroline überhaupt nicht paßte, da sie sich mit mir über die Länge ihres Brautschleiers beraten wollte. Und noch ehe ich es zum ersten Mal wagte aufzustehen, wußte alle Welt, daß Georgiana Clevedon ihre schönen grünen Augen auf Nicholas geworfen hatte.
Er hatte mit ihr dreimal – das Maximum der erlaubten Tänze – auf einem Ball in der Stadthalle getanzt, und Caroline berichtete, daß Miss Clevedon eine Abendrobe getragen hätte, die irgendwie wie ein Reitkleid ausgesehen hätte. Außerdem setzte sie sich mit der ihr eigenen Unbekümmertheit vollständig über die Etikette hinweg.

»Das ist also die berühmte Stadthalle«, hatte sie bei ihrer Ankunft zu Julian Flood gesagt. »Bei meiner Seele, ich habe noch nie in das Innere eines Kontors meinen Fuß gesetzt.«
Und die ehrenwerte Mrs. Hobhouse, die wie wir alle Armut als eine Sünde betrachtete, die man ebenso wie Ehebruch oder ein ausschweifendes Leben zu verbergen hatte, war aufs äußerste schokkiert, als sie hörte, daß sich Miss Clevedon als arme Kirchenmaus bezeichnete.
»Oh, aber ich besitze nur dieses eine Abendkleid«, hatte Miss Clevedon gesagt, als Mrs. Hobhouse deren Kleid aus reiner Freundlichkeit bewunderte, »also habe ich niemals die Qual der Wahl. Und wenn es für eine bestimmte Gelegenheit nicht passend ist, muß ich eben zu Hause bleiben.«
»Sie lungerte am Büffet mit Männern herum«, berichtete Tante Hannah uns. »Ja sie benahm sich wie ein Mann, völlig unschicklich. Das hat wohl jeder von ihr gedacht.«
Diesen Ruf schien sie sich in der Tat erworben zu haben. Denn ein paar Tage später hatte sie an einer Versammlung teilgenommen, die Bürgermeister Agbrigg einberufen hatte, um über den deplorablen Zustand von Cullingfords Abwasserkanälen zu diskutieren. Nicholas war ebenfalls erschienen, und obwohl er erstaunt war, Miss Clevedon dort vorzufinden, hatte er sie nur mit einem kühlen Nicken begrüßt und damit zum Ausdruck gebracht, daß er keinen Kontakt mit ihr wünsche. Auch Prudence hatte an dieser Versammlung teilgenommen, doch sie weigerte sich strikt, mir den Klatsch über Miss Clevedon weiterzuerzählen, und berichtete nur, wie Dr. Ashburn sich für eine sofortige Änderung der katastrophalen Zustände in der Simon Street eingesetzt hätte, wo die Kloake noch offen in der Straße fließt.
»Er warnte uns vor den daraus entstehenden Krankheiten. Vor allem der Cholera«, erzählte Prudence mir. »Das war sehr mutig von ihm, denn er liebt es überhaupt nicht, in der Öffentlichkeit aufzutreten.«
Als Caroline mich dann besuchte, berichtete sie, wie Miss Clevedon am Ende der Versammlung mit ihrer lauten, gedehnten Stimme gefragt hatte:
»Wo liegt denn die Simon Street? Das alles klingt ja furchtbar. Aber ohne Zweifel ist man verpflichtet, den Armen zu helfen. Kann ich diese Straße besichtigen?«
»Ich nehme an, daß Sie lieber Tee trinken«, hatte Caroline erwidert. Sie zwang sich zu dieser Einladung, weil es sich ja schließlich um

Matthew Chards Cousine handelte, war sich aber sicher, daß diese das Angebot ausschlagen würde. Doch Miss Clevedon hatte sofort zugestimmt und den Rest des Tages in *Tarn Edge* verbracht.

»Ich kann einfach nicht verstehen, warum Verity und Caroline sie auch noch ermutigen«, sagte Tante Hannah, die mich am nächsten Nachmittag besuchte und ernsthaft besorgt um meine langsame Genesung zu sein schien. Trotz allem, und das durfte man nicht vergessen, war Georgiana Clevedon von Adel, und es gab keinen Grund, warum sie dem Haus eines Fabrikanten nicht einen Besuch abstatten sollte. Sie kam und ging überall hin, wo es ihr beliebte, nicht nur in Cullingford, vor allem in meinen Gedanken, so daß ich nie frei von ihr war. Ich sah immer dieses schmale Gesicht vor mir und hörte dazu Blaize sagen, wie leicht selbst ein eigensinniger Mann – auch wenn es gegen seine Natur war – sie lieben könne.

»Wenn sie alle doch nur nicht soviel Aufhebens davon machen würden«, sagte Prudence, als Tante Hannah gegangen war. »Dann wäre die ganze Geschichte in Null Komma nichts vorbei. Das ist auch Blaize' Meinung. Männer laufen gern Hirngespinsten nach, und das sollen sie auch in ihrer Jugend, damit sie sich die Hörner abstoßen. Jedenfalls sagt Blaize das, und da Blaize voller Launen steckt, glaube ich, daß er recht hat.«

Doch die offensichtlichen Avancen, die die Tochter eines Adligen dem Sohn eines Fabrikanten machte, erregten in Cullingford Aufsehen. Die Leute nahmen an, daß die junge Dame sich dank ihrer gesellschaftlichen Stellung über jeden Klatsch erhaben fühlte, und das ärgerte sie. Und an dem Tag, als ich zum ersten Mal aufstand und geschwächt und blaß den Salon betrat, war der voller Tee trinkender Damen, die die arme Verity Barforth beklagten und begierig waren, meiner Mutter die Informationen zu entlocken, die sie von Tante Verity nicht bekamen.

»Faith, meine Liebe, wie schlecht du aussiehst«, sagte sie.

»Aber mir geht es gut«, antwortete ich mit kalten, steifen Lippen. Mein Lächeln verbarg eine innerliche Kälte, die, wie ich wohl wußte, nicht von meiner überstandenen Krankheit herrührte, sondern reine Verzweiflung war.

Früher war die Welt freundlich zu mir gewesen. Sie hatte mich mit einem begüterten Zuhause versehen, ich brauchte nicht zu arbeiten. Sie hatte mir Gesundheit, Hoffnung und Fröhlichkeit gegeben und mich mit einer Natur ausgestattet, die liebesfähig war und Liebe brauchte. Doch jetzt, ohne Hoffnung, den geliebten Mann für mich

zu gewinnen, wußte ich nicht mehr, was ich in dieser Welt überhaupt sollte.
»Du mußt auf dich aufpassen, Liebes«, sagten die Damen beim Abschied zu mir.
»Ja. Das werde ich. Vielen Dank, Mrs. Hobhouse . . . Mrs. Mandelbaum . . .«
Als ich dann aufstehen wollte und eine ungewohnte Schwäche in den Beinen spürte, murmelte ich:
»Mir geht es noch nicht gut genug, um auszugehen, Mutter.«
»Nein, mein Liebling«, sagte sie, schüttelte den Kopf, und ihre Stimme klang leiser, als ich sie in Erinnerung hatte. »Geh zu Bett. Miss Mayfield wird sich um dich kümmern.«
»Er hat keinen Brief, nicht einmal Blumen geschickt«, hörte ich Prudence ärgerlich murmeln. Und obwohl ich ihn verteidigen wollte, fehlte mir die Kraft zu sagen, daß ich dies weder erwartet noch gewünscht hatte. Was konnte er mir denn schon schreiben?
Blaize hatte mich mit Blumen überhäuft, Giles Ashburn mich jeden Tag besucht. Jonas hatte ein- oder zweimal vorbeigeschaut und gute Nachrichten von Celia gebracht, die jetzt sogar schon ihr Bett verließ und auf dem Sofa im Salon ruhte. Selbst Freddy Hobhouse besuchte mich, unter dem Vorwand, Prudence zu sehen. Doch ein paar Zeilen von Nicholas: »Es tut mir leid, daß du krank bist« hätten mir nur gesagt, daß ihm nichts an mir gelegen war. Sein Schweigen konnte nur eins bedeuten: Er war zutiefst verstört, fühlte sich mir gegenüber schuldig. Und selbst in meinem geschwächten Zustand konnte ich es nicht ertragen, daß er meinetwegen litt. Was auch geschehen mochte, ich wollte nicht, daß er meinetwegen Gewissensbisse hatte.
Trotz alledem durfte ich noch hoffen. Wie ich hörte, hatte Nicholas eine Einladung zum Dinner in *Galton Abbey* abgelehnt und es auch seinem Bruder überlassen, Miss Clevedon die Fabriken seines Vaters zu zeigen. Sicherlich war er ein Mann, der in Versuchung geraten war, versuchte aber, dagegen anzukämpfen. Und da ich wußte, wie vernünftig er war, hoffte ich weiter, bis Caroline eines Nachmittags ins Haus platzte und erzählte, ihr Vater habe ihm verboten, Miss Clevedon wiederzusehen. Da wußte ich, daß ich meine Hoffnung begraben mußte.
»Er hat sich während der Arbeit aus dem Staub gemacht«, sagte sie rot vor Empörung, »und ist den halben Weg bis *Galton Abbey* geritten, wo sie ihn dann getroffen hat. Wirklich, das sind Verabredungen, die man mit einem Dienstmädchen trifft. Da hat Vater ihm be-

fohlen, damit aufzuhören, was er natürlich abgelehnt hat. Und selbst Mutter, die sonst nie etwas sagt, war fürchterlich aufgeregt. Wir alle haben ihm gehörig eingeheizt – bis auf Blaize, der ziemlich impertinent war und erklärte, wir sollten uns nicht in Nicholas' Angelegenheiten mischen. Nun ja, das ist ein Standpunkt, der wohl für einen Kutscher Gültigkeit hat, in seinem Fall aber reiner Wahnsinn ist. Du mußt verstehen, Faith, wenn wir sie auch nicht leiden können, sie ist immer noch Miss Clevedon von *Galton Abbey*, eine Cousine der Chards und Floods, mit einflußreichen Beziehungen in London, obwohl man ihr das wirklich nicht ansieht. Und falls Nicholas sie kompromittiert und dann nicht heiratet, ist der gute Ruf unserer Familie dahin. Blaize mag ein solches Benehmen für annehmbar halten, aber der Adel würde sich gegen uns verschwören – Matthew eingeschlossen – und sagen, daß man von einem Fabrikanten ja nichts anderes zu erwarten hat. Und obwohl ich dieses Mädchen verabscheue, könnte ich es ihnen nicht einmal verübeln. Wäre sie eine Hobhouse, stünde ihr Vater bereits vor der Tür und würde nach dem Hochzeitstag fragen. Das habe ich Nicholas auch gesagt, und ich glaube, er hätte mich geschlagen, wenn nicht Vater dazwischengetreten wäre. ›Du mit deinen engstirnigen Ansichten kannst das nicht verstehen‹, hat mir Nicholas gesagt. Und wäre nicht Mutter gekommen, Vater hätte ihn deswegen verprügelt. Noch nie habe ich eine solche Sprache gehört. Was für Worte sie sich gegenseitig an den Kopf geworfen haben! Bei uns herrscht eine fürchterliche Stimmung, wie du dir ja vorstellen kannst. Seit gestern haben Vater und Nicholas kein Wort miteinander gesprochen, und Mutter hat Angst, daß Nicholas das Haus verläßt und nicht wieder kommt. Jetzt reibt sie sich auf, weil sie den Frieden wiederherstellen will. Aber Faith, du siehst wirklich krank aus. Hoffentlich bist du zu meiner Hochzeit wieder genesen. Du solltest dich, wie deine Mutter, in einem wärmeren Klima erholen.«

Doch selbst diese Fluchtmöglichkeit, die ich freudig ergriffen hätte, blieb mir verwehrt, denn in diesem Monat wurde der französische König, Louis Philippe, gestürzt. Überall in den Hauptstädten Europas brachen Revolten aus, und als es in London zu Unruhen kam und selbst Mr. Hobhouse auf seinem Weg zum Zeughaus angegriffen wurde, erkannte ich, daß es keine Flucht gab. So bemühte ich mich, dem Unvermeidlichen ins Auge zu sehen und diesen täglichen Schmerz ertragen zu lernen.

Anfang März schleuderte jemand einen Stein auf Tante Hannahs

Kutsche; zwar scheuten die Pferde nicht, dazu waren sie zu alt, doch die dahintersteckende Absicht war offensichtlich, denn nicht irgendwelche Bengel hatten ihn geworfen, sondern verbitterte Männer. Und wahrscheinlich war Tante Hannah mit der Erklärung ihres Mannes ›Sie haben Hunger‹, nicht zufrieden. Der Winter war streng gewesen und die Ernte vorher mager. Das hatte den Brotpreis in die Höhe getrieben, obwohl die Getreidegesetze jetzt aufgehoben waren, denn die Löhne waren noch immer sehr niedrig.
»Sie haben Hunger.« Es kursierten Gerüchte, daß es bei uns zu ähnlichen Aufständen wie in Frankreich kommen könne, und die Chartisten verliehen erneut ihren Forderungen Nachdruck, die nur Giles Ashburn in unserem Bekanntenkreis nicht zu exzessiv fand.
»Ihre Forderungen sind berechtigt«, erklärte er Prudence. »Als Ihr Onkel im Jahre 1832 für die Parlamentsreform kämpfte – eben weil er dort auch vertreten sein wollte –, hielt ihn Sir Giles Flood für ebenso revolutionär, wie er jetzt von seinen Arbeitern denkt, die im Grund nur dieselben Forderungen stellen. Darüber braucht man sich doch nicht zu wundern. Schon seinerzeit warnte der Herzog von Wellington wiederholt davor, das Wahlrecht auszudehnen, denn früher oder später würde dadurch der Pöbel an die Macht kommen. Jetzt hat er wenigstens die Genugtuung, seine Prognose bestätigt zu finden. Das Volk hat endlich begriffen, daß es sich nur auf sich selbst verlassen kann, so wie der Adel die Interessen des Adels und die Fabrikanten die Interessen der Fabrikherren vertreten. Beide Gruppen haben der arbeitenden Klasse Versprechungen gemacht, die sie nur teilweise oder überhaupt nicht gehalten haben. Das Volk ist arm geblieben und hat sich nun entschlossen, für seine Rechte zu kämpfen, und aus diesem Grund verlangt es das Wahlrecht – und zwar ein Wahlrecht, das nicht an persönlichen Besitz gebunden ist. Es will Männer aus seinen eigenen Reihen wählen, eine Tatsache, die mich in keiner Weise erstaunt. Sir Giles Flood hat Ihren Onkel wahrscheinlich für ungebildet gehalten und ihm mangelnde politische Erfahrung vorgeworfen, um dieses Wahlrecht richtig zu nutzen – was ja in der Tat auch bedeutet, daß er es gegen Sir Giles benutzte. Also hatte er damals genauso recht wie heute Ihr Onkel, der ja dasselbe behauptet. Doch dies ist noch kein Grund, das Wahlrecht zu verweigern. Wäre es nicht besser, man ließe der Bevölkerung eine angemessene Erziehung zuteil werden? Denn meiner Meinung nach mangelt es vier Fünftel unserer Nation daran. Dann könnte jedermann so wählen, wie er es für richtig hält.«

»Wie recht Sie haben«, sagte meine Schwester, die mit Giles Ashburn völlig übereinstimmte, »denn unser Erziehungssystem ist beklagenswert. Die Jungen lehrt man Griechisch und Latein, sonst kaum etwas Brauchbares, und die Mädchen überhaupt nichts. Die arbeitende Klasse lernt das Arbeiten, und wie mir scheint, ist das besser, als am Stickrahmen zu sitzen. Ich würde so gerne eine Schule gründen – wissen Sie das? Ja, wenn ich frei über mein Erbe verfügen könnte, würde ich eine Mädchenschule eröffnen, die keiner Schule auf der Welt gleicht. Ohne Zensuren und Prüfungen. Richtiges Wissen möchte ich vermitteln, Giles. Doch wie das schockieren würde! Wahrscheinlich würden sie mich auf einem Scheiterhaufen verbrennen.«

»Mach es doch, Prudence«, sagte ich. »Warum denn nicht? Sprich mit Mama. Wir könnten es gemeinsam tun – vielleicht nicht in Cullingford. Wir könnten zusammen reisen, einen Ort suchen, der dafür geeignet ist . . .«

»Nein. Nicht mit dir, Faith«, entgegnete sie mit harter Stimme. »Du wirst heiraten. Das wirst du eines Tages ganz bestimmt. Dann kannst du mir deine Töchter schicken.«

Und wir beide konnten nicht umhin, das nervöse Zucken in Giles Ashburns Gesicht zu bemerken und wie er hastig den Blick abwandte.

Ende der Woche ging ich zum ersten Mal aus und besuchte Celia, die meinen Beileidsbezeugungen über ihr armes Kind kein Gehör schenkte und ausschließlich über einen Rosenholztisch sprach, den sie vor zwei Monaten bestellt hatte und der ihr überhaupt nicht mehr gefiel. Als ich von diesem kurzen Besuch geschwächt nach Hause kam, teilte man mir mit, daß Mr. Barforth – Blaize, vermutete ich – mich zu sprechen wünsche. Ich betrat den Salon und war aufs äußerste schockiert, Nicholas dort vorzufinden.

Er stand am Fenster, nur eine Silhouette in diesem immer halbdunklen Raum. Doch ich brauchte sein Gesicht nicht zu sehen. Auf diesen Augenblick hatte ich mich schon lange vorbereitet. Ich zog meine Handschuhe aus und nahm den Hut ab, sammelte mich, soweit mir das möglich war, ehe ich fragte: »Nicholas?«, obwohl diese Frage völlig überflüssig war.

»Ja«, sagte er und blieb unbeweglich stehen. »Ich muß dir etwas sagen – und zwar schnell.«

»Dann sag es.«

»Ich komme gerade von *Galton Abbey*, wo ich um Georgiana Clevedons Hand angehalten habe.«

»Ja. Natürlich.«
Und wie die Worte mir entglitten, glitt auch mein Verstand in einen Bereich des Irrealen. Ich hatte das seltsame Gefühl, er sagte dies nicht das erste Mal zu mir. Wie in einem sich immer wiederholenden Traum war das alles schon geschehen, immer und immer wieder, wie ein Rad, das sich unaufhörlich dreht, zu ihm hin und wieder von ihm weg. Ich war schon daran gewöhnt, so würde es immer weitergehen.
»Faith . . .«
»Ja.«
»Ich mußte es dir selbst sagen. Das verstehst du doch?«
»O ja. Ich hoffe, du wirst sehr glücklich, Nicholas.«
»Oh«, sagte er und trat näher, das Gesicht angespannt und bleich. »Ja, das hoffe ich auch. Viele mögen anders darüber denken, aber sie ist ein einzigartiger Mensch, Faith. Wahrhaftig, ich kenne niemanden, der ihr gleicht. Und ich kann nur beten, daß ich sie glücklich mache.«
»Ja, Nicholas.«
Und dann, plötzlich, brach es aus ihm heraus, so als würde er die Worte durch seine geschlossenen Zähne pressen. »Alle werden sagen, sie heiratet mich des Geldes wegen und ich sie, weil ich eigensinnig bin. Aber es ist mehr als das. Das mußte ich dir auch sagen.«
»Es war nicht nötig. Ich wußte es.«
»Ja«, entgegnete er, und ein müder Seufzer entschlüpfte ihm. »Du weißt immer alles. Du hast auch gewußt, was in den letzten Wochen mit mir geschehen ist, nicht wahr? Und warum ich dich nicht besucht habe, als du krank warst? Nun, mindestens ein dutzendmal habe ich am Ende der Straße gestanden und bin wieder gegangen, weil ich dir nicht ins Gesicht sehen konnte. Das ist die Wahrheit. Bis heute wußte ich nicht einmal, daß ich es tun würde – vielleicht wäre es aus gewesen, und dann hätte ich dir kein Wort davon sagen müssen. Denn du hättest mir keine Frage gestellt. Nein, das hättest du nicht. Du hättest es mir leichtgemacht – so wie du es jetzt tust. Mein Gott – ich gehe jetzt besser.«
Aber er rührte sich nicht, und unfähig zu sprechen, ging ich zum Fenster und blickte hinaus, bis ich die Tür zuschlagen hörte und dann die Eingangstür. Erst dann löste sich diese entsetzliche Starre, und ich schluchzte laut auf, wie Celia, als ihre Wehen einsetzten.
»Faith!« sagte Prudence scharf von der Tür her; Mutter betrat nach ihr den Salon. Ich setzte mich, und meiner Stimme gelang es so ru-

hig, das auszusprechen, worüber ich in irgendeiner verruchten Ecke meines Verstandes hätte lachen können.
»Er heiratet Georgiana Clevedon. Ich glaube nicht, daß sie zusammen glücklich werden, und . . . ich . . . ich wünschte, ich könnte sterben. Dann wäre alles leichter, aber natürlich stirbt man von so etwas nicht.«
»Wie konnte er es wagen hierherzukommen«, sagte Prudence und starrte auf die Fenster, als ob sie sie zerbrechen und hinter ihm hergehen wolle, eine Glasscheibe in der Hand. »Jeder hat gewußt, daß es zwischen euch etwas gab. Wie konnte er es wagen! Er hätte genug Anstand zeigen sollen und sich fernhalten. Wenn ich ihn sehe, werde ich ihm das sagen.«
»O nein, meine Liebe«, murmelte Mutter mit Tränen in den Augen. »Ich bitte dich, das zu unterlassen, denn er hat schon Ärger genug. Er muß sich mit Joel auseinandersetzen – oh, Faith, mein armes Lämmchen. Ich sollte dir das nicht erzählen, aber vielleicht hilft es dir, wenn du weißt, wie sie ihn in die Falle gelockt hat. Verity sah es kommen – oh, ja, sie war gestern abend so verzweifelt, denn Nicholas ist am Montag nach *Galton Abbey* geritten und erst Dienstag zurückgekehrt, was ja an sich nicht schlimm war, bis Verity erfuhr, daß der Großvater und der Bruder in London waren. Sie verbrachten die Nacht zusammen, ganz allein. Das Personal spielt in solchen Fällen keine Rolle. Und nach dem, was geschehen war, mußte er um ihre Hand anhalten. Was blieb ihm denn anderes übrig?«
»Ja«, sagte Prudence, »das überrascht mich nicht.«
Ich stand auf und ging wieder zum Fenster, konzentrierte mich auf seine Stimme, und diese anderen Stimmen, die mich doch trösten wollten, wurden mir unerträglich, drängten sich zwischen mich und das, was ich glaubte, glauben mußte. »Nein«, sagte ich, »er liebt sie.«
»Liebling, sicherlich nicht . . .«
Und ich ging so wütend auf Mutter zu, daß sie erschrocken einen Schritt zurücktrat, und wiederholte seine eigenen Worte:
»Ja, Mutter. Alle werden sagen, sie heiratet ihn wegen des Geldes und er sie, weil er eigensinnig ist. Er liebt sie, Mutter. Er glaubt es, und ich glaube es – und du mußt es auch glauben.«
Wenigstens hatte ich eins gerettet: meinen Glauben an ihn.

11

In mir herrschte eine schreckliche, wenn auch in gewisser Weise gnädige Kälte, ein Fehlen jeglichen Gefühls, das ich zwar als unnatürlich erkannte, das mich aber trotzdem nicht erschreckte. Ich stand quasi neben mir und beobachtete mich mit einer gewissen Ironie, denn ich wußte, daß die unnatürliche Ruhe nicht dauern würde, und betete, sie möge so lange anhalten, bis ich Nicholas wieder begegnen würde. Denn schließlich mußte ich ja an seiner Hochzeit teilnehmen, ihm alles Gute wünschen; da ja das Sterben und jede andere Fluchtmöglichkeit mir versagt blieben. Ich mußte mir – und auch Cullingford – wieder ins Gesicht sehen können.

Nicholas' Ankündigung hatte in *Tarn Edge* wie eine Bombe eingeschlagen, selbst Tante Verity hatte ihre gewohnte Ruhe verlassen und unter Tränen ihren Sohn gebeten, seinen Entschluß noch einmal zu überdenken, während Onkel Joel über den Kummer seiner Frau derart aufgebracht war, daß selbst Caroline seine Zornesausbrüche fürchtete. Doch als seine wiederholten Drohungen, Nicholas zu verstoßen und zu enterben, nichts fruchteten, setzte sich die Familie zusammen, um das Problem zu diskutieren, denn im tiefsten Innern ihres Herzens wollte sie sich nicht voneinander trennen.

Tante Verity war durchaus von Miss Clevedons Charme beeindruckt, doch sie fand, die junge Adelige wäre nicht die richtige Frau für ihren Sohn. Auch Onkel Joel erkannte in ihr den ›seltsamen Vogel‹, dafür war er immer noch Manns genug, aber er hätte sie lieber als eine Verlobte der Floods oder Wintertons gesehen. Und sein Haupteinwand, den er nach langem Zögern eingestand, war der, daß er keinen Gewinn in dieser Heirat sah. Caroline würde einen Titel gewinnen, seine Tochter – deren Großmutter noch am Webstuhl gearbeitet hatte – würde Lady Chard von *Listonby* werden, und ihre Kinder würden Ländereien und Privilegien erben, die man mit Geld nicht kaufen konnte. Doch da Peregrine Clevedon und nicht Georgiana Titel und Besitz zufallen würden, sah Onkel Joel diese Verbindung als schlechtes Geschäft an. Er bezahlte, ohne etwas dafür zu bekommen.

»Warte noch etwas, Junge«, hatte er mit ungewohnter Geduld gesagt. »Ich weiß, wie das Blut in Wallung geraten kann, wenn man jung ist. Und du bist jung, Nicky. Bei Gott, das bist du. Gib dir noch eine Chance, Junge.«

Doch Nicholas war erwachsen, ein Mann, der den Mut besaß, sich dem Leben zu stellen, und die nötige Erfahrung, es auch zu meistern. Hätte Onkel Joel allein zu entscheiden gehabt, er hätte seinem Sohn wahrscheinlich die Tür gewiesen – sie jedoch jederzeit offengelassen, sollte Nicholas zurückkehren –, doch er kannte die Gefühle Tante Veritys für ihr Kind und wollte ihr nicht das Herz brechen.

Und ich nehme an, es war für ihn und alle Barforths ein großer Schock, als sie erfahren mußten, daß sich Miss Clevedons Großvater ebenso verbittert gegen diese Verbindung stellte wie sie selbst.

Mr. Gervase Clevedon, Squire von Galton, stammte mütterlicherseits von einer der berühmtesten Familien Englands ab. Er hatte in erster Ehe die Tochter eines Viscounts geheiratet und dann die Schwester eines Grafen. Beide Damen brachten zwar wenig Geld, aber immenses Ansehen für *Galton Abbey*. Obwohl arm und ohne Titel, war er nobler als Matthew Chard. Er war ein Mann, dessen Familie immer nur der Krone und dem Land gedient hatte. Jahrhundertelang hatte sie die ermüdende und unbezahlte Aufgabe der örtlichen Gerichtsbarkeit ausgeübt, und Mr. Clevedons Wort war niemals in Frage gestellt worden, da er es immer hielt, und er genoß sowohl als Magistrat als auch als Grundeigentümer einen tadellosen Ruf.

Die Clevedons hatten immer gedient. Sie hatten sich weder verkauft noch für Geld gearbeitet. Sie waren durch Privilegien und Ehren belohnt worden, denn Geld hätte sie in ihrer Ehre gekränkt. Und selbst wenn sie einmal Geld hatten, trugen sie es nicht mit sich herum wie irgendein Krämer. Sie hatten aus freien Stücken und loyal gedient und erwarteten dieselbe Loyalität von ihren Bediensteten, für die sie wiederum sorgten und für die sie sich verantwortlich fühlten. Alle diese Menschen, ob Diener oder Pächter, betrachteten sie als Mitglieder ihrer großen Familie.

Doch der Butler, den Onkel Joel aus London hatte kommen lassen, würde an dem Tag entlassen werden, wo er seinen Dienst ungenügend versah, oder würde ohne zu zögern seinerseits kündigen, wenn er woanders mehr Lohn bekäme. Wohingegen der Diener in *Galton Abbey*, der wie schon sein Großvater und Vater in dieser Stellung arbeitete, würde bis ans Ende seiner Tage – wenn auch kümmerlich – versorgt sein und würde mit letzter Kraft jedem, der den Namen Clevedon trug, dienen.

»Ich arbeite, um Geld zu verdienen«, sagte Onkel Joel. »Und weil ich von anderen dasselbe annehme, zahle ich gute Löhne.«

»Ich tue meine Pflicht«, könnte Mr. Clevedon darauf geantwortet haben. »Ich trage die Verantwortung für alle jene, die auf meinem Land leben und sich in untergeordneter Position befinden. Ich verwalte dieses Land nur für kommende Generationen, so wie ich es von meinen Vorfahren übernommen habe. Ich handele mir gegenüber und allen, mit denen ich zu tun habe, aufrichtig. Ich bin loyal und erwarte, daß man mir ebenso begegnet – das ist ein Vorteil, den man nicht kaufen kann.«

Und aus diesen grundsätzlich verschiedenen Standpunkten heraus ist zu erklären, daß diese beiden vernünftigen, intelligenten Männer sich ineinander täuschten und gegenseitig beleidigten. Onkel Joel war überzeugt, alle drei Clevedons hätten sich miteinander verschworen, um an sein Geld zu kommen, während Mr. Clevedon der Überzeugung war, die Barforths müßten ihn auf den Knien um die Hand seiner Enkelin bitten, da sie doch aus so edlem Geschlecht stammte.

Wie konnte es da anders sein, als daß sie beide gute Gründe gegen diese Verbindung hatten. Mein Sohn braucht eine intelligente, praktische Frau. Meine Enkelin soll einen Adligen heiraten. Mein Sohn ist ein guter Geschäftsmann. Wo andere einen Penny verdienen, verdient er zwei. Meine Enkelin ist dazu erzogen worden, die Privilegien ihres Standes zu vertreten, die Pflichten einer Gutsherrin wahrzunehmen. Sie würde diese zwei Pennies ohne zu zögern der Familie opfern, selbst wenn sie dabei vor Hunger sterben müßte.

»Es gibt noch ein Fünkchen Hoffnung«, erzählte Blaize meiner Schwester. »Vielleicht streiten sie so lange über den Ehevertrag, daß der Glanz abblättert und es überhaupt nicht mehr zur Hochzeit kommt.«

Doch Nicholas konnte dieses Hickhack nicht länger ertragen und drohte – um die Dinge zu vereinfachen –, Miss Clevedon einfach nach Gretna Green zu entführen.

»Nun, jetzt kann ich wenigstens an meine eigene Hochzeit denken«, sagte Caroline zu mir. »Was hältst du von einem Brautschleier aus Honiton-Spitze, Faith? Ich glaube, die Königin trug auch einen Schleier aus Honiton-Spitze.«

Und ich, die ich mich noch immer in einer Art halbbetäubtem Zustand befand, wo ich nicht einmal den Stich einer Nadel gespürt hätte, antwortete: »Ja, das stimmt, und ihr Brautkleid war mit orangefarbenen Blüten verziert. Auch du würdest damit bezaubernd aussehen, Caroline, denn du bist größer, und man könnte mehr Blüten auf das Kleid nähen lassen.«

Doch als der Monat sich dem Ende näherte – regnerisch und trübe –, schien meine innere Distanz mir wie ein lose umgeworfener Mantel von den Schultern zu fallen, so daß ich in der Kälte stand und fror. Und ich wäre erfroren, hätte ich in diesem apathischen Zustand verharrt. Also wachte ich von Panik ergriffen auf und merkte, daß ich mit der Situation nicht fertig wurde. Wie sollte ich in der kleinen Kapelle von *Galton Abbey* danebenstehen und zusehen, wie Nicholas einer anderen Frau angetraut wurde? Ich konnte es nicht. So einfach war das. Und es gab Augenblicke, wo ich des Schmerzes nicht mehr Herr wurde und mich in meinem Zimmer einschließen mußte, um mich auszuweinen.

Aber ich würde trotzdem auf diese Hochzeit gehen. Ich würde in der Kapelle stehen, ohne Zittern, ohne Lächeln. Und nachher würde ich, wie jeder, zu Miss Clevedon – Mrs. Nicholas Barforth – gehen und alles das sagen, was ich jeder x-beliebigen Braut sagen würde. »Ich hoffe, Sie werden sehr glücklich«, zwang ich mich zu sagen und probte die Situation vor dem Spiegel. »Wie hübsch Ihr Kleid ist. Darf ich Sie Georgiana nennen, da wir doch jetzt Cousinen sind?« Ich würde es machen. Und würde es gut machen, nicht nur aus Selbstachtung, sondern weil ich Nicholas – der schon genug Sorgen hatte – nicht zusätzlich belasten wollte.

Was hatte er mir denn angetan? Er hatte mich nicht gebeten, ihn zu lieben. Er hatte mir keine Versprechungen gemacht. Er hatte mich nicht ermutigt, noch hatte ich einem anderen Mann seinetwegen einen Korb gegeben. Er hatte mich nicht verlassen, und ich war fest entschlossen, niemandem einen Grund zu geben zu denken, daß er es getan haben könnte.

Denn die Wahrheit war sehr einfach. Er hatte mich immer gern gehabt. Ich wäre die Frau gewesen, die zu ihm paßte. Doch anders als Jonas, der die Frau geheiratet hatte, die für ihn erreichbar gewesen war, hatte Nicholas den Mut besessen die Frau zu wählen, die er liebte. Vielleicht hätte ich mit meinem geduldigen Warten Erfolg gehabt, wenn Matthew Chard Miss Clevedon nicht nach *Tarn Edge* mitgebracht hätte oder Blaize ihren Reizen verfallen wäre. Aber das alles war nun einmal geschehen. Sie existierte, und Nicholas liebte sie. Und falls sie Nicholas noch nicht liebte, würde sie sicher nicht lange brauchen, bis sie es tat. Und selbst, wenn mein Herz gebrochen war und ich glaubte, das Kostbarste im Leben verloren zu haben, dann ging das nur mich etwas an. Und ich wäre ein jämmerliches, schwaches Wesen, ließe ich mir das anmerken.

Und so kam es, daß durch diesen Gedanken – der immer drängender wurde –, eben zu Nicholas zu halten, nur Blaize und ich ein gutes Wort für Miss Clevedon übrighatten.
»Natürlich mußt du sie bitten, eine deiner Brautjungfern zu sein«, sagte ich zu Caroline. »Das läßt sich nicht umgehen und würde seltsam aussehen, tätest du es nicht.«
»Faith hat vollkommen recht«, stimmte Blaize zu. »Wir werden schon dafür sorgen, daß sie in der Kirche nicht in einem ihrer Reitkleider erscheint.«
Währenddessen sagte ich zu den Damen, die sich zum Tee in Mutters Salon versammelten und die seltsame Geschichte über die Clevedons gehört hatten, doch nichtsdestoweniger den Adel bewunderten:
»Ihre Großmutter war die Tochter eines Viscounts.« Blaize erläuterte die Familiengeschichte dann weiter und erklärte, daß ein Clevedon schon am Hofe der Königin Anna Stuart gelebt habe, und ein anderer sei eng mit der Herzogin von Kent – der Mutter unserer hochgeachteten Königin Viktoria – befreundet gewesen. Und obwohl diese Matronen aus Cullingford wußten, daß solche Beziehungen in finanzieller Hinsicht kaum ergiebig waren, beeindruckten Blaize' Geschichten doch, und sie wollten immer mehr davon hören.
»Wir haben ziemlich viel Erfolg«, sagte mir Blaize. »Sie werden sich darum streiten, wer Miss Clevedon als erste einladen darf.«
»Das glaube ich auch.«
»Natürlich können sie sie nicht ausstehen«, fuhr er fort, und in seinen Augen, die immer alles sahen und richtig deuteten, stand wieder dieser charakteristische Ausdruck: eine Mischung aus Neugier und Wohlwollen. »Dabei ist sie gar nicht so schrecklich, weißt du – nur anders.«
Doch ich verspürte nicht die geringste Neigung, Blaize von meinem Kummer zu erzählen, dessen Herz vielleicht zu kalt war, um mich verstehen zu können. So tröstete ich mich mit dem Glauben, wenn es mir gelungen war, vor ihm meine wahren Gefühle zu verbergen, würde wenigstens auch niemand anders etwas merken. Niemand. Mutter und Prudence waren rührend um mich besorgt, jede, auf ihre Weise, schützte mich vor Klatsch und kam mir zu Hilfe, wenn mir plötzlich mitten in einer Unterhaltung die Kehle wie zugeschnürt war. Nur mein Schwager Jonas, der auch verletzt worden war, wenn nicht in seiner Liebe, dann gewiß in seinem Stolz, beob-

achtete mich manchmal nachdenklich. Vielleicht erinnerte er sich an Carolines Ballabend, als ich gesehen hatte, wie er die Fassung verloren hatte.
»Du wirst als nächste heiraten, Faith.«
»Glaubst du, Jonas.«
»O ja. Du spürst doch, daß es einfach notwendig ist.«
»Du lieber Himmel, Jonas! Ich bin erst neunzehn.«
»Das spielt keine Rolle. Aber wenn man eine Enttäuschung erlebt hat, gibt es nur einen Weg, sie zu überwinden.«
»Welche Enttäuschung?«
»Ah . . . dann hatte Mutter also nicht recht? Es freut mich, das zu hören.«
»Jonas, wovon sprichst du?«
»Ach, nichts. Mutter hat nur die seltsame Bemerkung gemacht, du wärst verliebt. In . . .«
»Das ist nicht wahr.«
»Was ist nicht wahr, Faith?«
»Was du gerade gesagt hast.«
»Ich habe nichts gesagt.«
»O ja. Das hast du. Du sagtest, ich wäre verliebt in . . .«
»Ja, in wen?«
»In niemanden.«
»Dann ist es ja gut. Ich werde Mutter davon erzählen, das wird sie erleichtern. Aber *solltest* du in jemanden verliebt gewesen sein – der jemand anders heiraten will –, dann ist es am besten, du heiratest auch. Niemand kann dann mehr behaupten – denn es waren Gerüchte im Umlauf –, daß du dich wegen dieses Unbekannten grämst.«
»Hör doch mit diesem Anwaltsgeschwätz auf, Jonas. Du redest Unsinn.« Doch in dieser Nacht weinte ich lange. Er hatte mich verletzt, was auch wohl seine Absicht gewesen war; und ich wußte, daß es mir nicht gelungen war, ihn zu überzeugen. Wie immer im Leben tröstete es mich nur wenig zu wissen, daß ich nicht die einzige war, die litt.
Der Winter war für die Bewohner der Simon Street äußerst hart gewesen, und der ständige Hunger hatte aus ihrer Hoffnungslosigkeit Zorn werden lassen. Und so rotteten sie sich an einem Markttag zusammen; ihr Ziel war zweifelsohne das Zeughaus, das voller ordentlich gekleideter, ordentlich genährter Männer aus der Mittelschicht war. Es kam zu einer Straßenschlacht, die aber bald von einer Schwadron Dragoner beendet wurde, die man eigens zu die-

sem Zweck nach Cullingford beordert hatte. Etwa ein Dutzend Männer wurden dabei getötet, und ein weiteres Dutzend schleppte sich schwerverletzt in die Simon Street, um dort zu genesen oder zu sterben.

Prudence ging an diesem Tag gegen Mutters Willen ins Krankenhaus und half Giles Ashburn bei der Versorgung der Verwundeten, ehe man sie in York ins Gefängnis steckte oder hängte. Im April hatte die Chartisten-Bewegung ihren Höhepunkt erreicht, und die königliche Familie – die eine blutige Revolution wie auf dem Kontinent fürchtete – hatte London aus Sicherheitsgründen verlassen. Das Gebiet um Whitehall war verbarrikadiert worden, um einem eventuellen Belagerungszustand entgegentreten zu können, und eine spezielle Truppe von zweihunderttausend Mann wurde einberufen, die dem Herzog von Wellington unterstand.

»Du meine Güte, was für eine Aufregung«, sagte Mutter, glücklich über jedes Ereignis, das ihr die Langeweile vertrieb.

»Sie haben Hunger«, sagte Bürgermeister Agbrigg wieder.

»Nein. Sie sind habgierig«, entgegnete Tante Hannah.

»Vor allem werden sie nichts erreichen«, sagte Onkel Joel. Mit Gelächter begrüßte er die Nachricht, daß der Chartistenanführer Feargus O'Connor plante, eine halbe Million verzweifelter Männer zu versammeln und mit ihnen nach Westminster zu marschieren, um eine Parlamentsreform durchzusetzen.

Onkel Joel sollte recht behalten. Nicht mehr als dreiundzwanzigtausend waren gekommen, wie mein Halbbruder Crispin Aycliffe Giles Ashburn traurig mitteilte. Crispin war dabeigewesen, und Feargus O'Connor, ein Mann von großer politischer Flexibilität, hatte den Marsch auf Westminster abgebrochen.

»Es tut mir leid für diese Leute«, sagte ich zu Giles Ashburn, denn das waren Männer, die genau wie ich den Glauben noch nicht verloren hatten und jetzt müde und verzweifelt in dieser fremden Stadt umherirrten.

»Es ist immer dasselbe – das Volk kennt keinen Zusammenhalt«, sagte er und nahm meine Hände in seine, neigte den Kopf und preßte nicht seine Lippen auf meine Hände, sondern lehnte die Stirn dagegen. Diese Geste war so zart, daß ich ganz stillhielt; sie drückte ein solch dringendes Bedürfnis nach Nähe aus, daß ich mich ihr einfach nicht entziehen konnte.

Der Kampf war vorüber. Der Chartismus war am Ende. Die Königin kehrte nach London zurück, und nichts trübte Carolines Hoch-

zeitstag in diesem Juni, außer ein leichter Regenschauer, als sie die Kirche verließ, und eine Unpäßlichkeit meiner Schwester Celia, die wieder schwanger war.
Es war – wie geplant – die prächtigste Hochzeit, die Cullingford jemals erlebt hatte. Caroline erstrahlte in fürstlichem Glanz in ihrem Brautkleid aus Satin und Spitze; und ich, Georgiana Clevedon und die anderen Brautjungfern trugen ähnliche, doch weitaus einfachere Kleider, die ihre Schönheit noch hervorhoben. Miss Clevedon stand direkt hinter mir, und Nicholas war ganz in der Nähe; als mir das bewußt wurde, sah ich, wie das Bukett in meiner Hand zitterte, und ich ärgerte mich darüber.
Ich durfte nicht an sie denken, trotzdem dachte ich an nichts anderes und konnte nicht meine Reaktion vergessen, als ich die Einladung zu ihrer Hochzeit erhielt. Es war nur eine einfache, goldumrandete Karte, und mein Name sagte Miss Clevedon sicher nicht mehr als Dutzende von anderen Namen, die Tante Verity ihr gegeben hatte: Namen von Verwandten und Freunden der Barforths. Und als Mutter mir die Karte gab, hatte ich für einen Augenblick die Fassung verloren und geweint. »Ich kann dort nicht hingehen, Mama.«
»Natürlich kannst du das«, hatte Prudence sehr ruhig gesagt.
»Ich glaube, du mußt gehen, meine Liebe«, hatte Mutter gemurmelt und mich dabei nicht angesehen. Und so hatte ich die Einladung handschriftlich beantwortet und dem Kutscher aufgetragen, sie zu überbringen. Am Morgen von Carolines Hochzeit setzte ich ein Lächeln auf, während des ganzen Tages lächelte ich wie jemand, dem es vollständig gleichgültig ist, wen er anlächelt, der aber Eindruck machen möchte.
Der Altar war über und über mit weißen Rosen geschmückt, und Rosen würden vor ihre Füße gestreut werden, wenn sie die Kirche verließ. Jetzt war sie Lady Chard, nicht länger eine Barforth, obwohl sie im Inneren immer eine Barforth bleiben würde, glaube ich, bis an das Ende ihrer Tage. Den Gottesdienst nahm ich überhaupt nicht wahr und konnte mich nur daran erinnern, daß Onkel Joel zärtlich die Hand seiner Tochter festhielt, ehe er sie Matthew Chard übergab, dann trat er zur Seite und ergriff die Hand seiner Frau, als Trost vielleicht, denn dieser harte Mann verstand es ebenso gut wie Nicholas, seine Emotionen zu verbergen.
»Tut sie auch das Richtige?« schien er mit plötzlichem Stirnrunzeln zu fragen. »Ich habe zwar dafür bezahlt, aber ist es richtig?«
»Liebling . . . sie will es so«, könnte Tante Verity geantwortet ha-

ben, und als Caroline die Kirche verließ, zweifelte niemand daran, daß sie ihre neue Rolle im Leben würde ausfüllen können.
Celia war an ihrem Hochzeitstag eine hübsche Braut gewesen, doch Caroline sah ganz einfach großartig aus. Und als die Wintertons und Floods kamen, um ihr zu gratulieren, wurde ich in dem allgemeinen Durcheinander unter dem Kirchenportal einen Moment gegen Nicholas gedrängt. Da begriff ich, daß alle meine Anstrengungen umsonst gewesen waren: Ich weinte. Doch die anderen Brautjungfern waren ebenso gerührt, so fiel es glücklicherweise nicht auf.
Die Glocken läuteten, und Caroline – der Bräutigam neben ihr sah sehr aristokratisch aus, wirkte jedoch völlig überflüssig – fuhr in einer mit weißer Seide bespannten Kutsche davon, die von Schimmeln gezogen wurde. Im Park von *Tarn Edge* wurde ein Empfang gegeben, der sowohl die Bürger als auch den Landadel beeindrucken sollte. Man hatte dort ein großes Zelt errichtet; weißbehandschuhte Diener eilten umher und reichten Champagner von silbernen Tabletten. Es gab Berge köstlichen Gebäcks und einen Hochzeitskuchen, der zweihundert Pfund wog – wie Tante Verity Mutter erzählt hatte. Auch er war mit weißen Rosen verziert, obenauf standen die Figuren von Caroline und Matthew, sie in glänzendes Satin gekleidet, während er einen roten Jagdanzug trug. Zu ihren Füßen tummelte sich eine Schar Amoretten.
Mrs. Hobhouse sagte zu jeder Brautjungfer:
»Sie werden die nächste sein, meine Liebe. Das ist immer so.« Mutter flatterte, einem Schmetterling gleich, in lichtes Gelb gehüllt, von einem zum anderen und streckte die Hand nach einem neuen Glas Champagner aus. Prudence unterhielt sich mit Bürgermeister Agbrigg, während sein Sohn mir zuprostete. Seine Augen ruhten beobachtend auf mir, und den Mund hatte er spöttisch verzogen. Sehr deutlich waren die Standesunterschiede erkennbar, denn der Landadel hielt sich auf der einen Seite des Zeltes auf und die Fabrikanten und Bürger auf der anderen Seite. Auch Giles Ashburn war anwesend, er unterhielt sich mit Mr. Outhwaite, dem Architekten von Tante Hannahs neuer Konzerthalle. Blaize ging ungezwungen von einer Gruppe zur nächsten, er wußte, daß er überall willkommen war. Doch von Nicholas sah ich nicht viel, er und Georgiana hielten sich abseits.
Aber Caroline bildete unbestritten den Mittelpunkt. An der linken Hand trug sie einen einfachen Goldring, an ihrer Rechten jedoch

glänzte ein mehrkarätiger Diamant, das Hochzeitsgeschenk ihres Vaters. Mit königlicher Haltung zirkulierte sie inmitten ihrer Gäste, bis sie im Haus verschwand und in einem anderen weißen, mit Schwanenfedern verzierten Kleid wieder erschien, ihrem Reisekleid, das sie auf der Fahrt nch London tragen würde.
Ich konnte diese eiserne äußere Haltung, die ich mir selbst auferlegt hatte, nicht länger ertragen, und so machte ich schließlich einen Spaziergang im Park, wie viele andere auch. Doch in meinem Fall handelte es sich eher um eine Flucht. Weit ging ich, passierte die Rosenbeete, den Wasserlilienteich, und weiter über den Rasen, der einen sanft ansteigenden Hügel bedeckte, wo, verborgen hinter Kastanien und Weiden, das Sommerhaus stand. Und da eine junge Dame, die allein einen so weiten Spaziergang unternimmt, nicht unbedingt die Einsamkeit sucht, war es nicht verwunderlich, daß Giles Ashburn mir folgte.
Einen Augenblick stand er in der hohen, gewölbten Tür und sah mich an. Vielleicht erblickte er nur das Bild, das er sich von mir machte, und ich sah ihn an, diesen mittelgroßen Mann, braunes Haar und braune Augen, in denen kleine grüne Lichter tanzten. Er glaubte, mich zu lieben, jetzt, wo ich verletzt und allein war und wo sich jede Faser meines Seins nach Liebe sehnte, und diese Gefühle, die er mir entgegenbrachte, schienen mir einfach wunderbar, denn ich hatte nichts getan, um ihn jemals zu ermutigen, noch war ich mir sicher, sie zu verdienen.
»Sie sahen so strahlend aus in der Kirche, Faith.«
»Ja, wirklich? Ich weiß gar nicht mehr, was das bedeutet.«
Und er kam auf mich zu und sagte nicht etwa: »Wollen Sie mich heiraten?« – denn ich wußte genau, daß er allein aus diesem Grund gekommen war –, sondern er nahm meine Hände und sagte einfach: »Ich liebe Sie so sehr.«
Diese Worte hörte ich nicht zum ersten Mal. Es hatte da einen jungen und einen alten Franzosen, auch einen römischen Adligen gegeben, die ihre Zuneigung von Mutter auf mich übertragen und mir dasselbe gesagt hatten. »Wie reizend von Ihnen«, hatte ich geantwortet und etwas von Mutters Blasiertheit in meine Stimme gelegt, denn ich träumte ja nur von Nicholas, und dieser Traum schützte mich davor, ihnen zu glauben.
Doch der Traum war ausgeträumt. Dieser Mann glaubte das, was er sagte. Und das einfache Bedürfnis in mir, wieder zum Leben zu erwachen, ließ mich nachgeben, und ich sank in seine Arme wie ein

Kind, das Schutz sucht. Es war die Reaktion eines erschöpften Körpers, der in heilenden Schlaf sinkt.
»Mein Liebling«, murmelte er. »Ich kann dir nicht sagen . . . ich kann dir nicht sagen . . .« Da schloß ich die Augen, denn sein Gesicht, so nahe an meinem, war mir noch fremd. Dann hob ich den Kopf, um mich von ihm küssen zu lassen; sehr sanft ruhten seine Lippen zuerst auf meinen, und als er keinen Widerstand spürte, öffnete er seine Lippen, und sein ganzer Körper zitterte so vor Verlangen, daß ich keine Leidenschaft, aber Dankbarkeit verspürte.
Hätte er sich mir förmlich erklärt, seine Vermögensverhältnisse dargelegt und seine Gefühle in Worte gekleidet, mir wäre sicherlich ein Dutzend Gründe eingefallen, ihn zurückzuweisen. Doch intuitiv hatte er nur gesagt, daß er mich liebe, und ich hatte seinen Kuß erwidert – eine unmißverständliche Geste der Zustimmung in unserer engbegrenzten Welt. Und während ich ihn wieder küßte – diesen Mann, der als erster gezeigt hatte, daß er mich brauchte –, fühlte ich in ihm eine Verletzbarkeit, die ich verstand und auf die ich reagierte.
»Ich will, daß du glücklich wirst«, sagte er. »Das ist alles, was ich mir wünsche, Faith. Daß wir zusammen glücklich werden.«
Und selbst wenn ich ihn hätte zurückweisen wollen – jetzt hatte ich mich ihm anvertraut. Es gab keinen Weg mehr zurück.

12

Drei Wochen später nahm ich an Georgiana Clevedons Hochzeit teil, eine Qual, die nur dadurch erträglich wurde, weil ich mir geschworen hatte, Giles Ashburn niemals zu verletzen. Ich hatte ihm versprochen, ihn zu heiraten, und ich war fest entschlossen, dieses Versprechen zu halten, ganz gleich, aus welchen Gründen auch immer. Und ich würde noch mehr tun: ihm nicht nur meine Hand reichen, nein, ich würde ihm die Frau sein, die er begehrte und auch verdiente.
Ich wußte nicht, warum er mich liebte, aber ich wollte seine Liebe, dessen war ich mir gewiß. Ich respektierte, bewunderte ihn, und ich vertraute ihm. Intellektuell war er mir weit überlegen, und ich war dankbar, daß er mich liebte. Als Nicholas und Georgiana das Ehegelübde ablegten, schloß ich sie aus meinen Gedanken aus und legte

selbst ein unwiderrufliches Gelübde ab: Fürderhin würde ich nicht nur so tun, als liebte ich Giles Ashburn, ich *würde* ihn lieben. So leidenschaftlich und zärtlich wie er es sich wünschte. Und um das zu erreichen, genügte es nicht, meine Gefühle für Nicholas zu verbergen oder zu unterdrücken. Ich mußte sie vollständig zerstören.
Das war nicht länger eine Frage des Stolzes oder das Bedürfnis, Nicholas das peinliche Gefühl zu ersparen, er habe mich verlassen. Niemand sollte sagen können, ich hätte mich Giles Ashburn als dem Zweitbesten zugewandt. Ich mußte eine strahlende Verliebtheit an den Tag legen, nicht nur für Giles – der ein falsches Spiel meinerseits sofort durchschaut hätte –, sondern für jeden.
Nicholas durfte in Zukunft nicht mehr als ein Cousin sein, aber auch nicht weniger; denn würde ich ihm mit Kälte begegnen, könnte das – vor allem bei Jonas – Verdacht erwecken; und so sah ich ihm direkt in die Augen, als er mit seiner Frau aus der Kirche kam, gab ihm die Hand und küßte ihn auf die Wange, wie es unter nahen Verwandten üblich war. Und dann küßte ich auch die Braut.
»Ich hoffe, wir werden Freundinnen, Georgiana, da wir jetzt Cousinen sind und Sie in Cullingford leben werden.«
Und Blaize, der neben uns stand – seine verhangenen Augen sahen wie immer alles – gab ihr den freundlichen Ratschlag:
»Das Angebot würde ich an deiner Stelle annehmen, Georgiana. Denn in Cullingford kannst du Freunde gebrauchen.«
Dieser Hochzeit in der kleinen Kapelle von *Galton Abbey* fehlte der Prunk. Ein einfaches kaltes Büffet war hinterher auf dem großen Refektoriumstisch angerichtet, das prasselnde Kaminfeuer spendete kaum genug Wärme in der Halle, und der alte Mr. Gervase Clevedon legte das Geschick seiner Enkelin mit der gleichen Widerwilligkeit in die Hände der Familie Barforth, wie sie von ihr aufgenommen wurde. Und auch bei dieser Gelegenheit traten die Standesunterschiede nur allzu deutlich hervor. Onkel Joel stand vor dem Kamin, neben ihm Bürgermeister Agbrigg. Sie versuchten sich ein wenig aufzuwärmen, denn dieser Julitag war ungewöhnlich kalt. Tante Verity und Mutter unterhielten sich mit Lady Annabel Flood. Nur Tante Hannah machte den Versuch, mit Sir Giles Flood zu plaudern, der es sich in einem Lehnstuhl bequem gemacht hatte. Doch auf ihn schien sie einen zu überlegenen Eindruck zu machen, auch erinnerte ihre Stellung als Bürgermeisterin wohl nur zu gut daran, daß die Zeiten sich geändert hatten, und seine Jagdgeschichten langweilten sie.

Nicholas war sichtlich bestrebt, diese Angelegenheit hinter sich zu bringen. Er stand neben Blaize, und die beiden Brüder redeten über irgendein Problem, das in Lawcroft aufgetaucht war und um das sich Blaize während seiner Abwesenheit kümmern sollte. Georgiana plauderte mit ihrem Bruder Peregrine. Er schien der einzige zu sein, der diese Ehe begrüßte, denn Mr. Gervase Clevedon hätte sicherlich niemals die finanzielle Unterstützung der Barforths akzeptiert, ganz gleich, in welcher Notlage er sich befand. Aber er war ein alter Mann, und sein Enkel hatte sicher nichts gegen einen reichen Schwager einzuwenden.
Doch Nicholas' Angelegenheiten gingen mich nichts mehr an, und als diese trübselige Hochzeitsfeier sich schließlich ihrem Ende näherte und wir nach draußen gingen, um dem Brautpaar eine gute Reise zu wünschen – Georgiana hatte ihr einfaches weißes Hochzeitskleid mit einem grünen Reisekostüm vertauscht, und auf ihrem Kopf thronte ein keckes Hütchen mit einer Feder, unter dem ihr kupferrotes Haar hervorquoll –, konnte ich mich entspannen. Ich sah, wie Nicholas' Gesichtszüge weich wurden, als er seiner Frau in die Kutsche half – mit demselben Blick sah sein Vater so oft seine Mutter an –, und er lachte, während sie ihm irgend etwas ins Ohr flüsterte. Er wirkte erleichtert, denn jetzt ließ er alles hinter sich: seinen Vater und alle anderen und hatte die Genugtuung, sich durchgesetzt zu haben.
»Viel Glück!« rief Blaize.
»Gott segne dich«, murmelte Tante Verity.
»Nun, das war's also«, sagte Onkel Joel mißmutig. »Gleich morgen früh wünsche ich deine Anwesenheit in Lawcroft, Blaize. Und diese Regelung gilt, bis Nicholas wieder zu Hause ist. Dein Onkel Agbrigg hat schon alle Hände voll zu tun.«
Jetzt war er verheiratet und schon entschwunden; er hatte den seltenen Vogel eingefangen, wenn auch noch nicht gezähmt, aber wenigstens war er willens, ihm aus der Hand zu fressen. Das alles ging mich nichts mehr an.
»Ich sehe, du hast meinen Rat befolgt, Faith«, sagte Jonas da plötzlich. Lautlos war er neben mich getreten, mein Feind, dessen war ich mir sicher, nicht weil ich ihn zurückgewiesen hatte, sondern weil er einfach einen Feind brauchte, jemanden, an dem er seine lange aufgestaute Bitterkeit auslassen konnte.
»Deinen Rat, Jonas?«
»Nun, Faith . . . den ich dir gab, nicht allein zu bleiben. Nicholas wird dir dafür dankbar sein.«

»Lieber Jonas«, entgegnete ich mit Mutters Stimme und dem gleichen Lachen, »hast du mir wirklich geraten, Giles zu heiraten? Falls du das wirklich getan hast, ist es an mir, dir zu danken.«
Ich wußte jetzt, wie ich mein Leben gestalten wollte. Ich konnte mich nicht für eine Sache einsetzen, wie Prudence, oder war es zufrieden, mein Heim zu schmücken, wie Celia; aber ich konnte dem Mann mein Leben widmen, der mich liebte. Und es gab keinen Grund, warum ich damit noch warten sollte.
»Bist du dir ganz sicher, Liebes?« hatte Mutter gemurmelt, als ich ihr die Neuigkeit mitteilte. »Oh, ich weiß schon seit langem, daß er um deine Hand anhalten möchte – und er ist durchaus annehmbar, stammt aus einer ausgezeichneten Familie, ein gebildeter, feinsinniger Mann, den sich jede Frau nur wünschen kann. Doch ich bin überrascht, daß du es so eilig hast.«
»Da holst du dir aber einen eigenartigen Schwiegersohn ins Haus, Elinor«, war Tante Hannahs bissiger Kommentar. Denn obwohl Giles' Einkommen mehr als ausreichend war, gab es für Jonas keine Ländereien zu verwalten, keine komplizierten Geschäftsverträge aufzusetzen und auch keine politischen Beziehungen zu knüpfen, wenn die Stunde gekommen war. Aber Giles konnte mir ein angenehmes Leben bieten. Er besaß am Ende der Miller Gate, dort, wo sie die Blenheim Lane traf, ein Haus. Er liebte mich. Wie lange würden die Renovierungsarbeiten dort in Anspruch nehmen? Wie lange brauchte ich, um meine Aussteuer zu komplettieren und ein Mädchen einzustellen? Eine Haushälterin und einen Diener hatte er schon. Nicht lange. Und ich wollte meine Tage nicht länger in Vaters sterilem Salon verbringen.
Auf erwachsene Brautjungfern würde ich verzichten müssen. Celia war nach einer Fehlgeburt dieser Aufgabe nicht gewachsen, und Prudence wagte ich nicht zu fragen. Caroline war noch auf der Hochzeitsreise, und Georgiana wollte ich nicht bitten. Deshalb gefiel mir Mutters Vorschlag, entfernte Verwandte zu diesem Zweck einzuladen. Es waren sechs kleine Aycliffe-Mädchen, alle unter zwölf, die, in dunkelblauen Samt gekleidet, meine Schleppe tragen würden. In meinem Drang, Giles zu gefallen, entwarf ich ein Dutzend Hochzeitskleider, die ich alle wieder verwarf. Schließlich entschied ich mich für eine Rolle aus Tüll und Spitzen mit fließenden langen Ärmeln und einem Krönchen aus lachsfarbenen Rosen, das den Schleier halten würde.
Ich war mir meiner Sache sehr gewiß, bis auf einen Punkt. Ich wollte

Onkel Joel nicht als Brautführer haben, denn er erinnerte mich zu sehr an Nicholas, und wandte mich deshalb an meinen anderen Onkel, Bürgermeister Agbrigg. Alle, außer Celia, billigten diese Entscheidung.

»Natürlich ist es deine Angelegenheit«, sagte sie. »Aber ich würde an deiner Stelle Onkel Joel nicht verletzen. Er ist es nicht gewohnt, übergangen zu werden. Und die Leute werden sich fragen, warum du das tust.«

»Was für ein Unsinn«, entgegnete Prudence. »Was bist du doch für eine Gans, Celia. Da gibt es überhaupt nichts zu reden, denn Bürgermeister Agbrigg und Dr. Ashburn sind eng befreundet. Ist das nicht Grund genug? Faith wird trotzdem von den Barforths ihr Hochzeitsgeschenk bekommen.«

Und als Celia gegangen war, da sie ein neues Dienstmädchen hatte, dem sie nicht vertraute, sagte Prudence in ihrer üblichen trockenen Art:

»Von einer Sorge möchte ich dich befreien, Faith. Ich war niemals in Giles verliebt.«

»Danke, Prudence. Ich war mir deswegen nicht sicher und konnte dich nicht fragen.«

»Deshalb habe ich es dir ja auch gesagt, damit dich nichts bedrückt. Um dir die Wahrheit zu gestehen, ich habe eine Verbindung mit Giles ernsthaft in Betracht gezogen, dann aber darauf verzichtet, weil ich nicht glaube, ein Mensch zu sein, der sich einzig und allein an einen anderen Menschen binden kann. In dieser Hinsicht ähnele ich wohl unserem Cousin Blaize. Blaize wird nie zur Ruhe kommen, denn eine Frau, die auf ihn wartet, ist für ihn immer begehrenswerter als die Frau an seiner Seite. Ich bin zwar nicht so flatterhaft wie er, aber ich möchte mich jetzt noch nicht binden. Ja, ich hätte Giles fast geheiratet, vor allem in dem Moment, als Mutter wieder nach Hause kam und von mir erwartet wurde, daß ich wieder die brave Tochter spiele. Es paßte mir überhaupt nicht, jeden Nachmittag zur Teezeit diesem törichten Geschwätz zuzuhören. Ich dachte, Giles würde mich aus dieser Situation retten. Ich mag ihn, und ich respektiere ihn. Aber als er dich zum ersten Mal sah, verliebte er sich sofort in dich, und mit Erstaunen stellte ich fest, daß mir das nicht wehtat. Ich hatte nur Angst, du könntest ihn enttäuschen. Und dann läßt sich Mutter ja so leicht beeinflussen.«

»Ich werde ihn nicht enttäuschen, Prudence.«

»Ich hoffe, das tust du nicht. Warum solltest du auch. Wenn du dir wünschst, geliebt zu werden, ich kenne niemanden, der in höherem Maße diese Eigenschaft hätte. Und bald wird dir seine Liebe derart gefallen, daß du ihn wiederliebst. Und wenn du erst einmal in deinem Haus in der Miller Gate lebst, könntest du mich einladen, bei dir zu wohnen, Liebes, falls Freddy Hobhouse mir wieder auf die Nerven geht oder Mutter mich nach Frankreich mitnehmen will. Als Anstandsdame bist du mir die angenehmste. Ich zähle auf dich.«

Wir heirateten an einem graugoldenen Oktobermorgen. Die Sonne wagte sich schüchtern durch einen verhangenen Himmel. Giles Ashburn hüllte mich in den warmen Mantel seiner Liebe ein, so daß mich nichts mehr verletzen konnte.

Später, als der Zug die flache Landschaft Cheshires durcheilte – seine Heimat –, grämte ich mich ein wenig, daß meine Schwester ihn soviel besser kannte als ich. Doch während der ganzen Reise hielt er meine Hand, half mir mit fürsorglicher Behutsamkeit aus dem Zug und spannte sofort einen Schirm auf, als es ein paar Tropfen regnete, so als würden mich diese Tropfen zum Schmelzen bringen. Keine Frau auf der Welt hätte diese zärtliche Besorgnis gleichgültig gelassen.

Wir verbrachten ein paar Tage in dem hübschen Städtchen Knutsford, wo man Giles kannte und wo man uns in einem Gasthof ein schönes Schlaf- und Wohnzimmer hergerichtet hatte. Buchenscheite knisterten im Kamin, und die Wirtin servierte uns ein köstliches Abendessen. Dann zog sie sich mit den besten Wünschen zurück. Da saß ich nun, in dem frisch duftenden Bett, und wartete auf Giles. Taktvoll hatte er sich zurückgezogen, und nach der langen Reise kuschelte ich mich wohlig in die Kissen und war zu müde, um Angst zu haben. Als die Tür sich öffnete, war ich fast eingeschlafen und richtete mich erschrocken auf. Mein langes Haar bedeckte mich wie ein schwerer Umhang.

»Ich habe dich noch nie mit offenem Haar gesehen«, sagte er und setzte sich auf den Rand des Bettes. Für einen Augenblick ruhte seine Hand zärtlich auf meinem Kopf.

»Ja. Das glaube ich auch nicht. Ich habe schon halb geschlafen.«

»Du mußt sehr müde sein.«

Da nahm er mein Gesicht zwischen beide Hände und küßte mich auf die Ecken meines Mundes und murmelte:

»Schlaf, Liebling.«

»Oh . . . jetzt.«

»Ja.«

Dann schlüpfte er behutsam zu mir unter die Bettdecke, legte einen Arm um meine Schultern und wiegte mich wie ein Kind, das beschützt werden will, in den Schlaf.
»Wir wollen nichts überstürzen«, murmelte er in mein Haar. »Wir haben das ganze Leben noch vor uns – jeden Tag unseres Lebens. Ich möchte dich nicht drängen, wenn du erschöpft und müde bist. Schlaf jetzt. Leg den Kopf auf meine Schulter. Es macht mich glücklich.«
Doch mitten in der Nacht erwachte ich und merkte trotz meiner Schläfrigkeit, daß irgend etwas nicht stimmte. Seine warmen, tröstenden Arme umschlangen mich nicht mehr. Er hatte mir den Rücken zugedreht, und dieser Rücken schien Zorn auszudrücken. Ganz langsam fing ich an zu verstehen.
»Giles? Was hast du?« Schweigen. »Giles, ich bin jetzt wach und möchte nicht mehr schlafen.«
Von dieser ersten Umarmung erwartete ich keine Lust. Ich wußte, daß dieser Akt, dem Männer soviel Bedeutung beimaßen, Frauen im allgemeinen nicht gefiel und nur dazu diente, sie zu schwängern und gefügig zu machen. Mit einem Stöhnen drehte er sich zu mir um und streichelte mich zärtlich, doch zögernd, so als wäre er bereit, sich bei dem geringsten Protest meinerseits zurückzuziehen. Seine Zärtlichkeiten erweckten in mir eine seltsame Sehnsucht – weit entfernt von diesem damenhaften Ekel –, und ich spürte, wie er sein Begehren kontrollierte.
Und dann war alles vorbei. Ich verspürte keinen Schmerz, nur einen Moment lang Unbehagen und Überraschung. Du meine Güte, war das alles? Nur dieser kurze Augenblick, in dem sich mein Körper versteifte und er sich zurückziehen wollte, es aber nicht konnte, und mich dann besaß, wobei er einen Schrei ausstieß, der eher verzweifelt als triumphierend geklungen hatte. Vielleicht war ich enttäuscht. Nicht gefühlsmäßig, aber körperlich. Doch schließlich *war* dieser Akt den Männern vorbehalten, denn ich konnte überhaupt nicht verstehen, wie dieses Eindringen in meinen Körper mir irgendwelche Lust verschaffen könnte. Aber ich hatte weder geweint, wie ich mir das gut bei Celia in ihrer Hochzeitsnacht vorstellen konnte, noch ihn zurechtgewiesen, wie Caroline es vielleicht getan haben mochte. Da ich glaubte, die Situation ganz gut gemeistert zu haben, lächelte ich Giles freundlich an.
Doch Giles stand plötzlich auf und ging nackt durchs Zimmer. Zum ersten Mal sah ich seinen schmalen Körper, der einen Eindruck von

Gewichtslosigkeit vermittelte. Dann zog er schnell seinen Schlafrock über und kam zu mir zurück.
»Es tut mir leid«, sagte er schroff.
»Warum? Habe ich etwas falsch gemacht?«
»Nein, nein . . . aber du bist erst neunzehn und ohne Lebenserfahrung, und ich bin über dreißig und hätte mich geschickter anstellen müssen. Ich hätte zwei oder drei Tage warten sollen, denn ich kann nicht erwarten, daß du meine Begierde teilst.«
»Giles, Liebling«, sagte ich und mußte insgeheim lächeln. Ich verstand seine Ängste intuitiv. Doch das schien ihn nicht zu trösten, vielleicht weil er mich für zart hielt. Und dieses Bedürfnis nach Selbstbestrafung in ihm überraschte mich mehr als seine aufflammende Sinnlichkeit.
»Nun, es ist geschehen«, sagte er. »Es wird nicht immer so schwierig sein. Vielleicht blutest du jetzt, aber das ist ganz normal. Darüber brauchst du dir keine Sorgen zu machen.«
»Nein, Doktor.«
»Faith, bitte . . .« entgegnete er. Und da ich merkte, daß mein vorlautes Gerede ihn verletzt hatte, beugte ich mich vor und streichelte ihn. Plötzlich fühlte ich mich sehr stark und überlegen, obwohl ich gar nicht wußte, warum er Trost brauchte.
»Giles, ich habe nicht mein ganzes Leben in einem Elfenbeinturm verbracht. Ich habe Frankreich und Italien bereist, wo die Menschen nicht so zurückhaltend wie hier sind. Und Mutter ist auf jeden Fall viel offenherziger als allgemein üblich. Du hast mir nicht wehgetan, Giles, und mich auch nicht schockiert. Denn ich bin eine starke Frau.«
»Aber ich habe dir kein Vergnügen bereitet.«
»Wie willst du das wissen?«
»Mein liebes Mädchen, natürlich weiß ich das. Du hast das alles ganz ruhig über dich ergehen lassen, aber nichts dabei empfunden, was du auch nicht erwartet hast. Wahrscheinlich hat man dir erzählt, daß Frauen sich aus diesen Dingen nichts machen. Und in vielen Fällen stimmt das auch. Für einen Mann ist es in solchen Augenblicken viel leichter, nur an sich zu denken. Aus Bequemlichkeit spricht er den Frauen jede Sinnlichkeit ab. Und ich kann durchaus verstehen, daß eine Frau, die jedes Jahr schwanger wird, sich den Wünschen ihres Mannes widersetzt. Das habe ich oft genug in meiner Eigenschaft als Arzt erlebt. Es gibt Frauen, Faith, die alles tun würden, um dieser nächtlichen Tortur zu entgehen. Und da ich alles

kenne, gibt es für mich keine Entschuldigung. Ich hätte mehr Geduld haben müssen und dich Schritt für Schritt auf die Liebe vorbereiten sollen. Doch ich konnte nicht warten und war genauso selbstsüchtig wie die Männer, die ich deswegen immer verachtet habe. Solltest du dich jetzt voller Ekel von mir abwenden, ich könnte es dir nicht übelnehmen.«

Was für ein Theater, dachte ich. Du meine Güte, was für ein Theater. Ich richtete mich im Bett auf, strich mir das Haar zurück und warf die Bettdecke beiseite. Ich bot mich ihm an, nicht, weil ich ihn begehrte, sondern weil er mich begehren sollte, denn ich wollte ihm jeden Wunsch erfüllen.

Er murmelte meinen Namen – ein schluchzender Laut –, und sein Gesicht vor meinem drückte so viel Hingabe aus, daß ich mich von ihm abwenden wollte, da ich fürchtete, seiner Liebe nicht zu genügen. Doch dann empfing ich ihn ohne Zögern und wußte, daß ich ihn in dieser Hinsicht nicht enttäuschen würde. Ich würde lernen, ihn zu streicheln – nicht zu kühn, denn Kühnheit war eine Eigenschaft, die er nicht an mir liebte –, bis er alle seine Ängste überwunden hatte.

»Ich liebe dich, Faith.«

»Ja. Liebe mich, Giles.«

Und es spielte keine Rolle mehr, daß ich nicht wußte, warum er mich liebte. Vielleicht hatte er sich in meine Haarfarbe verliebt oder mein Profil, das ihn an einen längst vergessenen Jugendtraum erinnerte. Nur eins war wichtig: Ich hatte mich entschlossen, mein Leben mit ihm zu verbringen, und als die Morgendämmerung langsam durch das Fenster kroch und ich zufrieden in seinen Armen lag, wußte ich, daß meine Entscheidung richtig gewesen war. Ich konnte ihn glücklich machen. Ich konnte die Frau sein, die er sich wünschte, wie sie auch aussehen mochte, selbst wenn sie mir überhaupt nicht mehr glich. Ich hatte, wie ich glaubte, den Sinn meines Lebens verloren und nun einen anderen gefunden. Was immer auch geschehen mochte, ich würde Giles Ashburn niemals enttäuschen.

13

Am Tag unserer Rückkehr nach einer etwa dreiwöchigen Hochzeitsreise nahm uns Blaize mit ins Theater. Dieser Abend markierte endgültig meinen Status als verheiratete Frau, denn obwohl ich schon Aufführungen von Shakespeare-Dramen in London und Opern und Ballettvorführungen in Paris gesehen hatte, galt Cullingfords Königliches Theater als ein Ort, von dem junge Damen sich fernzuhalten hatten. Doch ich wollte Blaize meine Weltgewandtheit beweisen und setzte mich ohne Zögern in die Loge, beugte mich über die Brüstung und plauderte nonchalant mit den Zuschauern der Nachbarloge, einem jungen Architekten und seiner Frau und dem jungen Mr. Rawnsley, der in Begleitung einer Dame erschienen war, die nicht seine Frau war.

Ich genoß die neuen Freiheiten als Ehefrau sehr. Nach der Vorstellung gingen wir in den *Old Swan* und tranken kalten Punsch in einem der privaten Gasträume. Ich saß zwischen meinem Mann und dem gutaussehenden Blaize, der kein Geheimnis daraus machte, daß er ein Verhältnis mit einer schönen glutäugigen Schauspielerin hatte. Außerdem genoß ich Blaize' witzige Unterhaltung, der nicht ohne Charme von den Fehltritten unserer geachteten Bürger berichtete. So erfuhr ich, daß Mr. Hobhouse, der ja immerhin mit vierzehn Kindern gesegnet war, noch weitere uneheliche hatte, während Mr. Oldroyd noch zu Lebzeiten seiner Frau sich eine Schauspielerin als Mätresse gehalten hatte.

»Aber ich dachte, Mr. Oldroyd will Mutter heiraten.«

»Das will er auch. Es hat mit der Schauspielerin doch überhaupt nichts zu tun, Faith. Da wir gerade von diesen Dingen reden, ich muß dich warnen, denn du mußt wissen, daß wenigstens die Hälfte der Patientinnen deines Mannes in ihn verliebt sind.«

»Das überrascht mich nicht, Blaize. Ich wundere mich nur, was mit der anderen Hälfte nicht stimmt. Ist sie blind?«

»Wahrscheinlich nur vernünftig«, sagte Giles und nahm meine Hand.

Mein neues Haus in der Miller Gate war überhaupt nicht neu. Giles hatte es mit der Praxis zusammen übernommen, und alle meine Verwandten erklärten, es wäre zu klein. Es war eines der letzten Häuser in dieser Straße, wo die steinige Miller Gate in die Blenheim Lane überging. Tante Hannah erklärte sofort, es wäre nicht schicklich für mich, direkt in der Stadt zu leben.

»Die Miller Gate ist eine Einkaufsstraße«, erklärte sie, »keine Wohngegend. Außerdem kennst du deine Nachbarn nicht, und eine Bekanntschaft mit ihnen ist sicher auch völlig überflüssig.«
Doch sie wußte auch sehr genau, daß die Miller Gate nicht weit von der Simon Street entfernt war, und so konnten Giles' Patienten ihn jederzeit – selbst mitten in der Nacht – ohne große Umstände erreichen. Auch der Hauseingang war nicht zu imposant oder das Dienstmädchen zu arrogant, um diese armen Menschen abzuschrecken.
Wir hatten ein großes Wohnzimmer, das man schlecht als Salon bezeichnen konnte. Möbliert war es mit einem roten Sofa, zwei Sesseln vor dem Kamin und einem Teppich in fröhlichen Farben. Außerdem gab es eine Vielzahl blühender Pflanzen in Übertöpfen, die Vater als schäbig bezeichnet hätte. Eine getigerte Katze lebte im Haus, die Giles eines Nachts mitgebracht hatte. Die Nacht darauf brachte sie einen Wurf Kätzchen zur Welt. Und mein Geschirr und das Silber waren in viel zu kleinen Schränken untergebracht, die nicht zueinander paßten. Wir hatten auch ein Speisezimmer, das Giles aber gleichzeitig als Studierzimmer diente; ein Schlafzimmer, das nach vorne hinausging mit einem großen, von einem Baldachin gekrönten Bett; und drei kleinere Räume. Um die Küche kümmerte ich mich nicht, da ich nie kochen gelernt hatte.
»Ich glaube, Tante Hannah hat recht«, sagte Giles sofort. »Das Haus ist wirklich schäbig. Früher ist mir das nie aufgefallen, sieh dich doch mal um, Liebling, und wenn du ein passendes Haus findest, kaufe ich es. Hier kannst du dich ja nicht wohl fühlen.«
Doch wie die Kätzchen fühlte ich mich in meinem roten Lehnstuhl wohl. Vielleicht wollte ich auch nicht die Mühen eines größeren Haushaltes auf mich nehmen, da mich diese Dinge nie sonderlich interessiert hatten. Aus Neigung beschäftigte ich mich lieber mit dem Schönen als dem Nützlichen. Zwar hatte ich auf Celias Betreiben hin eine schmucke, neue Villa am Albert Place entdeckt, doch da ich wußte, daß Giles sich aus Häusern nichts machte und nur meinetwegen umgezogen wäre, blieb ich ihm zuliebe in der Miller Gate.
Auch hinsichtlich des Personals blieb alles beim alten. Die alte Frau, die sich bisher um Giles gekümmert hatte, kümmerte sich nun mit derselben Aufopferung um uns beide; ihr Schokoladenkuchen war der köstlichste, den ich jemals gegessen hatte, und ihre gute Laune schier unerschöpflich.
»Setzen Sie sich, Mrs. Ashburn, und überlassen Sie mir alles. Ich

weiß, was der Doktor gern zu Abend ißt. Sie müssen nur aufpassen, daß er auch wirklich ißt. Sagen Sie ihm, er soll seine Patienten warten lassen, wenn sie wieder einmal zur Essenszeit an die Tür klopfen, denn warten werden sie auf jeden Fall, dessen können Sie gewiß sein, Mrs. Ashburn. Also setzen Sie sich, und empfangen Sie ihn mit einem Lächeln.«

Und so gehorchte ich und eilte beim Geräusch seines Einspänners zur Tür, um ihm selbst zu öffnen. In dieser Hinsicht war ich so peinlich genau wie Celia in ihrer Haushaltsführung.

Natürlich nahm jeder jetzt an, daß meine Schwester und ich uns häufig sehen würden, denn wir waren nicht nur verheiratet und hatten somit gemeinsame Interessen, sondern unsere Männer standen auch beide im Berufsleben. Doch obwohl Jonas und Giles sich mit äußerster Höflichkeit begegneten, hatten sie wenig gemeinsam. Jonas nahm es meinem Mann übel, daß dieser nicht im Leben hatte kämpfen müssen noch gezwungen gewesen war, eine Vernunftehe einzugehen, um sich etablieren zu können. Und Giles mißtraute Jonas, da der – auf Tante Hannahs Betreiben hin – seine Freundschaft nur Männern anbot, die seiner Karriere dienlich waren. In Cullingford gab es keinen gerisseneren Anwalt als Jonas Agbrigg, der seine Mandanten mit einem Maximum an Erfolg vertrat.

Giles liebte die Menschen, doch Jonas liebte nur Menschen, die ihm nützlich waren. Er umschmeichelte die Reichen und Mächtigen, auch solche, die nicht unbedingt eine reine Weste hatten und oft die Hilfe eines skrupellosen Anwalts brauchten. Das brachte gesellschaftliche Verpflichtungen mit sich, die Celia in eine gelinde Panik versetzten, da sie sich der Aufgabe nicht gewachsen fühlte. Also ging ich oft zum Albert Place, um ihr zu helfen, auch wenn ich zu solchen Essen nicht eingeladen war, da man mich und Giles für zu unbedeutend hielt. Wenn sie außer Haus dinierte, half ich ihr bei ihrer Frisur oder suchte für sie die passende Garderobe aus. Es war ein Versuch, sie davon zu überzeugen, daß sie mit ihren achtzehn Jahren noch nicht zu alt für gewisse Extravaganzen war, denn sie hatte die Tendenz, jetzt schon eine Matrone zu werden.

Doch meistens lehnte sie meine Vorschläge ab, erlaubte mir nicht einmal, sie mit dem Parfüm zu besprühen, das ich nach wie vor aus der Rue Saint Honoré kommen ließ. Noch immer befolgte sie getreulich Vaters Grundsätze, daß eine Frau sich in der Öffentlichkeit unscheinbar zu geben habe und ihre einzige Aufgabe darin bestehe, sich um den Haushalt zu kümmern, und das mit äußerster Perfektion.

»Du solltest nicht so helle Farben tragen«, sagte sie. »Und deine Ausschnitte sind einfach zu gewagt. Man könnte dich für leichtfertig halten. Wie du Zeit dafür findest, deine Frisur ständig zu ändern, ist mir schleierhaft, denn ich habe keine Zeit dafür. Du überraschst mich, Faith, wie kannst du nur diese Katzen überall im Haus herumlaufen lassen. Der Gedanke, daß sie ihre scharfen Krallen an *meinen* Möbeln wetzen, wäre mir unerträglich. Vater hätte niemals eine Katze im Haus geduldet, nicht einmal in der Küche.«
Obwohl sie meine Schlampigkeit so offensichtlich störte, nahm sie doch jedesmal meine Hilfe in Anspruch, wenn sie wieder bedeutende Gäste empfangen mußte. So verbrachte ich den Nachmittag bei ihr, arrangierte eine festliche Tafel, kümmerte mich um das Menü, während sie einen Nervenzusammenbruch erlitt.
»Was regst du dich auf?« fragte ich sie. »Das sind auch nur Menschen. Du lieber Himmel . . . wir kennen Mr. Fielding seit Jahren. Was macht es schon aus, wenn er jetzt Parlamentsmitglied ist. Das war Vater schließlich auch.«
Doch nichts konnte Celia beruhigen. Ihr Haus war von peinlicher Sauberkeit. Jeden Tag beaufsichtigte sie das Dienstmädchen bis ins kleinste Detail, trotzdem steigerte sie sich in eine rasende Migräne, und wenn die Gäste dann erschienen, begrüßte sie sie nur mit einem zerstreuten ›Guten Abend‹, denn ihre Gedanken waren mit dem Braten oder einer französischen Sauce beschäftigt, die sicher nicht gelingen würde.
»Das kannst du nicht verstehen, Faith, denn solche Dinge sind dir völlig gleichgültig. Du tändelst durch das Leben, wie ein Schmetterling von Blüte zu Blüte taumelt, und dein Mann scheint es ebenso zu machen. Doch jedes Ding hat seinen Platz, wie Vater immer sagte, und ich muß ihm zustimmen. Ich kann keine Unordnung ertragen, das ist gegen meine Natur, doch *dir* sicher unbegreiflich.«
Jedoch, und trotz meiner abgewetzten Teppiche und meines kümmerlichen Eßzimmers, waren meine Einladungen weitaus fröhlicher und erfolgreicher als Celias.
Da unser Haus an einer Straße lag, die aus der Stadt hinausführte, kamen unsere Verwandten und Bekannten oft zu Besuch. Bürgermeister Agbrigg – oder vielmehr der Ratsherr Agbrigg, denn seine Amtszeit als Bürgermeister war abgelaufen, kam fast täglich, um eine Tasse von Mrs. Guthries starkem Tee zu trinken; während Giles' unverheiratete Freunde oft vorbeischauten, denn sie hatten festgestellt, daß weder ich noch Mrs. Guthrie etwas gegen ihr Kommen hatten.

Auch Blaize besuchte uns, oft zu ungewöhnlichen Stunden, und manchmal konnte man in seinem Zweispänner die Anwesenheit einer Dame ahnen, die er uns nicht vorzustellen wagte. Öfter weihte er mich auch in seine Affären ein, denn jetzt war ich ja eine verheiratete Frau und durfte über solche Dinge Bescheid wissen. Das hörte sich dann folgendermaßen an:
»Liebe Faith . . . du verstehst mich doch so gut. Solltest du heute abend in die Stadthalle gehen und dort Mrs. Woodley treffen – ja, Liebe, *Mrs.* Woodley –, dann sage ihr doch bitte, daß ich nach Manchester reisen mußte.«
»Und wie lange wirst du fortbleiben?«
»Solange ich es einrichten kann. Drei Tage, vielleicht fünf. Und sag ihr, wir treffen uns in London. Wenn es dir peinlich ist, kannst du auch sagen, du glaubst, daß ich nach London gereist sei.«
»Sollte es mir denn peinlich sein?«
»Eigentlich ja. Aber du wirst es ihr trotzdem ausrichten?«
»Vielleicht.«
»Ach, natürlich tust du es. Du bist immer ein netter Kerl gewesen, Faith.«
»Mag sein. Aber sag mir, Blaize . . . ist Mrs. Woodley schon so alt?«
»Fünfunddreißig«, sagte er lächelnd. »Und sie ist . . . leidenschaftlich. Du verstehst schon, was ich meine.«
Doch oft kam er und verbrachte einen gemütlichen Abend am Kamin; auch Prudence war da. Sie erschien zum Tee und blieb zum Dinner. Die beiden unterhielten sich immer äußerst angeregt. Blaize reizte sie absichtlich, und dann schickte sie eine Nachricht in die Blenheim Lane, daß sie diese Nacht nicht nach Hause kommen würde, um zu beweisen, wie frei sie war. Das amüsierte Blaize aufs höchste.
»Deine Mutter zittert sicher vor Sorge um dich.«
»Unsinn. Sie sieht mich kaum noch, weil Mr. Oldroyd sie jetzt so oft besucht.«
»So . . . der schlaue Mr. Oldroyd. Will sie ihn heiraten?«
»Dann wäre sie schlecht beraten. Und ich würde niemals mit den beiden leben.«
»Ah, dann willst du also auch heiraten?«
»Warum nimmst du das an?«
»Meine liebe Prudence, wenn du nicht mit deiner Mutter leben willst, mußt du mit einem Ehemann leben. Was kann eine junge Dame schon anderes tun?«

»Ich werde nicht immer eine junge Dame sein. Ich bin schon fast zweiundzwanzig, und ich werde älter – genau wie du, Blaize – und eines Tages fähig sein, mich um meine eigenen Angelegenheiten zu kümmern.«
»Warum, um Himmels willen, wünschst du dir das?« fragte er, und seine Augen funkelten schelmisch. »Warum willst du dir deinen hübschen Kopf zerbrechen, wenn das ein Ehemann für dich tun kann? Ich teile deine finstere Vorstellung von der Ehe nicht. Auch Faith denkt nicht so. Und ich gestehe – die Hand auf dem Herzen –, daß ich Giles beneide.«
»Unsinn. Wenn du es wirklich wolltest, könntest du auch so leben. Schon morgen könntest du heiraten – aber wahrscheinlich würdest du dich am Hochzeitstag in die Brautjungfer deiner Frau verlieben.«
»Weißt du«, entgegnete er, als ob diese Idee ihm sehr gut gefallen würde, »damit könntest du sogar recht haben. Und du hast mir einen schlechten Dienst erwiesen, Prudence, mich auf diesen Gedanken zu bringen. Er scheint mir so äußerst verführerisch, daß ich ihm wohl kaum widerstehen kann, sollte die Gelegenheit sich einmal bieten.«
»Mach dir keine Sorgen. Dieser Tag wird nie kommen. Dein ganzes Leben lang wirst du deinen Träumen nachjagen, dieser einzigartigen Frau, die überhaupt nicht existiert – oder du wirst eine Fünfzehnjährige heiraten, wenn du dreiundneunzig bist.«
»Prudence«, sagte ich lachend, denn das, was sie ausgesprochen hatte, lag durchaus im Bereich des Möglichen, »das ist nicht nett von dir.«
»Oh«, murmelte Blaize nur. »Ich weiß nicht . . .« Und später, als Giles zu einem Kranken gerufen wurde und Blaize ihn begleitete – er erklärte, er könne ebensogut Giles' Pferd in der Simon Street halten, als nach Hause zu gehen, um seinem Vater seine Abwesenheit in der Fabrik an diesem Tag zu erklären –, fragte ich Prudence: »Könntest du dich in Blaize verlieben?«
»Verlieben? Nein, niemals. Und das würde ihm auch gar nicht gefallen. Ein Mann wie Blaize will sich nicht mit Gefühlen belasten.«
»Er hat mehr davon, als er zugeben möchte.«
»Das weiß ich. Heute morgen hat er Giles nach Sunbury Dale gefahren und damit riskiert, seinen schönen Wagen zu ruinieren, nur damit Giles rechtzeitig bei seinem Patienten war. Oh, das haben sie dir natürlich nicht erzählt. Jedenfalls hatte Giles es eilig – irgendein Unfall war passiert –, und als er die Nachricht bekam, war es

wahrscheinlich schon zu spät. Jedenfalls fuhr Blaize ihn hin, weil Giles' Pferd zusammengebrochen wäre. Und bei der Ankunft machte er sich auch noch nützlich – das erfuhr ich von Onkel Agbrigg, du brauchst mich gar nicht so erstaunt anzusehen –, und deshalb war Blaize heute nicht in der Fabrik und bekommt Ärger mit seinem Vater. Natürlich wird er Onkel Joel niemals sagen, daß er in Sunbury war. Und es hat ihm sicher Spaß gemacht, wie ein verrückter über das Moor zu jagen, sonst hätte er es nicht getan. Aber er tat es und half, was sein Bruder Nicholas niemals gemacht hätte. Ja, Faith – Nicholas hätte seinen Wagen geliehen und auch einen Fahrer bezahlt, aber er wäre nicht selbst gefahren. Für jemanden in Sunbury Dale hätte er nicht einen Tag lang seine Arbeit unterbrochen. – Ich denke, du wirst bald in *Tarn Edge* einen Besuch machen, um dein Hochzeitsgeschenk abzuliefern. Die beiden sind ja schon seit ein paar Wochen wieder zu Hause. Ich werde dich begleiten.«

Caroline, Lady Chard, wurde erst im neuen Jahr wieder zurückerwartet. In Adelskreisen konnte eine Hochzeitsreise ein ganzes Jahr oder länger dauern; oft kehrte das glückliche Paar mit seinem ersten Kind im Schlepptau zurück. Doch die Barforthschen Fabriken konnten nicht wie die Pächter von *Listonby* allein gelassen werden. Und da die junge Mrs. Barforth nun schon so lange in *Tarn Edge* lebte, war es dringend angezeigt, daß ich sie besuchte, sonst würde man reden. Tante Verity war schon bei mir vorbeigekommen und hatte mir ein zusammengehörendes Paar Sèvres-Vasen geschenkt, deren unbezahlbare Schönheit auf meinem schäbigen Kaminsims höchst deplaziert wirkte. Ich hatte bereits für Nicholas ein Dessertservice gekauft, ein ziemlich unpersönliches Geschenk, das nun schon seit Wochen verpackt auf dem Tisch in der Halle stand und nur darauf wartete, abgeliefert zu werden. Einen Tag später traf ich Blaize, der aus dem Zeughaus kam. Ich sprach mit ihm, und er verstand mein Zögern und gleichzeitiges Bedürfnis, wieder normale Verhältnisse zu schaffen.

»Faith«, sagte er, »falls du Zeit hast, solltest du meine Schwägerin besuchen. Das wäre sehr nett von dir, denn sie ist viel allein.« Noch am selben Nachmittag bat ich Giles um den Wagen.

Es hatte nie zur Diskussion gestanden, daß Nicholas und Georgiana ein eigenes Haus bewohnen sollten. *Tarn Edge* war groß genug, um noch einer zweiten Familie Platz zu bieten; und für Nicholas war es unerläßlich, in der Nähe der Fabriken zu leben. Also war Georgiana ganz einfach zu den Barforths gezogen, so wie sie auch zu den Chards

oder Floods gezogen wäre, und bereit, alles ihrer Schwiegermutter zu überlassen, als wäre Tante Verity eine Herzogin mit dreihundertjähriger Tradition.
Sie war nicht die Frau des Erben, sondern des jüngeren Sohnes, eine Position, die in einer Adelsfamilie nicht viel Gewicht hatte. Wäre Onkel Joel ein Chard gewesen, hätte Blaize seinen Titel geerbt, die Ländereien, das Haus und alle Privilegien, die mit der Erstgeburt verbunden waren. Blaize' Frau hätte über Georgiana geherrscht, und beim Tode von Onkel Joel wäre sie die Herrin von *Tarn Edge* geworden, und Tante Verity hätte sich zurückziehen müssen. Nicholas, als der jüngere, hätte sehr wenig geerbt und wahrscheinlich die geistliche oder militärische Laufbahn einschlagen müssen. Und obwohl Georgiana sicherlich wußte, daß in dieser neuen Welt, in die sie hineingeheiratet hatte, die Dinge ganz anders lagen, Nicholas eines Tages sogar reicher als Blaize sein würde, konnte sie diese Lebensumstände kaum begreifen, denn sie begegnete Blaize mit einer angeborenen Achtung, die nur Blaize amüsierte.
»Sie hat merkwürdige Ansichten«, hatte Mutter mir gesagt. »Mit ihrem Pferd redet sie mehr als mit Verity. Sie ist wahrhaftig nicht unterhaltend.«
Als sie mich an jenem Nachmittag in Tante Veritys kleinem Salon empfing, hatte sie etwas Verlorenes an sich. Und obwohl sie im ersten Augenblick nicht einmal wußte, in welcher Beziehung wir zueinander standen, war sie sichtlich erfreut, jemanden ihres Alters und Geschlechts zu sehen.
»Natürlich«, sagte sie dann und akzeptierte mein Geschenk mit gespielter Freude, denn ihre Schränke mußten von kostbarem Porzellan nur so überquellen, »jetzt kann ich mich erinnern. Sie sind eine Aycliffe! Ihre Mutter und mein Schwiegervater sind Geschwister.«
»Das stimmt. Nur heiße ich nicht länger Aycliffe. Ich habe im Oktober geheiratet, als Sie noch auf der Hochzeitsreise waren.«
»Du großer Gott! Im Oktober. Dann sind Sie ja noch kürzer verheiratet als ich. Hat Ihr Mann hier ein Unternehmen?«
»Ein Unternehmen?«
»Ja. Eine Fabrik oder etwas Ähnliches?«
»Nein. Er ist Arzt.«
»Wirklich?« fragte sie überrascht. Und ich glaube, der Gedanke, einen Arzt zu heiraten, wäre einer Clevedon niemals in den Sinn gekommen. »Wissen Sie, ich war in meinem ganzen Leben noch nie bei einem Arzt. Nicht einmal, als ich bei der Jagd vom Pferd stürzte und

mir das Schlüsselbein auskugelte. Mein Großvater renkte es wieder ein und erklärte nur, wenn ich mich krank fühlte, könne ich mich ja ins Bett legen. Doch die Damen, die zu meiner Schwiegermutter zum Tee kommen, scheinen alle leidend zu sein. Kürzlich war eine Mrs. Agbrigg da, sie ist jünger als ich, glaube ich, und sie sieht krank aus.«

»Ja. Mrs. Agbrigg ist meine Schwester. Sie hatte nie eine gute Gesundheit.«

»Oh . . . bitte, entschuldigen Sie. Diese Namen und verwandtschaftlichen Beziehungen untereinander verwirren mich so, obwohl ich das alles wissen müßte. Zu Hause war das so einfach. Ich wußte genau, welche Tempest welchen Chard geheiratet hatte und wer mit den Floods und den Ramsdens verwandt war. Damit bin ich aufgewachsen. Ich bin bei allen Taufen, Hochzeiten und Beerdigungen dabeigewesen. Ich wußte eben, daß Lady Wintertons Name in Lady Bardseys Gegenwart nicht fallen durfte, da Sir Morton Bardsey zu oft von ihr sprach. Doch hier, mit allen diesen vielen Hobhouses und Battershaws – was für seltsame Namen – weiß ich nie, ob ich nicht irgendeinen Fehler mache. Manchmal fühle ich mich ganz verloren, denn ich wurde dazu erzogen, niemals über Geld zu sprechen, nie, aber auch niemals zu fragen, was dieses oder jenes gekostet hatte. Und hier reden alle ganz offen darüber, ständig. Ich war schockiert, als eine Dame erzählte, wieviel tausend Pfund sie für ein Haus am Meer ausgegeben hatte, und glaubte, die anderen müßten ebenso schockiert sein. Doch sie waren beeindruckt. Ich nehme an, das ist so, weil sie Geld *verdienen*, was wir ja nicht tun. Deshalb sind sie mit seinem Umgang auch so vertraut.«

Ihre Verwirrung und ihr sichtliches Bemühen, sich in diesen neuen Kreisen zurechtzufinden, rührten mich. Ich beugte mich ein wenig vor und lächelte. Ich fühlte mich älter als sie, obwohl ich jünger war, und merkte, daß dieser Besuch weitaus weniger schwierig war, als ich angenommen hatte. Denn eigentlich war ich nur gekommen, um den Konventionen Genüge zu tun und um meine eigene Kraft zu prüfen, aber ich war auch wegen Giles gekommen – so wie ich alles zu jener Zeit nur für ihn tat. Ich wußte nicht, wieviel er über meine Beziehung zu Nicholas wußte – irgend etwas mußte er jedoch wissen – , und gab es eine bessere Möglichkeit, ihm keinen Kummer zu machen, als Nicholas' Frau eine Freundschaft anzubieten?

»Zu Hause war alles so einfach«, hatte sie gesagt, denn obgleich *Galton Abbey* nur ein paar Meilen entfernt war, lagen Welten dazwi-

schen. Außerdem sagte ich mir, daß sie mich nicht absichtlich hatte verletzen wollen und offensichtlich auch nicht wußte, daß es geschehen war. Also lächelte ich wieder und sagte:
»Sie werden sich bald an uns gewöhnen, Georgiana.«
»Glauben Sie?«
»O ja. Da bin ich sicher. Wenn Tante Veritys Freunde Ihnen so steif vorkommen, dann nur, weil sie in Ihrer Gegenwart noch schüchtern sind. Das wird sich geben. Und wenn Sie sich während der Mahlzeiten langweilen, weil nur über die Weberei gesprochen wird, machen Sie sich nichts daraus. Mein ganzes Leben habe ich diese Art Unterhaltung ertragen müssen und mich niemals daran gewöhnen können noch sie verstanden.«
»O wirklich?« sagte sie und lächelte plötzlich. Ihr Gesicht strahlte wieder diese überraschende Vitalität aus. »Ist das auch wahr? Nein, natürlich nicht, denn Sie wissen sicher alles über die einzelnen Webtechniken und haben das nur gesagt, um mich zu trösten. Aber das war sehr nett von Ihnen. Mrs. Ashburn – Faith – ich glaube, Sie hat mir der Himmel geschickt. Soll ich nach dem Tee läuten? Zu Hause habe ich immer auf den Gang hinunter gerufen, denn wir besitzen keine Klingel, die funktioniert; und der alte Honiman ist so taub, daß er sie nicht hört. Man konnte direkt eine Wette darauf abschließen – und mein Bruder Peregrine tut das auch, wenn er da ist . . . natürlich um Geld –, ob der Tee nun serviert wird oder nicht.«
Doch in *Tarn Edge* gab es solche Spiele nicht, und als das überladene Tablett mit dem vielen Kuchen gebracht wurde, schüttelte sie nur leicht den Kopf, so als könnte sie beim besten Willen diese Verschwendung nicht verstehen und hielte sie sogar für ein wenig vulgär. Doch plötzlich runzelte sie die Stirn und fragte:
»Sagen Sie mir, Faith, was tun Sie den ganzen Tag?«
»Was ich tue? Oh, hundert verschiedene Dinge.«
»Dann nennen Sie diese Dinge beim Namen, denn ich kann mir vorstellen, daß Ihr Mann viel auswärts zu tun hat, und Nicky ist nie zu Hause. Ich wußte einfach nicht, daß diese Fabriken die ganze Zeit eines Mannes beanspruchen. Nicky sprach von seinen Betriebsleitern, und so glaubte ich, die würden sich um seine Geschäfte kümmern, so wie unsere Pächter das tun. Doch weit gefehlt. Den ganzen Tag ist Nicky in der Fabrik und manchmal noch die halbe Nacht. Selbst Mr. Barforth verbringt dort den größten Teil seiner Zeit, was meine Schwiegermutter ganz normal zu finden scheint. Doch für mich ist das ungewohnt. Mein Großvater übt natürlich noch sein

Richteramt aus, denn schließlich ist er ja der Vorsitzende, aber sonst hält er sich immer auf unserem Landsitz auf. Und er lebt nicht nach der Uhr, so wie es hier geschieht. Wie können sie sich nur alle bei diesem fantastischen Wetter einsperren? Sie reiten nicht, Faith, oder?«

Und als ich den Kopf schüttelte, sagte sie traurig:

»Nein. Das tut hier niemand. Nur zur Fabrik und zurück. Oh, und Nicky hat mir die schönste Stute geschenkt, die man sich vorstellen kann. Und was fange ich mit ihr an? Er erlaubt mir nicht, alleine auszureiten, und sagt, man würde das nicht verstehen. Den Pferdeknecht von *Galton* kann ich nicht nehmen, denn wir haben nur einen. Und die Stallburschen hier können mit mir nicht mithalten. So steht das arme Pferd den ganzen Tag im Stall; nur ein kleiner Spazierritt am Morgen, das ist alles. Aber Weihnachten muß er mich nach *Galton* lassen, denn wenn ich dann nicht jagen kann, wird mich das einfach umbringen.«

Kurz darauf verabschiedete ich mich. Doch vorher hatte ich Georgiana versprochen, wiederzukommen und sie in Cullingford zu Veranstaltungen mitzunehmen. Noch am selben Abend kam Blaize kurz vorbei und dankte mir für diesen Besuch.

»Das war sehr nett von dir, Faith.«

»Warum?« fragte ich mit einer gewissen Schärfe, denn ich war überrascht, wie gut er meine Lage kannte.

»Du weißt, warum. Es tut mir leid, daß es dich noch immer schmerzt.«

»Du irrst dich.«

»Sehr gut. Es freut mich, daß ich das tue. Du hast den besten Mann auf der Welt geheiratet, weißt du das?«

»Das brauchst du mir nicht zu sagen, Blaize Barforth.«

»Nein. Ich verstehe. Gute Nacht dann.«

»Gute Nacht. – Blaize?«

»Ja?«

»Sind sie glücklich?«

»Wahrscheinlich. Sie ist völlig auf ihn angewiesen, denn sie glaubt, daß sonst jeder gegen sie ist. Und er liebt sie noch immer leidenschaftlich. Das gefällt ihr natürlich – warum auch nicht? Und ich glaube, sie schätzt ihn in vieler Hinsicht. Du solltest das verstehen, Faith.«

»Gute Nacht, Blaize.«

»Ganz recht, gute Nacht. Und wenn das heißen soll ›Besuch mich

nicht mehr‹, so nehme ich davon keine Notiz. Du wirst mir verzeihen – wie immer. Und du brauchst meine Leichtfertigkeit in dieser trübsinnigen Welt. Giles hat gegen deine Dankbarkeit nichts einzuwenden. Ich hätte auch nichts dagegen. Irgendwo muß man ja schließlich anfangen, und dieser Anfang ist nicht schlecht, denn eine dankbare Frau ist für einen Mann immer sehr angenehm. Und du hast so viel Zeit, um dich in ihn zu verlieben. Laß es langsam in dir wachsen. Es wird geschehen.«
Und mit diesen Worten küßte er mich auf die Wange, tippte an seinen Hut und schlenderte davon.

14

Ein Jahr des Friedens und tiefer innerer Zufriedenheit würde vor mir liegen, so glaubte ich, ein Jahr, das richtungweisend für mein Leben sein würde, so wie ein langsam dahinfließender Strom, ohne Untiefen und gefährliche Wasser.
Caroline, die acht Monate verreist gewesen war, kehrte am Ende dieses kalten, schneereichen Januars zurück. Sofort ließ sie mich nach *Listonby* holen, weil sie meine Meinung bezüglich der Renovierungsarbeiten hören wollte, um endlich in einem würdigen Rahmen alle ihre neuen Bekannten empfangen zu können. Und als ich fragte, wo ihr Mann sei, antwortete sie zerstreut:
»Matthew? Oh, ich glaube, er ist auf der Jagd. Jedenfalls ist das seine Hauptbeschäftigung.«
Doch Caroline, die vor dem offenen Feuer saß, das in dem großen Kamin brannte, war im Gegensatz zu Georgiana vollkommen glücklich.
»Matthews alte Haushälterin werde ich entlassen«, sagte sie, kaum daß die aufrechte kleine Person außer Hörweite war. »Er kann ihr als Abfindung ein Cottage schenken, denn das scheint ja hier so Sitte zu sein und ist außerdem noch sehr entgegenkommend von ihm, denn sie ist ihrer Aufgabe hier jetzt nicht mehr gewachsen. In London habe ich mich schon nach einer geeigneten Person umgesehen, denn ich brauche jetzt jemanden, der Erfahrung, Stil und auch Ausdauer besitzt. Die Leute, die ich einzuladen gedenke, sind ein gewisses Niveau gewöhnt, und ich möchte ihnen etwas bieten, das dieses Niveau sogar noch übertrifft. Die Reise hierher soll sich für sie gelohnt haben. Mein Vater hat es immer so gehalten, und darin stim-

me ich vollständig mit ihm überein. Im Augenblick geht das natürlich nicht, denn hier wird ein Chaos herrschen, bis die Renovierungsarbeiten abgeschlossen sind. Doch dann werde ich während der Jagdsaison Gesellschaften geben. Auf diese Weise bleibt Matthew zu Hause; ich habe nämlich keine Lust, das halbe Jahr hier allein herumzusitzen. Also lade ich seine Freunde ein. Für alles wird gesorgt werden: genügend Ställe; Kutschen, um Picknicks für die Damen zu veranstalten, die nicht jagen. Und dann werde ich Jagdbälle veranstalten, zu denen aber auch jeder kommt. Nicht nur die Provinzler hier, sondern auch die Leute aus den Grafschaften und London. Und natürlich gibt es ein Fest zum Erntedank mit einem großen Zelt auf dem Rasen, speziell für die Pächter. Meine Weihnachtsfeste werden grandios sein. Natürlich *möchte* ich das alles, aber ich habe auch das Gefühl, man erwartet es von mir. Auch für die Bediensteten werde ich einen Tanzabend veranstalten. Zuerst gefiel mir die Idee nicht, doch dann wohnte ich einer solchen Veranstaltung in Shropshire bei und fand sie ganz amüsant. Dann haben die Leute etwas, worauf sie sich freuen können – so etwa wie die Prämien, die die Arbeiter in *Tarn Edge* bekommen.«

»Und wie gefielen dir Matthews Freunde?« fragte ich. Ich mußte an Georgianas Bestürzung über die neuen Gesellschaftskreise denken, in die sie hineingeheiratet hatte, und glaubte, Caroline wäre es ähnlich ergangen. Doch im Gegensatz zu ihrer Schwägerin schien sie nicht darunter zu leiden, sondern viel mehr ihre Umwelt nach ihrem Geschmack zu formen, als sich ihr anzupassen.

»Sie waren alle sehr höflich und freuten sich, mich kennenzulernen. Außerdem gaben sie sich viel Mühe, um mich zu zerstreuen, aber unter uns gesagt, manche unter ihnen sind überhaupt nicht so großartig, wie ich sie mir vorgestellt hatte. Matthews Tante in Shropshire ist immerhin die Tochter eines Earls und ihr Mann Lord Macclesworth, und sie haben auch Geld. Trotzdem hat sie nicht einmal etwas Anständiges zum Anziehen und führt ein sehr ruhiges Leben. Mein Gott, wie habe ich mich bei ihr gelangweilt! Und andere, Faith – das darfst du aber auf keinen Fall weitererzählen –, führen ein höchst unmoralisches Leben. In einem der Häuser, wo ich eingeladen war, empfing eine verheiratete Cousine von Matthew jahrelang ihren Liebhaber. Jeder wußte davon, und man gab ihnen sogar noch nebeneinanderliegende Schlafzimmer. Nun, das verblüfft dich, nicht wahr? Auch ich war schockiert, doch Matthew lachte nur darüber und sagte, es gebe keinen Grund, deswegen Theater zu machen.

Wenn der Ehemann der Frau damit einverstanden sei, warum sollte er oder ich uns darüber aufregen? Du meine Güte! Könntest du dir vorstellen, daß so etwas in *Tarn Edge* geduldet würde – oder bei einem unserer Bekannten? Und hier wird es dergleichen nicht geben, das schwöre ich dir. Zwar bin ich kein Gänschen mehr und weiß, daß es diese Dinge gibt, aber schließlich sollten sich solche Leute nicht so schamlos aufführen und diskreter sein. Jedenfalls sehe ich die Dinge so. Schließlich hat man ja seine Grundsätze. Und ein paar von den jüngeren Chards sind richtige Spieler. Sie können mit Geld überhaupt nicht umgehen. Kein Wunder, daß viele in finanziellen Schwierigkeiten stecken. Doch davon abgesehen kann ich mich nicht beklagen. Nun . . . erst einmal muß ich mein Kind kriegen, und dann können wir wieder über Kleider reden, Faith. Du bist ja nicht schwanger, das ist offensichtlich. Immer noch so schlank und elegant. Du weißt sicher, daß Georgiana auch ein Kind bekommt? O ja. Und Mutter ist ganz aus dem Häuschen, weil meine Schwägerin darauf besteht, jeden Freitag nach *Galton Abbey* zu reiten; montags kommt sie dann zurück. Du solltest deinen Mann bitten, einmal mit ihr zu reden.«

Doch Georgiana nahm jede Gelegenheit zur Flucht nach *Galton* wahr. In Cullingford gefiel es ihr nicht, und ich sah sie sehr selten, da ich ganz und gar mit Giles beschäftigt war. Ein- oder zweimal saß ich nicht weit von ihr entfernt, als Tante Verity ihre offiziellen Dinner gab. Wahrscheinlich war sie gewarnt worden, daß ihre Jagdgeschichten bei den Gästen nur wenig Anklang finden würden, und so saß sie da: ein kleines, stilles Mädchen, in feine Kleider gehüllt, die sie sicher unbequem fand, und lauschte sichtlich gelangweilt einer Unterhaltung, die sich nur um Gewinne und verschiedene Stoffarten und -qualitäten drehte. Manchmal warf sie mit der ihr eigenen vogelgleichen Bewegung des Kopfes Nicholas einen flehenden Blick zu, der ihr dann beruhigend zulächelte. Und Tante Verity erkältete sich in jenem Winter, worauf Onkel Joel sie besorgt an die Südküste schickte, bis es wieder wärmer würde. Auch er kehrte nur von Zeit zu Zeit nach Hause zurück, um die Fehler seiner Söhne auszubügeln – wie er sich ausdrückte – und sie daran zu hindern, ihrem ungezügelten Barforth-Temperament allzu freien Lauf zu lassen, Nicholas mit den Fäusten und Blaize mit seiner spitzen Zunge.

Im Frühling reiste Blaize nach Amerika, und diese Reise war ein voller Erfolg, in privater wie auch geschäftlicher Hinsicht. Von nun an würden diese Reisen wohl zu seinem Leben gehören.

»Ich hatte geglaubt, du würdest wenigstens mit einer Frau zurückkommen«, sagte Prudence zu ihm.
»Das nächste Mal«, versprach Blaize. »Ja, das wäre durchaus eine Möglichkeit, denn es gibt ganz außerordentliche Frauen dort drüben. Sie strahlen wie ein frischer Junimorgen. Außer, ich mache die Bekanntschaft einer Indianerprinzessin. Wie würde dir das gefallen, Prudence? Das müßte doch meinen Sinn für das Außergewöhnliche befriedigen.«
»Ich denke, es würde eher deinen Vater umbringen. Aber du solltest nicht zu lange abwesend sein, Blaize, denn ich habe gehört, daß dein Bruder einen großen Erfolg für sich buchen kann.«
»So siehst du die Sache also«, entgegnete er. Seine grauen Augen blickten noch immer amüsiert, doch auch eine ungewöhnliche Wachsamkeit war darin zu lesen. »Du sprichst sicher von der Wollkämmfabrik? Nun, die Geschichte sähe ziemlich böse aus, hätte Nicholas dazu Vaters Zustimmung während meiner Abwesenheit eingeholt. Doch er redet schon sehr lange davon, und jetzt war der Zeitpunkt gekommen, den Plan in die Tat umzusetzen, sonst hätte Vater seine Einwilligung niemals gegeben. Die Arbeit in dieser Fabrik ist eine ziemlich schmutzige Angelegenheit. Ich habe nicht die Absicht, mich damit zu befassen.«
»Aber dich hat er doch deswegen überhaupt nicht gefragt.«
»Wie scharfsinnig du doch bist, Prudence. Nein, er hat mich nicht gefragt. Diese Fabrik gehört Nicholas – und natürlich Vater. Das war ein sehr geschickter Schachzug, denn nun sind wir bezüglich der Wollkämmerei aller Sorgen ledig, denn schließlich haben wir die Priorität über die Hobhouses und die anderen Fabrikanten. Mein Bruder hat viel zu tun. Eine neue Frau, eine neue Fabrik und noch die Leitung von Lawcroft und Tarn Edge, wenn ich nicht da bin. Aber, meine liebe Prudence, falls du glaubst, er will mich ausbooten, kann ich dich beruhigen. Mein Anteil an den Barforth-Unternehmen ist mir sicher. Nur mache ich mir nicht gern die Hände mit Maschinenöl schmutzig. Nicky wird sicher ein Vermögen auf eigene Rechnung machen, aber gleichzeitig wird er auch meines vergrößern. Die neuen Kämmaschinen werden den gesamten Herstellungsprozeß beschleunigen, und damit können wir mehr Stoffe verkaufen. Mach dir um mich keine Sorgen, Prudence. Zwar gefällt mir das, aber es ist nicht nötig.«
Nicholas' neues Unternehmen, von dem er mir vor so langer Zeit erzählt hatte, nahm bald Gestalt an – ein niedriges Fabrikgebäu-

de in der Nähe von Lawcroft Fold. Mit großen Lettern stand daran geschrieben: *Law Valley Wollkämmerei*. Wie alle Fabriken, so brachte auch diese einigen wenigen neuen Reichtum, während viele wieder brotlos wurden und die Zahl der Arbeitslosen, die auf den Straßen herumlungerten, noch vergrößerten. Es mußte etwas für diese armen Menschen getan werden.

»Sie haben Hunger«, sagte Bürgermeister Agbrigg wieder einmal, der aus eigener Erfahrung solch erbärmliche Lebensumstände kannte.

»Sie sind unverschämt«, erwiderte Tante Hannah, die schon öfter das Ziel der aufgebrachten Menge gewesen war.

»Sie sind eine Plage«, war die Meinung vieler. Und so gründeten Bürgermeister Agbrigg und Prudence eine Hilfsorganisation für Wollkämmer mit dem Ziel, ihnen eine andere Arbeit zu verschaffen oder ihnen zu helfen auszuwandern. Vom Stadtrat wurden Bürgermeister Agbrigg fünfzehnhundert Pfund zu diesem Zweck zur Verfügung gestellt, und noch viele Jahre später erhielt Prudence aus Kanada und Australien Briefe von den Emigranten, denen sie geholfen hatte.

»Ich sammle für die Wollkämmer«, sagte sie zu Blaize, kurz nach Gründung der Organisation. »Nun, ich bin gespannt, wieviel du gibst?«

»Oh . . . das Doppelte, was mein Bruder gegeben hat«, entgegnete er, und dabei funkelten seine grauen Augen boshaft, weil er genau wußte, daß Nicholas nichts gespendet hatte.

Doch die Familienzwistigkeiten der Barforths gingen mich nichts an. Sie waren reich und würden noch reicher weren. Aber auch ich war reich. Ich hatte einen Mann, der mich brauchte, mit jeder Faser seines Herzens und seines Körpers. Noch immer hatte ich Angst, ihm nicht alles zu geben, ihn nicht glücklich zu machen, denn auf unerklärliche Weise antwortete mein Körper nicht so auf seine Zärtlichkeiten, wie ich es mir sehnlichst wünschte.

»Giles, es tut mir so leid. Glaubst du, daß etwas nicht mit mir stimmt?«

»Nein, nein, Liebling. Denk nicht darüber nach. Verkrampf dich nicht. Laß es einfach geschehen. Wir haben Zeit . . . viel Zeit.«

Doch immer, wenn ich glaubte, endlich diesen Höhepunkt zu erreichen, von dem er mir so oft gesprochen hatte – ich fühlte mich wie ein flügelschlagender Vogel, der endlich seinem Käfig entfliehen wollte –, entglitt er mir wieder, und ich war so verzweifelt, daß ich hätte weinen können.

»Giles, es tut mir so leid.«
»Liebling, das braucht es nicht.«
»Mindert es dein Vergnügen?«
»Nein, in keiner Weise. Und mein wahres Glück ist, daß ich dich liebe.«
»O ja. Und ich möchte dir alles geben. Du *sollst* glücklich sein, Giles. Ich will dich glücklich machen.«
»Aber das tust du doch. Quäl dich nicht – das allein macht mich unglücklich.«
Aber diese körperliche Erfüllung, die ich nicht empfinden konnte, wurde für mich zum Symbol unserer Verschiedenheit. Ich liebte Giles. Ich liebte ihn nicht auf diese absolute, verzehrende Weise, mit der ich Nicholas geliebt hatte. Und in meinem Wunsch, eins mit ihm zu werden, glaubte ich, daß der Höhepunkt des Liebesaktes nicht nur wünschenswert, sondern das Wesentlichste sei. Würde ich ihn erleben, gehörte ich ihm ganz und gar, und er würde wissen, daß er mich besaß. Mein Körper sollte zum Sklaven seines Körpers werden. Doch die Angst, wieder zu versagen, setzte mich derart unter Spannung, daß ich Nacht für Nacht versagte. Mein Körper gehorchte meinen Wünschen nicht.
»Das bedeutet nicht, daß ich dich nicht begehre, Giles. Ich tue es.«
»Das weiß ich. Laß dich gehen, laß es einfach geschehen, Liebling. Ich verlange viel zu früh zuviel von dir.«
»Nein! Das tust du nicht. Du könntest niemals zuviel von mir verlangen. Warum fühlst du dich immer schuldig? Sei doch nicht so *nett* zu mir, Giles, wenn ich es nicht verdiene. Wenn ich dir nicht genüge, mußt du es mir sagen.«
Und es gab Augenblicke, wo ich ihm mit vor Enttäuschung zusammengebissenen Zähnen erlaubt hätte, mich zu schlagen, um ihm das zu geben, was ich mir so verzweifelt wünschte zu geben.
Aber er bliebt stets sanft und zärtlich, und ich wußte, daß wir bis auf diesen einen Punkt wirklich glücklich waren. Das war mein Leben, untrennbar mit dem seinen verbunden. Ich hatte mein Glück wiedergefunden und wünschte mir kein anderes.
Im Juni – ein Jahr nach ihrer Hochzeit – kam Caroline nieder. Und mit der ihr eigenen Begabung gebar sie nicht nur ein Kind, sondern Zwillinge: zwei gesunde Buben, die ohne größere Aufregung das Licht der Welt erblickten und auch später nicht für Aufregung sorgten. Ruhig lagen sie in ihren Wiegen neben Carolines Bett, während sie endlose Listen über die zu liefernden Lebensmittel und die einzu-

ladenden Gäste machte. Dominic Chard, der ältere, würde eines Tages Titel und Ländereien erben, während der um zehn Minuten jüngere Bruder Master Noel St. John Chard schon frühzeitig selbst für seinen Lebensunterhalt würde sorgen müssen. Doch Dominic schien schon jetzt mit seinen winzigen Fäustchen – ganz wie seine Mutter – nach den Sonnenstrahlen, die durch das geöffnete Fenster drangen, zu greifen.

»Ich denke, der jüngere wird in die Armee eintreten«, sagte Caroline, nachdem sie meine Komplimente und Geschenke akzeptiert hatte. »Ja . . . einen Colonel der Husaren werde ich aus ihm machen. Ich weiß zwar nicht genau, was das ist, aber es klingt gut, nicht wahr? Colonel Noel St. John Chard. Wir hatten schon einen kleinen Streit wegen der Taufe. Da Matthew zwei Cousins hat, die beide Bischöfe sind, schlug ich vor, daß sie die Kinder taufen sollten. Doch dieser Vorschlag wurde nicht gut aufgenommen, denn jeder wollte natürlich das älteste Kind taufen, und falls sie sich nicht einigen, werde ich den Vikar von Cullingford bitten, es zu tun, und das heißt natürlich, Öl ins Feuer zu gießen. Nun – Georgiana habe ich jetzt einiges voraus, und sie wird mich so schnell auch nicht wieder einholen. Außerdem ist sie noch derart dünn, daß ich mich frage, ob sie überhaupt schwanger ist. Und wenn sie das Reiten nicht aufgibt, wird sie noch eine Fehlgeburt haben. Ja, Faith, ich erwarte dich und deinen Mann dann zur Taufe.«

Georgiana jedoch gebar einen Monat später in *Tarn Edge* ebenfalls einen Sohn. Trotz ihrer sportlichen Konstitution kämpfte sie sechsunddreißig qualvolle Stunden – an ihrer Seite der alte Dr. Overdale und der junge Dr. Ashburn –, bis das Kind auf der Welt war. Sie war noch sehr schwach, als ich sie besuchte, und lag zu Bett, obwohl schon drei Wochen seit ihrer Niederkunft vergangen waren. Ihr Gesicht auf dem voluminösen Kopfkissen wirkte ausgezehrt, ihr kleiner Körper so mager und verletzbar, und ihre grünen Augen rührten mich zutiefst – denn sie war doch Nicholas' Frau –, und ich fühlte nichts als Zuneigung für sie.

»Georgiana, war es wirklich so schlimm?«

»O ja«, sagte sie lächelnd. »Wie nett von Ihnen, danach zu fragen. Denn jetzt kann ich es aussprechen. Es war schrecklich. Jeder hat mir erzählt, wie gut ich aussehe und wie tapfer ich gewesen bin. Doch ich muß so laut geschrien haben, daß sogar Nicky mich gehört hat. Und ich war wütend über mich, daß ich ein solcher Feigling gewesen bin. Ihr Mann war wundervoll. Dr. Overdale sagte mir

nur: ›Seien Sie still, kleine Frau‹, doch Ihr Mann ermutigte mich zum Schreien und sogar zum Fluchen. Das habe ich dann auch getan. Nun, und da ist er, der mir soviel Schmerzen bereitet hat: Master Gervase Clevedon Barforth. Er ist ziemlich klein, aber wenn er erst einmal größer ist, ähnelt er sicher meinem Bruder. Er hat noch nicht viel Haar, aber das wenige gleicht Perrys Haar. Kastanienbraun. Möchten Sie ihn einmal aufnehmen? Die meisten halten das für eine Pflicht, aber wenn Sie es nicht möchten, verstehe ich das.«
Äußerst behutsam nahm ich ihn, da ich überhaupt keine Erfahrung mit Neugeborenen hatte. Er war so leicht wie ein Kätzchen, und ich legte ihn schnell wieder in seine Wiege, aus Angst, ihm wehgetan zu haben.
»Ich wollte, daß er in *Galton Abbey* zur Welt kommen sollte«, sagte Georgiana wehmütig. »Ich war ziemlich niederträchtig, muß ich gestehen, denn ich fuhr, sooft es mir nur möglich war, dorthin, in der Hoffnung, daß meine Wehen einsetzen würden. Dann hätte ich dort bleiben müssen. Sie können sich nicht vorstellen, welche Gewaltmärsche ich unternommen habe. Perry ist sogar in seinem Einspänner mit mir gefahren, damit ich ordentlich durchgerüttelt wurde. Wir fuhren wie der Teufel sogar bis Patterswick, so sehr wünschte ich mir, in *Galton* niederzukommen. Auch wollte ich ihn Peregrine nennen, aber Nick meinte, ein Peregrine in der Familie wäre genug. Doch gegen den Namen Gervase – nach meinem Großvater – hatte niemand etwas einzuwenden, und Clevedon nannte ich ihn in Erinnerung an meine Familie. Denn sollte Perry nicht heiraten, ist er der rechtmäßige Erbe von *Galton Abbey*.«
»Nicholas ist das wahrscheinlich völlig egal«, sagte Prudence später, als ich ihr von meinem Besuch erzählte. »Ich kann mir nicht vorstellen, daß er ein Imperium errichtet, damit es dann von den Clevedons verschwendet wird. Caroline wollte den Titel und das Land, aber Nicholas wollte nur die Frau. Georgiana wird sich damit abfinden müssen, daß ihr Sohn eines Tages Fabrikant wird.«
Obwohl die Clevedons auch Verwandte hatten, die hohe kirchliche Ämter bekleideten, fand die Taufe Gervase' in der Kapelle von *Galton Abbey* im engsten Kreise statt. Hingegen glich die Zeremonie in *Listonby* eher einer Einführung in die Gesellschaft des zukünftigen Baronets und Husarenobersts als einer Taufe. Das Haus – in dem die Renovierungsarbeiten noch nicht abgeschlossen waren – quoll nur so von Chards über. Alle Stände und Gesellschaftsklassen waren vertreten: Adelige, kirchliche Würdenträger, Koryphäen des

Sports und Militärs. Nachdem sie sich alle lobend über Master Dominic und Master Noel geäußert hatten, nahmen sie an dem großen Taufbankett, das in dem Speisesaal aus dem 18. Jahrhundert stattfand, teil. Die Tafel bog sich unter köstlichsten Speisen wie getrüffelten Hühnern und Rebhühnern, Hummern und Lendensteaks, während draußen auf der Wiese unter den Ulmen und Ahornbäumen für die Pächter ein ganzer Ochse am Spieß gebraten wurde.

Obwohl Carolines großer Ballsaal noch nicht fertig war, wurde getanzt. Die große Halle war der Familie und den Gästen vorbehalten, und auf dem Rasen war ein Zelt aufgestellt worden, wo für die Bauern, Dörfler und Jäger Bier ausgeschenkt wurde.

In der Halle floß Champagner in Strömen, und um Mitternacht begaben sich die feinen Leute nach draußen, um mit dem einfachen Volk noch einmal auf die Kinder anzustoßen. Dies war eine ausgezeichnete Gelegenheit für Caroline, sich als neue Herrin vorzustellen, und alle waren überaus glücklich, daß sie schon so kurze Zeit nach der Hochzeit die Kontinuität des Geschlechts auf doppelte Weise gesichert hatte.

Das Fest war ein überwältigender Erfolg, jeder amüsierte sich aufs beste, doch immer innerhalb der guten Sitten. Denn darauf achtete Caroline streng: daß niemand aus der Rolle fiel.

»Das hast du gut gemacht«, sagte ich ihr.

»Ja«, entgegnete sie. »Ich glaube, es war ein Erfolg. Obwohl ich mich nicht auf meinen Lorbeeren ausruhen werde. Denn wenn man in Selbstzufriedenheit verharrt, befindet man sich schon auf dem absteigenden Ast. Das hat mich mein Vater gelehrt. Warte nur, bis ich meinen Weihnachtsball gebe, Faith. Ich denke, selbst Vater wird dann beeindruckt sein.«

Auch der Grundstein von Tante Hannahs Konzerthalle wurde in diesem Jahr gelegt, auf dem Grundstück am Marktplatz, das sie selbst dafür bestimmt hatte, und unter den Klängen der Cullingforder Blaskapelle. Der feierliche Akt fand unter der Leitung eines Earls statt, eines älteren Herrn, der offensichtlich nicht über die genaue Funktion seines Besuches aufgeklärt worden war. Trotzdem spielte er seine Rolle nachher bei dem Empfang, den Tante Hannah in der Stadthalle gab, gut. Obwohl sie nicht mehr Bürgermeisterin war – Mr. Hobhouse hatte jetzt dieses Amt inne –, herrschte sie weiter unumstritten, während Mr. Hobhouse ohne die Hilfe Mr. Agbriggs nicht auskam. Denn trotz immer schlechter werdender Geschäfte verbrachte dieser seine Nachmittage lieber im *Old Swan*, als sich mit den Cullingforder Wasserwerken anzulegen.

»Agbrigg ist mein Mann«, war seine stete Rede, zu Tante Hannahs und Onkel Joels großer Verdrossenheit, dessen ›Mann‹ Mr. Agbrigg doch zweifellos war. »Er wird das Wasserwerk schon noch kleinkriegen, dessen bin ich gewiß. Wie schlau von Ihnen, Agbrigg. Denn wenn Sie bei der nächsten Wahl dann wieder Bürgermeister sind, können Sie auch den ganzen Ruhm dafür einheimsen.«

»Dabei hat er allein die ganze Arbeit dafür geleistet«, sagte Prudence so laut, daß jeder sie verstehen konnte. Und es war in der Tat kein Geheimnis, daß es allein Mr. Agbriggs Bemühungen zu verdanken war, daß die Besitzer die Wasserwerke für die horrende Summe von einhundertfünfundsechzigtausend Pfund verkauften. Außerdem gelang es ihm, weitere vierhunderttausend Pfund aus öffentlichen Mitteln für die Errichtung von Wasserreservoiren bereitzustellen.

»Wieviel Energie!« hatte Mrs. Hobhouse einmal für ihre Verhältnisse recht boshaft bemerkt. »Denk doch nur, meine liebe Hannah, wenn man diesen Betrag in das Unternehmen gesteckt hätte! Dann könntest du heute Millionärin sein, nicht nur Bürgermeisterin.«

Doch Tante Hannah, deren Bauprojekt jetzt Realität wurde und die der Ruf ihres Mannes, den man quasi als Volkshelden feierte, mehr als zufrieden stimmte, hatte diese Bemerkung nur mit einem Neigen ihres edlen Barforth-Hauptes und einem Lächeln quittiert.

Auch Mutter wohnte der Grundsteinlegung bei. Sie erlaubte dem äußerlich respektablen, aber innerlich verderbten – laut Blaize – Mr. Oldroyd gnädig, ihren Arm zu nehmen. Einem Flirt war sie nie abgeneigt, doch sie langweilte sich, wie ich wußte, und wünschte sich nichts sehnlicher, als wieder zu reisen, allerdings wußte sie noch nicht, wohin.

»Du siehst wie neunzehn aus, Mama«, sagte ich ihr.

»Meine Liebe, das weiß ich. Aber es ist sehr nett von dir, es zu sagen. Doch was nützt es mir schon, wenn alle anderen meiner Generation so alt aussehen? Wo sind nur die attraktiven Männer geblieben? Gerade das fragte ich mich heute morgen. Einst war die Welt voll von ihnen, und jetzt scheint es keine mehr zu geben. Nun, ich habe die Antwort gefunden. Es gibt sie noch, nur sind sie älter geworden. Matthew Oldroyd war ein gutaussehender Mann, ehe er so vertrocknet und grau wurde. Und Bradley Hobhouse, meine Liebe, war wirklich einen Blick wert, als er noch rank und schlank war und nicht eine Tonne wog. Doch jetzt – Joel natürlich ausgenommen –

sind sie nichts als eine Bande aufgeblasener oder verschrumpelter alter Knaben, und selbst Joel nimmt an Gewicht zu. Ich mag zwar wie neunzehn aussehen, Faith, aber es gibt Tage, an denen ich mich überhaupt nicht so fühle. Vielleicht sollte ich mich auch in purpurnen Samt hüllen, wie Hannah und Emma-Jane Hobhouse, und geruhsam das Alter erwarten. Ich frage mich manchmal, ob es nicht besser wäre, gleich als Matrone auf die Welt zu kommen, wie Celia.«

Zur Grundsteinlegung war Celia nicht gekommen – sie fürchtete, zu lange stehen zu müssen, und die Musik der Blaskapelle würde ihr sicher Kopfschmerzen machen –, doch bei dem anschließenden Empfang in der Stadthalle war sie, auf Jonas' Arm gestützt, erschienen. Jonas hatte ihr einen Stuhl besorgt, das Fenster geöffnet, damit sie von dem Geschehen dort draußen etwas sehen konnte, und es wieder geschlossen, da sie fürchtete, sich zu erkälten. Und obwohl ihm niemand vorwerfen konnte, daß er sich nicht um seine Frau kümmere, so lag doch keine Wärme in diesen Gesten, mit denen er sie umsorgte und die sie so nötig brauchte, um einfach nur beachtet zu werden.

»Jonas, die Limonade, die du mir gebracht hast, ist viel zu warm.«

»Ich hole dir etwas Eis.«

»Du weißt doch, daß ich vom Eis Kopfschmerzen bekomme.«

»Verzeih. Was soll ich dir dann bringen?«

»Oh . . . ich weiß nicht. Kannst du mir nicht etwas vorschlagen? Außerdem gibt es nur Champagner, und den vertrage ich nicht. Vielleicht macht mir jemand etwas Tee?«

»Ich frage nach.«

»Danke. Und nicht zu stark, bitte. Das letztemal, als ich hier Tee getrunken habe, war er ganz schwarz und bitter, schrecklich. Beeil dich, Jonas.«

Er ging, um ihrer Bitte nachzukommen. Und während Prudence sein kühles, unbewegtes Gesicht beobachtete, flüsterte sie mir ins Ohr: »Jonas scheint bei unserer kleinen Schwester unter dem Pantoffel zu stehen. Wer hätte das gedacht? Ich wäre eher vom Gegenteil überzeugt gewesen.«

Doch in dieser Hinsicht stimmte ich Prudence nicht ganz zu. Celia hatte sich schon immer beklagt und gejammert, war immer den anderen auf die Nerven gefallen, doch Prudence wußte so gut wie ich, daß diese Angewohnheiten aus ihrem Minderwertigkeitsgefühl und ihrer Einsamkeit herrührten. Weder Vater noch Mutter oder ihre

Schwestern hatten ihr in der Kindheit Beachtung geschenkt, nur Miss Mayfield war auf ihr wiederholtes ›Meine Kopfschmerzen! Meine Rückenschmerzen!‹ stets herbeigeeilt. Und diese eingebildeten Krankheiten hatten ihr eine gewisse Wichtigkeit verliehen. Und nun, da der Triumph ihrer frühen Ehe verblaßte, griff sie wieder zu denselben Mitteln. Ihre beiden Fehlgeburten lastete sie dem Mann an, der entschlossen schien, ihr ein guter Ehemann zu sein – denn alles, was Jonas tat, hatte mit größter Perfektion zu geschehen –, aber der sie nicht liebte.

»Nun«, sagte ich zu Prudence und sprach meinen Gedanken laut aus, »wenigstens ist er nicht in eine andere Frau verliebt.«

»Jonas?« fragte sie. »Natürlich nicht. Gütiger Himmel, Faith, ist das alles, woran du denken kannst? Ich hätte niemals geglaubt, daß du dich derart verliebt in Giles in der Öffentlichkeit zeigen würdest. Ich bin sicher, ihm gefällt es, selbst wenn deine Konversation beträchtlich darunter leidet.«

Wir verließen den Empfang sehr früh. Giles hatte einen Notruf erhalten, und ich fuhr mit ihm in die Simon Street und wartete in dem Einspänner, als er einen schmalen Durchlaß zwischen zwei Häusern hindurchging und eine Hütte betrat, die mein Vater gebaut hatte. Simon Street war nicht nur der Name für diese eine Straße, sondern bezeichnete einen ganzen Distrikt, der sich spinnennetzartig zwischen dieser Straße und der Saint Street erstreckte. Es war auch nicht der verkommenste Ort, den ich kennengelernt hatte; nur war er größer, und deshalb erschienen die Tragödien und Brutalitäten schlimmer, weil sie zahlreicher waren. Und selbst dem flüchtigsten Betrachter dieses Viertels wurde klar, daß mein Vater, der sich einst gebrüstet hatte, mehr Menschen als irgendwer auf eine Quadratmeile zusammenpferchen zu können, die Wahrheit gesprochen hatte. Die Straße war nicht gepflastert, von stinkenden Pfützen übersät, und in den zweiräumigen Hütten hausten manchmal zehn oder mehr Menschen, die nicht wußten, wohin mit dem Abfall.

Ich wußte, daß die Frau, zu der man meinen Mann gerufen hatte, schmutzig war, wie alle anderen Frauen in dieser Gegend. Selbst wenn sie wollten, hätten sie den Geboten der primitivsten Reinlichkeit nicht genügen können. Der einzige Wasserhahn in der Simon Street wurde jeden Tag nur für eine halbe Stunde geöffnet, und nur wenige Frauen hatten genug Eimer, um sich einen Wasservorrat für den ganzen Tag anzulegen. Auch verfügten sie nicht über die Kräfte, diese Eimer nach Hause zu tragen.

Ich wußte auch, daß Giles' Patientin wahrscheinlich bei seiner Ankunft betrunken sein würde, denn Gin war hier billiger als Wasser und für die Bewohner der Simon Street das einzige Mittel, das sie ihre Misere vergessen ließ.
Und ich wußte, daß diese Frau meinen Mann nicht bezahlen konnte, auch würde sie keinen seiner Ratschläge beherzigen und weitertrinken und ihr Leben vertun, denn niemand hatte ihr je irgendeine Form von Wertschätzung entgegengebracht. Als ich mich an die Stelle dieser armen Kreaturen versetzte und mich fragte, was aus mir geworden wäre, hätte mich das Schicksal an einem solchen Ort aufwachsen lassen, erfüllte mich plötzlich eine große Dankbarkeit und ein großes Glücksgefühl.
Giles kehrte zum Wagen zurück, und als wir uns unserem Haus näherten, schmiegte ich mich an ihn und sagte:
»Du bist ein wundervoller Mann, Giles.«
»Überhaupt nicht. Ich bin ein ganz gewöhnlicher Mann. An mir ist nichts Bemerkenswertes.«
»Ich habe gesagt, du bist wundervoll, und ich dulde keinen Widerspruch.«
Er lächelte ruhig und verhalten, wie immer. »Wenn du willst, kannst du sagen, daß ich vom Glück begünstigt bin. Das wäre treffender ausgedrückt. Ich habe immer genügend Geld gehabt, und deswegen kann ich es mir leisten, Mitleid zu haben. Bitte bewundere mich nicht zu sehr, Faith, denn ich werde nie Großes vollbringen. Das Elend hier berührt mich, aber ich bin mit meinem Leben viel zu zufrieden, um Pioniertaten zu vollbringen. Ich bin nicht mit den Chartisten nach Westminster marschiert wie dein Bruder Crispin, obwohl ich an sie glaube. In der Simon Street tue ich, was in meinen Kräften steht, aber ich bin kein Erneuerer. Ich bin ein ganz gewöhnlicher Mann, der sich um seine eigenen Angelegenheiten kümmert, mein Haus, meine Frau . . . und möchte alles tun, damit sie mich weiterhin für wundervoll hält.«
In der Miller Gate stieg ich aus dem Wagen, öffnete die Haustür und stand da und beobachtete meinen Mann, wie er das Pferd in den Stall führte. Alle meine Ängste waren verflogen, mein Körper brannte – ich wartete auf ihn.
»Giles.«
»Ja, Liebling.«
Und obwohl ich nicht sagen durfte: »Liebe mich«, da keine Tochter meines Vaters diese Worte jemals über die Lippen gebracht hätte,

stand der Satz unausgesprochen zwischen uns und noch weit mehr. Nicht nur: »Liebe mich«, sondern »Giles, ich möchte dich lieben.«

15

Wir verbrachten unser zweites Weihnachtsfest sehr ruhig, da Giles' berufliche Verpflichtungen es nicht zuließen, daß wir die Feiertage über nach *Listonby* fuhren.

»Aber meinen Ball darfst du auf keinen Fall versäumen«, sagte Caroline. »Wenn dein Mann verhindert ist, mußt du eben ohne ihn kommen. Der Treppenaufgang ist einfach wundervoll geworden, und selbst in Vaters Haus hängen nicht so viele Lüster – einer hängt direkt über meinem Kopf, wenn ich die Gäste am Treppenaufgang empfange. Die große Halle wird voller Kerzen und Weihnachtsbäume sein, und erst der Ballsaal . . . es ist ein wahrer Traum. Ich werde ihn wie ein Monument *enthüllen*, Faith. Das darfst du auf keinen Fall versäumen. Außerdem wärst du mir eine große Hilfe, denn ich kenne nicht einmal die Hälfte der Leute, die ich eingeladen habe. Du brauchst auch gar nicht zu tanzen, wenn du nicht willst. Dagegen kann dein Mann doch nichts einzuwenden haben. Er freut sich sicher, wenn du dich amüsierst, genau wie Matthew das auch tut.«

Und Caroline war noch immer über meine Absage verstimmt, als wir uns ein paar Tage vor dem großen Ereignis in *Tarn Edge* trafen. Dies war die einzige Gelegenheit, wo Tante Verity die Familie unter ihrem Dach versammeln konnte, denn Caroline war zu sehr mit ihren Angelegenheiten beschäftigt, und Georgiana war fest entschlossen, an der Jagd in *Galton* teilzunehmen, ganz gleich, wie Nicholas' Pläne aussahen. Doch als wir dann unter dem Weihnachtsbaum etwas verfrüht unsere Geschenke austauschten, wurden die Männer einer nach dem anderen weggerufen: Giles zu einem Patienten, Matthew zu einem kranken Pferd und Nicholas in seine Fabrik, wo es Ärger mit den arbeitslosen Handwebern gab. Onkel Joel begleitete ihn sowie Blaize. Und so bleiben als einzige männliche Gesellschafter die Kinder Dominic und Noel Chard übrig und der kleine Gervase Barforth, den seine Mutter jetzt in den Salon brachte und in eine Sofaecke setzte, worauf Tante Verity sich seiner annahm.

»Armer kleiner Kerl«, sagte sie. »Ich könnte ihn mit nach *Listonby* nehmen, Georgiana, wenn du nach *Galton* fährst. Ich werde bis

Neujahr bei Caroline bleiben, und dann hätte ich alle meine Enkelkinder um mich.«

Doch Georgiana warf einen Blick auf ihren Sohn, der sichtlich zufrieden in Tante Veritys Armen ruhte, und schüttelte den Kopf.

»Sieh nur, welch schönes Haar er hat. Dieser rötliche Schimmer. Ja, er ist ein wilder, rothaariger Clevedon, genau wie Perry und ich.«

Silvester feierten wir mit Mutter, die ständig davon redete, wieder nach Frankreich zu reisen, da doch die politischen Verhältnisse sich jetzt dort stabilisiert hätten und bald ein neuer Bonaparte den Thron besteigen würde.

»In Frankreich wird es mir gefallen«, sagte sie, »denn diese Abenteurer verstehen sich auf die Kunst des Lebens.«

Doch irgendwie kam diese Reise nie zustande, und an einem Nachmittag im Mai war sie bei mir, als Giles unerwartet ins Haus stürmte. Ich wollte ihn umarmen, doch er sagte schnell:

»Rühr mich nicht an.«

»Giles?«

»Zuerst muß ich mir die Hände waschen. Ich bin gleich wieder da.« Und während er die Treppe hinaufeilte, rief er:

»Ich habe Bürgermeister Agbrigg ausrichten lassen, daß er hierher kommen soll. Er muß jeden Moment eintreffen.«

»Etwas Unangenehmes bahnt sich an«, sagte Mutter. »Ich kann es richtig fühlen. Ich gehe jetzt, Faith, denn Problemen bin ich nicht gewachsen und wäre euch nur im Wege.«

Bürgermeister Agbrigg erschien und verbrachte mit Giles eine Stunde hinter geschlossener Tür in dessen Büro.

»Kein Grund zur Sorge«, sagte Giles. »Ich muß nur noch einmal fort.«

»Kein Grund zur Sorge«, sagte er viel später bei seiner Rückkehr. Doch als er gebadet und die Wäsche gewechselt hatte – die schmutzige Wäsche hatte er in sein Labor gebracht, wie ich bemerkte –, stellte ich mich vor ihn und sagte:

»Jetzt rede. Ich bin kein Kind mehr.«

»Vielleicht gibt es gar nicht viel zu reden«, entgegnete er und umklammerte mit beiden Händen sein Brandyglas. »Dr. Overdale ist der Ansicht, daß ich mich irre, und Dr. Blackstone nannte mich einen verdammten Narren. Hoffentlich haben sie recht. Doch ich glaube, daß in der Simon Street jemand an Cholera erkrankt ist.«

»Aber . . . Giles . . . dort gibt es doch immer fiebrige Erkrankungen.«

»Ja. Typhus, Scharlach, alle möglichen Krankheiten. Aber ich sagte Cholera, Faith.«
»Aber du bist dir nicht sicher, ob es Cholera ist?«
»Vor zehn Jahren sah ich einen Fall in einem Londoner Krankenhaus. Und dieser hier sieht genauso aus. Ich bin mir nicht sicher, weil ich es einfach nicht wahrhaben möchte.«
»Und Dr. Overdale?«
»Er kennt die Seuche auch und hat die Epidemie im Jahre achtzehnhunderteinunddreißig miterlebt. Er glaubt, daß ich mich irre, während mich Dr. Blackstone sogar für verrückt hält.«
»Und was kannst du dagegen tun, Giles?«
»Morgen früh wieder hingehen, um zu sehen, ob sich die Krankheit weiter ausgebreitet hat.«
Bürgermeister Agbrigg besuchte uns am späten Abend wieder, und als die beiden Männer schweigend am Kamin saßen, ihre Brandygläser in der Hand, fragte ich:
»Was ist Cholera, Giles?«
»Ich weiß es nicht«, antwortete er, die Augen auf sein Glas gerichtet, das Gesicht im Schatten. »Niemand weiß es.«
»Aber es gab solche Epidemien schon früher?«
»O ja. Vor dreißig Jahren brach eine in Indien aus. Dann wurde Rußland betroffen, und sie breitete sich wie die Pest aus. In Osteuropa starben so viele Bauern, daß sie damals glaubten, die Aristokraten würden sie vergiften, damit sie sich leichter regieren ließen. Es wäre fast zu einer Revolution gekommen. Dann gelangte die Seuche nach Westen, bis fast jede Großstadt davon betroffen war, und im Jahre einunddreißig grassierte sie in London. Achttausend Menschen fielen ihr dort zum Opfer und sechzigtausend in ganz England. Bis heute noch wissen wir nicht, wie wir die Krankheit behandeln sollen. Zuerst fallen ihr die Kinder, Greise und Schwachen zum Opfer. Überall dort, wo es schmutzig ist und ungesunde Verhältnisse herrschen, breitet sie sich in Windeseile aus. Und auf ihrem Höhepunkt rafft sie auch die Stärksten dahin. Manche Ärzte behaupten, man atmet die Erreger ein. Andere sagen, die Krankheit entsteht durch den Genuß verdorbenen Wassers. Ich weiß es nicht, Faith. Jedenfalls leiden die Kranken unter heftigen Brechdurchfällen. Der Körper scheint nichts mehr bei sich behalten zu wollen. Und der Tod tritt sehr schnell ein. Jetzt haben wir Anfang Mai. Falls es sich *wirklich* um Cholera handelt, können wir nur auf einen kühlen Sommer hoffen.«

»Ja«, sagte Bürgermeister Agbrigg. »Und was kann ich für dich tun, Junge . . . falls es Cholera ist? Ich werde dem Stadtrat schon Beine machen, aber das wird gar nicht nötig sein, denn die Männer sind alle alt genug, um sich an die letzte Epidemie zu erinnern. Was können wir tun?«
Giles zuckte mit den Schultern und füllte das Glas des Bürgermeisters und sein eigenes wieder.
»Du kannst die Leute daran hindern, dieses verpestete Wasser zu trinken, und sie statt dessen mit sauberem Wasser versorgen.«
»Ja. Das ist ein guter Vorschlag. Aber morgen früh? Was soll als erstes geschehen?«
»Kalk«, sagte Giles langsam, die Augen noch immer auf sein Glas gerichtet. »Die Häuser sollten alle mit Kalk gestrichen werden. Außerdem sollten die Aborte gesäubert werden. Bei der letzten Epidemie haben die Leute Teer und Essigbaumblätter auf den Straßen verbrannt. Ich weiß nicht, ob das etwas nützt, aber es gibt den Menschen das Gefühl, daß etwas getan wird.«
»Ich kümmere mich darum, Junge.«
Und als Bürgermeister Agbrigg gegangen war und Giles noch immer am Kamin saß, nahm ich seine Hand und fragte:
»Hast du Angst?«
»Natürlich habe ich Angst. Hätte ich die Wahl, morgen früh in die Simon Street zurückzukehren oder heute nacht mit dem Zug mit dir nach London zu fahren, dann würde ich den Zug nehmen.«
»Ich würde sofort mit dir gehen, Giles.«
»Ich weiß«, sagte er lächelnd. Und immer noch strahlte er diese große Ruhe aus. »Wie schade, daß ich keine Wahl habe.«
Schon früh am nächsten Morgen ging er aus dem Haus – der Tag war strahlend – und kehrte am späten Nachmittag zurück. Ich durfte ihm nicht nahe kommen, und diese Tatsache bestätigte meine Ängste. In einer Familie war ein Kind gestorben, während drei weitere krank darniederlagen, ebenso drei Nachbarn und sechs weitere Personen, die dasselbe Bett teilten. Selbst Dr. Blackstone zweifelte jetzt nicht mehr an der Natur der Seuche.
»Ich fahre zum Krankenhaus«, sagte Giles, »Jedes Bett wird jetzt gebraucht, und ich muß so viele Patienten als möglich nach Hause schicken.«
Und Prudence, die gekommen war, weil sie den Abend mit uns verbringen wollte, sagte ruhig:
»Ich begleite dich.«

»Das wirst du nicht, meine Liebe.«
»Doch. Sei vernünftig, Giles. Nicht eine eurer Krankenschwestern wird bleiben, wenn sie erfahren, um welche Krankheit es sich handelt, und die restlichen werden betrunken sein. Deine Fürsorglichkeit in Ehren, aber du wirst jede Hilfe brauchen, die du bekommen kannst, und ich bin gewillt zu helfen.«
»Ich auch«, fügte ich hinzu, ohne im geringsten zu bedenken, daß Giles meine Hilfe ablehnen könnte, denn bisher hatte er mir noch nie etwas verweigert. Doch er sagte mit seltsamer Stimme:
»Nein. Du kommst nicht mit. Ich verbiete es dir.«
»Mein Gott!« entgegnete ich hilflos lachend. »Dann werde ich dir einfach nicht gehorchen.«
»Das müßt ihr unter euch ausmachen«, meinte Prudence ruhig und setzte ihren Hut auf. »Doch deine Autorität erstreckt sich nicht auf mich. Nur Mama könnte mir etwas verbieten, aber mit ihr werde ich schon fertig.«
»Du darfst dich dieser Gefahr nicht aussetzen, Prudence.«
»Du kannst mich nicht aufhalten. Mach doch einfach das Beste daraus.«
Doch in meinem Fall blieb Giles unnachgiebig. »Du bist meine Frau«, sagte er später am Abend zu mir, als all mein Bitten nichts genützt hatte. »Dem Gesetz nach hast du mir zu gehorchen. Und dieses Mal bestehe ich darauf.«
»Gütiger Himmel, Giles! Ich hatte keine Ahnung, daß du so aufgeblasen sein kannst. Du kannst mich schließlich nicht einsperren. Nicht einmal mein Vater hat mich damit bedroht.«
Doch als ich nicht nachgab, denn ich wollte diese Last gemeinsam mit ihm tragen, sagte er einfach:
»Hilf mir, Faith.«
»Gerade das will ich doch tun.«
»Dann tu es. Ich bin kein Held, Faith. Ich fühle mich unsicher und habe Angst. Und in den kommenden Wochen und Monaten wird meine Angst noch größer werden, und ich werde erschöpft sein. Da muß ich meine Frau in Sicherheit wissen – der größtmöglichen Sicherheit unter diesen Umständen. Anders kann ich meine Pflicht nicht erfüllen. Noch nie habe ich dich um etwas gebeten, Faith. Doch jetzt bitte ich dich: Hilf mir.«
Und dieser Bitte konnte ich mich nicht verschließen.
Ich verbrachte diese Frühsommertage von Sorgen gequält am Kamin sitzend – wie ein in einen Käfig eingesperrter Vogel. Oft hatte

ich mir gewünscht, ihm zuliebe ein Opfer zu bringen, ihm meine Liebe und Dankbarkeit zu beweisen, und jetzt, wo die Gelegenheit dazu gekommen war, erschien mir dieses Warten als ein wahres Martyrium.
»Es muß doch irgend etwas geben, was ich tun kann, Giles. Ich glaube manchmal, daß ich verrückt werde.«
Doch seine Antwort blieb stets die gleiche. »Ich brauche dich hier im Haus. Ich habe dich gebeten, mir zu helfen. Verlange ich zuviel von dir?«
Innerhalb weniger Tage quoll das Krankenhaus von Patienten über. Die Strolche und Dirnen, die Waisen wurden jede Nacht in der Simon Street aufgelesen, während in jeder dieser elenden Hütten, die mein Vater gebaut hatte, eine Tragödie stattfand.
Die Krankheit schlug erbarmungslos zu und endete meistens mit einem schnellen Tod. Ein Kind konnte noch am Morgen spielen und am Abend schon gestorben sein. Und selbst erwachsenen Männern erging es so. Trotzdem begannen die Barforth-, Hobhouse- und Oldroyd-Arbeiter wie immer pünktlich ihren Arbeitstag um fünf Uhr früh. Auch das Zeughaus öffnete seine Pforten wie üblich jeden Donnerstag zum Markttag, und die gegenseitigen Einladungen zum Tee fanden nach wie vor statt, denn die Damen erklärten, diese Seuche betreffe doch nur die Menschen in der Simon Street, bis ein Dienstmädchen der Battershaws sowie ein Kutscher sowie ein Kind der Hobhouses erkrankten. In diesem Augenblick schlossen sich die Türen der Häuser in Cullingford.
Prudence zog zu mir, da sich Mutter nicht diesen ›ansteckenden Keimen‹ aussetzen wollte, wie sie es nannte. Celia schrieb mir, daß ich sie weder besuchen noch ihren Brief beantworten solle, bis die Ansteckungsgefahr vorbei sei. Caroline blieb in *Listonby*. Onkel Joel und Tante Verity waren nach Bournemouth gereist und blieben dort. Doch Tante Hannah, die überhaupt nichts von Krankenhäusern hielt, hatte nichts Eiligeres zu tun, als dort nach dem Rechten zu sehen. Und als sie die Zustände da einfach miserabel fand, rollte sie kurz entschlossen die Ärmel auf und half, wo sie nur konnte. Selbst die Sterbenden tröstete sie.
Aber ich blieb zu Hause – wie es sich für eine verheiratete Frau geziemte. Ich gehorchte meinem Mann. Ein dutzendmal pro Tag lehnte ich mich gegen Giles' Entscheidung auf, denn schließlich war ich doch kein Kind mehr, das man führen und beschützen mußte.
»Ich halte das nicht mehr aus, Giles.«

»Und ich kann nicht weiterarbeiten, wenn du nicht zu Hause bist, Faith.«
»Doch, das kannst du.«
»Nein. Ich werde nicht nachgeben.«
»Tu, was er von dir verlangt«, sagte Prudence mit Schärfe. »Siehst du nicht, wie erschöpft er ist? Dr. Blackstone ist heute morgen zusammengebrochen. Nein, er hat nicht die Cholera. Gott sei Dank. Er ist einfach zu alt. Man mußte ihn nach Hause bringen. Und Dr. Overdale ist auch nicht mehr der jüngste. Die anderen Ärzte sind zu jung und verlassen sich ganz auf Giles. Mach du ihm nicht auch noch Sorgen, es lastet schon genug auf seinen Schultern. Er kann eigentlich überhaupt nichts tun. Es ist schrecklich für ihn, ansehen zu müssen, wie die Menschen sterben. Laß ihn in Ruhe.«
Und als ich Prudence' gequältes Gesicht sah, gab ich meinen Widerstand auf, kümmerte mich um das Essen, wenn die beiden nach Hause kamen, und versuchte sie zu überreden, sich ein wenig Ruhe zu gönnen.
Onkel Joel hatte von Bournemouth aus angeordnet, daß seinen Arbeitern Bier in beliebigen Mengen ausgeschenkt werden solle, ein menschenfreundlicher und auch weiser Entschluß, denn wenn die Seuche durch den Genuß schlechten Wassers hervorgerufen wurde, wie Giles glaubte, war es vernünftig, den Männern ein anderes Getränk zur Verfügung zu stellen. Doch obwohl die Barforth-Arbeiter von nun an etwas fröhlicher waren, starben sie genauso wie die anderen, und als der Juni sich dem Ende zuneigte, hatte die Cholera schon siebenhundert Menschen dahingerafft.
Ich war jetzt sehr allein – außer Mrs. Guthrie, die sich in der Küche zu schaffen machte, leistete mir niemand Gesellschaft. Die sonnenüberflutete Miller Gate war fast leer. Nur hin und wieder fuhr ein geschlossener Wagen vorbei, oder ich sah eine Frau mit gebeugtem Kopf und vor den Mund gepreßtem Taschentuch vorübereilen. Schier endlos dehnten sich Tage und Nächte; oft schlief Giles nur eine Stunde im Lehnstuhl – sein Magen behielt nichts mehr bei sich außer einem gelegentlichen Glas Brandy –, und dann ging er oft so leise wieder, wie er gekommen war. Rastlos wanderte ich stundenlang durch das leere Haus wie in einem nicht enden wollenden Alptraum, bis zu meiner großen Überraschung sich eines Tages die Tür öffnete und Georgiana mich besuchte.
»Ja«, platzte sie einfach heraus. »Man hat mir erzählt, daß Sie ganz allein und traurig sind. Ich möchte Sie ein wenig aufheitern, denn

niemand scheint Mut genug zu haben, den Fuß über Ihre Schwelle zu setzen. Mein Gott, alle Ehemänner scheinen es zu lieben, ihre Frauen einzusperren, nicht wahr? Nun, jedenfalls bin ich meinem heute entkommen, doch als ich zum Krankenhaus ging, um meine Hilfe anzubieten, traf ich Ihren Mann, der mich sofort wegschickte. Gütiger Himmel, wie er sich aufregte! Dies ist kein Ort für eine Dame, sagte er, was nicht stimmte, denn Prudence ist schließlich auch dort. Ich kann daraus nur schließen, daß er verheiratete Frauen meint. Ich kann das einfach nicht verstehen. Mein Großvater würde es mir niemals verbieten, mich um die Kranken in *Galton* zu kümmern. Im Gegenteil, er würde von mir erwarten, daß ich mein Bestes gebe. Das ist einfach meine Pflicht. Ich muß mich doch um meine Leute kümmern. So wurde ich erzogen, und das scheint mir auch sinnvoll. Nicky denkt darüber natürlich ganz anders. Er geht jeden Tag in die Fabrik, weil er sich um seine Geschäfte kümmern muß. Aber seine Arbeiter gehen mich nichts an, sagt er. Du meine Güte! In *Galton* habe ich immer die Kranken gepflegt, wie vor mir meine Mutter und Großmutter. Es sind doch unsere Leute.«

»Hat Nicholas Ihnen verboten, in die Stadt zu kommen?«

»Ja, natürlich«, entgegnete sie und machte es sich mit einer Tasse Tee auf dem Sofa bequem. »Doch wir haben uns heute gestritten, so daß es auf ein wenig Ärger mehr oder weniger nicht ankommt. Ich habe zuviel Geld ausgegeben . . . nicht eigentlich ausgegeben, denn ich darf mir kaufen, was ich will. Aber ich darf mein Geld nicht verschenken. Ich habe Nicky schon gesagt, entweder darf ich darüber frei verfügen oder nicht, aber jedesmal, wenn ich ohne einen Penny dastehe – was ziemlich oft vorkommt –, will er wissen, wofür ich es ausgegeben habe. Und natürlich war ich dann in *Galton* und habe neue Schürzen für die Mädchen in der Dorfschule gekauft oder habe meinem Bruder etwas Geld geliehen und kann überhaupt keine Einkäufe vorweisen. Ich wünschte, Nicky würde nicht so hart mit mir ins Gericht gehen. Er weiß doch, daß Perry ihm nichts zurückzahlen kann. Ist Ihr Mann auch so sonderbar?«

»Nein. Aber ich habe keinen Bruder . . . jedenfalls keinen, der mich um Geld angeht.«

Georgiana goß sich Tee nach. Sie war ganz ungezwungen, und ihr kleines Gesicht glühte vor Freude, mich aufzuheitern.

»Dann haben Sie Glück, denn Perry stellt dauernd etwas an. Wenn Großvater nur die Hälfte davon wüßte . . . Aber ich bin fest entschlossen, es ihn niemals wissen zu lassen. Wenn diese Seuche vorbei ist, müssen Sie uns oft in *Galton* besuchen. Großvater wird Ihnen gefallen. Er ist sehr nett, legt aber hohe moralische Maßstäbe an, und Perry ist immer ein Spitzbube gewesen. Das liegt einfach in seiner Natur, man muß ihn so nehmen. Mein Vater war ganz ähnlich, und da Großvater schon viel mitgemacht hat – und sich Perrys Eskapaden sehr zu Herzen nimmt –, will ich ihn damit nicht mehr belasten. Ich habe Dutzende neuer Kleider, Faith. Man kann doch nicht immer noch mehr kaufen, und wenn ich Geld habe und Perry keins, wie kann ich es ihm dann verweigern? Ich könnte es nicht, selbst wenn ich es wollte. Großvater würde nie etwas von mir annehmen, aber wenn ich meinem Bruder helfe, ist das doch ganz natürlich.«

Wir redeten noch eine Stunde über dieses und jenes, ihr Kind, ihr Pferd und ihre Schwierigkeiten, als Frau eines Fabrikanten zu leben, doch als die Uhr Vier schlug, sprang sie auf, streifte sich ihre Handschuhe über und setzte ihren Hut mit einer kecken grünen Feder auf.

»Du meine Güte . . . ich muß gehen.«

Doch dann zögerte sie in der Tür und kam noch einmal zurück.

»Faith . . . Sie verstehen diese Dinge wahrscheinlich besser und können mir sicher einen Rat geben.«

Und stirnrunzelnd setzte sie sich wieder.

»Nun, es geht um folgendes. Vor ein paar Tagen bat mich Perry wie gewöhnlich um Geld. Keine große Summe, nur hundert Pfund, die er Julian Flood schuldet, der nicht warten kann, weil er selber Schulden hat. Ich wollte Nicky nicht um das Geld bitten, weil er mich gerade deswegen gestern ausschimpfte – und schließlich gehört Julian Flood das Geld. Es handelt sich um eine Spielschuld, und Spielschulden *muß* man bezahlen . . . jedenfalls bat ich Blaize um die Summe, der sie mir auch gab und sagte, ich könne sie zurückzahlen, wann ich wolle. Faith, falls Nicky davon erführe, wäre er dann sehr ärgerlich?«

»Georgiana«, entgegnete ich und legte meine ganze bürgerliche Besonnenheit in die Antwort, »er wäre wütend – und entsetzt. Sie dürfen niemals Schulden machen.«

Sie lachte nervös. »Mein Gott, Sie sind so schockiert, als hätte ich einen Ehebruch gestanden.«

»Georgiana, in Cullingford werden Schulden und Ehebruch gleichermaßen als verwerflich angesehen. Schulden sind wohl noch verwerflicher.«

»Ja. Das dachte ich mir. Aber es handelt sich doch nur um hundert Pfund, Faith, die ich von meinem Schwager geliehen habe. Und er kann sie leicht entbehren. Nicky wird nie davon erfahren. Sie und auch Perry werden es ihm nie erzählen.«
»Nein, aber vielleicht Blaize.«
»Faith!« sagte sie ebenso schockiert, wie ich es vorher gewesen war. »Was wollen Sie damit sagen? Blaize würde doch keinen Vertrauensbruch begehen. Ein Gentleman tut so etwas nicht.«
»Doch. Blaize wäre dazu fähig«, entgegnete ich und war mir plötzlich dessen sicher. »Ich sage nicht, daß er es tun wird oder daß er es vorhatte, als er Ihnen das Geld gab. Aber falls es seinen Zwecken diente, würde er es jederzeit tun.«
»Aber warum denn? Er mag mich doch, oder?«
»Ja. Er mag Sie. Sehr sogar. Aber Blaize ist kein Gentleman in dem Sinn, wie Sie es verstehen, Georgiana. Er wirkt so und ist sehr charmant und kann sehr warmherzig sein – doch sein Ehrenkodex ist ein ganz anderer als der Ihres Großvaters. Er ist ein Barforth, und falls er aus einer Kapitalanlage Profit schlagen kann, wird er es tun.«
»Dann mag er also seinen Bruder nicht?«
»Doch. Er mag ihn. Vielleicht hat er die Geschichte mit der Wollkämmfabrik noch nicht ganz verdaut, denn Nicholas scheint ziemlich viel Geld damit zu verdienen, und das dürfte Blaize kaum gefallen. Sehen Sie, Georgiana, immer wenn Blaize etwas hatte, wollte Nicholas dasselbe haben, ganz gleich, um welchen Preis. Umgekehrt war es genauso. Ich weiß, wovon ich spreche, denn wir sind zusammen aufgewachsen. Ihr Vater hat sie von Jugend an zu Konkurrenten erzogen, und das sind sie auch geworden. Es gibt nur einen Unterschied: Nicholas zeigt seine Aggressionen, während Blaize das nicht tut. Aber sie schlummern in ihm. Falls er eines Tages eine Waffe braucht, wird er die nehmen, die gerade zur Hand ist. Und jetzt schulden Sie ihm nur hundert Pfund, aber wenn Sie wieder Geld brauchen, werden Sie ihn nochmals darum bitten. Und am Ende schulden Sie ihm Tausende. Was wollen Sie tun, wenn Nicholas das herausfindet?«
»Mich erschießen«, entgegnete sie halb reuevoll, halb unbedacht.
»Das bezweifle ich. Haben Sie das Geld schon Ihrem Bruder gegeben?«
»Nein. Ich habe es in meinem Täschchen. In einer halben Stunde will ich mich mit meinem Bruder am Stadtrand treffen.«

»Dann geben Sie es am besten Blaize zurück. Ich glaube nicht, daß er Ihnen ständig Geld leihen wird, bis Sie sich in einer verzweifelten Situation befinden. Doch das spielt keine Rolle, allein diese hundert Pfund würden Nicholas schon wütend werden lassen. Sehr wütend. Und wenn dann außerdem bekannt würde, daß seine Frau gezwungen ist, sich Geld zu leihen, könnte seine Kreditwürdigkeit in Cullingford darunter leiden.«

»O du meine Güte«, sagte sie und starrte auf das grüne Samttäschchen in ihren Händen. Dann warf sie mit einer plötzlichen Bewegung den Kopf zurück und lächelte mich an. »Ich verstehe. Nun, nichts für ungut, Faith, wenigstens haben Sie jetzt etwas anderes zu denken als nur an die Cholera. Das wird Ihnen sicher guttun. Auf Wiedersehen. Ich muß mich beeilen, denn mein Bruder haßt es zu warten – selbst wenn es um Geld geht. Ich komme wieder, und falls nicht, dann sitze ich zusammen mit Perry im Schuldturm.«

Und so verging der Sommer; ein drückend heißer Juli, dem ein schwüler August folgte. Mein angstvolles Warten war nur durch Prudence' Anwesenheit und gelegentliche Stunden mit Giles erträglich. Manchmal besuchte Georgiana mich, und ich war ihr für ihr fröhliches Geplauder dankbar.

»Ich glaube, die Seuche nähert sich ihrem Ende«, sagte Prudence eines Tages. »Letzte Woche hatten wir weniger Erkrankte, und viele scheinen sich wieder zu erholen. Die Gefahr ist gebannt . . .«

Und so ging es weiter. Die Hitze und Angst hatten meine Nerven aufs äußerste erschöpft, und die erzwungene Untätigkeit hatte mich in einen solch lethargischen Zustand versetzt, daß ich schließlich nicht mehr fähig war, überhaupt noch etwas zu tun.

Und so ging es weiter, bis eines späten Abends Prudence nicht allein nach Hause kam, aber ohne Giles.

16

Sie betrat zusammen mit Bürgermeister Agbrigg das Zimmer und stand neben dem kalten Kamin. Ihre Gesichter lagen im Schatten, denn ich hatte keine Lampe angezündet. Und obwohl ich nicht ahnen konnte, was sie mir mitzuteilen hatten, wußte ich es instinktiv. Wir blickten einander an, und dann sagte Prudence wie nebenbei – vielleicht ist das die einzige Weise, wie man solche Dinge sagen kann –:

»Faith, Giles erkrankte heute während eines Patientenbesuches. Er fuhr ins Krankenhaus und will dort bleiben.«

Ich kann mich nicht erinnern, was ich darauf antwortete oder ob ich überhaupt antwortete. Ich weiß nur noch, daß ich einfach auf die Tür zuging, weil ich ja wußte, daß Mr. Agbriggs Kutsche auf der Straße wartete und mich jemand zum Krankenhaus fahren würde.

»Du darfst nicht zu ihm gehen«, sagte Prudence, und ich erinnere mich sehr gut an den Unglauben, den ihre Worte bei mir hervorriefen, und an mein zorniges Lachen, als sie die Hand auf meinen Arm legte und mir den Weg versperrte.

»Du darfst nicht gehen, Faith. Er hat uns darum gebeten. Das Krankenhaus ist noch immer ein gefährlicher Ort, und er will dich dort nicht sehen.«

Und wieder erinnere ich mich nicht, was ich antwortete, nur daß ich entschlossen auf die Tür zuging und mit ihr kämpfte, als sie mich davon abhalten wollte. Ich hätte sie niedergeschlagen, glaube ich, hätte mich nicht Bürgermeister Agbrigg bei den Schultern ergriffen und mich geschüttelt. Ich trat um mich, doch er löste seinen festen Griff nicht.

»Ich fahre zu ihm. Ich warne euch . . . und wenn ich zu Fuß gehen muß . . .«

»Mädchen«, sagte er und hielt mich noch immer fest umklammert, »Mädchen, das ist doch sinnlos.«

»Sinnlos? Er ist mein Mann. Ihr könnt mich nicht von ihm fernhalten.«

»Er will nicht, daß du kommst!« rief Prudence und brach in Tränen aus, als ich nach ihr schlug. Bürgermeister Agbrigg schüttelte mich wieder.

»Mädchen, du hast doch deine fünf Sinne beisammen. Du weißt, was für eine Krankheit die Cholera ist. Eine stinkende. Er will nicht, daß du ihn in diesem Zustand siehst. Du kannst nichts für ihn tun. Laß ihn allein dagegen kämpfen. Und dann, wenn er es überstanden hat, bist du für ihn da.«

»Das kann ich nicht. Versteht mich doch. Ich weiß, ihr meint es gut, aber er braucht mich . . . er *muß* mich brauchen . . . für was tauge ich denn, wenn er mich jetzt nicht braucht?«

»Er will, daß du hierbleibst und ihn zu Hause willkommen heißt, wenn es ihm besser geht. Du raubst ihm seine Kraft, wenn du jetzt gegen seinen Willen handelst, Liebes.«

»Schreib ihm einen Brief«, sagte Prudence und brachte mir Papier

und Feder. Und ich schrieb geduldig dümmliche Worte, die vor meinen Augen zu bedeutungslosen Hieroglyphen verschwammen. Da ballte ich die Hände zu Fäusten und schmetterte sie auf den Tisch.
»Nein! Ihr könnt zur Hölle fahren! Du, Prudence Aycliffe, und auch du, Ira Agbrigg. Ihr werdet mich nicht länger wie ein Kind behandeln – niemand. Nicht einmal Giles. Ich will bei ihm sein und ihn pflegen. Er gehört hierher, nach Hause, nicht in dieses Rattenloch. Niemand kann mich aufhalten.«
»Doch, ich kann es«, sagte Bürgermeister Agbrigg, und seine Hände umklammerten wieder meine Schultern. »Hör mir jetzt gut zu. Ich liebe diesen Mann, als ob er mein eigener Sohn wäre – ich wünschte, er wäre mein Sohn. Er bat mich, dich auf keinen Fall zu ihm zu lassen. Und das habe ich ihm versprochen. Wenn nötig, würde ich dich sogar festbinden. Das ist mein letztes Wort.«
Und als ich mit meinem pathetischen Gekritzel »Giles, ich liebe Dich, ich liebe Dich« fertig war, nahmen sie es und gingen.
Giles starb am nächsten Morgen, mit Prudence und Bürgermeister Agbrigg an seinem Bett, und als sie kamen und es mir sagten, setzte ich mich und sah keinen Sinn darin, jemals wieder aufzustehen. Sie berichteten, sie hätten ihm meinen Brief gegeben, und er hätte ihn gelesen und verstanden, doch ich glaubte es nicht. Wie oft hatte ich zu ihm gesagt: »Giles, liebe mich. Ich brauche dich.« Aber ich hatte ihm nie gesagt, daß meine Dankbarkeit, diese Sehnsucht nach Wärme und Geborgenheit sich langsam in ein Gefühl tiefer Liebe verwandelt hatte. Und ich war davon überzeugt, daß er starb, ohne es zu wissen.
Er hatte mich geliebt, und ich hatte ihn nicht nur verloren, sondern auch vernachlässigt, mich ihm entzogen. Ich war zu ehrlich gewesen, um ihm zu sagen: »Ich liebe dich über alles«, bis es Wahrheit geworden war. Jetzt wußte ich, daß ich ihn hätte anlügen sollen, da diese Lüge ja nicht lange gedauert hätte. Ich war wütend auf mich und quälte mich mit einer bitteren Selbstverachtung. Ich war nichts wert. Er war ein wertvoller Mensch gewesen. Es gab keine Gerechtigkeit, nichts, woran ich noch glauben konnte.
Ein oder zwei Tage verstrichen, da kam Bürgermeister Agbrigg wieder.
»Vor langer Zeit hatte ich eine Frau«, sagte er. »Wir heirateten jung, und wir waren arm und unwissend, doch wir genügten uns. Nie sah ich eine andere an und konnte mir nicht vorstellen, einen Tag ohne sie zu leben. Wir hatten elf Kinder und verloren zehn. Einmal star-

ben drei innerhalb von zwei Tagen. Solche Dinge geschehen oft in der Simon Street. Doch für meine Ann war das zuviel. Sie zog sich in sich selbst zurück und starb – an gebrochenem Herzen. Nur Jonas und meine Tochter Maria überlebten. Sie sah Ann sehr ähnlich und starb auch, zwei Jahre nachdem ich deine Tante Hannah geheiratet hatte, wie du dich vielleicht erinnerst.«

»Das ist mir egal. Ich weiß, es sollte mich berühren, aber das tut es nicht. Und ich weiß, du willst mir helfen, aber es hilft mir nicht.«

»Nein. Doch vielleicht hilft es mir, darüber zu sprechen. Ich habe in meinem Leben schon mehr Menschen verloren als du. Und es schmerzt mich noch immer. Ich war zornig, als Ann starb, genauso wie du jetzt. Ich habe nur für sie gelebt, und sie hat niemandem etwas zuleide getan. An dem Tag, an dem ich sie beerdigte, habe ich die ganze Welt gehaßt. Doch mit der Zeit vergeht auch dieser Schmerz, Faith.«

»Das ist mir egal.«

Ich nahm nicht an Giles' Beerdigung teil. Ich hatte nicht an seinem Sterbebett gesessen und weigerte mich zuzusehen, wie der Sarg in die trockene Sommererde hinabgelassen wurde. Und als sie alle vom Friedhof zurückkehrten und mir erzählten, wer an den Trauerfeierlichkeiten teilgenommen hatte, hörte ich nicht zu.

Ich saß unbeweglich, wie erstarrt, im Dunklen. Ich trug das schwarze Kleid, das Mrs. Guthrie mir herausgelegt hatte, und hätte es weiter getragen, bis es in Fetzen an mir gehangen wäre, hätte sie mir nicht ein anderes gegeben. Ich ließ sein Bett unberührt und war unfähig, Schlaf zu finden. War er denn wirklich tot? Ich hatte ihn doch nicht sterben sehen. Dann ging ich in das kleine, kalte Schlafzimmer unter dem Dach – eine Klosterzelle, um Buße zu tun – und schalt Mrs. Guthrie, die dort ein Feuer anzünden und eine Vase mit Blumen hinstellen wollte.

Die Seuche ebbte ab. Drei Monate vergingen, und niemand starb mehr. Doch auch das war mir gleichgültig.

Mutter reiste nach Frankreich, Blaize nach Deutschland, um dort Stoffe zu verkaufen, und Georgiana hatte eine Fehlgeburt erlitten und mußte das Bett hüten. Caroline verschickte wieder Einladungen. Bürgermeister Agbrigg setzte seine Bemühungen um Cullingfords Wasserversorgung weiter fort.

»Fünfundzwanzig Meilen neuer Wasserleitungen, Mädchen«, erzählte er mir, und in seine Augen trat ein Leuchten, wie es bei Jonas nie geschah. »Elf Wasserreservoire, wenn alles fertig ist. Die anderen halten mich alle für verrückt, aber wenn ich meine Pläne alle verwirklicht habe, wird es in der Stadt keine Wassernot mehr geben und einen Wasserhahn in jedem Haus in der Simon Street. Natürlich habe ich mit Schwierigkeiten im Stadtrat zu kämpfen, denn ich bin der einzige, der die katastrophalen Verhältnisse aus eigener Anschauung kennt. Die anderen sehen nicht ein, daß dafür soviel Geld ausgegeben wird. Aber ich werde mich durchsetzen. Die ersten vierzig Jahre meines Lebens habe ich schon damit verbracht, mich aus dem Dreck zu ziehen, und jetzt kann ich etwas Gutes tun. Etwas, das *mir* gefällt.«

Es war mir gleichgültig.

Jonas kam, als Celia mein Haus wieder als ungefährlich betrachtete. Er kondolierte und versicherte mir in seiner Eigenschaft als Giles' Anwalt, daß meine Zukunft in finanzieller Hinsicht gesichert sei. Es interessierte mich nicht.

Mein Halbbruder, Crispin Aycliffe, schrieb mir einen Beileidsbrief und schlug ein Treffen vor und bot seine Hilfe an. Ich beantwortete den Brief nicht.

Tante Verity, die auf Onkel Joels Geheiß noch immer in Bournemouth weilte, schrieb mir einen langen, lieben Brief und lud mich zu sich ein. Auch diesen Brief beantwortete ich nicht.

Meistens saß ich im Dunkeln und wäre dort vielleicht zu lange sitzengeblieben und hätte nie wieder eine Tür geöffnet, wäre nicht Prudence eines Nachmittags gekommen, hätte die Vorhänge zurückgezogen und gesagt:

»Jetzt reicht es, Faith. Er ist tot. Ihm war es wichtig, daß du lebst, obwohl man sich heute fragen kann, warum du überhaupt lebst. Sieh dich doch einmal an. Hast du dir diese Woche schon einmal die Haare gekämmt?«

»Laß mich in Ruhe, Prudence.«

»Das liegt nicht in meiner Absicht, und du wirst dich damit abfinden müssen. Komm mit mir nach oben. Du wirst dich anziehen, und dann besuchen wir Tante Hannah.«

»Warum Tante Hannah?«

»Weil sie uns eingeladen hat. Und irgendwo muß man ja einmal einen Anfang machen.« Ich stand auf, weil ich Prudence' Dickköpfigkeit kannte und es einfacher war, ihr zu gehorchen, als zu widersprechen.

»Bald werden sich noch Läuse in deinem Haar einnisten«, sagte sie und bürstete es mit wütender Vehemenz, um mich aufzurütteln. Doch ich war noch immer völlig apathisch.

Die späte Oktobersonne blendete mich schmerzhaft, als wir aus dem Haus traten. Die Miller Gate und Blenheim Lane entlang, vorbei an Mutters Haus, fuhren wir bis Lawcroft Fold. Ich sah nichts. Erst als wir angekommen waren, machte ich wieder die Augen auf. Das Haus meiner Tante stand wie immer da. Die Sonne spiegelte sich in dem Fenster, wo ich Giles zum erstenmal begegnet war und von wo aus wir die Chartisten beobachtet hatten. Die Chartisten waren besiegt, genau wie ich. Nichts spielte mehr eine Rolle.

Tante Hannah begrüßte uns. Wie immer wirkte sie königlich in ihrem rostroten Kleid. Sie war eine stattliche Barforth-Frau, die einen Arbeiter geheiratet und aus ihm einen Bürgermeister gemacht hatte. An Prudence Seite hatte sie sich um die Kranken gekümmert. Mich hielt sie sicher für ein schwaches, armes Wesen. Ich mußte ihr recht geben.

»Setz dich, Liebes«, sagte sie, und ich setzte mich.

»Möchtest du einen Tee?« Und ich trank ihn mit Milch und Zucker, obwohl mir gesüßter Tee eigentlich zuwider war, aber sie hatte gerade die Zuckerzange in der Hand, und ich machte keine Einwände.

»Geht es dir gut, Faith?«

»Ja. Ganz gut. Danke.«

»Fein. Du bist zwar blaß, aber ein bißchen frische Luft wird das schon wieder in Ordnung bringen.«

»Das denke ich auch.«

»Du hast sicher gehört, daß Bürgermeister Agbrigg große Fortschritte hinsichtlich der Wasserversorgung erzielt hat?«

»Ja. Das ist großartig.«

»Das ist ganz im Sinne deines Mannes.«

»Sicherlich.«

»Und da wir schon einmal bei diesem heiklen Thema sind . . . Nun, mein Mann und ich haben uns gefragt, wie man Dr. Ashburns unzweifelhafte Verdienste um die Stadt würdigen könnte. Tatsache ist, Liebes, daß die alte Miss Corey-Manning zu ihrem Bruder an die Küste zieht und ihr Grundstück mit dem Haus verkauft. Das Haus ist klein und in einem deplorablen Zustand, aber der Garten, wie du sicher weißt, ist sehr weitläufig und schön. Falls mein Mann die Stadtväter davon überzeugen kann, den Besitz zu erwerben, könnte er in einen Park verwandelt werden – den Giles-Ashburn-Gedächtnispark –, dachten wir. Hättest du irgendwelche Einwände dagegen?«

»Nicht im geringsten.«

»Ich bin dir sehr verbunden, Faith«, sagte sie und stellte ihre Teetasse mit ziemlicher Heftigkeit ab, damit ich ihre Verachtung für diese dummen Frauen, die sich in ihre Trauer einspannen, wenn es auf dieser Welt doch so viel zu tun gab, auch spürte. »Ja, sehr verbunden. Ich bedaure, daß deine Schwester Celia nicht so gefällig ist. Ich habe sie heute zum Tee gebeten, doch ohne Erfolg. Sicher hast du gehört, daß sie wieder in anderen Umständen ist? Sie besteht darauf, während dieser Zeit völlig zurückgezogen zu leben, was nicht gut für sie ist. Sie will nicht, daß man sie in diesem Zustand sieht, was einfach lächerlich ist. Sie sollte ausgehen und sich nicht einzig und allein mit sich selbst beschäftigen. Schließlich bekleidet Jonas eine gewisse Position, und er hat ein Recht auf die Unterstützung seiner Frau, genauso wie er ihr eine Hilfe ist. Wußtest du, daß sie wieder in anderen Umständen ist?«

Ich wußte es, aber es berührte mich nicht. Ich hatte kein Kind und war zu beschäftigt mit meiner Liebe oder Nichtliebe zu Giles gewesen, um mich je zu fragen, warum ich nicht schwanger geworden war. Jetzt war es zu spät.

Prudence entschuldigte sich. Sie hatte noch einen Besuch abzustatten und würde mich in einer Stunde abholen. Ich nickte, trank noch mehr Tee und merkte sehr deutlich, daß Tante Hannah, die sich nie besonders um mich gekümmert hatte, sehr freundlich zu mir war. Ich fragte mich, warum.

»Wie geht es deiner Mutter, Faith?«

»Ganz gut, glaube ich. Sie schreibt, daß es ihr in Paris wieder sehr gefällt. Wahrscheinlich kommt sie zu Weihnachten nach Hause.«

»Das freut mich zu hören. Denn ihre Anwesenheit hier wird nötig sein – genau wie deine. Im April soll die Konzerthalle eingeweiht werden, und da sie den Namen deines Vaters tragen soll, müssen seine Witwe und Töchter an den Eröffnungsfeierlichkeiten teilnehmen. Natürlich wurden die Bauarbeiten durch die Epidemie verzögert, die Architekten haben mich immer wieder vertröstet und mir erklärt, ich müsse mich gedulden. Und was erfahre ich jetzt? In London wird ein großes Ausstellungsgebäude aus *Glas* errichtet, meine Liebe, um diese internationale Messe im Hyde Park zu beherbergen, über die man soviel hört. Und obwohl die Arbeiten erst vor einer Woche begonnen haben, soll die Ausstellung schon im Mai stattfinden. Sieben Monate Bauzeit, meine Liebe, für diese kolossale Konstruktion, und es dauert eine Ewigkeit, bis eine kleine Provinzkonzerthalle fertig ist. Denk doch nur einmal, Faith, was das für ein Spektakel geben wird. Aus der ganzen Welt werden Ausstellungsobjekte zu besichtigen sein, und die Menschenmassen, die dann zusammenströmen, um das alles zu sehen.«

Ich dachte daran und fand es nicht einmal von geringem Interesse.

»Mein Bruder wird natürlich auch ausstellen«, fuhr sie fort und ignorierte völlig mein höfliches, aber desinteressiertes Lächeln. »Natürlich spottete er zuerst darüber, wie alle anderen auch, aber da es auch eine Textilabteilung und Preise zu gewinnen gibt, glaube ich nicht, daß mein Bruder sich diese Gelegenheit entgehen läßt. Im nächsten Sommer werden wir wohl alle nach London fahren und ihm gratulieren. Das ist wenigstens etwas, worauf man sich freuen kann.«

»Ja, tatsächlich.«

Tante Hannah goß Tee nach und rührte gedankenvoll in ihrer Tasse. Wahrscheinlich war sie am Ende ihrer Geduld angelangt.

»Wenn du deiner Mutter wieder schreibst, Faith, kannst du vielleicht erwähnen, daß es mit der Konzerthalle ein kleines Problem gibt. Von Anfang an wollte ich, daß sie den Namen deines Vaters trägt, und betrachtete diese Angelegenheit als eine unumstößliche Tatsache. Doch seit dem Tod des unglücklichen Sir Robert Peel im Juli wurden Vorschläge laut, die Halle nach ihm zu benennen. Schließlich war er Premierminister, während dein Vater nie dem Kabinett angehörte. Und vor kurzem wurde auch Kritik an seiner Bauweise in Cullingford geübt. Aber er vertrat lange Jahre die Interessen unserer Stadt im Parlament und war sehr großzügig den lokalen Wohlfahrtsorganisationen gegenüber. Das Projekt dieser Halle habe jedoch ich ins Leben gerufen und sehe keinen Sinn darin, über die Meriten des einen oder anderen Politikers zu diskutieren. Immer schon sollte die Konzerthalle nach deinem Vater benannt werden, und ich bin entschlossen, meinen Willen durchzusetzen. Du wirst mich doch sicher dabei unterstützen?«

»Oh . . . natürlich.« Aber Tante Hannah wußte, daß sie nicht mit meiner Unterstützung rechnen konnte, denn eine Morgan-Aycliffe-Halle oder Robert-Peel-Halle, ja selbst ein Giles-Ashburn-Gedächtnispark bedeuteten mir überhaupt nichts.

»Sehr schön«, entgegnete sie, straffte sich und lächelte mich über ihre Teetasse mit diesem mir wohlbekannten Lächeln an, das sie immer dann parat hatte, wenn sie zu einem ihrer vernichtenden Schachzüge ansetzte. »Und wie sehen deine Pläne aus, Faith? Willst du erst im Frühling dein Haus verkaufen?«

»Wie bitte?«
»Im Frühling, Liebes. Das ist die beste Jahreszeit, um Immobilien zu verkaufen, und mit deinem Haus wirst du Schwierigkeiten haben, einen Käufer zu finden.«
»Tante Hannah, wer hat dir erzählt, daß ich mein Haus verkaufen möchte?«
»Niemand, Liebes«, antwortete sie und lächelte mich wieder kalt an. »Es hat mir auch niemand gesagt, daß heute Dienstag ist, trotzdem weiß ich es. Ich bin nur erstaunt, daß du noch nicht wieder in die Blenheim Lane gezogen bist.«
»Tante Hannah, ich habe nicht die Absicht, wieder bei meiner Mutter zu leben.«
»Unsinn, Liebes«, sagte sie honigsüß. »Natürlich willst du nach Hause zurückkehren. Und selbst wenn du es nicht tätest, könnte ich mir keine andere Alternative vorstellen. Ich habe Jonas schon gebeten, sich nach einem eventuellen Käufer umzusehen. Diese Angelegenheit kannst du ihm getrost überlassen, er ist in geschäftlichen Dingen äußerst versiert, doch um dein Privatleben wird sich jetzt wieder deine Mutter kümmern müssen.«
Ich stellte meine Tasse ab, weil ich unbedingt die Hände freihaben mußte, und merkte, daß sich dieser eiskalte Nebel in meinem Kopf lichtete. Er machte einem gesunden Zorn Platz.
»Ich weiß deine Sorge um mich zu schätzen, Tante Hannah, doch du mischst dich in Angelegenheiten, die dich nichts angehen. Ich werde in der Miller Gate wohnen bleiben.«
»Das glaube ich nicht.«
»Tut mir leid, aber es bleibt dabei.«
»Wohl kaum, Liebes. Du warst schon immer ein Wirrkopf, Faith. Aber selbst du müßtest einsehen, daß du nicht alleine leben kannst. Dafür bist du viel zu jung und unerfahren. Trotz deiner Ehe unterscheidet sich deine derzeitige Situation wenig von der Prudence', nur bist du etwas wohlhabender. Nein, du mußt sofort in die Blenheim Lane zurückkehren. Eine andere Möglichkeit gibt es nicht, es sei denn, deine Mutter heiratet wieder. Mr. Oldroyd scheint in dieser Hinsicht ja feste Absichten zu haben, und sollte sie sich dazu entschließen, ihn zum Mann zu nehmen – was eine vernünftige Entscheidung wäre –, siedelst du einfach mit ihr nach Fieldhead um. Dort hast du dann Zeit genug, dich auf eine zweite Ehe vorzubereiten.«
»Tante Hannah«, sagte ich mit vor Zorn geballten Händen, »wie kannst du es wagen, in diesem Ton mit mir zu sprechen?«

»Ich nehme mir die Freiheit, dir alles zu sagen, was ich will, Liebes«, entgegnete sie völlig ruhig. »Du warst von Anfang an eine gute Partie. Doch jetzt bist du noch wohlhabender und siehst nicht schlecht aus. Es wird nicht lange dauern, bis wieder jemand um deine Hand anhält. Emma-Jane Hobhouse erwähnte deinen Namen uns gegenüber schon in bezug auf Freddy, denn Prudence kann sich ja nicht entschließen. Eigentlich kann ich ihn dir nicht empfehlen, aber es gibt genügend andere, die sich nichts sehnlicher wünschen, als dich zu heiraten. In dieser Hinsicht sehe ich überhaupt kein Problem.«
»Nein«, sagte ich und zitterte vor Wut. »Es wird kein Problem geben, weil ich nicht heiraten werde.«
»Wirklich? Du widersetzt dich also?«
»Es tut mir leid, aber es ist so.«
»Und wie willst du deine Tage ausfüllen? Denn wenn du weiterhin im Dunkeln sitzt und vor dich hinbrütest, wird nicht nur deine Tante darauf drängen, daß du dich wieder in die Obhut deiner Mutter begibst, sondern Dr. Overdale und Dr. Blackstone werden dann einfach darauf bestehen.«
»Das wird nicht nötig sein.«
»Davon bin ich nicht überzeugt.«
»Das ist mir gleich. Ich bin einundzwanzig und kein Schulmädchen mehr, das man nach Belieben hin und her stoßen kann. Ich bin eine Frau, die verheiratet gewesen ist. Und ich allein bestimme über mein Leben. Ich habe meinem Mann Gehorsam gelobt, aber niemand anderem. Ich kenne meine Rechte nicht genau, aber Jonas wird sie mir schon erklären; und wenn er es nicht tut, dann eben ein anderer. Ich glaube nicht, daß du die Macht besitzt, dich in mein Leben einzumischen.«
»Nun gut«, entgegnete sie völlig beherrscht. »Natürlich teile ich deine Ansichten nicht. Du bist zwar erwachsen, aber nicht in der Lage, über dich oder dein Geld zu bestimmen. Eine junge Witwe, meine Liebe, ist immer Zielscheibe allen möglichen Klatsches und vielen Versuchungen ausgesetzt, denen du nicht immer wirst widerstehen können. Ich mißbillige deinen Entschluß und werde mich ›einmischen‹, falls ich das für nötig halte. Ich werde ein waches Auge auf dich haben und Jonas bitten, dasselbe zu tun. Trotzdem verzeihe ich dir deine Unhöflichkeit und deinen bedauernswerten Entschluß, denn endlich scheinen deine Lebensgeister wieder zurückgekehrt zu sein.«
Und sie lächelte mich wieder an.

»Ich danke dir«, sagte ich nach einer Weile und blickte mich um, denn ich glaubte, Prudence gehört zu haben. Die Sonne schien durch das Fenster, und ich mußte wieder an Giles denken, aber auch an Tante Hannah, wie sie an jenem Tag zum Gartentor gegangen war. Ich hörte wieder Mutter sagen: ›Arme Hannah. Sie geht da hinunter, damit wir sie nicht weinen sehen.‹ Und ich nützte den Augenblick des Mitgefühls, der bei ihr nie lange dauerte, aus und fragte sie:

»Tante Hannah, Mutter erzählte mir einmal, daß du Tante Veritys Bruder hättest heiraten sollen.«

»Edwin Barforth«, sagte sie. »Ja. Er wurde dort unten im Fabrikhof ermordet, während ich im Haus saß und Pläne für den Hochzeitstag machte. Dieses alte Haus existiert jetzt nicht mehr. Es wurde abgerissen. Mr. Agbrigg lebte dort mit Jonas, als er Geschäftsführer in Lawcroft wurde. Und auch ich lebte dort das erste Jahr als seine Frau. Manchmal hält das Leben seltsame Überraschungen für uns bereit, nicht wahr? Ich hätte in diesem Haus als Mrs. Edwin Barforth wohnen sollen und betrat es als Mrs. Ira Agbrigg. Und jetzt gibt es dieses Haus nicht einmal mehr.«

»Vermißt du es?«

»Nein. Tante Verity war mehr davon berührt, denn sie und Edwin wurden dort geboren. Sie war erst sechzehn, als Edwin starb, und ich dreiundzwanzig – Edwin ein Jahr älter. Wir liebten uns seit unserer Kindheit, und ich konnte mir ein Leben ohne ihn gar nicht vorstellen. Die Tat geschah kurz nach dem Abendessen. Verity war noch im Garten und wanderte umher, denn sie konnte den Mord an ihrem Vater am Abend vorher nicht vergessen. Edwin und ich saßen im Haus und schmiedeten Heiratspläne, doch ich machte mir um Verity Sorgen und schickte Edwin, damit er sie ins Haus hole. Wir glaubten uns außer Gefahr, denn man hatte die Aufrührer gefangen. Sie waren schon auf dem Weg nach York, wo sie gehängt werden sollten. Aber einer war entkommen und stach Edwin mit einem Küchenmesser nieder. Joel fand sie wenig später. Verity und den sterbenden Edwin . . .«

»Und deshalb bist du an jenem Tag, als die Chartisten kamen, zum Gartentor gegangen?«

»Bin ich das? Nun, das war ziemlich dumm von mir. Möchtest du sonst noch etwas wissen?«

»Denkst du immer noch an Edwin?«

Tante Hannah lächelte. Jetzt war sie bereit, mir zu helfen, genauso wie sie es schon morgen wieder als notwendig erachten würde, in mein Leben einzugreifen.

»Ein oder zwei Jahre lang dachte ich jeden Tag an ihn, und ich glaubte, daß es immer so bleiben würde. Das war schwer. Doch dann merkte ich nach und nach, daß ich mich nicht mehr genau an seine Gesichtszüge erinnern konnte – sie entglitten mir. Und das war noch schwerer. Ich versuchte, ihn wieder zurückzuholen, doch ich bin eine ehrliche Frau und mußte mir eingestehen, daß ich ihn verloren hatte. Dann nahm das Leben seinen Lauf. Ich heiratete und hatte plötzlich einen Sohn. Nein, jetzt denke ich kaum noch an ihn. Er war ein junger Mann, und ich bin jetzt eine Frau mittleren Alters. Was hätten wir uns heute noch zu sagen? Ich würde ihn wohl noch erkennen, aber er mich nicht mehr. Komm, Liebes. Ich glaube, Prudence kommt zurück. – Du wirst doch nicht vergessen, was ich dir hinsichtlich der Konzerthalle gesagt habe?«

Ich schüttelte den Kopf und richtete mich auf. Noch war ich nicht stark, aber ich fühlte mich kräftiger.

»Prudence!« rief Tante Hannah, »ich möchte, daß du auf der Rückfahrt Celia eine Nachricht überbringst. Und da du ja sowieso bei den Mandelbaums vorbeifährst, kannst du ihnen gleich ausrichten, daß . . .«

Da wußte ich, ich würde mich nicht mehr in meinem Loch verkriechen.

17

Die Morgan-Aycliffe-Halle wurde wie geplant im April des folgenden Jahres mit einem Musikfestival eröffnet.

Das Gebäude war aus solidem gelbbraunem Yorkshirestein errichtet worden und ein würdiges Denkmal für jeden verdienstvollen Mann. Der Eingang wurde von mächtigen korinthischen Säulen flankiert, ihm schloß sich ein reich geschmücktes Vestibül an, von dem aus ein doppelt geschwungener Treppenaufgang auf eine Galerie führte. Dreitausend Menschen hatten in der Musikhalle Platz. Und so saß ich während der ersten Aprilwochen jeden Abend hier und lauschte den Klängen von Händel, Bach, Haydn und Beethoven – einem Programm, das die Mandelbaums zusammengestellt hatten, da Tante Hannah nichts von Musik verstand, doch sich bereitwillig wegen ihrer Verdienste um die Halle feiern ließ.

Mutter erschien jeden Abend in einem anderen pastellfarbenen Kleid. Auch Celia, die schon wieder eine Fehlgeburt erlitten hatte, erschien zu den Konzerten und weinte regelmäßig am Ende der Darbietungen, obwohl ich bezweifelte, daß sie noch um unseren verstorbenen Vater trauerte. Prudence und ich hatten keinen Grund, in Tränen auszubrechen, und ich freute mich, wenn Mutter am Arm Mr. Oldroyds wieder lachte.

»Sie müssen alle nach Fieldhead zu mir zum Dinner kommen«, erklärte er. Und als ich an seinem Tisch saß, dachte ich bei mir, sollte Mutter Herrin dieses soliden, aber finsteren Hauses werden wollen, so ging das nur sie und Prudence etwas an; mich betraf es nicht.

»Falls sie ihn heiratet«, sagte ich zu meiner Schwester, »wird Mutter dir sicher erlauben, bei mir zu leben.«

»Sollte sie ihn heiraten«, entgegnete Prudence, »wird sie das sehr schnell bedauern, denn er ist genauso pedantisch und mürrisch wie Vater. In diesem Fall müßte ich ihn bei jeder Kleinigkeit um Erlaubnis bitten, und er würde Mutters Ausgaben kontrollieren, was ihr überhaupt nicht gefallen dürfte.«

Doch Tante Hannah mißtraute zutiefst Mutters flatterhaftem Wesen und war bemüht, sie in geordneten Verhältnissen zu wissen, ehe sie der Familie Schande machte, deshalb waren ihr Mr. Oldroyds finanzielle Verhältnisse weitaus wichtiger als seine Charaktereigenschaften.

»Das wäre eine ausgezeichnete Lösung«, sagte sie. »Matthew Oldroyd hat keine Kinder und keine nächsten Verwandten. Die Hobhouses zählen ihn zwar zu ihrer Familie, aber Mr. Hobhouse war nur der Bruder seiner ersten Frau, und das zählt nicht, wenn Mr. Oldroyd wieder heiratet. Wenn eure Mutter ihn zum Mann nimmt, wird ihr ein zweites Vermögen in den Schoß fallen, ganz zu schweigen von der Fabrik in Fieldhead. Zwar habe ich mit Jonas noch nicht über Webereien gesprochen, aber ich bin sicher, er würde sie auf höchst profitable Weise leiten. Und da ein Drittel des Vermögens ja irgendwann Celia zufällt, wäre das für die beiden eine große Chance, denn ich habe die Hoffnung aufgegeben, daß aus Celia noch die Frau eines Politikers wird. Ja, Fieldhead . . . du meine Güte, ich muß mich mit Jonas besprechen, denn wenn es zur Hochzeit kommt, muß der Ehevertrag äußerst präzise sein.«

Prudence war außer sich über diese Worte, doch ich schwieg, denn noch war es nicht soweit.

Ich hatte meine innere Ruhe wiedergefunden. Ich bürstete mir wieder das Haar, bis es im Kerzenlicht silbern schimmerte. Abends trug ich ein schwarzes Samtband um den Hals und tiefschwarze Ohrringe. Ich parfümierte mich und lauschte lächelnd und höflich, wenn Konversation gemacht wurde. Und das alles tat ich, nicht um meiner Familie zu gefallen, sondern mir zuliebe. Mein Haus war wohlbestellt, die Katze schnurrte zufrieden in ihrem Körbchen vor dem Kamin. Ich bewirtete meine Gäste zuvorkommend und ging und kam, wann es mir gefiel, obwohl ich mich nicht weit fort wagte: ein Besuch in *Tarn Edge* oder *Listonby* oder ein Spaziergang in den Ashburn-Gärten. Jede Woche ging ich zu Giles' Grab, obwohl ich nichts von ihm dort wiederfand. Mrs. Guthrie hatte mich verlassen. Jetzt wurde ich von einer neuen Haushälterin versorgt, einer Mrs. Marworth, die nur eine einzige Treue kannte: die gegenüber dem Geld, das ich ihr zahlte. Ich war nicht glücklich; ich dachte nicht einmal darüber nach. Ich war ruhig, und das genügte.

Im Juni gebar Caroline ihren dritten Sohn, genau zwei Jahre nach den Zwillingen. Master Gideon Chard war noch größer und dunkler als seine Brüder und derart laut und ungebärdig, daß er bald der Fürsorge der Kinderfrau anvertraut wurde.

»Dieser hier wird sicher eine kirchliche Laufbahn einschlagen«, sagte Caroline, die mich in der eleganten Großen Halle empfing. Zur Verwunderung aller war sie schon eine Woche nach der Niederkunft wieder aufgestanden, denn da ständig Gäste in ihrem Hause weilten, hatte sie keine Zeit, die Kranke zu spielen. »Ja, so werde ich es arrangieren, Faith. Der Zweitgeborene machte Karriere in der Armee, der dritte in der Kirche, und der vierte geht zur Marine. Falls es dann noch einen fünften gibt, schicken wir ihn in die Kolonien, damit niemand behaupten kann, sein Vermögen wäre durch den Handel erworben. Nun, Gideon kann erst einmal die Kirche in *Listonby* übernehmen, denn bis dahin wird der Vikar zu alt sein. Doch vorher muß er nach Oxford gehen, damit er die nötigen Verbindungen anknüpft, denn die wirklich bedeutenden Pfarrbezirke liegen alle im Süden.«

»Dann willst du also einen Bischof aus ihm machen?«

»Natürlich, Faith. Ich will alle meine Söhne an der Spitze sehen, welchen Beruf auch immer sie haben. Wenn man schon etwas tut, sollte man es auch richtig tun.«

»Ja. Das hat dein Vater schon immer gesagt.«

»Und was ist falsch daran?« fragte sie aufgebracht und bereit, sofort zu kämpfen, sollte jemand die geheiligten Barforth-Maximen kritisie-

ren. Und ihr Eifer, sie zu verteidigen, war so groß, daß ich daraus schloß, eine Kritik sei oft berechtigt. »Ich will dir eines sagen, Faith. Matthews Familie ist sehr nett, aber wenn einige von ihnen auf Vater hörten, ginge es ihnen nicht so schlecht. Sieh dir doch einmal die Clevedons an. Es ist ja gut und schön, mildtätig zu sein, aber Mr. Clevedon kann es sich einfach nicht leisten, und wenn man nur die Andeutung macht, Peregrine solle doch seinen Lebensunterhalt *verdienen* . . . Nun, ich habe mir nur einmal die Zunge verbrannt. Matthew lächelte nur über diesen Vorschlag, aber Georgiana war schockiert. ›Er ist der Erbe dieses Landes‹, sagte sie nur. Das war alles. Nun, mein Dominic ist ebenfalls der Erbe und wird es nicht nötig haben zu arbeiten. Und falls er Interesse für die Politik zeigt, werde ich ihn in dieser Hinsicht nicht entmutigen.«
»Dann wirst du in deiner Familie einen Premierminister, einen Oberst und einen Bischof haben.«
Zwar lachten wir darüber, doch wir wußten beide, wenn Caroline sich etwas in den Kopf gesetzt hatte, war nichts unmöglich.
»In letzter Zeit habe ich dich nicht oft gesehen, Faith«, sagte sie. »Sobald deine Trauerzeit vorüber ist, mußt du mich für längere Zeit besuchen. Ich wäre froh, dich im September hier zu haben. Das Haus wird von da an bis zum März von Gästen überquellen. Und du weißt ja, wie das während der Jagdsaison ist . . . alle die Frauen, die herumsitzen und unterhalten werden wollen. Und obwohl die Männer von früh bis spät auf der Jagd sind, genießen sie doch die Gesellschaft der Damen am Abend. Man könnte meinen, soviel frische Luft macht sie müde, aber nicht im geringsten. Du wärst mir eine große Hilfe im Haus, denn dir kann ich vertrauen. Natürlich besuchst du auch die Weltausstellung, nicht wahr? Nun, wir werden nicht nach London fahren, denn Matthew und seine Freunde haben beschlossen, sie zu ignorieren, was mir lächerlich vorkommt. Sie sind alle Protektionisten und halten nicht viel vom freien Handel. Sie geben vor, daß solche Ausstellungen nur die Mittelschicht etwas angehen. Diese Meinung kann ich nicht teilen, denn Prinz Albert hat sie schließlich organisiert, und die Königin wurde dort wiederholt gesehen. Deswegen haben Matthew und ich zum erstenmal gestritten. Als ich erklärte, ich wolle mir die neuen Maschinen ansehen, sagte er mir, dann könne ich ja in die Fabriken meines Vaters gehen. Natürlich tat es ihm hinterher sehr leid und mir auch. Er war sehr verletzt, als ich den Wunsch äußerte, mit Vater nach London zu fahren. Ich glaubte schon, er würde es mir verbieten, aber er sag-

te nur: ›Bitte fahr nicht‹, was mich rührte. Jedenfalls habe ich beschlossen, nicht zu fahren, und jetzt ist wieder alles im Lot. Nach deiner Rückkehr mußt du mich sofort besuchen und mir erzählen, wie viele Preise Vater gewonnen hat.«

Zuerst hielten selbst die Cullingforder Bürger nicht viel von Prinz Alberts großer Weltausstellung. Cullingford war mehr daran interessiert, seine Waren zu exportieren, als Konkurrenten Tür und Tor zu öffnen. Doch als Tante Hannah erfuhr, daß dort Preise zu gewinnen seien, beschlossen die Law-Valley-Männer, sich an dem Wettbewerb zu beteiligen, und ohne Zweifel waren die Barforthschen Kammgarnstoffe von höchster Qualität und würden ausgezeichnet werden.

Die Weltausstellung öffnete ihre Pforten am ersten Mai 1851 mit einer Salve von Böllerschüssen, die nicht, wie vorausgesagt, die gläsernen Wände des Kristallpalastes zum Einsturz brachten. Sie blieb bis zum Oktober geöffnet; Königin Viktoria mit ihren Kindern besuchte sie regelmäßig, und die königliche Familie zog wahrscheinlich mehr Blicke auf sich als die unzähligen Exponate, diese Triumphe industrieller Entwicklung, die England unter der Herrschaft der Königin soviel Reichtum geschenkt hatte.

Tante Verity und Onkel Joel bezogen im April ihr neues schönes Haus in der Nähe von Bournemouth, und mein Onkel schien sich vorübergehend entschlossen zu haben, die Leitung seines Imperiums in die Hände seiner Söhne zu legen. Da die Bahnfahrt nach London nicht teuer war und man in der Hauptstadt für wenig Geld unterkommen konnte, nahmen viele Mechaniker und Handwerker aus dem Law Valley die Gelegenheit wahr und verreisten zum ersten Mal in ihrem Leben.

»London quillt vor Menschen über«, schrieb Mutter, die als Gast im Haus eines Freundes unseres verstorbenen Vaters weilte. »Und alle diese Ausländer! Manche sehen wirklich furchterregend aus. Du mußt unbedingt kommen, Liebes. Die Ausstellung ist überwältigend, doch man wird ihrer leicht überdrüssig, und es gibt wenig Neues, das wir nicht schon von Cullingford her kennen. Doch man kann neue Bekanntschaften schließen, und wenn alles so läuft, wie wir uns das vorstellen, könnte Joel geadelt werden. Es heißt, die Königin sei denjenigen, die sie und ihren Mann unterstützt haben, sehr großzügig gegenüber. Bitte komm doch, Liebes.«

Celia, die Menschen, Lärm und Hitze haßte, ja eigentlich alles außer ihrem Haus, wollte nicht verreisen, doch Tante Hannah hatte eine Einladung von Mr. Fielding, unserem Parlamentsabgeordneten, erhalten und erklärte sich bereit, Prudence und mich mitzunehmen.

»Jonas wird euch alles erklären«, sagte sie. »Er wird sich in jeder Weise um euch kümmern.« Das glaubten wir ihr gern, denn obwohl sie nicht soweit ging zu bedauern, daß er nicht uns alle drei geheiratet hatte, legte sie doch großen Wert darauf, daß wir uns – wenigstens in finanzieller Hinsicht – vollkommen seinem Urteil beugten. Jonas war jetzt zwar kein armer Mann mehr, aber bis zu seinem erträumten Ziel auf der Leiter des Erfolgs hatte er noch einen weiten Weg zurückzulegen. Und da Celia ihm, zumindest in Tante Hannahs Sicht, keine Hilfe war, fand sie es nur richtig, daß es unsere Pflicht war, ihn zu unterstützen.

Sollten wir unverheiratet bleiben, würde unser Besitz einmal an Jonas' Kinder fallen (sollte Celia doch noch welche bekommen), und es war unsere Aufgabe, unseren Schwager nach Kräften in jeder Hinsicht – gesellschaftlich und im Haus – zu unterstützen. Und so war es Tante Hannahs feste Überzeugung, daß wir in Jonas' Gesellschaft am besten aufgehoben wären, deshalb lehnte sie auch die Einladung Mrs. Hobhouse' und Mrs. Mandelbaums, uns nach London mitzunehmen, schroff ab.

»Meine Nichten werden mich begleiten«, sagte sie mit einer Stimme, die keinen Widerspruch duldete. Aber schließlich fuhr nur Prudence nach London. Als sie wiederkam, berichtete sie, daß Jonas sie wie ein Schulmädchen behandelt hätte, trotzdem sei die Ausstellung sehr informativ gewesen.

»Du darfst sie einfach nicht versäumen, Faith. So etwas wird dir so schnell nicht wieder geboten.«

Doch ich zögerte – Giles' Todestag jährte sich zum erstenmal –, bis mich Tante Verity dazu überredete, zwei Tage nach London zu fahren und anschließend ein oder zwei Wochen bei ihr in Bournemouth zu verbringen.

Es war August und sehr heiß, die Luft voller schwerer Düfte, der Park von Blumen übersät; und überall drängten sich Menschen. Der Kristallpalast funkelte wie ein riesiger Diamant in der Sommersonne und war so prächtig, wie ich ihn mir vorgestellt hatte.

»Wir werden die Ausstellung in Etappen besuchen, Liebes«, sagte Tante Verity. Sie saß am Frühstückstisch eines gemütlichen kleinen Hauses, das sie für die Saison gemietet hatte. »Sie ist immens und sehr ermüdend. Und es gibt soviel zu sehen. Mehr als vierzehntau-

send Aussteller sind vertreten. Du brauchst ein Paar feste Schuhe und ein Riechfläschchen.«
Und das war sie. Blaize, der von einer seiner Reisen zurückgekehrt war, begleitete uns am zweiten Tag. Er war gebräunt und sah sehr gut aus. Mit der ihm eigenen weltmännischen Nonchalance begleitete er uns durch die kosmopolitische Menge, als würde er sich in seinem Salon bewegen. Seit Giles' Tod hatte ich ihn nur selten gesehen; es lag nicht in seiner Natur, den Schattenseiten des Lebens allzuviel Aufmerksamkeit zu schenken. Und Onkel Joel kümmerte sich in rührender Weise um uns: er brachte Limonade, fand einen schattigen Sitzplatz und lud zu einem opulenten Mittagessen ein, und dann setzte er uns in eine Kutsche nach Bournemouth.
Das neue Barforthsche Haus, *Rosemount*, das man mir als Sommerhaus beschrieben hatte, entpuppte sich als eine weitläufige weiß gestrichene Villa, die auf einem Hügel über der kleinen Stadt lag, mit einer bezaubernden Aussicht über grüne, mit Mohnblumen übersäte Abhänge, bis zum tiefblauen, sonnengebadeten Meer.
»Für ein, zwei Tage werden wir Ruhe haben«, sagte Tante Verity, »und ich gestehe, daß ich mich darüber freue.«
Doch bei den Barforths herrschte niemals lange Ruhe, denn schon am nächsten Morgen hielt ein schicker, blitzblanker Landauer vor der Tür, aus dem eine ausgelassene kleine Lady stieg – Mutter. Sie hielt einen exquisiten Sonnenschirm in der Hand und wurde von einem Herrn begleitet, den ich im Leben noch nie gesehen hatte, einem schwarzgelockten Iren mittleren Alters, der aber in keiner Weise jene Zeichen des Verfalls aufwies, die sie sonst beklagte. Auf eine etwas unverschämte Weise sah er gut aus, seine dunklen Augen strahlten, und seine wohlgeformten Lippen schienen ständig zu lächeln.
»Gütiger Himmel!« sagte Tante Verity und ließ die Rosen fallen, die sie gerade geschnitten hatte. »Das ist sicher Mr. Adair?«
»Der bin ich«, erwiderte er. »Verzeihen Sie den unangemeldeten Besuch, Madam. Doch ich konnte der Versuchung nicht widerstehen, die Bekanntschaft von Elinors Tochter zu machen.«
Und ich spürte sofort, daß dies ein Mann war, der eventuellen Versuchungen nie viel Widerstand entgegensetzte. Ich streckte die Hand aus, die er sofort mit festem, warmem Griff umfaßte und ein wenig zu lange in der seinen behielt.
»Mrs. Ashburn«, sagte er, wobei sein Blick auf meinem Gesicht ruhte, so als wäre ich in diesem Moment die einzige Frau auf der Welt.
»Mr. Adair.«

»Sie ist schön«, sagte er zu Mutter und sah mich immer noch an. Er war ein Mann, schien mir, der wohl um seinen eigenen Charme wußte und ihn auch skrupellos einsetzte.
»Natürlich ist sie das«, entgegnete Mutter. »Könnte eine meiner Töchter etwas anderes sein? Faith, dies ist Mr. Daniel Adair, der vor sehr langer Zeit einmal für deinen Vater gearbeitet hat. Können wir Tee trinken, Verity? Und dann, fürchte ich, müssen wir wieder fahren. Ich dachte nur, es wäre schön, wenn du deine Bekanntschaft mit Mr. Adair erneuerst, so wie ich es getan habe. Wir kehren wieder nach London zurück. Daniel, du darfst mir den Arm reichen, denn die Sonne hat mich ein wenig schwindelig gemacht.«
Und aus Mutters hellem, fröhlichen Lachen und den schmachtenden Blicken, die sie Mr. Adair schenkte, erkannte ich, daß sie wieder einen Liebhaber hatte. Ich freute mich für sie und mußte gleichzeitig bei dem Gedanken an Mr. Oldroyd, den sie vielleicht heiraten würde, lächeln.
Georgiana traf den Freitag darauf mit ihrem Mädchen völlig erschöpft ein. London langweile sie, diese vielen Menschen und der Kristallpalast, diese entsetzliche Mittelmäßigkeit, wie sie erklärte. Ihre Ansichten über die Hauptstadt waren dieselben wie die Matthew Chards.
»Die Stadt ist so schmutzig«, sagte sie. »Ich muß endlich wieder zu mir selbst kommen.« Und anstatt Tee zu trinken, nahm sie eine Flasche Rotwein mit in den Garten und trank sie dort, wie eine Zigeunerin im Gras liegend. Sie pflückte Gänseblümchen und flocht Kränze daraus, und als dann Onkel Joel und Nicholas kamen, war sie so beschwipst, daß sie ihren Mann umarmte und ihm ins Ohr biß.
»Du hast Grashalme im Haar«, sagte er.
»Ja. Und ich bin in der Sonne eingeschlafen. Ich werde noch so braun wie eine Vagabundin. Außerdem habe ich Wein getrunken, Liebling, der hat mich ganz benommen gemacht . . . oh, freue ich mich, dich zu sehen.«
Sie gingen beide in ihr Schlafzimmer, um sich für das Abendessen umzuziehen, und ich blieb noch eine Weile im Garten, denn ich brauchte nicht viel Zeit für meine Garderobe. Dann ging auch ich in mein Zimmer. Mein mit schwarzen Perlen verziertes Abendkleid lag bereits auf dem Bett. Eines von Tante Veritys Mädchen erwartete mich, um mir beim Ankleiden zu helfen. Und während ich mir das Haar vor dem Spiegel bürstete, konnte ich nicht umhin, daran zu

denken, daß jetzt im Nebenzimmer Nicholas seine Frau wahrscheinlich liebte. Es war mir gleich. Seit seiner Hochzeit hatte ich nicht mehr als ein Dutzend Worte mit ihm gewechselt. Ja, ich kannte dieses ungewöhnliche, beunruhigende, faszinierende Wesen, das Nicholas geheiratet hatte, besser als ihn. Doch vor kurzem hatte ich gemerkt, daß mein Körper – genau wie der meiner Mutter – die Zärtlichkeit eines Mannes brauchte, eine Tatsache, die mich beunruhigte.

Gefühle belasteten mich nicht. Ich war kühl und gelassen und frönte wie immer meiner Eitelkeit, wenn auch auf humorvolle Weise. Ein schwarzes Samtband in meinem Haar würde es noch heller erscheinen lassen, und diese dunklen Ohrringe würden die Eleganz meines Kleides unterstreichen. Meine Augen hatten, wie ich hoffte, einen leicht verschleierten und geheimnisvollen Ausdruck, da ich kurzsichtig war. Und alle diese Anstrengungen unternahm ich nicht etwa, um Nicholas zu gefallen, sondern weil ich noch immer unter dieser Aufmachung das einfache, schlanke Mädchen war, das mein Vater verachtet hatte.

Ich war an jenem Abend die erste, die sich zu meiner Tante und meinem Onkel im Salon gesellte. Nicholas und Georgiana hielten sich noch in ihrem Zimmer auf, und Blaize war noch nicht eingetroffen, was Onkel Joel erzürnte.

»Er ist schon vor zwei Tagen aus London abgereist und hatte es verdammt eilig. Und wo, zum Teufel, steckt er jetzt?«

Doch Blaize hatte ein Gespür für richtige Zeitpunkte, denn kaum hatte sein Vater ausgesprochen, ertönte draußen Hufgeklapper und Räderrollen, und er betrat in Abendkleidung den Salon.

»Ich habe mich unterwegs umgezogen«, sagte er, und es war offensichtlich, daß er nicht in der Kutsche die Kleider gewechselt hatte. »Falls ich euch habe warten lassen, wirst du mir sicher verzeihen, Mama, denn ich bin doch dein Lieblingssohn – worauf sich die Frage stellt, wo denn dein anderer Sohn ist?«

»Hier ist er«, sagte Nicholas, der in diesem Augenblick den Salon betrat. Georgiana folgte ihm in einem teuren grünen Seidenkleid. Doch sie trug es nachlässig, ebenso wie die Fülle ihres kastanienroten Haars, das sich bei der ersten heftigen Bewegung auflösen würde.

»Also darf ich annehmen, daß wir jetzt essen können«, sagte Onkel Joel, und wir verspeisten ein köstliches Mahl, wie immer bei Tante Verity. Nicholas griff herzhaft zu, während Blaize die Speisen mehr genoß, und Georgiana pickte wie ein Vögelchen auf ihrem Teller herum. Doch sie hob ihr Glas und trank, um »die Erinnerung an London zu ertränken«, wie sie sagte, dann »auf das Gedenken der grünen Wiesen und Weiden«.

»Und auf die gepflügten Felder und schmutzigen Gräben«, prostete Blaize ihr zu, füllte ihr Glas wieder und beugte sich vor, um ihr eine widerspenstige Haarsträhne aus der Stirn zu streichen. Seine Augen funkelten.

»Auf das nebelverhangene Moor«, sagte sie zu ihm.

»Auf den Wind und das schlechte Wetter«, antwortete er.

»Haßt du London nicht, Faith?« fragte Georgiana, die mich inzwischen duzte, denn wir waren Freundinnen geworden.

»Nein. Mir gefällt es dort. Ich mag Großstädte.«

»Ja«, sagte sie und sah mich über den Rand ihres schon wieder leeren Glases an. »Sie passen zu dir, denn du bist immer so makellos und gesetzt. Ich kann mir dich überhaupt nicht aufgeregt vorstellen. Oh, Faith . . . warum machst du immer alles richtig, während ich . . . Das ist ungerecht. Warum siehst du wie ein Schwan aus, während ich wie eine zerzauste Ente wirke. Sieht sie nicht wie ein Schwan aus, Nicky? Blaize?«

»Das tut sie«, entgegnete Blaize und hob sein Glas. »Sie ist ein sehr graziöser, intelligenter Schwan, meine Faith.«

»*Deine* Faith?« fragte Nicholas stirnrunzelnd.

»Ach du liebe Güte«, kicherte Georgiana vergnügt. »Das könnte dir so gefallen, nicht wahr, Blaize? Perry hat auch ein Auge auf sie geworfen . . . o ja, das stimmt . . . als er sie in dieser schrecklichen Konzerthalle sah. ›Wer ist sie denn? Wie ist sie? Bring sie doch nach *Galton*, Schwesterchen‹, und . . .«

»Das genügt, Georgiana«, unterbrach Nicholas sie scharf. »Ich warne dich . . .«

»Oh, er ist mir böse«, sagte sie lächelnd. Und dann verwandelte sich ganz plötzlich ihr Übermut in Zerknirschung.

»Oh, Faith, Liebe. Entschuldige bitte. Ich mag dich so sehr und möchte dich um nichts in der Welt kränken.«

»Ich bin nicht gekränkt.«

»Das müßtest du doch sein.«

»Nur, wenn du darauf bestehst. Eigentlich fühle ich mich sehr geschmeichelt, aber ich finde überhaupt nicht, daß du wie eine Ente aussiehst, Georgiana.«

»Ich auch nicht«, murmelte Blaize und lächelte mich an. »Nein, du bist eher ein kleiner Vogel aus dem Urwald, der sich auf einen Ententeich verirrt hat. Wie gefällt dir das?«

Dann gingen wir in den Salon zurück. Tante Verity beobachtete ihre Söhne aufmerksam, um jederzeit einschreiten zu können, falls sie sich streiten sollten.

»Sollen wir einen Spaziergang im Mondschein machen, Nicky?« fragte Georgiana versöhnlich.

»Gleich. Blaize, gestern früh traf ich einen Freund von dir. Einen gewissen Mr. Grassmann.«

»Ja? Er ist ein netter Kerl.«

»Das scheint er zu sein. Doch ehe du Versprechungen hinsichtlich der Lieferungstermine machst, könntest du sie vorher mit mir absprechen.«

»Nun gut«, gab Blaize achselzuckend zurück, »aber ich habe ein solches Vertrauen in dich, Nicky . . . Es kommt mir gar nicht in den Sinn, daß du nicht in der Lage sein würdest zu liefern.«

»Bisher haben wir immer unsere Lieferfristen eingehalten«, fuhr Onkel Joel dazwischen. »Irgendwelche Entschuldigungen lasse ich nicht gelten.«

»Dann hörst du sie heute zum erstenmal, Vater«, sagte Nicholas ärgerlich. »Es sei denn, du machst Blaize klar, daß er sich über unsere Kapazität informiert. Unsere Maschinen arbeiten bereits auf vollen Touren und sind ausgelastet. Danach muß er sich richten. Ich habe ja nichts gegen die Aufträge, die er uns bringt. Das ist völlig in Ordnung, aber wir müssen uns gegenseitig informieren. Und du mußt deine Geschäfte zu Ende führen, Blaize. Dieser Mr. Grassmann wollte mit *dir* und nicht mit mir sprechen. Und wo, zum Teufel, warst du? Und was sollte ich ihm auf dein Versprechen sagen, wo ich doch wußte, daß wir es nicht halten können? Es sei denn, wir vergrößern uns.«

»Das willst du doch, Nicky«, murmelte Blaize.

»Will ich das wirklich?«

»Ich nehme es an – oder hast du zuviel Arbeit mit der Wollkämmfabrik?«

»Was verstehst du schon davon.«

»Es ist so warm hier«, sagte Tante Verity da. »Joel, komm doch mit in den Garten. Wenn wir uns vergrößern müssen, braucht das ja nicht heute abend zu geschehen. Außerdem muß ich dir etwas Interessantes von Elinor erzählen. Nicholas, geh mit deiner Frau spazieren. Faith wird euch sicher begleiten. Und Blaize wird tun, was ihm beliebt.«

»Liebste Mutter«, sagte er lachend, »du bist mir doch nicht böse? Nein, natürlich bist du das nicht.«
»Manchmal fällt es mir nicht leicht, mein Lieber. Wirklich.«
Aber Mutter und Sohn lächelten einander zu, und Onkel Joel nahm den Arm seiner Frau und führte sie in den Garten.
Die Nacht war von einer tiefblauen, samtenen Wärme, voll mit dem Duft der schlafenden Mohnblumen auf den Wiesen. Die Wellen des Meeres brachen sich rhythmisch unter uns. Diese Stunde war wie geschaffen, den Geräuschen der Natur zu lauschen. Doch nachdem wir eine Weile ruhig dahingeschlendert waren, schien sich Georgiana zu langweilen.
»Laß uns zum Meer hinuntergehen, Nicky.«
»Du wolltest doch einen Spaziergang im Mondschein machen, und das tun wir.«
»Nun, in Cullingford ist das sicher auch angebracht. Aber wir sind doch am Meer. Das Wasser, der Sand, die Felsen, das alles reizt mich. Hier auf dem Gras ist es so eintönig. Wie kannst du das nur ertragen?«
»Ich kann es ertragen.«
»Aber ich nicht«, sagte sie, raffte ihre Röcke, und schon war sie verschwunden wie damals in *Galton Abbey*, doch dieses Mal folgte ihr niemand.
»Es ist wundervoll!« rief sie uns zu. »Kommt doch auch herunter. Wir könnten uns etwas Wein und Obst holen und die ganze Nacht bis zum Sonnenaufgang am Strand bleiben. Was macht das schon? Wir würden uns immer an diese Nacht erinnern: die Nacht, die wir am Strand verbrachten. Wir würden sie niemals vergessen. Nicky, komm doch!«
Doch Nicky, der vielleicht früher diesen Eskapaden nachgegeben hatte und sie aufregend fand, zuckte nur mit den Schultern und wandte den Kopf ab, damit er seine Zigarre besser im Wind anzünden konnte.
Georgiana verschwand hinter einem Felsen, und als wir stehenblieben, warf Blaize seinem Bruder einen Blick zu und sagte:
»Du wirst wohl nicht hinter ihr hergehen?«
»Nein.«
»Nun, es geht mich nichts an, aber sie hat ein wenig getrunken, und sie könnte stürzen . . .«
»Das bezweifle ich.«
»Sie könnte sich verirren.«

»Ganz gewiß nicht.«
»Ich mache mir nicht gern die Füße naß, aber ich frage mich, ob ich sie nicht zurückholen soll.«
»Wahrscheinlich findest du sie gar nicht, und sie ist eher wieder hier als du. Du wirst dir deine Schuhe umsonst ruinieren, aber wenn du dir Sorgen machst . . .«
Blaize zuckte mit den Schultern und ging zum Strand hinunter. Nicholas und ich waren allein und schwiegen eine ganze Weile.
»Ihr wird nichts geschehen«, sagte Nicholas schließlich.
»Nein, natürlich nicht.«
»Friert dich?«
»Nein. Ich fühle mich wohl.«
»Faith . . .«
»Ja.«
»Es tut mir leid . . . wegen deines Mannes, mein ich. Ich kannte ihn nicht sehr gut, aber er schien ein feiner Kerl gewesen zu sein. Wie geht es dir . . . seit er tot ist?«
»Ich werde damit fertig, Nicholas. Georgiana hat sich viel um mich gekümmert.«
»Ja. Sie kann sehr nett sein.«
Wir schwiegen und lauschten auf die Geräusche der Nacht und wünschten uns, Blaize würde zurückkehren, denn obwohl inzwischen soviel Zeit verstrichen war, gab es immer noch Dinge zwischen uns, die niemals ausgesprochen worden waren. Ich hatte noch nicht meinen Frieden mit ihm gemacht.
»Du *bist* wie ein Schwan«, sagte Nicholas da plötzlich, und seine Worte klangen wie eine Beschuldigung. Und das einzige, was mir darauf einfiel, war zu lachen. Ich lachte dieses helle, oberflächliche Lachen meiner Mutter.
»Weil ich eine lange Nase und zu große Füße habe? Vielen Dank, Nicholas.«
»Deine Füße habe ich noch nie gesehen, und deine Nase gefällt mir.«
Wieder herrschte Schweigen, ein bedrückendes Schweigen, das wir nicht durch oberflächliches Gerede brechen konnten.
Nervös zündete er eine Zigarre an und starrte stirnrunzelnd aufs Meer.
»Faith!« sagte er dann plötzlich mit Schärfe, »ich brauche dich doch nicht vor Perry Clevedon zu warnen, nicht wahr?«
»Du meine Güte. Sicherlich nicht.«

»Gut. Ich bin in meinem Leben keinem größeren Taugenichts begegnet. Halte dich von ihm fern.«
»Du lieber Himmel!« sagte Georgiana da. Urplötzlich war sie aus der Dunkelheit aufgetaucht, der Saum ihres Kleides von Meerwasser getränkt und mit aufgelöstem Haar, das ihr so gut stand. »Streitest du jetzt mit Faith? Ich konnte dich schon aus der Ferne schimpfen hören. Was hat sie nur getan, um dich in einen derartigen Zorn zu versetzen?«
»Nichts«, sagte Nicholas knapp und warf seine Zigarre in Richtung des Meeres. Dann fügte er ruhig hinzu:
»Faith weiß, was ich meine.«

18

Das neue Jahr überraschte uns gleich mit zwei Ereignissen von herausragender Bedeutung. Onkel Joel wurde in Anerkennung seiner Verdienste um die Industrie und die großzügige Unterstützung der von Prinz Albert initiierten Weltausstellung, deren Erfolg Königin Viktoria sehr am Herzen lag, der Titel eines Baronets verliehen, und er wurde somit Sir Joel Barforth von *Tarn Edge*.
Und Mutter nutzte die Gunst der Stunde triumphierender Festlichkeiten und verkündete ihre bevorstehende Vermählung, nicht mit dem ältlichen Mr. Oldroyd, sondern mit dem unbekannten, aber stattlichen Mr. Daniel Adair.
Doch wie sich herausstellte, war er für einige Familienmitglieder keineswegs ein Fremder.
»Hast du völlig den Verstand verloren, Elinor?« empörte sich Tante Hannah und stürmte in Mutters Haus, als wolle sie es niederbrennen. Sie war nicht nur über den Verlust des Oldroydschen Vermögens erbost – ihre Hoffnungen, eines Tages Jonas als Herr in Fieldhead zu sehen, wurden dadurch zerschlagen –, sondern auch zutiefst erschüttert.
»Noch nie in meinem Leben war ich derart schockiert. Ich warne dich, Elinor, falls du auf dieser skandalösen Verbindung bestehst, will ich mit dir nichts mehr zu tun haben.«
»Das würde mir sehr leid tun, Hannah.«
»Aber ich kann dich nicht von deinem Entschluß abbringen? Nun, das habe ich befürchtet. Es bleibt nur noch zu hoffen, daß es Joel gelingt, dich zur Vernunft zu bringen. Diese Ehe stellt eine Beleidigung

für deinen verstorbenen Mann und seine Töchter dar. Du bringst Schande über die ganze Familie. Willst du dich denn wegen dieses Mannes noch einmal zum Narren machen? Und es wird noch schlimmer kommen, denn diesmal wird er dich ruinieren. Solltest du von dieser absurden Idee nicht ablassen, bleibt uns nur eines übrig: wir werden dich entmündigen lassen!«
»Ach du meine Güte«, seufzte Mutter und lächelte mir mit verschleierten Augen zu, als Tante Hannah gegangen war. »Ich hatte nicht erwartet, daß Hannah meinen Entschluß billigt, denn sie sah mich schon als Mrs. Oldroyd und ihren Jonas als zukünftigen Herrn von Fieldhead. Ihre Enttäuschung ist durchaus verständlich. Aber die Familie wird mich nicht von meinem Entschluß abbringen, und Hannah wird mich auch nicht verstoßen. Ich nehme ihre Drohung nicht ernst. Dazu mag sie mich zu gern, und außerdem spekuliert sie auf mein Erbe. Daniel kann nur über den Teil des Vermögens verfügen, den euer Vater mir vererbt hat, den Rest darf er nicht anrühren. Faith, da du mir die liebste meiner Töchter bist und Prudence und Celia nicht mehr mit mir reden, will ich dir die Wahrheit anvertrauen. Wie du wohl vermutet hast, kenne ich Mr. Adair schon länger. Er trat zehn Jahre vor dem Tod eures Vaters in mein Leben. Damals widmete sich euer Vater ausschließlich der Politik und stellte Mr. Adair als Geschäftsführer ein. Während der vielen Monate, die euer Vater in London weilte, war ich – damals noch eine junge Frau – allein in diesem Haus, fühlte mich einsam und verlassen. Jedenfalls verliebte ich mich leidenschaftlich in Daniel und war fest entschlossen, mit ihm auf und davon zu gehen. Nun, ich muß dir gestehen, er lief davon, aber ohne mich. Dein Onkel Joel überredete ihn dazu, mich zu verlassen. Natürlich war Geld dabei mit ihm Spiel, und er zwang mich, zu eurem Vater zurückzukehren, der mich zwar nicht mehr haben wollte, aber aus Angst vor einem Skandal, der seiner politischen Karriere geschadet hätte, gnädig wieder aufnahm. Eine traurige Geschichte, zugegeben, und damals hatte ich mir gewünscht, daß Daniel den Mut aufgebracht hätte, mit mir ein Leben in Armut zu teilen. Heute weiß ich, daß er richtig gehandelt hat, wir wären beide gescheitert. Dein Onkel überzeugte mich davon, daß es besser wäre, an der Seite eures Vaters bis zu dessen Tod auszuharren, da er fand, ich hätte mir durch die Ehe mit ihm ein Anrecht auf sein Vermögen verdient. Und er hatte recht. Geduldig ertrug ich zehn weitere Jahre als brave, gehorsame Ehefrau.«
»Und all die Jahre hast du weiterhin Mr. Adair geliebt?«

»Aber nein, Liebes«, wehrte Mutter ab. »So ist das Leben nicht. Als dein Vater starb, genoß ich die wundervolle Freiheit in vollen Zügen und liebte ausschließlich mich selbst. Es war meine Zeit, wie ich dir schon einmal sagte, und sie würde allzu bald vorüber sein. Glaube mir, Faith, wäre ich nicht Daniel wiederbegegnet, hätte ich wohl Matthew Oldroyd geheiratet und wäre dann fast so reich wie Verity geworden. Aber er *ist* wieder in mein Leben getreten, nicht zufällig, o nein, er hatte öfter geschäftlich mit Onkel Joel zu tun, kannte meine persönlichen Verhältnisse und wußte, daß ich zur Weltausstellung nach London reisen würde. Er ist natürlich kein vermögender Mann. Erst kürzlich kehrte er von den Westindischen Inseln zurück, seine geschäftlichen Unternehmungen dort waren nicht sehr erfolgreich. Armer Daniel. Du wirst verstehen, daß er mich braucht.«
»Selbstverständlich, aber das ist doch kein Grund, ihn zu heiraten.«
»Nein, Liebes. Ich will dir erklären, warum ich ihn heiraten werde. Damals, als er mich verließ, habe ich ihn gehaßt. Allmählich erst verstand ich, daß er aus Angst vor einem Leben in Armut davongelaufen ist, und ich mußte mir eingestehen, daß die Monate, die ich seine Geliebe war, die schönste Zeit meines Lebens waren. Ehe ich Daniel kennenlernte, verkümmerte ich an der Seite eines alten, griesgrämigen Ehemannes. Doch Daniel brachte wieder Licht und Freude in mein Leben. Zugegeben, Daniel ist ein Gauner, aber ein charmanter – Joel war in seiner Jugend ebenfalls ein skrupelloser Draufgänger –, und Daniel ist eine ausgesprochene Frohnatur. Du sagtest mir, daß ich aussehe wie neunzehn, Faith. Nun, wenn Daniel Adair mich berührt, *bin* ich neunzehn. Und ich verfüge jetzt über die nötigen Mittel, die uns beiden ein angenehmes Leben erlauben. Er ist auch nicht mehr der Jüngste, Liebling, und für jeden unsteten Wanderer kommt die Zeit, wo er ein bequemes Zuhause zu schätzen weiß. Und was spricht dagegen? Gibt es irgendeinen Grund, warum er mich nicht mögen sollte?«
Den gab es tatsächlich nicht, und als ich ein paar Tage später bei Mutter zum Dinner eingeladen war – Celia hatte abgelehnt zu kommen, Prudence blieb keine andere Wahl, und sie saß mit eisiger Miene am Tisch –, konnte ich mich davon überzeugen, daß Mr. Adair ein überaus anziehender, warmherziger Mann mit einem betörenden Charme war. Welche Fehler er auch immer haben mochte – sein liebenswertes Lächeln, seine spitzbübische, schalkhafte Art und seine kraftvolle männliche Ausstrahlung ließen eine Frau wie

meine Mutter – oder wie mich – großzügig über manche Charakterschwäche hinwegsehen.
Doch Prudence, die unmittelbar von dieser Veränderung betroffen war, blieb unversöhnlich. Sie konnte sich nicht damit abfinden, ihr Heim nicht nur mit Mr. Adair, sondern auch noch mit seinem Sohn, dessen Existenz er uns verheimlicht hatte, zu teilen. Er war ein sechs- oder siebenjähriger Junge, dessen schwarze Augen und bernsteinfarbene Haut darauf schließen ließen, daß nicht nur irisches Blut in seinen Adern floß.
»Mutter kann nicht von mir erwarten«, beklagte Prudence sich bei mir, »daß ich mit diesem herausgeputzten Vagabunden und seinem Sprößling unter einem Dach lebe. Ich werde darauf bestehen, daß ich über mein Geld frei verfügen kann, und dann bei dir wohnen, oder falls du mich nicht haben willst, eine andere Lösung finden. Seit langem schon möchte ich eine Schule gründen und mir meinen eigenen Lebensunterhalt verdienen. Ich werde sofort Jonas Agbrigg aufsuchen und mich über meine Rechte aufklären lassen. Du solltest mich begleiten.«
Doch Jonas machte Prudence unmißverständlich klar, daß sie keinerlei Rechte besaß. Natürlich war auch er entrüstet über Mutters skandalösen Fehlgriff – die Verwaltung des Oldroydschen Besitzes allein hätte ihm einen beträchtlichen Gewinn eingebracht – und hatte Vaters Testament genauestens geprüft. Es gab keine Rechtsgrundlage, daran etwas zu ändern. Die eine Hälfte seines Vermögens war sicher in einem Treuhandfonds angelegt, und kein noch so raffinierter Mitgiftjäger konnte davon etwas abzweigen. Das bedeutete allerdings auch, daß wir, solange Mutter lebte, nicht davon profitieren konnten. Die andere Hälfte gehörte ausschließlich Mutter – und Mr. Adair. Prudence' Mitgift durfte ihr erst an ihrem Hochzeitstag ausgezahlt werden, oder falls sie nicht heiraten sollte, brauchte sie Mutters und Onkel Joels Einwilligung, darüber verfügen zu können. Und niemand von uns konnte sich vorstellen, daß Mr. Daniel Adair seiner Frau die Erlaubnis dazu erteilen würde, denn das bedeutete eine Schmälerung des Familienvermögens.
»Bestünde auch nur die geringste Chance, diese Bestimmung außer Kraft zu setzen«, erklärte Jonas mit ausdruckslosem Gesicht, »dann hätte ich sie entdeckt. Gäbe es irgendeinen Trick, diese Bestimmung den geänderten Bedingungen gemäß abzuändern, ich hätte ihn angewandt. Schließlich geht es dabei auch um Celias Erbe. Und meine Ausgaben, liebe Prudence, übersteigen deine bei weitem.«

»Was ist mit dem Porzellan?« fragte sie. »Kann ich es nicht verkaufen, ehe dieser kleine Teufel, Liam Adair, die kostbarsten Stücke zerbricht? Noch nie zuvor habe ich so ein ungezogenes Kind erlebt. Kannst du den Verkauf nicht übernehmen, Jonas?«
Doch auch hier hatte Vater, aus einem tiefen Mißtrauen gegenüber der weiblichen Urteilskraft, strikte Vorkehrungen getroffen. Das Porzellan, oder Teile davon, durfte nur mit Zustimmung von Prudence' Mann verkauft werden. Sollte sie versuchen, es vor ihrer Heirat oder gar ohne Einwilligung ihres Mannes zu verkaufen, würde es in den Besitz ihrer Mutter übergehen.
»Das werde ich Vater nie verzeihen«, sagte Prudence bitter enttäuscht.
»Das dürfte ihn wohl kaum noch berühren«, erwiderte Jonas, faltete sorgsam die Dokumente und legte sie in eine Schublade seines wuchtigen Schreibtisches. »Dein Vater wollte nicht, daß du ein unabhängiges Leben führst, Prudence. Er wollte dich verheiraten, und ich sehe für dich keinen anderen Ausweg als die Ehe, außer du willst warten, bis deine Mutter stirbt, was wohl nicht so bald geschehen wird. Am besten heiratest du Freddy Hobhouse, er würde dich nicht daran hindern, dein letztes Hemd zu verkaufen, geschweige denn die Porzellansammlung. Er braucht jeden Penny, den er nur irgendwie zusammenkratzen kann, für Nethercoats.«
»Und mehr kannst du nicht für mich tun, Jonas?«
»Nein«, entgegnete Jonas kalt. Er stand auf und bedeutete uns somit, daß wir genug seiner kostbaren Zeit in Anspruch genommen hatten. »Unter den gegebenen Umständen habe ich mein Bestmögliches für dich getan, Prudence.«
Feindselig starrten die beiden sich an, nunmehr unversöhnliche Gegner, denn weder meine Schwester noch Jonas konnten sich eingestehen, daß Prudence ihm eine bessere Frau als Celia gewesen wäre und daß seine Intelligenz und sein beruflicher Ehrgeiz ihr wesensverwandter waren als Freddys Jovialität.
»O ja«, sagte Blaize, der am selben Nachmittag auf dem Weg nach Hause kurz bei mir hereinschaute. »Es gibt keine erbitterteren Feinde als jene, die hätten Freunde sein können. Wenn Tante Hannah Jonas nicht so habgierig und euer Vater Prudence nicht so anspruchsvoll und schwierig gemacht hätte – wer weiß? Arme Prudence. Damit enden ihre Träume von Freiheit, denn ich kann mir vorstellen, daß Dan Adair sehr strenge Ansichten über wohlerzogene Töchter hat.«

»Ich glaube nicht, daß er sich sehr um Prudence kümmern wird.«
»Nun, dann weißt du sehr wenig über Männer, die einen schlechten Ruf haben. Er war zeit seines Lebens ein Halunke, und da er sich nun dazu entschlossen hat, ein ehrbares Leben zu führen, wird er seine Pflichten als Ehemann und Vater sehr genau nehmen. Gemeinsames Beten jeden Morgen – wundern würde es mich nicht, und vor allem wird keine unverheiratete junge Dame aus *seinem* Haus unbeaufsichtigt in der Stadt herumlaufen. Wie ich schon sagte – arme Prudence.«
»Daran habe ich noch gar nicht gedacht. Warum heiratest du sie nicht, Blaize? Ich nehme an, auch du wirst eines Tages *irgend jemanden* heiraten?«
»So, nimmt man das an? Ich bin noch nicht soweit, meine Liebe.«
»Du wartest wohl noch immer auf das ungewöhnliche, ganz außerordentliche Wesen, womit Prudence dich so gern neckt, wie? Die eine, die hinter der nächsten Ecke auf dich wartet?«
»So wird es wohl sein. Doch in der Zwischenzeit – wie wär's, wenn du einmal mit mir ausgehen würdest, nächste Woche vielleicht? Was hältst du davon, Faith? Ich habe ein entzückendes kleines Appartement in Leeds. Wir könnten uns ein ausgezeichnetes Dinner aus einem Restaurant gegenüber kommen lassen.«
»Du lieber Himmel!« erwiderte ich lachend und fühlte mich geschmeichelt, denn ich wußte, daß es ihm nicht ernst damit war, obwohl er den Vorschlag nicht gemacht hätte, wenn ihm die Idee nicht reizvoll erschienen wäre. »Was für ein verrückter Vorschlag! Aber ein sehr ungeduldiger Verehrer bist du ja nicht. Du lädst mich für nächste Woche ein – wie wär's mit heute abend?«
»Nun, zumindest hat dich der Vorschlag nicht gekränkt und dein Ehrgefühl verletzt. Wenn ich meine Verabredungen etwas verschiebe – nun, wie wär's mit nächstem Mittwoch?«
»Das sollten wir besser bleiben lassen.«
»Ich wußte, daß du das sagen würdest, und freue mich, daß du mir deswegen nicht böse bist. Du siehst sehr gut aus, Faith – schön und kostbar wie eine Kamee.«
»Großer Gott! Erst bin ich ein Schwan, dann eine Kamee. Wozu machst du mich demnächst?«
»Zu meiner sehr guten Freundin, denke ich«, sagte Blaize und kam auf mich zu. Sein Wunsch, mich zu küssen, war so offensichtlich, daß ich leicht hätte ausweichen können, wenn ich gewollt hätte. Doch ich blieb regungslos sitzen. Zart wie ein Schmetterling be-

rührten seine Lippen meinen Mund, doch dann wurde sein Kuß inniger, ohne drängend oder fordernd zu sein. Er weckte in mir nur ein Gefühl der Freude und herzlicher Zuneigung.
»Warum hast du das getan, Blaize Barforth?«
»Nun, ich nutze die Gelegenheit. Ich kann es einfach nicht lassen. Und glaube mir, es würde mir nicht schwerfallen, es wieder zu tun.«
»Ja, aber denk doch nur an die Unannehmlichkeiten, die du dir damit aufbürden würdest. Ich weiß, junge alleinstehende Witwen sind für derlei Verlockungen sehr empfänglich. Aber in deinem Fall – und Tante Hannah, die über uns wacht . . .«
»Genau«, erwiderte er. »Wie klug von dir, daran zu denken.«
Diese Bemerkung verwirrte mich, denn sicherlich hatte er dies ebenfalls bedacht und mich trotzdem geküßt.
Es war Blaize sicher nicht verborgen geblieben, daß seit der Weltausstellung Nicholas mich ein- oder zweimal besucht hatte. Niemand würde daran Anstoß nehmen, daß er gelegentlich seine verwitwete Cousine in der Miller Gate aufsuchte.
Nicholas tauchte immer völlig überraschend auf, hatte es stets eilig – so schien es zumindest – und ließ sein Pferd direkt vor der Tür stehen.
»Faith, ich habe mich den ganzen Morgen heiser geschrien, und im *Old Swan* ist es so heiß und stickig. Kann ich bei dir Tee trinken?«
Und ich bewirtete ihn, saß ihm gegenüber, hörte aufmerksam zu und lächelte freundlich. Ich verstand wie immer, was er meinte, teilte seine Sorgen, half ihm, sich zu entspannen. Ich verschloß die Augen vor der Möglichkeit, daß er sich mir nähern könnte, hielt daran fest, daß seine Besuche völlig unschuldig und belanglos waren, denn das wollte und mußte ich glauben. Er sprach niemals von Georgiana. Und ich sprach nie von Giles. Wir unterhielten uns wieder, wie wir es früher getan hatten, redeten über uns und seine Arbeit. In diesen Momenten existierten nur wir beide.
»Was hast du heute gemacht, Faith?«
»Oh, es sind ganz verrückte Sachen passiert – meine Katze schrie erbärmlich auf dem Hausdach und mußte heruntergeholt werden, und mein Kamin mußte dringend gefegt werden. Und du Nicholas?«
»Ich habe neue Kämmaschinen gekauft, obwohl ich keine Ahnung habe, wo ich sie aufstellen soll.«
»Steht die Weberei neben eurer Fabrik nicht zum Verkauf – das alte Barraclough-Anwesen?«
»Ja, ich habe es bereits besichtigt.«

»Und wäre es für deine Zwecke geeignet?«
»Das nehme ich an – wenn ich das Geld dafür auftreiben könnte.«
»Oh, das schaffst du schon. Sind größere Umbauarbeiten erforderlich?«
Und während er mir seine Pläne auseinandersetzte, entging mir nicht, daß ich für ihn wieder jene Atmosphäre schuf, in der er sich einst so wohlgefühlt hatte, und indem ich dieses Bedürfnis befriedigte, steigerte ich es gleichzeitig.
Onkel Joel drückte seine Anerkennung für die Unterstützung seiner Arbeiter und Angestellten – deren unermüdlicher Einsatz und technisches Können ihm den glorreichen Erfolg auf der Weltausstellung und die damit verbundene Verleihung des Adelstitels erst ermöglicht hatten – durch ein großartiges Fest im Park von *Tarn Edge* aus. Durch die neuen Techniken, die er stets konsequent in seinen Fabriken angewandt hatte, waren völlig neue Berufe entstanden, und die Männer der jungen Generation hatten sich durch Können und Wissen emporgearbeitet. Sie waren jetzt selbstbewußte, gut verdienende Techniker und Ingenieure, die die ärmlichen Behausungen in der Simon Street hinter sich lassen und in angenehmere Wohngegenden der Stadt ziehen konnten. Er hatte stets das Äußerste von seinen Mitarbeitern verlangt, war ihnen jedoch stets mit gutem Beispiel vorangegangen und hatte höhere Löhne gezahlt als alle anderen Fabrikanten. Außerdem war er der erste Unternehmer im Law Valley gewesen, der den Zehn-Stunden-Tag eingeführt hatte – noch ehe es vom Gesetz vorgeschrieben worden war.
Und nun ging er wieder mit gutem Beispiel voran und richtete für seine Belegschaft ein überwältigendes Fest aus. Nach Tante Hannahs Angaben warteten fünf Rinderviertel, hundertundfünfzig Hammelkeulen, vierzig Schinken, zahllose Hühner, Enten und Tauben, Pasteten und dreihundert Kuchen und Torten verschiedenster Art, Berge von Obst und Unmengen von Bier und Wein darauf, verspeist und getrunken zu werden.
Natürlich bildeten sich gewisse Gruppierungen unter den Leuten. Die Vorarbeiter, Ingenieure und Techniker mit ihren Familien, alle herausgeputzt im besten Sonntagsstaat, hielten sich von den einfachen Arbeitern fern. Doch Sir Joel Barforth bewegte sich ungezwungen von einer Gruppe zur nächsten, schüttelte jede Hand, die sich ihm entgegenstreckte, unterhielt sich freundlich, lachte herzhaft über die Witze, verteilte großzügig Zigarren. Souverän stellte er sich und seinen Reichtum zur Schau und weckte in manchen den Ehrgeiz,

es ihm gleichzutun, und in anderen Neid. Doch alle – die Ehrgeizigen und die Neider – tranken an diesem Tag reichlich auf sein Wohl.
Für dieses festliche Ereignis hatte ich meine Trauerkleidung abgelegt. Ich war nun dreiundzwanzig und hatte zwei Jahre lang Schwarz getragen. Ich wählte ein taubengraues Kleid mit einem weiten Rock, das mit weißer Spitze gesäumt war und geschlitzte Ärmel hatte, unter denen ebenfalls Spitze hervorlugte. Dazu trug ich einen grauen Satinhut mit einer weißen Feder. Meinen Hals schmückte eine Kamee; ein neckischer, spitzenbesetzter Schirm schützte mich vor der Sonne.
»Oh, Faith, wie elegant du bist!« rief Mutter aus, die mit Mr. Adair gekommen war, um mich abzuholen. Prudence hatte es vorgezogen, mit den Agbriggs zu fahren.
Der Familientisch, umgeben von blühenden Pflanzen und Treibhausblumen in Kupferschalen, war eine Augenweide. Tante Verity – Lady Barforth – saß neben ihrer Tochter, Lady Chard, und deren liebenswürdigem Mann, Sir Matthew. Mutter sah wie immer bezaubernd aus; Tante Hannah gab sich würdevoll majestätisch, Mr. Agbrigg ruhig und gelassen. Prudence war von verhaltener Eleganz und bemühte sich, ihre Abneigung gegen Mr. Adair nicht zu offenkundig werden zu lassen. Sogar Celia, die älter aussah als wir beide, schien nicht abgeneigt, an der allgemeinen Fröhlichkeit teilzunehmen; Jonas benahm sich tadellos wie immer.
Blaize, hier ebenso in seinem Element wie Caroline, fiel die Rolle des galanten Unterhalters leicht, Nicholas hingegen wirkte mürrisch und geistesabwesend. Georgiana, in prächtige honigfarbene Seide gekleidet – die Ohrringe aus Gold und Topas schienen zu schwer für ihre winzigen Ohren –, saß schweigend da.
»Georgiana und Nicholas haben sich fürchterlich gestritten«, flüsterte Caroline mir zu. »Tu mir den Gefallen und kümmere dich ein wenig um sie. Als ich ankam, schimpfte er gerade mit ihr, und sie hat ihn mit ihrer spöttischen Art noch mehr provoziert. Wie du siehst, ist weder ihr Großvater noch ihr Bruder hier, wahrscheinlich hat es damit etwas zu tun. Perry ist wieder bis über beide Ohren verschuldet, worüber Nicholas sich wohl aufgeregt hat. Nun, das ist ihre Sache, sie können sich später streiten. Nichts darf Vaters großen Tag stören. Habe ich dir nicht gesagt, daß er auf der Ausstellung alle Preise gewinnen würde? Sogar Matthew mußte das anerkennen, und das nächste Mal wird er mir sicher erlauben, die Ausstellung zu besuchen.«

Nach dem Essen erhob sich Sir Joel und hielt eine kleine Ansprache. »Ihr alle sollt hören, was ich zu sagen habe«, begann er und hob sein Glas. »Ohne Verity wäre ich nichts und hätte ich nichts. Wenn ich zwischen meinem Reichtum und meiner Frau wählen müßte, würde ich sofort auf alle Besitztümer verzichten. Wahrscheinlich bringe ich sie jetzt in Verlegenheit – ihr Gesicht zeigt es mir deutlich –, aber der einzige wahre Schatz, den ich besitze, ist sie. Beim Anblick der Fabriken und dieses Hauses mögen viele sagen: ›Er hat Glück gehabt.‹ Das ist falsch. Durch harte Arbeit habe ich dies alles geschaffen und mit Mut und Können aufgebaut. Dazu braucht man kein Glück. Doch wenn jemand meine Frau anschaut und sagt: ›Er hat Glück gehabt‹, dann gebe ich ihm recht. Ich hatte mehr Glück im Leben, als ich verdiente. So laßt uns nun auf Lady Barforth – meine Frau – trinken.«
Onkel Joel stellte das Glas ab, nahm Tante Veritys Hände und hob sie nicht an seine Lippen, sondern beugte den Kopf tief darüber und küßte sie. Eine sehr galante, rührende Geste. Nicholas und Blaize sprangen von ihren Stühlen auf, küßten ihre Mutter liebevoll, und im Überschwang der Gefühle umarmten auch die beiden Brüder sich. Caroline vergaß ihre vornehme Rolle der Lady Chard und warf ihrem Vater ungestüm die Arme um den Hals. »Hannah«, sagte dann mein Onkel und streckte seiner Schwester, die für uns alle oft eine Plage war, die Hände entgegen. Denn sie hatte ihm früher, in den Zeiten der Armut, tapfer zur Seite gestanden.
Es war ein bewegender Moment, und es erfüllte mich mit unsagbarem Stolz, diese meine Familie so vom Erfolg gekrönt zu sehen: Mit Tränen in den Augen betrachtete ich sie alle, liebte jeden einzelnen: meinen großartigen Onkel, seine anmutige Frau, meine gestrenge Tante, meine frivole kleine Mutter, den charmanten Blaize und die ehrgeizige Caroline – und Nicholas. Sie waren meine Familie. Aber sie würden niemals – wie es schien – Georgianas Familie sein. Denn sie saß unbeteiligt in ihrem Stuhl, wirkte nicht nur gelangweilt wie Sir Matthew, sondern bedrückt und niedergeschlagen. An einem Tag wie diesem, wo alle fröhlich und stolz sich in gegenseitiger Bewunderung ergingen, konnte ihr Verhalten – was immer auch der Grund dafür sein mochte – nur Ärgernis erregen.
Ihr Benehmen verwirrte mich. Ich hatte sie kapriziös und rücksichtslos, ja verwegen erlebt, doch noch nie zuvor hatte ich diesen harten, zornigen Ausdruck in ihrem Gesicht gesehen, als sie jetzt Sir Matthew Chard etwas zuflüsterte.

»Nicht einmal die Verleihung des Titels freut sie«, murmelte Mutter, die meinem Blick gefolgt war. Offensichtlich bedeutete er in ihren Augen nichts, da er nur durch die Teilnahme an der verpönten Ausstellung, durch harte Arbeit erworben worden war.
Georgianas Reaktion überraschte mich nicht. Es beunruhigte mich nur, daß sie, die zutiefst eine warmherzige Frau war, ihre Verachtung so offensichtlich zeigte, und ich schloß daraus, daß etwas vorgefallen sein mußte, das ihren Familienstolz verletzt hatte, und daß sie wieder einmal gezwungen worden war, Stellung zu beziehen, zu zeigen, welcher Familie sie sich zugehörig fühlte – und sie hatte gewählt.
»Kommt, Mädchen«, sagte Tante Verity zu uns. »Wir wollen uns unter die Gäste mischen und mit ihnen plaudern. Faith, meine Liebe, sicher erinnern sich noch viele voll Dankbarkeit an deinen Mann und würden gern mit dir sprechen. Georgiana, ich glaube, Nicholas will dir seine Angestellten vorstellen.«
Wir entfernten uns, doch Georgiana blieb am Tisch sitzen. Sie selbst schien nicht zu merken, wie ablehnend sie wirkte.
Doch andere sahen dies sehr wohl.
»Mrs. Nicholas Barforth«, erkundigte sich Tante Hannah, »fühlen Sie sich nicht wohl?«
»Georgiana«, rief Caroline, als sie den Arm ihres Vaters nahm, »es wäre besser, du würdest mit uns kommen.«
»Laß sie«, sagte Blaize zu mir.
»Georgiana!« befahl Nicholas. »Steh auf!« Böse funkelte sie ihn an, sprang dann plötzlich auf und ließ die Gabel, mit der sie gelangweilt gespielt hatte, mit lautem Geklapper auf den Teller fallen.
»Gütiger Himmel!» rief sie aus. »Was für ein Getue! Ich frage mich, wie ihr euch bei einer Krönung benehmen würdet.«
Wütend stieß sie den Stuhl zurück, raffte ihre Röcke und rannte den Garten hinunter. Mit hoher Stimme grüßte sie jeden, an dem sie vorbeilief, und lachte schrill und mißtönend. Erstaunte und peinlich berührte Blicke folgten ihr.
»Lieber Gott!« murmelte Nicholas leise, und jeder Zorn war von ihm gewichen, seine Stimme hatte einen seltsamen, traurigen Klang. Noch nie hatte ich ihn so niedergeschlagen gesehen. Mit hängenden Schultern stand er da.
Ich kehrte an jenem Tag erst spät aus *Tarn Edge* zurück und blieb noch so lange in der Blenheim Lane, daß Prudence, die eigentlich bei mir hatte übernachten wollen, es vorzog, in ihr eigenes Bett zu

gehen. Als ich schließlich nach Hause kam, erwartete mich nur noch meine Haushälterin, Mrs. Marworth, und wir sahen uns überrascht an, als es plötzlich an der Haustür klopfte. Diskret zog sie sich zurück, denn sie schien einschlägige Erfahrungen mit jungen Witwen zu haben, als auf meine Frage, wer Einlaß begehrte, die Antwort kam: »Nicholas Barforth.«

»Nicholas! Was ist passiert? Ich habe dein Pferd nicht gehört.«

»Nein. Es steht beim *Old Swan*. Und ich warne dich, ich habe getrunken. Du brauchst mich nicht ins Haus zu bitten.«

Ohne ein weiteres Wort ging ich vor ihm her in den Salon, beschäftigte mich eingehend damit, eine Lampe anzuzünden, rückte die Kerzen auf dem Kaminsims zurecht. Er hatte sich auf das Sofa gesetzt und überließ mir den Sessel, in sicherer Entfernung von ihm.

»Möchtest du etwas trinken, Nicholas? Ein Glas Brandy?« Er lächelte mich an, dieses verhaltene, reumütige Lächeln, das seine Düsterkeit vertrieb und mir immer wie ein unerwartetes Geschenk erschien.

»Nein. Nein, danke. Wie kommt es, daß in deiner Gegenwart alles Schwere von mir abfällt, Faith? Du machst es mir so leicht. Ich überfalle dich mitten in der Nacht, und du fragst nicht einmal nach dem Grund. Wenn ich jetzt aufstehen und ohne ein weiteres Wort wieder verschwinden würde, auch das würdest du ohne viel Aufhebens akzeptieren, nicht wahr? Ich könnte morgen zurückkommen, und du würdest mich wieder willkommen heißen.«

»Ja, doch es würde mich beunruhigen, Nicholas. Ich frage nicht, was dich bedrückt. Wenn du das Bedürfnis hast, dich auszusprechen, so bleibt die Entscheidung allein dir überlassen. Aber ich würde mir Sorgen machen, darüber besteht kein Zweifel.«

Ein ersticktes Stöhnen kam aus seiner Kehle; die breiten Schultern nach vorne gebeugt, starrte er in den leeren Kamin. Ohne die schützende Maske des aggressiven Zorns war sein Gesicht von rührender Verletzlichkeit.

»Ich möchte mit dir reden, Faith.«

»Ja, das fühle ich.«

»Nicht über Kämmaschinen oder Teekränzchen, sondern ganz offen und ehrlich. Darf ich das? Du brauchst mir nur zu sagen, wenn ich gehen soll.«

»Ja, das weiß ich.«

»O Gott, wie soll ich mich nur ausdrücken? Ich bin am Ende, Faith.«

»Ja, das Gefühl habe ich auch.«

»Und ich bin ein Egoist, dich damit zu belasten. Ich ging in den *Swan*, um mich zu betrinken. Aber es ist mir nicht gelungen, sonst wäre ich nicht zu dir gekommen. Ich bin nicht betrunken. Möchtest du, daß ich gehe?«
»Nein, sprich weiter.«
»Über Georgiana?«
»Ja. Was ist heute zwischen euch vorgefallen?«
»Nichts Ungewöhnliches. Es ist immer dasselbe. Und ich hätte es von Anfang an wissen müssen.«
Schwer atmend richtete er sich auf und lehnte sich zurück.
»Geld, Faith, es geht nur um Geld. Und davon habe ich ja genug. Unbezahlte Rechnungen vom Schneider, von der Hutmacherin, und sie bekommt das Geld dafür von mir und gibt auch vor, sie zu bezahlen. Und dann kommen sie zu mir, entschuldigen sich, daß sie mich mit diesen Kleinigkeiten belästigen müssen, doch die Rechnungen stünden bereits seit Monaten offen. Ich sollte mich nicht so darüber aufregen, daß sie jeden Penny ihrem Bruder zusteckt, das war mir von Anfang an klar, und sie versteht einfach nicht, daß es unter Geschäftsleuten üblich ist, Schulden sofort zu begleichen. In ihren Kreisen beeilt man sich nicht damit, man lebt auf Pump. Es dürfte mich auch nicht weiter belasten, daß das Geld, das ich verdiene, ihr Bruder bei den Floods verspielt. Spielschulden sind Ehrenschulden, und ein Gentleman zahlt seine Schulden. Ich kann es mir leisten, und ich war auch bereit zu zahlen, solange wir uns verstanden. Also trage ich allein die Schuld an dieser Situation, das weiß ich. Soll ich gehen, Faith?«
»Möchtest du es denn?«
»O nein. Ich weiß genau, was ich möchte. Ich gehe nicht, bis du mich dazu aufforderst.«
»Das heißt, du überläßt mir die Entscheidung. Du bist bereit, die Schuld für die mißglückte Verbindung mit Georgiana auf dich zu nehmen, aber nicht für das, was hier geschieht.«
»Das ergibt ein ziemlich schäbiges Bild von mir, Faith.«
»Ja, da kann ich dir nicht widersprechen.«
Nicholas stand auf, stützte eine Hand auf den Kaminsims, ein Fuß klopfte nervös auf das Kamingitter. Er war nicht verärgert oder gereizt, sondern nur angespannt. Ich widerstand dem Drang, zu ihm zu gehen, jetzt, da er voller Schuldgefühle, trunkenem Selbstmitleid und verletztem Stolz nach Zuwendung hungerte, die Arme um ihn zu legen, es ihm wieder einmal leichtzumachen, indem ich sagte,

daß er nicht um meine Zuneigung bitten mußte, daß ich selbstverständlich für ihn da war, ihn verstand.
»Ich möchte dir nur noch eins sagen«, murmelte er, »und dann gehe ich endgültig. Mag sein, daß du mir nicht glaubst, wenn ich sage, daß ich allein der Schuldige bin. Georgiana ist so, wie sie immer war. Sie hat nie vorgegeben, anders zu sein. Sie hat mich nicht getäuscht, und sie hat auch nicht versprochen, sich zu ändern. Ich bin derjenige, der sich geändert hat. Sie hat mich fasziniert. Mein Gott – sie hat ein Feuer in mir entfacht, das mich einfach blind machte. Der einzige Unterschied zwischen diesem Feuer und wahrer Liebe ist wohl der, daß es nicht andauert. Einmal verloschen, bleibt nur die Verwunderung, daß es jemals existiert hat. So habe ich mein Leben ruiniert und ihres dazu, denn sie weiß, daß ich für sie nichts mehr empfinde. Doch wie kann ich erwarten, daß sie mich versteht? Sie ist im Recht anzunehmen, daß ich sie betrogen habe, denn ich sagte ihr, daß alle ihre Verrücktheiten, ihr unmögliches Benehmen niemals zwischen uns stehen würden. Sie fühlte sich zu Recht im Stich gelassen, wenn alle sie kritisieren und ich sie nicht – wie ich es versprochen habe – verteidige, sondern selbst an ihr herumnörgele. Ich habe geschworen, sie so zu nehmen und zu lieben, wie sie ist. Ich behandele sie oft so erbärmlich und gemein, und wenn ich dann sehe, wie elend sie sich fühlt, werde ich noch böser. Und heute habe ich endgültig erkannt, daß es keine Lösung unserer Probleme gibt. Vater weckt nicht oft liebevolle Gefühle in mir, doch heute war ich stolz auf ihn. Ich habe mich in ihm gesehen und erkannt, was er für Mutter empfindet. Das hätte ich auch haben können, nicht wahr, Faith? Und diese Erkenntnis war mir unerträglich. Ich konnte der Tatsache nicht ins Gesicht sehen, daß ich mir selbst eine Falle gestellt habe, aus der es kein Entrinnen gibt. Weder Gewalt noch Worte noch Geld können mich daraus befreien. Großer Gott! . . .«
»Nicholas«, sagte ich sehr behutsam, »vorhin sagtest du, du wüßtest ganz genau, was du möchtest. Du tätest gut daran, es mir zu sagen.«
Schwer ließ er sich auf das Sofa sinken, dieser Mann, der in dem Glauben aufgewachsen war, daß er alles im Leben erreichen und haben konnte, wenn er nur hart genug dafür arbeitete und darum kämpfte. Er war ein sehr selbstbewußter, ja selbstherrlicher Mann, der sich keine Niederlage, keinen Mißerfolg eingestehen konnte und der erkannte, wie er in diese Zwangslage geraten war, doch die Gründe dafür nicht akzeptieren wollte. Wie sehr ich auch die unbewußten Ängste in mir verdrängte und versuchte, klar und vernünf-

tig zu denken, vor den Konsequenzen zurückschreckte, so zeigte mir mein Körper unmißverständlich, hatte es vom ersten Moment, als er an diesem Abend an meine Tür klopfte, gewußt, daß er mich nur zu berühren brauchte, und ich würde nachgeben.

Ich wußte, daß es falsch war. Es gab keine Rechtfertigung für mein Verhalten, es widersprach allen moralischen und sittlichen Grundsätzen, weder für mich noch für jemand anderen konnte Gutes daraus entstehen. In einem Anfall von Schwäche war er zu mir gekommen und wußte ebenso gut wie ich, daß ungeachtet seines starken Begehrens, der Liebe, die er für mich empfinden mochte, alles nur dazu führen konnte, mir und anderen Leid zuzufügen. Und da er nicht grausam war, nur eben egoistisch wie jeder Mensch, der die Erfüllung seiner Liebe anstrebte, wußte er auch, daß jedes Leid, das er mir zufügte, ihn ebenfalls quälen würde. Er wußte genau, daß er nicht hätte kommen dürfen, und wußte, daß ich ihn nicht hätte ins Haus bitten dürfen. Wir waren weder egoistischer als andere Liebende noch stärker, um der Versuchung zu widerstehen. Wir waren Menschen, mit allen Fehlern und Mängeln behaftet, und was mich betraf, so hatte ich bisher im Leben zu lange abseits gestanden. Vielleicht war ich auch noch jung genug zu glauben, daß ich stärker war als andere Frauen, die Fähigkeit zu ausschließlicher Liebe besaß und daher bereit war, mich auf diesen Wahnsinn einzulassen. Denn eins stand für mich fest – ich liebte Nicholas.

»Ich möchte viele Dinge«, sagte er ruhig, »und ich weiß, daß ich sie nicht verwirklichen kann. Ich möchte die Uhr zurückdrehen, weit zurück, Jahre zurück. Und das geht nicht. Es tut mir leid, Faith. Ich werde jetzt gehen.«

Doch zu oft hatte ich ihn so von mir gehen lassen, damals in jenen stillen, friedvollen Tagen, als es mir richtig erschien, darauf zu warten, daß er sich in mich verlieben würde. Geduldig und untätig hatte ich gewartet, daran geglaubt, die Zeit zum Verbündeten zu haben – und ich hatte ihn verloren. Vielleicht hätte es damals nur einer winzigen Geste bedurft, um seine Freundschaft, die uns immer verbunden hatte, in Leidenschaft zu verwandeln. Die Jahre verstrichen so schnell, ich hatte keine Zeit mehr zu vergeuden.

»Ich gehe jetzt«, wiederholte er, blieb jedoch reglos sitzen. Und als ich ihm nicht antwortete, sagte er noch einmal scharf:

»Ja, ich werde jetzt gehen, denn sonst . . . ich habe dir einmal sehr weh getan Faith, nicht wahr? Das darf nicht wieder geschehen.«

»Das ist Unsinn, Nicholas.«

»Was soll das heißen?«
»Daß dieses ganze Gerede Unsinn ist. Es zeigt nur, daß wir wissen, was in solchen Situationen normalerweise gesagt wird. Und ich halte das für einen ausgesprochenen Unsinn. Warum sagst du nicht einfach, was du meinst? Du hast nicht vor zu gehen, und du weißt, daß ich dich nicht dazu auffordern werde. Sag es, Nicholas. Laß uns wenigstens zueinander ehrlich sein.«
»Faith . . .« rief er verblüfft und völlig überrascht. Zum ersten Mal in seinem Leben war es wohl jemandem gelungen, ihn zu überrumpeln, und das machte ihn verlegen, ja fast scheu. Mit seinen kräftigen braunen Fingern fuhr er sich durchs Haar, als wolle er Ordnung in seine Gedanken bringen, schüttelte dann den Kopf, beugte sich vor und flüsterte:
»Komm und setz dich neben mich.«
»Gleich.«
»Jetzt, Faith. Bitte.«
Ich stand auf, durchquerte den Raum und setzte mich an das andere Ende des Sofas, sorgsam darauf bedacht, daß mein weiter Rock nicht mit ihm in Berührung kam. Mit erregender Intensität war ich mir seines warmen Atems bewußt, der beunruhigenden Nähe dieser harten, muskulösen Brust unter dem Rüschenhemd, des heißen, pulsierenden Blutes in den Adern dieses kräftigen, schönen, männlichen Körpers, der mich begehrte.
»Also gut«, sagte er. »Ich werde ehrlich sein. Das liegt mir auch mehr. Ich hätte mit dir glücklich werden können, Faith, nicht wahr? Ich weiß es. Ich habe mich selbst darum betrogen. Und ich nehme an, ich hätte damit leben können. Doch damals in jener Nacht in Bournemouth letztes Jahr, da wollte ich dich plötzlich haben. Ich hatte gehofft, daß dieses Verlangen vorübergehen würde, doch es wurde immer stärker. Ich will dich haben, Faith – ich begehre dich mit all meinen Sinnen. Und ich habe nur ein Leben, so wie du.«
»Und du glaubst, daß du mich bekommen wirst?«
»Ja«, sagte er, und sein Gesicht leuchtete auf vor Erregung und siegesgewisser Freude. »Ja, das denke ich – ich glaube es. Faith, du zitterst . . .«
»Ja, es ist wohl das Fieber. Halt mich fest!«
Ich konnte es kaum fassen, daß diese letzten Worte tatsächlich über meine Lippen gekommen waren, dieser Befehl »Halt mich fest!«. Doch wir hatten es beide gehört, und er gehorchte sofort. Seine Arme umschlangen mich, sein Mund, seine Hände nahmen jeden

Teil meines Körpers in Besitz, der nicht unter der lästigen Kleidung versteckt war.

»Nicht hier, Nicholas.«

»Dann oben, in deinem Schlafzimmer? Ich muß dich jetzt sofort nehmen, ehe du es dir anders überlegst.«

»Liebling, das ist nicht sehr romantisch.«

»Nein, allerdings nicht. Aber wenn es einmal geschehen ist, kann es nicht mehr rückgängig gemacht werden. Wenn ich dich erst einmal habe – wenn ich *weiß*, daß du mir gehörst – dann werde ich romantisch sein.«

Ungestüm hob er mich auf, trug mich auf seinen starken Armen nach oben. Es war uns beiden bewußt, daß wir keine Sekunde zögern durften. Er war nicht sanft und liebevoll, und ich hatte es nicht erwartet. Fiebriges Verlangen trieb uns zueinander, das Bedürfnis zu besitzen, ja sogar das Bedürfnis, uns gegenseitig weh zu tun. Mein ganzer Körper brannte vor Sehnsucht. Ungeduldig zerrte ich mir die Unterröcke vom Leib; er schlüpfte aus seinem Hemd, und endlich senkte sich sein harter, schwerer Körper auf meinen, drohte mich zu erdrücken, und in rücksichtsloser Ungeduld – in einem Akt der gegenseitigen Inbesitznahme – nahm er mich. Wie zwei unerbittliche Feinde stürzten wir uns ineinander, gierten danach, den anderen völlig zu besitzen, verlangten absolute Hingabe. Kratzend und beißend, gefangen in diesem Sturm wilder Leidenschaft, durchdrang er mich mit aller Macht, bis sich etwas in mir löste, eine Barriere zusammenbrach, hinter der sich ungeahnte Wonnen, unsägliche Verzückung verborgen hatten. Es überschwemmte mich, Woge um Woge trugen mich fort in erschreckende und schwindelnde Höhen. Danach glitt ich sanft in wohlige Erschöpfung, spürte wie betäubt, daß ich unwiderruflich ihm gehörte.

Schweigend lagen wir nebeneinander, und als sein Atem ruhig und gleichmäßig wurde und er einschlief, stand ich auf und ging zum Fenster hinüber. Ich glaubte, Abstand von ihm für den Augenblick gewinnen zu müssen, wo die Scham mich überkommen würde. Tief sog ich die Luft ein, wartete auf dieses bohrende Entsetzen – doch nichts geschah, kein Gefühl regte sich in mir, dem ich mich nicht gewachsen fühlte.

Ich war mir voll der Tragweite dieses Geschehens bewußt. An gesellschaftlichen und moralischen Gesetzen gemessen, hatte ich eine Straftat begangen, für die ich als Frau einen weitaus höheren Preis bezahlen mußte als Nicholas. Eine Entdeckung unseres Verhältnis-

ses würde für ihn nur eine Aussprache mit seiner Frau zur Folge haben, eine Rechtfertigung vor seinem Vater und gewisse anzügliche Bemerkungen im Zeughaus wie: »Dieser verteufelte Kerl, hat er doch die Ashburn-Frau herumgekriegt. Glück soll's ihm bringen!« Denn es war eine Selbstverständlichkeit, daß Männer sich ihr Vergnügen suchten, wo immer es sich ihnen bot, und eine Frau, die es ihnen gewährte, war auf jeden Fall eine Dirne.
Doch für mich würde die Strafe fürchterlich sein. Man würde mich aus der Gesellschaft ausstoßen und selbst Mutter und Prudence zwingen, jeden Verkehr mit mir abzubrechen, wollten sie nicht ihren eigenen Ruf ruinieren. Und obwohl dieser Gedanke mir entsetzlich war – ein Leben ohne sie war mir unvorstellbar –, bereute ich nicht, was geschehen war, hatte nichts getan, was ich nicht bereitwillig wieder tun würde. Bei dieser Schlußfolgerung angelangt, sah ich auch keinen Sinn mehr darin, mich in Selbstquälereien zu ergehen.
Ich weiß nicht, ob ich damals in dieser einsamen Viertelstunde an Giles gedacht habe, doch heute bin ich mir dessen sicher, denn ich wäre wohl kaum so ruhig und gelassen gewesen, wenn ich nicht erkannt hätte, daß meine Liebe zu ihm so ganz anders gewesen war und deswegen in mir weiterbestehen konnte, unauslöschlich in meinem Herzen ruhte, wie meine Liebe zu Nicholas. Ich suchte keine Entschuldigung, keine Rechtfertigung. Es war einfach geschehen, und ich akzeptierte diese Tatsache und war bereit, eines Tages dafür die Konsequenzen zu tragen.
»Bist du wach?« flüsterte ich leise, und mit zwei langen Schritten durchquerte Nicholas den Raum und schloß mich in seine Arme.
»Ja, ich bin wach und beobachte dich. Wahrscheinlich hast du an deinen Mann gedacht so wie ich an meine Frau. Hör mir zu, Faith Aycliffe. Ich glaube, daß du mich sehr liebst, sonst hättest du mein Werben um dich von Anfang an nicht geduldet. Und was immer es mich – oder dich – kosten mag, ich werde dich nicht wieder gehenlassen. Jammer mir jetzt bitte nicht vor, daß du es nicht hättest geschehen lassen sollen. Es ist passiert. Ich habe dich bekommen und werde dich behalten, wie auch immer, dessen kannst du gewiß sein.«
»Und wann hast du mich jemals jammern hören, Nicholas Barforth?«
»Noch nie«, gestand er. Zart strich er mir mit der Hand durchs Haar und umschloß mit sanftem Druck meinen Nacken.

»Ebensowenig, wie ich dich je romantisch erlebt habe.«
Seine Lippen, die er fest gegen meine Stirn gedrückt hatte, formten sich zu einem verhaltenen Lächeln. »Ja, doch ich habe es versprochen, nicht wahr? Komm zurück ins Bett, Faith, Was wir eben erlebt haben, war ein körperliches Begehren. Doch diesmal wollen wir uns lieben.«

19

In diesen ersten Wochen unseres Verhältnisses genügte es zumindest Nicholas zu wissen, daß er physisch absolut von mir Besitz ergriffen hatte, und es bereitete ihm unsägliches Vergnügen zu spüren, daß er meine körperlichen Bedürfnisse befriedigte und ich somit in eine fast sklavische Abhängigkeit geriet. Jede Umarmung steigerte mein Verlangen nach ihm, und er tat alles, um diese Leidenschaft zu schüren, so daß mein Körper mit schmerzhafter Sehnsucht der nächsten Begegnung entgegenfieberte.
Ich lebte wie in einem Traum, fühlte mich wie eine Seiltänzerin, die über dem Abgrund balanciert, und genoß jede gemeinsame Stunde, als wäre es die letzte.
Und da ich als Ehebrecherin keine Erfahrung hatte, überraschte es mich, wie oft wir zusammen sein konnten.
Sein Pferd vor dem *Old Swan* war ein vertrauter Anblick, und sollte jemand ihn dort in der Bar vergeblich suchen, konnte er ja im Zeughaus gegenüber, in Mr. Rawnsleys Bank, in Jonas Agbriggs Büro sein. Es gab keinen Grund anzunehmen, daß er zu Fuß die zehn Minuten zu meinem Haus geeilt war und durch die Küchentür – eine hohe Mauer verwehrte jeden Einblick in den Hof – eingelassen wurde. Selbst wenn er in der Miller Gate gesehen werden sollte, auf dem Weg zu oder von mir, so gab es daran nichts zu deuteln. Es war eine geschäftige Durchgangsstraße, in der neben den Läden auch noch die Büros des Architekten Mr. Outhwaite – der mit allen Instandsetzungs- und Erweiterungsbauten in Lawcroft und Tarn Edge betraut war – lagen. Er konnte ebensogut die Sattlerei oder das Geschäft der Tabakwaren- und Weinhändler aufsuchen.
Natürlich hatte ich Angst, daß unser Verhältnis aufgedeckt werden könnte. Doch in diesen erregenden Augusttagen, den goldenen Herbsttagen des Septembers war ich zu verwirrt und betäubt, um Angst vor den Konsequenzen zu haben. Wie eine Opiumsüchtige gab ich

mich der gefährlichen verzehrenden Leidenschaft hin, mir wohl der tödlichen Gefahr, die sie barg, bewußt, doch unfähig, ihr zu widerstehen.
Zunächst besuchte Nicholas mich nur abends. Die Diskretion von Mrs. Marworth hatte er sich erkauft, und sie fürchtete ihn zu sehr, um uns zu verraten. Vielleicht bereitete es ihr sogar heimliches Vergnügen, ihn durch die Küchentür einzulassen und dann jedem zufälligen Besucher zu eröffnen, ich sei nicht zu Hause. Doch dieses Risiko, das ich einging, genügte Nicholas nicht, er verlangte mehr, erwartete eine Bestätigung meiner Liebe zu ihm, drängte mich bald, weitere Risiken einzugehen.
»Uns gehört ein Haus in Scarborough, Faith. Meine Eltern wohnen nie dort, nur Blaize fährt gelegentlich hin. Und – ich will ehrlich zu dir sein, so wie du es verlangst – auch ich war schon öfter dort. Doch damals war alles anders, Faith, verstehst du, was ich meine? Wir könnten die ganze Nacht zusammenbleiben, Faith – zwei Nächte. Ich habe dich noch nie im Morgengrauen geliebt. Natürlich kannst du verreisen. Ja, doch du kannst es – wenn du nur willst.«
»Aber ich kann doch nicht nach Scarborough fahren, Nicholas. Ich bin noch nie alleine verreist.«
»Doch, du kannst. Du bist durch halb Europa gereist, also wirst du auch den Weg nach Scarborough finden. Mrs. Marworth kann dich bis Leeds begleiten, damit niemand auf dem Bahnhof von Cullingford Verdacht schöpft, und in Leeds lasse ich dich abholen. *Tu* es, Faith. Das Ehepaar, das nach dem Haus sieht, wird sich nicht an dein Gesicht erinnern – dafür sorge ich. *Tu* es. Jetzt im Oktober fährt niemand nach Scarborough. Du hast doch sicher irgendwo Freunde und kannst vorgeben, sie zu besuchen.«
Also fuhr ich nach Scarborough, traf dort mit völlig zerrütteten Nerven ein, hatte hinter jedem Baum unterwegs ein bekanntes Gesicht vermutet, war felsenfest davon überzeugt, daß Mr. Collins, der mich in einer geschlossenen Kutsche abholte, und seine freundliche Frau, die bereits mit dem Tee auf mich wartete, Spione im Dienste von Georgiana oder Tante Hannah waren. Das Haus, hoch über den Klippen, lag versteckt zwischen herbstlich gefärbten Bäumen. Der Garten bot einen wunderbaren Ausblick auf die kleine Stadt unten in der Bucht. In diese Abgeschiedenheit drang nur der frische Oktoberwind, das Tosen der Wellen und die Meeresbrise.
»Dies ist der erste Besitz, den Vater außerhalb von Cullingford erworben hat«, erzählte mir Nicholas. »Hier wollte er zwischendurch

ungestörte Tage allein mit Mutter verbringen.« Und so verbrachten wir drei zauberhafte, verregnete Tage miteinander; graue, nebelverhangene Morgen sahen uns im Bett – keine eiligen, überstürzten Aufbrüche, nur ein langsames, liebevolles Einander-Zuwenden, die Wonnen neu entdeckter Lust im zaghaften Licht des beginnenden Tages, das mir deutlicher als jedes Kerzenlicht seine sehnige Gestalt, jeden Muskel unter der Haut, sein Gesicht in den Momenten höchster Lust zeigte. Genüßlich schmiegten wir uns hinterher aneinander, eingehüllt in Zärtlichkeit und Liebe.
»Lieber Himmel, Faith! Es wird jedesmal schöner, nicht wahr?«
»Ja, das Gefühl habe ich auch.«
»Sag mir – was empfindest du dabei?«
»Es verschlingt mich, und dann träume ich bereits vom nächsten Mal.«
»Das ist genau das, was ich hören wollte. Gib mir eine halbe Stunde, und dann wollen wir den Traum erfüllen . . .«
An den stürmischen Nachmittagen stapften wir Hand in Hand durch den Nebel, verloren uns in den Weiten des Strandes, der Unendlichkeit des Meeres. Vor einem plötzlich niederprasselnden Regenguß flohen wir lachend über einen schmalen Klippenpfad in die wohlige Wärme des Hauses, berauscht von dieser herrlichen Freiheit, unserer ungestümen Freude, und kuschelten uns aneinander vor dem knisternden Kaminfeuer.
Die Abende schienen endlos, ließen uns in leidenschaftliche Nächte hinübergleiten voll Zärtlichkeit und Hingabe, die uns oft erst in den frühen Morgenstunden Schlaf finden ließen. Wir waren so unsäglich glücklich, daß die Stunde des Abschieds Bitterkeit in uns aufsteigen ließ, denn diese drei unbeschreiblichen Tage zeigten uns überdeutlich, wie jeder Tag unseres Lebens hätte sein können. Das traumhafte Glück, die Zufriedenheit waren dahin.
Nicholas erschreckte mich zutiefst, als er einige Tage später am hellichten Tag in mein Haus gestürmt kam.
»Nicholas! Großer Gott – ich hätte Besuch haben können.«
»Mrs. Marworth sagte mir, du wärst allein, und ich habe ihr aufgetragen, jeden Besucher wegzuschicken. Ich habe an dich gedacht. Ich war eben in der Sattlerei in der Miller Gate, und warum, zum Teufel, sollte ich dich nicht besuchen? Küß mich, Faith – ich kann nur fünf Minuten bleiben.«
Und so ging es weiter.
»Faith – bist du da? Ich komme gerade aus dem Zeughaus und

hatte Sehnsucht nach dir. Komm zu mir, näher, nur für zehn Minuten.«

Bis er eines Tages, ausgerechnet zur Teestunde, der gefährlichsten Zeit, in meinen Salon stürmte und mich ungestüm in die Arme nahm.

»Ich habe so schreckliche Sehnsucht nach dir. Und warum soll ich nicht kommen? Ich habe nur eine halbe Stunde Zeit. Faith, komm ins Bett.«

»Nicholas!«

»Ja, am Nachmittag, wie skandalös – deine Mrs. Marworth wird entsetzt sein, aber sie wird niemanden einlassen. Du bist nach Leeds gefahren.«

Und wir gingen lachend nach oben. Ich sperrte die Tür ab, zog mich langsam aus, während er auf dem Bett lag und mir zusah. Ich genoß es, mich ihm im warmen Licht der Herbstsonne, das durch die Spalte der Vorhänge hereinfiel, zu zeigen. Ich war, glaube ich, teils schockiert und teils fasziniert von der Vorstellung, daß keine anständige Frau am hellichten Tag sich der Lust hingibt – dies war nur in Scarborough erlaubt. Es war eine völlig neue, erregende Erfahrung, und als ich mich über ihn beugte, mich eng an ihn schmiegte, war ich so verspielt und neckisch wie ein Kätzchen, das sich nach der Liebe genießerisch streckt.

Ich sah ihm zu, wie er sich ankleidete, bewunderte seinen geschmeidigen Körper, der in späteren Jahren wohl fülliger werden würde – so wie Onkel Joel kräftiger wurde. Doch jetzt waren seine Schultern breit, die Hüften schmal, der Bauch flach und hart – einfach schön. Er kniete neben dem Bett, seine Hand streichelte mich unter der Decke, und er sagte:

»Warum bleibst du nicht im Bett, bis ich heute abend zurückkomme?«

»Ach, was bist du doch für ein Pascha! Das würde dir gefallen, wie, zu wissen, daß ich hier liege und dich sehnsüchtig erwarte.«

»O ja«, sagte er, die Augen schmal, und streichelte mich. Seine Liebkosungen ließen mich erschauern. So leicht entfachte er die Glut in mir. »Ja, Faith, das würde mir gefallen. Mein Gott, das wünsche ich mir.«

Und obwohl es nur Spaß war – so dachte ich jedenfalls –, entdeckte ich doch eines Nachmittags, als ich mit Päckchen beladen von einem Einkaufsbummel mit Mutter aus Leeds zurückkam, daß es Nicholas ernst war. Mrs. Marworth eröffnete mir, daß ›der Herr‹ mich hatte besuchen wollen.

»O je«, sagte ich nur, zwar enttäuscht, aber nicht weiter beunruhigt, bis er dann spät in der Nacht verärgert und außer sich vor Zorn – den jeder Arbeiter in der Lawcroft-Weberei fürchten gelernt hatte – ins Haus stürmte.
»Nicholas – Liebling . . .«
»Ich will keine Entschuldigungen hören«, fuhr er mich an und schleuderte seinen Hut auf einen Stuhl. Ich hatte nicht vorgehabt, mich zu entschuldigen, ich hatte nichts getan, wofür ich mich hätte rechtfertigen müssen. »Ich erwarte, daß du hier bist, wenn ich komme, ist das zuviel verlangt? Du brauchst nicht jede Nacht durch diese dreckige Gasse vom *Old Swan* hierherauf zu schleichen. Nein, das ist mein persönliches Vergnügen. Du brauchst auch nicht mitten in der Nacht aus dem warmen Bett zu kriechen und fünf Meilen durch strömenden Regen zu reiten, oder? Und du brauchst nicht deine kostbare Zeit damit zu vergeuden, hierherzukommen und wieder umkehren zu müssen, weil deine Schwester oder irgendeine andere lästige Person vor mir eingetroffen ist. Ich erwarte nur, daß du hier bist, wenn ich komme. Ist das zuviel verlangt? Kannst du nicht wenigstens das für mich tun? Bin ich dir nicht einmal so viel wert? Du hast doch weiter nichts zu tun. Wo, zum Teufel, warst du überhaupt? In Leeds mit deiner Mutter? Großartig, Faith, einfach großartig. In Ordnung, ich werde dich tagsüber nicht mehr belästigen. Ich werde mich vorher anmelden oder überhaupt nicht kommen.«
Und nach diesem Auftritt waren meine Tage mit ängstlicher Sorge angefüllt. Ich drängte meine Besucher zu gehen, nachdem sie kaum ihren Tee ausgetrunken hatten, lauschte auf jedes Geräusch vor dem Fenster und der Tür, wagte nicht das Haus zu verlassen, ohne Nicholas vorher davon in Kenntnis zu setzen.
»Nein, Mama, ich möchte heute nicht in die Stadt gehen. Aber nein, ich bin nicht wie Celia, ich habe nur keine Lust dazu.«
»Gütiger Himmel, Prudence! Wenn du unbedingt einen neuen Hut brauchst, kannst du ihn doch auch ohne mich auswählen.«
»Celia, ich hätte nie gedacht, daß du mich heute bei diesem Wetter besuchen würdest. Ich nehme an, du wirst nicht lange bleiben? Ah, Jonas holt dich auf dem Weg von der Kanzlei hier ab. Nun, dann behalte deinen Hut lieber auf, dein Mann hat es immer so eilig.«
Und am Donnerstag, wenn der Markt abgehalten wurde und Nicholas auf jeden Fall in der Stadt war, saß ich wie auf glühenden Kohlen, bis ich meine Besucher zur Tür hinauskomplimentiert hatte.

Außer Mutter und meinen Schwestern empfing ich niemanden. Blaize, der mir am gefährlichsten gewesen wäre, bereiste in diesem Herbst den Kontinent. Tante Verity lebte in Bournemouth, und Onkel Joel besuchte sie, wann immer er abkömmlich war, was in Nicholas' Augen natürlich viel zu selten geschah. Caroline war vollauf mit der Planung und Überwachung der Bauarbeiten für einen neuen Dienstbotenflügel in *Listonby* beschäftigt; Georgiana – ich verdrängte jeden Gedanken an sie – war während der Jagdsaison selten in Cullingford anzutreffen. Prudence' Zeit wurde voll und ganz von Mr. Agbriggs Wasserleitung in Anspruch genommen, und ihre Gespräche drehten sich ausschließlich um den Transport des Wassers über fünfundzwanzig Meilen hügeligen Geländes von der Bracknell Bridge bis zur Simon Street. Mutter traf Vorkehrungen für ihre Hochzeit mit Mr. Daniel Adair, und Tante Hannah suchte immer noch nach Möglichkeiten, diese Ehe zu verhindern oder doch Mittel und Wege zu finden, ihrem Jonas einen Anteil am Oldroydschen oder irgend jemandes anderen Vermögen zu sichern.
Doch es gab noch andere Gefahren als die zufällige Entdeckung unseres Verhältnisses, und sie hatten ihren Ursprung in Nicholas' ungestümem Temperament, seiner ohnmächtigen Wut, die ihn oft unnötige Risiken eingehen ließ. Sein rücksichtsloses Durchsetzungsvermögen, das ihm bald den Ruf eines tüchtigen Geschäftsmannes in der Textilbranche eingebracht hatte, war in seinem Privatleben fehl am Platz. Und er war sich dessen voll bewußt, daß er sein Privatleben nicht so praktisch und reibungslos organisieren konnte wie seine Fabriken. In der Geschäftswelt war er daran gewöhnt, jedes Hindernis rücksichtslos zu beseitigen, er kannte keine Umwege, steuerte skrupellos sein Ziel an und war bereit, jeden Preis zu bezahlen, wenn der Einsatz sich lohnte. Doch die Welt der zwischenmenschlichen Beziehungen mit all ihren Irrungen und Wirrungen, Forderungen und gesellschaftlichen Konventionen, denen wir unterworfen waren, die Heimlichkeiten, zu denen wir gezwungen waren, irritierten und reizten ihn oft bis an die Grenze des Erträglichen.
»Ich möchte heute nacht bei dir bleiben, Faith. Was sollte mich daran hindern? Ich könnte dann morgen früh direkt von hier aus in die Fabrik gehen.«
»Nein, das ist unmöglich, nicht in deinem Abendanzug.«
»Großer Gott – so kann es nicht weitergehen, Faith. Diese Stunden mit dir genügen mir nicht. Bist du damit zufrieden?«
Es gelang mir immer wieder, ihn abzulenken. Ich konnte es nicht

über mich bringen, von seiner Frau, seinem Sohn zu sprechen, fürchtete mich vor der Realität, den Fragen, die ich stellen, den Antworten, die ich bekommen würde. Ich verbannte jeden Gedanken an die Zukunft, zog ihn in meine Arme, und in diesen flüchtigen Momenten existierte nur ich für ihn.

Wenn es mir auch gelang, die Gedanken an sein Familienleben zu verdrängen, so beherrschte mich doch eine bange, erschreckende Vorstellung – ich könnte schwanger werden, ein Kind empfangen, dessen Existenz ich niemandem würde erklären können.

Als ich einmal nach Tagen der Ungewißheit Nicholas erleichtert mitteilte, daß alles in Ordnung war, verblüffte mich seine Reaktion. Ich hatte natürlich erwartet, daß er ebenso froh und erleichtert sein würde, und hatte dabei ganz vergessen, daß in den Augen der Law-Valley-Männer eine schwangere Frau ein gefügige Frau war, die durch das Kind für immer an den Vater gebunden ist, und war daher überrascht, als er eine Hand gegen meinen Bauch preßte und sagte: »Solltest du ein Kind von mir empfangen, dann wäre das nicht das Ende der Welt.«

»Es wäre ganz bestimmt das Ende meiner Welt.«

»Danke, Faith.«

»Himmel, Nicholas – wofür.«

»Du hast mir eben gesagt, daß du mein Kind nicht haben willst.«

Ich schob seine Hand beiseite, stand auf und war sehr verärgert und verletzt. Vor meinem inneren Auge erstand das Bild Georgianas, wie sie blaß und erschöpft im Kindbett gelegen hatte, nachdem ihr – und Nicholas' Sohn – unter schrecklichen Schmerzen geboren worden war.

»Ich wollte, du hättest das nicht gesagt, Nicholas.«

»Ja, es tut mir leid.«

Dann stand er hinter mir, legte die Arme um mich und flüsterte mir ins Ohr:

»Bitte verzeih mir. Ich wollte dir nicht weh tun. Ich bin ungerecht. Ich bin egoistisch, launisch – alles, was du willst. Aber ich liebe dich. Ich möchte dich ganz haben, und ich werde so oft böse . . . Damit mußt du dich abfinden. Doch falls es passieren sollte, Faith – und damit müssen wir rechnen –, es wäre natürlich eine Katastrophe. Aber hab keine Angst. Du kannst mir vertrauen, ich werde für dich sorgen.«

»Das weiß ich.«

»Ich würde dich von hier fortbringen«, sagte er entschieden. »Deine

Mutter müßten wir natürlich einweihen, doch das ist kein Problem. Sie könnte mit dir verreisen, bis du entbunden hast. Mir macht es nichts aus, falls es bekannt werden würde, aber dir darf ich diesen Skandal nicht zumuten. Ich würde dir irgendwo ein Haus kaufen und dir ein angenehmes Leben ermöglichen. Hab keine Angst, Faith, ich würde für dich sorgen.«

Doch was er damit ausdrücken wollte, hieß: »Dann würdest du mir endlich ganz gehören. Kein anderer würde dich mehr haben wollen.« Und obwohl die weibliche Seite in mir nichts sehnlicher wünschte, gehörte zu meinem Charakter auch ein Teil kühler Vernunft, das sich gegen diese endgültigen Fesseln wehrte. Natürlich würde er mir ein großartiges Haus kaufen – aber wo? Weit genug entfernt von der Neugier und Feindseligkeit der Cullingforder Bürger sicherlich, auch zu weit entfernt für seine spontanen Nachmittagsbesuche, die Nächte, die er drei- oder viermal in der Woche bei mir verbrachte, während sein Pferd vor dem *Old Swan* stand. Meine ganze Existenz hing von seinen Besuchen ab, sie waren Sinn und Inhalt meines Lebens. Dort in diesem geheimen Haus würde ich sein Kind in luxuriöser Einsamkeit aufziehen, mich nach seinen Besuchen verzehren, endlose Tage und Nächte auf ihn warten und mit zunehmendem Alter die schreckliche Angst in mir wachsen fühlen, daß er eines Tages nicht mehr kommen könnte. Ich liebte ihn und konnte dieses Warten auf ihn – es gab mittlerweile nichts anderes mehr für mich – ertragen. Doch noch bestimmte ich bis zu einem gewissen Grad über mein Leben. Und wenn ich von dieser begrenzten Freiheit auch keinen Gebrauch machte, so blieb mir doch die Möglichkeit der Wahl, eine Hoffnung auf Veränderung.

»Ich bin ein schrecklicher Egoist, nicht wahr, Faith?«

»O ja – so egoistisch wie ich. Wahrscheinlich würde ich dich ebenso zu meinem Gefangenen machen, wenn ich die Möglichkeit dazu hätte.«

»Ist es das, was du empfindest – daß ich dich einsperren möchte?«

»Ja, dieses Gefühl habe ich.«

»Großer Gott!« sagte er. »Bitte verzeih mir, denn ich glaube, du hast recht. Ich kann nur versprechen, daß ich mich bemühen werde, dich nicht mit meiner Eifersucht zu quälen. Ich will's versuchen.«

Doch dieses Versprechen, wie wir wohl beide ahnten, war vergeblich. Seine Eifersucht, sein ausschließlicher Besitzanspruch führten immer wieder zu heftigen, sinnlosen Auseinandersetzungen und konnten durch keine Beteuerungen meinerseits zerstreut werden.

»Nicholas, das kann doch nur bedeuten, daß du mir nicht vertraust.«
»Weiß Gott, was es bedeutet. Ich kann nicht dagegen an, und diese Unsicherheit macht mich ganz verrückt. Es gibt immer wieder Momente während des Tages – oder in der Nacht –, da fühle ich mich entsetzlich verlassen. Und dann muß ich dich sofort sehen. Ich lasse dich dafür büßen und quäle dich, glaube mir, das ist mir durchaus bewußt. Die Ungewißheit, wie lange du mich ertragen wirst, nagt an mir und frißt mich auf. Faith . . . bitte.«
Und da ich wußte, was er hören wollte, sagte ich es ihm, immer wieder, bis er – für diesen Tag zumindest – beruhigt war.
»Ich liebe dich, Nicholas, und ich verstehe, was dich bedrückt. Es ist schon gut.«
Im November kehrten wir für vier Tage nach Scarborough zurück. Nicholas hatte einen Aufenthalt von einer Woche geplant, doch die neuen Kämmaschinen erforderten seine Anwesenheit in der Fabrik.
»Ich verdiene Geld«, sagte er. Wir saßen vor dem knisternden Kaminfeuer; mein Kopf ruhte an seiner Schulter. »Mein eigenes Geld, Faith. Ich kann dir nicht sagen, was das für mich bedeutet. Ich wäre für den Rest meines Lebens gut versorgt mit den Gewinnen, die Lawcroft, Tarn Edge und Low Cross abwerfen. Mein Vater hat die Fabriken so gut durchorganisiert, daß ich nur zwei-, dreimal die Woche nach dem Rechten sehen müßte und ein angenehmes Leben führen könnte. Blaize würde sich damit begnügen, einfach nur die Geschäfte weiterzuführen, die Vater für uns aufgebaut hat. Er hat nicht den Ehrgeiz, selbst etwas zu schaffen, eigenes Geld zu verdienen. Doch damit kann ich mich nicht zufriedengeben. Die Kämmfabrik gehört mir, und ich werde sie zu einem profitablen Unternehmen aufbauen. Für Lawcroft und Tarn Edge plane ich ebenfalls Neuerungen, wenn Vater mir nur freie Hand lassen würde. Ich wünschte, er würde sich nach Bournemouth zurückziehen und mich allein wirtschaften lassen.«
»Aber er verbringt doch bereits die meiste Zeit in Bournemouth.«
»Ja. Und er kommt regelmäßig zurück, um mich zu kontrollieren. Völlig überraschend steht er dann plötzlich in der Fabrik oder im Büro, prüft die Bücher und stellt haargenau die Fragen, die mir nicht gefallen. Er hat seine Augen überall, und er holt sich die Informationen von Blaize.«
»Weiß Blaize denn so gut Bescheid?«

»O ja«, sagte Nicholas mit unterdrücktem Lachen. »Blaize ist bestens unterrichtet, Liebes. Es geht schließlich auch um sein Geld, und sich die Finger beim Zählen schmutzig zu machen, davor hat er sich noch nie gescheut.«

Wir verbrachten wieder unbeschreiblich glückliche Tage, zu kostbar, um durch Gespräche über eine hoffnungslose Zukunft gestört zu werden, und bei meiner Rückkehr nach Cullingford wurde ich sofort zu einem Familientreffen zitiert, einem letzten Versuch, Mutters Heirat, die sie für Weihnachten angesetzt hatte, zu verhindern. Celia lud Prudence und mich zu einem Dinner zu sich, das jedoch mehr einem Kriegsrat ähnelte.

Nach dem Essen, das nicht zu üppig ausfiel und von Celias unentwegten Klagen über ihr unzureichend poliertes Silber und die Nachlässigkeit der Hausmädchen begleitet wurde, zogen wir uns in den Salon zurück.

Natürlich erlaubte meine Schwester nicht, daß irgendwo in ihrem Haus geraucht wurde, und Jonas mußte seine Zigarre vor der Tür rauchen. Trotzdem nörgelte sie darüber, daß der Rauch in seiner Kleidung hing und überaus schädlich für ihre Teppiche, ihre Stofftapeten und ihren empfindlichen Magen sei.

»Da bist du ja endlich«, empfing sie ihn vorwurfsvoll, als er sich schließlich zu uns gesellte.

»Ja, Celia.«

»Wir alle warten auf deine weisen Ratschläge. Der Kaffee ist mittlerweile kalt geworden.«

Jonas trank schweigend die lauwarme, schwache Brühe. Er schien nicht geneigt, seine Intelligenz an uns zu vergeuden.

»Nun, was hast du zu sagen, Jonas?«

»Nicht viel.«

»Dann werde ich euch sagen, was ich davon halte. Mutters Vorhaben ist einfach ein Skandal, und wir dürfen uns das nicht bieten lassen. Seit dem Tode unseres Vaters legt sie ein äußerst zweifelhaftes Benehmen an den Tag – und diese Heirat, nun, dafür gibt es sicher nur einen einzigen Grund – ihr wißt, was ich meine. Ich möchte nicht näher darauf eingehen, immerhin haben wir eine unverheiratete Frau unter uns – aber gütiger Himmel, es ist einfach abscheulich und widerwärtig in ihrem Alter.«

»Du meinst damit, daß sie in ihn verliebt ist?«

»Nun, wenn du es so nennen willst, bitte. Es gibt ein anderes Wort dafür.«

»Leidenschaft«, warf Prudence giftig ein, die sich jedesmal über Celias matronenhafte Einstellung unverheirateten Frauen gegenüber ärgerte.
»Prudence, bitte.«
»Ja, Celia, bitte! Mir fehlt zwar die praktische Erfahrung in diesen Dingen, doch ich bin nicht blind. Ich habe Dutzende von Cholera-Kranken während der Epidemie gewaschen und gepflegt, und es ist meinen jungfräulichen Augen durchaus nicht entgangen, daß einige der Mädchen, die in den Straßen aufgelesen wurden, sich in den unterschiedlichsten Stadien der Schwangerschaft befanden. Sie alle waren unverheiratet, ja einige noch Kinder. Es ist mir auch bekannt, daß man in bestimmten Straßen dieser Stadt achtjährige Kinder für sexuelle Bedürfnisse kaufen kann. Faith kann das bestätigen. Diese armen Kreaturen wurden oft genug mit schlimmen Verletzungen zu ihrem Mann gebracht.
»Ich verbiete dir, darüber zu sprechen«, sagte Celia mit der starren Miene scheinheiliger Prüderie der anständigen Bürgersfrau, in deren Haus über Sexualität nicht geredet werden durfte. »Falls derartige Abscheulichkeiten tatsächlich existieren, so gehen sie mich – und auch dich – nichts an. Weder am Albert Place noch in der Blenheim Lane gibt es derlei unanständige Sachen. Außerdem sind wir heute abend hier aus einem anderen Grund zusammengekommen. Jonas, was können wir tun, um Mutter daran zu hindern, diesen Mann zu heiraten?«
Ein leichtes spöttisches Lächeln umspielte Jonas' Lippen. Nie verriet er, was oder wer ihn eigentlich amüsierte.
»Wie ich dir bereits sagte, Celia«, erläuterte er geduldig, die schmalen Augen gesenkt, »nicht viel. Deine Mutter ist eine erwachsene Frau, die frei über ihr Vermögen verfügen kann. Es gibt kein Gesetz, das einer Witwe verbietet, wieder zu heiraten. Leidenschaft als Motiv für eine Heirat mag dir nicht zusagen, Celia. Aber in unserer Gesellschaft ist sie keine strafbare Handlung und bietet auch keine rechtliche Grundlage dafür, davon Befallene in eine Irrenanstalt einzuweisen. Zugegeben, in vereinzelten Fällen ist dies ein bedauerlicher Zustand. Du kannst deiner Mutter nicht *verbieten* zu heiraten. Man könnte sie nur *abschrecken*, diesen Schritt zu tun, indem wir Beweise erbringen, daß Mr. Adair kein anständiger Mann ist.«
»Aber das ist er doch nicht.«
»Nicht in deinen Augen, Celia, oder in meinen. Doch meine Nachforschungen haben nichts ergeben, womit wir deine Mutter um-

stimmen könnten. Er stammt aus sehr ärmlichen Verhältnissen, aber auch das ist kein Vergehen, hat ihn im Gegenteil davor bewahrt, mit dem Gesetz in Konflikt zu kommen, indem er keine rechtsgültige Verbindung einging, die wir nun gegen ihn verwenden könnten. In Irland lebte er als junger Mann mit einer Frau zusammen, doch sie wurden nie getraut. Die Frau ist längst gestorben. Er hat Schulden, doch seine Gläubiger werden ihn im Hinblick auf die bevorstehende Hochzeit nicht verklagen. Da gibt es noch diese Frau auf den Westindischen Inseln – der junge Liam Adair ist der lebende Beweis dafür –, aber sie lebt zu weit weg, um rechtliche Schritte gegen ihn zu unternehmen. Wahrscheinlich war er mit ihr auch nicht rechtsgültig verheiratet, und es ist ein durchaus anständiger Zug von ihm, daß er die Erziehung ihres Sohnes übernommen hat. Vor einigen Jahren war er in eine skandalöse Geschichte mit einer verheirateten Frau verwickelt, hier in Cullingford, doch diese Affäre wurde vertuscht. Und ich glaube, deine Mutter weiß darüber Bescheid.«
Auch ich kannte die Hintergründe jener Affäre und sah Mutters strahlendes Gesicht vor mir, als sie mir anvertraute: »Die Monate, die ich seine Geliebte war, waren die schönste Zeit meines Lebens.« Ich wich Jonas' kühlem Blick aus und fragte mich, *wie* er davon erfahren hatte, und in panischem Entsetzen wurde mir klar, daß ihm nichts lange verborgen blieb.
»Du hast dich sehr gründlich damit beschäftigt, Jonas«, sagte Prudence. Er lächelte wieder boshaft und erwiderte:
»Ja, in der Tat. Wenn es um Geld geht, ist mir keine Mühe zuviel.«
»Davon war ich immer überzeugt.«
»Ganz recht. Und in diesem Fall geht es auch um deine Interessen. Es tut mir aufrichtig leid, daß ich aus seiner schillernden Vergangenheit nichts ausgraben konnte, das ihn zum Verbrecher stempelt. Selbst die Möglichkeit, ihn durch eine bestimmte Summe von seinem Vorhaben abzubringen, scheitert wohl daran, daß Mutters Vermögen für ihn weitaus verlockender ist. Außerdem wäre es zu riskant; er könnte euer Geld nehmen und Mutter trotzdem heiraten.«
»Was sollen wir also tun?«
»Ich habe meinen Standpunkt dargelegt. Wie denkst du darüber, Faith?«
Ich dachte an Nicholas, und mir entfuhr unvorsichtigerweise:
»Da sie ihn mag und wir nichts dagegen unternehmen können, sollten wir sie in Ruhe lassen.«
»Ja, natürlich«, fauchte Celia wütend. »Das sieht dir ähnlich, Faith.

Du hast schon immer in einem Wolkenkuckucksheim gelebt. Dich trifft es nicht, denn du hast ja ein eigenes Einkommen und ein eigenes Haus und keine Kinder zu versorgen. Und da wir schon dabei sind und Prudence die aufgeklärte Frau spielt, kann ich euch gleich mitteilen, daß ich wieder in anderen Umständen bin, und schon aus diesem Grund paßt es mir überhaupt nicht, daß dieser Kerl sich in der Blenheim Lane einnistet. Oh, ihr könnt euch darauf verlassen, er wird Mutters Großzügigkeit weidlich ausnützen. Jeden Penny, den er kriegen kann, wird er für sich und dieses ungezogene Kind ausgeben. Und wenn dich das auch nicht stört, Faith, da du ja so wohlversorgt bist, denk wenigstens an Prudence, die mit ihnen unter einem Dach leben muß.«

»Nicht eine Minute länger als unbedingt erforderlich«, sagte Prudence gereizt, und Jonas, der sie mit halbgeschlossenen Augen ansah, verzog den Mund zu einem sehr sarkastischen, überheblichen Lächeln.

»Ach, tatsächlich?« fragte er. »Darf ich das so verstehen, daß wir dir bald zu deiner bevorstehenden Heirat gratulieren dürfen?«

»Dazu besteht kein Anlaß.«

»Ich glaube aber doch.«

»Nun, ich hoffe, du trägst dich nicht mit dem Gedanken, Freddy Hobhouse zu heiraten«, sagte Celia verdrießlich. Die Diskussion und die Vorbereitung des Essens hatten sie erschöpft, und sie wurde ungeduldig und mürrisch. »Eine Ehe mit ihm – solltest du sie aus Vernunftgründen in Erwägung ziehen – wäre für uns alle wenig vorteilhaft. Tante Hannah, die gestern hier war, hat diesbezüglich Bedenken geäußert und mich davor gewarnt, daß du dazu fähig wärst. Er würde jeden Penny deiner Mitgift in die Fabrik stecken und, falls er dir Hoffnungen auf das Erbe von Mr. Oldroyd gemacht hat, so vergiß es. Freddy hat neun Brüder und vier Schwestern. Sein Anteil am Erbe würde sehr mager ausfallen – falls sie überhaupt etwas erben. Mein Gott, wenn ich nur daran denke, daß Mutter das alles hätte gehören können.«

»Du irrst dich, Celia«, widersprach Prudence mit eisiger Höflichkeit. »Ich habe nicht vor, Freddy Hobhouse zu heiraten, ganz gleich, ob es nun für ihn oder für mich vorteilhaft wäre. Ich würde keinen Mann auf diese Weise beleidigen.«

»Dann gibt es für dich kein Entkommen aus der Blenheim Lane«, bemerkte Jonas nachdrücklich.

»Da muß ich dir widersprechen, Jonas.«

»Du wirst mir noch recht geben, wenn auch gezwungenermaßen. Deine finanzielle Abhängigkeit fesselt dich an dieses Haus, und diese Ketten sind fester als jedes andere Band. Ich stimme mit meiner Frau überein – Mr. Adair wird die Großzügigkeit eurer Mutter skrupellos ausnutzen und dir nur das Allernotwendigste zugestehen. Und ohne eigenes Geld, liebe Prudence, das kannst du mir glauben, gibt es keine Freiheit und auch keine Würde.«

»Jonas . . .« unterbrach ich ihn und warf einen besorgten Blick auf Celia. Ich fürchtete, er könnte zu weit gehen, und seine Bitterkeit würde sie verletzen. Doch Celia saß unbeteiligt da, sie hörte gar nicht zu. Da stand er abrupt auf, schritt zum Kamin hinüber und starrte in die spärlichen Flammen.

»Du ergehst dich in großartigen Reden über Freiheit und Unabhängigkeit, Prudence«, sprach er weiter. »Aber kannst du dir ein solches Leben leisten? Besitzt du im Moment auch nur die Summe, die eine Bahnfahrkarte nach Leeds kostet? Und angenommen, du hättest das Geld dafür, was könntest du dort anfangen? Für Damen deines Standes gibt es keine Arbeit. Und selbst wenn es sie gäbe – du hast nicht die entsprechende Ausbildung genossen, und es gibt keine Möglichkeit für Frauen, einen Beruf zu erlernen. Du hast nur zwei Alternativen in deinem Leben, Prudence. Entweder du heiratest Freddy Hobhouse, den du mit deiner Intelligenz leicht handhaben könntest, oder du heiratest einen alten Mann, wie zum Beispiel Mr. Oldroyd, und könntest über kurz oder lang als seine Witwe ein angenehmes Leben führen.«

»Glaubst du das?« fragte Prudence gepreßt. »Glaubst du das wirklich?« Doch ehe die gereizte Stimmung zwischen den beiden zu weiteren, fraglos schmerzhaften Enthüllungen führen konnte, sagte Celia, die von all dem nichts bemerkt hatte:

»Nun, ich bin zwar nicht so klug wie ihr, aber mir fällt da eine dritte Möglichkeit ein. Du könntest hier mit uns leben, Prudence. Weder Mr. Adair noch Mutter könnten dagegen etwas einzuwenden haben, daß du mir hilfst, meine Kinder – die ich ja nun bald haben werde – aufzuziehen. Du sprichst doch dauernd davon, daß es uns allen an Bildung fehlt und wir keine Ahnung von Kindererziehung haben. Ich wäre glücklich, dir meine anzuvertrauen.«

Natürlich stellte dieser Vorschlag keine Lösung für Prudence' Problem dar, und ich nahm sie mit nach Hause, da Nicholas an diesem Nachmittag nach Liverpool gefahren war. Als wir gemütlich vor

meinem warmen Kaminfeuer saßen, sagte Prudence – und ihre Augen hatten dabei denselben kalten Ausdruck wie Jonas':
»Ich kann dir gar nicht sagen, wie sehr mich Celias Haus, Celias Leben bedrückt.«
»Ja, aber ich glaube nicht, daß sie unglücklich ist. Jonas ist nicht zufrieden, aber das sehen nur wir; Celia spürt es nicht. Jedenfalls scheinen *ihre* Vorstellungen von der Ehe in Erfüllung gegangen zu sein.«
»Stimmt, sie haben beide bekommen, was sie erwartet haben.«
»Und wie sollte deiner Meinung nach eine gute Ehe aussehen, Prudence?«
Sie lächelte. »Ja, gleich wirst du mir sagen, daß ich davon nichts verstehe. Meine Ansichten darüber gewinne ich nur aus meinen Beobachtungen, und keine Ehe, die ich kenne, erfüllt mich mit Neid. Vielleicht habe ich auch schon zu lange allein gelebt. Wäre Vater nicht gestorben, hätte er mich längst mit irgendeinem Mann verheiratet, der seinen Ansprüchen genügt hätte. Und wie alle anderen jungen Frauen hätte ich mich damit abfinden müssen und versucht, das Beste daraus zu machen. Doch ich habe nun ein paar Jahre eine gewisse Freiheit genossen, Faith, und nichts reizt mich, diesen Zustand zu ändern.«
»Du meinst, *niemand* könnte dich dazu bringen, dieses Leben aufzugeben. Aber es *gibt* glückliche Ehen, Prue.«
»Wo? Zeig sie mir. Ich kenne nur wenige glückliche Menschen, manche darunter sind verheiratet. Doch mir scheint, daß in jeder Ehe ein Partner dominiert und der andere sich unterordnet. Ich möchte keines von beiden. Und ich glaube auch nicht, daß es unbedingt notwendig oder richtig ist. Mutter ordnete sich Vater absolut unter. Bürgermeister Agbrigg lebt mit Tante Hannah nur friedlich, weil er ihr ihren Willen läßt. Sie beherrscht und benützt und verachtet ihn. Jonas toleriert und verachtet Celia. Ich habe keine Lust, mich dem auszusetzen.«
»Ja, aber beide – Bürgermeister Agbrigg und Jonas – haben des Geldes wegen geheiratet, Celia wollte um jeden Preis verheiratet sein, und Tante Hannah heiratete, weil sie hoffte, durch ihren Mann und ihren Sohn ihre ehrgeizigen Pläne zu verwirklichen.«
»Genau – weil sie ihrem Leben einen Sinn geben wollte und da sie das als Frau nicht erreichen konnte, benützte sie die Männer dazu. Damit hat sich Tante Hannah abgefunden, nur indirekt am Ruhm beteiligt zu sein. Doch damit gebe ich mich nicht zufrieden. Ich bin

bereit, hart zu arbeiten und Verantwortung zu tragen – wie Tante Hannah –, aber ich will auch die Anerkennung dafür. Ich weigere mich, im Schatten eines Mannes zu stehen, zumindest, wenn seine Überlegenheit nur auf die Tatsache zurückzuführen ist, daß er als Mann geboren wurde.«

»Auch nicht, wenn du ihn lieben würdest?«

»Faith, wir sprechen doch über Ehen. Was die Liebe angeht, so bin ich mir da nicht sicher. Onkel Joel und Tante Verity verbindet Liebe, nehme ich an. Er erwartet, daß sie ausschließlich für ihn da ist, und sie ist glücklich dabei, so wie du mit Giles glücklich warst. Jedenfalls schien es dir zu genügen. Aber ich will mich nicht selbst aufgeben. Ich käme mir wie in einem Gefängnis vor. Ich weiß, Giles hat dich geliebt, Faith, aber er hat sein Leben nicht mit dir *geteilt*.«

»Er hat mich nicht einmal an seinem Tod teilhaben lassen«, sagte ich, und die Verzweiflung über diese bitteren Stunden preßte mir die Kehle zusammen.

»Oh, Liebes, es tut mir leid. Wie gedankenlos von mir, ich wollte dich nicht . . .«

»Ich verstehe, was du damit ausdrücken wolltest. Wie ein Kind hat er mich vor der Wirklichkeit des Lebens abgeschirmt. Ich weiß es. Er wollte es so, Prudence, und ich hätte alles für ihn getan.«

»Ja«, murmelte Prudence und blickte zur Seite. »Ich habe mich oft gefragt, wie lange du es aushalten würdest. Ich wäre daran erstickt.«

»Nein, ich habe dieses Leben mit ihm geliebt, ich habe es gebraucht. Er gab mir Sicherheit und Geborgenheit.«

»Ja, gut«, gab Prudence zurück, und der barsche Ton ihrer Stimme riß mich aus meinen traurigen Erinnerungen. Rasch schluckte ich die aufsteigenden Tränen hinunter. »Offensichtlich suche ich auch nicht Sicherheit in einer Ehe. Vielleicht sollte ich einen Missionar heiraten, sie haben nichts dagegen, daß ihre Frauen an ihrer Seite arbeiten, sich dabei oft zu Tode schuften. Das würde wohl eher meinen Vorstellungen entsprechen, als meine Tage in Nethercoats am Stickrahmen zu verbringen und Freddys törichtem Geschwätz zuzuhören oder in Fieldhead auf Mr. Oldroyds Tod zu warten.«

Lange hatten wir nicht mehr so vertraulich miteinander gesprochen, und da wir als Kinder keine Geheimnisse voreinander gehabt hatten, gab ich dem Drang, der in den letzten Wochen in mir gewachsen war, nach und sagte leise:

»Prudence, ich bin seit sechs Monaten Nicholas Barforths Geliebte.«

»Ach, tatsächlich?« antwortete sie nur, und als ich sie forschend anblickte, schüttelte sie lächelnd den Kopf, war offensichtlich belustigt über mein Erstaunen.
»Nun, welche Reaktion hast du denn von mir erwartet? Was möchtest du hören? Du kannst nicht erwarten, daß ich dir gratuliere. Und ich brauche dir wohl auch nicht zu sagen, daß du die größte Närrin auf der Welt bist.«
»Nein. Das weiß ich.«
»Und du nimmst sicherlich nicht an, daß ich dich dabei unterstützen oder dir gegebenenfalls als Alibi dienen werde?«
»Nein, daran habe ich nie gedacht, und darum würde ich dich auch nie bitten.«
»Also – soll ich dich vielleicht überreden, mit ihm Schluß zu machen?«
»Nein, das würde ich nicht tun.«
»Ich kann mir vorstellen, daß du wohl irgendwann dazu gezwungen sein wirst, doch das steht hier nicht zur Debatte. Hast du etwa Schuldgefühle – wegen Giles und Georgiana –, soll ich dein Gewissen besänftigen?«
»Nein, auch das nicht. Damit werde ich alleine fertig.«
»Ja. Davon bin ich überzeugt. Was soll ich also dazu sagen? Du bist dir natürlich darüber im klaren, daß man dich mit Schimpf und Schande aus der Stadt jagen wird, sollte eure Affäre je bekannt werden – ihm wird man kein Haar krümmen. Und falls ihr nicht erwischt werdet, nun, meine Liebe, mir gefiele es nicht, die Jahre verstreichen zu lassen, älter zu werden und unentwegt hier zu sitzen und auf ihn zu warten, bis er sich für ein paar Stunden davonstehlen kann. Warum hast du es mir erzählt, Faith? Du kennst mich gut genug, um zu wissen, daß ich mir nicht die Geschichte eurer unsterblichen Liebe anhören würde, dich trösten und deine Einsamkeit teilen würde. Faith, was erhoffst du dir von diesem Verhältnis?«
»Nichts«, erwiderte ich und wußte, sie würde mir glauben, erkannte in diesem Moment selbst die volle Wahrheit. »Ich liebe ihn, das ist alles. Ich bin eine Frau, die Nicholas Barforth liebt, nicht mehr und nicht weniger.«
»Wie überaus befriedigend dieses Gefühl sein muß«, sagte Prudence, »für ihn jedenfalls. Armer Nicholas, wie schwierig es sicher für ihn ist – zwei Leben zu leben. Er darf seine Pflichten als Ehemann nicht vernachlässigen, denn wenn er nicht weiterhin mit Georgiana schläft, würden die Zimmermädchen von *Tarn Edge* bald darüber klatschen.«

Mühsam rang ich nach Atem, um diesen Schlag, der voll ins Schwarze getroffen hatte, zu verdauen. Die Wahrheit kann sehr grausam sein, und Prudence schonte mich nicht, zeigte mir mit unbarmherziger Offenheit – wie es auch Tante Hannahs Art war – die brutale Wirklichkeit und erhoffte sich wohl davon einen heilsamen Schock.

»Aber daran hast du sicher selbst schon gedacht – in den Nächten, die er nicht bei dir war. Der Gedanke würde mich unaufhörlich quälen – aber tröste dich, Liebes, vielleicht ist das gar nicht so übel. Sie könnte ja wieder schwanger werden und im Kindbett sterben.«

»Prudence!« rief ich entsetzt, und der Gedanke, daß der Tag kommen könnte, an dem ich ihren Tod erhoffte, ja auch nur eine Sekunde daran denken könnte, war mir unerträglich. Prudence klatschte heftig in die Hände, wie eine Lehrerin, die ihre Schüler zur Ordnung ruft, und sprach weiter:

»Mach dir doch selbst nichts vor, Faith. Er hat sie geheiratet, weil er sie liebte, und dir damit fast das Herz gebrochen. Es war vorauszusehen, daß die Ehe schiefgeht. Er kann dir wieder weh tun. Selbst wenn er dich nicht verläßt – er könnte deiner ja überdrüssig werden oder dazu gezwungen werden, diese Affäre zu beenden –, so bleibt dir eines Tages doch nur die Hoffnung auf ihren Tod.«

Stöhnend beugte ich mich vor, vergrub den Kopf in den Händen, und dann kam Prudence zu mir und legte ihre kühlen Finger auf meine Hand.

»Arme Faith. Du bist der letzte Mensch auf dieser Welt, dem ich weh tun möchte.«

»Ich weiß, Prue. Mach dir keine Sorgen um mich. Ich bin weder dumm noch hilflos. Ich habe mich für ihn entschieden, er ist mein Leben, Nicholas kann nichts dafür. Ich kann mir nicht vorstellen, daß ich je einen anderen Mann lieben könnte. Diese Liebe ist mein Schicksal, und ich muß damit fertigwerden. Ich muß es ertragen, solange es geht. Wenn man mich später einmal dafür verurteilt, werde ich nicht erwarten, daß du mich verteidigst.«

»Das, meine Liebe«, sagte sie, und der Druck ihrer Finger verstärkte sich, »liegt nicht in deinem Ermessen. Ich würde das tun, was *ich* für richtig halte, so wie du dich für Nicholas entschieden hast und bereit bist, die Verantwortung dafür zu tragen. Zeit unseres Lebens hat uns jemand vorgeschrieben, was wir tun und lassen sollen. Diese Bevormundung kann ich nicht länger ertragen. Wie soll man je herausfinden, was für einen selbst richtig oder falsch ist, wenn man nicht die Gelegenheit dazu bekommt, es auszuprobieren? Diese selbstgerechten Moralapostel habe ich gründlich satt. Ich möchte frei sein – selbst entscheiden, was für mich richtig ist, meine eigenen Fehler machen. Wie könnte ich dir da einen Vorwurf machen? Ich habe Nicholas Barforth nie besonders gemocht, aber das gibt mir nicht das Recht zu sagen, daß es falsch von dir ist, ihn zu lieben. Ich könnte nicht so leben wie du, fühlen wie du, aber deswegen kann ich es dir doch nicht verbieten. Eines Tages wirst du dafür büßen und auch anderen Menschen Leid zufügen, doch du bist bereit, dafür geradezustehen. Es ist dein Leben. Tu, was du für richtig hältst. Ich stimme nicht mit dir überein, doch das beeinflußt keineswegs meine Zuneigung zu dir. Ich hoffe nur, daß du es überleben wirst und die Gelegenheit erhältst, das nächste Mal eine bessere Wahl zu treffen.«

Aber ein nächstes Mal konnte es nicht geben. Da war Nicholas, und ein Leben ohne ihn konnte ich mir nicht vorstellen. Ihm gehörte ich mit jeder Faser meines Seins, und so sollte es bleiben. Doch in dieser Nacht fand ich keine Ruhe, schlaflos und von quälenden Gedanken geplagt, lauschte ich auf das Heulen des Dezemberwindes, und im ersten Dämmerlicht des grauen Morgens hatte ich mich zu dem schmerzhaften Entschluß durchgerungen, mir einen Rest meiner Unabhängigkeit zu bewahren. Ein Teil meines Lebens mußte mir allein gehören, eine winzige Quelle, aus der ich später, wenn alles vorüber war, Kraft zum Weiterleben schöpfen konnte.

20

Mutter heiratete an einem weißen Wintermorgen. Der graue Himmel war wolkenverhangen, frischer Schnee knirschte unter unseren Füßen. Die Kirche war kalt und wirkte abweisend, die wenigen Menschen verloren sich im leeren Kirchenschiff. Nur Prudence, Jonas und ich saßen in der Bank hinter der Braut, während vier Angehörige der Adair-Familie, eben aus Irland angereist, auf der gegenüberliegenden Seite des Mittelganges Platz genommen hatten.

Mutter trug ein blaues Samtkleid, einen weißen Pelzmuff und weiße Federn auf dem Hut. Ihre Augen strahlten triumphierend. Sie heiratete allen Widerständen zum Trotz den Mann, für den sie wahrscheinlich nicht mehr die romantische Liebe früherer Tage empfand, doch den sie als Frau begehrte. Und es sprach nichts dagegen,

daß dieser lebensfrohe, verschmitzte Ire mit seinem schalkhaften Charme sie nicht ebenso leidenschaftlich begehren sollte.
»Wir werden so glücklich sein«, plapperte sie fröhlich, als sie in den Kirchhof hinaustrippelte. »Es ist der schönste Tag meines Lebens! Und ich werde dafür sorgen, daß es so bleibt. Faith, Liebes, als junges Mädchen hatte ich mir Erdbeeren und Champagner jeden Morgen zum Frühstück gewünscht. Und jetzt – nun, du verstehst schon, was ich meine.«
Und wir begleiteten die beiden zum Bahnhof. Sie würden bis Neujahr in London bleiben, und als wir ihnen zum Abschied zuwinkten, spürte ich ganz intensiv eine Vorahnung von Veränderungen. Die Weihnachtszeit, diese Tage der Sentimentalitäten und Nächstenliebe, dieses Familienfest barg zahllose Schwierigkeiten und Gefahren. Tante Verity, eben aus Bournemouth zurückgekehrt, kam zum Tee zu mir und ließ sich von Mutters Hochzeit erzählen. Liebevoll und freundlich wie immer lächelte sie mich an und wußte nicht, daß sie einer Ehebrecherin, der Geliebten ihres Sohnes gegenübersaß.
»Liebes, du mußt am Weihnachtstag zu uns kommen«, sagte sie. »Caroline hat mir versprochen, uns zu besuchen, und Georgiana fährt erst am zweiten Feiertag nach *Galton*. Wir werden erst am Neujahrstag Caroline in *Listonby* besuchen. Dein Onkel fühlt sich nicht recht wohl, und ich möchte, daß er sich ausruht. Wir freuen uns so, dich wiederzusehen, Faith.«
Da es mir unmöglich war, dieser Begegnung noch länger auszuweichen – nur Tante Veritys Abwesenheit hatte es mir erlaubt, *Tarn Edge* – und Georgiana – zu meiden, schickte ich Prudence eine kurze Mitteilung, daß ich mit ihr fahren würde.
Die Halle in *Tarn Edge* schmückte wie immer zur Weihnachtszeit eine prächtig herausgeputzte Tanne, die Lampen verströmten trauliches Licht im Salon, und mächtige Holzscheite glühten und knisterten im Kamin. Ihr würziger Duft vermischte sich mit dem Geruch warmer Teekuchen; aromatischer Zigarrenrauch versetzte mich in die Tage meiner Kindheit zurück. Ich blieb einen Moment unter der Tür stehen und nahm dieses vertraute Bild in mich auf – Onkel Joel saß gemütlich zurückgelehnt, die Beine weit von sich gestreckt, in seinem Lehnstuhl, ihm gegenüber in einem ähnlichen Sessel thronte Caroline. Georgiana rekelte sich auf dem Sofa und blickte träumerisch zum Fenster hinaus; sie wünschte sich sicherlich, bereits in *Galton* zu sein. Diesen ersten Moment der Begegnung hatte ich gefürchtet. Doch alle Beklemmung fiel von mir ab, als ich spürte,

daß niemand Verdacht geschöpft hatte, und grenzenlose Erleichterung durchströmte mich. Da begegnete ich dem Blick rauchblauer Augen, und Blaize kam auf mich zu und küßte mir die Hand.

»Blaize, wie schön, dich zu sehen. Caroline – wir haben uns eine Ewigkeit nicht getroffen. Georgiana – wie geht es dir?«

Dies war das Rüstzeug der Ehebrecherin – die vorgetäuschte Freundlichkeit, das verlogene Lächeln, die gespielte Gleichgültigkeit, als ich Nicholas, ihrem Mann – meinem Geliebten – zunickte – »Wie geht es dir, Nicholas?« –, und nur wenige Stunden vorher hatte er neben mir im Bett gelegen. Doch noch schlimmer als die Scheinheiligkeit, mit der ich ihnen begegnete, war das Gefühl der Schadenfreude, als ich bemerkte, daß Georgiana schlecht aussah. Die Langeweile hatte ihr jede Lebensfreude genommen, sie dieser anziehenden Vitalität beraubt und sie zu einem blassen und unscheinbaren Wesen verkümmern lassen.

Ein dunkeläugiger Dominic Chard krabbelte zwischen den Erwachsenen umher, sein Zwillingsbruder Noel und der kleinere, ebenso lebhafte Gideon Chard vervollständigten das Familienbild. Ein agiler kleiner Teufel namens Gervase Barforth kletterte auf den Rückenlehnen der Sessel herum und ließ sich nicht davon abbringen, das Kamingitter zu erforschen, bis sein Vater – mein Liebhaber – ihn am Halskragen packte, »Georgiana!« rief, und als sich seine Frau nicht rührte, zu ihr hinüberging und den strampelnden Jungen in ihren Schoß plumpsen ließ.

»Könntest du dich um dieses ungebärdige Kind kümmern, Georgiana?«

»Oh«, murmelte sie nur mit halbgeschlossenen Augen. »Was soll ich mit ihm anfangen? Ich könnte ihn natürlich ertränken – was mir allerdings als nutzlose Vergeudung erscheint, nachdem es mich soviel Mühe gekostet hat, ihn auf die Welt zu bringen.«

»Klingelt man in solchen Momenten nicht nach dem Kindermädchen?« kam Blaize ihr – wie so oft – galant zu Hilfe. »Sogar arme Junggesellen wie ich wissen das.«

»Faith!« rief Caroline nach mir und hielt sich die Ohren zu, als ihr schreiender Neffe hinausgetragen wurde. »Komm und setz dich zu mir. Du hast in den letzten Monaten ja wie eine Einsiedlerin gelebt, und ich frage mich allmählich, was dahintersteckt. Hast du etwa einen heimlichen Verehrer?«

»Aber nein, Caroline. Was für eine absurde Idee!«

»Genau das habe ich zu Matthew gesagt, als Tante Hannah mich dahingehend ausfragte. Faith hätte es *mir* erzählt, habe ich ihr geantwortet – nicht wahr, Matthew? Nun, ich bestehe darauf, daß du im Februar drei Wochen bei uns verbringst. Der neue Anbau für die Dienstboten ist bald fertiggestellt, und ich möchte deine Meinung dazu hören.«

Caroline beanspruchte mich ausschließlich für sich und ersparte mir somit eine eingehendere Unterhaltung mit den anderen. Ausführlich erzählte sie mir von ihrer Reise nach London im November zur Beerdigung des Herzogs von Wellington. Sein Tod hatte in Cullingford keine Trauer ausgelöst; er war zeit seines Lebens ein erbitterter Feind der Geschäftsleute gewesen. Die pompöse Bestattungszeremonie hatte Caroline zutiefst beeindruckt, und sie beschrieb in allen Einzelheiten die schwarze Kutsche, die gedämpfte Musik der Militärkapelle, die Trauergäste, Angehörige des Hochadels, bis sie schließlich zu dem für sie wichtigsten Ereignis kam: Sie hatte die Bekanntschaft einer gewissen Lady Henrietta Stone gemacht, eine der tonangebenden Damen der hochherrschaftlichen Londoner Kreise, die ein Haus in Belgravia besaß und Anfang März mit ihren Freunden nach *Listonby* kommen würde.

»Du bleibst am besten so lange bei mir«, sagte sie. »Denn Hetty Stone ist sehr anspruchsvoll und elegant. Ich will sie unbedingt beeindrucken. Du könntest dir meine neue Garderobe ansehen, Faith, die ich aus London mitgebracht habe, aber irgend etwas gefällt mir nicht ganz an den Abendkleidern. Ich habe zu Matthew gesagt, daß du dafür ein untrügliches Auge hast.«

Zum Tee gab es natürlich die wunderbarsten Köstlichkeiten, wir unterhielten uns angeregt miteinander, schwelgten förmlich in sentimentalen Familiengefühlen und versprachen, in Zukunft einander öfter zu besuchen, und als schließlich Tante Hannah und Caroline ihren Männern bedeutsame Blicke zuwarfen, atmete ich erleichtert auf.

»Nun, ich wünsche euch allen nur das Beste«, sagte Tante Hannah und stand auf.

»Ja«, erwiderte Sir Joel. »Darauf wollen wir mit einem Glas Wein anstoßen, Hannah, ehe du gehst. Also, ich trinke auf euer Glück, eure Gesundheit und wünsche euch viel Erfolg. Und jetzt ein Toast auf die alten Freunde und diejenigen, die heute nicht bei uns sind. Ich trinke auf die Zukunft, den Neubeginn und denke dabei vor allem an unsere kleine Elinor.«

Und als wir alle die Gläser erhoben, gerührt von diesen gefühlvollen

Worten, stand Georgiana, die bereits ein, zwei Gläser getrunken hatte, vom Sofa auf, schwebte auf Nicholas zu und stolperte gegen ihn, als sich der Saum ihres Rockes am Kamingitter verfing. Ihr kupferrotes Haar glänzte wundervoll im flackernden Licht des Feuers. »O je!« kicherte sie leise. »Ja – darauf wollen wir trinken – auf den Neubeginn – und alle Sünden sollen vergeben sein. Lieber Nicky, bitte verzeih mir meine Vergehen, obwohl ich befürchte, daß ich wieder sündigen werde.«

Und da ich Nicholas' Anblick nicht ertragen konnte, wandte ich den Kopf und blickte direkt in Blaize' spöttische Augen, die mich aufmerksam beobachteten.

Mutter kam im Februar wieder nach Hause. »Eine Katze«, nannte Prudence sie, »die im Sahnetopf sitzt«, und als sich herausstellte, daß Mr. Adair sich nicht nur in der Rolle des liebenden Ehemannes gefiel, sondern darüber hinaus auch noch den übereifrigen Familienvater herauskehrte, bestätigten sich Prudence' schlimmste Befürchtungen, und sie begegnete ihm mit unverhohlener Abneigung. »Es geht nichts über das Familienleben«, erging er sich in pathetischen Reden, als wir alle bei Mutter zum Dinner versammelt waren. »Während meiner unsteten Wanderjahre ist mir nie bewußt geworden, Elinor, wie sehr ich es vermißt habe. Ist es nicht großartig? Hier sitzen wir alle beisammen – mein kleiner Junge, deine hübschen Töchter, du und ich – was kann ein Mann sich Schöneres wünschen. Solange wir zusammenhalten, sind wir unschlagbar.«

Sein hartnäckiges Trachten, als respektabler Ehemann und Vater angesehen zu werden, drängte Prudence in eine Rolle, die ihr zutiefst verhaßt war. Er erlaubte ihr nicht, weiterhin allein in ihrem Zimmer zu frühstücken und dabei geruhsam ihre Briefe oder die Zeitung zu lesen, die ihr früher mit dem Tablett hinaufgebracht worden waren. Er bestand darauf, daß sie jede Mahlzeit im Kreis der Familie einnahm und ihn genau darüber unterrichtete, wie sie ihre Tage verbrachte und mit wem sie in Briefkontakt stand. Praktisch über Nacht hatte Mr. Adair, dieser leichtfertige Taugenichts, sich in einen strengen Patriarchen verwandelt, der es sich zur Pflicht machte, über sein Frauenvolk mit eiserner Disziplin zu herrschen. Die Zeiten gehörten der Vergangenheit an, als Prudence freizügig über Mutters Kutsche verfügen konnte und mit einem beiläufigen »Ich fahre jetzt weg, Mama, ich weiß nicht, wann ich zurückkomme« aus dem Haus gehen konnte. Jetzt waren es Mr. Adairs Pferde, seine Kutsche, und er verwehrte ihr die uneingeschränkte Benutzung.

»Und wo soll's heute hingehen meine Liebe?«
»Ich habe verschiedene Verabredungen.«
Doch Mr. Adair war dagegen, daß junge Damen, dazu noch ohne mütterliche Obhut, ausfuhren und sich etwa gar in die männliche Domäne, wie Belange der Wasserversorgung oder Betreuung der arbeitslosen Wollkämmer, einmischten. Junge Damen hatten wohlerzogen und brav zu Hause zu sitzen, an der Seite ihrer Mutter, um das Bild der glücklichen Familie unter dem Schutz eines fürsorglichen Vaters abzurunden.
Mr. Adairs neu entdeckter ausgeprägter Familiensinn beeinflußte auch mein Leben in erheblichem Maße. Regelmäßig wurde ich zum Nachmittagstee, zum Abendessen und an den Sonntagen in den Kreis der Familie zitiert.
»Tu es für mich, Liebes«, bat Mutter inständig. »Gib mir die Zeit, ein geregeltes Leben aufzubauen – ich bin ja so glücklich.« Und da mich ihre offensichtliche Zufriedenheit, ihre wiedererwachte Lebensfreude rührten, gab ich nach und verbrachte viele Stunden in ihrem düsteren Salon eingesperrt, umgeben von Vaters kostbarem Porzellan in den Glasvitrinen. Die Atmosphäre im Haus wurde durch Mr. Adairs laute, vitale Männlichkeit geprägt, eine Energie, die kein Aycliffe je ausgestrahlt hatte. Wo pingelige Ordnung geherrscht hatte, lagen nun überall verstreut die Spielsachen seines ungebärdigen Sohnes. Und als Prudence entsetzt feststellen mußte, daß die Vitrinen Kratzer hatten und auch ihr kostbares Porzellan nicht vor der Neugier dieses ungezogenen Kindes sicher war, antwortete Mutter auf ihre Beschwerden nur: »Ach, laß ihn doch, Liebes. Weißt du, er ist wie sein Vater.«
Es lag sicher nicht in Mr. Adairs Absicht, uns irgendwie zu schaden. Im Gegenteil, er war immer ein Mann gewesen, der den Frauen geschmeichelt hatte und sich in ihrer Gesellschaft wohl fühlte. Auf seine Art mochte er uns, doch es widerstrebte zutiefst seinen eigennützigen Interessen, nicht auch noch über unsere Mitgift verfügen zu können.
Wie Jonas hätte er nur durch Heirat in den Besitz unseres Vermögens kommen können, und da ihm dieser Weg versperrt war, suchte er nach anderen Möglichkeiten, Nutzen daraus zu ziehen, und bald brach eine Invasion von irischen Familienangehörigen über die Blenheim Lane herein. Junge, mittellose Adairs folgten dem Ruf des Clanältesten und präsentierten sich als Heiratskandidaten.
»Ach Gott!« bat Mutter mich eines Nachmittags, als sie völlig uner-

wartet bei mir erschien. »Prudence ist außer sich. Das Haus ist wieder voller Gäste, und sie hat beschlossen, zu Tante Hannah zu ziehen, bis sie wieder weg sind, da Daniel ihr verboten hat, hier mit dir allein zu leben. Bitte, Faith, sprich mit ihr. Es sind doch Daniels Verwandte und somit auch meine. Ich wünschte, sie würde sie nicht so abweisend behandeln. Heute morgen hat sie Liam eine Ohrfeige gegeben, weil er eine Meißener Schale aufhob und sehen wollte, was am Boden eingraviert ist. Mein Gott, das arme Kind ist doch nur neugierig, und sie ist selbst schuld daran, denn sie hat ihm erklärt, daß dort der Name der Manufaktur steht. Ja, ich weiß, das Porzellan gehört ihr. Aber solange sie nicht verheiratet ist, kann sie es nicht wegnehmen. Jetzt droht sie damit, alles in Kisten zu verpacken und auf den Speicher zu stellen, doch das wird Daniel nicht zulassen. Er ist jetzt der Herr im Haus. Jeder weiß doch, wie kostbar die Sammlung ist. Was würden die Leute sagen, wenn sie plötzlich nicht mehr im Salon stehen würde. Bitte, Faith, sprich mit ihr. Ich lebe in ständiger Angst vor einem fürchterlichen Streit zwischen den beiden. Sag ihr doch bitte, wie glücklich ich bin mit ihm . . .«
Doch Mutters eheliches Glück konnte Prudence in keiner Weise für den Verlust ihrer persönlichen Freiheit entschädigen.
»Das Porzellan gehört mir«, sagte sie erbost, »und wenn Mr. Adair damit vor seiner irischen Sippe angeben will, kann er auch dafür sorgen, daß dieses kleine Monster die Finger davon läßt. Wenn ich ihn noch einmal in der Nähe der Glasvitrinen erwische, kann er etwas erleben. Ach ja – heute morgen ist wieder ein Cousin aus Kildare eingetroffen, ein sehr gebildeter junger Gentleman, wie es heißt, doch ich habe kein Wort von dem verstanden, was er von sich gab. Entzückend, nicht wahr? Meine Freunde darf ich nicht empfangen, doch die Gesellschaft seiner dubiosen Verwandten drängt er mir auf. Freddy Hobhouse wollte mich heute morgen besuchen, man sagte mir nicht einmal, daß er da ist. Er wurde einfach wieder weggeschickt, ich sei nicht zu Hause, hieß es. Ich bin mir nicht einmal sicher, ob er mir auch alle Briefe aushändigt, die für mich ankommen. Was bildet er sich eigentlich ein, Faith? Nein, wirklich, wie kann er es *wagen*, sich so aufzuspielen? Jedenfalls wird man dich heute nachmittag mit dem Cousin aus Kildare beehren, also stell dich darauf ein. Er soll wohl zwischen uns beiden wählen können, und er wird sich bestimmt für dich entscheiden, da du hübscher und reicher bist als ich.«
Innerlich zitternd vor Angst instruierte ich sofort Mrs. Marworth

und beauftragte sie, Nicholas abzufangen, falls er überraschend auftauchen sollte.
Carolines Einladung nach *Listonby* konnte ich auf keinen Fall ausschlagen, doch diese drei Wochen bei ihr waren mit zermürbenden Aktivitäten, bangen Ängsten und quälenden Zweifeln angefüllt, denn Nicholas hatte mit allen Mitteln versucht, mich davon abzubringen, sie zu besuchen. Böse, vorwurfsvolle Worte waren gefallen, er hatte mich gefühllos und leichtfertig genannt, selbstsüchtig wie meine Mutter, die ausschließlich ihr eigenes Vergnügen suchte.
»Wenn du drei Wochen ohne mich sein kannst, nun, dann kannst du sicher ganz auf mich verzichten. Aber natürlich mußt du nach *Listonby*. Wer weiß, vielleicht wartet dort ein attraktiver Mann auf dich. Wie wär's mit einem jungen Lord? Wie könnte ich dir da im Wege stehen. Heiraten wird er dich wohl nicht, aber das kann ich ja auch nicht. Es heißt doch, Abwechslung tut jedem gut.«
Natürlich hätte ich mich gegen diese ungerechtfertigten Vorwürfe wehren müssen. Er beleidigte und beschämte mich mit seiner Eifersucht. Doch ich legte die Arme um ihn, schmiegte mich an seinen Körper, bis sein Zorn verraucht war.
»Es tut mir leid.«
»Ja, ich weiß.«
»Ich sage und tue Dinge im Zorn . . . doch Carolines Haus ist voll von jungen Heißspornen aus London, Faith, und sie werden sich einen Sport daraus machen, dich zu erobern. Es macht mich ganz verrückt, nur daran zu denken. Und ich kann nichts dagegen tun. Wenn sie wüßten, daß du mir gehörst, wärst du kein Freiwild für diese arroganten Laffen.«
»Es wird nichts geschehen, Nicholas. Ich liebe dich.«
»Ich werde dich besuchen, sooft ich kann. Carolines Haus ist groß, und wie ich die adeligen Bürschchen kenne, haben sie nur eins im Sinn.«
»Nicht in Carolines Haus, das würde sie nie dulden. Nicholas, wird man nicht Verdacht schöpfen, wenn du dort hinkommst?«
»Du willst also nicht, daß ich komme?«
»Aber Nicholas, du weißt, daß das nicht stimmt. Ich denke dabei an Caroline. Ihr entgeht so leicht nichts und – Georgiana wird auch dasein.«
»Ich weiß«, sagte er, das Gesicht hart und entschlossen. »Soll ich dir etwas sagen? Es ist mir egal, Faith. Ja, wirklich. Ja, es ist nicht richtig, denn schließlich bin ich an dieser ganzen Misere schuld – nicht

du oder Georgiana. *Ich* bin der Ehebrecher. *Ich* bin der Idiot. Es war mein Fehler, der uns alle in diese katastrophale Lage gebracht hat – nicht deiner oder ihrer. Aber verdammt noch mal, es ist mir gleichgültig.«

Und nach diesem Ausbruch fühlte ich mich in Carolines hektischem Haus wenigstens die ersten zwei Tage wie an einem ruhigen, erholsamen Zufluchtsort.

Caroline führte ganz offensichtlich eine glückliche Ehe mit Matthew Chard. Beide waren gesunde, natürliche und unkomplizierte Menschen, die auch ein ungezwungenes Vergnügen an der körperlichen Liebe fanden, obwohl Caroline, die nach außen zur Prüderie neigte, dies nie zugegeben hätte. Beide waren tagsüber ungeheuer aktiv. Sir Matthew stand im Morgengrauen auf, und wenn er zur Jagd ging, frühstückte er herzhaft – Roastbeef und rohe Eier mit Brandy verquirlt –, was ihn für die Strapazen des Tages stärkte. Die Gentlemen ritten dann zur Jagd und fielen meistens erst am Abend, zur Essenszeit, wie eine hungrige wilde Meute im Haus ein. Caroline war als Gutsherrin voll in ihrem Element, unermüdlich kam sie ihren Pflichten als Gastgeberin und Mutter nach, führte ein strenges Regiment über ihre Dienstboten und trieb energisch die Renovierungsarbeiten und den Bau des neuen Dienstbotenflügels voran, dessen Finanzierung sie der Großzügigkeit ihres Vaters zu verdanken hatte. Ich bezweifle, ob sie tagsüber auch nur einen Gedanken an ihren aushäusigen Gatten verschwendete.

Und in diesem umtriebigen, hektischen Haushalt – ich war mir sicher, daß Caroline über den Inhalt jeder Schublade, die Kosten für ein pompöses Bankett ebenso Bescheid wußte wie über den Wert einer zerbrochenen Tasse – verlor ich allmählich die ängstliche Anspannung, die nervöse Ruhelosigkeit der vergangenen Wochen und paßte mich dem abwechslungsreichen Tagesablauf an – verzehrte ein geruhsames Frühstück, las anschließend die Zeitung in der großen Halle oder beteiligte mich am Austausch allgemeiner Klatschgeschichten. Den Gegebenheiten des Tages folgend, wechselte ich die Kleidung – putzte mich sorgfältig für die eleganten Dinner heraus und und flirtete zurückhaltend mit den männlichen Gästen, die nicht an der Jagd teilnahmen. Ich führte manch angeregte Unterhaltung über bekannte Persönlichkeiten des öffentlichen Lebens, über die Verrücktheiten der neuen Mode mit den anwesenden Damen aus vornehmen Kreisen und ging mit Caroline am Sonntagmorgen zur Kirche. Amüsiert beobachtete ich, mit welch anmutiger Würde sie die Ehrbezeigungen der Pächter erwiderte, wie sie mit einem Klaps ihre Kinder zur Ordnung rief und Sir Matthew anstieß, der während der Predigt eingenickt war.

Nicholas hatte uns noch nicht besucht, doch Georgiana kam bald von *Galton* herübergeritten und nahm an der Jagd teil – lebensprühend und ungebärdig, wie ich sie nur in Gesellschaft ihrer eigenen Kreise erlebte. Sie beeindruckte die jungen Galane, auf deren Verführungskünste Nicholas meinetwegen so eifersüchtig gewesen war, durch ihre Waghalsigkeit und Ausdauer im Sattel, ihre impulsiven, verrückten Ideen, die einmal in einem nächtlichen Querfeldeinritt vom *Listonby*-Kirchturm zur *Galton Abbey* gipfelten – sehr zum empörten Entsetzen von Caroline. Allen, die dieses Rennen unbeschadet überstanden hatten, wurde in der Abbey Champagner serviert. Übermütig vergnügten sich die ausgelassenen Reiter am Fluß, und dabei wurde Peregrine Clevedon in einer sehr eindeutigen Situation mit einer offensichtlich beschwipsten verheirateten Dame – einem Gast Carolines – ertappt.

»Aber es ist doch nur Perry«, versuchte Georgiana sie zu beschwichtigen. »Sei nicht böse, Caroline. Er ist eben so. Schließlich hat er das Rennen gewonnen, und du mußt zugeben, daß die Dame recht entgegenkommend war. Matthew – erkläre deiner Frau doch bitte, daß nichts Schlimmes passiert ist.«

Aber Sir Matthew kannte mittlerweile Carolines Toleranzschwelle, zuckte die breiten Schultern etwas hilflos und fügte sich Carolines Forderung – die Dame wurde gebeten abzureisen. Mr. Peregrine Clevedon, der eigentliche Missetäter, wurde vorwurfsvoll getadelt, und während der nächsten beiden Tage herrschte Caroline wie eine gestrenge Schulmeisterin über ihre Gäste – ein Verhalten, das eher allgemeine Belustigung hervorrief.

Erschöpft kehrte ich in die Miller Gate zurück, sehnte mich unsagbar nach Nicholas, doch als erstes besuchte mich Mr. Adair und hieß mich zu Hause willkommen. Seine funkelnden schwarzen Augen musterten mich scharf, er war ein Mann, vertraut mit allen Listen und Tücken dieser Welt. Ich würde mich vor ihm in acht nehmen müssen.

»So, da bist du also wieder, mein liebes Mädchen – hier in deinem Haus, wo du hingehörst, obwohl deine Mutter dich zu gerne bei sich in der Blenheim Lane wüßte. Es schickt sich nicht für eine hübsche junge Frau, allein zu leben. Deine Mutter macht sich um dich Sorgen – und das gefällt mir wiederum nicht, denn ich möchte, daß meine Fau unbeschwert und glücklich ist. Doch nicht deswegen bin ich gekommen . . . Ach ja, wir erwarten dich zum Dinner heute abend, und für Sonntag hat sie einen kleinen Familienausflug geplant. Wir holen dich am Vormittag ab.«

Im Mai fuhr ich wieder nach Scarborough, doch da Mr. Adair mir einen sehr spöttischen Blick zugeworfen hatte, als ich den Besuch von Bekannten – Freunden meines verstorbenen Mannes in York – als Vorwand für die Reise angab, hatte ich keine ruhige Minute. Ich saß nervös und angespannt im Zug und war am Rande eines Nervenzusammenbruchs, als Nicholas mich nicht am Bahnhof erwartete, weil er sich verspätet hatte. Diesmal gelang uns die Flucht in die Verzauberung des Alleinseins nicht. Die zunehmende Angst vor Entdeckung, die aussichtslose Situation zwangen uns dazu, endlich einzusehen, daß es keine Flucht auf Dauer gab, daß einer von uns – oder beide – ein Opfer bringen mußten.

Er hatte Frau und Kind, die ihm zwar wenig bedeuteten, aber an die er unlösbar gebunden war. Ihm gehörte ein erfolgreiches Unternehmen, das ihn ebenso fest mit Cullingford verband. Konnte er dieses Leben – und seinen Anteil an den Barforth-Fabriken – für mich aufgeben und irgendwo anders neu anfangen? Meine Familie würde mich nicht so ohne weiteres ziehen lassen; eine Schwester liebte ich, und für Mutter und Celia fühlte ich mich verantwortlich. Ich hatte meinen guten Ruf zu verlieren und würde Schande über sie bringen. Und das lag mir mehr am Herzen als der Schaden, den ich erleiden könnte. Würde ich auf alles verzichten können und ein zurückgezogenes, von aller Welt abgeschirmtes Dasein als Frau, die sich von ihrem Liebhaber aushalten ließ – als Gefangene –, leben können? Ja, entschied Nicholas für mich, aus Liebe zu ihm könnte ich ein solches Leben ertragen. Falls ich ihn wirklich liebte, durfte ich nicht zögern.

Aber ich konnte die Szene nicht vergessen, als Georgiana sich am Weihnachtstag an seine Brust geworfen und eine Aussöhnung erfleht hatte, konnte meine Augen nicht davor verschließen, wie elend sie in letzter Zeit aussah. Lustlos und blaß schien sie dahinzuvegetieren. Barsch wies Nicholas mich darauf hin, daß er allein für seine Frau verantwortlich sei, daß er gewillt und bereit sei, die Schuld dafür auf sich zu nehmen.

Konnte ich weiterhin die traurige Tatsache ignorieren, daß keiner von uns je Frieden finden würde, solange ich eine Rolle in seinem Leben spielte? Ich wagte nicht, ihm diese Frage zu stellen. Ich schob

wieder einmal alle Skrupel und Ängste von mir, fürchtete eine Veränderung in meinem Leben, wollte nicht auf Nicholas verzichten. Nicholas konnten alle diese Bedenken sowieso nicht abschrecken.
»Wenn Dan Adair Verdacht geschöpft hat, nun, was soll's?« fegte er grob meine Zweifel beiseite. »Und falls er seine Nase in Lawcroft blikken läßt und Schweigegeld von mir verlangt oder dich dazu erpressen will, zu deiner Mutter zu ziehen, dann mache ich ihn fertig, und das weiß er. Ich kann mir nicht vorstellen, welchen Vorteil er daraus gewinnen könnte, falls er seine Vermutungen meiner Frau oder meinem Vater mitteilen würde – es wäre mir verdammt egal. Vater kann mich aus Lawcroft und Tarn Edge hinauswerfen, aber die Wollkämmerei kann er mir nicht nehmen. Und falls Perry Clevedon es sich in den Kopf setzen sollte, mich zu erschießen – nun, Geld würde ihm diese Idee schnell austreiben. Blaize käme es allerdings sehr gelegen.«
Und obwohl ich wußte, daß es Nicholas mit immensem Stolz und Selbstzufriedenheit erfüllen würde, aller Welt zu verkünden: »Diese Frau gehört mir, und wem es nicht paßt, der kann sich zum Teufel scheren«, so bestand für mich nicht der leiseste Zweifel darüber, daß er den Verlust der Barforth-Fabriken niemals verwinden und der Tag unweigerlich kommen würde, wo er mir deswegen bittere Vorwürfe machen würde.
Die Sommermonate zehrten meine Kräfte auf, zerrten an meinen Nerven und ließen meine Lebensfreude schwinden. Ganz abgesehen von meinen eigenen Ängsten und quälenden Zweifeln verging kaum ein Tag, an dem Tante Hannah mich nicht mit ihren Klagen über Mutter – sie fürchtete um deren Schmuck – belästigte; Prudence floh oft in ihrer Wut und Empörung zu mir, zeigte aber keinerlei Verständnis für meine mißliche Lage; ein Strom von irischen Besuchern beanspruchte über Gebühr meine Zeit und meine Nerven; Dan Adair erging sich in Zukunftsplänen für mich und Prudence; und Celia, im fortgeschrittenen Stadium der Schwangerschaft, verlangte Mitgefühl und Anerkennung, die ihr Jonas angeblich nicht ausreichend angedeihen ließ.
»Faith, es ist unglaublich, was Jonas mir zumutet. Er hat doch tatsächlich die Battershaws zum Dinner eingeladen. Ja, ich weiß, sie zählen zu seinen besten Klienten, und wir haben bereits zweimal bei ihnen zu Abend gegessen, aber wie soll ich es nur schaffen? Ja, natürlich, ich habe eine gute Köchin, und ich muß nur bei Tisch repräsentieren. Das ist es ja gerade – Jonas begreift einfach nicht, daß ich mich in diesem Zustand nicht *zeigen* kann.«

»Celia, es ist ja noch gar nichts zu sehen.«
»Nein, aber es ermüdet mich so sehr. Den ganzen Tag muß ich den Hausmädchen auf die Finger schauen, kontrollieren, ob die Gläser und Teller sauber sind, dafür sorgen, daß die Köchin rechtzeitig fertig wird, und abends bin ich dann erledigt. Wie kann ich da noch Konversation machen, die strahlende Gastgeberin spielen? Faith, du mußt das für mich übernehmen.«
Ich konnte meiner Schwester die Bitte nicht abschlagen, und Jonas nutzte die Gelegenheit und lud auch noch Mr. Fielding, unseren Parlamentsabgeordneten, dazu ein, dessen politischen Einfluß und Unterstützung er für eine eigene Karriere als Politiker brauchen würde. Und so fand ich mich noch spät am Abend – Celia hatte sich kurz nach dem Essen zurückgezogen – in Gesellschaft von Jonas und zweier angesehener Herren. Mein Schwager machte in Celias Abwesenheit einen entspannten und gelösten Eindruck.
Die Höflichkeit verlangte es, daß er mich nach Hause begleitete, und er folgte mir in die Halle, um sich für den gelungenen Abend zu bedanken. Es war still im Haus. Mrs. Marworth hatte uns mit einem gleichgültigen Lächeln die Tür geöffnet. Nicholas wußte, daß ich an diesem Abend nicht zu Hause sein würde – doch durch die geschlossene Tür des Salons strömte ganz schwach ein verräterischer Duft nach Zigarren, ein untrügliches Zeichen für die Anwesenheit eines Mannes.
»Mrs. Marworth«, flüsterte ich atemlos, zu Tode erschrocken. Doch sie entschwand bereits den Korridor hinunter, ließ mich hilflos und in panischem Entsetzen allein mit meinem Schwager.
»Jonas . . .« brachte ich nur mühsam über die Lippen, senkte schuldbewußt den Kopf und erwartete die berechtigte Frage nach dem Namen des späten Besuchers. Als ich zögernd zu ihm aufblickte, verriet nichts in seinem beherrschten Gesicht seine Gedanken; nur ein leises Lächeln umspielte seinen Mund.
»Ja, Faith. Ich danke dir für deine Hilfe heute abend. Ich gehe jetzt. Gute Nacht.«
»O Jonas – du meine Güte!«
Und – es war einfach unglaublich, unfaßbar – er zuckte nur die schmalen Schultern und berührte mich ganz leicht mit einem Finger.
»Gute Nacht. Es gibt nichts, worüber du dir Sorgen machen müßtest – abgesehen davon, daß ich glaube, einer deiner Kamine raucht, du solltest dich darum kümmern. Celia würde sich sicher freuen, dich morgen zu sehen, falls du Lust hast, sie zu besuchen.«

Und obgleich mich Jonas nicht verriet, bei unserem nächsten Zusammentreffen mir mit keinem Zeichen zu verstehen gab, daß ihm etwas aufgefallen war, mich in keinster Weise unter Druck setzte, genügte die Tatsache, daß er meinem Geheimnis auf die Spur gekommen war. Und dieses Wissen wurde zu einer unerträglichen Last für mich.

Auf Nicholas' forderndes Drängen hin willigte ich ein und unternahm im Juni und August eine weitere gefährliche Reise nach Scarborough. Dort wagte ich nicht, den Garten zu verlassen, zu viele Erholungsuchende bevölkerten den Strand. Zweimal raffte ich mich im September auf und verbrachte einige Tage – unruhige, von fieberhafter Leidenschaft erfüllte Tage und Nächte – in Scarborough und fühlte mich wie ein gehetztes, verängstigtes Tier, sah danach voller Horror der ersten Begegnung mit Daniel Adair, Tante Hannah und Jonas entgegen, lauerte auf das leiseste Zeichen von Mißtrauen. Dieses ständige Bangen und Zittern zermürbte mich und ließ mich zu einem Nervenbündel werden. Beim geringsten Anlaß brach ich in Tränen oder hysterisches Gelächter aus. Jedes laute Geräusch ließ mich zusammenzucken, ich fürchtete die abendlichen Schatten, die in meinen Salon krochen, sah bedrohliche Gespenster in meinem Garten, harrte mit klopfendem Herzen in der Dunkelheit aus. Ich fühlte mich bald wie ein ausgelaugtes Wrack und war körperlich und nervlich am Ende. Als Celia, die Monate vor der Niederkunft ihr Bett nicht mehr verlassen hatte, im Juli einer Tochter – Miss Grace Cecilia Agbrigg – das Leben schenkte, strömten mir beim Anblick des Kindes unaufhörlich Tränen über die Wangen, gerührt schluchzte ich auf, als man mich bat, die Patenschaft zu übernehmen, und während der Taufe weinte ich ununterbrochen. In schlaflosen Nächten wälzte ich mich unruhig im Bett, kurze, schwere Schlummer brachten entsetzliche Alpträume – schreiend lief ich durch schmutzige Gassen, gejagt von einer schimpfenden Meute aufgebrachter Bürger. In einer offenen Tür erspähte ich Giles, der mir zuwinkte, doch dahinter wartete nur ein leeres Zimmer auf mich, seine Gestalt entschwand in der Ferne, löste sich in bedrohliche Nebel auf. Ich lief hinter ihm her, doch konnte ihn nie erreichen. Verzweifelt irrte ich in der Dunkelheit umher, fuhr jäh aus diesen Angstträumen auf, fand mich allein in der Finsternis, allein mit der quälenden Gewißheit, daß – obwohl meine Liebe zu Nicholas unvermindert tief und ausschließlich war – irgendeine Änderung eintreten mußte.

Nächtelang grübelte ich darüber nach, zermarterte mir das Gehirn, versuchte mir die Liebe aus dem Herzen zu reißen, wiederholte bis zum Wahnsinn alle Gründe, die für eine Trennung sprachen, und dann traf mich die Veränderung völlig unvorbereitet.
Sehr spät am zweiten Oktober kam Nicholas zu mir, rastlos, gereizt und übel gelaunt. Meine Worte überging er, bedrückendes Schweigen herrschte, bis er grob hervorstieß: »Du sollst es von mir erfahren – Georgiana ist wieder schwanger.«
»Nein«, sagte er und preßte schmerzhaft die Finger um meine Ellbogen. »Du verstehst nichts.«
Heftig entzog ich mich seinem eisernen Griff und trat einen Schritt zurück.
»Du mußt dich nicht dafür entschuldigen, Nicholas, daß du . . . weil du mit deiner Frau geschlafen hast.«
»Es war dir bewußt«, sagte er. »Wenn du verheiratet wärst, hättest du dich ebenfalls nicht entziehen können. Du wußtest, ich war verpflichtet . . .«
»Nein, Nicholas, mach mir nichts vor. Laß uns doch wenigstens ehrlich zueinander sein . . . Wann immer es geschehen ist und wie oft es passierte – dann hast du es gewollt. Bitte, beleidige mich nicht, indem du mich anlügst. Ich will keine Begründungen, keine Ausreden hören, das geht mich nichts an. Ich bin dir nicht böse, Nicholas. Ich habe kein Recht dazu, böse zu sein. Laß mich nur . . . laß mich einen Moment allein.«
Ich wandte ihm den Rücken zu und fragte mich nicht, ob ich diese Demütigung ertragen konnte und mußte, ich klammerte mich nur verzweifelt an die instinktive Erkenntnis: dies war der Anlaß, die Waffe, die das Ende unserer Beziehung herbeiführen mußte. Selbst in diesen ersten Sekunden des Schocks hörte ich Prudence' Worte: »Vielleicht wird sie wieder schwanger und stirbt im Kindbett.« Und dies allein war Grund genug für eine Trennung. Ich wollte nicht, daß sie starb. Niemals durfte die Hoffnung in mir keimen, daß sie sterben würde, denn falls es tatsächlich geschehen sollte, wäre ich nie mehr frei von Schuldgefühlen, und damit würde ich nicht leben können.
»Nicholas . . .« sagte ich, und er kam zu mir, umfaßte behutsam meine Schultern, als fürchte er, auch das noch zu zerstören, was uns geblieben war. Doch ich spürte, wie unsere Liebe zerrann.
»Bitte, sag nichts, Faith. Du willst ihr kein Leid zufügen, und verdammt noch mal, ich auch nicht. Ich hasse sie nicht. Es ist mein

Kind, und ich werde für es sorgen, so wie ich für das erste Kind und sie sorgen werde. Zeit meines Lebens wird es ihr an nichts mangeln. Sie wird weiterhin ihren Bruder unterstützen können, und ich werde die Abbey instand setzen lassen, ihr Geld geben, damit sie ihr Land behalten und ihren Bruder vor dem Gefängnis bewahren kann. Aber ich gebe dich nicht auf, Faith. Ich werde sie von nun an mit Geduld und Nachsicht behandeln. Ich werde meine Zornesausbrüche zügeln, bis sie es überstanden hat. Ich will ihre Launen und Verrücktheiten ertragen. Aber ich will dich nicht verlieren. Ich gebe dich nicht auf, Faith, für keinen Clevedon dieser Welt. Bitte, glaube mir.«

Aber es war vorbei. Die ganze Nacht trauerte ich um ihn, keine Träne brachte mir Erlösung, mein Körper schmerzte vor Sehnsucht nach ihm. Am nächsten Tag verschloß ich diese Trauer tief in mir, mit kühler Aycliffe-Miene, gelassen und unnahbar bewirtete ich Tante Hannah und Prudence zur Teestunde und nickte lächelnd, als Mutter mir den Besuch eines weiteren irischen Cousins ankündigte. Nacht für Nacht lag ich wach, elend vor Kummer und Schmerz, stand vor Morgengrauen auf, wanderte in verzweifelter Einsamkeit durch die Räume und wußte nicht, wie ich diese Last ertragen sollte.

Es war vorbei, und als Nicholas in der fünften Nacht an mein Fenster klopfte, änderte das nichts an dieser Tatsache. Ich öffnete ihm die Tür, denn es wäre mir nicht in den Sinn gekommen, ihm den Zutritt zu meinem Haus zu verwehren. Ich äußerte mich besorgt über sein Aussehen, weil er in strömendem Regen den Weg vom *Old Swan* zu Fuß zurückgelegt hatte – aber es war vorbei.

»Du kannst mich bitten zu gehen«, sagte er. »Ich bin damals nicht gegangen, und ich werde auch heute nicht gehen.«

»Doch, du wirst gehen.«

»Willst du mich wirklich in den Regen hinausjagen?«

»Ja.« Und ich glaubte es.

»Dann tu es, denn außer Leid und Kummer habe ich dir nichts zu bieten – das weiß ich. Ich kenne alle Antworten. Von jedem anderen Mann in meiner Situation würde ich erwarten, daß er sich zusammennimmt und damit fertig wird. Aber ich schaffe es nicht.«

Er blieb bis zum Morgen, ein Risiko, das wir nie zuvor eingegangen waren. Als ich ihn durch die Küchentür hinausließ, ehe Mrs. Marworth aufwachte, nahm er meine beiden Hände, küßte sie, küßte mich aufs Ohr, küßte mein Kinn, meinen Nacken, öffnete meinen

Morgenmantel und küßte meine nackten Schultern, preßte mich ungestüm gegen die kalte, gekachelte Wand.
»Ich liebe dich, Faith. Glaubst du mir?«
Ich glaubte ihm.
»Zwischen uns hat sich nichts verändert, Faith.«
Aber das konnte ich nicht glauben.

21

Nie wieder würde ich nach Scarborough fahren, zumindest nicht, solange Georgiana in anderen Umständen war. Da sie bereits ein Kind in den ersten Monaten ihrer Schwangerschaft verloren hatte, bestand durchaus die Gefahr einer Fehlgeburt, und ich konnte mich des niederträchtigen Wunsches nicht erwehren, daß Nicholas dann bei ihr sein sollte.
In diesen Wochen war Nicholas unberechenbar. Er hatte sich mit Blaize und seinem Vater gestritten, um Haaresbreite konnte er einen Streik der Arbeiter in Lawcroft abwenden, wofür Blaize die Schuld seiner Intoleranz und herrischen Art zuschrieb. Er war übernervös und launisch, fürchtete sich ebenso wie ich vor dem bevorstehenden Weihnachtsfest mit seinen familiären Zusammenkünften. Nachdem wir uns bereits zweimal getrennt hatten, worauf unweigerlich jedesmal eine leidenschaftliche Versöhnung folgte, schien eine dritte endgültige Trennung unvermeidbar, und diese angespannte Ungewißheit erforderte eine ehrliche Aussprache. Wir konnten nicht weiter von einer emotionalen Krise in die nächste taumeln. Das überstieg unsere Kräfte.
Also riskierte ich im November eine weitere einsame Reise nach Scarborough. Mrs. Marworth begleitete mich wie immer bis Leeds, eine schweigsame, durch erkleckliche Summen Barforthschen Geldes sehr zufriedengestellte Mitwisserin. Meine frühere angespannte und glückliche Erwartung auf diesen Reisen hatte sich in eine traurige Entschlossenheit verwandelt, denn diese Fahrt würde – *mußte* – die letzte sein.
Es war ein grauer, wolkenverhangener Nachmittag. Sturmböen peitschten das Meer. Die kleine Stadt war menschenleer, als ich hindurchfuhr. Im Haus erwartete mich nur die Haushälterin und sagte wie immer, daß im Salon das Kaminfeuer geschürt sei, ebenfalls in Mr. Barforths Schlafzimmer, und Tee auf mich warte. Kein Wort über Mr. Barforth, der offensichtlich noch nicht eingetroffen war.

So setzte ich mich allein in den Salon, trank Tee, aß Gebäck, nur um eine Beschäftigung zu haben, und wartete.
»Das Abendessen ist angerichtet«, sagte sie später. Ich ging hinauf in das Zimmer, in dem ich die schönsten Tage meines Lebens verbracht hatte – die Erinnerung daran hinterließ einen bitteren, quälenden Nachgeschmack –, schlüpfte in ein Abendkleid, das ich mitgebracht hatte, und legte die Filigrangoldkette an, die Nicholas mir geschenkt hatte und die ich nur hier tragen konnte. Meine Ohren schmückte ich mit seinen diamantenen Ohrgehängen, dann streifte ich das schwere Armband in Form einer Goldschlange mit einem funkelnden Topasauge über, besprühte mich mit Parfüm, hüllte mich in einen spitzenbesetzten Kaschmirschal und ging hinunter in das Speisezimmer. Es war mittlerweile spät geworden, heute nacht würde Nicholas nicht mehr kommen.
»Es gibt Krebse, Madam, heute morgen frisch gefangen«, sagte die freundliche Haushälterin unbewegt und meinte damit wohl: »Er hat Sie versetzt, Madam. Nun, das war vorauszusehen, nicht wahr?«, denn sie war schon lange Jahre im Dienst der Barforths und hatte ihre Frauen hier kommen und gehen sehen.
Aber es gab ein Dutzend Erklärungen für Nicholas' Fernbleiben. Durchaus plausible Gründe: In Lawcroft war ein Feuer ausgebrochen, Streik der Arbeiter, Überflutung in der Fabrik – alles Katastrophen, die ich akzeptieren konnte und die nichts mit Georgiana zu tun hatten. Was immer auch geschehen sein mochte, es gab keine Möglichkeit, mir eine Nachricht zukommen zu lassen.
Einsam und frierend lag ich im Bett, lauschte dem Heulen des Sturms – lauschte auf Nicholas' Schritte –, frühstückte allein vor dem prasselnden Kaminfeuer, aß mit Appetit den geräucherten Fisch und die Rühreier, gönnte der Neugier der Haushälterin nicht den befriedigenden Anblick einer gebrochenen, verschmähten Geliebten. Anschließend machte ich einen Spaziergang, kämpfte gegen den rauhen Novemberwind an, bis ich mich so deprimiert und kalt fühlte wie der graue, abweisende Tag.
Es war ein Omen. Nichts hatte ihn zuvor abhalten können, hierher zu kommen. Wie immer in meinem Leben hatte ich mich treiben lassen, war meinen Gefühlen und nicht meinem Verstand gefolgt, hatte mich geweigert, eine Entscheidung zu treffen, und wurde nun von den Ereignissen überrannt. Zu lange hatte ich gewartet und war nun wieder einmal Opfer meiner Unschlüssigkeit geworden. Andere Menschen zwangen mir ihre Entscheidung auf. Und obwohl ich

wußte, daß er nicht kommen würde, zögerte ich weiterhin, schob meine Heimreise auf, würde auf ihn warten, so wie ich die vergangenen achtzehn Monate seinem Kommen entgegengebangt hatte. Mein ganzes Leben hatte ich auf ihn gewartet und mir immer wieder gesagt: »Warte noch ein Weilchen. Hab Geduld, er wird schon kommen.«

Als ich mich dem Haus näherte, beschleunigte ich unwillkürlich meine Schritte. Ungeduldig öffnete ich die Tür, und mein Herz klopfte heftig in freudiger Hoffnung. Der unverkennbare Duft von Zigarrenrauch hing in der Halle. Eine weitere Gnadenfrist war mir gewährt worden.

»Ist Mr. Barforth eingetroffen?« rief ich atemlos.

»Ja, Madam. Er ist im Salon«, erwiderte die Haushälterin, und ich eilte durch die Tür, hatte den Raum bereits halb durchquert, als ich stocksteif stehenblieb und gelähmt vor Entsetzen erkannte, daß Blaize mich dort erwartete.

»Immerhin *bin* ich Mr. Barforth«, sagte er. »Mein Gott, Faith, falls du vorhast, in Ohnmacht zu fallen, dann sinke bitte möglichst anmutig hier auf das Sofa. Ich habe eine entsetzlich anstrengende Reise hinter mir, und es überstiege meine Kräfte, dich vom Boden aufzuheben und dorthin zu tragen.«

»Blaize, was um Himmels willen . . .«

»Das werde ich dir später erklären. Ja, ja, ich wußte, daß du hier bist. Nicht persönliche Gründe führen mich hierher, ich spiele vielmehr den Botschafter für meinen Bruder. Weder Tod noch Krankheit haben ihn daran gehindert, selbst zu kommen. Nein, die Umstände haben sich gegen ihn verschworen. Wirklich, Faith, es wäre besser, du würdest dich setzen.«

Widerspruchslos folgte ich Blaize' Rat, rang noch immer mühsam nach Fassung und brachte schließlich eine vorsichtige Frage zustande:

»Hat er . . . dich geschickt?«

Seine grauen Augen blitzten verschmitzt. Ein strahlendes, recht boshaftes Lächeln erhellte sein bis dahin unbewegtes Gesicht.

»Kaum. Nicht einmal Nicholas gibt sich der Illusion hin, daß er mich irgendwohin schicken könnte. Aber er war in einer derart mörderischen Stimmung, als er erkannte, daß er unabkömmlich war, und ich wußte, dafür gab es nur einen triftigen Grund. Ich schloß daraus, daß er mit dir eine Verabredung haben mußte.«

»Weißt du es schon lange?«

»Daß ihr ein Verhältnis habt? Nun, es ist mir nicht entgangen. Doch das braucht dich nicht zu beunruhigen. Ich bin mir ziemlich sicher, daß niemand sonst Zugang zu meinen Informationsquellen hat. Ich bediene mich dieses Hauses auch gelegentlich, und Nicholas mußte sich mit mir absprechen. Bitte verzeih, Faith. Diese schäbigen Praktiken sind nun einmal unumgänglich. Ich wußte nur, daß er sich hier mit jemandem trifft. Es mußte ja nicht unbedingt jedesmal dieselbe Frau sein. Aber ich weiß gern, was um mich herum vor sich geht, und ich erhaschte von Zeit zu Zeit Blicke – Blicke qualvollen Leids, darf ich hinzufügen –, die Nicholas und du ausgetauscht habt.«
»Das gab dir aber keine Gewißheit. Du konntest nur Vermutungen anstellen.«
»Nun, ich verschaffte mir Gewißheit. Mrs. Collins, unsere liebe Haushälterin hier, gab mir eine genaue Beschreibung der Frau. Natürlich bezahlte Nicholas sie ebenso wie ich für ihre Diskretion, doch sie scheint ein gewisses Faible für mich zu haben.«
»Das wundert mich nicht. Weiß Nicholas, daß du hier bist?«
»Nun – ich habe ihm nicht angeboten, hierher zu kommen, und gab ihm auch nicht zu verstehen, daß ich den Grund für seine Zornesausbrüche erahnte. So konnte er meinem Entschluß weder zustimmen noch ihm widersprechen. Doch ich denke, er weiß Bescheid.«
»Besteht die Möglichkeit, daß er doch noch kommt?«
»Das bezweifle ich. Es gab Schwierigkeiten in der Wollkämmerei, und mitten in diese Krise platzte auch noch Vater wie ein Blitz aus heiterem Himmel. Es gibt einige Punkte, die er mit Nicholas zu bereinigen hat, und er ist extra aus Bournemouth angereist. Er bleibt drei Tage, und Nicholas würde einen mehr als stichhaltigen Grund für seine Abwesenheit vorbringen müssen. Glücklicherweise war ich vor einer Woche in Bournemouth und habe alle geschäftlichen Angelegenheiten mit Vater geklärt. Deshalb bestand er nicht darauf, daß ich ebenfalls blieb. Im Gegenteil, ich habe das Gefühl, ich wäre den beiden nur im Weg.«
Nachdenklich blickte ich ins Feuer, ließ dann meinen Blick wie abwesend zum Fenster schweifen. Es hatte zu regnen begonnen, und der Wind peitschte die Tropfen gegen die Scheiben.
»Es war sehr edelmütig von dir, Blaize, diese weite Reise zu unternehmen.«
»Ja, das finde ich auch. Als ich sah, wie Nicholas vor Vaters Augen einen Schraubenschlüssel gegen die Maschine schlug, machte ich

mir Sorgen. Außerdem beunruhigte mich der Gedanke, dich hier in Ungewißheit bis zum Montag warten zu lassen.«

»Sir, in einer halben Stunde kann ich das Essen auftragen«, verkündete Mrs. Collins, und ein Lächeln überzog ihr mürrisches Gesicht, als er antwortete:

»Ausgezeichnet. Es gibt Krebse, Mrs. Collins? Nur deswegen habe ich die weite Reise hierher gemacht.«

Und so aß ich noch einmal Krebse, trank dazu einen kühlen trockenen Wein, lauschte aufmerksam und lächelnd – ganz die wohlerzogene Tochter Morgan Aycliffes – Blaize' Erzählungen und wartete darauf, daß er endlich mit der Wahrheit herausrücken würde. Denn ich glaubte ihm nicht, daß er diese beschwerliche Reise nur gemacht hatte, um mir mitzuteilen, daß Nicholas verhindert sei. Und er wußte, daß ich es nicht glaubte. Ich kannte mittlerweile seine diplomatische Art, unangenehme Dinge zu verschleiern.

In der traulichen Wärme des Salons tranken wir wie zwei Freunde noch Kaffee und Brandy, und als wir das Gesprächsthema gemeinsame Bekannte ausgeschöpft hatten, sagte er:

»Verzeih, Faith, ich will meine Nase nicht in deine Angelegenheiten stecken – doch da ich nun einmal hier bin und unsere Gedanken sich nur um eines drehen: Eure Beziehung dauert nun schon etwa ein Jahr, nicht wahr?«

»Ungefähr anderthalb Jahre.«

Seltsamerweise war es mir nicht peinlich, daß Blaize Bescheid wußte. Im Gegenteil, ich verspürte Erleichterung, denn obwohl ich ihm nicht absolut vertraute, so war er doch ein weltgewandter, toleranter Mann, dessen Blick nicht durch Konventionen und gesellschaftliche Regeln getrübt war und der für derart delikate Situationen wesentlich mehr Verständnis aufbrachte als zum Beispiel Prudence.

»Das erscheint mir recht lange«, bemerkte er und wärmte das Brandyglas in den Händen. »Eine dreimonatige Affäre ist überaus reizvoll – doch achtzehn Monate, das kommt mir extrem lange vor. Dann ist die Affäre entweder zur Gewohnheit geworden, oder es steckt echte Liebe dahinter. Und in Anbetracht von Nickys gestrigem Wutanfall, und da ich dich gut kenne – nun, dann muß es wohl Liebe sein.«

»Natürlich liebe ich ihn. Großer Gott, Blaize! Wofür hältst du mich? Würde ich mich in diese riskante Situation begeben, wenn ich ihn nicht lieben würde? Ich benehme mich zwar wie eine leichtfertige Person, doch ich versichere dir, ich bin es nicht.«

Er lächelte und hob sein Glas.
»Das weiß ich, meine Liebe. Das ist einer der Gründe, warum ich hierher gekommen bin.«
»Und welche Gründe hattest du sonst noch?«
»Einen Augenblick. Zuerst möchte ich deine Gründe hören, Faith. Zum Beispiel, was du dir erhoffst.«
»Nichts – wie du sehr wohl weißt.«
»Nun denn – ich habe kein Recht, dies zu sagen, aber ist es nicht höchste Zeit, daß du mit ihm Schluß machst?«
»Natürlich.«
»Und du wirst dich von ihm trennen?«
»Ja, ja. Natürlich. Ich weiß, daß ich es tun muß. Ich habe bereits zweimal diesen Entschluß gefaßt, und ich hatte vor, letzte Nacht – heute Nacht – eine endgültige Trennung herbeizuführen, jedenfalls hatte ich es mir vorgenommen. Aber ich mache meinen Mund auf, will die entscheidenden Worte sprechen und sage dann ganz etwas anderes. Wie oft ist mir das schon passiert.«
»Obwohl du weißt, daß es zu seinem eigenen Besten wäre?«
»Weiß ich das wirklich? Nicholas glaubt das jedenfalls nicht.«
»Natürlich nicht. Er will dich haben, und das genügt ihm. Es ist dir doch bewußt, daß der Ehrenkodex eines Gentleman es verbietet, mit einer Dame Schluß zu machen, selbst unter diesen Umständen. Ich gebe gern zu, daß ich in dieser Hinsicht weniger Bedenken hätte. Nicholas besitzt da mehr Ehrgefühl, als es den Anschein hat. Du mußt die Beziehung abbrechen, Faith.«
»Ich weiß, ich weiß – ich kenne alle Gründe, die dafür sprechen. Doch wenn es darauf ankommt, ist keiner stichhaltig genug.«
»Ich verstehe. Dann müssen wir eben einen Grund finden, der dich dazu zwingt, endlich mit Nicholas zu brechen.«
Blaize stand auf, schenkte uns Kaffee nach, füllte sein Brandyglas und legte Holz auf. Er bewegte sich mit der Leichtigkeit und Geschmeidigkeit einer Katze. Er war ein Mann, dem es ein fast sinnliches Vergnügen zu bereiten schien, auf subtile Art und Weise mit der Komplexität menschlicher Gefühle zu spielen, und ich fragte mich, ob ich wirklich Hilfe von ihm erwarten konnte. Ich hatte den Verdacht, daß ihm das Spiel mehr bedeutete als ehrliche Anteilnahme.
»Und du kannst mir diesen Grund nennen, Blaize?«
»Ich werde es versuchen. Ich werde dir die Situation schildern, so wie ich sie sehe, da ein nicht unmittelbar Betroffener die Dinge objektiver beurteilen kann. Es ist eine Position, die ich unbedingt vor-

ziehe. Ich kenne meinen Bruder sehr gut, Faith, und er ist ein Mann, dem Ehebruch zutiefst widerstrebt. Er ist sehr geradlinig, und Lügen und Täuschungsmanöver sind ihm verhaßt. Eine zufriedenstellende Affäre – wenn es die Frau wert ist – muß vergnüglich für beide sein und darf nicht zur Belastung werden. Es gibt Männer, die das Risiko dabei mehr reizt als die Frau. Es liegt in ihrer Natur, und sie ziehen eine kurze, leidenschaftliche Affäre jeder tiefen, problembehafteten Bindung vor – einer dieser Männer steht vor dir. Und eine Affäre darf einer gewissen Leichtigkeit nicht entbehren, und sie muß kurz sein. Nicholas ist nicht der Typ dafür. Ich würde mit dem größten Vergnügen die erregende Heimlichkeit auskosten, bei Nacht und Nebel durch die Hintertür in dein Haus zu schlüpfen, doch Nicholas hat keinen Sinn dafür, und wenn du dieser Verbindung kein Ende setzt, wird er eines Tages die Nerven verlieren und dein Haus im Sturm nehmen, ohne Rücksicht auf die Konsequenzen. Und das würde verschiedenen Menschen ganz erheblich schaden.«

Darauf gab es keine Antwort. Blaize ließ mir einen Moment Zeit, darüber nachzudenken, und fuhr dann fort: »Er hätte dich heiraten sollen, darüber sind wir uns doch einig. Aber er hat sich für dieses kapriziöse, ungebärdige Wesen entschieden, dessen Verrücktheiten ihn nicht mehr reizen – zumindest nur noch selten, denn er ist zweifelsohne der Vater des Kindes, das sie erwartet. Sie ist sehr schwierig, und sie braucht viel Liebe – das dürfte gerade dir nicht unverständlich sein –, und sie fühlt sich sehr elend ohne Zuneigung. Ich weiß, wie sehr Nicholas dich begehrt, doch ich bin nicht davon überzeugt, daß er und Georgiana nicht glücklich miteinander sein könnten, wenn es da nicht etwas gäbe, was ihn daran hindert, sich ihr zuzuwenden. Ja, ja, du wirst mir sagen, daß er sie nicht liebt und daß sie ihn nicht liebt. Aber wenn er sich ihr gegenüber so *verhalten* würde, als würde er sie lieben, dann könnte er ihre Liebe gewinnen. Sie ist manchmal so elend und verloren wie ein streunender Hund und wenn er ihr jetzt die Hand reichen würde, könnte er sie zu einem glücklichen Menschen machen. Sie würde bald wieder vor Lebensfreude sprühen, und das könnte seine Gefühle für sie neu entfachen, denn sie ist eine sehr anziehende Frau, wenn sie sich geliebt fühlt und glücklich ist.«

Ich schluckte schwer und schmerzhaft, beugte mich vor zum Feuer. Ein eiskalter Schauer ließ mich erzittern.

»Du bist wirklich Georgianas Freund, nicht wahr, Blaize?«

»Ja, was du bezweifelt hast. Sie hat mir erzählt, daß du sie davor gewarnt hast, von mir Geld zu leihen. Das war völlig unnötig, weißt du. Ich kann mir keine Umstände vorstellen, die mich dazu veranlassen würden, diese Schulden gegen sie zu verwenden. Dieses eine Mal habe ich ganz uneigennützig gehandelt und ausschließlich ihr Bestes gewollt. Ich dachte, es würde ihr helfen, einige Probleme mit Nicky aus dem Weg zu räumen. Sie werden nie ein friedliches Leben miteinander führen, das liegt ihnen beiden nicht im Blut – und es ist außerdem eine äußerst langweilige Form des Lebens –, doch sie könnten zu einer gewissen Harmonie finden. Es tut mir leid, Faith, doch ich muß dir sagen, daß es selbst im vergangenen Jahr immer wieder Momente gab, in denen sie zueinander hätten finden können. Du selbst hast Weihnachten gesehen, wie sehr sie eine Versöhnung herbeisehnt. Und bist du so davon überzeugt, daß er nicht darauf eingegangen wäre – falls du nicht dabeigestanden hättest? Nun, *ich* glaube es. Und das ist der Grund, den ich meine. Ist er dir stichhaltig genug?«

Gekränkt und verletzt stand ich auf, schritt wütend und voller Bitterkeit auf und ab, verspürte einen unbezähmbaren Drang – weil er mir so grausam die Wahrheit vor Augen gehalten hatte –, ihm weh zu tun. In ohnmächtiger Hilflosigkeit mußte ich erkennen, daß es mir unmöglich war, diesen selbstbewußten, so schwer faßbaren Mann zu treffen.

»Dieser Grund könnte wohl genügen. Aber vielleicht gehst du dabei von ganz falschen Voraussetzungen aus. Eine Frau opfert sich gewöhnlich für den Mann, den sie liebt – ist aber nicht bereit, dieses Opfer für eine andere Frau aufzubringen. Du hast mich davon überzeugt, daß sie ihn braucht. Aber kannst du mich auch davon überzeugen, daß er sie braucht?«

»Oh, was das betrifft«, sagte Blaize und stand ebenfalls auf und lehnte sich lässig gegen den Kamin. »Nicky findet Befriedigung in anderen Dingen. Seine dominierende Charaktereigenschaft ist der Ehrgeiz, das dürfte dir nicht entgangen sein. Er wird ein zweites Barforth-Imperium schaffen und damit sein größtes Bedürfnis befriedigen. Natürlich bedeutest du ihm sehr viel, aber er hat noch andere Wünsche. Seine Ambitionen sind sehr vielfältig. Georgiana hat keine Wahl, ihr bleibt nur das Leben an seiner Seite als seine Frau.«

»Hat sie in deinen Augen denn gar keine Fehler, Blaize?«

»Meine Liebe, natürlich hat auch sie ihre Schwächen. Ganz Cullingford betrachtet sie als eine äußerst unzulängliche Frau. Und obwohl ich einige ihrer ›Fehler‹ als überaus charmant und anziehend empfinde, gebe ich doch zu, daß sie sehr verdreht und querköpfig sein kann. Die Verherrlichung der Clevedon-Art, ihre unkritische Einstellung den eigenen Kreisen gegenüber, ist fragwürdig und oft ungerecht und wird sie immer wieder in Schwierigkeiten bringen. Aber gestern morgen sah sie so schwach und zerbrechlich aus und hat sich vor Nickys Wutausbrüchen verkrochen, die nichts mit ihr zu tun haben. Sie hat mir leid getan . . .«

Und mit dieser Schilderung hatte Blaize mich überzeugt, davor konnte ich mich nicht länger verschließen.

Danach gingen wir im Garten spazieren, rührten mit keinem weiteren Wort an diesem Thema. Gemeinsam nahmen wir den Tee, unterhielten uns freundschaftlich. Er erzählte mir von seinen Reisen und Erlebnissen. Zum Abendessen kleidete ich mich sorgfältig an, legte wieder Nicholas' Schmuck an, parfümierte mich und erfreute mich an dem hübschen gedeckten Tisch, dem gedämpften Kerzenlicht, dem köstlichen Essen – obwohl es wieder Krebse gab.

»Ich muß dir zustimmen, Blaize, du hast die Haushälterin bezirzt. Mrs. Collins übertrifft sich selbst.«

»Ja, sie hat eine Schwäche für mich. Ich hätte mich wohl mit dem Lob für ihre Krebse etwas zurückhalten müssen. Ich warne dich, zum Frühstück morgen wird sie uns wieder Krebse servieren. Und ich bringe es nicht übers Herz, ihr die Freude zu verderben. Aber der Champagner ist gut gekühlt und trocken.« Und ich hätte durchaus seine angenehme Gesellschaft, seine unterhaltsamen, anregenden Plaudereien genießen können – ließ mich auch bis zu einem gewissen Grad davon bezaubern. Mit sehr feinfühliger Galanterie appellierte er an meine Eitelkeit und machte mir Komplimente, für die selbst eine Frau mit gebrochenem Herzen nicht unempfänglich blieb.

Im Salon verbreitete nur ein Kerzenhalter auf einem niedrigen Tisch gedämpftes Licht. Die flackernden Flammen des Feuers hüllten uns in trauliche Geborgenheit, und ich verstieß gegen die strengen Regeln der Cullingforder Sitten und akzeptierte ein Glas Brandy. Blaize wärmte mein Glas behutsam in den Händen, und als er es mir reichte, sagte er:

»Du bist eine erstaunliche, eine wunderschöne Frau, Faith. Weißt du das?«

»Du schmeichelst mir, Blaize. Ich bemühe mich nur, einigermaßen hübsch auszusehen.«

»Ja, du hast ein untrügliches Gefühl dafür, was dir steht. Und das bewundere ich sehr. War es nicht Georgiana, die dich mit einem Schwan verglich? Und sie hat recht. Dein schlanker Hals, die elegante Art, wie du den Kopf wendest, so anmutig und ein wenig arrogant, dieser verschleierte, entrückte Blick – ja, ich weiß, es kommt daher, daß du kurzsichtig bist und deswegen auf diese etwas gelangweilte, geistesabwesende Art durch die Leute hindurchzublicken scheinst, aber es hat eine ganz bezaubernde, verwirrende Wirkung. Du kneifst die Augen nicht zusammen oder zwinkerst, wenn das Licht dich blendet, wie andere kurzsichtige Leute das tun, nein, du senkst träge die Lider – das habe ich oft beobachtet. Und dein Parfüm duftet verlockend wie eine exotische Blume . . .«
»Was bin ich doch für ein bezauberndes Wesen . . .«
»Ja, das bist du. Du hast dich zu einer schönen Frau entwickelt. Als junges Mädchen warst du recht unscheinbar, doch davon merkt man heute nichts mehr.«
»Oh, ich danke dir, Blaize. Du hast mir eben eröffnet, daß ich noch immer recht unscheinbar bin, es nur mittlerweile geschickt zu verbergen weiß.«
»Das ist das größte Kompliment, das ich zu vergeben habe. Denn auch ich bin bei weitem nicht so gut aussehend, wie ich vorgebe.«
Wir lachten fröhlich darüber, der Wein und das trauliche Kaminfeuer erfüllten uns mit wohliger Wärme. Mit leichter Selbstironie belächelten wir unsere Eitelkeiten und fühlten uns in freundschaftlicher Zuneigung geborgen. Und als Blaize aufstand und sich neben mich auf die Lehne des Sofas setzte, beunruhigte mich seine Nähe nicht. Er hatte mich schon öfter geküßt, wollte mich wohl wieder küssen, und wie beim letzten Mal würde es nur ein Austausch galanter Zärtlichkeiten sein.
»Ja«, sagte er lächelnd und ließ den Blick ungeniert über meine Schultern zum Ansatz meiner Brüste im tiefen Ausschnitt gleiten. Er streichelte mich mit den Augen. »Du lebst mit deinem Körper in Harmonie. Du weißt ihn zu schmücken und überaus vorteilhaft zur Schau zu stellen. Es bereitet dir ein sinnliches Vergnügen, dich bewundern zu lassen. Du weißt, daß der Anblick deiner bloßen Schultern eine Augenweide ist, und es gefällt dir, daß ich dich betrachte. Es tut mir nur leid, daß du diesen Aspekt deines Wesens nicht wahrhaben willst. Was würdest du tun, wenn ich dich berühren würde, Faith?«
»Nun, ich würde sicherlich nicht um Hilfe rufen. Welchen Aspekt meinst du, Blaize?«

Seine Augen ruhten nun mit einem belustigten Ausdruck auf mir. »Das werde ich dir gleich sagen. Doch wie siehst du dich selbst, Faith – nein, nicht die modisch gekleidete Oberfläche, sondern dein eigentliches Wesen?«
»Damit beschäftige ich mich nicht«, erwiderte ich, lehnte mich entspannt zurück – zu entspannt für die doch verfängliche Situation, nahm unsere Unterhaltung als geistigen Flirt, eines der gewagten Spielchen, die er so liebte. »Ich weiß nicht, wie ich bin. Ich betreibe keine Seelenforschung. Ich lasse mich einfach treiben, Blaize. Ich schwimme durchs Leben. Nun, eben wie ein Schwan, falls es darunter so wirrköpfige Exemplare gibt, wie ich eins bin. Wenn die Sonne scheint, plustere ich mein Gefieder auf und präsentiere mich in meiner ganzen Schönheit, und wenn es stürmt, ziehe ich den Kopf ein. Wie ein Schwan weiß ich nicht, wohin es mich treibt – wobei ein Schwan in lebenslanger Gemeinschaft mit einem Partner lebt, was mir nicht zu glücken scheint.«
Blaize lächelte. »Dann wird es dich überraschen, wenn ich dir sage, daß du in meinen Augen eine sehr sinnliche Frau bist – eine einmalige Ausnahme in Cullingford.«
»Blaize . . . gütiger Himmel . . . ich weiß nicht einmal, was das ist. Willst du damit sagen, daß ich ein wollüstiges, leichtfertiges Frauenzimmer bin?«
»Ganz gewiß nicht. Ich bin etlichen leichtfertigen Frauen begegnet. Sie verschenken ihren Körper aus vielen Gründen, doch selten aus Freude am Geben und Nehmen. Ich vermute, Faith, daß du diese Gabe besitzt – wenn du es dir nur eingestehen könntest –, die Gabe der selbstverständlichen Sinnlichkeit. Und das ist sehr selten bei Frauen, Faith. Doch ich muß zu meinem Bedauern sagen, daß du eine Dame bist. Und da Sinnlichkeit – wie wir alle wissen – nicht damenhaft ist, verwechselst du sie mit romantischer Liebe. Du kannst dich nur hingeben, wenn du leidenschaftlich verliebt bist – oder es zu sein glaubst. Und damit täuschst du dich selbst. Du verleugnest dein wahres Naturell, den wesentlichsten Aspekt deines Wesens, der dir höchste Befriedigung geben könnte.«
»Blaize, also wirklich . . .«
»Ja, Faith, ganz bestimmt. Du liebst Nicholas, und deswegen kannst du dich ihm hingeben. Du verlierst Nicholas, und damit wäre dein Leben als Frau zu Ende. Du glaubst, daß niemand sonst leidenschaftliche Gefühle in dir wecken und sie befriedigen kann, weil du nie wieder jemanden lieben könntest. Ob der Schwan dasselbe

glaubt, wenn er seinen Lebensgefährten verliert? Wird er seine Tage einsam und verlassen am Flußufer vertrauern? Es würde mir für dich leid tun, Faith.«

Ich richtete mich kerzengrade auf, war verärgert und fühlte mich zum ersten Mal in meinem Leben in Blaize' Nähe unbehaglich.

»Ich wünsche nicht, diese Unterhaltung fortzusetzen, Blaize.«

»Natürlich nicht, es schickt sich nicht, darüber zu reden. Aber daß wir hier so allein sind, ist ebenfalls skandalös. Sei ganz unbesorgt, Faith. Ich bin nicht in der Absicht gekommen, dich zu verführen. Ein überaus verlockender Gedanke, zugegeben. Es wäre mir ein Vergnügen, dich irgendwo in den Süden zu entführen, in einen kleinen, versteckten italienischen Garten, wo ich den ganzen Tag deine wunderschönen, nackten Schultern bewundern könnte. Und hinterher wären wir immer noch Freunde.«

»Blaize . . .«

»O ja, so könnte es sein. Aber natürlich reizt dich das nicht, kein Mann kann dir gefährlich werden – für dich gibt es nur Nicholas. Und selbst wenn du an einem anderen Mann Gefallen finden würdest, könntest du es dir nicht eingestehen, denn dann müßtest du dich fragen, ob du Nicholas wirklich so ausschließlich und verzweifelt liebst.«

»Blaize, ich verbiete dir weiterzusprechen. Du erzürnst mich ernsthaft.«

»Ja, es wäre viel erfreulicher, du würdest jetzt mit mir ins Bett gehen. Dann hättest du einen Grund, mit Nicholas zu brechen. Du würdest es nicht wagen, ihm dann unter die Augen zu treten.«

Die Vorstellung war derart grotesk und derart schockierend – und so wahr –, daß ich den Kopf zurückwarf und recht kläglich lachte. Erstaunen vermischte sich mit Trauer, und ich wunderte mich über diese Seite meines Charakters, die so überaus empfänglich für Blaize' logische Erläuterungen war. Und ich wunderte mich auch darüber, daß sich weder Entrüstung noch beleidigte Damenhaftigkeit in mir regten.

»Daran würde dir nichts liegen, Blaize – ich wäre viel zu entsetzt über mich, um eine angenehme Partnerin zu sein.«

»Ja«, stimmte er zu. »Ich weiß, wie schade.« Und er beugte sich vor, berührte zart mein Gesicht und strich eine Locke meines Haars hinters Ohr zurück – eine Geste, die er oft bei Georgiana machte.

»Ja, leider. Wie schade, Faith. Du fühlst dich gezwungen, mich und dich dafür zu hassen. Das weiß ich, Liebes, und ich will dich nicht länger bedrängen. Du hältst mich vielleicht für einen oberflächlichen Mann, unfähig, tiefere Gefühle zu entwickeln – aber Leidenschaften dauern doch nicht ewig. Nur wenn man sie sorgsam pflegt und hütet. Und ich frage mich, ob du das als deine Pflicht ansiehst? Glaube mir, ich verstehe durchaus, daß eine Dame ihre Illusionen hätschelt und sich daran klammert. Denk einmal darüber nach, was ich dir heute abend gesagt habe. Vielleicht ziehst du es doch vor, ein neues Leben mit einem neuen Liebhaber zu beginnen – es wäre natürlich einfacher, verlorenen Träumen nachzuhängen und im stillen Kämmerlein zu verkümmern. Wie edel und sinnlos. Aber ehe ich mir meine restliche Gunst bei dir verscherze und der Anblick deiner entzückenden Schultern mich vollends verwirrt und zu einer Torheit verleitet, will ich dir lieber gute Nacht sagen.«

Äußerlich gelassen stand ich auf, ging mit zitternden Beinen zur Tür, fühlte mich, als würde ich durch ein Wasser waten, dessen Strudel mich in einen Sog voller wilder Phantasien und Gefühle zogen. Aber er erreichte die Tür vor mir, öffnete sie, drückte mir einen Kerzenleuchter in die Hand, verneigte sich leicht und lächelte mich keineswegs unfreundlich an.

»Liebe Faith«, sagte er, »dieser Tag war wohl nicht ganz so trübsinnig, wie du befürchtet hast. Mit ein wenig gutem Willen hättest du meine Gesellschaft sogar als angenehm empfunden. Und das sollte dich ermutigen. Da wir uns doch zumindest darin einig waren, daß auch ich nicht so einmalig und unersetzbar bin wie Nicholas. Niemand anderem würde ich eingestehen, daß es Hunderte von Männern wie mich gibt.«

22

Am nächsten Morgen kehrte ich nach Cullingford zurück, legte mir eine plausible Erklärung für den frühzeitigen Abbruch meiner Reise zurecht – doch wie immer bangte ich umsonst, denn niemand stellte mir Fragen. Zu Hause fand ich eine hastig hingekritzelte Nachricht von Nicholas vor. Sein Vater hatte ihn in dringenden geschäftlichen Angelegenheiten nach London geschickt, und er würde nicht vor Ablauf einer Woche zurück sein. Lange saß ich mit diesem Brief in der Hand da, er war der erste, den ich je von ihm bekommen hatte. Dann stand ich entschlossen auf, ging zum Kamin und verbrannte den Brief, nicht aus Gründen der Sicherheit, sondern als Beweis für meinen Mut. Eine Woche noch konnte ich in der Illusion leben, zumindest in Ge-

danken seine Geliebte zu sein, und gab mich wehmütigen und melancholischen Tagträumen hin. Ich hatte schreckliche Angst, im entscheidenden Moment nicht die richtigen Argumente für den endgültigen Bruch mit ihm zu finden. Es wäre sinnlos zu sagen: »Ich liebe dich, aber es ist zu deinem Besten.« Keiner von uns beiden hätte das je geglaubt. Diesmal mußte ich sagen: »Ich tue es für mich. Ich bin unserer Affäre überdrüssig geworden. Ich will so nicht weiterleben«, und obwohl auch dieser Satz in meinen Ohren unglaubwürdig klang, mußte ich Nicholas davon überzeugen, daß es mir damit ernst war.
Die inneren Kämpfe und Zweifel, das Ringen um einen Entschluß, hatten mich erschöpft. Ich mochte nicht länger darüber nachdenken, ich wollte es einfach hinter mich bringen. Mir graute vor der entsetzlichen Leere, der verzweifelten Trauer, die auf diese Trennung folgen würde, und ich nahm mir vor, Trost in einer langen Reise zu suchen. Meine Abwesenheit würde es Nicholas ermöglichen, über den Schmerz hinwegzukommen und zu einem normalen Leben zurückzufinden. Ich würde Prudence bitten, mich zu begleiten. Da ich allein die Kraft aufbringen mußte, mich freiwillig von dem geliebten Mann zu trennen, der in seiner Selbstsucht meinen Entschluß weder akzeptieren noch mir vergeben würde, konnte ich es auch mit Daniel Adair aufnehmen und meinen Willen durchsetzen.
Doch wie so oft zuvor in meinem Leben hatte ich zu lange gewartet. Denn als am dritten Tag nach meiner Rückkehr aus Scarborough Tante Hannah mein Haus betrat, wußte ich, daß es zu spät für meine Pläne war.
»Nein«, lehnte sie barsch ab, »ich möchte keinen Tee. Du steckst bis zum Hals in Schwierigkeiten. Und was ich dir zu sagen habe, wird dir den Appetit gründlich verderben. So wie mir die Nachricht auf den Magen geschlagen ist.«
»Tante Hannah . . . was, um Himmels willen, ist geschehen?«
»Das fragst du noch?« empörte sie sich und saß so kerzengerade da, als hätte sie einen Stock verschluckt. Ihr Gesichtsausdruck verwirrte mich, denn neben ihrem selbstgerechten Zorn, den ich so gut an ihr kannte, drückte sie eine gewisse eitle Selbstgefälligkeit aus, so als hätte sich ein lange gehegter Verdacht endlich bestätigt.
»Ist etwas mit Mutter geschehen?«
»Nein, meine Liebe«, erklärte sie mit dem kalten Lächeln, das jeden Widerspruch im Keim erstickte und das mich damals vor so langer Zeit aus meiner wehleidigen Trauer um Giles gerissen hatte. »Deine Mutter ist rundum zufrieden. Sie ist verliebt, und das scheint an-

steckend zu sein. Als ihre Tochter wirst du das nur zu gut verstehen. Tatsächlich liefst auch du in den letzten Monaten mit diesen strahlenden, verklärten Augen umher, warst dann so nervös und niedergeschlagen, daß dafür nur eine Erklärung blieb: du bist ebenfalls verliebt. Sollte ich mich etwa irren?«

Und wie es so oft geschah, wenn eine lange gefürchtete Katastrophe endlich eintritt, blieb ich ganz ruhig und war weder schockiert noch verzweifelt. Ich akzeptierte einfach die unumstößliche Tatsache und erwiderte ganz ruhig:

»Was erwartest du von mir, Tante Hannah?«

»Nichts, meine Liebe. Ich bin mir nicht einmal sicher, ob ich je wieder etwas mit dir zu tun haben möchte, Faith. Du warst immer ein leichtsinniger Wirrkopf, Faith, und du hast zu viele Eigenschaften von deiner Mutter und zu wenig Charakterstärke von deinem Vater geerbt. Es wundert mich nicht, daß du in diese abscheuliche Lage geraten bist. Vielleicht weißt du, daß deine Mutter ebenfalls beinahe ihr Leben durch eine skandalöse Beziehung ruiniert hätte. Das konnte ich damals verhindern. Und ich werde alles daransetzen, dich vor derselben Schmach zu bewahren. Was hast du mir zu sagen?«

Doch ich war vor Entsetzen wie gelähmt und ließ ihren Redeschwall schweigend über mich ergehen. Offensichtlich hatte sie keine andere Reaktion erwartet und fuhr fort zu sprechen – überhäufte mich allerdings nicht mit weiteren Beschuldigungen und Anklagen, sondern appellierte an mein Gewissen.

»Du mußt zugeben, Faith, daß ich mit meinen Befürchtungen recht hatte. Schon vor langer Zeit habe ich dir gesagt, daß du nicht fähig bist, allein zu leben. Da es deiner Mutter an der nötigen Autorität fehlte, deine Rückkehr ins elterliche Haus durchzusetzen, hatte ich es übernommen, dich dazu zu überreden – leider vergeblich. Ich bin eine sehr beschäftigte Frau, Faith, und konnte deshalb nicht immer ein wachsames Auge auf dich haben. Doch meine Nichte, Lady Chard, bestätigte bereits letztes Jahr meinen Argwohn, als sie den Verdacht äußerte, daß an deiner zurückgezogenen Lebensweise ein heimlicher Verehrer schuld sein könnte. Du hast es geleugnet. Lady Chard glaubte dir, doch mich konntest du damit nicht täuschen. Und meine Beobachtungen – lieber Himmel, Faith –, deine unberechenbaren Launen, die nervöse Unruhe, die dich jeden unerwarteten Gast rasch aus dem Haus komplimentieren ließen . . . wie du da angespannt auf der Kante des Sessels saßest und auf jedes Geräusch von der Küchentür lauschtest – bestätigten meinen Verdacht. Deine Reisen nach York zu Freunden, die dir nie einen Gegenbesuch abgestattet haben – gütiger Himmel, selbst deiner Mutter hätte das auffallen müssen, wenn sie nicht so ausschließlich mit sich selbst beschäftigt gewesen wäre. Ich bin mir sicher, Mr. Adair ist ebenfalls nicht auf deine Lügen hereingefallen. Erzähl mir doch, hattest du schönes Wetter in Scarborough letzte Woche, als du von Freitag bis Montag dort warst?«

»Es war kalt«, erwiderte ich erstaunlicherweise. »Und sehr stürmisch.«

»Sehr schön. Es freut mich, daß du nicht jammernd und weinend um Verzeihung bittest. Denn ich werde dir nicht verzeihen. Es erübrigt sich wohl auch, dir zu sagen, wie abscheulich ich dein Verhalten finde, denn ich kann mir gut vorstellen, daß du mein Empfinden nicht teilst und dich nur darüber ärgerst, daß ich diese gräßliche Affäre aufgedeckt habe. Ich werde mich darauf beschränken, die Situation in Ordnung zu bringen, und zwar nicht dir zuliebe, sondern um weiteres Unheil von der Familie abzuwenden. Du bist nicht irgendwer, Faith. Du bist ein Mitglied einer hochangesehenen Familie, die Nichte von Sir Joel Barforth und von Bürgermeister Agbrigg. Du bist die Tochter von Morgan Aycliffe, dessen Namen das großartigste Gebäude in dieser Stadt trägt. Du bist die Witwe von Dr. Giles Ashburn, der uns unvergessen bleiben wird. Du bist die Schwägerin von Jonas Agbrigg, der demnächst Mitglied des Stadtrates sein wird und dessen Karriere durch keinen Familienskandal gefährdet werden darf. Jonas wird entsetzt sein, wenn ich ihm davon erzähle, denn er hat fest damit gerechnet, daß du Celia weiterhin bei ihren Pflichten als Hausherrin unterstützt – davon kann nun natürlich nicht mehr die Rede sein. Ich werde es nicht zulassen, mein liebes Mädchen, daß du diesen verdienstvollen Männern in irgendeiner Weise schadest. Ich werde dafür sorgen, daß du unverzüglich heiratest.«

Entgeistert öffnete ich den Mund und wollte protestieren – vor meinem inneren Auge zog eine Reihe irischer Cousins vorüber, Mr. Oldroyd aus Fieldhead –, ein Mann, irgendein Mann mußte gefunden werden, der diese ehrlose Witwe zu seiner Frau machte.

»Tante Hannah«, brachte ich mühsam hervor, aber sie hob Schweigen gebietend die Hand und sagte:

»Ja, Faith. Es gibt gar keine andere Lösung. Die Person, von der ich meine Informationen erhalten habe, ist zuverlässig und wird schweigen. Doch es gibt andere, die ebenfalls Erkundigungen einziehen könnten, und deswegen dürfen wir keine Zeit verlieren. Ich habe nur so lange gewartet, bis ich die Identität des Gentleman herausgefunden hatte. Ich hätte nicht gezögert, letztendlich seinen Namen von dir zu erfahren, doch das ist nun nicht mehr nötig. Meine Liebe, ich bin davon überzeugt, daß du mir dankbar sein wirst, daß ich die Sache in die Hand nehme. Wenn du dich erst einmal von dem Schock erholt hast und deine fünf Sinne wieder beisammen hast. Ich habe eben eine sehr ungemütliche halbe Stunde mit diesem Schurken von einem Neffen verbracht – ungemütlich für ihn, darf ich hinzufügen –, und ob es ihm gefällt oder nicht, ich werde ihn dazu zwingen, die Sache in Ordnung zu bringen.«

Als sie mein ungläubiges Gesicht sah – denn Nicholas war in London, und sie konnte nicht mit ihm gesprochen haben –, lächelte sie mich triumphierend und selbstgefällig an. Sie war die Überheblichkeit in Person.

»Ja, starr mich nur an, Faith! Er ist der skrupelloseste Schurke, den ich kenne, und ich hatte nicht erwartet, daß er so vernünftig reagieren würde. Aber er konnte schließlich nicht leugnen, daß er Freitag und Samstag in Scarborough war – mit dir allein in dem Haus. Er wurde von Mrs. Guthrie gesehen, die ja einmal bei dir angestellt war und mir nun von Zeit zu Zeit kleine Gefälligkeiten erweist. Er konnte nicht leugnen, daß ihr die Nacht unter einem Dach verbracht habt, denn Mrs. Collins müßte ihrem Arbeitgeber, Joel Barforth, Rede und Antwort stehen, sollte er gezwungen sein, sie zu befragen. Ja, Faith, ich glaube, ich habe das Bestmögliche für dich herausgeholt. Viele Frauen haben schon versucht, diesem Heißsporn eine Falle zu stellen und ihn zur Ehe zu zwingen. Diesmal entkommt er nicht. Denn als er sich mit dir einließ, hat er glatt übersehen, daß er es mit *mir* zu tun bekommen würde. Gütiger Himmel, Mädchen, was fehlt dir? Natürlich kann ich dir dein ruchloses Verhalten nicht verzeihen, doch solange nur wir drei davon wissen, kann daraus noch eine anständige und gewinnbringende Verbindung entstehen. Er hat viele Fehler und Schwächen, zugegeben, aber er ist ein Barforth. Es war schon immer meine Meinung, daß ein Vermögen möglichst in der Familie bleiben sollte, und ich habe immer befürchtet, daß er irgendeine dahergelaufene Person von einer seiner Reisen mitbringen würde – jemanden, der nicht zu uns passen würde. Nun, es ist doch eine großartige Sache für dich, meine Liebe. Vergiß nicht, er wird eines Tages Sir Blaize heißen, da er der Erstgeborene ist. Joel und Verity werden von seiner Wahl nicht gerade begeistert sein, doch sie werden ihr Einverständnis geben, um einen Skandal zu vermeiden. Du hast dir dein Bett gemacht – ihr beide habt es gemacht, und jetzt müßt ihr auch darin liegen.«

Ich war noch nie im Leben in Ohnmacht gefallen, doch jetzt war ich nahe daran, die Besinnung zu verlieren. Sprachlos saß ich da, panisches Entsetzen schnürte mir die Kehle zu. Doch Tante Hannah, die daran gewöhnt war, daß ihre Anordnungen widerspruchslos befolgt wurden, erstaunte mein Verhalten keineswegs, sie deutete es sicher als schuldbewußtes, zerknirschtes Schweigen. Sie hatte mein Leben in die Hand genommen, und die ruchlose Sünderin konnte nur noch klein beigeben. Als ich den schwachen Versuch machte, höflich aufzustehen, als sie sich verabschieden wollte, drückte sie mich nur fürsorglich in den Sessel zurück und gab mir den Rat, mich hinzulegen, da sie meinte, ich sähe erbärmlich aus.

»Ich erwarte Blaize' Antwort bis spätestens morgen früh«, fügte sie noch hinzu. »Joel ist bereits in Cullingford, und Verity wird morgen eintreffen. Sollte mein Neffe sich weigern, dich zu heiraten, so wird Joel ihn dazu zwingen. Doch ich glaube nicht, daß es dazu kommt. Sollte Blaize dich aufsuchen, so wirst du ihm nicht erlauben, das Haus zu betreten. Er könnte dich zu einer weiteren Narretei verleiten, denn du scheinst sehr leicht beeinflußbar zu sein. Vergiß nicht – du bist für ihn nicht zu sprechen.«

Doch ich mußte Blaize unverzüglich sehen, wäre selbst nach *Tarn Edge* gefahren, wäre er nicht eine halbe Stunde später – er hatte den Zeitpunkt geschickt gewählt, ein Zusammentreffen mit Tante Hannah war auszuschließen – bei mir erschienen.

»Du meine Güte!« sagte er und warf mit lässiger Nonchalance Hut und Handschuhe auf den Tisch. »Ich sitze in der Falle. Jahrelang konnte ich eben diese Situation vermeiden, und jetzt . . .«

Doch dann sah er mein verschrecktes Gesicht – ich kauerte in einer Ecke des Sofas –, und mit wenigen Schritten war er bei mir und hätte mich in die Arme genommen, wäre ich nicht vor ihm zurückgewichen.

»Du lieber Himmel, Faith! Du wirst nicht daran zugrundegehen.«

»Blaize, gibt es irgendeinen Weg, Tante Hannah davon abzuhalten, es deinem Vater zu erzählen?«

»Nein. Sie will, daß ich dich heirate. Sie macht sich schon seit langem Sorgen darüber, daß ich mein Erbe verschwende oder eine unpassende Frau wählen könnte. Wie Prudence nahm sie an, ich würde mit dreiundneunzig ein junges Mädchen heiraten und Jonas könnte jede Hoffnung auf einen Anteil des Barforthschen Vermögens

begraben. Sie verdammt aus ganzen Herzen unser – wie sie glaubt – sündiges Vergehen, doch eigentlich ist diese Situation ein Geschenk des Himmels für sie. Als meine Witwe wärst du enorm reich, und wer außer Jonas könnte dein Vermögen verwalten?«
»Es könnte also gar nicht schlimmer sein?«
»Nein. Sie würde es Vater sagen. Nicholas würde mit der Wahrheit herausrücken. Mrs. Collins würde es bestätigen – und wir hätten den größten Skandal am Hals, den Cullingford je erlebt hat.«
»Ja. Dann weiß ich wirklich nicht mehr weiter – es ist wohl besser, ich bringe mich um. Ich mache dir keine Szene, ich sehe nur keinen anderen Ausweg.«
Er lächelte, nahm meine Hand und setzte sich neben mich aufs Sofa. »Ja, ich ahnte, wie dir zumute sein würde. Welche Waffe würdest du für einen Selbstmord wählen? Es gibt kein Gas in deinem Haus, und Gift ist unzuverlässig. Du könntest natürlich aus dem Fenster im ersten Stock springen, doch das ist nicht hoch genug, und ehe du in Erwägung ziehst, dich vor eine Kutsche zu werfen, solltest du daran denken, daß andere Menschen dabei zu Schaden kommen könnten.«
»Bleibt nur noch die Eisenbahn«, sagte ich und fuhr zusammen, als er vor Entsetzen bebte.
»Es ist dir also ernst damit, Faith? Nein, nicht die Eisenbahn – bitte denk nie wieder an so etwas, Faith. Es würde dein Problem lösen, aber nicht unseres. Tante Hannah ist eine grundehrliche und auch mutige Frau. Sie würde sich die Schuld an deinem Tod geben. Und sie würde mich beschuldigen, diese Kurzschlußhandlung durch meine Weigerung, aus dir eine anständige Frau zu machen, ausgelöst zu haben, worauf mich Nicholas halbtot prügeln und denken würde, er hätte dich umgebracht. Wirklich – ich glaube, es ist besser, du heiratest mich.«
»Dann muß ich sofort von hier weg – so weit wie möglich, ehe deine Mutter kommt. Großer Gott! Sie wird ja bereits morgen früh erwartet. Ich muß noch heute nacht abreisen, ganz gleich, wohin. Du wirst mir dabei helfen, nicht wahr, Blaize?«
Panische Angst ergriff mich. Ich konnte nicht eine Minute länger warten; ich mußte sofort packen.
»Ja«, sagte Blaize, »das könnte ich schon. Ich kaufe dir eine Fahrkarte nach London und fahre dich zum Bahnhof. Und was dann? Ich könnte dein Verschwinden weder Tante Hannah noch deiner Mutter erklären, und die ganze Geschichte käme erst recht heraus. Nicholas

würde dir nachreisen, Faith. Er würde dich nicht im Stich lassen. Nicht einmal ich könnte ein derartiges Opfer von einer Frau annehmen.«

Wie von Sinnen hieb ich mit den Fäusten auf meine Knie, mein ganzer Körper krampfte sich zusammen und schwankte unkontrolliert vor und zurück. Ich hörte mich aufstöhnen: »Lieber Gott! Was soll ich nur tun? Hilf mir!«, und eine Stimme in mir antwortete darauf: »Blödes hysterisches Weib, sei still! Reiß dich zusammen!« Ich sah, wie Blaize meine Hände umfaßte, die Fäuste öffnete und meine Finger mit festem Griff umspannte.

»Meine Liebe«, sagte er dann. »Ich frage mich, ob dir bewußt ist, welch eine niederschmetternde Abfuhr du mir gerade erteilt hast? Eben habe ich dich gebeten, meine Frau zu werden – und das ist der erste Heiratsantrag, den ich jemals gemacht habe –, und du antwortest mir: ›Ich muß sofort von hier weg.‹ Und das, meine Liebe, ist wirklich nicht sehr schmeichelhaft für mich.«

»Blaize, um Himmels willen! Verschone mich mit deinen Spielchen. Für *dich* gibt es jederzeit einen Ausweg aus dieser Situation, doch für *mich* bedeutet sie das Ende meines Lebens hier. Also laß mich mit deinem Unsinn in Frieden – bitte. Ich muß eine Lösung finden.«

»Es *ist* eine Lösung«, sagte er, ließ meine Hände los und lehnte sich lässig zurück. Seine Augen betrachteten mich forschend, ein wenig spöttisch und doch besorgt.

»Es kommt nur darauf an, was du willst, Faith. Und du mußt dich rasch entscheiden. Tante Hannah hat sich nur in der Identität des Mannes geirrt, mit dem du dich in Scarborough die letzten Monate getroffen hast. Nachdem ich den Schock überwunden hatte, mich plötzlich in dieser Falle gefangen zu sehen, die ich seit so vielen Jahren erfolgreich vermieden habe, konnte ich der Situation einen recht romantischen Aspekt abgewinnen. Doch sprechen wir nun über deine Gefühle, Faith, nicht über meine. Es gibt verschiedene Wege, die dir offenstehen. Du kannst hierbleiben und den Sturm über dich ergehen lassen, oder du kannst nach London fahren und Nicky warnen. Ich habe seine Adresse und könnte dich sogar selbst hinbringen. In beiden Fällen würde Vater hier auf seine Rückkehr warten. Auf keinen Fall kann ich Tante Hannah zum Schweigen bringen – ich könnte ihr natürlich die Wahrheit sagen, doch sie würde mir nicht glauben und annehmen, ich wolle Nicky wieder einmal zum Sündenbock machen, was ja oft genug geschehen ist. Und es ist nicht abzusehen, was geschehen würde, wenn sie ihn zur Rede stellte. Auf jeden Fall käme dabei die Wahrheit heraus mit ihren katastrophalen Folgen. Nicky und Vater stehen nicht im besten Einvernehmen, wie du weißt. Auch hat Vater Georgiana nicht gerade ins Herz geschlossen, doch sie ist seine Schwiegertochter und erwartet sein zweites Enkelkind. Sie ist nicht bei bester Gesundheit, und auch er hat sich in letzter Zeit nicht wohl gefühlt. Es käme zu einem ernsthaften Zerwürfnis zwischen Vater und Nicky, und es könnte durchaus geschehen, daß Vater ihn hinauswirft. Und daran würde Mutter zerbrechen.«

»Ich weiß das alles, du mußt mich nicht noch damit quälen.«

»Ich kann es dir nicht ersparen, Faith. Du muß dir absolut über die Folgen deiner Entscheidung im klaren sein. Nicky und ich haben keinen rechtlichen Anspruch auf die Fabriken. Vater hat uns noch nicht als gleichberechtigte Partner eingesetzt; das Dokument liegt noch ohne seine Unterschrift in Jonas Agbriggs Schreibtisch. Im Moment sind wir beide nur Vaters Angestellte, und er kann uns durchaus enterben. Wenn du es also zuläßt, daß Nicky sich mit Vater überwirft, tust du mir damit einen großen Gefallen. Aber wie wird Nicky wohl in ein, zwei Jahren darüber denken? Du würdest ihm sicherlich keinen guten Dienst erweisen. Natürlich hat er noch die Wollkämmerei, doch wenn bekannt wird, daß er sich mit seinem Vater überworfen hat, sperrt die Bank ihm womöglich die Kredite.«

»Blaize, das alles ist mir völlig klar . . .«

»Und dann ist da noch Georgiana, der kleine Gervase und das ungeborene Baby. Du weißt, wie gefährlich jede Aufregung für sie sein kann. Dieses Risiko könntest du nicht auf dich nehmen. Falls du mit Nicky auf und davon gehst, wird es ihr natürlich nicht an finanzieller Unterstützung fehlen, und sie könnte sogar nach *Galton* zurückkehren und die Scheidung beantragen, wozu ein Parlamentsbeschluß notwendig wäre – eine sehr langwierige und teure Angelegenheit. Es ist mir bis jetzt kein Fall bekannt, wo eine geschiedene Frau wieder geheiratet hätte – und an deiner Lage würde sich dadurch nichts ändern. Du wärst für die Gesellschaft gestorben, und falls ihr Kinder haben solltet, würden sie geächtet werden. Es ist auch durchaus vorstellbar, daß Nicholas eines Tages zu seiner Frau zurückkehren würde, und ich könnte mir denken, daß Georgiana ihm verzeiht. Er kommt auf jeden Fall ungeschoren davon, in gesellschaftlicher Hinsicht. Aber dir würde man niemals verzeihen. Natürlich würde er dich finanziell unterstützen – und dich von Zeit zu Zeit besuchen.«

Ich stand auf und schritt ruhelos im Raum auf und ab, und jeder Schritt brachte mich der Einsicht in die Ausweglosigkeit meiner Lage näher. Als Frau traf mich die Ungerechtigkeit der gesellschaftlichen Regeln mit aller Macht. Hilflos und ohnmächtig hatte ich wie Prudence – wie jede andere Frau – zu guter Letzt keine andere Wahl als nachzugeben, mich den Entscheidungen dieses mir nahestehenden, sehr verständnisvollen und mitfühlenden Mannes zu fügen.
»Willst du mich in den Wahnsinn treiben?«
»Das liegt mir fern. Soll ich dich nach London zu Nicholas bringen!»
»Was bleibt mir denn anderes übrig?«
»Kannst du wirklich den Rest deines Lebens mit dieser Schmach leben, Faith?«
»Was bleibt mir denn anderes übrig?«
»Kannst du mit der nervlichen Belastung leben, ganz von ihm abhängig zu sein? Ihn freiwillig zu lieben ist eine Sache, doch nur noch diesen einen Mann auf der Welt zu haben, der zu dir hält, ist eine zweite. Und er ist nicht leicht zufriedenzustellen, wie du weißt. Er wird launisch und wütend, und du wirst jedesmal Todesängste ausstehen, Angst davor haben, ihn zu verlieren.«
»Was kann ich denn tun? Wenn ich doch nur einen Weg wüßte!«
»Und angenommen, er verläßt dich tatsächlich? Das ist leicht möglich, Faith – sehr leicht. Er ist im Reichtum aufgewachsen – wie du, Faith. Könntet ihr in Armut leben? Nicky ist ein ehrgeiziger Mann, und falls dein Geld nicht ausreicht, die Wollkämmerei in Gang zu halten, könnte er vielleicht der Versuchung nicht widerstehen, nach Hause zurückzukehren, um sich dort das nötige Geld zu holen. Und was wird dann aus dir? Jeder Mann, dem du begegnest, wüßte über dich Bescheid – Männer wissen diese Dinge immer –, und ich frage mich, ob du eine Vorstellung davon hast, wie gemein Männer Frauen behandeln, die ihren guten Ruf verloren haben.«
»Blaize, um Himmels willen! Du kannst dich doch aus dieser Sache herauswinden. Aber ich kann es nicht, und er kann es nicht.«
»Doch«, sagte Blaize fast beiläufig, »du kannst es. Du kannst mich heiraten.«
Schwer ließ ich mich in einen Sessel fallen, senkte den Kopf und brach in verzweifeltes Schluchzen aus. Der Schmerz drohte mir schier die Brust zu zerreißen, zerstörte den letzten Rest von Selbstachtung in mir. Blaize saß unbeweglich da, bot mir keinen Trost an, er wartete nur. Endlich raffte ich mich mit letzter Kraft auf und

trocknete mit den Ärmeln mein tränennasses Gesicht. Ich fühlte mich ausgelaugt und beschämt. Ich war wütend über mich, da dieser hysterische Ausbruch mich nur zusätzlich geschwächt hatte und völlig sinnlos gewesen war.
»Es tut mir leid. Es ist schon vorbei.«
Er antwortete nicht, und seine schweigende Gegenwart brachte mir endgültig zu Bewußtsein, wie sehr ich ihn brauchte, wie entsetzlich allein und verlassen ich ohne ihn wäre.
»Nun gut«, sagte er dann ruhig. »Da du dich von dem Schock erholt zu haben scheinst, können wir zu konstruktiveren Dingen übergehen. Liebe Faith, ich verstehe, daß mein Antrag dich überrascht, da du meine Gründe dafür nicht kennst. Wie soll ich es dir erklären? Für einen Mann gibt es unterschiedliche Beweggründe, eine Ehe einzugehen, wie du sehr wohl weißt. Und in unserer engen Welt ist Leidenschaft eines der seltensten Motive dafür. Faith, ich werde bald dreißig, und meine amourösen Abenteuer beginnen mich zu langweilen. Sie sind ja recht reizvoll, doch irgendwann wiederholen sich diese Spielchen. Mein unstetes Leben hat ebenfalls ziemlich an Reiz verloren – der Mann deiner Mutter wird dir das bestätigen können –, und wenn ich zwischendurch nach Hause komme, so muß ich gestehen, daß ich mich in *Tarn Edge* nicht mehr wohl fühle. Mein Neffe ist ein sehr lautes, anstrengendes Kind, und bald wird noch ein Baby für Unruhe sorgen. Für Georgiana und Nicholas wäre es auch besser, sie könnten allein leben. Und wenn Mutter nicht da ist, komme ich mir dort einfach überflüssig vor. Natürlich könnte ich mir ein eigenes Haus einrichten. Doch ehrlich gesagt, schrecke ich vor den Verpflichtungen zurück, die ein eigener Hausstand mit sich bringt. Ganz abgesehen davon, bin ich es recht überdrüssig, als begehrter Junggeselle behandelt zu werden. Es kommt mir vor, als würde jede Frau im Law Valley mit einer heiratsfähigen Tochter Jagd auf mich machen. Ich habe noch nie Gefallen an jungen, unschuldigen Mädchen gefunden. Sie langweilen mich zu Tode. Wie könnte außerdem ein fünfzehnjähriges, noch kindliches Mädchen selbständig meinen Haushalt führen, wenn ich auf Reisen bin, ganz zu schweigen von den Anforderungen, die ich an sie stellen würde, wenn ich zu Hause bin. Bliebe noch die Möglichkeit, mich in anderen Kreisen umzusehen. Doch wie wir alle wissen, hat Nicholas dabei schlechte Erfahrungen gemacht, und mir würde es nicht besser ergehen. Ich kenne verschiedene überaus attraktive Frauen in London, die mich sofort heiraten würden, doch in Law Valley begegnet

man Fremden überaus mißtrauisch und ablehnend. Ich würde es vorziehen, dich zu heiraten, Faith. Wir kommen gut miteinander aus. Du bist intelligent und warmherzig. Du hast einen ausgezeichneten Geschmack. Du wärst eine hervorragende Gastgeberin und mir eine gute Freundin. Du hast einen verführerischen Körper und bist weitaus gebildeter als die meisten Frauen hier. Und du *bist* eine Law-Valley-Frau. Du verstehst etwas von meinem Beruf und kannst mit den Geschäftsleuten umgehen, mit denen mich gesellschaftliche Verpflichtungen verbinden. Ich habe schon vor langer Zeit ein Auge auf dich geworfen, du warst mir nie gleichgültig. Dies scheinen mir durchaus akzeptable Gründe für eine Ehe mit dir zu sein.«

Ich blieb mit gesenktem Kopf stehen, grübelte über Blaize' Worte nach, und alles, was er gesagt hatte, schien mir so logisch, so plausibel – eine perfekte, einfache Lösung für mein Problem.

»Und du willst mich zur Frau nehmen, obwohl du weißt, daß ich nur annehmen würde, um vor Nicholas zu fliehen?«

»Meine Liebe«, sagte er lächelnd, »du hast meinen sehr guten Freund Giles Ashburn aus genau demselben Grund geheiratet, und er hatte keinen Grund zum Klagen. Wenn du bereit wärst, dich mir mit derselben Hingabe zu widmen, würde ich mich glücklich schätzen.«

Die Beine gaben unter mir nach, und ich ließ mich neben ihn auf das Sofa sinken. Ganz sanft legte er seine Hand über meine, eine leichte zarte Berührung, die besagte, daß er mich zu keiner Entscheidung zwingen würde, auch eine Ablehnung akzeptieren und trotzdem mein Freund bleiben würde.

»Es ist einfach unmöglich«, sagte ich. »Blaize, wie kannst du auch nur daran denken? Du weißt, ich liebe Nicky, und er ist dein Bruder – du siehst ihm sogar ähnlich.«

»Nein«, widersprach er bestimmt. »Du irrst dich. Wir sind in Aussehen und Charakter grundverschieden. Und außerdem wurde ich mit der Überzeugung geboren, daß jeder früher oder später mich mehr als Nicky mag. Hast du sonst noch Einwände?«

»Selbst wenn ich wollte – ich könnte es nicht, denn Nicholas würde es nicht zulassen.«

»Meine Liebe, ich habe nicht vor, ihn um Erlaubnis zu bitten. Faith, du sprachst davon, nach London zu fahren. Meine Koffer sind gepackt. Ich hatte ursprünglich geplant, noch vor Ende des Monats eine weitere Reise auf den Kontinent zu unternehmen, aber es spricht nichts dagegen, daß wir beide gemeinsam bereits heute nacht abreisen. Dieser Skandal würde Cullingford in helle Aufregung versetzen und alle anderweitigen Gerüchte ersticken. Laß dich von mir entführen, Faith. Wir verbringen ein paar Wochen in Frankreich und Deutschland, heiraten unterwegs, und wenn wir nach Cullingford zurückkehren, ist Gras über die ganze Geschichte gewachsen. Am Anfang werden die Leute dir hier mit kühler Ablehnung begegnen, doch darüber wird Mutter dir hinweghelfen. Wenn Lady Barforth von Tarn Edge – und Mrs. Agbrigg von Lawcroft Fold – dich empfangen, werden die anderen bald folgen. Nun, habe ich endlich alle deine Zweifel beseitigt? Was beunruhigt dich noch?«

»Nicholas macht mir Sorgen.«

»Ja, das dachte ich mir. Doch Nicholas macht unsere Flucht doch erst notwendig. Siehst du das nicht ein? Wenn er aus London zurückkommt und erfährt, daß wir vorhaben zu heiraten, würde er vor einem Skandal nicht zurückschrecken, um dich daran zu hindern. Oder könntest du dir vorstellen, daß er als mein Trauzeuge fungiert? Er würde mir eher vor dem Altar eine Kugel durch den Kopf jagen.«

»Und wenn wir gemeinsam weggehen, wird er annehmen, daß wir in Scarborough ein Verhältnis miteinander hatten, nicht wahr, Blaize? Er wird glauben, daß ich mich in dich verliebt habe?«

»Genau. Eine andere Erklärung für ihn gibt es nicht. Nicholas wird annehmen, daß du ihm auf eine sehr kaltblütige Art und Weise den Laufpaß gegeben hast. Es wird ihm sehr weh tun, und er wird einige Zeit unausstehlich sein, bis er es überwunden hat. Ich spreche bewußt ganz kühl darüber, Faith. Das ist meine Art, mit Problemen umzugehen. Doch je elender und verratener Nicky sich fühlt, um so größer ist die Chance, daß er zu Georgiana zurückfindet. Er wird bei ihr Trost suchen, und vielleicht führt ihr Elend sie wieder zusammen. Eigentlich eine ganz natürliche Reaktion, glaubst du nicht, Faith? Und ihre Aussöhnung liegt uns doch wohl auch am Herzen, oder? Schön, welche Bedenken hast du noch?«

Ich beugte mich vor, wehrte mich verzweifelt gegen diese warme, überzeugende Stimme, diese logischen, betäubenden Worte, die meine Panik besänftigten und mich glauben machten, daß das Unvorstellbare durchaus möglich, ja sogar wünschenswert und richtig war.

»Blaize, sei vorsichtig. Du verwirrst mich. Bitte, überrede mich nicht zu einem Schritt, den du später bereuen könntest. Ich kann einfach noch nicht daran glauben. Aus deinem Mund hört sich alles so einfach, so selbstverständlich an – und vielleicht ist es das auch. Aber Blaize . . .«

»Ja, was noch? Geht es wieder um Nicholas?«
»Natürlich. Er ist dein Bruder und Teilhaber. Ich könnte ihm aus dem Weg gehen, aber du mußt mit ihm auskommen. Ihr begegnet euch fast täglich, arbeitet zusammen.«
Doch meine Verzweiflung hatte sich in ruhige Gelassenheit verwandelt, meine Einwände kamen nicht mehr vehement, sondern leise und zögernd. Der Druck seiner Hand auf meiner verstärkte sich.
»Auch diesen Gesichtspunkt habe ich nicht außer acht gelassen. Nicky und ich haben noch nie liebevolle Gefühle füreinander gehegt. Und wir arbeiten auch nicht zusammen, Faith. Wir sind Partner, und auf dieser Grundlage verkehren wir miteinander. Niemand in Cullingford würde sich darüber wundern, wenn unsere Beziehung eines Tages auf dem Gefrierpunkt wäre. Die Leute würden das geschäftlichen Problemen zuschreiben und vermuten, daß wir, wie immer, um Geld gestritten haben. Mit der Zeit wird Nicky vergessen, nachsichtiger werden, und falls er sich mit Georgiana aussöhnt, wird er auch seinen Haß auf mich begraben. Und wenn nicht – nun, nach dem Tode unseres Vaters werden wir gleichberechtigte Partner sein, und eine Partnerschaft kann aufgelöst werden. Er könnte Lawcroft und Low Cross übernehmen, und ich würde Tarn Edge bekommen; unsere Wege könnten sich trennen. Glaube nicht, daß dies ein Opfer für mich wäre; das könnte unsere Zukunft nicht belasten.«
Lange saß ich schweigend da, hatte den Kopf erschöpft an die Rückenlehne des Sofas gelegt, fühlte, wie mich die Kraft verließ, sträubte mich, so einfach Blaize' Willen nachzugeben, doch ganz langsam, so wie ein ruhig dahinfließender Fluß in ein anderes Flußbett mündet, verebbte mein Widerstand.
»Du wirst mich also heiraten?«
»Ja.«
»Schön. Dann mußt du mir eins versprechen.«
»Nur ein Versprechen? Ich denke, du hast das Recht, mehr zu verlangen.«
»Nun ja . . . das meiste wirst du mir freiwillig geben. Dieses eine Versprechen genügt mir. Nicholas darf niemals die wahren Umstände, die zu unserer Ehe führten, erfahren. Da weder Tante Hannah noch ich darüber reden werden, mußt du ebenfalls Stillschweigen bewahren. Er muß in dem Glauben weiterleben, daß du ihn freiwillig verlassen hast. Dir bot sich die Chance einer vorteilhaften Ehe, und du hast sie wahrgenommen. Falls er je wieder Gefühle für Georgiana

entwickeln soll, muß er dich hassen können. Und ich gebe auch zu, daß mir sonst nicht wohl wäre in meiner Haut. Willst du mir dieses Versprechen geben?«
»Blaize, das hätte ich dir auf jeden Fall versprochen.«
»Natürlich. So, und nun wollen wir an uns denken. Mein Gepäck ist bereits am Bahnhof. Wir müssen nur noch deine Angelegenheiten regeln, Liebling. Ich stehe zu deiner Verfügung. Schreib eine kurze Nachricht für deine Mutter, ein paar Zeilen an Tante Hannah, die ihnen morgen früh überbracht werden. Teile ihnen einfach mit, daß du mit mir weggegangen bist und irgendwann als meine Frau zurückkehren wirst. Während du deine Sachen packst, werde ich mit der Haushälterin sprechen und sie davon überzeugen, daß es für sie vorteilhafter ist, den Mund zu halten. Doch zuvor möchte ich dich einen Augenblick in die Arme nehmen. Wenn ich schon beschuldigt werde, dich verführt zu haben, dann will ich auch Gebrauch davon machen.«
Doch als er mich küßte, seine Hände zärtlich meine Schultern und Brüste streichelten, überfiel mich erneut Panik.
»Blaize – ich kann nicht einfach so – so schnell – von einem Bett in das nächste wechseln.«
»O doch, das kannst du«, murmelte er, den Mund an meinen Hals gepreßt. »Nicht hier, natürlich – nicht jetzt – aber heute nacht, Liebling. Irgendwo unterwegs werden wir bei Kerzenlicht und Champagner dinieren, und ein bequemes Bett wird auf uns warten, und ich bin keineswegs so galant, dich allein darin schlafen zu lassen. Du wirst deine volle Zustimmung geben, Liebling, sei dir darüber im klaren. Ich sehe zwar nicht so aus, Faith, aber ich bin ein Law-Valley-Mann. Und ich erwarte eine Gegenleistung für meine Investition, unverzüglich und uneingeschränkt.«
Und als Law-Valley-Frau konnte ich ihm das nicht abschlagen.

23

Es war natürlich eine groteske Verbindung, eigentlich von Anfang an zum Scheitern verurteilt. Doch das Fiasko trat nicht ein. Die erste gemeinsame Nacht hätte katastrophal enden können – in tränenreicher Reue meinerseits, und bitteren Vorwürfen von Blaize. Doch erstaunlicherweise endete sie in Gelächter, und diese heitere Stimmung war teilweise – was ich zugeben muß – auf den reichlich genossenen Champagner zurückzuführen, der für Blaize ein wesentlicher Bestandteil einer Verführung war. Doch hauptsächlich schrieb ich diesen Erfolg meinem widersprüchlichen Charakter zu. Meine praktische Law-Valley-Seite fand es nur vernünftig, diese Verbindung sofort zu besiegeln – was einmal geschehen war, konnte nicht mehr rückgängig gemacht werden –, die Stimme, die mir zuflüsterte: »Du hast dein Bett gemacht, also richte es dir darin so gemütlich wie möglich ein«, und dieser verborgenen Seite meines Wesens, die unter Blaize' geschickten Händen erwachte, die sinnliche Frau in mir, die wie eine verwöhnte Kurtisane Vergnügen an der Lust fand. Die Erinnerung an Nicholas, den scheinbaren Betrug, den ich an ihm begangen hatte, und die Haßgefühle, die er für mich empfinden mußte, hätten in diesen Monaten eine erdrückende Last für mich bedeuten können. Doch ich war eine Frau, die zu ihrem – wenn auch nicht ganz freiwilligen – Entschluß stand, und mein Stolz gebot mir, meinen Teil der Abmachung zu erfüllen. Ich wußte genau, was Blaize von einer Frau erwartete, und ich sah keinen Sinn darin, ihm – sogar vor unserer Heirat – etwas zu verweigern.

Eine gute Gastgeberin, hatte er gesagt, müsse ich ihm sein und eine gute Freundin. Doch Blaize Barforths »gute Freundin« mußte anpassungsfähig, selbständig, heiter, sinnlich und unendlich geduldig sein, und ich erkannte von Anfang an, daß ich alle diese Eigenschaften besaß und seine Erwartungen erfüllen konnte. Diese Bereitschaft, seinen Ansprüchen zu genügen, führte ich teilweise darauf zurück, daß er mir die absolut letzte Chance bot, ein erfülltes und glückliches Leben zu führen, und diese Chance wollte ich nicht vertun. Und es war auch auf Blaize' anspruchsvollen Charakter zurückzuführen, der ausschließliche Aufmerksamkeit verlangte, selbstverständlich erwartete, daß er geliebt wurde, und ich nahm diese Herausforderung an, denn er war ein überaus liebenswerter Mann. Vielleicht hätte ich nicht so rasch in seinen Armen Erfüllung finden sollen, doch wäre er verständnisvoll und zurückhaltend zu mir gewesen, hätte ich mich wohl in sentimentalen Erinnerungen verloren. Aber für Blaize war die körperliche Liebe weniger eine Befriedigung seiner Bedürfnisse, sondern ein genüßliches, geschicktes Erforschen, ein sinnliches Vergnügen an der Lust. Die leidenschaftliche Atmosphäre unserer Umarmungen wechselte mit der Umgebung – ein träges Sich-langsam-hingeben an einem Nachmittag am Mittelmeer; eine verspielte romantische Nacht in einem französischen Bett; ein Abend in einem südlichen Garten – winzige Was-

sertropfen aus dem Springbrunnen benetzten meine nackte Haut, und der sternenklare Himmel wölbte sich über uns. Ich konnte von Anfang an nicht seinen Verführungskünsten widerstehen.
»Nein, nein«, hatte er in jener ersten Nacht abgewehrt, als ich mich ihm zuwandte, um es schnell hinter mich zu bringen. »Wir haben keine Eile. Ich muß herausfinden, was dir gefällt, Liebes. Und du mußt meine Wünsche entdecken. Dieses Suchen und Erforschen wird unser Vergnügen sein.«
Und im hellen Licht der Lampen streichelte und liebkoste er mich von Kopf bis Fuß, seine Hände, sein Mund gaben und verlangten höchste Erregung, bis ein schier unerträgliches Lustgefühl mich in schwindelerregende Ekstase versetzte und mir Erfüllung brachte.
Von diesen ersten schwierigen Tagen an, als es mir nur mit meiner eisernen, anerzogenen Disziplin gelang, meine Trauer über Nicholas zu verbergen, fesselte und befriedigte Blaize meine sinnlichen Bedürfnisse, erfüllte meine Nächte mit Leidenschaft und oft mit Erstaunen. Die Tage verstrichen in einem Wirbel von Aktivitäten, er sorgte stets für Abwechslung, beanspruchte meine ganze Energie. Wir gingen mit seinen Freunden aus, vergnügten uns ausgelassen in übermütiger Gesellschaft oder dinierten allein in einem exklusiven Restaurant. Wir besuchten Pferderennen, Theateraufführungen, Konzerte in eleganten Kreisen, verbummelten ganze Nachmittage in Geschäften, und er beschenkte mich verschwenderisch. Wir reisten von Bahnhof zu Bahnhof, lebten in den luxuriösesten Hotels. Er neckte mich, verwöhnte mich, ließ mich dann wieder tagelang in einer fremden Stadt allein. Ohne ein Wort der Erklärung versetzte er mich manchmal in einem Restaurant, erwartete, daß ich von einer Minute auf die nächste zur Abreise bereit war und am Ende einer langen Reise ebenso frisch aussah wie zu Beginn. Und da ich die Frau sein wollte, die ihm ebenbürtig war, die selbständig denken und handeln konnte, stürzte ich mich Hals über Kopf in dieses aufregende Leben, vergaß alle Anstrengungen und Ärgernisse, die solche Umstände unweigerlich mit sich brachten, und hatte keine Zeit zum Grübeln. Ich genoß das Leben an seiner Seite in vollen Zügen.
Wir heirateten schließlich in Bournemouth, und es war den Cullingforder Bürgern nur allzu klar, daß wir mehrere Monate in wilder Ehe zusammengelebt hatten, ehe er mich zu seiner Mutter in die *Rosemount Lodge* brachte.
»Mutter wird dir bei der Rückkehr über die ersten Schwierigkeiten

hinweghelfen«, hatte Blaize gesagt, doch es war nicht Tante Verity, die uns beistand, sondern Onkel Joel.
»Ich verstehe dich einfach nicht«, sagte Tante Verity zu Blaize nach unserer Ankunft in *Rosemount*. Mir hatte sie nur kühl abweisend die Hand gereicht. »Warum hast du nicht einfach gesagt, daß du heiraten möchtest? Da steckt doch mehr dahinter. Wirst du mich in dein Geheimnis einweihen?«
»Das will ich lieber bleiben lassen, Mama«, erwiderte Blaize vergnügt, und statt des erwarteten Zornesausbruchs kam aus den Tiefen des Ohrensessels, in dem Onkel Joel saß, nur ein grimmiges Lachen. Er stand auf. Er war noch geschwächt von der schweren Bronchitis, unter der er letzten Winter gelitten hatte, doch seine Augen funkelten schon wieder angriffslustig.
»Damit wirst du dich wohl abfinden müssen, Verity«, sagte er. »Wir feiern eben jetzt Hochzeit. Ganz gleich, wem es gefällt. Ich bin damit einverstanden. Und ehrlich gesagt, mir liegt nicht mehr sehr viel an weiteren adeligen Familienmitgliedern. Blaize' Schrullen reichen für zwei. Ich bin ganz froh, daß er eine vernünftige Law-Valley-Frau gewählt hat. Ein Mädchen aus Cullingford war auch für mich gut genug. Wir werden dich also so schnell wie möglich verheiraten, Faith Aycliffe. Und sobald das Wetter etwas wärmer ist und ich die schlechte Luft in Cullingford besser vertragen kann, bringe *ich* dich nach Hause, dort, wo du hingehörst.«
Mutter, Prudence, Tante Hannah und Jonas kamen nach Bournemouth zu meiner Hochzeit. Mutter zerfloß in Tränen und nahm die verlorene Tochter wieder auf. Tante Hannahs kalter Blick gab mir unmißverständlich zu verstehen, daß nur ihr ausgeprägter Familiensinn und ihre christliche Nächstenliebe sie dazu veranlaßte, mich gnädig wieder in den Schoß der Familie aufzunehmen.
»Welch ein waghalsiges Unternehmen«, sagte Jonas zu mir. »Ihr habt doch sicher noch keinen Ehevertrag aufgesetzt? Dein Mann wird wohl nichts dagegen einzuwenden haben, wenn ich deine Interessen vertrete?« Ich lächelte ihn an und glaubte nicht, daß er mich verraten würde, denn wenn er sich die Mühe gemacht hatte, die Identität meines Liebhabers herauszufinden, wäre ihm kaum ein Irrtum unterlaufen wie Tante Hannah.
Ich überredete Prudence zu einem Spaziergang, und ehe sie mir eine Frage stellen konnte, sagte ich: »Ich darf dir nicht sagen, warum es so gekommen ist. Ich habe versprochen zu schweigen.«
»Ach, es gab also einen Grund dafür? Ich dachte, du wärst nur einer

deiner Launen gefolgt.« Und dann – doch es klang nicht mehr verärgert – fügte sie hinzu:
»In Cullingford nennen sie dich eine falsche Katze. Jede Mutter mit einer heiratsfähigen Tochter gibt sich empört über diesen Skandal, obwohl jede liebend gern die eigene Tochter in den Zug nach London mit Blaize gesteckt hätte. Celia wird von zwiespältigen Gefühlen zerrissen. Sie freut sich, daß du jetzt so reich bist, und schämt sich, daß du deiner Leidenschaft nachgegeben hast. Das hat sie ganz krank gemacht. Und es hat auch mich krank gemacht. Sie haben dich mißbraucht, nicht wahr – einer oder auch alle beide, Nicholas und Blaize. Du wurdest beeinflußt, und man hat dir Angst eingejagt, bis du keinen anderen Ausweg mehr sahst, war es nicht so? Nein, nein, sage nichts. Ich will es gar nicht wissen.«
»Prudence, bitte. Ich kann niemanden sonst fragen. Hast du Nicholas gesehen?«
»Ja«, erwiderte sie nur und war nicht bereit, über ihn zu sprechen.
Caroline, die bei Lady Henriette Stone in London zu Besuch weilte, hätte leicht nach Bournemouth zu meiner Hochzeit kommen können, doch sie konnte mir nicht verzeihen, daß ich ihren Lieblingsbruder auf so hinterlistige Art und Weise eingefangen hatte. Obwohl sie mich gern hatte, wäre es ihr doch lieber gewesen, Blaize zumindest mit der Tochter eines Herzogs verheiratet zu sehen, und sie sagte Blaize auch schonungslos die Meinung, als er sie in London besuchte.
Georgiana, die kurz vor der Niederkunft stand, konnte nicht kommen und schickte mir nur einen hastig hingekritzelten Gruß: »Welch eine verruchte Tat! Was für ein Streich! Welch ein Spaß! Man kann sich immer darauf verlassen, daß Blaize Stil hat. Mein Bruder Perry hätte es nicht besser machen können.«
Und obwohl ich Prudence immer wieder nach Nicholas fragte, verweigerte sie mir jede Auskunft.
Ein zartblauer Himmel, über den vereinzelte Wolkenfetzen trieben, begrüßte mich an meinem Hochzeitsmorgen. Blaize hatte darauf bestanden, daß ich in einem cremefarbenen Satinkleid, extra für diese Gelegenheit von Monsieur Albertini in Paris angefertigt, vor den Altar trat. Es war wohl das eleganteste Kleid, das ich bis dahin besessen hatte. Nach der Trauung kehrten wir ins *Rosemount* zurück, und da wir unsere Hochzeitsreise ja vorgezogen hatten, wies Tante Verity uns nur das Schlafzimmer mit dem Doppelbett an. Wir waren verheiratet.

»Ob es wohl anders sein wird heute nacht?« fragte Blaize und legte sich neben mich.
»Ja, denn jetzt hast du eine anständige Frau aus mir gemacht, und ich werde mich entsprechend benehmen. Jetzt bin ich deine Frau, nicht länger deine Geliebte, also behalte ich mein Nachthemd an und werde das Licht ausmachen.«
»Nun, das wäre wirklich eine völlig neue Erfahrung für mich. Jedoch, mein verheirateter Liebling, du wirst genau das tun, was ich will, denn als dein Mann bestimme ich über dein Leben – über Leben und Tod.«
»So ist es . . . und gefällt es dir?«
Er zuckte die Schultern. »Darüber habe ich noch nicht nachgedacht. Ich glaube, es ist mir gleichgültig. Wenn ich das Gesetz nötig hätte, um dich zu besitzen, käme ich mir wie ein Versager vor und ein Trottel obendrein. Außerdem würdest du mir sowieso nur geben, was du willst – oder kannst –, und das gilt auch für mich. Und ich denke, damit kommen wir ganz gut aus.«
Ein paar Tage später reiste Blaize nach Cullingford und ließ mich allein mit meiner Tante – meiner Schwiegermutter –, deren forschender Blick mir unbehagliche Stunden bereitete. Als er zurückkam, hatte er mein Haus in der Miller Gate verkauft, zeigte mir die Zeichnung eines neuen Hauses und fragte mich höflich nach meiner Meinung darüber, obwohl ich vermutete, daß er es bereits gekauft hatte.
Es war ein Besitz namens *Elderleigh Hill*. Er lag einige Meilen außerhalb von Cullingford, an der Straße nach *Listonby*, und obgleich die Gegend nicht mehr ausgesprochen ländlich war – zu weit hatten sich die rauchenden Fabrikschornsteine bereits in die hügelige Landschaft gefressen –, blickte ich doch auf grüne Wiesen. Im Frühling würde der Duft der Blüten den Qualm aus den Fabrikschloten vertreiben, der über dem ganzen Tal hing. Das Haus selbst war vor etwa fünfzig Jahren gebaut worden, ein elegantes Gebäude im klassisch griechischen Stil.
»Es wird dir sicher gefallen«, sagte Blaize und drückte damit aus: »Es gefällt mir.« Und da ich mich sehr danach sehnte, endlich ein eigenes Heim zu haben, widersprach ich nicht.
»Du wirst einen weiten Weg jeden Tag zur Fabrik haben.«
»Liebling, ich fahre nicht jeden Tag in die Fabrik.«
»Nun, das Haus sieht sehr nett aus und scheint recht groß zu sein. Können wir es uns denn leisten?«

»Oh, was das betrifft . . . Ich kann mir vorstellen, daß Vater es uns kaufen wird. Er ermöglicht Nicholas ein recht luxuriöses Leben in *Tarn Edge* und kauft Caroline laufend neuen Grundbesitz. Er wird mir gegenüber nicht weniger großzügig sein. Wenn du damit einverstanden bist, schicke ich Jonas Agbrigg eine Nachricht und bitte ihn, den Kaufvertrag für mich zu unterzeichnen. Denn ich möchte dich wohlversorgt in deinem Haus wissen, ehe ich nach Amerika abreise.«
»Blaize – du hast mir nicht gesagt, daß du nach Amerika fährst.«
»Nun, jetzt weißt du es, meine Liebe.«
»Und ich nehme an, ich kann dich nicht begleiten?«
»Nein, Liebling. Diese anstrengenden Geschäftsreisen sind nicht für Damen geeignet, glaube mir. Ich hätte sehr wenig Zeit für dich. Und an einigen Orten, die ich aufsuchen muß, könnte ich dich nicht allein lassen. Nicholas bezeichnet diese Reisen zwar als Vergnügungsreisen, doch sie sind harte Arbeit. Du hättest keinen Spaß daran.«
»Du hast Nicholas getroffen . . . als du in Cullingford warst?«
»Das ließ sich wohl kaum vermeiden. Unsere Begegnung verlief mehr oder weniger so, wie ich es erwartet hatte. Dann kaufe ich das Haus also? Schön. Du wirst einiges daran verändern wollen. Die Tapeten sind abscheulich, und da du selbstverständlich die Handwerker überwachen wirst, Liebling, werde ich dich vor meiner Abreise nach *Listonby* bringen, damit du in der Nähe bist. Ich nehme an, du wirst so beschäftigt sein, daß du mich kaum vermissen wirst.«
»Blaize!« rief ich entsetzt. »Caroline wird mich nicht aufnehmen.«
»Natürlich wird sie das. Ich habe bereits mit ihr gesprochen. Alles ist arrangiert. Sie wird zehn Minuten mit dir schimpfen, aber sie liebt es, im Mittelpunkt zu stehen, und hat zu gern Gesellschaft, denn manchmal ist sie recht einsam. Du wirst ihr eine angenehme Abwechslung zu Hetty Stone sein, und außerdem mag sie dich.«
»Lieber Gott . . .« seufzte ich, und als ich Blaize' spöttisch hochgezogene Augenbrauen sah, die mich daran erinnerten, daß er mir von Anfang an klargemacht hatte, daß er nicht der Mann war, an dessen breiter Brust eine hilflose Frau sich ausweinen konnte, nahm ich mich zusammen, atmete zweimal tief durch und lächelte ihn tapfer an.
»Ja, gewiß. Ich werde vollauf mit der Renovierung des Hauses beschäftigt sein. Bei deiner Rückkehr soll alles fertig sein.«
»Schön. Das freut mich.«
Da Blaize nun alles seinen Wünschen entsprechend geregelt wußte, stand er auf und küßte mich.

»Ich kann nichts daran ändern, Faith. Diese Geschäftsreisen werden lange im vorhinein geplant. Die Termine mit meinen Kunden sind festgelegt, und wenn ich sie nicht einhalte, gehen mir die Aufträge verloren. Ich erwarte nicht, daß du Cullingford alleine gegenübertrittst. Bis dahin bin ich längst zurück. Die Stadthalle und Tante Hannahs Salon, die ganze kleinbürgerliche Gesellschaft werden wir gemeinsam erobern, das verspreche ich dir. *Listonby* ist schließlich nicht Cullingford. Deine Anwesenheit dort wird sich rasch herumsprechen, und wer dir nicht begegnen will, wird fernbleiben. Und es gibt keinen Grund, warum du in die Stadt gehen solltest.«
Über Nicholas verlor er kein weiteres Wort.
Nun begann eine Periode in meinem Leben, in der ich auf das äußerste gefordert wurde. Ich machte das Unmögliche möglich. In *Listonby* wurde ich mit kühler Höflichkeit empfangen. Caroline behandelte mich ein paar Tage schroff und ablehnend, doch Lady Hetty Stone, nun fast ständiger Gast dort, war eine weltgewandte Dame, die mit belustigter Langeweile die provinziellen Ansichten der Lady Chard tolerierte und überaus erfreut war, die Bekanntschaft der Frau des charmanten Blaize Barforth zu machen.
»Du wirst Hetty Stone mögen«, sagte Caroline, und es klang eher wie ein Befehl als eine Empfehlung, und obwohl mir Lady Hettys dünner, kraftloser Körper nicht gefiel, ihre schmachtende, affektierte Art mich irritierte, besaß sie doch einen scharfen Verstand und gehörte den höchsten Adelskreisen Englands an – was für Caroline, die den Landadel im Handumdrehen erobert hatte, eine neue Herausforderung darstellte. Denn Lady Hetty war eine Tochter des Herzogs von South Erin, einem Repräsentanten der Whigs von höchstem internationalen Ansehen, dessen Bekanntschaft für Caroline die Tür zu neuen Welten eröffnen würde. Lady Hetty war verwitwet und hatte Zugang zu den nobelsten Häusern in Mayfair, war bei Hof empfangen worden, und ihre Beziehungen zu illustren Kreisen prädestinierten sie zu einem Dauergast in *Listonby*.
Mit banger Erwartung sah ich Carolines erster Dinnergesellschaft nach meiner Ankunft entgegen, doch sie hatte niemanden eingeladen, der mich in peinliche Verlegenheit bringen würde – oder die Gäste waren der Einladung nicht gefolgt. Wieder hatte ich eine scheinbar unüberwindliche Hürde genommen, lebte aber weiter mit der schrecklichen Vision, eines Tages völlig unvermutet Nicholas gegenüberzustehen, der nur wenige Meilen entfernt lebte. Ich kämpfte mit der Versuchung, seinem Haß und Zorn zuvorzukom-

men, den bitteren Vorwürfen, die er mir entgegenschleudern würde, und zu ihm zu gehen, um ihm die Wahrheit zu gestehen.
Der Gedanke an ihn beschäftigte mich unentwegt, doch da ich jetzt Blaize' Kind in mir trug, das mich unauflöslich an ihn fesselte – eine Bindung, die ich jedem anderen Mann verwehrt hatte –, widmete ich alle meine Gefühle diesem wunderbaren Geschehen und fand dabei erlösende Erleichterung von quälenden Erinnerungen.
Jeden Morgen fuhr ich in Carolines Landauer – oft in Begleitung von Hetty Stone – nach *Elderleigh* und überwachte die Renovierungsarbeiten im Haus und hoffte, daß die neuen Tapeten Blaize' anspruchsvollem Geschmack entsprachen. Ich verhandelte mit Handwerkern und Geschäftsleuten, mahnte die Lieferung der Möbel, des Porzellans und anderer Einrichtungsgegenstände in London an, setzte mich mit unbekannten Dingen wie der Installation von Öfen und Kesseln auseinander, erteilte Aufträge zur Säuberung und Reparatur von Kaminen, damit meinen Mann ein warmes, behagliches Haus erwartete.
Unter meiner Anleitung entstand ein prachtvolles Schmuckkästchen. Kostbare Teppiche zierten die Böden; honigfarbene Seidentapeten glänzten an den Wänden des Salons; das Eßzimmer war in rosa Farbtönen gehalten. Die Fenster drapierten schwere Vorhänge aus Musselin und Samt; auf dem Kaminsims prangte eine französische Uhr umrahmt von Porzellanblumen; kostbare Figuren aus Meißen schmückten die Anrichten. Das Rokoko-Sofa, bezogen mit honigfarbenem Samt, die schweren Brokatsessel, das geräumige Bett mit einem Baldachin aus zitronengelber Seide, wurden geliefert.
»Unpraktisch«, bemerkte Caroline dazu.
»Wunderschön«, begeisterte sich Hetty Stone. »Ihr Mann ist sehr anspruchsvoll, Mrs. Barforth.«
Und als Blaize nach Hause kam, hatte er nur noch für die Unterbringung seiner Pferde zu sorgen.
Mit zwiespältigen Gefühlen hatte ich auf dieses Wiedersehen gewartet, denn ich wußte nicht, ob er mich vermißt hatte und sich freute, wieder bei mir zu sein. Er sprach nicht darüber. Doch mit überschwenglicher Anerkennung pries er meine häuslichen Qualitäten, überhäufte mich mit Blumen und unzähligen Geschenken – teuren unpersönlichen Dingen.
Doch später sagte er: »Ach ja . . . hier, ich hoffe, es gefällt dir« und warf eine schwere goldgefaßte Kamee in meinen Schoß, einen wun-

derbar gearbeiteten Schwan. Ein einmaliges Stück; hatte er es extra für mich anfertigen lassen?
»Ja«, sagte er, »ich dachte mir doch, daß du es hinreißend finden würdest – also sinke in meine Arme, Liebling. Ich habe zwar einen wählerischen Appetit, doch wie jeder Mann, der längere Zeit abwesend war, werde ich dann zu einem hungrigen Wolf.«
Und so nahm unser gemeinsames zukünftiges Leben allmählich Gestalt an: Es war geprägt von plötzlichen, unerwarteten Trennungen, längeren Reisen und überraschenden Wiedersehen.
»Blaize – du hast mir nicht gesagt, daß du nach London – nach Deutschland – nach New York – nach China reist.«
»Liebling, nun weißt du es.«
Und für die Zeit seiner Abwesenheit betraute er mich stets mit Aufgaben, die meine Kräfte und Fähigkeiten aufs äußerste herausforderten.
»Könntest du dies für mich erledigen – kümmere dich doch bitte darum – gestalte doch das rückwärtige Wohnzimmer in eine Bibliothek für mich um, während ich unterwegs bin.«
Doch seine erste Rückkehr in unser neues Haus bedeutete auch das Ende einer Gnadenfrist für mich. Jetzt mußte ich mich als Blaize' Frau im eigenen Heim bewähren – ein krasser Unterschied zu den Monaten, die wir in fremden Ländern, in Hotels und als Gäste seiner Freunde verbracht hatten. Und ich mußte mich der Cullingforder Gesellschaft stellen, und dieser Gedanke war mir schier unerträglich.
Wie sollte ich es je über mich bringen, am Arm von Sir Joel Barforth die Morgan-Aycliffe-Halle zu betreten, mich all diesen feindseligen, hämischen Blicken auszusetzen? Ich war nur erleichtert über die Tatsache, daß man mir meine Schwangerschaft noch nicht ansah. Und auch diese Hürde nahm ich.
»Es besteht kein Grund zur Aufregung«, ermutigte Sir Joel mich. »Jeder, der mit mir sprechen will, muß auch dich mit einbeziehen, Faith. Und kaum einer der Anwesenden hier kann es sich leisten, mir die kalte Schulter zu zeigen.«
Onkel Joel behielt recht.
Als wir ins Vestibül der Konzerthalle traten, senkte sich für einen Augenblick ablehnendes Schweigen über die versammelte Menge. Feindselige und neugierige Blicke streiften mich. Doch dann sagte Mrs. Mandelbaum:
»Guten Abend, Faith, meine Liebe.«

»Guten Abend«, bemerkte Mrs. Hobhouse steif.
»Mrs. Blaize Barforth, wie freue ich mich, Sie zu sehen«, grüßte Mr. Fielding, unser Parlamentsabgeordneter. Die nächste Wahl stand bevor, und er war von den großzügigen Spenden der Barforths abhängig.
»Darf ich Ihnen meine Nichte vorstellen«, ertönte da Tante Hannahs Stimme laut und deutlich. »Faith, ich glaube, du kennst Mrs. Birkett noch nicht. Sie ist erst kürzlich nach Cullingford gezogen. Ihr Mann eröffnet hier eine Transportfirma.«
Die Feuerprobe war bestanden, und wie ich früher bereits – nach meiner Rückkehr aus Frankreich – festgestellt hatte, interessierte sich niemand wirklich für die Angelegenheiten des anderen. Als ich Celia am Albert Place besuchte – sie war wieder schwanger –, sprach sie pausenlos von ihren häuslichen Problemen, hatte den Skandal, den ich verursacht hatte, bereits vergessen.
»So, du bist also auch in anderen Umständen. Nun, ich warne dich, es ist ein äußerst unerfreulicher und lästiger Zustand. Die Knöchel werden dir anschwellen, entsetzliche Kopfschmerzen werden dich plagen, und du wirst deine Unförmigkeit hassen lernen. Hoffentlich bekommst du einen Sohn, denn dein Mann wird ja den Titel erben und ihn eines Tages an seinen Sohn weitergeben wollen.«
Mutter, die ihr eigenes kleines Geheimnis zu wahren hatte, zwinkerte mir zu, und Daniel Adair flüsterte ein anerkennendes »Kluges Mädchen« in mein Ohr. Tante Hannah, deren Mann dazu überredet worden war, ein drittes Mal als Bürgermeister zu kandidieren, plante bereits die Errichtung neuer Gebäude, und Jonas war mittlerweile in den Stadtrat gewählt worden.
Neue Klatschgeschichten machten die Runde, und die Ankunft einer gewissen Mrs. Tessa Delaney, einer Dame, die ihre Blütezeit bereits überschritten hatte, aber eine überaus sinnverwirrende Schönheit war und sich in der Albert Terrace eingerichtet hatte, war Gesprächsthema Nummer eins bei den Teekränzchen. Es ging das Gerücht, daß diese Dame keine Dame war, sondern die Mätresse von Mr. Oldroyd aus Fieldhead.
Konnte man Mrs. Delaney empfangen oder nicht? Tante Hannah winkte entschieden ab. Vielleicht sollte man nicht so unfreundlich sein, schlug Mrs. Hobhouse vor, der sehr daran gelegen war, daß Mr. Oldroyd sich nicht wieder verheiratete, und die in Mrs. Delaney eine Verbündete sah.
»Ihr Tee soll ganz vorzüglich sein«, äußerte Prudence in aller Un-

schuld und erwiderte auf Tante Hannahs empörten Ausruf: »Nun, das hat Freddy Hobhouse mir erzählt. Und Jonas kann es dir bestätigen, er ist ihr Anlageberater.«

»Jonas«, tönte Tante Hannah da würdevoll, »hat ausschließlich geschäftliche Kontakte zu dieser Dame. Nicht alle seiner Klienten würde ich zum Tee bitten.«

Im Jahre 1854 trat auch England in den Krieg gegen Rußland ein, und auf der Krim starben Tausende unserer Soldaten einen sinnlosen Tod. Andere kehrten als Invaliden zurück, und in Cullingfords Straßen sah man diese bedauernswerten Männer, die nun zu keiner Arbeit mehr fähig waren.

Tante Hannah, die sich wie immer um die Armen kümmerte, gründete ein Komitee, dem auch ich beitrat, um bei den betroffenen Familien wenigstens die schlimmste Not zu lindern.

Am Tag nach dem Konzert in der Morgan-Aycliffe-Halle ging Onkel Joel in Begleitung von Blaize und Nicholas in Jonas' Kanzlei im Coppers Court, wo der Gesellschaftsvertrag endlich unterzeichnet und das Privatunternehmen des Sir Joel Barforth in die Firma Sir Joel Barforth und Söhne umgewandelt wurde. Es war ein Ereignis, das in *Tarn Edge* wohl mit einem Familienessen gefeiert worden wäre, doch Georgiana hatte sich von der Geburt ihrer Tochter noch nicht erholt und lag zu Bett; so fiel die Feier aus.

Nicholas war nicht zu Hause, als ich Georgiana einen Besuch abstattete, um ihre Tochter zu sehen, Miss Venetia Barforth, der man den Namen einer der Vorfahrinnen der Clevedons gegeben hatte. Georgiana war noch sehr schwach und fragte mich nicht, warum ich sie vernachlässigt hätte. Das Kind, verloren in Spitzen und Rüschen, war das kleinste, das ich je gesehen hatte, und ich war froh, daß ich wegen Georgianas geschwächtem Zustand nicht lange bleiben konnte.

»Arme Georgiana. Sie wäre fast gestorben«, sagte Tante Verity zu mir, als wir gemeinsam die große Treppe hinuntergingen. »Es gab einen Augenblick, wo Dr. Blackstone uns sagte, daß keine Hoffnung mehr bestünde.«

»Wie schrecklich.«

»Ja«, sagte sie und schwieg, als wir die Halle erreichten. Ihre hellen Augen erinnerten mich plötzlich an Blaize'. »Es war wirklich schrecklich. Ich habe Nicholas noch nie so außer sich erlebt. Einen Moment glaubte ich wirklich, er würde den Verstand verlieren. Er stand vor ihrem Schlafzimmer an die Wand gelehnt und weinte nicht – nein, er stöhnte und wiederholte immer wieder, daß sie nicht sterben dürfe. Ich habe ihn noch nie so schmerzerfüllt gesehen und auch nicht so betrunken, als es gewiß war, daß Georgiana leben würde. Faith, entschuldige bitte. Aber deine Schwangerschaft scheint dir überhaupt nichts auszumachen, deshalb sprach ich über diese Dinge. Doch ich habe drei Kinder ganz leicht auf die Welt gebracht, und auch deine Mutter hatte keine Probleme damit. Wahrscheinlich wird es dir genauso ergehen.«

Und so wartete ich noch immer auf den Augenblick, wo ich mit Nicholas zusammentreffen würde, den Augenblick, wo ich ihm die Hand hinstreckte und er sie nahm – oder nicht. Doch jeder in Cullingford wußte, daß die Barforth-Brüder auf keinem guten Fuß miteinander standen, sich gegenseitig nicht schätzten, und so erwartete auch niemand, daß sie im *Old Swan* ein Glas miteinander tranken oder mit ihren Frauen gemeinsam ins Theater gingen.

Tante Verity, die mir von seinen Qualen während Georgianas Niederkunft erzählt hatte, wußte wahrscheinlich ebenso wie ich, daß es sich dabei um Schuldgefühle handelte. Und wenn er sich nun seine Schuld eingestand und meine, hatte er vielleicht verstanden, daß sich unsere Wege damals trennen mußten, weil wir dieses Leben nicht länger ertragen konnten und nur so Verzeihung erlangen und einen neuen Anfang machen konnten.

Doch als wir uns dann endlich wiedersahen, war diese Begegnung ganz anders, als ich sie mir vorgestellt hatte, denn meine Schwangerschaft war bereits so weit fortgeschritten, daß nicht nur mein Körper und mein Geist schwerfällig waren, sondern ich auch einen Anblick bot, der jeden Gedanken an Leidenschaft ausschloß.

Zum ersten Mal hatte ich Blaize in seinem Büro in Tarn Edge besucht, sah zum ersten Mal diesen Raum, in dem er soviel Zeit verbrachte. Dieses reich möblierte Zimmer mit den Stoffmustern auf großen Tischen verwirrte mich, ebenso wie Blaize, dessen Seite als Geschäftsmann ich noch nicht kannte. Da betrat Nicholas plötzlich das Büro, mit noch mehr Stoffmustern in der Hand, und ich wagte kaum zu atmen.

»Ah, Faith«, sagte er. »Geht es dir gut?«

»Ja, Nicholas. Und dir auch?«

»Ebenfalls, danke. Sieh mal, Blaize. Sind das die Muster, die du für Grassmann brauchst?« Und er gab sie Blaize, der sie zum Fenster mitnahm, wo die beiden sie im Tageslicht prüften.

»Das ist nicht, was *ich* für Grassmann brauche«, entgegnete Blaize.

»Das ist, was Grassmann wünscht. Und was ist mit dem Muster für Remburger?«
»Himmel! Daran wird noch gewebt.«
»Aber es wird doch rechtzeitig fertig? Remburger ist am zwanzigsten in London.«
»Ja. Aber du kommst besser runter und siehst es dir an. Meiner Ansicht nach ist der Stoff etwas zu steif.«
»Das geht mich nichts an. Ich denke, Bürgermeister Agbrigg kümmert sich darum.«
»Das dachte ich auch. Und wo, zum Teufel, steckt er? Ich hätte schon vor einer Stunde in Lawcroft sein müssen. Beeil dich, wenn du es dir ansehen willst.«
Gemeinsam gingen sie zur Tür, die Köpfe voller geschäftlicher Angelegenheiten, und ganz leise fragte ich:
»Nicholas, geht es Georgiana besser?«
»Ja. Sie erholt sich. Nett von dir, daß du fragst.«
Und wie es meistens im Leben geschieht, war dieser gefürchtete Augenblick vorüber, noch ehe er begonnen hatte. Er hatte mit mir gesprochen. Ich hatte geantwortet. Beim nächsten Mal würden wir wieder miteinander reden. »Wie geht es dir? – Danke, sehr gut.« Es war geschehen.
Doch als ich nach Hause fuhr und mich in Nicholas versetzte – ich hatte ihn doch immer verstanden –, schien es mir, er hätte mich lieber tot gesehen als mit Blaize verheiratet, und daß er uns beiden niemals verzeihen würde, niemals verstehen wollte, und daß Blaize, der immer wußte, was um ihn herum vorging, das alles von vornherein gewußt hatte.

24

Blaize, der großes Geschick darin besaß, häuslichen Schwierigkeiten aus dem Weg zu gehen, war auf Reisen, als unsere Tochter geboren wurde. Er kehrte erst ein paar Tage später zurück, als sie nicht mehr gar zu verschrumpelt aussah, und ich ruhte elegant, nach Lavendel duftend zwischen hochaufgetürmten, mit Spitzen besetzten Kissen. Ich war bester Stimmung, denn ich hatte kaum gelitten und hätte ihn auch während dieser schweren Stunden nicht an meiner Seite geduldet.

»Vergib mir«, sagte er. »Aber du mußt zugeben, daß du ein wenig früh dran warst.«
»Das stimmt. Ich dachte, es wäre besser, wenn ich mich beeilen würde, da doch Caroline bald ihren großen Jagdball gibt. Und sie zählt auf mich. Deine Tochter liegt da in der Wiege.«
»Meine Tochter! Gütiger Himmel!« sagte er, und ich wußte, daß er der Vaterschaft mit sehr gemischten Gefühlen entgegensah, weil ihm Georgianas unzulängliche mütterliche Qualitäten in *Tarn Edge* eher zuwider gewesen waren. Doch als er einen Blick in die Wiege warf, hellte sich sein Gesicht auf.
»Nun, sie scheint nicht so ein übelgelaunter kleiner Schreihals zu sein wie andere Babies. Tatsächlich sieht sie sehr hübsch aus.«
»Natürlich tut sie das. Denn schließlich machst du doch alles besser als andere Männer, nicht wahr?«
»Das stimmt«, entgegnete er und kam zu mir ans Bett zurück. »Aber in diesem Fall will ich es nicht zu oft tun, Liebling. Faith, geht es dir wirklich so gut, wie du aussiehst? Ich bin so schnell wie möglich zurückgekommen, aber ich glaubte, es wäre noch eine Woche Zeit gewesen.«
»Du meine Güte! Blaize Barforth, könnte es sein, daß du Schuldgefühle entwickelst?«
»Das frage ich mich auch.«
»Es ist absolut überflüssig. Ich bin sehr gut ohne dich zurechtgekommen. Was soll dieses ganze Theater? Celia ist mir schon böse, weil ich mich so wohl fühle. Sie hält diesen Zustand für äußerst unangebracht.«
»Ja, aber du brauchst dir auch keine Mühe zu geben, um die Aufmerksamkeit deines Mannes zu erregen, wie Celia, nicht wahr?«
Die Geburt meiner Tochter war ein einschneidendes Ereignis in meinem Leben. Ganz gleich, was aus ihr einmal werden würde, ich würde sie immer lieben. Und diese Gewißheit schenkte mir einen inneren Frieden, denn ich hatte etwas Wichtiges getan: ihr das Leben geschenkt und somit die tiefste innere Bestimmung meiner Natur erfüllt.
Wir nannten sie Blanche, wegen ihres zarten blassen Teints, ihres hellblonden Haars und ihrer blauen Augen. Sie war wie von einer Aura aus Elfenbein und Silber umgeben.
»Sie ist schön«, sagte jeder.
»Sie gleicht ihrer Mutter«, antwortete Blaize.
Und sie *war* schön. Ich war zutiefst zufrieden. Solange ich in mei-

nem luxuriösen Schlafzimmer blieb, war ich glücklich. Aber ich war mit einem Mann verheiratet, dem die Welt offenstand und der mich nicht geheiratet hatte, damit ich ihm Kinder gebären sollte, sondern um sein Leben als Geliebte, Freundin und Herrin seines Hauses zu teilen.

»Ist es klug, schon so früh aufzustehen, Liebes?« fragte Mutter, die meine drei Wochen alte Blanche behutsam auf ihrem Schoß wiegte.

»Aber ja. In ein oder zwei Wochen kommen deutsche Kunden zu Besuch und dann Amerikaner. Ich muß mich um sie kümmern.«

»Ich habe niemals gedacht, daß du so emsig sein würdest, Liebes. Es paßt zu dir.«

In Erinnerung an meine eigene spartanische Kindheit stattete ich Blanches Kinderzimmer verschwenderisch aus: helle Möbel und Teppiche in leuchtenden Farben. Ich kleidete sie wie eine kleine Prinzessin. Ich verwöhnte sie, spielte mit ihr.

»Du wirst aus ihr ein eitles, verzärteltes Mädchen machen«, sagte Caroline zu mir. Doch ich war der Meinung, daß ich mehr von der Welt verstünde als Caroline, und glaubte, daß jede Frau das Anrecht auf eine gewisse Eitelkeit besäße, die eine wirksame Waffe und oft einen großen Trost darstellte.

Ich war die erste Frau in Cullingford, die Reifröcke trug, und begeisterte mich an dieser ungewohnten Freiheit, die diese Kleidungsstücke gewährten. Und nicht lange danach folgten andere meinem Beispiel.

Über meine Garderobe wurde viel geredet, nicht nur in Cullingford, sondern auch in den größeren Städten Bradford und Leeds, wo Blaize viele Freunde hatte. Und mir gefiel die Beachtung, die man mir zollte.

Blaize schenkte mir einen zweisitzigen Kutschwagen – eine Viktoria –, der viel bequemer als der konventionelle Landauer war, da er keine Türen besaß und ich meine Röcke besser drapieren konnte. Er selbst tauschte seinen Zweispänner gegen einen leichten Einspänner, mit dem er in halsbrecherischem Tempo von Elderleigh nach Tarn Edge raste. Wir wurden ein sehr elegantes Paar, so wie Blaize es sich vorgestellt hatte, luden zu formellen Dinner-Parties ein, wenn er zu Hause war. Und stets war ich auch während seiner Abwesenheit bereit, Gäste zu empfangen oder unerwartete Besucher, die er mitbrachte.

»Faith, Liebling . . . darf ich dir Mr. Remburger aus New York vorstellen?« Und ich sagte nicht mehr: »Blaize, du hast mir gar nicht ge-

sagt, daß du einen Gast mitbringst«, sondern: »Mr. Remburger, wie freue ich mich, Sie endlich kennenzulernen.« Mein Haushalt funktionierte zur Perfektion, denn in dieser Hinsicht war Blaize außerordentlich genau, und ich wollte ihm immer eine Freude machen.
Wenn er zu Hause war, lebte ich in einem ständigen Gefühl der Vorfreude, in die sich manchmal auch gelinder Ärger mischte. Doch mein Entzücken beim Zusammensein mit ihm überwog, denn er war nie trübsinnig oder schlechtgelaunt oder litt unter Anfällen grundloser Eifersucht, wie ich sie von Nicholas kannte. Auch hatte er nicht das Bedürfnis, meine Liebe zu ihm Prüfungen zu unterwerfen – denn er erwartete nicht, von mir geliebt zu werden, genausowenig, wie er mich liebte –, aber er wollte unterhalten werden.
Er war kein häuslicher Mann im konventionellen Sinn. Er liebte seinen Komfort, ja auch einen gewissen Luxus, und obwohl er wußte, was ihn dieser kostete, kam er großzügig dafür auf und wollte niemals wissen, was ich im einzelnen ausgegeben hatte. Da er nie düsteren Stimmungen unterworfen war, erwartete er auch von mir ein ausgeglichenes Temperament, dieselbe zärtliche Zuneigung, die er mir schenkte.
Und er war ein geistreicher, charmanter Freund und ein phantastischer Liebhaber.
»Dies hier solltest du mir zuliebe tragen«, sagte er und warf mir einen Morgenmantel von skandalöser Durchsichtigkeit zu oder ein Abendkleid, dessen Ausschnitt erst an der Taille aufzuhören schien. Und als sich herausstellte, daß Mr. Remburger aus New York auch ein Bewunderer schöner nackter Schultern war, amüsierte sich Blaize köstlich und genoß es, daß andere Männer seine Frau begehrten.
Unsere Ehe war wohl für die Menschen im Law Valley ungewöhnlich, denn die Männer dort ermutigten ihre Frauen gewiß nicht zur Sinnlichkeit. Sie neigten eher dazu, nach den ehelichen Wonnen sofort schnarchend einzuschlafen, als noch engumschlungen im Bett zu liegen und Champagner zu trinken. Und die meisten Law-Valley-Frauen wären über ein solches Verhalten schlichtweg schockiert gewesen.
Doch in unserem Schlafzimmer behandelte mich Blaize weder wie eine Frau, die seine sexuellen Bedürfnisse zu stillen hatte, noch wie eine Matrone, die ihren Pflichten nachkommen mußte, sondern wie eine sehr teure Kurtisane. Leidenschaft kannte er nicht und erwartete sie auch nicht von mir. Er genoß mich einfach, so wie ich ihn genoß und damit seine Lust zu einem perfekten Vergnügen machte.

Und wenn auch die anderen niemals verstehen würden, warum ich ein Negligé aus schwarzer Spitze oder als einziges Kleidungsstück manchmal nur ein samtenes Halsband trug, ich verstand Blaize sehr gut.
»Liebling . . . hast du Sehnsucht nach mir?«
»Ja. Ich denke schon.«
»Dann sollst du dich noch eine Weile länger nach mir sehnen, Faith. Glaubst du nicht, daß du dann noch viel mehr Gefallen an mir finden wirst?«
»Ja. Denn du liebst es, Gefallen zu erregen.«
»Wie recht du hast, Liebling. Du sollst einfach unter mir hinschmelzen. Weißt du, ich glaube, wir machen das sehr gut.«
»Das heißt doch, du machst es sehr gut.«
»Hmm . . . aber du bist sehr gelehrig, Faith.«
Blaize erkundigte sich nie nach meinen Gefühlen. Täglich begegnete er Nicholas in der Fabrik und redete ohne Scheu mit ihm. Nie fragte er nach meiner Vergangenheit – selbst nicht, was ich für Giles Ashburn empfunden hatte –, und sein Verhalten hielt ich zuerst für Rücksichtnahme, bis ich merkte, daß er ganz einfach nicht neugierig war.
»Blaize«, fragte ich einmal, »warum nimmst du das Leben so leicht?« Und lachend hatte er mir geantwortet, wobei er genau den Sinn meiner Frage verstanden hatte:
»Weil ich oberflächlich und ungeheuer egozentrisch bin, Liebling. Und ich habe nicht im geringsten die Absicht, mich zu ändern.«
Aber dabei war die Erklärung für sein Wesen bei weitem nicht so einfach. Blaize wurde weder von Ängsten noch Eifersucht gequält, weil er selbst nie geliebt hatte und auch nicht an die Liebe glaubte. Er genoß, was er besaß, und er besaß alles, um es zu genießen. Außerdem hielt er noch immer an seinem Kindheitsglauben fest, daß alle Menschen ihn Nicholas vorziehen würden. Wir hatten in unserem Zusammenleben eine für beide Seiten angenehme Übereinkunft getroffen und sie mit der Geburt unserer Tochter Blanche besiegelt. Gab es mehr darüber zu sagen?
Der Krieg mit Rußland ging zu Ende, und wir feierten den Frieden mit einem Feuerwerk im Park von *Listonby*, wo Blaize und ich häufige Gäste waren, vor allem weil Caroline dem Herzog von South Erin und seiner Schwester zeigen wollte, daß nicht alle Barforths ungebildete Leute waren. Ich war Mitglied eines Komitees, dessen Vorsitzende Tante Hannah war und das sich um ehemalige Kriegsteil-

nehmer kümmerte, die noch immer von der Krim zurückkehrten. Wir verteilten Geldspenden, versorgten die kranken Kinder und verhalfen manchem Veteranen zu einer Arbeit.
Prudence besuchte mich, sooft es ihr möglich war. Sie war jetzt fast neunundzwanzig, doch ihr Junggesellendasein schien sie nicht weiter zu stören, da Freddy Hobhouse noch immer gewillt war, dem ein Ende zu machen. Doch sie machte sich Sorgen, weil ihr die Zeit zwischen den Händen entglitt, ohne daß sie ihr Leben mit einer sinnvollen Tätigkeit ausfüllte. Noch immer war es ihr Wunsch, eine Mädchenschule zu gründen, um ihnen einen höheren Status als den von Schoßtieren zu ermöglichen, wie sie sagte, doch Mr. Adair liebte Schoßtiere und wollte von den Plänen meiner Schwester nichts hören. Junge Damen gehörten in den Salon ihrer Mütter; junge Damen lasen keine Zeitungen oder beteiligten sich an politischen Diskussionen. Vor allem hatten junge Damen die Ansichten des Haushaltsvorstandes zu teilen, und die einzige Möglichkeit, diesem Gefängnis zu entrinnen, bestand darin zu heiraten. Zwar glaubte Mr. Adair nicht an die Thesen, die er verkündete, er mochte Prudence auch sehr gern und wollte ihr nicht schaden, doch ganz offensichtlich genoß er die endlosen Streitgespräche, die meine Schwester aus diesem Anlaß mit ihm führte.
»Ich bin reich«, sagte sie. »Die Männer wollen mich wegen meines Geldes heiraten. Allein mein Porzellan ist ein Vermögen wert, und ich habe nicht einmal einen Penny zum Ausgeben.«
Da schlug Blaize vor: »Nein, verkaufen kannst du dein Porzellan natürlich nicht. Aber ich frage mich, ob du gegen die testamentarischen Bestimmungen verstößt, wenn du es verschenkst?«
»Warum sollte ich das tun?«
»Oh . . . aus Großzügigkeit. Du hast da ein paar Wedgewoodvasen, die ich oft bewundert habe und die sich ausgezeichnet auf dem Kaminsims in meiner Bibliothek ausmachen würden. Dann gibt es noch eine Nymphe, die mich sehr an Faith erinnert. Solltest du dich entschließen, sie mir oder Faith zu schenken, kann sich niemand darüber beklagen. Und sollte jemand auf den Gedanken kommen, ich hätte dafür bezahlt . . . Nun, Jonas Agbrigg wird sicher nicht auf einen reinen Verdacht hin einen Prozeß anstrengen.«
»Ich will das Testament noch einmal von Jonas überprüfen lassen«, sagte Prudence. Und als sie gegangen war, meinte ich:
»Das war sehr klug von dir, Blaize.«
»Ja. Aber wir wissen doch beide, daß ich ein kluger Mann bin.«

»Es war auch sehr entgegenkommend. Denn diese Vasen sind nicht billig.«
»Ja. Das weiß ich. Aber ich möchte sie wirklich haben, und das läßt mich weitaus weniger großzügig erscheinen. Und da deine Schwester ja unter den irischen Cousins leidet, könntest du ihr doch raten, sich zu verloben. Eine Verlobung ist noch keine Heirat, gewährt aber ein hohes Maß an Schutz. Ich weiß aus zuverlässiger Quelle, daß sich Tante Hannah einmal aus ähnlichen Gründen mit einem Pfarrer verlobte, wobei sie sicher nicht die Absicht hatte, ihn zu heiraten.«
»Das scheint mir eine sehr unfaire Lösung.«
»In einer Weise hast du recht, aber es würde Freddy Hobhouse die nötige Schützenhilfe geben. Ich habe erfahren, daß mein Bruder Nethercoats kaufen will, und falls der alte Hobhouse darauf eingeht, wird für Freddy nichts mehr übrigbleiben. Doch wenn er mit Prudence verlobt wäre, könnte die Aussicht auf ihr Geld Mr. Hobhouse weniger geneigt machen, seine Fabrik zu verkaufen. Zumindest würde es den Preis in die Höhe treiben. Du siehst, ich bin wieder sehr entgegenkommend.«
»Ja. das sehe ich. Aber du willst vor allem, daß Nicholas mehr für Nethercoats bezahlen muß.«
»Ach . . . das. Aber in erster Linie würde es Prudence und Freddy zugute kommen. Und ich bin sicher, Nicholas kann das Geld auftreiben. Mr. Rawnsleys Bank räumt ihm unbegrenzten Kredit ein.«
»Das ist kein Spiel, Blaize. Prudence würde Freddy nicht fallenlassen, falls er alles verlöre. Sie würde es als ihre Pflicht betrachten, zu ihm zu halten.«
»Das weiß ich«, entgegnete er, und seine Augen funkelten vor Vergnügen und Wissen. »Aber Freddy ist ein Gentleman. Er würde Prudence freigeben.«
Ich wußte nicht, ob meine Schwester diesen Ratschlag befolgte, aber jedenfalls tauchten in unserem Haus sehr bald verschiedene wertvolle Stücke aus der Porzellansammlung auf.
»Wie großzügig von dir, Blaize! Ich glaube, Prudence hat jetzt ein ganz schönes Sümmchen zur Verfügung.«
Doch da fiel mir ein, daß er auch Georgiana gegenüber sehr großzügig gewesen war – daß er sich vielleicht immer Damen annahm, die in Not geraten waren –, und ich fragte mich, ob ich nicht auch in diese Kategorie gehörte.
Im Herbst fuhr ich für einen längeren Besuch nach *Listonby* – Blaize

war wieder im Ausland unterwegs –, da Caroline mich dort brauchte. Ihre siebenjährigen Zwillingssöhne waren jetzt in dem Alter, an den Jagden teilzunehmen, was sie ganz und gar nicht entzückte, denn sie kehrten jeden Abend völlig erschöpft und verdreckt nach Hause zurück.

Georgiana jedoch kannte keine solchen Bedenken. Sie hatte ihren Sohn seit frühester Kindheit schon an den Sattel gewöhnt – ein Clevedon mußte schließlich eher reiten als laufen können – und machte sich über Carolines Besorgnis lustig.

»Gütiger Himmel! Sollte sich einer von ihnen ein Bein brechen, wird es schon wieder heilen. Auf die Beine der Pferde müssen wir achtgeben, denn sie muß man nach einem üblen Sturz erschießen. Du brauchst dir keine Sorgen zu machen; ich werde ein Auge auf deine Söhne haben. Und außerdem sind sie sehr vorsichtig, nicht so wild wie mein Gervase.«

Doch Caroline wußte sehr gut, daß Georgiana, einmal vom Jagdfieber ergriffen, auf niemanden mehr aufpaßte, nicht einmal Gervase. Und auch Hetty Stone, die nicht selbst ritt, der Jagdgesellschaft aber in einem Einspänner folgte, war für diese Aufgabe nicht geeignet, denn sie hatte mehr für die Väter als für die Söhne übrig. Und so war jeder Jagdtag für Caroline eine Qual. Sie konnte nicht in Ruhe im Bett frühstücken, denn ihre Anwesenheit in der großen Halle war unabdingbar, bis die Jagdgesellschaft aufgebrochen war, was ihrem Charakter einiges abverlangte: schwankte sie doch ständig zwischen Lady Chard, die solche Vergnügen zu schätzen hatte, und Caroline Barforth, die diese Sorglosigkeit und Verschwendung zutiefst mißbilligte.

»Es ist einfach lächerlich«, sagte sie zu mir, als wir die aufbrechende, lärmende Reiterschar beobachteten. »Lächerlich, Kinder in diesem Alter daran teilnehmen zu lassen. Das kann nicht gut für sie sein. Und die Sprache, die sie sich anhören müssen, und die üblen Manieren, denen sie ausgesetzt sind. Hast du eben Perry Clevedon wie einen Verrückten schreien hören? Und Julian Flood ist keinen Deut besser. Sie werden mindestens ein Dutzend Pferde in dieser Saison zu Schanden reiten, und ich möchte wissen, wer die Rechnungen bezahlt. Natürlich weiß ich es, denn Georgiana unterhält in *Galton* einen Stall für Perry, und das Geld dafür kann sie nur von Nicholas haben. Es ist ihr wohl nie in den Sinn gekommen, daß mein Bruder sein Geld für andere Dinge nötiger gebrauchen könnte. Es zum Beispiel wieder zu investieren. Und dieses Pferd, das sie Gervase gekauft hat, ist viel zu groß. Du meine Güte, ich habe Matthew gleich gesagt, sollte er Dominic und Noel auf solchen Monstern reiten lassen, bekäme er mit mir Streit. Und jetzt hat er Gideon auch schon mitgenommen. Er reitet mit dem Stallburschen, wie er sagte, weil er das in Gideons Alter auch schon getan hätte.«

Und das war natürlich der Grund ihres Dilemmas. Eigentlich wollte sie nicht, daß ihre Kinder Jagden ritten. Sie machte sich nichts aus Jägern, außer Matthew natürlich. Aber die Chards, die Floods, die Clevedons waren von Jugend auf geritten, und deswegen war sie bereit, ihren Söhnen die ihnen angemessene Erziehung zukommen zu lassen, auch wenn sie es eigentlich ablehnte, sie auf Matthews alte Schule zu schicken, wo die Jungen sich im Schulhof mit nacktem Oberkörper an einer Pumpe waschen mußten, wie die Burschen in der Simon Street, und geschlagen wurden, wenn sie sich schlecht benahmen. Doch junge Edelleute waren schon immer so erzogen worden und wurden nicht etwa zur Schule geschickt, um etwas zu lernen, sondern um abgehärtet zu werden. Sie sollten zu Männern heranwachsen, die eine Leichte Brigade anführen konnten und furchtlos mit aufgepflanztem Bajonett in den sicheren Tod ritten. Sie sollten diesen leidenschaftslosen Hochmut erlernen, der ein Privileg des Adels war und den Caroline so an ihrem Mann bewundert hatte.

»Ich weiß ja, daß diese Querfeldeinritte dazugehören«, klagte sie. »Und ich weiß, daß meine Söhne tapfer sind. Aber das Ganze kommt mir so unsinnig vor. Sie reiten immer nur hinter dem Fuchs her, ganz gleich, ob die Felder der Bauern dabei zerstört werden. Alles reiten sie nieder. Die Pächter sind sicher nicht begeistert davon, aber schließlich können sie sich nicht beklagen, denn das Land gehört ja uns. Weißt du, Faith, manchmal glaube ich, jeder dahergelaufene Bursche aus der Simon Street kann Perry Clevedon und Julian Flood besser verstehen als ich. Sie leben von einem Tag zum anderen, denken nie an die Zukunft, geschweige denn, daß sie irgend etwas planen. Sie bezahlen nicht einmal ihre Schulden. Und dann ist da noch eine Sache. Ich habe immer gehört, unter den Arbeitern ginge es unmoralisch zu, aber wenn du wüßtest, was sich Nacht für Nacht in *Galton* abspielt . . . Hetty Stone lächelt Matthew nur verständnisinnig zu, wenn ich mich darüber aufrege, und er lächelt zurück, denn er hält mich für prüde – aber das ist nicht *richtig*, Faith. Hetty Stone mag zwar die Tochter eines Herzogs sein und damit prahlen, daß alle ihre Brüder von Eton und Oxford zurückgeschickt wurden und daß einer sogar eine Mätresse hat, eine be-

rühmte Schauspielerin, obwohl er hochdekoriert aus dem Krimkrieg zurückkehrte . . .«
»Caroline, deine Brüder waren auch keine Engel.«
»Davon will ich nichts wissen«, entgegnete sie aufgebracht. »Und was auch immer sie getan haben mögen, das Geschäft hat jedenfalls nicht darunter gelitten. Sie stehen jeden Morgen pünktlich auf und bezahlen auch ihre Rechnungen pünktlich, sonst würde niemand in Cullingford noch etwas mit ihnen zu tun haben wollen. Ja, ja . . . ich weiß, der alte Mr. Clevedon kümmert sich um seine Pächter, und alle sind jederzeit bereit, für Königin und Vaterland zu sterben, ohne einen Penny dafür zu verlangen. Aber wir haben doch nicht ständig Krieg, oder? Es ist doch etwas anderes, dreihundertfünfundsechzig Tage im Jahr sich um die Fabriken zu kümmern, nicht wahr. Oh, mein Gott, hoffentlich behält Matthew seine Söhne im Auge. Aber sicher vergißt er sie.«
Doch es war der junge Gervase Barforth, der an jenem Morgen einen schweren Sturz erlitt. Er schlug hart mit dem Kopf auf dem steinigen Boden auf. Sein Onkel Perry packte ihn beim Genick und warf ihn seiner Mutter in den Sattel. Diese Art Behandlung hatten Peregrine und Georgiana nur zu oft in diesem Alter erfahren. Georgiana kehrte mit ihrem Sohn quer über dem Sattel nach *Listonby* zurück. Sein Gesicht war grau, und schwankend stand er da, als Georgiana ihn zu Boden gleiten ließ.
»Bringt ihn ins Bett«, sagte sie nur. »Er hat sich nichts gebrochen. Bald wird es ihm wieder gutgehen. Das wird ihm eine Lehre sein.« Und als sie sich vergewissert hatte, daß er überleben würde, wie sie sich ausdrückte, ritt sie wieder fort. Und es war sicherlich eine unglückliche Entscheidung, daß Caroline nach Nicholas schickte, weil sie den Zustand des Kindes besorgniserregend fand. Und so erschien Nicholas am späten Nachmittag, außer sich vor Zorn, eine halbe Stunde ehe seine Frau eintraf.
Ich hätte es vorgezogen, nicht Zeuge dieser Begegnung zu sein, doch da betrat Georgiana schon die große Halle, nachlässig trug sie die Schleppe ihres Reitkleides über dem Arm, und sie war so schön wie an dem Tag, als ich sie kennengelernt hatte, dieser seltene Vogel aus dem Urwald, der sich nur sehr kurz der Gefangenschaft gebeugt hatte und jetzt wieder frei herumflog. Als sie ihren Mann sah, blieb sie wie angewurzelt stehen.
»Gütiger Himmel!« rief sie. »Was bringt dich denn hierher? Stehen die Fabriken in Flammen? Ist Cullingford abgebrannt?«

»Nein«, entgegnete Nicholas knapp, »aber es gibt genauso schwerwiegende Gründe. Dein Sohn zum Beispiel. Heute morgen hatte er einen Reitunfall, wie du wohl weißt. Er hätte schon tot sein oder im Sterben liegen können. Da seine Mutter nicht auffindbar war, ist es ganz normal, daß man mich holte.«
Ich sah, wie ihr Gesicht jede Farbe verlor und ihre Augen einen entsetzten Ausdruck annahmen. Sie schwankte und preßte eine Hand gegen ihren Magen. Mit gehetztem Blick sah sie erst mich, dann Caroline an. »Nein . . . nein, Nicky. Er ist nicht tot, und er liegt auch nicht im Sterben. Faith würde dann weinen, und Caroline würde sich wünschen, mich umzubringen. Das ist nicht möglich.«
»Ich denke, doch.«
Sie kam ein paar Schritte näher und klopfte mit der Reitgerte nervös gegen ihren Rock; ihre Wangen waren jetzt vor Zorn gerötet, und sie sagte mutig – weil sie Angst vor ihrem Mann hatte –:
»Er ist gestürzt. Das sind Dinge, die geschehen, Nicky. Mir ist es oft passiert. Und ich habe ihn sofort nach Hause gebracht.«
»Das war wirklich nett von dir.«
Einen Augenblick stand sie da und betrachtete ihre Hände, dann warf sie den Kopf abrupt zurück, und an ihren hellen Wimpern hingen Tränen. »Nicky«, sagte sie, »bitte sei nicht sarkastisch. Ich kann nicht mit dir reden, wenn du so bist. Es ist nichts Schlimmes passiert. Wenn du meinst, ich hätte bei ihm bleiben sollen, hast du wahrscheinlich recht . . .«
»Nein. Es kann doch nichts Rechtes daran sein, dich einen Tag lang deines Lieblingssports zu berauben.«
»Nicky«, stöhnte sie verzweifelt, und ich hätte mir am liebsten die Ohren zugehalten, so erschütterte ihre Stimme mich. »So war es nicht. Ich habe nur getan, was mir ganz normal erschien. Gervase braucht mich nicht. Caroline war hier. Die Kinderfrau war hier. Wenn ich geblieben wäre, hätten sie mich nur weggescheucht. Man hat auch mich schon in diesem Zustand nach Hause gebracht . . . immer und immer wieder, und mir ist nichts geschehen. Es stählt seinen Charakter, verstehst du das denn nicht? Jedenfalls sagt Großvater das immer.«
»Das glaube ich dir. Aber du bist eine Clevedon und er nicht.«
»Er ist mein Sohn.«
»Das ist er. Aber du hast auch eine Tochter, wie ich mich erinnere, die dich sicher gern wieder vor Weihnachten sehen würde – und die dich wahrscheinlich nicht mehr oft zu Gesicht bekommt, bis auch sie reiten kann.«

»Oh, mein Gott!«, sagte sie. »Mein Gott . . . mein Gott . . .« und schritt mit verschränkten Armen auf und ab, während sie in ihrem Schmerz den Oberkörper vor und zurück wiegte. »Du willst mich einfach nicht verstehen, Nicky. Ich kümmere mich um die Kinder. Ja. Mehr als du. Nur merkst du es nicht. Du läßt es mich nicht auf meine Weise tun. Du willst immer, daß ich eine andere bin, und das kann ich nicht, Nicky. Ich habe es versucht, aber es gelingt mir nicht. Du glaubst, daß ich sie vernachlässige. Nicky, du hast mir weh getan. Es ist geschehen . . . aber jetzt hör bitte auf . . . sei nicht so hart . . .«

»Verdammt!« sagte Nicholas, drehte sich abrupt um und ging zum Kamin, wo er mit den Händen den Sims umklammerte. Ich nutzte die Gelegenheit und floh nach draußen in die frische Luft und hoffte nur, Caroline hätte soviel Verstand, dasselbe zu tun. In meiner Aufregung merkte ich nicht, welche Richtung ich einschlug, und war überrascht, als ich ein Schluchzen hörte. Als ich um die Hausecke ging, sah ich Julian Flood, der den Kopf gegen den Nacken seines Pferdes preßte und unkontrolliert weinte. Matthew Chard stand neben ihm, schwankend, das Gesicht bleich und krank.

»Matthew! Großer Gott!«

Und augenblicklich hörte Julian Flood auf zu weinen, und Matthew Chard kam auf mich zu, denn sie waren ja Gentlemen, die ihren Kummer niemals vor einer Lady zeigen durften.

»Faith, wir haben kein Glück gehabt, fürchte ich. Perry Clevedon ist böse gestürzt – kurz nachdem Georgiana uns verlassen hat . . . Sie sagte, sie wolle eher zurückkehren, um nach ihrem Sohn zu sehen . . .«

»Wie schwer ist er gestürzt?«

»Oh, schlimm. Sein Pferd bäumte sich auf und fiel auf ihn. Der schlimmste Sturz, den ich erlebt habe.«

»Ist er tot?«

»Ja. Er war schon tot, als wir ihn fanden. Er kann nicht viel davon gemerkt haben. Nun, ich glaube nicht, daß Georgiana das viel hilft, aber ich gehe besser zu ihr, um es ihr zu sagen . . .«

»Nein. Das ist nicht nötig. Nicholas ist hier. Er wird es ihr sagen.«

»Gott sei Dank!« sagte er. »Oh, ich danke Gott dafür. Ich weiß nicht, wie sie ohne Perry weiterleben wird.« Und er drückte mir dankbar die Hand und ging eilig zu Caroline und Nicholas.

Durch irgendein Wunder kam Blaize rechtzeitig zu Peregrine Clevedons Beerdigung zurück, und ich war erstaunt, wie erleichtert ich über seine Anwesenheit war.

»Ohne dich hätte ich das nicht durchgestanden.«
»Liebling, du schmeichelst mir. Aber ich habe mich nie als einen Felsen in der Brandung gesehen. Und ich weiß nicht, was du durchzustehen hättest. Georgiana wird jemanden brauchen, auf den sie sich stützen kann. Hoffentlich hat sie den.«
Doch Georgiana war erstaunlicherweise sehr gefaßt. Hoch aufgerichtet stand sie neben ihrem Großvater, sie weinte nicht, doch ihr Gesicht schimmerte leichenblaß durch ihren schwarzen Schleier. Sie wirkte zerbrechlich neben dem noch zerbrechlicheren alten Mann. Perry hatte keinen legitimen Erben hinterlassen, und mit ihm beerdigten sie jetzt den letzten ihres Geschlechts. Und wie immer bei allen offiziellen Anlässen wurden auch an diesem Grab die Rangunterschiede deutlich: Tante Verity, Caroline und ich als Repräsentantinnen der Bourgeoisie waren bereit, Tränen zu vergießen, während die Adeligen unbewegt wie Soldaten dastanden. Selbst Julian Flood, der seit dem Unfall ständig betrunken gewesen war, stand mit versteinertem Gesicht, aber nüchtern da.
Die Clevedonschen Pächter, die Bediensteten, die Dorfschullehrerin, alle waren sie da, denn sie wußten besser als jeder von uns, was dieser Tod bedeutete. Und es herrschte tiefstes Schweigen, während der Sarg in das Grab hinabgelassen wurde; schweigend gingen wir von der Abtei ins Haus zurück, nur der Oktoberwind ließ die dürren Blätter der Bäume rascheln und fuhr fauchend durch den Kamin und ließ die schweren Holzscheite aufflammen. Der alte Mr. Clevedon reichte jedem von uns gemessen die Hand, er wirkte zusammengesunken; das Ziel seines Lebens war zerstört.
Wir nahmen jeder ein Glas Wein und standen in Gruppen beisammen: Nicholas mit seiner Mutter und Caroline, Hetty Stone hatte sich mir angeschlossen, weil Blaize mich begleitete. Julian Flood verschwand ganz plötzlich, wahrscheinlich, um wieder zu trinken. Matthew stand mit anderen Landedelleuten bei Mr. Clevedon. Doch Georgiana, die so unnatürlich ruhig dagestanden hatte, war nirgends zu sehen. Und nach einer schmerzvollen Stunde, als jedermann aufbrechen wollte, doch sich scheute, als erster zu gehen, flüsterte Blaize mir ins Ohr:
»Wo ist Georgiana?«
»Ich weiß es nicht. Vielleicht oben, in ihrem Zimmer.«
»Nein. Sie ist nicht mit uns ins Haus gekommen. Sieh mal nach ihr, Faith. Vielleicht ist sie in der Abtei.«
Und als ich fragend die Brauen hob und mich nicht von der Stelle

rührte, beharrte er: »Ja, Faith. *Tu* es. Jemand sollte nach ihr sehen. Und ich kann es nicht tun, ohne daß darüber geredet wird . . . und Nicky scheint sich nicht um sie zu kümmern.«

Ich ging nach draußen und war unglücklich über diese Aufgabe, unglücklich, weil ich in mir Tränen aufsteigen fühlte für diesen Mann, den ich nicht einmal gekannt hatte, und unglücklich, weil ich nicht wußte, wie ich Georgiana trösten sollte.

Doch als ich sie sah, fühlte ich nur noch Mitleid.

Sie war im Kloster, genau wie Blaize vermutet hatte, und saß auf dem Boden, den Rücken gegen die Mauer gelehnt. Unter dem hohen Kreuzgewölbe sah sie wie eine kleine weinende Puppe aus. Und noch nie hatte ich einen Menschen derart weinen sehen, denn die Tränen schienen nicht nur aus ihren Augen zu strömen, sondern aus jeder Pore ihrer Haut. Sie war wie ein einziger Aufschrei des Schmerzes, der um so furchtbarer wirkte, weil kein Schluchzen über ihre Lippen kam; sie ertrank einfach in einem Meer von Tränen.

»Oh, Georgiana«, sagte ich nur und fühlte, daß keine Worte ihr Trost bringen konnten. Also kauerte ich mich neben sie auf die unebenen Steine in der Hoffnung, meine Anwesenheit würde sie beruhigen.

Aber sie war eine Clevedon, und nach einer Weile nickte sie, schüttelte sich und lächelte mich zaghaft an.

»Ich habe ihn so geliebt.«

»Ja, ich weiß.«

»Hat dich Großvater gebeten, nach mir zu sehen? Nein? Da bin ich froh. Ich will nicht, daß er mich weinen sieht. Ich bin sofort nach dem Unfall nach *Galton* geritten, damit er nicht allein ist. Und wenn ich zusammengebrochen wäre und geweint hätte, wäre ich ihm keine Hilfe gewesen. Deswegen habe ich nicht geweint. Ich konnte Großvater nicht im Stich lassen. In einer Minute komme ich mit dir.«

Und als sie sich mit den Händen und ihren Ärmeln das Gesicht abtrocknete, gab ich ihr mein Taschentuch und sah ihr mit Bewunderung zu, wie sie ihre Fassung zurückgewann.

»Kann ich mich jetzt wieder ansehen lassen?«

»Ja. Es geht. Aber warte noch ein bißchen.«

»Ja. Verstehst du mich, Faith? Ich liebte ihn, aber es war noch mehr als das. Ich saß hier und habe darüber nachgedacht. Noch nie im Leben habe ich mich einsamer gefühlt. Solange Perry lebte, war ich nie einsam. Er war hier . . . jeden Tag in meinem Leben. Er war älter als ich und wartete auf mich, als ich geboren wurde. Mein Vater starb, und meine Mutter ging fort, ich habe sie nie wieder gesehen. An beide kann ich mich nicht mehr erinnern . . . Nur Perry, Großvater und die Abtei, das war mein Leben. Und ich war das glücklichste Kind auf der Welt. Alles ist hier in diesen Steinen: die Freude, das Lachen . . . und das habe ich für Perrys Kinder aufgegeben, wie meine Vorfahren es mir überlassen haben.«

Georgiana stand auf und preßte ihren Körper gegen die Mauer. Ihre Hände streichelten die rauhe Oberfläche, wie um die Vergangenheit wieder lebendig zu machen. Ihr Gesicht war von diesem tiefen Schmerz gezeichnet, und sie war schön.

»Georgiana . . .«

»Ja. Mach dir keine Sorgen. Ich bin nicht verrückt. Ich weiß, daß ich seine Stimme nie wieder hören werde, Faith. Aber hier glaube ich sie zu hören. Und das ist schön. Sieh mich nicht so entsetzt an, Liebes. Ich weiß, was ich zu tun habe. Es geht nur um die Abtei, verstehst du. Und solange noch ein Clevedon hier lebt, spielt es überhaupt keine Rolle, welcher es ist. Gesichter kommen und gehen, aber eigentlich sind es immer dieselben. Großvater glaubt, daß alles vorbei ist . . . deshalb trauert er. Aber jetzt werde ich die Abtei erben, und ich werde sie für Gervase erhalten. Es war nie sicher, ob Perry überhaupt heiraten würde, und ich wußte schon damals, daß ich einen Sohn gebären mußte. Und ich hatte recht, nicht wahr?«

»Nein«, entgegnete ich, und sie war über meine Antwort erstaunt, denn sie hatte eigentlich keine erwartet, und wandte sich mir überrascht, aber immer noch lächelnd zu.

»Warum, Faith? Was willst du damit sagen?«

Ich wußte, es war nicht der Moment, über solche Dinge zu reden, aber vielleicht würde sich nie wieder eine andere Gelegenheit ergeben. Und ich hatte schon zu oft in derartigen Situationen geschwiegen. Ich hatte mit Nicholas aus vielen Gründen gebrochen, doch der entscheidendste war, daß er sich ihr wieder zuwenden möge. Das hatte er noch nicht getan. Aber vielleicht würde sie sich jetzt in ihrem Schmerz ihm zuwenden? Vielleicht würde das Märchen, das Blaize mir erzählt hatte, wahr werden.

»Faith . . . du siehst mich so sonderbar an.«

»Tue ich das? Dann geschieht es wohl, weil . . . weil du sehr vorsichtig sein mußt, Georgiana. Dieses hier war deine Welt, aber es darf nicht mehr deine Welt sein, weil sie nicht die deines Mannes ist. Und vielleicht auch nie die von Gervase sein wird. Er ist erst ein kleiner

Junge, und du hast auch recht, wenn du sagst, daß er wie Perry ist . . . aber du hast einen Mann geheiratet, dessen Name Barforth ist. Und so heißt auch dein Sohn.«
Georgiana setzte sich wieder mit einer der ihr eigenen abrupten Bewegungen auf den kalten Stein, und weil ich sie nicht dominieren wollte, setzte ich mich ebenfalls. Dieser stickige, finstere Ort wirkte mehr denn je wie ein Gang, der in die Vergangenheit führte.
»Ich nehme an, du willst mir damit sagen, daß Nicky Gervase zu seinem Nachfolger bestimmt hat?«
»Das ist doch offensichtlich.«
»Er hat es aber nie gesagt.«
»Wahrscheinlich stand für ihn diese Frage überhaupt nicht zur Diskussion.«
»Und du findest das ganz normal?«
»Ja.«
»So wie es mir normal erscheint, daß sein Platz hier ist.«
Und einen Augenblick lang saß sie sehr ruhig da, bis sie plötzlich den Kopf zurückwarf und mich anlächelte.
»Nein, das wird niemals geschehen. Selbst wenn Perry geheiratet hätte, wäre es niemals geschehen. In letzter Zeit habe ich mich sehr schwach gefühlt, Faith. Erst glaubte ich, ich hätte mich von Venetias Geburt noch nicht erholt, aber das war es nicht. Ich fühlte mich so bedrückt, als hätte ich alles im Leben verkehrt gemacht. Ich hatte das Gefühl, niemandem etwas geben zu können – und das ist ein verzweifeltes Gefühl –, ich mußte akzeptieren, daß ich nichts besaß, was jemand von mir hätte haben wollen. Doch jetzt ist mir unverhoffterweise ein großes Geschenk gemacht worden – nicht nur die Abtei, sondern alles, was dazugehört. Und falls Gervase eines Tages das empfindet, was ich empfinde, wenn er weiß, daß es das Land ist, das uns ernährt, darf ich es ihm nicht vorenthalten. Der Rest ist nur Geld, Faith – und davon gibt es soviel.«
Sie erhob sich und streckte mir die Hand hin. Ihr Griff war fest und ihre Hand heiß und ihr Gesichtsausdruck so lebhaft, wie ich ihn an ihr kannte.
»Das macht das Kloster«, sagte sie. »Es tut mir gut. Vor einer Stunde noch kam ich hierher, um zu sterben. Ich glaubte, wenn ich ganz ruhig sitzenbliebe, würde ich verlöschen, und niemand würde mich vermissen. Aber es half mir, wie immer. Und jetzt muß ich gehen und mich um Großvater kümmern. Jetzt bin ich stark.«

25

Sir Joel und Lady Barforth verbrachten in diesem Jahr das Weihnachtsfest nicht zu Hause, da Onkel Joels Gesundheitszustand durch eine erneute Bronchitis angegriffen und die feuchte, verrußte Luft in Cullingford schädlich für ihn war. Statt dessen luden sie Mutter und Mr. Adair, Tante Hannah und Bürgermeister Agbrigg in die *Rosemount Lodge* ein. Zum ersten Mal feierten so beide Generationen getrennt das Weihnachtsfest, was von allen als angenehm empfunden wurde.
Ich verlebte die Feiertage in *Listonby* und bewunderte wieder einmal Carolines großartiges Talent als Gastgeberin. Sie hatte ihren immensen Haushalt perfekt durchorganisiert und leitete ihn ebenso reibungslos und effektiv, wie Onkel Joel und Nicholas in den Fabriken herrschten. Ihrem wachsamen Auge entging nicht das kleinste Detail, und mit eiserner Disziplin regierte sie über ihre Dienstboten. Scheinbar mühelos glitten die verschiedenen Festlichkeiten ineinander über, und keiner der Gäste ahnte auch nur, welch ungeheurer Kraftaufwand dahintersteckte.
Zum Dinner am Heiligabend waren siebzig Gäste geladen; um Mitternacht erschienen Weihnachtssänger an der Tür und wurden mit großzügigen Geschenken belohnt. Am Morgen des ersten Weihnachtstages begaben sich die herrschaftlichen Gäste in die Kirche; Weihnachtsgaben wurden an die Armen von *Listonby* verteilt, und am Nachmittag feierten die Kinder ihr eigenes Fest in der großen Halle unter Aufsicht der Kindermädchen, während die Gentlemen bei Portwein und Madeira ihre Zigarren in der Bibliothek rauchten und die Ladies beim Tee die neuesten Klatschgeschichten austauschten.
Im Stall standen je ein neues Pony für Dominic, Noel und Gideon Chard. Liam Adair, den Mutter bis zu ihrer Rückkehr in meine Obhut gegeben hatte, drangsalierte Georgianas überempfindlichen Sohn Gervase so lange, bis Dominic dazwischen trat und Liam niederschlug. Die kleine Venetia Barforth, die mit ihrem kastanienbraunen Haar wie ein Weihnachtsengel aussah, wagte auf unsicheren Beinchen ihre ersten Schritte; Grace, mit ihren veilchenblauen Augen, ließ sich geduldig von den rührseligen Damen küssen. Celia, die ebenfalls zum Dinner geladen war, fühlte sich nicht wohl und drängte zum frühzeitigen Aufbruch. Meine silberhaarige Blanche, lieblich und graziös wie ein Porzellanpüppchen, schien sich bereits

im zarten Kindesalter bewußt zu sein, daß sie sich nicht in Szene setzen mußte, um Aufmerksamkeit zu erregen.

Das Dinner war ein wahres Festbankett – es gab gebratene Gänse, Truthähne und als Krönung des Ganzen einen mit Wildschweinfleisch, Hase, Rebhuhn, Zunge und Trüffeln gefüllten Eberkopf. Der zweite Weihnachtstag wurde mit einem rauschenden Ball gefeiert, und ich fand mich zur Belustigung meines Mannes den aufdringlichen Galanterien Julian Floods ausgesetzt, bis Caroline ihn scharf tadelte und ihm drohte, ihn aus dem Haus zu weisen, falls er sich nicht anständig aufführte.

Die Festlichkeiten währten ganze zwölf Tage, und selten waren weniger als dreißig Gäste an Carolines Tafel versammelt. Es war eine ziemlich anstrengende Zeit, und ich war froh, als ich endlich wieder die Ruhe und Beschaulichkeit meines eigenen Heims genießen konnte, vor allem, nachdem Mutter den ungebärdigen Liam Adair wieder zu sich nach Hause geholt hatte. Der Aufenthalt der Adairs in Bournemouth hatte Prudence überdeutlich gezeigt, wie sehr sie unter Daniel Adairs Bevormundung gelitten hatte, und sie weigerte sich, ihre wiedergewonnenen Freiheiten aufzugeben. Es kam zu einem fürchterlichen Krach zwischen den beiden, und er gipfelte in Mr. Adairs Vorwurf, daß er etliche Stücke ihrer Porzellansammlung in meinem Hause gesehen habe. Worauf Prudence sich verteidigte und ihm vorhielt, daß etliche Stücke verschwunden seien, über deren Verbleib sie von ihm Rechenschaft verlangte. Daraufhin prüften sie die Sammlung Stück für Stück, und Prudence forderte deren Aufbewahrung in Kisten auf dem Speicher, was auch geschah.

»Das paßt mir großartig«, stimmte Mr. Adair zu Prudence' Verblüffung zu, und erst da erkannte sie, daß es leichter war, Stücke aus vollgepackten Kisten zu entfernen, als ihr Fehlen in den Vitrinen zu vertuschen.

»O ja, das paßt mir sehr«, wiederholte Mr. Adair mit einem verschmitzten Augenzwinkern und wurde daraufhin öfter mit einem unordentlich verschnürten Paket unter dem Arm beobachtet, als er hastig das Haus verließ. Stück für Stück verschwand auf diese Weise ein komplettes Wedgewood-Tafelgeschirr.

»Er verkauft meine gesamte Sammlung, und ich kann nichts dagegen unternehmen«, empörte sie sich zu Recht, und die Angst vor dem Verlust ihres Eigentums paarte sich mit dem Erschrecken über diese kleinlichen Streitigkeiten, die ihre ganze Kraft raubten. Aus dieser

Zwangslage heraus wagte sie die einschneidendste und mutigste Entscheidung ihres Lebens.
»Ich habe das Gefühl zu ertrinken«, sagte sie. »Ich werde noch hysterisch. Dieser verdammte Kerl macht eine zänkische alte Jungfer aus mir. Wenn ich nicht sofort etwas dagegen tue, verkümmere ich wirklich noch in seinem Haus.« Und unter dem Vorwand, sie wolle einige Tage bei mir verbringen, reiste sie nach Bournemouth, um Onkel Joel zur Freigabe ihres Erbes zu überreden.
Natürlich lehnte Onkel Joel dieses Ansinnen – nachdem er sich von dem Schock erholt hatte, seine Nichte allein, ohne Anstandsdame, so unvermutet vor seiner Tür zu sehen – entschieden ab. Nichts auf der Welt konnte ihn dazu bewegen, zwanzigtausend Pfund aus dem Morgan-Aycliffe-Vermögen in die Hände einer unverheirateten Frau zu geben. Selbst wenn er sich dazu bereit erklärt hätte, so fehlte ihm die rechtliche Befugnis dazu.
»Heirate endlich«, riet er Prudence. »Dafür sind Frauen bestimmt. Wenn du Kinder unterrichten willst, so schaff dir eigene an.«
Doch Prudence, die genau wußte, daß diese Chance die letzte war, die sie hatte, ein selbständiges Leben zu führen, war gut vorbereitet zu ihrem Onkel gefahren und legte ihm ihr Vorhaben, die benötigten finanziellen Mittel und Zukunftsaussichten ihres Projektes detailliert dar.
Sie wollte eine Schule für Mädchen gründen. Es gab keine entsprechende Institution, in der weibliche Wesen unterrichtet werden konnten. Sie selbst verfügte nicht über eine ausreichende Bildung und mußte Lehrer engagieren. Sie hatte bereits ein passendes Haus gefunden und präsentierte ihm einen genau kalkulierten Kostenplan für Gehälter und zu erwartende Einnahmen aus den Tagessätzen für Schülerinnen und Internatszöglinge.
»Unsinn«, wehrte Onkel Joel barsch ab. »Das sind alles nur Tagträume. Geh jetzt zu Bett. Morgen früh wirst du klarer sehen. Und dann kehrst du zu deiner Mutter zurück. Dort, wo du hingehörst, meine junge Dame.«
Doch am nächsten Tag fragte er sie:
»Was bezweckst du mit diesem Plan? Ich sehe keinen Sinn darin. Es besteht kein Bedarf für die Ausbildung von Mädchen. Ihre Bestimmung ist es zu heiraten, und ich bin mir nicht sicher, ob mir eine kluge Frau gefallen würde.«
»Aber du hast eine kluge Frau.«
»Ja, das stimmt. Sonst hätte ich dir wohl kaum zugehört. Wo willst

du denn die Schülerinnen hernehmen? Ich kenne keinen Mann in Cullingford, der dich auch noch dafür bezahlen würde, daß du seinen Töchtern die Köpfe mit verrückten Ideen vollstopfst – und es sind immer die Männer, die zahlen müssen.«

Doch auch auf diesen Einwand war Prudence vorbereitet. Sie würde die Mädchen nicht nur in den Geisteswissenschaften unterrichten, sondern sie vornehmes Benehmen lehren, sie zu charmanten Gastgeberinnen erziehen, die gewandt und klug ein repräsentatives Haus führen und die Gäste ihres Mannes verwöhnen konnten. Die Welt hatte sich auch in Cullingford verändert, die ehrgeizigen, aufstrebenden Fabrikanten suchten jetzt gesellschaftlich den Anschluß an einflußreiche, vornehme Kreise und bevorzugten zunehmend Frauen, die diesen kultivierten Rahmen schaffen konnten. Das Rüstzeug dafür würden die Mädchen in Prudence' Schule erlernen.

»Na gut, das mag ja für die Tagesschülerinnen zutreffen. Doch wo willst du Internatszöglinge herbekommen? In Cullingford leben die Mädchen in der sicheren Obhut der eigenen Familie.«

Damit hatte er natürlich recht. Doch Prudence war mittlerweile auch mit den Schattenseiten des Lebens konfrontiert worden und wußte, daß es genügend kleine Mädchen gab, die ihren Eltern nur eine lästige Bürde waren. Sie würden mehr als bereit sein, für deren Unterbringung im Internat zu zahlen.

»Ach, meinst du etwa die unehelichen Kinder der Aristokraten?« fragte Onkel Joel, und Prudence erwiderte:

»Ganz genau. Carolines Freundin, Lady Hetty Stone, könnte mir da behilflich sein. Ihr Bruder – der eines Tages Herzog sein wird – weiß von so einem Mädchen.«

»Ach tatsächlich – wie rührend! Und du glaubst, daß Mrs. Hobhouse und Mrs. Rawnsley ihre Mädchen gern mit der Tochter eines Herzogs in die Schule schicken würden?«

»Es wäre ein Anfang«, sagte Prudence bestimmt. »Die Schule muß bekannt werden, und ich muß mir einen Ruf erwerben.«

»Erwartest du, damit Geld zu verdienen?« fragte er weiter. »Ich gehe jetzt zu Bett, Prudence, gute Nacht. Morgen früh solltest du abreisen.«

Doch sie blieb einen weiteren Tag. Gemeinsam unternahmen sie einen ausgedehnten Spaziergang am Strand, und anschließend in seinem Arbeitszimmer erklärte sie ihm, daß sie ihre gesamten Ersparnisse in das Unternehmen einbringen würde. Sein Erstaunen über die Höhe der Summe, die sie nannte, bereitete ihr ein diebisches Vergnügen.

»Das hast du nicht von deinem Taschengeld zusammengespart, mein Mädchen.«
»Nein, Onkel Joel. Aber es gehört mir trotzdem.«
Einige Wochen später verkündete sie ihre Verlobung mit Freddy Hobhouse, dessen Mutter darüber hocherfreut war. Unsere Mutter reagierte weniger begeistert, bis Daniel Adair, der als gewiefter Spieler auch eine Niederlage einstecken konnte, Prudence' Entscheidung akzeptierte.
»Ihn hätte ich nicht gewählt, mein Mädchen, aber wenn du ihn willst . . .« Und als nächstes überraschte Prudence uns mit der Neuigkeit, daß sie ein Haus in Elderleigh Hill, eine halbe Meile von mir entfernt, gemietet hatte, nicht um sich darin mit Freddy Hobhouse einzurichten, sondern um eine Schule zu eröffnen.
»Oh, meine Liebe!« sagte Mutter, als sie zu ungewöhnlich früher Stunde in mein Haus flatterte. »Du mußt mit ihr reden, Faith. Ich begreife das alles nicht. Ich weiß nicht, was ich den Leuten sagen soll. Wird sie Freddy heiraten oder nicht? Denn wenn er ihr erlaubt hat, ihre Mitgift in diese Schule und nicht in die Nethercoats-Fabrik zu stecken, wird Emma-Jane Hobhouse energisch dagegen einschreiten. Im Vertrauen gesagt, ich glaube, sie stehen kurz vor dem Verkauf, und man kann es ihnen nicht verdenken, wenn sie wissen wollen, woran sie sind. Falls der Käufer aufgrund der Gerüchte einen Rückzieher macht und Prudence Freddy dann nicht heiratet, wird Emma-Jane uns die Schuld daran geben. Und sie hat eine sehr giftige Zunge, meine liebe alte Freundin. Bitte, sprich mit ihr, Faith. Oder bitte Blaize, es zu tun. Er weiß sicher, was sie vorhat.«
Doch Prudence hüllte sich in Schweigen, und Blaize bemerkte nur, daß nun Nicholas Nethercoats nicht mehr so billig, wenn überhaupt, würde kaufen können. Wie alle anderen war ich gezwungen, meine Neugier zu bezähmen, bis einige Wochen später Tante Verity, bei einem überraschenden Besuch in Cullingford, verkündete, daß sie sich jetzt endlich einen lange gehegten Wunsch erfüllen wolle, nämlich der Stadt, in der sie geboren war, ein persönliches Geschenk zu machen. Sie habe ein geeignetes Projekt gefunden.
»Wie viele Pläne habe ich schon gemacht und wieder verworfen. Bis mir endlich etwas einfiel, das uns allen zugute kommen kann. Ja, dachte ich mir, wir haben ein Gymnasium, das mich bei der Erziehung meiner beiden Söhne sehr unterstützt hat. Doch als Caroline ihrem Kindermädchen über den Kopf wuchs, konnte ich sie nirgendwohin schicken. Jahrelang mußten wir mehr oder weniger ge-

eignete Lehrer für den Musik-, den Tanzunterricht, die Französisch- und die Zeichenstunden anstellen, ein sehr mühsames Unterfangen. Ich erinnere mich, eine französische Gouvernante hatte unberechenbare Launen, und eine andere – ich hätte sie meiner ärgsten Feindin nicht empfohlen – himmelte Blaize auf eine geradezu schamlose Weise an. Bitte verzeiht, daß ich das erwähne, lieber Blaize, liebe Faith. Und deswegen, Elinor, habe ich beschlossen, eine Schule für Mädchen zu gründen, und ich bin auf deine und Mr. Adairs Zustimmung angewiesen – ja, denn ich habe es mir in den Kopf gesetzt, Prudence mit der Leitung der Schule zu betrauen. Wenn ihr eure Einwilligung nicht gebt, kann ich mein Vorhaben nicht durchführen, und das wäre doch zu schade. Joel hält es für eine *großartige* Idee, und obwohl ich die Schule mit meinem eigenen Geld finanzieren werde, denke ich, daß wir mit seiner großzügigen Unterstützung rechnen können.«

Und wenn Lady Barforth einen Wunsch äußerte, den Sir Joel so nachdrücklich unterstützte, wäre es sehr töricht gewesen, ihr die Zustimmung zu verweigern.

»Offensichtlich hat Vater Prudence das Geld geliehen«, stellte Blaize belustigt fest. »Das freut mich für sie – doch er wird dafür sorgen, daß sie es sich verdient. Wenn sie ihn mit ihrer Geschichte, daß sie eine sinnvolle Arbeit sucht, überzeugt hat, bekommt sie diese Arbeit auch. Er verlangt volle Gegenleistung für sein Geld. Ich kann mir nicht vorstellen, welche privaten Abmachungen sie getroffen haben – zumindest hat sie Mutters Segen, und ihr kann er keinen Wunsch abschlagen. Vielleicht langweilt er sich allmählich in seinem kleinen Paradies – Abwechslung wird ihnen beiden guttun.«

»Und Freddy – war das deine Idee, Blaize?«

»Wie kommst du nur auf diesen Gedanken?«

»Weil Prudence' Verlobung mit Freddy Nicholas' Pläne hinsichtlich Nethercoats durchkreuzen könnte.«

»Ach wirklich?« fragte Blaize mit unschuldsvollen Augen. »Weißt du, du bist nicht die erste Person, die mir das unterstellt. Heute morgen war Nicky in meinem Büro und hat mir – allerdings mit anderen Worten – zu verstehen gegeben, daß Prudence' Mitgift wohl nicht ausreichen würde, um die Fabrik zu sanieren, und falls die Hobhouses nicht bald eine Entscheidung träfen, könnte der Käufer abspringen, und dann hätten sie bald nichts mehr zu verkaufen. Wahrscheinlich erwartet er von mir, daß ich seine Überlegungen publik mache.«

»Also *war* Freddy deine Idee.«
»Faith . . . die Verlobung mit ihm bietet Prudence ausgezeichneten Schutz. Damit hält sie sich diese irischen Cousins vom Hals. Und wenn ihr zukünftiger Mann ihr erlaubt, Schuldirektorin zu werden – nun, dann kann auch niemand anderer etwas dagegen einzuwenden haben, nicht wahr? Sollte sie ihn allerdings heiraten, dann wird er ihr Geld in die Fabrik stecken. Was glaubst du – wird sie ihn heiraten oder nicht? Ich wette, sie wird es nicht tun.«
Doch Freddy Hobhouse war ein gutmütiger, hart arbeitender Mann, der bereits in jungen Jahren die Verantwortung für seine Familie getragen und den Schaden, den sein leichtfertiger Vater angerichtet hatte, wieder gutzumachen versuchte. Er hatte sich für seine Brüder und Schwestern aufgeopfert und jahrelang um Prudence geworben. Der Gedanke an ihn bedrückte mich.
»Ich glaube, du mißbrauchst ihn, Prue«, sagte ich zu ihr. »Ist das fair?« Doch Prudence hatte sich in diesen Wochen sehr verändert. Sie war nicht länger die verbitterte Frau, die mit ihrem Stiefvater um ihr Porzellan stritt oder mit unermüdlicher Energie Bürgermeister Agbriggs städtebauliche Projekte unterstützte. Sie hatte endlich ihr Ziel erreicht und kämpfte mit aller Kraft um die Realisierung ihres Lebenstraums. Sie mußte sich nicht mehr damit begnügen, die Anweisungen anderer auszuführen. Sie hatte Sir Joel Barforths Einwände beseitigt und machte kurzen Prozeß mit meinen Bedenken.
»Ob es fair ist? Wahrscheinlich nicht. Doch wie willst du wissen, was ich mit Freddy vorhabe?« fragte sie barsch. »Wenn du den Eindruck hast, daß ich ihn mißbrauche, dann mußt du auch zugeben, daß er nicht gezögert hätte, mich zu gebrauchen. Sicher, er hat all die Jahre geduldig gewartet, sich dabei aber kein Vergnügen versagt. Wie alle anderen unternahm er regelmäßig – wenn er es sich leisten konnte – kleine Ausflüge ins Königliche Theater. Und wenn ihm in dieser Zeit eine Frau mit entsprechender Mitgift begegnet wäre, die ihn geheiratet hätte, glaube ich nicht, daß er sich diese Chance hätte entgehen lassen.«
»Nein, wahrscheinlich nicht. Dann hast du also erreicht, was du wolltest, Prudence?«
»Vielleicht. Jedenfalls kann ich jetzt ein unabhängiges Leben führen, obwohl es mir nicht gefällt, daß wieder eine Lüge im Spiel ist. Wie gern möchte ich mich hinstellen und aller Welt verkünden: ›Seht, das habe ich geschaffen. Und dies sind meine Pläne. Das bin ich.‹ Doch ich konnte über das Geld, das rechtmäßig mir gehört, nicht

verfügen und mußte heimlich Vasen an deinen Mann verkaufen und Onkel Joel und Tante Verity als Aushängeschild benutzen und muß nun vorgeben, daß die Schule ihnen gehört, obgleich sie eigentlich mein Werk ist. Damit muß ich mich eben abfinden. Und was Freddy betrifft, so wirst du dich gedulden müssen und abwarten, was daraus wird.«

Freddy allein konnte den Ruin der Nethercoats-Fabrik nicht abwenden, und auch Prudence' Mitgift würde seine Kreditwürdigkeit bei der Rawnsley-Bank nicht wiederherstellen, doch die enge Verbindung zu den Barforths könnte den Hobhouses eine Gnadenfrist einräumen und vielleicht sogar den hartherzigen Mr. Oldroyd, dessen verstorbene Frau eine Schwester Mr. Hobhouse' gewesen war, dazu bewegen, der Familie finanziell unter die Arme zu greifen.

Mr. Oldroyd war keineswegs ein einsamer Hagestolz. Nachdem Mutter ihn nun nicht geheiratet hatte, ließ er sich von der skandalumwitterten Mrs. Delaney trösten, und obwohl anzunehmen war, daß er sie in seinem Testament ebenso wie eine gewisse junge Dame in Leeds – von der es hieß, sie sei seine Tochter – bedenken würde, so war das Oldroydsche Vermögen eines der größten im Law Valley, und falls Mr. Oldroyd Freddys Heirat mit Prudence guthieß, war anzunehmen, daß die Hobhouses einen beträchtlichen Anteil des Erbes bekommen würden. Die Familie gab sich sogar der Hoffnung hin, daß Mr. Oldroyd Freddy zu seinem Partner machen und ihn womöglich zum Alleinerben einsetzen könnte.

Und aus diesem Grund überhäufte Mrs. Hobhouse Prudence mit Liebenswürdigkeiten, doch ihre verzweifelten Bemühungen, die Zuneigung meiner Schwester zu gewinnen, erweckten nur Prudence' Spott.

»Die arme Frau! Sie würde ihre Seele verkaufen, um mich zur Schwiegertochter zu bekommen. Und falls es ihr gelingt, wird sie den Schock ihres Lebens erleiden. Denn ehe ich nach Nethercoats ziehen würde, müßte sie zuerst aus dem Haus verschwinden, samt ihren Söhnen und Töchtern. Ich habe keine Lust, dort als unbezahltes Kindermädchen und Gouvernante zu fungieren.«

»Prudence, wie hart du geworden bist!«

»Es wird auch höchste Zeit, denn wir leben nun mal in einer harten Welt.«

Mit Freddy ging sie zwar streng um, erlaubte ihm aber doch gelegentlich zärtliche Gesten. Skrupellos nützte sie seine Gutmütigkeit aus und beanspruchte seine Dienste bei der Instandsetzung des

Schulhauses. »Freddy, könntest du das für mich holen . . . bringe dies dorthin . . . schick mir deinen Zimmermann, deinen Glaser, deinen Kutschwagen . . .« und erlaubte ihm dafür, unter dem Tisch ihre Hand zu halten, wenn die beiden bei mir zum Essen eingeladen waren. Sie ging auch bereitwillig mit ihm im Mondschein spazieren und kehrte mit glänzenden Augen zurück – ein untrügliches Zeichen dafür, daß er sie geküßt und sie es genossen hatte.
Sie würde in diesem Jahr dreißig werden und war eine zartgliedrige, elegante Frau, die vor Energie barst und unwiderstehlich in ihrer neu erwachten Lebenslust wirkte. Freddy war jetzt fünfunddreißig, ein behäbiger, leicht lenkbarer Mann, der den sinnlichen Freuden des Lebens nicht abgeneigt war und wohl erkannte, daß sie ihm geistig überlegen war, was er auch ohne weiteres akzeptierte. Würde sie ihn dennoch heiraten? Oder würde sie ihn für ihre Zwecke mißbrauchen, so wie die Männer zeit ihres Lebens über sie – und mich – verfügt hatten, um ihn dann fallenzulassen? Würde sie ihn zu einem Kompromiß zwingen, zu einer Lösung, die seine lästige Familie nicht einschloß? Ich wußte es nicht.
»Es ist eine Freude, ihr zuzusehen«, sagte mir Blaize. »Hilf ihr, wo immer es geht, Faith, die Kosten spielen keine Rolle.« Und das ließ ich mir nicht zweimal sagen.
Hilfe wurde ihr von vielen Seiten angeboten.
»Liebe Prudence«, sagte Georgiana zu ihr, »ich verstehe zwar nicht, warum du das tust, denn wenn man mich mit einer Horde Kinder in ein Haus einsperrte, würde es mit Mord und Totschlag enden . . . aber ich bitte dich, nimm meine Venetia auf, wenn sie etwas älter ist. Du kannst sie sogar jetzt schon haben, schließlich ist sie nur ein Mädchen, und was ihre Erziehung betrifft, wird man mir wohl freie Hand lassen. Hast du gewußt, daß Gervase jetzt aufs Gymnasium geht? Ja, er geht jeden Morgen mit den Hobhouse-Buben dorthin, damit er rechnen lernt. Wie sollte er sonst später einmal seinen Gewinn und Verlust berechnen können? Ich bezweifle zwar, daß es soweit kommen wird, denn er weigert sich zu lernen. Natürlich hätte ich ihn gern nach Kent geschickt, in Perrys und Julian Floods alte Schule, aber es bricht mir nicht das Herz. Ich könnte sogar über dieses absurde Vorhaben lächeln, wenn Gervase nicht so sehr darunter leiden würde. Jedenfalls wird er sich nicht die Finger in einem Büro schmutzig machen, denn der arme Kerl kann nicht einmal zwei und zwei zusammenzählen. Es ist sinnlos von Nicholas, sich darüber aufzuregen, er schimpft andauernd mit ihm, weil er nicht lernen will. Es

liegt einfach nicht in seiner Natur. Er braucht eine Zahlenreihe nur anzusehen, und es herrscht völlige Leere in seinem Kopf, was ich gut verstehen kann, da es mir genauso geht. Du wirst meine Tochter nicht mit derlei Dingen plagen, nicht wahr, Prudence? Wenn sie glücklich ist und nette Freundinnen findet, dann bin ich schon zufrieden. Ich habe mit Hetty Stone gesprochen, und du kannst ihre kleine Verwandte jederzeit haben, da niemand sonst sie will. Und Caroline hat so viele Bekannte – sie wird dir sicher helfen.«

Doch die größte Hilfe kam völlig überraschend von Jonas, der auf eine umfassende schulische Ausbildung zurückgreifen konnte, perfekt Latein und Griechisch beherrschte, Französisch, Mathematik, Geschichte, Geographie und die Literatur verschiedener Länder studiert hatte und Prudence ein sehr kritischer Ratgeber bei der Auswahl geeigneter Lehrkräfte war. Doch am erstaunlichsten dabei war die Tatsache, daß er Prudence nur Vorschläge unterbreitete und ihr nicht sagte, was zu tun oder zu lassen sei. Geschickt beeinflußte er ihre Entscheidungen, hielt sich jedoch bescheiden im Hintergrund. Er erarbeitete einen genialen Stundenplan und überreichte ihn ihr zur Begutachtung.

»Aber Jonas . . . das ist ja brillant! Warum bin ich nicht auf den Gedanken gekommen?«

»Nun, er ähnelt sehr dem Stundenplan eines Bekannten in Cambridge, der damit arbeitet. Mir gebührt also nicht alles Lob dafür.«

Und Prudence und ich fragten uns insgeheim, wenn Tante Hannahs Ehrgeiz ihn nicht dazu getrieben hätte, Rechtsanwalt, Oberbürgermeister oder Minister zu werden, ob er vielleicht als Lehrer ein glücklicheres Leben hätte führen können.

Zu Beginn der wärmeren Jahreszeit kamen Tante Verity und Onkel Joel aus Bournemouth nach Cullingford, und obwohl mein Onkel noch von der Krankheit geschwächt war, widmete er sich sofort mit ungebrochener Vitalität seinen Geschäften, und sogar Blaize war für ein paar Tage mürrisch, während Nicholas, dessen eigenes Unternehmen mittlerweile florierte, weniger denn je bereit war, Konzessionen zu machen.

Anfang Juli würde Caroline nach London fahren und den Sommer über als Gast bei Hetty Stone bleiben. Sie hatte es sich in den Kopf gesetzt, die Bekanntschaft von Lady Hettys Bruder – dem sechsten, womöglich sogar siebten Herzog von South Erin – zu machen, und hegte den ehrgeizigen Plan, ihn als Gast nach *Listonby* mitzubringen. Doch zuvor nahm sie sich noch die Zeit, zu Ehren ihres Vaters einen Ball zu veranstalten, da sie wußte, mit welch stolzer Freude es ihn erfüllte zu beobachten, wie sie oben auf der strahlend beleuchteten Treppe die Aristokraten der Grafschaft empfing. Und da er auch gern von Zeit zu Zeit die ganze Familie um sich versammelte – Caroline scheute keine Mühe, ihrem Vater eine Freude zu bereiten –, war Carolines Einladung zum Familiendinner am selben Abend eher eine Pflicht, der wir uns nicht zu entziehen wagten. In dem für private Festlichkeiten vorbehaltenen jahrhundertealten Salon von *Listonby* versammelten wir uns an ihrer Tafel.

Doch ihrer Mühe zum Trotz stand dieser Abend unter einem ungünstigen Stern. Es herrschte eine angespannte Atmosphäre; vergeblich bemühte sie sich, eine lockere, fröhliche Stimmung zu verbreiten. Wie immer hatte ich mich äußerst sorgfältig gekleidet und ein tief ausgeschnittenes Kleid gewählt, das von Monsieur Albertini in Paris stammte. Der bauschige Rock, den winzige weiße Rüschen bedeckten, fiel über die Krinoline wie ein Federkleid. Meine Schwanenkamee steckte ich an den tiefsten Punkt des Ausschnitts; ein mit Perlen besticktes Samtband schmückte meinen Hals. Doch als ich die Treppe hinabging, den Schal lässig über den Arm geworfen, und mich Blaize präsentierte, warf er mir nur einen flüchtigen Blick zu und sagte: »Sehr hübsch – wirklich, *sehr* hübsch«, und sprach während der Fahrt von *Elderleigh* nach *Listonby* kaum ein Wort mit mir.

»Hattest du heute Ärger in der Fabrik?«

»Du meine Güte, nein«, wehrte er mit einem unterdrückten Gähnen ab. »Dort geschieht doch nie etwas Nennenswertes.«

»Nun, du scheinst nicht gerade bester Laune zu sein.«

»Ich bitte dich um Verzeihung. Es liegt wohl an meiner Rastlosigkeit – ich bin schon zu lange in Cullingford –, es drängt mich hinaus in die Welt. Diese Reiselust kommt auch dem Geschäft sehr zustatten, wir brauchen dringend neue Absatzmärkte. Nicky denkt darüber natürlich ganz anders.«

»Sieht er es nicht gern, wenn du ins Ausland reist?«

»Wahrscheinlich nicht. Er ist mehr dafür, daß ich hierbleibe und, wie er es nennt, meinen Anteil an Verantwortung in Lawcroft und Tarn Edge übernehme, zumal Mayor Agbrigg von seinen Pflichten als Bürgermeister übermäßig in Anspruch genommen wird. Das hört sich ganz plausibel an, doch es geht ihm nur darum, Arbeit auf mich abzuwälzen, damit er sich ausschließlich seinen persönlichen Unternehmungen widmen kann. Doch wir brauchen diese neuen Absatzmärkte für Joel Barforth und Söhne.«

Georgiana und Nicholas erschienen nicht gemeinsam in *Listonby*. Nicholas kam aus *Tarn Edge* und Georgiana aus *Galton*, wo sie mit Gervase ihren Großvater besucht hatte, um, wie ich hörte, ihrem Sohn Gelegenheit zu geben, die Schule zu schwänzen.

»Guten Abend«, begrüßte Nicholas mich und gönnte Blaize nur ein kurzes Kopfnicken.

»Georgiana«, erwiderte Blaize, »du siehst bezaubernd aus«, was nicht stimmte, denn das überaus kostbare Ballkleid – eine mit Spitzen überladene Kreation – hatte sie nur gekauft, weil sie glaubte, damit dem Bild einer Fabrikantenehefrau zu entsprechen. Es stand ihr nicht, und die hochgetürmte Lockenpracht war zu schwer für ihren zierlichen Kopf. Aus Angst, die komplizierte Frisur könne bei einer unbedachten Bewegung in sich zusammenfallen, hielt sie den Kopf unnatürlich steif. Sie trug Smaragde im Ohr, Schmuck an beiden Armen, eine Halskette aus Gold und Smaragden – eine Aufmachung, die zu schwer und protzig für sie war. Sie wirkte wie eine Frau, die sich für eine unpassende Rolle herausgeputzt hatte und sich in dieser Verkleidung von Minute zu Minute unwohler fühlte. Während des ganzen Dinners, das Caroline als fröhliches Familienfest geplant hatte, wechselten Nicholas und Blaize kein Wort miteinander; Freddy Hobhouse, der sich in der vornehmen Umgebung von *Listonby* unbehaglich fühlte, sprach nur mit Prudence; Celia hüllte sich aus irgendeinem undefinierbaren Grund in absolutes Schweigen, was wiederum Jonas verärgerte. Nur Hetty Stones unbekümmertes Geplauder, Mutters sorgloses Geplapper und Tante Hannahs wohlmeinende Bemerkungen, wir sollten aus uns herausgehen, unterbrachen die bedrückende, angespannte Atmosphäre.

»Was ist nur los mit ihnen, Faith?« klagte Caroline, als wir den Tisch verließen. »Ich gebe mir die größte Mühe und könnte doch zumindest erwarten, daß sie den Anschein wahren, dieses Zusammenkommen zu genießen. Ich habe das Essen schließlich Vater zuliebe arrangiert. Wenn Blaize und Nicholas sich in der Fabrik gestritten haben, dann sollen sie gefälligst ihre Streitereien dort austragen. Und Faith, also wirklich, was ist nur mit Celia los? Schon zu Weihnachten hat sie sich so seltsam benommen, und ihr Verhalten heute abend ist einfach unmöglich. Du wirst sehen, in spätestens einer halben Stunde hat sie Kopfschmerzen und wird Jonas dazu zwingen, sie nach Hause zu bringen. Und falls das geschieht, werde ich sie nie wieder einladen. Du hast sicher gehört, daß ziemlich viele Leute Jonas wegen seiner Frau bedauern. Vor kurzem habe ich mit

Mr. Fielding und anderen einflußreichen Politikern gesprochen, und sie sind sich alle einig darüber, daß es nur ein Hindernis für Jonas' Aufstieg in höchste politische Ämter gibt – seine Frau. Ich würde vor Scham in Grund und Boden sinken, wenn man mir das nachsagen würde. Sprich doch einmal mit ihr, Faith. Nun, ich habe das Gefühl, dies wird nicht einer meiner erfolgreichsten Abende werden.«

Doch später, als Caroline zwischen Sir Matthew und Sir Joel auf dem Treppenabsatz die Ballgäste begrüßte, verflog ihre düstere Stimmung rasch, und sie sprühte vor Lebensfreude, schien aus der glitzernden Pracht des Ballsaals dieselben heilenden Kräfte zu schöpfen wie Georgiana aus den alten Mauern des Klosters von *Galton*. Und als ein erlauchter Gast nach dem anderen – »Sir Giles Flood und Mr. Julian Flood. Sir Francis und Lady Winterton. Lord und Lady de Grey. Die Ehrenwerte Mrs. Tatterton-Cole. Colonel und Mrs. Vetchley-Ryce« – angekündigt wurde, wußte ich, daß sie in Gedanken bereits Pläne für die nächste Saison schmiedete und ihre Bemühungen um die Gunst von Hetty Stone sicher durch den Besuch des Herzogs von South Erin gekrönt werden würden, der dann eben diese Treppe zu ihr hinaufsteigen mußte.

Wie immer auf Bällen in *Listonby* tanzte ich fast ununterbrochen, ließ mich von Julian Flood ans kalte Büffet führen, wehrte lächelnd seine freche Einladung, ein Wochenende mit ihm in London zu verbringen, ab. Auf der Treppe küßte er mich auf die Schulter, doch ich war eine weltgewandte Frau, die Aufmerksamkeit auf sich zog und auch damit umgehen konnte.

Prudence saß mit Freddy in der Chardschen Ahnengalerie und benahm sich keineswegs wie eine steife Schullehrerin, sondern gewährte ihm anscheinend Freiheiten, die über kindliches Händchenhalten hinausgingen. Celia, die wie wir alle eingeladen worden war, die Nacht in *Listonby* zu verbringen, ließ sich von Jonas nach Hause fahren. Er hatte sich ihrem Verlangen zunächst widersetzt, da er in ein Gespräch mit einem Politiker verwickelt war, bis sein Vater ihn ermahnte, seinen Pflichten als Ehemann nachzukommen. Und in dieser unüberschaubaren Menge fiel mir nicht auf, daß Georgiana fehlte, bis Caroline meinen Ellbogen nahm und mir zuflüsterte:

»Komm sofort mit. Komm und bring sie zur Vernunft.«

Aber es war bereits zu spät. Durch die weit geöffnete Eingangstür sah ich nur die Pferde in der Auffahrt stehen. Zwei Männer im Abendanzug saßen bereits im Sattel, und ein anderer stand auf

Georgiana wartend da, die eben die Stufen hinuntereilte. Sie setzte einen Fuß in seine verschränkten Hände, und er schwang sie mit wehenden Röcken in den Sattel. Ihr fein geschnittenes Profil, der zarte Hals, ihr zierlicher Oberkörper zeichneten sich scharf gegen den sternenübersäten Nachthimmel ab, als sie übermütig den Kopf zurückwarf und lachte, ein Lachen, in dem Schluchzen mitschwang.
»Georgiana!« rief Caroline. Doch Georgiana blickte nur auf sie herab und hob eine Hand, salutierte wie ein Offizier – dann stob die wilde Meute davon: Julian Flood, Francis Winterton, Rupert Tatterton-Cole, verwegene Burschen, die mit Perry Clevedon – und seiner Schwester – geritten waren. Da galoppierten sie nun in halsbrecherischem Tempo die Auffahrt hinunter, und Caroline hielt sich die Ohren zu, als sie in gellendes Jagdgeschrei ausbrachen und die Pferde durch das Parktor stürmten, als stünde die Welt in Flammen.
»Sie war barfüßig«, sagte Caroline völlig entgeistert. »Hast du das bemerkt? Jeder kann es sehen, da sie im Herrensattel reitet. Noch nie im Leben hat man mich derart schockiert – und gekränkt.«
»Ich nehme an, sie ist weggeritten, um Perry zu suchen«, bemerkte Blaize beiläufig, als ich es ihm später erzählte. »Ich kann mir vorstellen, daß ihr Perry realer erscheint als manche Menschen, denen sie heute abend hier begegnet ist.«
»Sie ist ein Original, das muß man ihr lassen«, murmelte Hetty Stone. Ihre Finger umspannten mit leichtem Druck Blaize' Arm und gaben ihm damit zu verstehen, daß diese Bemerkung auch auf ihn gemünzt war.
»Sie wird sich umbringen«, empörte sich Caroline verärgert und vergaß ganz ihre vornehme Nonchalance, mit der sie sonst Hettys aristokratische Überheblichkeit imitierte. »Wo ist nur Nicholas? Man muß es ihm sagen.«
Es war bereits drei Uhr früh an diesem herrlichen Julimorgen, als die letzte Kutsche davonfuhr, und obwohl Caroline sich zunächst weigerte, zu Bett zu gehen, ehe Georgiana zurückgekehrt war – sie sorgte sich um die Sicherheit der Schwägerin und ihren eigenen guten Ruf –, bestand Sir Matthew mit ungewohnter Härte darauf, daß sie sich zurückzog. Wir folgten ihnen hinauf in unser Gästezimmer.
Ich mochte wohl eine Stunde geschlafen haben, als ich jäh erwachte und das Bett neben mir leer fand. Blaize stand am Fenster, und ich sah, wie er die Auffahrt hinunterblickte.

»Liebling, ist sie schon zurückgekommen?«
»Pssst«, brachte er mich zum Schweigen, und da hörte ich in der Ferne gedämpftes Hufgetrappel, von einem Pferd, das sich langsam näherte, ein zögerndes Klipp-Klapp, das so gar nicht nach Georgianas wildem Reitstil klang.
»Pssst«, wiederholte Blaize, und als ich aufstand, um seine einsame Nachtwache zu teilen – er hatte keine Minute geschlafen –, fühlte ich seine Anspannung, die Besorgnis und auch Neugier ausdrückte.
»Jetzt«, flüsterte er. »Das ist sie. Und ich kann mir vorstellen, daß du nun ein kleines Drama erleben wirst. Ja, ich wußte, daß er auf sie warten würde. Sogar unser guter alter Matthew ahnte es und war so vernünftig, Caroline ins Bett zu schicken.«
Unter mir, auf dem Hof, sah ich den dunklen Kopf, die breiten Schultern von Nicholas, sah das Aufglimmen seiner Zigarre, als er gierig inhalierte, spürte seinen Zorn, als er mit einer heftigen Gebärde den Stummel wegschleuderte.
»Ich möchte das nicht mit ansehen, Blaize.«
»Das solltest du aber. Ich werde es jedenfalls tun.«
Es dauerte lange, ehe Georgiana Nicholas erreichte. Sie näherte sich ihm so widerstrebend, als kämpfe sie gegen eine starke Strömung an, und dann ritt sie unschlüssig vor ihm auf und ab; sie wollte nicht absteigen.
Ihr Haar hatte sich gelöst und hing ihr nun zerzaust bis zur Taille herab, und die leichte Brise wehte ihr einzelne Strähnen ins Gesicht. Und es war mir fast schmerzhaft bewußt, daß sie noch vor wenigen Minuten, als sie der aufgehenden Sonne entgegenritt, den Wind in den Haaren, zutiefst glücklich, zutiefst traurig gewesen war – doch jetzt war das alles vorbei.
»Hast du geglaubt, ich würde dir weglaufen?« rief sie, und ihr Pferd tänzelte weiterhin unruhig auf dem Kies hin und her.
»Nein. Das habe ich nicht angenommen.«
»Nun, was erwartest du jetzt von mir?«
»Daß du dein Pferd in den Stall bringst.«
Und als er sich zum Gehen wandte, preßte sie einen Arm gegen ihre Augen und rief:
»Nicky! Verdammt . . . hilf mir herunter.«
Nicholas trat neben das Pferd und stand abwartend da, ohne die Arme zu heben. Sie legte ihm die Hände auf die Schultern, schwang sich trotz des hinderlichen Rockes elegant aus dem Sattel, glitt zu

Boden und stolperte gegen ihren Mann. Er wich zurück, und sie hatte Mühe, ihr Gleichgewicht zu bewahren.
»Ach du meine Güte! Ich habe meine Schuhe verloren.«
»Dann mußt du eben barfuß gehen.«
»Nicky . . .«
»Ja.«
»Willst du denn nicht wissen, warum ich weggeritten bin?«
»Nein, das interessiert mich nicht.«
Sie fuhr sich mit den gespreizten Fingern durchs Haar und strich es heftig aus der Stirn zurück. Ihr ganzer angespannter Körper drückte tiefste Verzweiflung aus.
»Nicky . . .« Und auch ihre Stimme war nichts als ein verzweifelter Aufschrei. »Geh nicht einfach so weg. Schimpf mit mir . . . schlag mich . . . tritt mich, wenn du willst . . . tu irgend etwas, aber geh nicht einfach so weg.«
Doch er war bereits gegangen, und im nächsten Augenblick hörte ich seine Schritte auf dem Korridor, dann das Zufallen einer Tür.
»Er ist sehr klug, mein kleiner Bruder«, sagte Blaize und blickte in die Richtung, in der Nicholas' Schritte verklungen waren. »Ja . . . ich sagte doch, er würde sie zerstören, aber das hier ist noch schlimmer: Er läßt sie einfach verhungern. Diese subtile Art hätte ich ihm gar nicht zugetraut.«
»Blaize, jeder Mann hätte in dieser Situation verärgert reagiert.«
»Ganz richtig. Und jeder andere Mann hätte seinem Ärger auch Luft gemacht. Jeder andere Mann hätte sie von ihrem Pferd heruntergezerrt und sie so lange gebeutelt, bis sie zur Vernunft gekommen wäre. Jeder andere Mann hätte die Beherrschung verloren und sie angeschrien – vor allem ein Mann wie Nicky, dessen Wutausbrüche berüchtigt sind. Wie ich schon sagte – sehr klug. Sie ist an starke Emotionen gewöhnt, so wurde sie erzogen. Sie braucht seine Liebe – oder seinen Haß –, um zu überleben. Das weiß er, und sein Verhalten eben hat gezeigt, daß er nicht will, daß sie lebt.«
»Dann steht es sehr schlimm zwischen ihnen.«
»Du hast es ja selbst gesehen. Er kann sehr eigensinnig und sehr töricht sein.«
»Aber warum denn? Weil er sich nicht deinen Erwartungen entsprechend verhält – wie damals bei der Eröffnung der Eisenbahnlinie?«
»Ja«, erwiderte Blaize nachdenklich. »Die Eisenbahnfahrt – aber vergiß nicht, ehe du mich beschuldigst, daß ich mich in fremde Angelegenheiten einmische: Er *wollte* damals unbedingt mitfahren.

Das war an diesem Tag sein sehnlichster Wunsch. Wie ich schon sagte – er ist eigensinnig und töricht!«
Ich kroch zurück ins Bett, bis auf die Knochen durchgefroren, obwohl es im Zimmer nicht kalt war, und lag zitternd unter der Decke. Ich durfte in diesem Konflikt nicht Partei ergreifen und wollte nicht, daß Blaize es tat.
»Du mußt müde sein, Faith«, sagte er. »Versuche zu schlafen.«
Doch ich war nicht müde. Ich brauchte Blaize, vielleicht nicht seine Liebe, gewiß nicht seinen Haß, doch daß er sich mir innerlich näherte, mir mehr gab als seinen klugen Verstand und Charme, seine Gewandtheit als Unterhalter und Liebhaber. Ich wollte, daß er auch von mir mehr verlangte. Und da er ein Mann war, der dieses Bedürfnis, gebraucht zu werden, ablehnte, fragte ich mich in jener bitteren halben Stunde, ob auch er mich – obwohl unbewußt – hungern ließ.

26

In diesem Jahr, 1857, kam es zum großen Aufstand in Indien, dessen Ursache die Angst vor einer westlichen Überfremdung des Landes war. Nach der Niederwerfung wurde Indien direkt der britischen Krone unterstellt und durch einen Vertreter der Königin, den Vizekönig, regiert. Die Auswirkungen dieser blutigen Kämpfe reichten bis nach Cullingford, da Angehörige der Chards, der Clevedons und Floods im Dienste ihrer Königin ihr Leben ließen. In *Listonby* und *Galton* herrschte eine bedrückte Stimmung, ohnmächtige Wut und Trauer über das schreckliche Gemetzel dort brachten den Krieg direkt in unsere Häuser. Er bedrohte mit seiner grausamen Realität die friedliche Existenz der Familien in England, deren Söhne dort im fernen Land für die Krone kämpften. Die Barforths hatten keinen direkten Anteil an diesen kriegerischen Auseinandersetzungen, für sie waren Indien und der blutige Aufstand weit entfernt.
Der Handel in Cullingford blühte, die Kapazität der Barforthschen Webstühle war bis an die Grenzen der Leistungsfähigkeit ausgelastet, die Straßen sicherer und friedlicher denn je und auch sauberer, seit Mayor Agbriggs Wasserreservoirs an der Cracknell Bridge die Bevölkerung mit ausreichend Wasser versorgten.
Prudence' Schule wurde im Herbst von Lady Barforth eröffnet, die begeistert die hellen Unterrichtsräume, die sauberen Schlafsäle, das

geräumige, wenn auch spartanisch eingerichtete Speisezimmer und die weitläufigen Gartenanlagen bewunderte, in denen die Mädchen eigene Pflanzen und Blumen anbauen und in der frischen Luft spazierengehen und spielen konnten.
»Warum sollten wir Prudence Aycliffe unsere Mädchen anvertrauen«, war die ablehnende erste Reaktion der Cullingforder Bürger, doch bald kamen viele kleine Mädchen täglich in die Schule, Töchter aus begüterten Familien, die Prudence' Schulgebühren bezahlen konnten und sich mit den Barforths gutstellen wollten. Doch ihre interessanteste Internatsschülerin war zweifelsohne die zehnjährige Miss Amy Chesterton, die sich wohl nicht bewußt war, daß sie die Tochter des neuen Herzogs von South Erin war, obwohl es ein offenes Geheimnis war. Und im ersten Monat unterrichtete Jonas die älteren Schülerinnen in Mathematik, da die Lehrerin aus Krankheitsgründen ausgefallen war, und brachte oft seine vierjährige Tochter Grace zu mir, da Celia kränkelte und nicht nur Ruhe und Erholung, sondern absolute Stille im Haus brauchte.
Ich konnte nicht behaupten, daß ich Kinder besonders gern mochte – zumindest nicht vor Blanches Geburt –, doch nachdem ich ihr unter Schmerzen das Leben geschenkt hatte, widerstrebte es mir, sie ausschließlich der Fürsorge eines Kindermädchens anzuvertrauen und mich damit zu begnügen, täglich zehn Minuten während der Teezeit die liebevolle Mutter zu spielen, so wie unsere Mutter es getan hatte. Seit fast vier Jahren war ich nun Blaize' Frau, und in den Grenzen, die er abgesteckt hatte, war ich bis zu einem gewissen Grad glücklich. Doch es gab diese rastlosen, unzufriedenen Momente, in denen ich fühlte, daß Spitzen und Schleifchen, modische Eleganz und charmante Unterhaltungen meinem Leben keinen Sinn geben konnten, und mich fragte: »Ist das alles? Wie geht es weiter?« Dann fand ich die Antwort darauf in dem Glauben, daß Blanche meine Erfüllung war.
Ich wollte keine weiteren Kinder haben. Diese kleine Silberfee genügte mir vollauf. Aber Grace, die Tochter meiner Schwester, rührte mich zutiefst. Ihre dunklen Locken, ihr ernsthaftes, herzförmiges Gesicht, ihre natürliche Schönheit, die an eine wilde Rose erinnerte, bildeten einen bezaubernden Kontrast zu Blanche. Auf meine Zuneigung reagierte sie manchmal mit zögernder Zurückhaltung, dann wieder mit sehnsüchtigem Verlangen, weil ihre Mutter zu sehr mit sich selbst beschäftigt war, um ihr Zärtlichkeit und Aufmerksamkeit zu schenken. Jeder Grasfleck auf dem Kleid ihrer Tochter

oder verschmutzte Schuhe störten Celias Ordnungssinn derart, daß sie ihrem Kind das Spielen im Garten untersagte, und übermütiges kindliches Lachen verursachte ihr unerträgliche Kopfschmerzen.
Und so verbrachte ich die sonnigen Tage, wenn Blaize nicht zu Hause war, mit diesen beiden kleinen Mädchen, band Schleifen in ihr Haar, ließ sie sich nach Herzenslust mit meinem Schmuck, meinen Kleidern und Hüten herausputzen, pflückte mit ihnen Rosenblätter für die Duftschalen, suchte wilde Brombeeren und verirrte Kätzchen, und wir verstießen dabei unbekümmert gegen Celias strikte Verbote, denn in ihren Augen hatten Rosen giftige Dornen, Brombeerflecken konnten aus Kleidern nicht mehr entfernt werden, und kleine Kätzchen hatten scharfe Krallen, die ein Kind entsetzlich zerkratzen können.
Wir picknickten im Freien, boten gefährlichen Regenwürmern mutig die Stirn und fürchteten uns nicht vor Maulwürfen, Vogeldreck und allen anderen Feinden, die nach Celias Meinung in der freien Natur unser Leben bedrohten. Wir unternahmen ausgedehnte Spaziergänge durch die Wälder hinter meinem Garten – wobei Blanche zu gern auf meinen Schultern saß –, tobten ausgelassen durch das buntgefärbte Herbstlaub, ungeachtet der bösen Zigeuner, die uns betäuben und zwei kleine Kinder rauben könnten.
Ein entzückendes Kind war diese Blanche Barforth, die der Welt mit unbekümmerter Selbstverständlichkeit begegnete und nicht daran zweifelte, daß sie der Mittelpunkt unserer kleinen Welt war, ja die Erde extra für sie geschaffen worden war. Es verstand sich von selbst, daß meine Liebe ausschließlich ihr gehörte, und dabei gab sie mir oft das Gefühl, im Schatten ihres weitaus interessanteren, wenn auch häufig abwesenden Vaters zu stehen. Miss Grace Agbrigg dagegen war ein ruhiges, ein vorsichtiges Kind, das erst die Atmosphäre prüfte, ehe sie mit der Behutsamkeit eines argwöhnischen Kätzchens näher kam. An ständige Ermahnungen gewohnt wie: »Psst – Mama fühlt sich nicht wohl. Pssst – du wirst ihr Kopfschmerzen bereiten«, war sie oft verwirrt darüber, daß ich nicht leidend war und in unserem Haus Handschuhe achtlos in einen Sessel geworfen wurden, Zeitungen im Salon, Zigarrenstummel im Aschenbecher lagen und ich deswegen keinen hysterischen Anfall bekam, wie sie es von ihrer Mutter kannte.
»Ist sie wirklich keine Belastung für dich?« fragte Jonas ständig.
»Nein. Bitte, bring sie nur. Ich habe sie so gern um mich.«
Doch Liam Adair wollte ich nicht um mich haben. Niemand in mei-

nem Verwandtenkreis wollte ihn haben, aber immer öfter fand ich ihn verlassen auf meiner Türschwelle vor, und der unverschämte Blick des zwölfjährigen Rabauken ließ mich Schlimmes ahnen, und ich konnte es einfach nicht übers Herz bringen, ihn wegzuschicken.

»Liebling, darf ich ihn nur eine Stunde bei dir lassen?« bat Mutter und stieg nicht einmal aus der Kutsche. »Die Mandelbaums erwarten mich, und sie haben so viele kostbare, zerbrechliche Dinge in ihrem Salon, alle diese Harfen und Geigen . . . Sie haben ihn heute wieder aus der Schule nach Hause geschickt, und die arme Miss Mayfield fühlt sich nicht wohl – nur für eine Stunde, bitte, Liebling.«

Doch aus dieser Stunde wurde ein ganzer Tag. Es gab Streitigkeiten und sogar Prügel, als Blaize, der seit Jahren nicht die Hand gegen irgend jemanden erhoben hatte, ihn mit der Reitgerte dafür bestrafte, daß er einen streunenden Hund im Stall losgelassen und die Pferde in panische Angst versetzt hatte.

»Dieser junge Mann soll mir gefälligst aus dem Weg gehen«, sagte Blaize verärgert und noch ganz außer Atem. Er hatte sich eine Manschette zerrissen, denn Liam, der für sein Alter recht groß und kräftig war, hatte sich vehement gegen die Prügel gewehrt. »Faith, sorge bitte dafür, daß er mir nicht mehr unter die Augen kommt.«

Aber Blaize war oft verreist, und als Liam eines Nachmittags ein halbes Dutzend lebende Frösche in meine Küche warf und damit ein derartiges Geschrei unter den Hausmädchen verursachte, daß ich schon befürchtete, ein Feuer sei ausgebrochen, hob auch ich die Hand, um ihn zu bestrafen. Dann aber sah ich diese plumpen, unbeholfenen Kreaturen verschreckt umherspringen – sie konnten schließlich nichts für das verheerende Chaos, das sie anrichteten – und mußte mir das Lachen verbeißen. Und als ich diesem fröhlichen Funkeln, diesem typischen Adair-Schalk in seinen Augen begegnete, brach ich in schallendes Gelächter aus. Ich verscherzte mir außerdem die Achtung meiner Köchin, als ich ihm dabei half, sie einzufangen und wieder in den Teich zurückzutragen.

»Tu das nie wieder, Liam Adair.«

»O nein – das würde keinen Spaß machen.«

»Denk dir auch keine anderen Späße dieser Art aus. Warum bist du nur so eine Plage und ärgerst alle Leute, Liam?«

»Ich weiß es nicht. Das bin ich eben – eine Plage. Jeder sagt das.«

Und das war er – ein Ärgernis für Mutter, seinen Vater, seine Lehrer, die ihn mindestens zweimal wöchentlich wegen Prügeleien mit

Schulkameraden aus dem Klassenzimmer verbannten. Doch anstatt nach Hause, in die Blenheim Lane, zu gehen, tauchte er bei mir auf, mit zerrissener Jacke, aufgeplatzter Lippe, mit blutender Nase, und grinste mich frech an.

»Liam, großer Gott! So wie du aussiehst, kannst du nicht gewonnen haben.«

»Natürlich habe ich gewonnen, und sie waren zu dritt! Zwei Hobhouses und ein Rawnsley – deswegen konnten sie mich ja so zurichten. Aber ich habe sie ordentlich verprügelt, sonst hätte der Direktor mich nicht nach Hause geschickt.«

»Und wie sehen die Hobhouses aus?«

»Nicht sehr hübsch. Aber das waren sie zuvor auch nicht.«

»Du genausowenig.«

Doch dieser kräftige, schlacksige Junge, der so dunkelhäutig wie ein Zigeuner war, mit den derben Gesichtszügen, die ein strahlendes Adair-Lächeln so anziehend machen konnte, hatte von seinem Vater auch die Unverschämtheit und den Humor geerbt. Eines Tages würde er ein ebenso attraktiver und draufgängerischer Mann sein wie er.

»Liam, warum prügelst du dich so oft?«

»Ich weiß es nicht. Ich tu's einfach.«

»Mir kommt er nicht über die Schwelle«, sagte Celia. »Und Mutter weiß das sehr genau. Es tut mir leid, aber es gibt Grenzen des Erträglichen. Allein die Sorgen um mein Kind und mein Haus übersteigen oft meine Kräfte.«

Ich kannte Celia nur klagend und kränklich, und ich maß ihren Äußerungen wenig Bedeutung bei, bis Mutter besorgt erklärte, daß sich Celias Zustand wesentlich verschlimmert habe.

»Meine Liebe, sie geht überhaupt nicht mehr aus. Sie hockt in ihrem Haus und schikaniert die Dienstboten mit ihrem Reinlichkeitsfimmel – das kann doch nicht gut für sie sein. Hundertmal habe ich sie schon eingeladen – in die Blenheim Lane, zu einem Einkaufsbummel nach Leeds, ins Konzert, aber sie findet im letzten Moment immer einen Grund abzusagen. Entweder fühlt sie sich nicht wohl, oder Grace kränkelt, oder eines der Hausmädchen hat gekündigt. Sie hatte schon acht Mädchen in diesem Jahr, und keines hielt es länger als einen Monat bei ihr aus. Ehe ich ihr Haus betrete, fühle ich mich jung und lebenslustig, wenn ich herauskomme, fühle ich mich wie eine hundertjährige Frau. Tante Hannah ist äußerst unzufrieden mit ihr, denn ihr Verhalten wirkt sich fatal auf Jonas' Karriere aus. Es ist

natürlich nicht richtig von ihm, daß er ihr andauernd Vorhaltungen macht und sie beschuldigt, ihn im Stich zu lassen – was zwar stimmt, aber er sollte es ihr nicht so oft und so hart sagen. Wenn das wenigstens eine Veränderung zum Positiven bewirken würde, hätte ich ja nichts dagegen einzuwenden, aber es macht alles nur noch schlimmer. Ich muß heute leider eingestehen, daß Jonas mir leid tut. Sie werden keine weiteren Kinder haben, weißt du. Ganz im Vertrauen gesagt, Jonas konsultierte Dr. Blackstone, und der eröffnete dann Celia, daß sie es nicht wagen dürfe, ihr Leben durch eine erneute Schwangerschaft zu gefährden. Also ist es mit ihren ehelichen Beziehungen vorbei. Celia wird darüber nicht traurig sein, doch ich weiß nicht, was in Jonas vorgeht, er ist schließlich ein Mann . . .«
Doch Celia, als ich sie endlich dazu bewegen konnte, darüber zu sprechen, belastete diese neue Situation doch erheblich. Nicht das Ende ihrer körperlichen Beziehung zu Jonas beunruhigte sie. Sex war für sie immer eine unverständliche, peinliche Pflichtübung gewesen, aber sie fühlte sich schuldig, als Frau versagt zu haben, sah sich zurückversetzt in ihre Kindheit, als sie immer die Vernachlässigte gewesen war. Sie fand es schwierig, sich in diesem Leben zurechtzufinden, und betrachtete es als Ungerechtigkeit, daß ihre Bemühungen, die Regeln, die ihr Vater aufgestellt hatte, wortgetreu zu befolgen, nicht entsprechend geschätzt wurden. Vaters Maßstäbe waren für sie absolutes Gebot gewesen – sie war eine perfekte Hausfrau, ein tugendhafter Engel geworden, hatte sich ganz für Heim und Herd aufgeopfert –, doch die Gleichung war irgendwie nicht aufgegangen. Sie war unglücklich, lustlos, des Lebens überdrüssig, fühlte sich unverstanden und betrogen. Immer war sie bemüht gewesen, alles richtig zu machen, und Vater hätte sicher seine Freude an ihr gehabt, im Gegensatz zu seinen beiden anderen mißratenen Töchtern – der frivolen Faith, die um Haaresbreite an einem schändlichen Skandal vorbeigeschlittert war, und der eigensinnigen Prudence, die sich verächtlich über alle seine Erziehungsmaßstäbe hinweggesetzt und ihren eigenen Weg gegangen war. In Celias Augen war es einfach unfair, daß wir glücklich und zufrieden waren und sie sich so miserabel fühlte.
»Kümmere dich mehr um sie«, bat Mutter mich, und so verbrachte ich endlose Stunden in ihrer trübsinnigen Gesellschaft. Frohen Mutes kam ich bei ihr an, und deprimiert verließ ich ihr Haus. Celia war zutiefst vom Leben enttäuscht. Sie war zwar als erste von uns allen vor den Altar getreten und hatte sich damit ihren sehnlichsten

Jungmädchentraum erfüllt, doch mit der Realität des Lebens als Ehefrau und Mutter kam sie nicht zurecht.

»Dieses Haus macht mich ganz krank«, klagte sie. »Es ist so eng und dunkel . . . Wenn wir doch nach Cullingford Green oder Patterswick ziehen könnten . . .«

Doch als Jonas verschiedene Häuser ausfindig machte und Celia bat, sie zu besichtigen, fand sie stets irgendeinen Vorwand abzulehnen, schreckte vor einem Umzug zurück, fühlte sich Veränderungen nicht gewachsen, und so blieb alles beim alten.

»Wenn ich nur einen Sommer in Scarborough verbringen könnte, das würde mir guttun.«

Doch der Gedanke, in einem fremden, gemieteten Haus zu leben, war ihr unerträglich. Wie sollte sie in einer Stadt zurechtkommen, wo sie niemanden kannte, da sie doch so eine Scheu davor hatte, mit fremden Leuten zu sprechen?

»Wenn Jonas nur nicht dauernd Einladungen zum Dinner annehmen würde. Ich esse nicht gern bei anderen Leuten, das weiß er genau. Außerdem erwartet man dann von mir, daß ich die Einladung erwidere. Er nimmt einfach keine Rücksicht auf mich.«

Doch als die Einladungen ausblieben, beschwerte sie sich, daß ihre Freunde und ihr Mann sie vernachlässigten.

»Ach, wie nett, daß du dich blicken läßt, Faith. Seit einer Woche hat mich niemand besucht, und Jonas verbringt jede freie Stunde in Prudence' Schule und spielt Lehrer.«

»Sie interessiert sich für nichts und niemanden«, sagte Prudence nur unwirsch. »Sie hat nicht genug zu tun und ist zu träge, sich eine sinnvolle Aufgabe zu suchen. Was regst du dich darüber auf? Wir kennen doch Dutzende von Frauen wie Celia.«

Und da es stimmte, was Prudence sagte, und weil Celias ständiges Klagen mir auf die Nerven ging, fand ich immer häufiger plausible Ausreden, einen Besuch bei ihr aufzuschieben oder zumindest nur eine kurze Weile zu bleiben.

Von Zeit zu Zeit fuhr ich mit Georgiana nach *Galton*, denn für uns gab es keinen Grund, warum wir nicht Freundinnen sein konnten, da die zunehmenden Spannungen zwischen Blaize und Nicholas uns nicht berührten.

»Ich hätte es nicht für möglich gehalten, daß irgend jemand es schafft, mit Blaize zu streiten – aber Nicholas ist es gelungen«, bemerkte sie nur dazu, zeigte aber keinerlei Neugier über die Ursache des Konflikts und teilte die Meinung der meisten Leute in Culling-

ford, die geschäftlichen Auseinandersetzungen die Schuld an den Feindseligkeiten zwischen den beiden Brüdern gaben.
»Laß sie doch, Faith. Was kümmert's uns«, sagte sie gleichgültig. »Es ist so ein schöner Tag. Komm, wir wollen Großvater besuchen.« Und ohne viel Federlesens packte sie die kleine Venetia in die Kutsche, neben meine niedliche Blanche, die bereits als kleines Mädchen sorgfältig darauf achtete, daß ihre Röcke nicht zerdrückt wurden, und los ging die wilde Jagd, denn mit Georgiana gab es kein beschauliches Spazierenfahren. Und öfter, als es gut für ihn war, begleitete auch Gervase uns bei diesen Ausfahrten, da Georgiana jede Gelegenheit nutzte, ihn von der Schule fernzuhalten.
»Er haßt sie. Er hat keine Begabung dafür. Wenn ich Nicky nur dazu bringen könnte, ihn in eine ordentliche Schule zu schicken. Was kann er denn auf dem Cullingforder Gymnasium schon lernen? Gütiger Himmel – eine höhere Schule für Kaufleute. Eine halbe Stunde mit Großvater lehrt in Nützlicheres als die ganze Plackerei im Unterricht.«
Und fraglos war der Squire von *Galton* ein Vorbild für jeden kleinen Jungen. Nachdem ich mich an sein steifes, formelles Auftreten gewöhnt hatte, merkte ich, welch einen besänftigenden Einfluß seine Gegenwart hatte, so als würde seine vornehme Geisteshaltung eine Art Barriere zwischen der grausamen, geldgierigen Welt und *Galton* bilden. Ich sah in ihm einen Mann, der zwar autokratisch und engstirnig die überlieferten Prinzipien verteidigte, jedoch zu keiner Gemeinheit fähig war und auch dem ärgsten Feind mit vornehmer Höflichkeit begegnet wäre. Er war ein nobler, ritterlicher Gentleman, half seiner Enkelin aus der Kutsche, als wäre sie eine Herzogin, und reichte seinem Urenkel die Hand, als stünde vor ihm der Prinzregent und nicht der Erbe von ein paar hundert Morgen Moorland.
»Wie geht es dir, Master Gervase?«
»Wie geht es Ihnen, Sir?« Und selbst der junge Gervase, ein übernervöses, leicht erregbares Kind, das wie ein flatterhaftes Vögelchen unentwegt plappern und dann wieder stundenlang in unnatürliches Schweigen verfallen konnte, entspannte sich in dieser Atmosphäre und befolgte die Anordnungen seines Urgroßvaters mit einer Bereitwilligkeit, die er sonst niemandem gegenüber zeigte.
»Ich liebe ihn«, sagte Georgiana und atmete tief durch. »Mein Gervase wird so werden wie er . . . glaubst du nicht auch, Faith?«
Doch Gervase hatte noch einen Großvater: den mächtigen Sir Joel Barforth, der einen Kopf größer und von Gestalt weitaus wuchtiger

als Mr. Clevedon war, der seine eigenen Söhne von klein auf zu schwerster körperlicher Arbeit erzogen und ihnen beigebracht hatte, sich skrupellos durchzusetzen. Er hielt nicht viel von den Ansichten des Adels, allein um der Ehre willen auferlegte Pflichten zu erfüllen. Für jeden persönlichen Einsatz erwartete er einen entsprechenden Gewinn.

»Ach ja«, brummte er nur grimmig und blickte auf seinen Enkel hinab, dem er sicherlich gewaltigen Respekt einflößte. »Sein Benehmen ist ja tadellos. Er hat gute Umgangsformen, aber kann er auch rechnen?«

Und Gervase versteckte sich mit angstvoll aufgerissenen Augen hinter seiner Mutter, die ebenfalls keinerlei Begabung für diese trockene Materie hatte.

In diesem Winter erkrankte Onkel Joel wieder – nichts Ernsthaftes, wie er barsch abwehrte – und kam im Frühjahr völlig unerwartet ein paar Tage vor seiner Frau nach Hause. Sofort gab es Ärger in den Fabriken.

»Was, zum Teufel, soll das bedeuten? Wie, verdammt noch mal, willst du mir das erklären?« dröhnte seine laute Stimme durch jeden Winkel von Tarn Edge, Lawcroft und Low Cross, und sein Besuch in der Law-Valley-Wollkämmerei endete in einer lautstarken Auseinandersetzung mit Nicholas.

»Wie ich höre, kannst du deine Finger noch immer nicht von der Nethercoats-Fabrik lassen. Du wirst dich übernehmen, mein Junge. Und ein kleiner Vogel hat mir gesungen, daß du dich in Horton End herumtreibst und Sam Barkers Färberei in Augenschein nimmst. Laß dir eins gesagt sein, mein Junge. *Ich* will diese verdammte Färberei nicht, und *du* kannst sie dir nicht leisten.«

Kurzerhand untersagte er Blaize eine geplante Reise nach Rußland und fegte Blaize' Erklärung, der drohende Krieg zwischen den Nord- und Südstaaten Amerikas erfordere die Erschließung neuer Absatzmärkte, vom Tisch.

»Verdammter Blödsinn! Krieg war immer gut für den Tuchhandel. Du hast nur Lust, mit den Ballerinen herumzuscharwenzeln . . .«, eine Bemerkung, die Blaize mir belustigt weitererzählte, ohne jedoch der Unterstellung zu widersprechen.

Auch im häuslichen Bereich fand nichts Gnade vor Onkel Joels kritischem Auge. *Tarn Edge* – das Haus, das er für Tante Verity gebaut hatte – verlotterte in Georgianas Händen. Die Dienstboten, ungenügend beaufsichtigt, waren faul und schlampig. Sein Schlafzim-

mer war nicht geheizt, das aufgetragene Essen kalt und ungenießbar, und für die Pferde wurde besser gesorgt als für ihn. Wo trieb sich dieses verdammte Mädchen den ganzen Tag herum? Sie ritt wie eine Irre durch die Gegend und scherte sich den Teufel um ihre Pflichten als Hausherrin. Und warum starrte ihr Sohn ihn fortwährend wie ein verängstigter Hase an? Warum plärrte seine Enkelin andauernd? War denn niemand da, der sich um sie kümmerte?
»Bring den Jungen in die Schule!« fuhr er Georgiana an. »Und dann komm gefälligst nach Hause und kümmere dich um dein Heim und deinen Mann. Sorg dafür, daß eine anständige Mahlzeit auf dem Tisch steht, wenn er aus der Fabrik kommt. O ja, mein Mädchen, das wirst du tun, denn schließlich bezahlt er für deine überzüchteten Vollblüter und deinen arabischen Hengst. Und setz ein freundliches Gesicht dabei auf – verdammt noch mal!«
»Ich bin nicht eine deiner Angestellten in der Weberei«, erwiderte Georgiana eisig, und seine Antwort darauf war niederschmetternd.
»Das bist du allerdings nicht, mein Mädchen, denn dort hätte ich dich nicht so lange geduldet. Für mein Geld erwarte ich gute Arbeit, und dich hätte ich längst hinausgeworfen.«
Mochte auch Nicholas insgeheim die Meinung seines Vaters teilen, so konnte er es doch nicht dulden, daß ein anderer sie so unverblümt ausdrückte, und auf die Auseinandersetzung mit seinem Vater folgte ein derart unheilschwangeres Abendessen – wie die Hausmädchen von *Tarn Edge* meinem Dienstboten erzählten –, wie es nie zuvor stattgefunden hatte. Georgiana saß zwischen den beiden zornigen Männern, trank ein Glas Wein nach dem anderen und ging früh zu Bett, in einem Zustand, der – gelinde ausgedrückt – nur als betrunken bezeichnet werden konnte.
»So kann es nicht weitergehen«, sagte Blaize, der seine Reisepläne keineswegs aufgegeben hatte. »Ich will Vater ja nichts Übles nachsagen, doch er täte besser daran, sich nach Bournemouth zurückzuziehen. Er wird mich nicht davon abbringen, nach Moskau zu fahren. Bei mir kann es heute spät werden, Liebling. Ich bin im *Old Swan* verabredet.«
Doch am hellichten Nachmittag hörte ich Blaize' Einspänner in halsbrecherischem Tempo die Auffahrt heraufjagen, und besorgt eilte ich in die Halle. Noch nie zuvor hatte ich ihn so außer sich gesehen.
»Faith, hol deinen Hut! Es geht um Vater. Er ist im Hof von Tarn Edge zusammengebrochen. Wir haben ihn ins Haus gebracht. Die

Ärzte sind bei ihm. Es muß vor zwei, drei Stunden passiert sein. Faith, ich glaube, er stirbt. Ich kann es einfach nicht fassen, ich habe ihn immer für unsterblich gehalten. Heute morgen noch habe ich mit ihm gestritten und wollte nichts mehr mit ihm zu tun haben, und jetzt . . .«

Wir nahmen an, daß Tante Verity bereits auf dem Weg nach Cullingford war, doch vorsichtshalber schickte man eine Nachricht nach Bournemouth, und eine Kutsche stand am Bahnhof bereit, um sie abzuholen. Caroline war irgendwo in den Grafschaften um London unterwegs, zu Besuch bei den South Erins, und es gab wenig Hoffnung, sie zu erreichen. Nicholas und Georgiana waren bereits in *Tarn Edge*. Georgiana in ihrem dunkelgrünen Reitkostüm kam eben von einem Ausritt zurück. Nicholas lehnte schweigend am Kamin und starrte düster in die Flammen. Er bedauerte wohl bitter die heftige Auseinandersetzung mit seinem Vater, die bösen Worte, die gefallen waren. Jetzt war es zu spät für eine Aussöhnung. Bedrücktes Schweigen lastete auf uns, die Stunden verstrichen, und es wurde Abend, ehe Dr. Overdale erschien und uns nach oben bat.

Sir Joel Barforth lag in seinem breiten Bett, durch Kissen in eine sitzende Position aufgerichtet und rang keuchend nach Luft. Wie so viele seiner Arbeiter würde auch er an den giftigen Abgasen der Maschinen, dem Ruß der Fabrikschornsteine, der jahrelangen kräftezehrenden Schinderei sterben. Das Gift hatte seine Lungen zerfressen. Er wußte, daß es mit ihm zu Ende ging, und da Zeit für ihn immer kostbar gewesen war, konnte er nun keine Sekunde davon mehr vergeuden. Er winkte Blaize und Nicholas an seine Seite und erlaubte sich auch jetzt keine Gefühlsregung. Nur für einen Moment schloß er die Augen, um seine aufsteigenden Tränen zurückzuhalten. Er spürte, wie seine Kräfte ihn verließen, und es galt, sparsam damit umzugehen.

»Hört mir zu«, sagte er, »und gebt gut acht – es wird das letzte Mal sein, daß ich zu euch spreche.«

Und da seine Worte nur als heiseres Flüstern über seine Lippen kamen, beugten seine beiden Söhne sich tief über ihn. Mit einer ungeheuren Willensanstrengung hob Onkel Joel zitternd die Hände und umschloß mit festem Griff ihre Arme.

»Hört mir zu. Ihr müßt zusammenbleiben, Jungs. Ihr braucht einander. Du, Blaize, verstehst nichts von Maschinen, hast dich nie dafür interessiert – unterschätze nicht den Mann, der damit umgehen kann. Nicky, die Zeiten sind nicht mehr wie früher. Ich weiß, du

hättest dieses Unternehmen aus dem Nichts aufbauen können, so wie ich damals. Du bist wie ich, mein Junge. Doch früher gab es im Law Valley nur mich und die Hobhouses, die etwas zu verkaufen hatten, und die Weltmärkte gehörten uns. Jetzt produzieren Hunderte dasselbe wie wir. Sie nehmen sich ihren Anteil vom Markt. Und die Welt wird nicht größer, sondern kleiner. Jemand muß hinausgehen und verkaufen. Die Kunden kommen nicht mehr zu uns wie früher. Jemand muß ihnen sagen, daß wir die Besten sind.«
Onkel Joels Stimme brach – ein entsetzlicher Augenblick. Panik zeichnete sein eingefallenes Gesicht. Er hatte noch soviel zu sagen und kämpfte mit letzter Kraft gegen den nahenden Tod. Weiß traten die Knöchel an der Hand hervor, mit der er Nicholas' Arm umklammerte.
»Bleibt zusammen. Und falls ihr es nicht könnt – dann denkt daran . . . Du brauchst einen fähigen Mann in der Fabrik, Blaize. Und du brauchst einen guten Verkäufer, Nicky. Sucht diese Männer, ehe ihr das Unternehmen aufteilt. Großer Gott – versteht ihr mich?«
»Ja, Vater«, sagte Blaize. »Es ist gut – wir verstehen dich.«
»Nicky?«
»Ja«, sagte er. »O Gott, ja.« Und weil sie sich so erbittert bekämpft hatten, sich so innig geliebt hatten, verstand ich nicht, daß es mich überraschte, sie weinen zu sehen.
»Kümmert euch um eure Mutter«, bat Onkel Joel eindringlich. »Was immer ihr euch gegenseitig oder anderen antut – haltet sie heraus. Sorgt dafür, daß es ihr gutgeht. Georgiana . . . du wirst mich nicht vermissen, nehme ich an, aber gib dein Bestes. Und nun muß ich ausruhen. Also laßt mich allein. Faith . . . du kannst bleiben. Ihr anderen geht hinunter. Wir sehen uns später . . .«
»Faith?« brauste Nicholas auf, aber Blaize nickte nur und sagte: »Na, natürlich.« Er nahm Georgianas Arm und ging mit ihr hinaus. Nicholas folgte ihnen. Wir waren allein.
»Komm her«, sagte Onkel Joel, und ich ging zu ihm. Ich wußte nicht, was er von mir wollte, sondern erkannte nur, daß sein ungeheurer Wille verzweifelt gegen die tödliche Schwäche seines Körpers ankämpfte. Ich war bereit, alles zu tun, was er von mir verlangte.
»Ich brauche dich ganz nahe bei mir. Komm noch näher«, sagte er und tastete nach meiner Hand. »Nein, hab keine Angst. Ich will nicht, daß du mir deine Geheimnisse beichtest. Komm nur her und halte meine Hand.«
Ich war erstaunt, wie kraftvoll Onkel Joels Griff war, mit welch un-

menschlicher Anstrengung er meine Hand umklammerte, wie ein Mann, der im Treibsand zu versinken droht und weiß, daß er nicht loslassen darf.

»Halt mich fest, Faith«, flüsterte er. »Ich darf nicht gehen, ehe meine Frau hier ist. Ich muß durchhalten. Und bei Gott, ich werde es schaffen! Ich nehme an, du weißt, was Liebe ist, Faith. Also halte mich fest, hol mich zurück, wenn ich hinüberzugleiten drohe . . . Ich muß sie noch einmal sehen. Und halt mir die verdammten Ärzte vom Leib, Faith. Sie werden gleich hier sein, an mir herumzerren und mir ein Schlafmittel verabreichen wollen. Laß es nicht zu. Ich könnte vielleicht nie mehr aufwachen. Willst du das für mich tun, Faith Aycliffe?«

»O ja, ja, ich will und kann.«

Und während der nächsten Stunden saß ich bei Onkel Joel. Ich hielt ihn, wie man mir nicht erlaubt hatte Giles zu halten. Ich ließ meine ganze Lebenskraft in diesen sterbenden Körper strömen, kämpfte mit ihm gegen den nahenden Tod, bis nur noch sein eiserner Wille, ein winziger Lebensfunke die kranken Lungen zwang, mühsam nach Atem zu ringen, das schwache Herz schlagen ließ, ihn noch einmal von der Schwelle des Todes zurückriß, bis die Frau kam , die er so unendlich liebte.

»Wie lange noch?«

»Nicht mehr lange.«

»Ich kann deine Hand nicht mehr fühlen, Faith. Hältst du mich noch fest?«

Und ich grub meine Fingernägel in sein Fleisch, kniff ihn, schüttelte ihn, kämpfte um jede Sekunde.

»Wie lange noch?«

»Nur noch eine halbe Stunde. Sie sind schon zum Bahnhof gefahren. Jetzt, hör nur . . . da ist der Zug . . . sie ist schon auf dem Bahnsteig. Jetzt, Joel Barforth . . . sie ist in der Kutsche. Jetzt . . . da, sie kommt.«

Doch ich hatte keinen Zug gehört. Die Kutsche war abgefahren, aber noch nicht zurückgekehrt. Der Arzt hatte sich ein dutzendmal über ihn gebeugt und mir dringend geraten:

»Mrs. Barforth, wir sollten die Familienangehörigen rufen. Seine Söhne wollen bei ihm sein, wenn es zu Ende geht.«

Und als der Arzt darauf bestand und sich nicht von mir wegschicken ließ, obwohl ich die volle Verantwortung dafür übernahm, hob Joel Barforth noch einmal den Kopf und verjagte den Arzt mit einem Fluch.

»Ich schaffe es, mein Mädchen. Mein Gott, ich werde durchhalten. Und falls nicht . . . der Zug könnte Verspätung haben, dann sag ihr . . .«

»Ich werde ihr gar nichts sagen. Das tust du selbst.«

Zweimal hatte ich befürchtet, daß Onkel Joel mir entglitten war. Ich hatte ihn geschüttelt, ihn angeschrien. Ich war hysterisch vor Angst, sein verzweifelter Kampf könne vergeblich sein. Ich trauerte um sie, diesen entsetzlichen Verlust, den sie erleiden mußte, trauerte um die Stärke und Schönheit ihrer leidenschaftlichen Liebe. Jede Faser meines Körpers schmerzte. Ich war erschöpft von dem grausamen Ringen um diesen großartigen Mann und hatte mir die Lippen dabei blutig gebissen. Als ich endlich die Kutsche hörte und Tante Verity in das Zimmer stürzte, warf sie sich mit der Liebe und Verzweiflung eines siebzehnjährigen Mädchens in seine Arme. Ich hatte hier nichts mehr verloren und ging still aus dem Raum.

Die anderen waren im kleinen Salon versammelt. Georgiana saß im großen Lehnstuhl. Nicholas lehnte an der einen Seite des Kamins, Blaize an der anderen. Beide rauchten. Auf dem Tablett standen leere Teetassen und Brandygläser. Georgianas Reitgerte lag auf dem Kaminsims. Hundert Jahre schienen vergangen zu sein, seit ich die drei zuletzt gesehen hatte. Welten lagen zwischen ihrem von kleinlichen Streitigkeiten beherrschten Leben und meinem, da sie nicht dieses Leid geteilt hatten, diesen Ausbruch unendlicher Liebe, den ich miterleben durfte.

Einerseits waren sie mir einen Schritt voraus, doch andererseits hatte ich sie weit hinter mir gelassen. Sie hatten Zeit gehabt, sich mit dem schmerzlichen Verlust abzufinden, und wandten sich bereits wieder dem Leben zu. Ihre Tränen waren versiegt. Für sie war ihr Vater bereits tot, und was immer sie dabei zutiefst fühlten – und ich glaubte, es traf sie sehr schmerzlich –, so mußten sie nun einen Weg finden, ohne ihn und miteinander zu leben.

Nicholas schleuderte seine Zigarre in das Kaminfeuer und zündete sich sofort eine neue an. Hinter einem finsteren, zornigen Gesichtsausdruck verbarg er wie immer seine Gefühle. Da ich mitten in eine Unterhaltung hineingeplatzt war, reagierte ich auf den barschen Ton, mit dem er Blaize anfuhr, mit Betroffenheit.

»So . . . dann bist du also morgen Sir Blaize Barforth. Und wie gefällt dir das?«

»Ich werde schon damit zurechtkommen.«

»Ich nehme an, du kennst das Testament?«

»Ja. Ich habe eine halbe Stunde bei Jonas Agbrigg verbracht. So wie du, nehme ich an.«
»Ganz recht. Und du bist dir über die Auswirkungen im klaren?«
»Ich denke schon.«
»Fünfzig Prozent der Unternehmen gehen an dich. Fünfzig Prozent gehören mir.«
»Das scheint mir annehmbar zu sein, Bruder.«
»Ja. Vorausgesetzt, wir teilen uns auch die Arbeit.«
Ich ging an den beiden vorbei und beachtete sie nicht. Ich spürte jedoch die unausgesprochenen Fragen in ihren Blicken: ›Was hat er dir gesagt? Was hat er dir erzählt? Was hat er dir gegeben? Ist er schon tot?‹ Ich nahm auch davon keine Notiz, stand am Fenster, drehte ihnen den Rücken zu und schaute hinaus. Ich wollte sie nicht sehen. Ich war mir nur meiner ineinander verkrampften Hände bewußt. Die Knöchel traten so weiß hervor wie Onkel Joels, als er noch vor wenigen Minuten meine Finger umklammert hielt. Noch klang seine Stimme, dieses flehentliche Flüstern, in mir nach und war mir viel verständlicher und realistischer als die Stimmen hinter mir, die mich an schrilles Vogelgeschrei erinnerten. Merkwürdige Laute, die mich ärgerten und irritierten.
»Unter bestimmten Voraussetzungen«, sagte nun Georgiana, »würde Blaize alles erben, weil er der älteste Sohn ist.«
»Ach ja«, erwiderte Nicholas, »das gute alte Erstgeburtsrecht. Aber das gilt nur in Adelskreisen, meine Liebe. Wir sind hier in Cullingford. Und wir alle wissen, daß man mit einem Titel die Miete nicht bezahlen kann.«
»Es läuft doch darauf hinaus«, sagte Blaize gedehnt, »daß du erwartet hast, Vater würde dir etwas mehr, als Schadensersatz sozusagen, hinterlassen. Nicht wahr?«
»Vielleicht hat er mir das auch vermacht. Er hat mich dazu gebracht einzusehen, daß wir zusammenhalten müssen – jetzt, da er nicht mehr zwischen uns steht –, denn sonst vergeuden wir kostbare Zeit und eine Menge Geld. Oder wir werden beide scheitern.«
»Ah . . . Damit willst du mir wohl klarmachen, daß ich nach *deiner* Pfeife zu tanzen habe. Verstehe ich dich da richtig?«
»Mag sein. Vielleicht will ich dir damit aber auch nur sagen, nicht um jeden Preis auf Kollisionskurs mit mir zu gehen, nur weil es deinen abstrusen Sinn für Humor befriedigt.«
»Du willst mir *sagen* . . .«
Das giftige Gezänk der beiden dröhnte in meinem Kopf, entwürdig-

te die wahren, ergreifenden Worte, die Onkel Joel gesagt hatte, und befleckte die Erinnerung an Tante Verity, als sie sich in die Arme ihres sterbenden Mannes geworfen und mit jeder Faser ihres Körpers geschrien hatte: »Ich liebe dich, Joel!« Ich ertrug sie nicht länger.
»Hört auf!« rief ich. »Hört sofort auf damit!« Mit geballten Fäusten hämmerte ich in blinder Wut auf den Fenstersims, fuhr dann herum und schrie sie an: »Hört auf!«
Ich sah, wie Nicholas zornig die Augenbrauen zusammenzog, Blaize mich verwundert anstarrte, und wich zurück, obwohl keiner von beiden Anstalten machte, mich zu berühren. Die Beine gaben unter mir nach, und ich sank auf den Fenstersims und war entsetzt über die Heftigkeit meines Gefühlsausbruchs. Ich konnte die Tränenflut nicht kontrollieren. Ich war eine erwachsene Frau, die wußte, daß die Zeit alle Wunden heilte. Und da kauerte ich zusammengekrümmt in der Fensternische, schluchzte und heulte wie ein Kind in der Finsternis. Ich hatte mich in eine Verzweiflung hineingesteigert, zu der mein logischer Verstand keinen Zutritt hatte. Ich war unendlich einsam und hatte entsetzliche Angst, bis Georgiana sich neben mich warf und mich zitternd umarmte. Mit ihrem schmalen, zarten Körper schirmte sie mich, so gut es ging, vor diesen durchdringenden Barforth-Augen ab. Ich konnte nicht aufhören zu weinen, schluchzte mir die Seele, alles Leid meines Lebens aus dem Leib. Diese innere Kammer, in der ich allen Kummer eingesperrt hatte, war plötzlich aufgebrochen, und meine Tränen schwemmten alles hinweg.
»Arme Faith«, murmelte Georgiana, und ihre kräftigen Hände, die an den Umgang mit widerspenstigen Pferden gewöhnt waren, hielten mich fest. »Dir bricht das Herz, und nicht wegen Sir Joel. O nein, wegen jemand anderem. Oh, Liebes . . . Es tut mir so leid . . . Das habe ich nicht gewußt. Ich hielt dich für so glücklich mit deinen modischen Kleidern, deinem kühlen, eleganten Lebensstil. Ich dachte immer, dein Leben gefällt dir so. Was für ein trauriger Irrtum, derart verkannt zu werden, denn du bist ja todunglücklich. So unglücklich wie ich . . .«
Ich hörte, wie Nicholas hinter sich die Tür zuwarf, und dann knirschten seine Schritte draußen auf dem Kies, an dem Fenster vorbei. Andere Geräusche, andere Stimmen ertönten, erleichterten es mir, den Kopf zu heben und Blaize anzusehen.
Doch als ich aufblickte, sah ich nur seinen Rücken in der Tür, sah, wie er den Kopf neigte und Mutter und dann Tante Hannah auf die

Wange küßte. Er geleitete die beiden höflich und mit anmutiger Würde hinauf zur Galerie, wo der Arzt sie begrüßte und allen sein Beileid aussprach.
Da war auch ich wieder höflich und von würdevoller Anmut und sehr, sehr einsam.

27

Tante Verity verschloß ihr Haus in Bournemouth und zog wieder nach *Tarn Edge*, vorwiegend wohl, um dort in der Erinnerung an ihren geliebten Mann zu leben, und auch aus Sorge um die zerrüttete Ehe ihres jüngeren Sohnes. Und Georgiana, die ihre häuslichen Pflichten stets sträflich vernachlässigt hatte, bot sich nun bei Tante Veritys Rückkehr die Gelegenheit, die lästigen Aufgaben einer Hausherrin vollends aufzugeben, da *Tarn Edge* Tante Veritys persönlicher Besitz war und Georgiana nie ein Hehl daraus gemacht hatte, wie sehr sie dieses Haus verabscheute.
»Es ist ein erstklassiges Hotel«, hörte ich sie zu Julian Flood sagen, als sie einmal in der Halle von *Galton* saßen. Zwei Jagdhunde balgten sich unter dem Tisch, und Georgianas Windhündin rekelte sich schläfrig in ihrem Schoß. Beide bedienten sich großzügig aus der Brandyflasche, die bereits halb leer war. »Ja, das ist *Tarn Edge*. Jetzt, da meine Schwiegermutter zurückgekehrt ist, verstehe ich erst, woher Caroline die Fähigkeiten hat, *Listonby* so perfekt zu führen. Das heißt, wenn man erstklassige Hotels mag.«
Doch Georgianas Stacheln schienen sich immer in ihr eigenes Fleisch zu bohren, und hinter ihrem gequälten Lachen verbarg sie ihre bitteren Selbstvorwürfe.
»Nun, ich danke Gott für diese Schwiegermutter. Ich kann den Barforths sowieso nichts recht machen. Jetzt brennen die Kaminfeuer wieder, und zum Tee gibt es Gebäck. Mir ist es nie gelungen, dafür zu sorgen, aber sie gibt schließlich der Köchin jeden Morgen die entsprechenden Anweisungen, und ich nun, ich habe es einfach vergessen. Jeden Tag Tee zur gleichen Stunde . . . Ich bin eine nichtsnutzige Person, Julian – komm und ertränke mich im Fluß. Zu mehr tauge ich nicht.«
Auch dieses traurige Jahr verging, und in den darauffolgenden Monaten sah man Georgiana selten in Cullingford. Meist ritt sie früh am Morgen, noch ehe Tante Verity oder jemand anderer Gervase

zur Schule schicken konnte, nach *Galton*. An anderen Tagen holte sie ihren Sohn einfach aus diesem akademischen Gefängnis, wie sie es nannte, ab, denn der Schuldirektor wagte einer Barforth nicht zu widersprechen.
»Warum soll ich ihm nicht die Freude machen?« sagte sie mir. »Er lernt dort sowieso nichts, sitzt nur da und sehnt sich danach, in *Galton* zu sein. Also erfülle ich ihm seine Träume, solange es mir möglich ist.«
Obwohl Gervase keinerlei Neigung für kaufmännische Belange zeigte, bezweifelte ich, daß er Georgianas Leidenschaft für die Jagd teilte. Zwar ritt er den feurigen Rotschimmel, den seine Mutter ihm gekauft hatte, wie der Teufel, sah mit seinem kastanienbraunen Haar, dem scharfgeschnittenen Profil aus wie eine Miniaturausgabe von Perry Clevedon, doch ich fragte mich oft, ob die Erregung, die sein kleines Gesicht zeichnete, nun ein Ausdruck der Verwegenheit war, wie sein verstorbener Onkel sie besessen hatte, oder von überreizten Nerven, ja vielleicht sogar von Angst herrührte? Er stapfte zwar neben Georgiana über die trockenen Felder im August, das Gewehr im Arm, um an dem jährlichen Gemetzel der Moorhühner teilzunehmen, doch es entging mir nicht – ich war jetzt regelmäßiger Gast in *Galton* –, daß ihm an diesen Abenden oft übel war, er unter Fieberanfällen litt und am nächsten Morgen, zwar kleinlaut, aber sichtlich erleichtert, Liam Adair an seiner Stelle ziehen ließ.
Gervase Barforth war eigentlich ein Kind, das sich nirgendwo hingehörig fühlte. Er war ein Junge, der seiner Mutter gefallen wollte, weil er sie liebte, und seinem Vater, weil er ihn fürchtete. Doch er schien es keinem von beiden recht machen zu können. Dieser Konflikt lastete schwer auf ihm und zerriß ihn innerlich. Den jungen Chards in *Listonby* blieb dieser Zwiespalt erspart. Sie wuchsen in der selbstverständlichen Sicherheit individueller Anerkennung und Geborgenheit auf.
»Er ist zu weich«, urteilte Liam Adair, der mit seinen vierzehn Jahren bereits ein junger Mann war, forsch und selbstbewußt. »Auf der Jagd schießt er immer daneben. Georgiana trifft alles, und ich schneide auch nicht schlecht ab. Letztes Mal haben wir hundertundzwanzig Tiere erlegt. Gervase bibbert vor Aufregung und ballert blind durch die Gegend. Und außerdem mag er Hunde nicht.«
Doch als zwei junge Jagdhunde ausrissen und einer elendig in einer ausgelegten Falle krepierte, während der andere von einem Raubtier

böse zerfleischt wurde, widersetzte sich Gervase Georgianas Beschluß, das blutende, kläglich jaulende Tier zu erschießen.
»Aber Liebling, es wäre ein Akt der Barmherzigkeit.«
»Er könnte doch überleben, Mama.«
»O nein, mein Lieber. Selbst wenn er wieder auf die Beine kommt, so ist er für die Fuchsjagd nicht mehr geeignet, und dafür werden Jagdhunde schließlich gezüchtet. Es wäre dem Tier gegenüber nicht fair, Gervase.«
»Ich denke, wir sollten ihm eine Chance geben.«
»Nun«, antwortete sie ernst. »Wenn es dein Wunsch ist, wenn du glaubst, daß es das Beste für ihn ist – dann mußt du es tun. Du triffst die Entscheidung und übernimmst auch die Verantwortung dafür – ganz allein. Das wird von Männern erwartet, die ein Kommando – oder ein großes Unternehmen führen.«
»Ja, Mama.«
Die halbe Nacht wachte ich neben Gervase auf dem Strohballen, teilte sein banges Warten. Georgiana hatte – vielleicht zu Recht – ihren Sohn allein gelassen, doch ich sah in ihm keinen zukünftigen hartgesottenen Geschäftsmann oder Befehlshaber und fühlte mich eher an Giles Ashburn erinnert, der als Junge wohl ebenso gehandelt haben mochte.
Mitten in der Nacht kam Georgiana, eine Laterne in der Hand.
»Bist du dir sicher, Gervase – absolut sicher?«
»Ja, Mama.«
»Er wird sterben, weißt du das, Liebling?«
»Das ist noch nicht sicher. Es ist mir bewußt, daß ich die Verantwortung trage.«
Und sie nickte nur mit dem Kopf, höflich und freundlich wie ihr Großvater, und ließ uns wieder allein.
»Du mußt nicht hier mit mir wachen, Tante Faith – außer, du willst es.«
»Nun, ich bleibe noch ein Weilchen.«
Und nachdem wir alles getan hatten, um das verletzte Tier zu retten, vergeblich, wie sich herausstellte, begruben wir es um zwei Uhr früh an diesem feuchtkalten Morgen. Georgianas Sohn schämte sich für sein vernunftwidriges Handeln und den fehlenden Mut, den Hund sofort durch einen gezielten Schuß von seinem Leid erlöst zu haben, und Nicholas' Sohn war wütend, ärgerte sich über das Aufheben, das er um einen nutzlosen Hund gemacht hatte – er schluckte tapfer seine Tränen hinunter.

»Das nächste Mal weiß er, was zu tun ist, das arme Schäfchen«, sagte Georgiana. »Halte mich nicht für hartherzig, Faith. Er mußte diese Entscheidung selbst treffen. Jetzt weiß er, daß er falsch gehandelt hat und das Tier unnötig leiden ließ. Er hat entschieden und wie ein Gentleman die Konsequenzen getragen. Diese Lektion hätte er niemals in der Schule gelernt.«

Caroline hatte der Tod ihres Vaters schwer getroffen. Während sie sorglos als Gast bei den South Erins weilte, ihn wohlauf und gesund in Bournemouth wähnte, wurde ihr die Nachricht überbracht, daß er in Cullingford gestorben war. Daß sie nicht in seiner letzten Stunde bei ihm gewesen war, quälte sie entsetzlich. Sie konnte den Verlust ihres geliebten Vaters nur schwer verwinden. Natürlich gab sie weiterhin großartige Empfänge, baute *Listonby* auf und blieb der unumstrittene Mittelpunkt des gesellschaftlichen Lebens in der Grafschaft, aber ohne die stolze Bewunderung ihres Vaters verlor das alles an Glanz.

Sir Joel, nicht Sir Matthew, war das auserwählte Publikum gewesen, vor dem sie in ihrer Rolle brilliert hatte. Sein Applaus war ihr Ansporn und Befriedigung gewesen.

»Er war gern hier in *Listonby*, Faith. Du erinnerst dich an den Ball, den ich ihm zu Ehren gegeben habe, damals, als alle so zerstritten miteinander waren und Georgiana davonritt? Das werde ich ihr nie verzeihen. Ich wollte ihm eine Freude machen. Er sollte stolz auf mich sein. Und in jener Nacht hat er mir in der Ahnengalerie einen Kuß gegeben und mir gesagt, daß er mich liebt. Oh, Faith, ich wußte nicht, wie krank er war. Ich wäre sofort zu ihm nach Bournemouth gefahren und hätte ihn davon abgehalten, nach Cullingford zurückzukehren und sich meiner Brüder wegen zu verschleißen, die ihm immer das Leben schwergemacht haben. Komm, ich zeige dir was. Du erinnerst dich an das Porträt, das ich letztes Jahr von ihm anfertigen ließ? Ich habe es aus dem Speisesaal entfernt und in der Ahnengalerie aufhängen lassen. Und es ist mir völlig gleich, wie die Chards darüber denken.«

Und als sie hörte, wie der zukünftige Sir Dominic Chard einem Freund aus der exklusiven Privatschule, die er besuchte, erklärte: »O nein, das ist kein Chard, das ist mein Großvater, der Fabrikant«, erschreckte ihn die Heftigkeit, mit der Caroline über ihn herfiel und ihm eine kräftige Ohrfeige verpaßte.

»Sag das nie wieder!«

»Was ist denn falsch daran? Er war doch kein Chard, nicht wahr? Er wurde doch nicht in *Listonby* geboren?«

»Nein, das wurde er nicht!« schrie sie außer sich und schlug weiter auf ihren Sohn ein, der diesen Ausbruch mit stoischer Gelassenheit – die er wohl der harten Erziehung der Privatschule zu verdanken hatte – ertrug. »Doch ohne ihn gäbe es kein *Listonby*. Vergiß das nie, junger Mann! Vergiß es ja nicht!«

»Meine Liebe . . .« murmelte Hetty Stone, die peinlich berührt diesem Ausbruch beiwohnte. »Die Dienstboten, bitte . . . man setzt sich nicht ihrem Klatsch aus.« Doch Lady Chard – jetzt Caroline Barforth in voller Rage – stieß ihre getreue Ratgeberin und ihr bewundertes Vorbild grob zur Seite, ruinierte vielleicht jede Hoffnung auf den hochherzoglichen Besuch ihres Bruders, gab ihrem Sohn eine letzte Ohrfeige und rief verächtlich:

»Die Dienstboten! Sie essen mein Brot und tun das, was ich ihnen befehle. Und das gilt auch für dich.«

Tante Verity war ich nie sehr nahe gestanden. Sie war immer sehr freundlich zu mir gewesen, wie zu allen anderen Menschen auch, aber sie war so absolut glücklich mit Onkel Joel gewesen, daß sie wenig Zuneigung und Anteilnahme von Außenstehenden brauchte. Später begegnete sie mir mit verhaltenem Mißtrauen, das wohl aus der Sorge um das Wohlergehen ihrer Söhne geboren war. Doch in diesen ersten Monaten nach dem Tod ihres Mannes fühlte ich mich zunehmend zu ihr hingezogen und empfand sie als eine der bewundernswertesten Frauen, denen ich je begegnet war, denn ich wußte zutiefst, daß ich sie immer um ihre Ehe mit Onkel Joel beneidet hatte. In jenen Stunden an seinem Bett war mir schmerzhaft bewußt geworden, daß diese beiden Menschen etwas verband, wovon ich ein Leben lang geträumt hatte. Dort war ich der Liebe begegnet, die ich auch empfinden und geben konnte, dieses intensive, ausschließliche Gefühl, wonach ich mich schon als Kind gesehnt hatte und wonach ich mich noch immer sehnte. Aber ich hatte versagt. Giles hatte ich diese Liebe vorenthalten, Nicholas hatte ich sie angeboten, doch er hatte sie zurückgewiesen, und Blaize lag nicht viel an intensiven Gefühlen. In diesem Jahr erlebte ich eine bittere Zeit, Stunden voller abgrundtiefer Hoffnungslosigkeit und Leere, und wenn ich mich im Spiegel betrachtete, sah ich nur eine anmutige, schön geschmückte leere Hülle.

Gemessen an den Wertmaßstäben der Cullingforder Gesellschaft war ich eine beneidenswerte Frau: ich war Mitglied der reichsten und angesehensten Familie; ich hatte einen faszinierenden, charmanten Mann und war nach dem Tod Onkel Joels die zweite Lady

Barforth von *Tarn Edge* geworden. Doch dieser Titel bedeutete mir nichts. Verblaßt waren die Erinnerungen an die Faith Aycliffe, die ich einmal gewesen war, die Erwartungen der Faith Ashburn, die ich nicht erfüllt hatte. Wer war ich? Die Frau eines Mannes, dessen Leben ich nur zur Hälfte teilte. Die Mutter eines Mädchens, das zu einer selbständigen, unabhängigen Frau heranwachsen und mich eines Tages nicht mehr brauchen würde. Und wie so viele Frauen flüchtete ich aus der Oberflächlichkeit einer unbefriedigenden Ehe in hektische Aktivitäten: Ich füllte mein Haus mit Gästen, erging mich in wahren Einkaufsorgien, verwöhnte Blanche und kleidete sie, als sie fünf, sechs Jahre alt war, ebenso modern und elegant wie mich. Sie war ein Kind, das von seinem Vater den kühlen, arroganten Blick und von seiner Mutter die Eitelkeit geerbt hatte, Wie selbstverständlich akzeptierte sie die Tatsache, daß ihr Vater häufig längere Zeit abwesend war und irgendwann mit Geschenken beladen zurückkehrte. Ich kümmerte mich um den Garten, schmückte das Haus mit farbenprächtigen Blumenarrangements, wurde Mitglied in verschiedenen Komitees, die alle unter dem Vorsitz von Tante Hannah tagten. Ich kümmerte mich um Liam Adair, Grace Agbrigg, Venetia und Gervase Barforth, mein Haus wurde zu einem Zufluchtsort – wenn Blaize auf Reisen war – für lästige Kinder, für von Sorgen geplagte Frauen und alleinstehende galante Herren, die auf ein Abenteuer hofften. Ich unterstützte Celia nach Kräften, nahm die Last der ermüdenden Einladungen von ihren Schultern und gab für Jonas die Abendessen, die seiner beruflichen Karriere förderlich waren. Wann immer Prudence mich brauchte, besuchte ich sie in der *Lady-Barforth-Akademie für junge Damen.* Mit Mutter fuhr ich gelegentlich nach Leeds, begleitete Blaize manchmal nach London oder Paris. Eigentlich hätte ich glücklich sein müssen.

Blaize hatte in der Nacht, in der sein Vater starb, keine Ruhe gefunden. Allein war er unten im Salon geblieben, rauchend, grübelnd und hatte mein Mitgefühl, meine Gesellschaft abgelehnt.

»Liebling, geh wieder ins Bett«, bat er. »Ich bin so rastlos und hellwach – nein, wirklich, ich komme schon zurecht.« Und ich vermutete, daß Nicholas zu Georgiana Ähnliches, wenn auch in barscherem Ton, gesagt hatte: »Laß mich allein. Ich brauch dich nicht.«

Mit versteinerten Gesichtern waren sie am Grab ihres Vaters gestanden und sofort nach der Beerdigung in die Fabriken gegangen. Blaize kam erst spät am Abend nach Hause, ungewöhnlich abgespannt und wütend. Doch über die Gründe seiner Verstimmung sprach er nicht.

»Mein Bruder Nick handelt nicht sehr vernünftig, wie mir scheint.«
»Und du? Wirst du ebenso unvernünftig reagieren?«
»Das nimmt er wohl an.«
Ich vermied nach wie vor jeden näheren Kontakt mit Nicholas, unsere Unterhaltung beschränkte sich auf die üblichen Höflichkeitsfloskeln. Ich konnte ihm nicht unbefangen begegnen und bekam einen trockenen Mund, wenn ich bei Dinnergesellschaften nur ein, zwei Stühle von ihm entfernt saß. Nie sprach ich über ihn, wenn anläßlich der Teekränzchen über ihn, die Feindseligkeiten zwischen Blaize und Nicholas, das gespannte Verhältnis zu Georgiana, ihr ungehöriges Benehmen geklatscht wurde. Dies trug mir unverdientermaßen den Ruf großer Loyalität meiner Familie gegenüber ein.
»Faith sagt kein böses Wort über ihre Verwandten«, hieß es in den besseren Kreisen von Cullingford. Doch allzu oft hörte ich – von Mrs. Mandelbaum, Mrs. Hobhouse, Mrs. Rawnsley –, in welch desolatem Zustand Nicholas' Ehe war, ja daß er und Georgiana kaum noch zusammenlebten.
»Meine Liebe, es ist absolut sinnlos, die beiden einzuladen, da sie die meiste Zeit in *Galton* verbringt und er Tag und Nacht in der Fabrik ist. Und falls sie sich dazu herabläßt, einer Einladung zu folgen, erscheint sie höchstwahrscheinlich zu spät und obendrein unpassend gekleidet. Und wenn er allein kommt, ist er ein unleidsamer Gast, ergeht sich in zynischen Bemerkungen und trinkt. Nun, sie trinkt auch, das ist allgemein bekannt, und die Hausmädchen von *Tarn Edge* erzählen die schauerlichsten Geschichten. Arme Verity, sie tut mir von Herzen leid. Sie hat ihre Kinder großgezogen, und nun hat sie diese Enkelkinder am Hals, während deren Mutter sich herumtreibt. Und es sind schwierige Kinder. Die kleine Venetia ist ein Teufel und Gervase so leicht erregbar – kein Wunder, da sie ihn andauernd mit nach *Galton* nimmt und er dort die halbe Nacht aufbleiben darf, mit ihr Karten spielt und Brandy trinkt, wie man sich erzählt.«
In der Blenheim Lane, in Nethercoats, am Albert Place hörte ich Schilderungen der schrecklichen Vorkommnisse in *Tarn Edge*, wenn die Eheleute sich bei Tisch in verbittertem Schweigen gegenübersaßen und die angetrunkene Georgiana in einem Ausbruch der Verzweiflung ein Glas, eine Gabel nach Nicholas warf und schrie: »Red mit mir, verdammt noch mal! Verfluch mich, schick mich zur Hölle, wenn du willst, aber sag etwas!«
»Ich sage gute Nacht«, erwiderte er darauf nur gelassen, wischte die

Glassplitter, die Tropfen Brandy von seinem Ärmel. »Ich werde im *Old Swan* erwartet und muß noch die Jacke wechseln. Schlaf gut.« Und er ließ sie allein.

Ich hörte von der Ohrfeige, die Nicholas ihr gab – nicht aus Wut, sondern nur, um sie zum Schweigen zu bringen. Eines Nachts hatte er sie die Treppe hinaufgeschleppt und sie in ihrem Schlafzimmer eingesperrt – auch dabei blieb er ganz kühl und unbeteiligt – und wollte nur verhindern, daß sie mit Gervase in stockfinsterer Nacht nach *Galton* floh. Ich erfuhr auch von der Nacht, als sie bis auf die Knochen durchnäßt von *Galton* herüberpreschte.

»Nicky, ich bin gekommen – ich dachte – nun, ich will dir sagen, daß es mir leid tut.«

»Und deswegen bist du die zehn Meilen durch strömenden Regen gefahren?«

»Ja.«

»Und du hast Gervase dort zurückgelassen?«

»Ach . . . ja?«

»Wie soll er dann morgen früh in die Schule kommen? Machst du dir darüber gar keine Gedanken?«

Alle diese Geschichten hörte ich, und jedes Wort schnitt mir ins Herz. Nicholas hatte mir zeit meines Lebens viel bedeutet. Als Kind hatte ich ihn bewundert, als junges Mädchen von ihm geträumt, und als Frau hatte ich ihn geliebt. Jetzt war ich an einen anderen Mann gebunden und erfüllte die Verpflichtungen dieses Bündnisses getreu. Doch weder meine Ehe mit Blaize noch die Geburt unserer Tochter hatten dieses Gefühl für Nicholas auslöschen können. Ganz unbewußt, tief verborgen in meinem Inneren, blieb die Sorge um ihn ein Bestandteil meines Lebens. Ich verspürte kein leidenschaftliches Verlangen mehr nach ihm, doch es gab Momente, da litt ich schrecklich unter Schuldgefühlen und quälte mich mit Selbstzweifeln. »Bin ich schuld an seiner Verbitterung, seiner Verbohrtheit? Kann ich etwas dagegen tun? Kann ich ihm helfen?« Doch da Blaize der einzige Mensch war, den ich hätte fragen können und vor dessen Antwort ich mich fürchtete, schwieg ich.

Blaize sprach ganz unbefangen über Nicholas, ja schien die zunehmende Spannung, die Feindseligkeiten zwischen ihnen sogar zu schüren.

Nicholas war immer sehr ehrgeizig gewesen, und da er nun freie Hand in der Führung der Fabriken hatte, richtete er seine ganze Energie auf die Expansion der Unternehmen. Er schuftete Tag und

Nacht, verlangte von seinen Arbeitern das Äußerste und war ein harter, unbarmherziger Geschäftsmann. Joel Barforth hatte noch den persönlichen Kontakt zu seinen Angestellten gesucht, doch für Nicholas zählte nur Leistung, die er auch entsprechend honorierte. Wie viele Männer, die keine Befriedigung im Privatleben fanden, floh er in die Arbeit. Er verlangte volle Gegenleistung für die Löhne, die er zahlte, und es war ihm ein ständiger Dorn im Auge, daß der Mann, der seinen Ansprüchen nicht genügte, der einzige war, den er nicht entlassen konnte.

»Mein lieber Bruder Nick hat sich heute wieder selbst übertroffen . . . Weißt du, er ist ein Jahr jünger als ich und sieht zehn Jahre älter aus. Meine arme Mutter. Sie wird keinen angenehmen Abend mit ihm verbringen, denn Nicky ist außer sich, daß er mich nicht von der Reise nach Rußland abhalten kann.«

»Du fährst also nach Rußland, Blaize?«

»Aber natürlich, Liebes . . . Am Dienstag in einer Woche, und er wird eine Stinkwut haben, bis ich wieder zu Hause bin. Armer Nicky, er hat wirklich alles versucht, meine Pläne zu durchkreuzen – er hat sich aufgeführt wie Vater, nur daß er eben nicht dessen Autorität besitzt, um mir etwas zu verbieten. Das habe ich ihm auch gesagt, und es trug nicht gerade zur Verbesserung seiner Laune bei.«

»*Mußt* du ihn denn so provozieren, Blaize?«

»Ja, ich denke schon. So wird er alles daransetzen, um mich loszuwerden.«

»Kann er das denn?«

»Er sucht nach einer Möglichkeit. Er möchte mir wohl meinen Anteil am Unternehmen abkaufen, doch dazu fehlt ihm das Kapital – und mein Einverständnis. Er könnte natürlich – mit meiner Einwilligung – die Fabriken aufteilen und darauf warten, bis ich meine Unternehmen in den Ruin führe, damit er sie billig aufkaufen kann. In seinen Augen bin ich schließlich ein unfähiger Trottel. Doch was für mich entscheidend ist – Nicky ist hier in Cullingford der große Geschäftsmann, aber die Remburgers und Grassmanns kennen nur mich, das kann er nicht außer acht lassen. Denn wenn ich mit einer Teilung der Unternehmen einverstanden bin, werde ich höchstwahrscheinlich meine Kunden mitnehmen.«

»Würde das dein Leben nicht beträchtlich erschweren, Blaize – falls ihr euch trennt?«

»Du meinst, ich müßte dann mehr Zeit in den Fabriken und weniger auf Reisen verbringen? Dazu wäre ich bereit – aber Liebes, mache nicht denselben Fehler wie mein Bruder – unterschätze mich nicht. Mag sein, daß ich nicht viel von der Technik verstehe, doch ich bin ein guter Kaufmann. Darin bin ich Nicky ebenbürtig.«

»Warum versuchst du dann nicht, mit ihm auszukommen?«

»Ach«, sagte Blaize. »Ja, warum nicht? Ich wäre dir sehr dankbar, wenn du mir einen Grund dafür nennen könntest. Denn meine habe ich ausgeschöpft.«

Blaize reiste früher als geplant nach Rußland, und es war ungewiß, wann er zurückkehren würde. Es konnte auch durchaus geschehen, daß ich plötzlich eine Nachricht von ihm erhielt und er mich bat, ihn in London oder Paris zu treffen, und dort würde ich dann aus einer beiläufigen Bemerkung erfahren, daß er bereits eine Woche in Berlin oder Rom verbracht hatte, ohne Angabe von Gründen für diese Abstecher. Oder es konnte passieren, daß ich bei Tante Hannah zum Tee eingeladen war und sie dann sagte: »Wie Mr. Agbrigg mir erzählte, war Blaize' Reise nach Rußland sehr erfolgreich«, und sich herausstellte, daß Blaize früh morgens in Cullingford angekommen, direkt in die Fabrik und zum Mittagessen zu seiner Mutter nach *Tarn Edge* gefahren war. Wenn ich dann abends die Geschenke für mich und Blanche auspackte, war darunter gewiß etwas, das nicht aus Rußland stammen konnte.

»Großer Gott! Ich wußte gar nicht, daß es in Moskau so exquisite Gläser gibt.«

»Nein, Liebling, die stammen aus Venedig.«

»Und wie war es in Venedig?«

»Zauberhaft. Wie im Bilderbuch. Gondeln gleiten sanft durch romantische Mondnächte.«

Und ich zweifelte keinen Moment daran, daß er in der mondbeschienenen Gondel nicht allein gesessen war.

Am Tag von Blaize' Abreise besuchte ich Tante Verity und fand sie bedrückt, den Tränen nahe vor. Meine besorgte Frage, ob sie sich nicht wohl fühle, wehrte sie ab.

»Nein, Liebes, ich bin nur müde. Mir fielen einige Briefe von Joel in die Hände, er hat mir ja nicht oft geschrieben – ich vermisse ihn so sehr. Manchmal weiß ich eben nicht, wie ich ohne ihn weiterleben soll . . . Das ist natürlich Unsinn . . . Gott sei Dank hat Nicholas mich aus dieser trübsinnigen Stimmung gerettet. Er kam aus der Fabrik, um nachzusehen, ob Gervase in der Schule ist – er war natürlich noch zu Hause – und blieb dann eine Stunde bei mir.«

»Geht es ihm gut?«

»Nein«, sagte sie leise. »Er leidet. Oh, körperlich fehlt ihm nichts, nein. Aber es geht ihm nicht gut.«
»Das tut mir leid.«
»Ja. Ich fürchte, er ist sehr hart geworden, und das bedauere ich. Die Leute haben das immer von meinem Mann behauptet, und Joel war auch hart und unnachgiebig in vielen Dingen. Aber er war zutiefst ein warmherziger Mann. Er hat mich geliebt und Caroline und seine Söhne, und er hätte für jeden von uns alles geopfert. Nicholas wird auf eine andere Weise hart – eine kalte Härte, und ich habe Angst, daß bald nur noch eines für ihn wichtig sein wird: das Geld und die damit verbundene Macht. Er sagte mir, daß eines Tages Cullingford, ja das ganze Law Valley ihm gehören werde, und wenn er so weitermacht, wird es wohl so weit kommen. Mein ganzes Leben war ich von ehrgeizigen Männern umgeben, und an Rücksichtslosigkeit bin ich gewöhnt. Oft war sie das unumgängliche Mittel zum Zweck. Doch in letzter Zeit bemerke ich an Nicholas eine Skrupellosigkeit, die jeder Grundlage entbehrt und nur der persönlichen Befriedigung seiner Machtgelüste zu dienen scheint – und das kann ihm auf Dauer nicht guttun.«
Tante Verity schwieg einen Moment, betrachtete mich dann nachdenklich, schüttelte den Kopf und seufzte tief.
»Ich will dir etwas anvertrauen, Faith, ehe es dir von anderer Seite zu Ohren kommt und weil es dabei um Prudence geht. Wir alle wissen, daß den Hobhouses seit längerem das Wasser bis zum Hals steht und daß Nicholas ihnen wiederholt angeboten hat, Nethercoats zu kaufen. Jedem abschlägigen Angebot folgte unweigerlich eine Senkung des Kaufpreises, und jetzt hat Nicholas sie in eine Zwangslage hineinmanövriert, aus der es für sie kein Entrinnen gibt. Meine Liebe, ich verstehe nicht viel von Geschäften und weiß nicht, ob sein Schachzug zur üblichen Praxis gehört oder ob es eiskalt kalkulierter Betrug ist. Wie auch immer, jedenfalls bin ich ins Kreuzfeuer geraten, und das mißfällt mir sehr. Vor einiger Zeit war Mr. Hobhouse wieder einmal in Geldnöten, sein Kredit bei Mr. Rawnsleys Bank ist ausgeschöpft, und Mr. Oldroyd aus Fieldhead – sein Schwager – zeichnet sich nicht gerade durch Großzügigkeit aus. Mr. Hobhouse sah jedenfalls keinen Ausweg mehr und lieh sich von Nicholas eine größere Summe, obwohl er wußte, daß er sie nicht würde zurückzahlen können. Er ist nun einmal zu leichtgläubig und opportunistisch, hofft wohl immer noch, daß Mr. Oldroyd nicht tatenlos zusehen wird, wie er die Fabrik in den Ruin treibt.

Nun – jedenfalls verlangt Nicholas jetzt sein Geld zurück. Mr. Hobhouse kann nicht zahlen. Mr. Oldroyd bleibt unerbittlich. So kam Mrs. Hobhouse in Tränen aufgelöst zu mir. Sie bangt um ihre Familie, und ich kenne sie immerhin von Kindesbeinen an. Ich habe mit Nicholas gesprochen, aber er hat sich meinen Bitten versperrt. Er hat das Gesetz auf seiner Seite. Er will Nethercoats um jeden Preis haben. Er hat nicht nur sein Ziel erreicht, sondern bekommt die Fabrik dazu noch für ein Butterbrot. Nicholas hat mich angehört und dann nur gleichgültig die Schultern gezuckt. Es ist mir nicht leichtgefallen, Emma-Jane Hobhouse' bittere Vorwürfe – sie beschrieb ihn als herzlos und geldgierig – anzuhören, denn ich konnte ihr ja nicht widersprechen. Ja, natürlich könnte ich ihr das Geld geben, damit sie ihre Schulden bei Nicholas bezahlen können, sie hat es mir deutlich zu verstehen gegeben, daß ich es mir ohne weiteres leisten könnte. Doch damit würde ich Nicholas in den Rücken fallen – und ich weiß nicht, ob es ihm bewußt ist oder ihm überhaupt etwas daran liegt – er hat nur noch mich.«
»Tante Verity . . .«
»Ja, Faith. Du weißt ebenso wie ich, daß er zu Georgiana keine Beziehung mehr hat, und die Schuld daran trägt nicht sie allein. Das habe ich ihm gesagt, und er stimmte mir zu. Wenn er den ersten Schritt tun würde, könnten sie noch zueinander finden – auch das hat er zugegeben. Nicholas hat mir immer sehr nahe gestanden, Faith. Er hatte immer ein hitziges Temperament, einen unbeugsamen Stolz, der ihn Dinge tun ließ, die er später bereute. Das dürfte dir nicht unbekannt sein, Faith. Sogar seine Wutausbrüche haben sich geändert – früher ist es aus ihm herausgebrochen, und er hat vor Zorn getobt, das waren gefühlsbetonte Ausbrüche. Doch jetzt bedient er sich seiner Wut nur noch, setzt sie ein, wenn er sich davon einen Erfolg verspricht, und das ist ein grundlegender Unterschied. Ich habe gespürt, wie er sich innerlich immer mehr von mir zurückzieht, ich kann ihn nicht mehr erreichen. Es ist, als ob man in ein vertrautes Haus tritt und sich eine Tür nach der anderen vor einem schließt. Und das tut mir leid, doch noch mehr schmerzt es mich, daß er auch seine Kinder ausschließt. Ja, ich weiß, sie ähneln Georgiana sehr, Venetia noch mehr als Gervase. Trotzdem sind es seine Kinder – meine Enkel, wie Blanche und Carolines Söhne. Und bitte versteh mich, Faith, wenn es so aussieht, als würde ich Venetia mehr Aufmerksamkeit und Zuneigung schenken als Blanche – nun, sie hat nur mich.«

»Tante Verity, bitte, mach dir keine Gedanken um Blanche.«
»Nein, nein, ich sorge mich nicht um sie, Faith. Sie hat dich, und wenn Blaize auch häufig unterwegs ist, so liebt er doch seine Tochter und ist ihr ein guter Vater. Und außerdem hat sie Blaize' Unbekümmertheit geerbt und wird sehr gut allein im Leben zurechtkommen. Venetia ist da ganz anders – sie ist das wildeste und ungebärdigste kleine Mädchen, das ich kenne – keineswegs eigensinnig und halsstarrig wie Caroline oder Nicholas. Nein, sie ist absolut Georgianas Kind. Venetia, nicht Gervase ähnelt Peregrine Clevedon – und weil sie darüber hinaus so bezaubernd und offenherzig, so begierig und voller Hoffnung ist, blutet mein Herz für sie. Nicholas wird natürlich immer für sie sorgen, es wird ihnen nie an etwas mangeln, das es für Geld zu kaufen gibt. Aber er will einfach gefühlsmäßig nichts mit seinen Kindern zu tun haben. Er interessiert sich nicht für sie und ihre Bedürfnisse und erwartet, daß sie ihn in Ruhe lassen. Und das macht mir entsetzliche Sorgen.«
Nicholas' Ultimatum an die Hobhouses war bald das Tagesgespräch in Cullingford, und wie Tante Verity befürchtet hatte, rief sein hartes Vorgehen Unmut und Feindseligkeiten hervor. Obwohl Mr. Hobhouse' törichtes Geschäftsgebaren verurteilt wurde und er den Ruf eines leichtfertigen Mannes hatte, der nicht mit Geld umgehen konnte – eine Todsünde in Cullingford –, so war Mr. Hobhouse doch allgemein beliebt, während Nicholas Barforth, ein wesentlich jüngerer Mann, zu skrupellos vorgegangen war. Im Zeughaus war er nicht sehr beliebt, und man fand, daß er bereits zuviel besaß und es zu leicht bekommen hatte.
Mit Ausnahme von Mr. Rawnsley und dem gerissenen Mr. Oldroyd wurde in Cullingford allgemein die Ansicht vertreten, daß Mr. Hobhouse ein Zahlungsaufschub gewährt werden sollte. Mr. und Mrs. Hobhouse in Begleitung ihrer ältesten Söhne pilgerten nach Fieldhead, erinnerten Mr. Oldroyd an die engen Familienbande und die beträchtliche Mitgift, die seine verstorbene Frau, die liebe Tante Lucy, damals von Nethercoats mitbekommen hatte.
Mr. Oldroyd wurde am darauffolgenden Tag im Hof von Lawcroft in Begleitung von Nicholas gesehen, und am Abend trafen die beiden sich zum Dinner im *Old Swan*. Am nächsten Morgen ließ Mr. Oldroyd den Hobhouses seine ablehnende Nachricht überbringen. Er bedaure, ihnen nicht behilflich sein zu können. Die Schuld daran wurde Nicholas Barforth zugeschrieben, der seine Geschäftsverbindungen – er kaufte enorme Mengen Garn von Mr. Oldroyd – für eine kleine Erpressung mißbraucht habe.

Und es geschah hauptsächlich, um dem allgemeinen Klatsch zu entgehen, in den auch Prudence verwickelt war, daß ich meine und Blanches Sachen packte und nach *Galton* zu Georgiana floh. Ich erhoffte mir dort etwas Ruhe. Doch schon bald wurde ich von ihrer Rastlosigkeit angesteckt, die sie mitten in der Nacht zu einer wilden Jagd über Stock und Stein hinaustrieb. Unruhig sprang sie unvermittelt vom Tisch auf, lief hinaus zum Fluß, kletterte den steilen Abhang hinauf, floh in gefährliche Aktivitäten, erschöpfte ihren Körper bis an die Grenzen des Zusammenbruchs – scheinbar ziellos, es sei denn, sie suchte Zuflucht bei Julian Flood.
Ich wußte nicht, ob mehr als Kameradschaft dahintersteckte. »Julian, Liebling, ich habe Steine in den Schuhen«, und er würde sich vor ihr ins Gras fallen lassen, ihre Schuhe aufbinden und dabei mit einer Unbekümmertheit ihre Knöchel umfassen, die auf eine altgewohnte Vertraulichkeit schließen ließ. Es war kein Flirt. Sie berührten einander nur unentwegt, stießen sich gegenseitig an, klopften sich auf den Rücken im Pferdestall und auf den Koppeln. »Hilf mir über den Zaun, Julian.« – »Heb mich von diesem Tor herunter«, und sie lehnte sich an ihn mit einer freimütigen Zuneigung, als wäre er ihr Bruder.
»*Du* liebst mich auf jeden Fall, nicht wahr, Julian?«
»Aber natürlich.«
»Das ist schön . . . Wir sind uns so ähnlich, nicht wahr, du und ich?« Und obwohl sie auf dieselbe Art mit Perry gesprochen hatte, so war Julian Flood doch nicht ihr Bruder, und wie leicht konnte sie die Schwelle dieser Freundschaft überschreiten.
»Faith, Liebes, ich reite heute morgen mit Julian aus – über die Hügel und weit, weit weg –, Gott weiß, wohin! Es macht dir doch nichts aus, nach Venetia zu sehen?« Und während Georgiana über die Hügel und Wiesen streifte, glücklich in der ungebärdigen Freiheit, die sie zum Leben brauchte wie die Luft zum Atmen, hielt mich ihre Tochter, die wenig Gefallen an Märchen und kindlichen Spielen fand, kein Interesse an glitzernden Schmuckstücken zeigte, in Trab. Sie war ein flinkes kleines Mädchen, das spontan seine Einfälle in die Tat umsetzte, nur seinen eigenen Wünschen folgte und plötzlich spurlos verschwand. Eben noch saß sie da, mit gelangweiltem Gesicht, das an ihre Mutter erinnerte, wenn sie ihre Vitalität unterdrücken mußte, und im nächsten Moment war sie wie vom Erdboden verschwunden. Mit zitterndem Herzen, schreckliche Visionen vor Augen – der gefährliche Fluß, der Steinbruch in nächster Nähe,

der Schacht einer stillgelegten Mine – durchsuchte ich das Haus, vergeblich. Und dann stand sie unvermutet hinter mir, die grünen Augen erstaunt aufgerissen über die Aufregung, die sie verursacht hatte. Doch ihre Tante Faith war am Rande eines Nervenzusammenbruchs.

»Ich war draußen«, sagte sie nur. »Nur draußen . . .« Und mehr verriet sie mir nicht.

Gervase war ebenfalls in *Galton*, schwänzte die verhaßte Schule, und seine Anwesenheit war ein zusätzliches Band zwischen Georgiana und Julian Flood, denn welch besseres Vorbild konnte der zukünftige Squire von *Galton* haben als den zukünftigen Gutsherrn von Cullingford?

»Julian, zeig ihm doch, wie man das Gewehr lädt. Nein, nein, Liebling, du mußt das Pferd antreiben, damit es über den Zaun springt – sieh, wie Julian es macht. Nein, Lieber, du bist zu steif in den Hüften und den Knien. Sitz locker im Sattel, so wie Julian. Schau nur, Faith. Entwickelt er sich nicht prächtig?«

Eines Morgens, als die drei im Fluß auf und ab ritten, um Gervase' nervöses Pferd an das schnell dahinfließende Wasser zu gewöhnen, und ich auf der Brücke stand und sie beobachtete – am Nachmittag würde ich nach *Listonby* fahren –, sah ich plötzlich Nicholas vom Haus herüber auf uns zukommen.

»Georgiana!« rief ich aus. Ich wollte sie unbewußt warnen, und als sie ihren Mann entdeckte, entfuhr ihr ein »Verdammt«, und sie gab ihrem Pferd die Sporen, trieb es das steile Ufer hinauf und jagte über die offenen Felder davon, Julian Flood hinter ihr her.

Ich wartete, bis Gervase das Ufer erreicht hatte, nahm sein Pferd am Zügel und ging den Pfad entlang, dorthin, wo Nicholas wartete.

»Vater«, murmelte er mit erstickter Stimme, die Augen weit aufgerissen, schuldbewußt. Doch Nicholas nickte ihm nur zu und befahl:

»Bring dein Pferd in den Stall, zieh dich um und pack deine Sachen. Mir scheint, du solltest jetzt in der Schule sein.«

»Ja, Vater.« Und er ritt davon, hing traurig, mit vornübergebeugten Schultern im Sattel. Er kam mir sehr klein vor.

Nicholas und ich waren allein, das erste Mal seit sechs Jahren. Er war mir fremd geworden, dieser harte Mann, der unbarmherzig die Hobhouses ruinieren würde, der sein Inneres vor seiner Mutter, seiner Frau und den Kindern verschloß. Dieser Mann, der, ohne mit der Wimper zu zucken, den eigenen Bruder – meinen Mann – ruinie-

ren würde, wenn er die geringste Chance dazu hätte. Diesen Nicholas kannte ich nicht.
»Guten Morgen, Lady Barforth«, grüßte er, und ich lachte unbefangen.
»Himmel! Nenn mich nicht so. Jedesmal, wenn ich diese Anrede höre, sehe ich mich um und erwarte dort deine Mutter zu sehen.«
»Ach, wirklich? Sie ist in *Listonby*, ich komme gerade daher. Wie ich hörte, erwartet man dich dort ebenfalls.«
»Ja, ich fahre zusammen mit Blanche und Venetia, wenn du nichts dagegen hast. Nimmst du Gervase mit nach *Tarn Edge*? Nicholas, ich weiß nicht, wann Georgiana zurückkommen wird . . .«
»Tatsächlich? Sobald sie weiß, daß ich nicht mehr da bin, glaubst du nicht auch? Ich bin nur gekommen, um den Jungen abzuholen, und das weiß sie. Und sie weiß auch, daß sie es nicht verhindern kann. Warum sollte sie also einen Streit anfangen, bei dem sie sowieso den kürzeren ziehen würde?«
Schweigend gingen wir den schmalen Pfad nebeneinander her, der zum Haus führte.
»Und wie geht es dir, Faith? Gut?«
»Ja, sehr gut.«
»Das freut mich. Wie lange warst du hier? Fünf Tage? Sechs Tage? Und wie lange ist Julian Flood schon bei euch?«
»Nicholas, du solltest nicht . . .«
»Was? Dich bitten, mir ein Geheimnis zu verraten? Meine Liebe, du kannst mir nichts erzählen. Ich nehme an, er war Tag und Nacht hier. Warum schließlich nicht? Er hat nichts anderes zu tun. Solche Dinge geschehen nun einmal.«
Verärgert ging ich jetzt einen Schritt vor ihm, das vertraute Gespräch behagte mir nicht. Es war mir peinlich, über Julian Flood zu sprechen, und Nicholas hatte es darauf angelegt, mich zu reizen.
»Aber Faith, du bist doch eine weltgewandte Frau. Du verstehst diese Dinge.«
»Ja«, sagte ich wütend, drehte mich um und starrte dieses steinerne Gesicht an, diese Maske, hinter der er seinen Zorn verbarg. »Ich verstehe dich nur zu gut. Wie du schon sagtest, Julian war die ganze Zeit hier, und ich auch. Ich habe nichts bemerkt, was auf eine andere Beziehung zwischen ihnen als Freundschaft schließen läßt.«
»Dann ist er ein Narr«, sagte Nicholas grob. »Und sie ebenfalls. Mir würde es nichts ausmachen. Das kannst du ihr sagen.«
»Ich will damit nichts zu tun haben, Nicholas.«

Er blieb stehen und zündete sich eine Zigarre an.
»Das kann ich verstehen. Ich habe nur davon gesprochen, falls es dich peinlich berühren sollte. Ehebruch erweckt solche Gefühle bei Unbeteiligten.«
»Nicholas, niemand hat die Ehe gebrochen.«
»Das behauptest du. Darauf kann ich nur wiederholen: Dann ist er ein Narr. Ich hatte ihn für einen Mann gehalten, der seine Chancen nutzt.«
Ich ging weiter und war mir seiner Gegenwart schmerzhaft bewußt. Ich erinnerte mich an den Nicholas, den ich immer noch hinter der grimmigen, verbitterten Fassade, die er nur zur Schau trug, spürte. Ein Teil in mir fand es lächerlich, daß ich mich nicht einfach zu ihm umdrehte, ihn berührte, doch der andere Teil schreckte entsetzt davor zurück. Eine Stimme warnte mich eindringlich: »Sei auf der Hut.« Er hatte mich oft genug in der Vergangenheit bezwungen, und meine Widerstandskraft war nicht stärker geworden.
»Meine liebe Schwägerin«, sagte er da plötzlich spöttisch. »Du scheinst sehr erregt zu sein. Sollte ich der Anlaß sein, so bitte ich dich um Verzeihung.«
»Du brauchst dich nicht zu entschuldigen.«
»Schön. Aber du hast dich aufgeregt.«
»Ja.«
»Und kann ich etwas dagegen tun?«
»Du könntest mir glauben, daß zwischen Georgiana und Julian Flood nichts vorgefallen ist.«
»Ach, wirklich? Da bin ich mir nicht so sicher. Glaube setzt ein gewisses Maß an Vertrauen voraus, nicht wahr? Ich nehme an, du weißt, wovon ich spreche.«
»Ja. Ich weiß es. Und du irrst dich.«
»Tatsächlich? Davon müßtest du mich erst überzeugen. Kannst du das?«
»Nein«, sagte ich. Meine Worte waren nur ein verzweifeltes Flüstern. »Weil es Dinge gibt, über die ich mit dir nicht sprechen darf.«
»Habe ich dich danach gefragt?«
»Nein. Obwohl ich es mir manchmal wünschte.«
Er stellte sich dicht neben mich. Seine körperliche Nähe verwirrte und verunsicherte mich.
»Eigentlich möchtest du, daß ich die Wahrheit aus dir herausschüttele, damit du dein Gewissen erleichtern und damit du hinterher sagen kannst – wie Frauen das so gern tun: Er hat mich dazu gezwungen.«

»Nein, das würde ich nicht tun.«
»Das freut mich für dich, denn diesen Gefallen werde ich dir nicht erweisen. Außerdem gibt es kein Geheimnis, das du mir verraten könntest. Dir bot sich die Chance einer guten Ehe. Da hast du zugegriffen.«
»Nein.«
»Willst du damit sagen, daß deine Ehe nicht gut ist?«
»Nein, das nicht. Aber ich habe Blaize nicht aus Eigennutz geheiratet. Das solltest du wissen, das *mußt* du doch wissen.«
»Ich weiß nichts darüber, Faith. Wie du dich wohl erinnern wirst, war ich damals, als es geschah, nicht in Cullingford. Und als ich dann davon erfuhr, lag das Motiv klar auf der Hand. Sollte ich mich getäuscht haben, so kannst du allein mir die Wahrheit sagen. Doch das darf ich nicht von dir verlangen, nicht wahr? Also vergiß das Ganze, so wie ich es vergessen habe. Denn ich nehme an, du hast versprochen zu schweigen, und es zahlt sich nicht aus, jedes gegebene Versprechen zu brechen. Wir wollen nicht mehr daran denken.«
Aber ich fühlte genau, daß Nicholas die Wahrheit hören wollte. Mit jedem Wort hatte er mich mehr in die Enge getrieben, zwang mich dazu, meinen Gefühlen für ihn, meinem Schuldbewußtsein unbarmherzig auf den Grund zu gehen. Und wenn ihm die Wahrheit soviel bedeutete, so war es auch für mich ungeheuer wichtig, sie ihm endlich zu enthüllen.
»Wir wollen nicht mehr darüber sprechen«, sagte er weich und doch bestimmt. Vor Erleichterung zitterten mir die Knie, bis ich den selbstzufriedenen Ausdruck in seinem Gesicht bemerkte. Er hatte nur für einen Moment die Zügel lockergelassen, mir ein trügerisches Gefühl der Freiheit vorgegaukelt.
»Diese Brosche an deinem Kleid«, sagte er mit gespielter Beiläufigkeit. »Du trägst sie oft, wie mir auffiel.«
»Ja, das stimmt.«
»Sie steht dir gut, diese Kamee in Form eines Schwans. Sie ist ein Geschenk von Blaize, nehme ich an.«
Ich nickte nur, meine Kehle war wie ausgetrocknet, und ich fragte mich, warum er von diesem Schmuckstück sprach, ich ahnte, daß er damit etwas bezweckte.
»Natürlich. Das ist typisch für Blaize. Er hat sicher keine Mühe gescheut, sie für dich anfertigen zu lassen.«
»Das glaube ich auch.«

»Zweifelsohne, denn für ihn ist kein Weg zu weit und kein Preis zu hoch, wenn es gilt, eine schöne Frau zu verwöhnen.«
»Ja.«
»Mir würde so etwas niemals einfallen. Ich will damit nicht sagen, daß ich nicht großzügig bin. Meine Frau hat ein, zwei Diamanten und ein paar Smaragde, ganz gewöhnliche Geschenke eben. Jeder Mann mit einem entsprechenden Bankkonto kann diese Schmuckstücke kaufen.«
»Ist das so wichtig?« fragte ich, fragte aber eigentlich: »Worauf willst du hinaus?«, und er beantwortete meine unausgesprochene Frage.
»Für mich ist es nicht wichtig, denn mir liegt nichts an persönlichen Beziehungen. Ja, natürlich, als junger Mann probiert man dies und jenes aus, doch später wird man vernünftiger und erkennt, welche Fähigkeiten man hat und was für einen vorteilhaft ist. Ehrlich gesagt, zu enge Beziehungen liegen mir nicht. Meine Mutter regt sich manchmal darüber auf, aber wenn ich so hart bin, wie sie mir vorwirft, dann kann ich nur sagen, daß es mir ganz natürlich erscheint.«
»Ich bin da anderer Ansicht.«
»Das ist verständlich, doch du kanntest mich, als ich noch jünger war. Damals reizte es mich, gefühlvolle Neigungen auszuprobieren.«
»Wie die Ehe – und die Liebe.«
»Nun, die Ehe auf jeden Fall. Und den Ehebruch. Doch von dieser Schuld muß ich dich freisprechen, da du damals nicht verheiratet warst und somit niemanden – zumindest keinen Ehemann – betrügen konntest.«
Selbstmitleid und verletzter Stolz, das Barforthsche Unvermögen einzusehen, daß er nicht alles nach seinem Willen erzwingen konnte, sprachen aus ihm. Ich beschwor in mir die Erinnerung an seine quälende Eifersucht, seine Wutanfälle, seine Ungerechtigkeit herauf und suchte Zuflucht im Zorn. Er ist egoistisch, flüsterte eine Stimme mir zu, und eine andere widersprach: Er leidet. Und beides traf zu. Doch nur seine verletzten Gefühle zählten für mich.
»Nicholas – es wird dir schwerfallen, mir zu glauben . . . Vielleicht willst du mir gar nicht glauben, aber ich habe dich niemals betrogen. Und Blaize hat dich auch nicht hintergangen. Er kam damals nur nach Scarborough, um mir zu sagen, daß du verhindert bist. Er hat mich nicht angerührt. Er hat es nicht einmal versucht. Ich glau-

be nicht, daß ihm überhaupt der Sinn danach stand, mich zu verführen. Und ich wollte es ganz gewiß nicht.«

Nur diese wenigen Worte rissen alte Wunden auf. Sie brannten wie glühendes Feuer auf meiner Zunge, und innerlich schrie ich verzweifelt: »Bitte Nicholas, laß es gut sein. Zwing mich nicht, noch mehr zu sagen.«

Aber er hatte zu lange in der Ungewißheit gelebt und war nun nicht geneigt, Gnade walten zu lassen. »Faith, liebste Faith – ich habe vier Fabriken zu leiten. Wieviel Zeit, glaubst du wohl, bleibt mir, darüber nachzugrübeln, wann oder wie du mit meinem Bruder ins Bett gegangen bist?«

Aber er hatte darüber nachgedacht, sich gequält und entsetzlich gelitten. Ich wandte das Gesicht ab, preßte es gegen die kühle Steinmauer, gegen die ich mich gelehnt hatte, und wußte, daß ich ihm die Antwort nicht vorenthalten konnte. Ich hatte so viele Fehler in meinen Leben begangen und war wohl dabei, wieder etwas falsch zu machen, doch ich hatte meinen Teil zu seiner Bitterkeit und Enttäuschung beigetragen und schuldete ihm eine Erklärung. Es war das einzige Versprechen, das ich Blaize je gegeben hatte. Ich wollte mein Wort nicht brechen. Es widersprach zutiefst meiner Natur, und ich wußte, warum es nötig war, dieses Versprechen zu halten. Doch das war jetzt nicht wichtig.

»Hör zu«, sagte ich, schloß die Augen und preßte mein Gesicht noch härter gegen die Mauer. Jedes Wort kostete mich unsägliche Überwindung. »Wir wurden damals in Scarborough zusammen gesehen, Blaize und ich, und diese Person informierte Tante Hannah. Sie nahm an, wir hätten ein Verhältnis. Sie wollte es deinem Vater sagen. Du warst in London. Georgiana erwartete Venetia, und du warst krank vor Angst, daß sie sterben könnte. Auch ich hatte schreckliche Angst. Ich habe immer noch Angst.«

Mit gesenktem Kopf wartete ich auf die gerechte Strafe. Seine Faust traf die Mauer über meinem Kopf, und eine unerträgliche Spannung und Bedrohung ging von seinem Körper aus. Ich rang keuchend nach Luft, drohte zu ersticken. Dann plötzlich warf er den Kopf in den Nacken, doch es kam kein gequältes Stöhnen, keine Flüche oder bitteren Vorwürfe über seine Lippen, sondern nur ein kurzes, grausames Lachen, und er hätte mich nicht schlimmer bestrafen können, nichts hätte mich tiefer verletzen können als dieses Lachen.

»Großer Gott!« sagte er. »So hat er's also geschafft. Dieser schlaue Bastard. Er hat dich davon überzeugt, daß du mich damit rettest,

nicht wahr? Ja, darauf hätte ich eigentlich selbst kommen können. Das sieht ihm ähnlich. Und das sieht dir ähnlich.« Und er lachte wieder. Dieses häßliche Geräusch schnitt wie ein Peitschenhieb in mein Fleisch.
»Hör auf, Nicholas. Du hast mir weh getan. Es ist genug.«
»Erst, wenn ich fertig bin«, sagte er.
Und dann, das Gesicht wie versteinert, packte er mich grob an den Schultern.
»Aber es hat nicht funktioniert, nicht wahr, mein Liebling? Er hat einmal zu oft Gott gespielt, ist es so? Und du hast dich nie gefragt, warum? O ja, natürlich, er hat dir eine Menge Gründe genannt, und sie haben dich damals überzeugt. Wir alle wissen, daß er das Blaue vom Himmel herunterlügen kann. Aber er hat es weder für mich noch für dich getan, Faith, darauf kannst du dich verlassen. Es war dieselbe Situation wie bei der Eisenbahnfahrt. Damals habe ich nicht mitgespielt, und auch jetzt spiele ich nicht mit. Das hätte er wissen müssen.«
Ich riß mich von Nicholas los, rannte die Klostermauer entlang ins Haus. Eine halbe Stunde später fuhr er mit Gervase davon, und ich mußte Georgiana gegenübertreten, die unmittelbar nach seiner Abfahrt zurückkam.
»Er ist also fort?«
»Wie du siehst.«
Gedankenverloren starrte sie in die Richtung, in der die Kutsche verschwunden war, zu tief in ihre eigenen Gedanken versunken, um zu bemerken, daß ich geweint hatte und nur mühsam meine Fassung bewahrte.
»Er glaubt, daß ich mit Julian eine Affäre habe«, sagte sie dann. »Es ist nicht wahr. Natürlich ist es nicht wahr. Und wenn er sich die Mühe machen würde, darüber nachzudenken, müßte er einsehen, daß es nicht wahr sein kann.« Und dann fuhr sie mit leiser Stimme fort: »Na ja, er hat eine Mätresse in Leeds und eine andere in London. Hast du das gewußt? Nein, natürlich nicht, und ich sollte es auch nicht wissen, doch diese Dinge erfährt man immer. Ja, man weiß es und sollte fähig sein, es mit Würde zu akzeptieren und zu resignieren. Man sollte einfach darüber hinweggehen mit einem ›Meine Liebe, Männer sind nun einmal so‹, wie ich es so oft von Frauen gehört habe. Doch ich kann es einfach nicht ignorieren.«
Georgiana drehte sich um, so als wolle sie ins Haus gehen, doch dann starrte sie wieder auf die leere Straße, auf der ihr Mann eben weggefahren war.

»Und wenn es mich schmerzt, dann denkst du sicher, daß ich zu ihm gehen und es ihm sagen sollte, nicht wahr? Aber er würde mir nicht einmal antworten. Und sein Schweigen verletzt mich so sehr, daß ich dieses Risiko nicht mehr eingehe. Also tue ich so, als hätte ich ihm nichts zu sagen.«

Georgiana unterstrich diese Worte mit einer abschließenden Bewegung ihrer schmalen Hand und wandte der Straße den Rücken.

»Das wär's also«, sagte sie. »Mir bleibt *Galton*. Gepriesen sei dies Kloster. Zumindest das kann mir niemand wegnehmen.«

28

Nicholas' Ultimatum an die Hobhouses war noch immer das Gesprächsthema bei jedem Teekränzchen und jeder Dinnergesellschaft, als ich nach *Elderleigh* zurückkehrte. Sobald Prudence meine Kutsche in der Auffahrt stehen sah, kam sie von ihrer Schule herübergeeilt, denn sie befand sich nun in einer äußerst prekären Situation. Sie mußte entweder Freddy heiraten oder die Verlobung mit ihm lösen, und diese Entscheidung fiel ihr schwerer, als sie angenommen hatte.

Freddy hatte ihr mehr als zehn Jahre geduldig und beharrlich den Hof gemacht, obwohl er kurze Zeit auch um Rebecca Mandelbaum geworben hatte, ehe ein österreichischer Musiker deren Herz gewonnen hatte. Durch die finanzielle Krise, den bevorstehenden Bankrott der Nethercoats-Fabrik, lag sein Schicksal nun in Prudence' Händen. Die Sympathien der Cullingforder Bürger galten dem armen Freddy, und man erwartete von Prudence, daß sie ihre Pflicht tat, wollte sie nicht als herzlose Frau dastehen, die ihren Verlobten in der Not sitzenließ.

»Was die Leute denken, ist mir gleichgültig«, sagte sie. »Warum sollte ich mich davon beeinflussen lassen?«

Doch Freddy bedeutete ihr mittlerweile mehr, als sie sich selbst zugestanden hatte. Sie mochte seine ruhige, gutmütige, ausgeglichene Art, den Frohsinn, den er trotz der unglücklichen Lage, in die sein Vater die Familie gestürzt hatte, verbreitete. Und sie konnte nicht länger leugnen, daß sie ihn für ihre Zwecke mißbraucht hatte.

»Natürlich habe ich das getan. Und warum auch nicht? Einem Mann verübelt man es nie, wenn er eine Frau für seine Zwecke benützt. Wenn *ich* mein Geld verloren hätte, würde man eine Lösung der Verlobung als Selbstverständlichkeit betrachten und ihn als Narren ansehen, wenn er es nicht täte. Doch für mich gilt das nicht. Ich bin eine Frau, und man erwartet von mir, daß ich mich und alles, was ich habe, seinem unfähigen Vater opfere. Und wenn ich mich weigere, riskiere ich damit den Verlust meines guten Rufes, und das hätte katastrophale Auswirkungen auf meine Schule. Kein Law-Valley-Mann mehr würde sein Tochter einer herzlosen Frau anvertrauen. Sie würden befürchten, daß meine Schülerinnen diesem schlechten Beispiel folgten, und außerdem könnte ich ihnen ja abstruse Ideen über die Rechte einer Frau, ihren Anspruch auf Gleichberechtigung beibringen. Du weißt, wie hart ich für meine Unabhängigkeit gekämpft habe, und allmählich stellt sich der erste Erfolg ein. Meine Leistungen werden anerkannt. Man betrachtet mich nicht länger nur als die Tochter von Morgan Aycliffe mit einer Mitgift von zwanzigtausend Pfund, sondern als selbständige Frau, die fähig ist, auf eigenen Füßen zu stehen. Und das will ich nicht verlieren. Ich bin bereit, es zu teilen, aber ich werde mein Geld und meine Freiheit nicht wegen Nethercoats aufgeben. Falls Freddy mich heiraten will, muß er mit seiner Familie brechen. Er muß Nethercoats aufgeben.«

Doch diese Vorstellung war absolut undenkbar. Falls sie Freddy heiraten würde, so würde er jeden Penny ihrer Mitgift in die heruntergewirtschaftete Fabrik stecken und versuchen, Nethercoats zu erhalten. Falls das mißlänge, würde er jede Arbeit annehmen und sich lieber zu Tode schuften, um sie zu ernähren, als von ihrem Einkommen aus der Schule abhängig zu sein.

Dem Gesetz nach gehörte die Mitgift und das Erbe einer Frau nach der Heirat ihrem Mann, da dieses Vermögen ja ebenfalls von einem Mann – ihrem Vater – erarbeitet worden war. Doch es gab eine häßliche Bezeichnung für einen Mann, der von dem Verdienst einer Frau lebte, und Freddy Hobhouse würde sich niemals in eine solch demütigende Situation begeben.

»Gütiger Himmel«, sagte Mutter. »Was für eine verrückte Vorstellung! Er müßte dann tun, was sie ihm sagte – stell dir das einmal vor! Es hieße nicht mehr: ›Liebling, darf ich mir diesen Hut kaufen?‹, sondern: ›Wenn du dich nicht anständig benimmst, kaufe ich dir keinen neuen Mantel.‹ Wirklich, dieser Aspekt birgt mannigfaltige Vorteile. Daniel hat mir erklärt, daß nach dem Gesetz sogar der Verdienst einer Frau ihrem Mann gehört. Wenn er einmal ihre Mitgift in Händen hat, nun, dann ist sie für die Frau verloren, doch ihr Verdienst, falls er davon abhängig ist, zwingt ihn dazu, nach ihrer Pfeife zu tanzen. Denn sie braucht nur zu drohen, die Arbeit zu verweigern, wenn er nicht tut, was sie will. So wie die Männer es mit uns machen. Meine Liebe, was für revolutionäre Gedanken, und obwohl ich rundum mit meinem Daniel glücklich bin, könnte mir diese Vorstellung den Kopf verdrehen, wenn ich etwas jünger wäre. Diese Frau verdient das Geld! Großer Gott . . . dein Vater würde sich im Grabe umdrehen, wenn er das wüßte. Kein Wunder, daß er so darauf bedacht war, euch in Unwissenheit zu erziehen. Was für eine gefährliche, verlockende Vorstellung . . . sich den Lebensunterhalt selbst zu verdienen.«

Doch anderen erschien diese Vorstellung weniger verlockend, und ich setzte alles daran, meiner Schwester moralischen Beistand zu leisten, und unterstützte sie, wo immer es ging, da es in meinem Leben nichts mehr gab, wofür ich hätte kämpfen können.

Im Vertrauen darauf, die richtige Entscheidung getroffen zu haben, hatte ich Nicholas die Wahrheit bekannt. Wie seine Mutter hatte ich diese Härte in ihm gespürt und einen letzten Versuch unternommen, diese Mauer zu durchbrechen, damit wenigstens ein kleiner Rest Lebensfreude in ihm bewahrt blieb und er sich nicht ganz seinen Mitmenschen verschloß. Doch ich hatte wieder einmal versagt. Ich hatte nicht zu ihm durchdringen können. Vielleicht gab es diesen Kern in ihm gar nicht, und ich hatte mich und Blaize seiner Boshaftigkeit ausgeliefert. Unter Aufbietung all meines Mutes hatte ich mich zu dieser vernunftwidrigen Enthüllung durchgerungen und damit Blaize' Vertrauen mißbraucht. Was würde Nicholas jetzt tun? Würde er dieses Wissen für sich behalten oder es als Waffe gegen Blaize einsetzen? Und wie würde Blaize darauf reagieren? Ich hatte ihn noch nie wütend gesehen, doch wie konnte er mit einer Frau leben, die diese Waffe seinem Bruder in die Hand gegeben hatte? Einer Frau, die wußte, daß Nicholas nicht zögern würde, sie einzusetzen? Ich war Nicholas hilflos ausgeliefert. Ich hatte ihn tief verletzt, noch ehe er diese Mauer um sich aufgerichtet hatte, weil er glaubte, sich schützen zu müssen. Die Wunde war nicht verheilt, sein Stolz verletzt, und er würde nicht zögern, mir Leid zuzufügen, und dieses Wissen kalt berechnend einsetzen, um Blaize Schaden zuzufügen. So wie er Mr. Hobhouse' Schulden dazu benützt hatte, um Nethercoats in die Knie zu zwingen, würde er meinen Verrat einsetzen, um seinen Bruder zu vernichten. Mitten in einer von Alpträumen geplagten Nacht wachte ich auf und erkannte mit Entsetzen, daß ich nichts mehr zu verlieren hatte und ihn nur noch um Nachsicht bitten konnte. Ich würde mich seiner Macht beugen, so wie ich mich immer der Macht irgendeines Mannes gebeugt hatte. Doch im Morgengrauen erkannte ich, daß diese Geste sinnlos wäre und mir nur noch mehr Schaden zufügen konnte. Zu gut kannte ich die dunklen Seiten seines Charakters und wußte, daß er diese Unterwerfung und alles, was er noch aus mir herauspressen konnte, nehmen würde, um dann Katz und Maus mit mir zu spielen, um dieses Vertrauen doch irgendwann zu mißbrauchen.

Enttäuscht und verbittert rang ich mich endlich zu dem Entschluß durch, Blaize alles zu gestehen, sobald er nach Hause käme. Ich mußte ihm die Gelegenheit geben, eine Verteidigung vorzubereiten, damit er nicht ahnungslos Nicholas' Rache ausgeliefert war. Blaize' Bestrafung würde ich geduldig hinnehmen, obwohl ich entsetzliche Angst davor hatte. Doch als er dann kam und alle die wunderbaren Geschenke, den Pelzmantel, die russischen Stiefel, die prächtige orientalische Robe, die Ikonen, den Samowar vor mir ausbreitete, sich mit leicht spöttischer Fröhlichkeit an meiner Freude ergötzte, fiel es mir nicht schwer, mir einzureden, daß er meinen Wortbruch nicht tragisch nehmen würde.

»Unglaublich«, sagte er später, nach dem Abendessen, als wir uns geliebt hatten und nun entspannt in den Kissen lagen und ich ihm mit neuerwachter Angst im Herzen von Nicholas' skrupellosem Schachzug gegen die Hobhouses erzählt hatte, um den Namen seines Bruders auf diese Weise ins Gespräch zu bringen.

»Ja, ich verstehe vollkommen, in welchem Dilemma deine Schwester steckt. Soll ich das Problem für sie lösen? Nichts könnte mich daran hindern, den Hobhouses Geld zu leihen, damit sie ihre Schulden bei Nicky bezahlen können. Allein Nickys Gesichtsausdruck würde mich vollauf für entgangene Zinsen entschädigen.«

»Nein, Blaize. Tu's nicht. Bitte, tu es nicht.«

»Aber Liebling . . .« Er stützte sich auf einen Ellbogen, beugte sich zu mir herüber, und seine kühlen grauen Augen betrachteten mich forschend. »Gibt es einen bestimmten Grund, warum ich das nicht tun sollte?«

»Ja, natürlich gibt es den. Es gäbe nur einen weiteren entsetzlichen Krach zwischen euch beiden und . . . nun, ich glaube, deine Mutter hat bereits mehr als genug durchgemacht. Erst kürzlich hat sie mir anvertraut, wie sehr sie unter euren Spannungen leidet.«

»Ja, das macht ihr viel Kummer. Ich werde versuchen, ihr nicht noch mehr Sorgen zu machen, obwohl sie doch selbst den Hobhouses das Geld geben könnte. Nicht einmal Nicholas würde es wagen, seine Wut an *ihr* auszulassen.«

»Blaize, um Himmels willen! Kannst du dich nicht einmal heraushalten? Wenigstens dieses eine Mal?«

»Liebling«, sagte er lächelnd, »wirfst du mir etwa vor, daß ich mich in Angelegenheiten einmische, die mich nichts angehen?«

Ich wußte nicht, was ich ihm vorwarf, noch ahnte ich, was er dachte oder fühlte. Seine oberflächlichen Gefühle hatten mir ein angenehmes, ja manchmal sogar glückliches Leben beschert, und ich wußte nicht, was sich hinter seiner charmanten, liebenswürdigen Fassade verbarg. Ich hatte mich ihm zuliebe mit eleganten Kleidern geschmückt, ihm meinen Körper, wann immer er danach verlangte, geschenkt. Ich hatte mit ihm gelacht, mich an ihm erfreut, er hatte meiner Eitelkeit geschmeichelt, und ich akzeptierte, daß ich ihm nicht absolut vertrauen konnte, doch hatte ich in dem Glauben gelebt, daß er mir vertrauen könne.

Fünf Tage ertrug ich dieses quälende Schweigen, erbebte jedesmal, wenn ich seine Kutsche hörte, und atmete erst erleichtert auf, wenn sein Lächeln mir zeigte, daß er keinen Verdacht geschöpft hatte. Ich erfand insgeheim die irrsinnigsten Lügen und war versucht, Tante Verity alles anzuvertrauen, formulierte in Gedanken Ausflüchte – Tante Hannah (oder Jonas) habe Nicholas gegenüber eine Andeutung gemacht, und ich sei gezwungen gewesen, ihm die Wahrheit zu gestehen. Im Endeffekt hätte ich jedoch keine der Lügen aufrechterhalten können.

»Mein Bruder war heute überaus liebenswürdig zu mir«, sagte Blaize am sechsten Abend, als wir alleine beim Essen saßen. »Was mag nur dahinterstecken? Gut, die Aufträge, die ich aus Moskau mitgebracht habe, sind enorm. Aber ich frage mich, warum er Freude darüber zeigt. Damit gibt er mir doch recht und unterstützt meine Absicht, weiterhin diese Reisen zu unternehmen.«

Da warf ich mit einer heftigen Bewegung die Serviette auf den Tisch und sagte scharf:

»Ich werde dir sagen, warum. Er weiß über Tante Hannah und Scarborough Bescheid.«

Lange saßen wir wie erstarrt da. Das Kerzenlicht brannte in meinen Augen, und als ich wieder klar sehen konnte, beobachtete ich, wie Blaize ruhig die Weinflasche nahm und unsere Gläser füllte. Sein Gesicht war so ausdruckslos, daß ich mich einen entsetzten

Augenblick lang fragte, ob ich tatsächlich diese Worte gesprochen hatte.
»Blaize, hast du gehört, was ich gesagt habe?«
»O ja«, erwiderte er, hob sein Glas und nippte nachdenklich von dem Wein. »Ich habe dich verstanden. Danke, Faith. Das war großartig – absolut großartig.«
Ich stand auf, ging unruhig zum Fenster und wieder zurück und hatte das Gefühl, im Zimmer allein zu sein, obwohl er noch immer gelassen am Tisch saß, Wein trank und sich scheinbar an dessen reifem Bouquet erfreute und jeden Schluck genießerisch auf der Zunge zergehen ließ. Vielleicht entschädigte ihn das erlesene Getränk, die anheimelnde Atmosphäre, der Reichtum und die Eleganz seines Hauses für den Verrat, den seine törichte, gefühlsduselige Frau an ihm begangen hatte.
»Blaize, sprich mit mir!« Georgianas Stimme klang in meinen Ohren. »Es muß dich doch interessieren, wie und warum es passiert ist.«
»Liebling, wenn er es weiß, so kann er es nur von dir erfahren haben.«
»Ja, ja. Ich habe ihm die Wahrheit gesgt. Und falls es dich tröstet, ich habe es bitter bereut.«
»Nun, zumindest ist das ein kleiner Trost.«
»Er kam nach *Galton*, als ich dort zu Besuch weilte, um Gervase abzuholen, und er war so außer sich . . .«
»Und da hast du ihn getröstet.«
»Ich habe das einzige Versprechen gebrochen, das ich dir je gegeben habe.«
Und wieder lachte ein Barforth mich aus, doch diesmal war es kein grausames, unbarmherziges Lachen, sondern mehr ein bitteres, sarkastisches Kichern, das sich gegen uns beide richtete.
»Ach, nun – wenn es um Versprechen und ihre Einhaltung geht, so bin ich wahrlich nicht der Mann, der sich beklagen sollte. Faith, bitte setz dich. Da du mir eben einen Stich in den Rücken verpaßt hast, solltest du mein Unbehagen nicht noch durch dein nervöses Umherlaufen vergrößern.«
»Blaize, macht es dir denn gar nichts aus?«
»O doch, sehr viel sogar. Bitte entschuldige mich einen Moment, ich gehe eben in den Garten und rauche eine Zigarre. Wir können dann den Kaffee gemeinsam trinken.«
Ich ließ den Tisch abräumen, den Kaffee im Salon servieren, saß

vor dem knisternden Kaminfeuer und trank eine Tasse, dann eine zweite. Überdeutlich war ich mir der Schönheit des Raumes bewußt, der diskreten Eleganz, die unser Leben symbolisierte, die meine Bedürfnisse befriedigt hatte, so wie Blaize mich beinahe wunschlos glücklich gemacht hatte. Und obwohl ich mich nicht länger fürchtete, so spürte ich doch eine unsägliche Trauer in mir, ein sanfte Wehmut, wie man sie oft bei Sommerende empfindet oder beim ersten Anzeichen von Alter im Gesicht einer Frau, die allein um ihrer Schönheit willen geliebt worden war.

»Es tut mir leid«, sagte Blaize, als er durch die Terrassentür hereinkam. »Ich habe dich recht lange auf den Schuldspruch warten lassen, nicht wahr?«

Neuer Kaffee wurde gebracht, ich füllte seine Tasse, gab Zucker hinzu, keine Sahne, so wie er es gern mochte. Er trank, setzte die zerbrechliche Wedgewood-Tasse sorgsam aufs Tablett und zündete sich eine zweite Zigarre an.

»Ich finde«, sprach er schließlich, »daß wir zu einer sehr angenehmen Art des Zusammenlebens gefunden haben. Darf ich annehmen, daß du es ebenfalls zu schätzen weißt?«

»Ja. Es bedeutet mir sehr viel.«

»Nun denn . . . was gibt es mehr darüber zu sagen? Ich hasse es, etwas zu verlieren, was mir gefällt, Faith. Das weißt du. Vor einer halben Stunde verspürte ich einen Anflug von Zorn, doch ich habe darüber nachgedacht. Ich muß dir gestehen, daß – hätte ich mich in Nickys Position befunden – ich ebenfalls einen Weg gefunden hätte, die Wahrheit von dir zu erfahren. Also kann ich es Nicky nicht verdenken, daß er so gehandelt hat.«

»Und du bist nicht . . . enttäuscht?«

»Von dir?«

»Natürlich von mir.«

»Darüber werde ich hinwegkommen. Wenigstens bin ich jetzt darauf vorbereitet, falls Nicky davon spricht. Wirklich, die ganze Geschichte ist nicht so wichtig.«

»Ich bin froh, daß du so darüber denkst.«

»Faith«, sagte er eindringlich und beugte sich ganz nah zu mir herüber. »Hast du etwa befürchtet, ich würde die Suppenschüssel nach dir werfen und dir den Kopf mit einem Kerzenleuchter einschlagen? Das ist nicht ganz mein Stil, wie du wohl weißt. Diese Seite des Barforthschen Temperaments fehlt mir völlig. Und außerdem, unsere Beziehung ist doch etwas anders, nicht wahr, meine Liebe? Wenn du das Bedürfnis nach Wiedergutmachung hast, so kannst du mich beim nächsten Familientreffen mit besonders liebevoller Zuneigung behandeln. Es schadet sicher nicht, wenn Nicky merkt, daß du mich am meisten liebst. Jedenfalls, ich würde mich darüber freuen . . .«

Und obwohl wir beide diesen Vertrauensbruch nicht vergessen konnten und ich manchmal einen Ausdruck kühler Wachsamkeit in Blaize' Augen entdeckte, sprachen wir nie wieder darüber.

Im November starb Mr. Oldroyd ganz plötzlich, und sein Tod weckte neue Hoffnungen in den Hobhouses, rechneten sie doch zumindest damit, daß Freddy mit einer ansehnlichen Summe aus dem Erbe bedacht wurde und davon Nicholas bezahlt werden konnte.

»Überleg doch nur«, plapperte Mutter ganz aufgeregt. »Falls Freddy alles erbt – ich wüßte wirklich nicht, wem Matthew Oldroyd sein Vermögen sonst hinterlassen könnte –, würde Prudence Herrin von Fieldhead werden. Daran könnte nicht einmal *sie* etwas auszusetzen finden. Oh, wie würde ich mich freuen, wenn meine Tochter in den Genuß des Vermögens käme, das ich liebend gern für meinen Daniel aufgegeben habe. Red ihr gut zu, Faith. Sich seinen eigenen Lebensunterhalt zu verdienen ist ja ganz schön, aber Matthew Oldroyd war sehr reich, und Freddy wird jetzt unter Hunderten von jungen Mädchen auswählen können. Sag das Prudence.«

Doch es erübrigte sich, mit Prudence darüber zu sprechen, denn obwohl Freddy nach wie vor ihr untertäniger Sklave war, so hatte seine Mutter unmißverständlich klargemacht, daß Freddy, falls er die Millionen erben würde, sich nicht weiter mit einer eigenwilligen Schuldirektorin – die ihre jugendliche Blüte bereits hinter sich hatte und deren Ansichten, milde ausgedrückt, merkwürdig waren – abgeben würde.

»Sie hofft wohl, er wird sich ein willfähriges junges Ding von fünfzehn Jahren anlachen«, spottete Prudence. »Vorzugsweise eine meiner Schülerinnen, da ihr die Lehrerin zu alt ist. Nun, ich kann es ihr nicht verdenken, daß sie mich nicht mag. Ich hoffe nur, daß Freddy die zu erwartenden Millionen vor ihrem Zugriff sichert, sonst steht Nethercoats in fünf Jahren wieder zum Verkauf. Armer Freddy, er wird sich nicht gegen seinen Vater durchsetzen können und das ganze Vermögen unter seinen Geschwistern aufteilen; und sie werden kein Wort des Dankes für ihn übrig haben. Mr. Oldroyd kann ich im nachhinein nur bedauern. Sie haben ihn als gemein und geizig beschimpft. Wie entsetzlich muß ihm der Gedanke gewesen sein,

sein hart erarbeitetes Vermögen diesen verschwendungssüchtigen Schmarotzern zu vermachen.«

Eine weise Prophezeiung, die meine Schwester da getan hatte, denn es stellte sich heraus, daß Mr. Oldroyd es nicht über sich gebracht hatte, sein Füllhorn über die Hobhouses zu leeren. Die Testamentseröffnung sorgte in Cullingford für einen Skandal, der für lange Zeit das Leben verschiedener Bürger nachhaltig und recht schmerzhaft beeinflußte.

Wie zu erwarten war, erhielt eine gewisse Miss Janison in Leeds eine beträchtliche Summe; die Hausangestellten wurden ebenfalls bedacht; beschämende fünfhundert Pfund gingen je an Mr. Bradley Hobhouse und seine Frau. Freddy wurde mit zehntausend Pfund und dem Rat abgefunden, damit ein eigenes Unternehmen zu gründen. Doch als Haupterbin seines Vermögens – die Spinnerei in Fieldhead, das Wohnhaus, seine Eisenbahn- und Brauereiaktien, seine Bankguthaben – hatte er Mrs. Tessa Delaney eingesetzt, die, wie sich erst jetzt herausstellte, seit einem Jahr die zweite Mrs. Matthew Oldroyd von Fieldhead gewesen war.

»Ach du liebe Güte«, seufzte Mutter. »Das wird beträchtlichen Ärger geben. Meine arme Celia.«

Und obwohl ich nicht sofort erkannte, inwiefern meine Schwester in diese Erbschaftsangelegenheit verwickelt sein sollte, klärte mich der Besuch einer fassungslosen Mrs. Hobhouse bald darüber auf. Sie war empört und wie von Sinnen und hätte wohl am liebsten ganz Cullingford in Brand gesteckt. Ihr war keine Schuld am Ruin der Familie zuzuschreiben. Ihrem Mann konnte man ebenfalls keine Schuld anlasten. Wer also trug die Schuld an dieser Katastrophe? Sie alle waren Opfer einer Verschwörung der raffgierigen, teuflischen Barforth-Sippe, zuvorderst Nicholas Barforth, geworden, die sie ihres Heims, ihrer Fabrik berauben und sie und ihre Kinder auf die Straße setzen wollte. Sie war keine Närrin. Sie wußte, wer hinter diesem kriminellen Vorgehen steckte. Wer hatte Mr. Oldroyd dazu überredet, das Testament zu ändern? Nicholas Barforth. Wer hatte das neue Testament aufgesetzt? Jonas Agbrigg, der mit Nicholas Barforths Nichte verheiratet war, dessen Vater, Bürgermeister Agbrigg, ein Angestellter der Barforths und dessen Mutter Nicholas Barforths Tante war. Und wer hatte Mr. Oldroyd dazu verleitet, diese schamlose Person zu heiraten, damit das Testament nicht angefochten werden konnte? Doch nur ein Rechtsanwalt: Jonas Agbrigg. Wer hatte an dieser schändlichen Zeremonie teilgenommen?

Jonas Agbrigg. Zornbebend schleuderte mir Mrs. Hobhouse diese Anschuldigungen entgegen, denn sie hatte Erkundigungen eingezogen und war seinen hinterhältigen Machenschaften auf die Spur gekommen. Als Anwalt der Hobhouses hatte er ihrem Mann immer wieder zum Verkauf der Fabrik geraten. Jonas Agbrigg, der Schwager von Prudence Aycliffe, hatte alle die Jahre verhindert, daß sie Freddy heiratete. Welche Summen hatte Jonas Agbrigg für seinen Verrat kassiert? Welche Bestechungsgelder hatte er von Nicholas Barforth und dieser Dirne Delaney angenommen? Und wohin waren die Juwelen der ersten Mrs. Oldroyd verschwunden? Würden die Diamanten bald die Ohren dieser Schlampe schmücken und die Perlenkette den mageren Hals der Mrs. Jonas Agbrigg, dieser Celia Aycliffe, die ebenfalls eine Cousine von Nicholas Barforth war?

»Ihr alle habt uns hintergangen und betrogen, und ich hoffe, ihr seid jetzt zufrieden. Aber ich werde den Mund nicht halten, Lady Barforth, Faith Aycliffe. Ich werde das Unrecht hinausschreien, das mir widerfahren ist.«

»Mrs. Hobhouse, das dürfen Sie nicht sagen. Sie werden sich selbst nur Schaden zufügen.«

»Nein«, sagte sie, und ihr mächtiger Busen wogte vor Empörung. »*Ihr* werdet darunter leiden. Und glaubt ja nicht, ihr könntet diesen gerissenen Anwalt dazu bringen, mein Schweigen zu erkaufen. Ich werde nicht schweigen. Ich weiß alles über euch, Faith Aycliffe, über deine Tanten, deine Schwestern, deine Cousins und eure entzückende Mutter. Ich werde alle eure Geheimnisse verraten.«

Und sie redete . . . bei jedem Teekränzchen, zu dem die mitfühlenden Bürgerinnen die arme, vom Schicksal betrogene Mrs. Hobhouse nur zu gern einluden. Und der Klatsch wurde brühwarm in Mutters Salon in der Blenheim Lane weitergetragen und zu Tante Hannah nach Lawcroft Fold.

»Ich werde sie zum Schweigen bringen«, drohte Tante Hannah grimmig. »Ich werde sie verklagen.«

Doch Jonas lehnte mit gewohnter kühler Gelassenheit rechtliche Schritte ab. Die Frau war einfach hysterisch. Natürlich kannte er Mrs. Delaney seit Jahren, hatte sie in Vermögensfragen beraten und die Kaufverhandlungen für die Albion Terrace geführt. Natürlich war er über ihre Ehe mit Mr. Oldroyd informiert gewesen, da er an der Zeremonie teilgenommen hatte. Und was das Testament betraf, so hatte er es aufgesetzt, doch es gehörte zu den Pflichten eines Anwaltes, Stillschweigen über vertrauliche Angelegenheiten seiner

Klienten zu wahren. Mrs. Hobhouse' Nerven hatten zweifelsohne unter den Ereignissen gelitten, und man sollte ihr wirres Gerede nachsichtig beurteilen.

Aber wie Mutter befürchtet hatte, wirkte sich dieser Skandal auf Celias angegriffene Gesundheit verheerend aus. Mrs. Jonas Agbrigg – die kleine Celia Aycliffe – war Mrs. Hobhouse' Angriffen hilflos ausgeliefert. Sie stürmte in ihr Haus und überschüttete Celia mit einem Schwall von Beschimpfungen, trieb sie in einen hysterischen Nervenzusammenbruch, der selbst Mrs. Hobhouse derart erschreckte, daß sie fluchtartig den Rückzug antrat. Man brachte Celia ins Bett, beruhigte sie mit Laudanum, und Jonas sah sich nun gezwungen, Mr. Hobhouse in einem förmlichen Brief vor den Konsequenzen zu warnen, sollte seine Frau je wieder Celia belästigen.

Tante Hannah war ohne Jonas' Wissen nach Nethercoats gefahren, um den Schal und die Handschuhe zurückzubringen, die Mrs. Hobhouse bei ihrem überstürzten Aufbruch vergessen hatte. Man verweigerte ihr eine Aussprache mit Emma-Jane Hobhouse, die ebenfalls krank zu Bett lag.

»Du kannst ihr sagen, daß ich wieder vorsprechen werde«, befahl sie dem verschreckten Dienstmädchen, das ihrer Herrin schildern würde, wie erzürnt und aufgebracht Mrs. Ira Agbrigg gewesen war.

Aber Celia, die sich schon immer gern in ihrem Haus vergraben hatte, wagte sich nun überhaupt nicht mehr an die Öffentlichkeit, versteckte sich hinter dicht zugezogenen Vorhängen wie in einer belagerten Burg, und ihr Verhalten erinnerte mich sehr an meine Reaktion nach Giles' Tod. Wie sie war ich damals reglos im Halbdunkel gesessen, hatte nur stundenlang in bedrohliche Schatten gestarrt. Doch Celia war dabei zutiefst verängstigt, schreckte bei dem kleinsten Geräusch auf, verkroch sich beim Anschlagen der Türglocke in den hintersten Winkel, so als wolle eine feindliche Armee ihr Haus stürmen.

Sie litt unter der Wahnvorstellung, daß ganz Cullingford über sie klatsche, scheute davor zurück, sich draußen zu zeigen, fürchtete, daß hinter ihrem Rücken böse getuschelt würde. Dieser Schande würde sie sich nicht aussetzen. Sie blieb zu Hause, versperrte die Tür, zog die Vorhänge zu – nur so fühlte sie sich sicher.

Aber konnte sie das wirklich vor verleumderischem Klatsch schützen? Da waren die Dienstboten – das Hausmädchen mit den falschen Augen, die Köchin, die sie nie hatte ausstehen können. Was redeten sie in der Küche? O ja – daß ihr Mann Geld von Nicholas

Barforth angenommen hatte, um Mr. Oldroyd zur Abänderung des Testaments zu überreden. Daß er von Mr. Oldroyd bestochen worden war, Stillschweigen darüber zu wahren. Und bestimmt gab es die übelsten Gerüchte über Jonas und Mrs. Delaney, da er doch einige Male bei ihr zu Hause gewesen war, um geschäftliche Angelegenheiten mit ihr zu besprechen. Und die Tatsache, daß sie und Jonas nun getrennte Schlafzimmer hatten, ließ sicherlich die widerwärtigsten Vermutungen aufkommen, die ihre Dienstboten hämisch in der Nachbarschaft verbreiteten.

Und was war mit Grace? Sie ging doch mit den zwei jüngeren Hobhouse-Mädchen zur Schule. Wie sehr mußte sie unter dem Skandal leiden. Grace sollte besser zu Hause bleiben.

»Nein«, entschied Jonas. »Nein, Liebes.« Zum ersten Mal hatte ich ihn dieses Kosewort zu seiner Frau sagen hören, doch bei ihr löste es nur eine Flut von Tränen und Vorwürfen aus. Sorgte er sich denn nicht um sein Kind? Wie konnte er es zulassen, daß ihr Geist von diesen bösartigen Gerüchten vergiftet wurde und sie womöglich lernte, ihre Eltern zu hassen? Schließlich war es seine Schuld, daß sie beide diesen Feindseligkeiten ausgesetzt waren. Doch merkwürdigerweise, obwohl Grace noch immer sehr zierlich war, besaß sie eine erstaunliche Widerstandskraft, schien wie ein kleiner Vogel die Flügel auszubreiten und in die hellen, warmen Sonnenstrahlen davonzufliegen; eine Neigung, die ich nur zu gut aus meiner allzu wohlbehüteten, eingekerkerten Kindheit kannte. Und ich war froh darüber, daß Jonas nicht nachgab und Grace weiterhin in Prudence' Schule ging.

Mrs. Hobhouse' Gift hatte, wie es schien, keinerlei Spuren in *Tarn Edge* hinterlassen, wo Georgiana, Tante Verity und Nicholas weiterhin nebeneinander lebten. Nicholas wartete nun gelassen den Zeitpunkt ab, bis die Hobhouses Nethercoats aufgeben mußten, und kurz vor Weihnachten ging die Fabrik in seinen Besitz über.

Die Hobhouses verfügten nun über ausreichende Mittel – so hoffte man jedenfalls –, um mit ihren jüngeren Kindern in einem kleinen Haus in Bridlington leben zu können. Die älteren Söhne müßten nun selbst für ihren Lebensunterhalt sorgen, und da man in Geschäftskreisen einem erfolgreichen und mächtigen Mann bald jede Skrupellosigkeit verzieh, rechnete man es Nicholas hoch an, daß er Freddy und James in Lawcroft einstellte und für Adolphus Arbeit in Low Cross fand. Doch ich fiel aus allen Wolken, als Liam Adair, der mich nach wie vor regelmäßig besuchte, mir eines Tages erzählte, daß Mutters geliebter Daniel ebenfalls eine Stellung bei Nicholas angenommen hatte.

»Aber nein, das überrascht mich keineswegs«, sagte Blaize erheitert, wie immer er auch wirklich darüber dachte. »Er braucht doch jemanden, der seine Seiden- und Samtstoffe für ihn verkauft. Und da er es nicht selbst tun kann und ich nicht geneigt bin, ihm diesen Gefallen zu tun . . . nun, Daniel Adair ist der richtige Mann dafür. Ich hätte ihn zwar nicht gewählt, aber das steht nicht zur Debatte. Schließlich befolgt Nicholas nur Vaters Rat. Er trifft Vorkehrungen für den Tag, wo er mich auszahlen oder hinauswerfen kann – falls es je dazu kommt. Und für Dan Adair ist es eine vernünftige Entscheidung. Deine Mutter wird nicht ewig leben, und nach ihrem Tod geht das Aycliffe-Vermögen an dich, Prudence und Celia. Er erhält daraus keinen Penny und tut gut daran, vorzusorgen. Nun, der gute alte Nicky, jetzt gehört ihm die Wollkämmerei, die Färberei und Nethercoats. Wenn er weiterhin achtzehn Stunden am Tag schuftet, wird er bald über die nötigen Mittel verfügen, den Preis zu bezahlen, den ich verlange.«

»Wirst du verkaufen?«

»Wer weiß«, sagte er nur. »Ich will ihn doch nicht dieser Ungewißheit berauben.«

Und der Ausdruck seiner hellen, zynischen Augen besagte mir: »Ja, Liebling, und was du nicht weißt, kannst du nicht weitererzählen.«

29

Freddy Hobhouse war durch die Tragödie seiner Familie zu beschäftigt gewesen, um sich auch noch um seine eigenen Angelegenheiten kümmern zu können. Er mußte den Umzug seiner Eltern nach Bridlington veranlassen, Stellungen für seine Brüder finden und die zehntausend Pfund sicher für seine vier Schwestern anlegen, damit sie wenigstens eine Aussteuer hatten. Doch als Nethercoats einmal verkauft war und seine Eltern sich in ihrem neuen Heim eingerichtet hatten – um dort auf den Tod zu warten, wie Mrs. Hobhouse es nannte –, besuchte er Prudence und löste seine Verlobung mit ihr. Er hatte ihr nichts mehr zu bieten. Jetzt war er nur noch ein Angestellter ihres Cousins, und niemand in Cullingford würde erwarten, daß sie so weit unter ihrem Stand heiratete. Jetzt war die ganze Stadt auf der

Seite meiner Schwester und würde sie als Närrin betrachten, falls sie ihn doch heiratete. Aber ich kannte ihren widersprüchlichen Charakter und ihre heimliche Liebe für Freddy und war mir ihrer Entscheidung nicht so sicher.
Sofort nach der Aussprache kam sie zu Fuß zu mir; ihre Augen waren gerötet, doch sie erklärte sofort, das käme von dem scharfen Ostwind.
»Nun«, sagte sie und setzte sich sehr gerade hin, »jetzt bin ich für meinen Drang nach Unabhängigkeit bestraft worden. Ich habe Freddy gebeten, mich zu heiraten, und er hat abgelehnt. Ich bin wahrscheinlich die einzige Frau in unserem Bekanntenkreis, der etwas Derartiges passiert ist. Und das ist kein angenehmes Gefühl, wie ich dir versichern kann.«
»Du hast Freddy gebeten, dich zu heiraten?«
»Das habe ich. Es gibt keine Gründe mehr, die gegen eine Ehe sprechen. Dieser Moloch Nethercoats existiert nicht mehr und kann uns nicht auffressen. Ich habe mit meiner Schule Erfolg, auch in finanzieller Hinsicht, da ich es jetzt nicht mehr mit Onkel Joel, sondern Tante Verity zu tun habe. Obwohl sie meine Ratenzahlungen akzeptiert, richtet sie es doch fast immer so ein, mir das Geld zurückzugeben. Mit meinem und Freddys Verdienst könnten wir ein sorgenfreies Leben führen. Ich habe dieses schöne Haus, und wenn ich verheiratet wäre, könnte ich endlich über mein Erbe verfügen und damit bei Tante Verity meine Schulden begleichen und meine Schule außerdem vergrößern.«
»Und Freddy?«
»Er will mich nicht heiraten. Er ist ein Mann und zugleich ein Gentleman. Am liebsten hätte er sich an meinem Busen ausgeweint, und mir hätte das überhaupt nichts ausgemacht. Aber nein – seine Männlichkeit verbietet ihm zu weinen. Und so ritt er einfach wieder fort, in dieses entsetzliche Absteigequartier in der Gower Street. Er glaubt, ich weiß nicht, daß er dort wohnt. Und sicherlich wird er jeden Penny, den er übrig hat, seiner Mutter schicken. Sein Hemd war nicht ganz sauber, und ich kann dir gar nicht sagen, wie mir das weh getan hat. Früher brauchte er sich doch nie um seine Wäsche zu kümmern.«
»Es wäre besser, du würdest ihn nicht mehr bemitleiden, Prue. Du könntest Gefallen daran finden, und am Ende wäschst du noch seine Hemden.«
»Und warum nicht?« fragte sie und richtete sich kerzengerade auf.

»Wenn es mir gefällt, seine Wäsche von meinem Mädchen in meinem Haus waschen zu lassen, möchte ich wissen, wer mich daran hindern kann.«
Aber wir wußten beide, daß Freddy das niemals zulassen würde. Es gab zu diesem Thema einfach nichts mehr zu sagen.
Nach dem Wegzug von Mrs. Hobhouse begann das Interesse an Nethercoats beträchtlich zu schwinden und machte in diesem Winter einer anderen Frage Platz: Konnte man die zweite Mrs. Oldroyd, die es sich jetzt in Fieldhead gemütlich gemacht hatte, empfangen oder nicht? Doch eigentlich schien die Frage kaum der Überlegung wert, denn die Oldroydsche Fabrik würde wohl verkauft werden und diese Dame von zweifelhaftem Ruf mit ihrem auf anrüchige Weise erworbenen Vermögen wahrscheinlich woanders hinziehen.
Gelegentlich begegnete ich ihr in ihrem mit Seide ausgeschlagenen Landauer; einmal sah ich sie auf dem Friedhof, als ich Giles' Grab meinen wöchentlichen Besuch abstattete und sie dem Grab ihres Mannes dieselbe Ehre erwies. Sie war eine großgewachsene Frau, mit diesem klassischen Profil, das ich oft bei italienischen Bäuerinnen bemerkt hatte, die wie barfüßige Königinnen zur Weinlese schritten, hochaufgerichtet und gebieterisch. Jedoch war sie gleichzeitig – wie alle Frauen, die die Schattenseiten des Lebens kennengelernt hatten – taktvoll und wechselte auf die andere Seite des Weges, damit ich sie nicht zu grüßen brauchte.
Mir hatte sie jedoch nichts getan, und als sich unsere Wege kreuzten, sagte ich:
»Wie geht es Ihnen, Mrs. Oldroyd?«
»Und Ihnen, Lady Barforth?« entgegnete sie mit einer volltönenden Altstimme. Ihre Haltung drückte weder Überraschung noch Dankbarkeit aus, sondern nur absolute Gelassenheit.
Trotzdem machte sie während der ersten Monate ihrer Witwenschaft – wahrscheinlich ihrer ersten, denn niemand glaubte, daß es je einen *Mr.* Delaney gegeben hatte – keinen Versuch, in unsere Gesellschaftsschicht einzudringen, änderte in Fieldhead nichts und beschränkte ihre Gastfreundschaft auf die wenigen, die sie schon zu ihren berühmten Tee-Parties in der Albion Terrace empfangen hatte.
»Sie ist eine intelligente Frau«, sagte Blaize. »Und wenn Freddy Hobhouse klug wäre und sie richtig zu nehmen wüßte, könnte er sicher Herr in Fieldhead werden. Sie ist sicher fast vierzig, und ich wundere mich, warum sie noch immer hier ist. Freddy könnte sie zu einer geachteten Frau machen, das einzige, was sie sich mit ihrem Geld

nicht kaufen kann. Nicht einmal Jonas Agbrigg scheint über die Pläne dieser Dame informiert zu sein, oder er wollte nichts verraten. Warum fragst du nicht deine Schwester?«

Doch Celia geriet schon bei der bloßen Erwähnung des Namens der neuen Mrs. Oldroyd in Panik. Es war ganz natürlich, daß der verstorbene Mr. Oldroyd einen Vermögensverwalter eingesetzt hatte, so wie mein Vater seinerzeit Onkel Joel unser Vermögen hatte verwalten lassen. Und niemand hätte daran Anstoß genommen, daß Jonas diese Aufgabe übertragen worden war, hätte Mrs. Hobhouse ihn nicht als Verschwörer bezeichnet. Ich konnte meine Schwester nicht davon überzeugen, daß die Gerüchte verstummt waren und daß Jonas' wiederholte Besuche in Fieldhead rein geschäftlicher Natur waren – denn eine Dame betrat schließlich nicht die Kanzlei eines Anwalts – und niemand daran Anstoß nahm. Noch immer glaubte sie, die Dienstmädchen und Lieferanten überwachten alle ihre Ausgaben und würden Mrs. Hobhouse sofort davon berichten. In diesem Winter kaufte sie für Grace nur eine neue Mütze und regte sich wahnsinnig auf, als ich meiner Nichte unter anderen Präsenten zu Weihnachten einen pelzgefütterten Samtmantel schenkte.

»Du liebe Güte, Faith! Mußt du denn so extravagant sein? Ich kann Grace nicht ein solch teures Kleidungsstück tragen lassen. Jeder würde wissen wollen, woher ich die Mittel dazu habe.«

»Dann sagst du eben, Blaize hat es aus Rußland mitgebracht. Blanche hat denselben Mantel.«

»Aber ich kann doch niemandem etwas erzählen. Begreifst du das denn nicht? *Mich* fragen die Leute doch nicht. Sie klatschen nur und glauben, daß alles Geld aus Fieldhead stammt. Und wenn sie dann noch auf die Idee kommen sollten, daß Mrs. Delaney Grace Geschenke macht, ist der Grund dafür ja nicht schwer zu erraten.«

»Wirklich, Celia . . . du regst dich wegen nichts auf.«

»Natürlich, du nimmst alles auf die leichte Schulter. Dein Mann wurde ja auch nie unehrlicher Machenschaften bezichtigt, und niemand bittet dich, diese Frau zu empfangen.«

»Celia, Jonas hat dich doch nicht gebeten, Mrs. Oldroyd einzuladen?«

»Nein«, sagte sie und verkrampfte die Hände ineinander, so als hätte sie furchtbare Angst. »Das hat er nicht. Aber er wird es tun. Sie möchte in Cullingford bleiben, das weiß ich. Das Haus ist nicht verkauft und wird auch nicht verkauft werden, denn sie hat neue Vorhänge bestellt. Ich weiß das, weil Jonas' Angestellter neulich hierherkam und darüber sprach. Und als ich Jonas fragte, sagte er nur: ›Du meine Güte, neue Vorhänge! Das ist alles . . .‹ Und wenn sie bleibt, dann wird sie auch empfangen werden wollen, und jemand muß ja den Anfang machen. Die ganze Nacht habe ich darüber nachgegrübelt, denn wenn er mich zwingt, sie einzuladen, wen soll ich noch dazubitten? Wie soll ich das arrangieren? Ich kann es nicht, und das habe ich ihm auch gesagt. Er machte sich über die Folgen überhaupt keine Gedanken. Wenn wir uns aus der Tasche dieser Frau bedienen, wird kurz über lang behauptet werden, daß Jonas das Testament gefälscht hat.«

»Celia . . . Celia, niemand wird das denken. Nicht einmal Mrs. Hobhouse.«

»O doch, das würden sie«, murmelte sie. »Du weißt nicht, wie böse die Menschen sind, Faith. Und Mrs. Hobhouse sitzt da in Bridlington und wartet, wie eine Spinne in ihrem Netz. Und die andere da in Fieldhead, der ist alles egal. Hauptsache, sie bekommt, was sie haben will. Die Leute würden alles mögliche behaupten.«

Ich fühlte mit Celia, und ihr Elend machte mich betroffen, doch schließlich forderte mein Leben auch sein Recht. Es gab schönere Dinge, als mit meiner Schwester im Dunkeln zu sitzen, und so dachten auch die meisten unserer Freunde, also war sie mehr und mehr allein.

»Sie stimmt mich traurig«, seufzte Mutter, die ihr Leben schöner denn je gestalten konnte, jetzt, wo ihr Daniel eine interessante, einträgliche Arbeit gefunden hatte.

»Und ich hätte große Lust, sie einmal richtig durchzuschütteln«, erklärte Tante Hannah. »Es tut mir leid, dir das zu sagen, Elinor, aber sie hätte meinen Sohn nicht in eine solch schwierige Lage bringen dürfen. Er wäre schon längst Bürgermeister dieser Stadt, hätte er zu Hause nicht so viele Pflichten zu erfüllen. Außerdem kann sich eine Bürgermeisterin schließlich nicht in ihrem Wohnzimmer verstecken . . . Ich werde bis nach Weihnachten warten, und sollte sie sich bis dahin nicht geändert haben, wird sie es mit mir zu tun bekommen.«

Auch dieses Weihnachtsfest verbrachten wir in *Listonby*, und als wir nach Hause zurückkehrten, fanden wir von Nicholas einen offiziellen Brief vor, in dem stand, daß er hinsichtlich der Schwierigkeiten bei der Zusammenarbeit mit Blaize wünsche, die Teilhaberschaft aufzulösen. Er sei bereit, Blaize' Anteil auszuzahlen, teils in bar, und teils als jährliche Abschlagszahlung, was Blaize ein angenehmes Leben ermöglichen würde.

»Er ist reicher, als ich dachte«, sagte Blaize und legte den Brief unbeantwortet zur Seite. Indessen bereitete er seine zweite Rußlandreise vor, ein Unterfangen, das durchaus gerechtfertigt war durch die drohende Bürgerkriegsgefahr in den Vereinigten Staaten.
»Du mußt Nicholas antworten, Blaize.«
»Ja. Das erwartet er wohl von mir.«
Mit diesen Worten setzte er sich an meinen Sekretär und schrieb ein paar Zeilen, daß er den Brief empfangen habe.
»Du könntest ihn in *Tarn Edge* abgeben, Faith, wenn du das nächste Mal dorthin fährst. Leg ihn einfach in die Schale mit den Visitenkarten. Nicholas wird ihn schon finden.«
Und ein paar Tage später kam Nicholas zum ersten Mal nach *Elderleigh*. Seine mächtige Statur füllte den ganzen Türrahmen aus, als er den Salon betrat. Er war ein Eindringling in meinem Haus und lehnte es kategorisch ab, sich zu setzen, sondern pflanzte sich vor dem Kamin auf, wie einst sein Vater.
»Du kannst deinem Mann dies hier geben«, sagte er und reichte mir einen langen braunen Umschlag. »Du weißt sicher, was er enthält. Das Angebot ist gut. Ein besseres wird er nicht bekommen, vielleicht überhaupt keins mehr. Sag ihm das.«
»Solltest du ihm das nicht selbst sagen, Nicholas?«
»Nein. Wir reden nicht mehr miteinander. Bis jetzt hat Mutter immer zwischen uns vermittelt, aber das ist ihr gegenüber nicht fair – die arme Frau liebt uns nämlich beide –, und wir haben ihr schon genug Kummer gemacht. Jetzt mußt du diese Aufgabe übernehmen.«
»Ich verstehe. Soll ich Blaize noch etwas anderes ausrichten?«
»Im Augenblick nicht. Bespricht er geschäftliche Dinge mit dir?«
»Geht dich das etwas an?«
Und ich war überrascht, wieviel leichter es war, Nicholas mit kalter Feindseligkeit zu begegnen, nur zu dieser steinernen Hülle zu sprechen und den Mann zu vergessen, der er einmal gewesen war.
»Nein, gar nichts. Aber *falls* er dich um deine Meinung fragen sollte, rate ich dir, deine eigene Position sehr sorgfältig in Erwägung zu ziehen, ehe du ihm einen Rat gibst. Wir können auf zwei Arten zu einer Einigung kommen. Entweder er verkauft mir seinen Anteil, oder wir teilen. Lawcroft und Low Cross haben ungefähr denselben Wert wie Tarn Edge. Dieser Lösung wäre ich nicht abgeneigt. Aber dann muß er sich um die Fabrik kümmern, nicht wahr? Und dann ist es aus mit seinem Herumtändeln, und wenn er Pleite macht, würdet

ihr eines Tages in Bridlington, gleich neben den Hobhouses, wohnen. Er arbeitet nicht gern, Faith. Das hat er noch nie getan. Und ihr könntet ein sehr angenehmes Leben als Lady Barforth und Sir Blaize in London führen. Das ist mein Angebot.«

»Oh, du verbannst uns also nach London?«

»Nicht unbedingt. Es gibt doch andere Orte. Falls du ihn dazu überreden kannst, von hier fortzuziehen, ist das für euch nur von Vorteil.«

Ich nahm einen Fächer, der vor mir auf dem Tisch lag, drehte ihn gedankenverloren in den Händen und legte ihn wieder hin. Dann blickte ich zu ihm auf und lächelte.

»Du meine Güte! Wir sprechen doch über *meinen* Vorteil, Nicholas. Verzeih mir, aber ich bin ziemlich schwer von Begriff, doch mir scheint, wir haben über *deinen* Vorteil gesprochen.«

»In der Tat«, sagte er mit zusammengebissenen Zähnen. »Das tun wir. Ich wäre überhaupt nicht hier, wenn ich nichts dabei zu gewinnen hätte, denn Höflichkeitsbesuche liegen mir nicht. Jedoch wäre es in diesem Fall für beide Teile zum Vorteil.«

Und wieder blickte ich in sein versteinertes Gesicht und lächelte ihn an.

»Kehrst du den Fürsten heraus, Nicholas? Befiehlst du mir, von deinem Land zu verschwinden? Wirst du deine Hunde auf mich hetzen, wenn ich nicht gehorche?«

Ein kurzes Schweigen herrschte, dieses wohlbekannte Schweigen.

»Du scheinst es dir in den Kopf gesetzt zu haben, mit mir zu streiten, Faith. Das würde ich dir nicht raten.«

»Nun, ich halte deinen Vorschlag für nicht sehr vernünftig, Nicholas. Ich kenne deine finanziellen Mittel nicht, aber ich kann mir vorstellen, daß dieses Angebot sie ziemlich erschöpfen dürfte – falls Blaize es annimmt.«

»Sieh mal an«, sagte er. »Lady Barforth hat einen ausgeprägten Sinn fürs Geschäftliche. Ja, ich müßte mich verausgaben, was du als Maß für meine Entschlossenheit betrachten kannst. Ich habe keine Lust mehr, Schmarotzer zu ernähren. Und Blaize ist ein Schmarotzer. Je länger ich darüber nachdenke, um so geeigneter erscheint mir London für ihn.«

Der Winternachmittag war trübe, voller Schatten, Schatten, die sich um uns ausbreiteten. Weit entfernt flog ein Vogel über diesen bleigrauen Himmel, und in mir stieg eine große Leere auf, ein Gefühl der Sinnlosigkeit und ein tiefes Bedauern, soviel von mir verschwendet zu haben.

»Möchtest du etwas Tee, Nicholas?«
»Natürlich nicht.«
»Nein, natürlich nicht. Kannst du mir dann wenigstens sagen, warum du mit Blaize nicht arbeiten kannst? Er ist kein Schmarotzer, und das weißt du. Schon dein Vater riet dir, ihn nicht zu unterschätzen, und das tust du auch nicht, denn du hast ja schon Daniel Adair an seiner Stelle eingestellt. Eine Weile dachte ich, es wäre meinetwegen, aber das ist nicht so. Habe ich recht?«
Und mit diesen Worten wandte ich mich von ihm ab und blickte wieder aus dem Fenster. Dann schloß ich die Augen, weil ich wußte, was er antworten würde.
»Nein, Faith. Es hat nichts mit dir zu tun.«
»Aber?«
Er durchquerte das Zimmer und stellte sich neben mich. Eine Weile blickte er schweigend auf die Silhouette der windgepeitschten Bäume, die ihre letzten Blätter vom vergangenen Jahr verloren und über den winterlichen Rasen wirbelten. Schwere Regentropfen klatschten gegen die Fensterscheiben.
»Ich kümmere mich nicht mehr um die Menschen«, sagte er ganz ruhig. »Das habe ich dir schon einmal gesagt. Schon seit geraumer Zeit tue ich das nicht mehr. Ein intelligenter Mann hört auf, Spiele zu spielen, die er nicht gewinnen kann, und wendet sich Dingen zu, die seiner Natur entsprechen. Ich will alleiniger Besitzer der Barforth-Fabriken sein, Faith. Und um das zu erreichen, werde ich zu allen Mitteln greifen. Blaize ist auf diesem mir gesteckten Ziel nur ein Hindernis – eine Herausforderung, wenn du so willst –, mehr nicht. Und selbst wenn Tarn Edge, Low Cross und Lawcroft mir gehören, weiß ich verdammt gut, daß ich nicht aufhören werde. Sehr bald werde ich etwas anderes finden – etwas anderes brauchen –, eine neue Hürde nehmen. Und dann die nächste. Manche Männer haben in bezug auf Frauen solche Gefühle. Blaize zum Beispiel, wie du sicher weißt. Doch offen gesprochen, ziehe ich meine Ambitionen vor. Nimm ihn mit nach London, Faith, und versuche, so lange wie möglich schön für ihn zu sein. Falls er hier bleibt und mich zur Teilung zwingt, dürftest du als erste darunter zu leiden haben.«
»Ich leide nicht, Nicholas.«
»Natürlich tust du das nicht. Und wir alle wollen uns Mühe geben, daß es so bleibt. Gib ihm meinen Brief. Versuch ihn davon zu überzeugen, daß eure Ehe mir nichts ausmacht. Du kannst ihm sogar sagen, daß seine Unterstützung Georgianas mir nur sehr wenig bedeu-

tet. Er hat sich immer in die Angelegenheiten anderer gemischt. Daran bin ich gewöhnt. Georgiana kann ihn in London besuchen, wenn sie seinen Rat oder Geld braucht und mich nicht darum zu bitten wagt. Du solltest dich in acht nehmen, Faith, denn du kennst ja seinen wunderlichen Charakter. Er ist sicher sehr geschmeichelt, daß sich Georgiana so auf sein Urteil und seine Großzügigkeit verläßt.«
Ganz langsam ging ich durch das immer dunkler werdende Zimmer zu dem kleinen Tisch, wo ich Nicholas' Brief hingelegt hatte. Ich nahm ihn und drehte ihn unschlüssig in den Händen. Es war kein Ärger in mir, nur eine unendliche Traurigkeit.
»Darf ich noch einmal wiederholen, was du mir gesagt hast, Nicholas?«
»Selbstverständlich.«
»Als erstes behauptest du, daß Blaize unfähig sei, sich um das Geschäft zu kümmern, und falls ich bei ihm nicht in deinem Sinne interveniere, würden wir mittellos dastehen?«
»Ja, das stimmt.«
»Gut. Und dann hast du noch eine versteckte Anspielung auf Blaize' Beziehungen zu Frauen gemacht – um mich deinen Wünschen gefügig zu machen, nehme ich an.«
»Bin ich wirklich so weit gegangen?«
»O ja. Das bist du. Handele ich gegen das Gesetz, Nicholas, wenn ich einen Brief, der an jemand anders gerichtet ist, vernichte?«
»Es könnte sein.«
»Auch gut. Ich kann mir nicht vorstellen, daß du irgendeinen Vorteil erlangst, wenn du mich vor Gericht bringst.« Und ich nahm den Brief und ließ ihn nachlässig in das Kaminfeuer fallen. Ich blieb vor dem Kamin stehen und sah zu, wie die Flammen ihn verzehrten, bis nichts davon übriggeblieben war.
Nicholas, der hinter mir stand, machte keine Bewegung, kein Geräusch, und als der Brief verbrannt war, drehte ich mich um und sah ihm ruhig in die Augen.
»Du hast mir eben den Krieg erklärt. Nicht wahr, Faith?«
»Aber nein. Was in deinem Brief stand, kannst du jederzeit wieder schreiben. Und wenn du ihn schickst, werde ich darauf achten, daß Blaize ihn erhält. Er fragt mich sicher öfter um meine Meinung, als du Georgiana um die ihre bittest, doch wenn er mich fragt, weiß ich nicht, was ich ihm antworten werde. Ich habe mich noch nicht entschieden. Doch wenn ich eine Entscheidung treffe, Nicholas, wird sie mir zum Vorteil gereichen, nicht dir.«

Er kam auf mich zu. Im Gegenlicht konnte ich sein Gesicht kaum erkennen. Erst als er sehr nahe war, sah ich seinen fest zusammengepreßten Mund, die feinen Linien in den Augenwinkeln und tiefere, die von der Nase zum Kinn liefen. Nicht das Alter noch sein aufbrausendes Temperament hatten sein Gesicht gezeichnet, sondern Enttäuschung. Und sie allein hatte ihn härter, müder und älter gemacht, als er war.

»Dann sei es so«, sagte er leise. »Blaize wird den Brief auf seinem Schreibtisch vorfinden, wenn er aus London zurückkommt.«

»Oh! Er fährt nach London?«

»Ja. Heute mit dem Abendzug.«

Und dann – unfaßbar für mich – lächelte er.

Später am Abend wurden wir von einem Wolkenbruch überrascht, der das Mädchen, das die Wäsche von der Leine holte, bis auf die Knochen durchnäßte. Und innerhalb einer halben Stunde war der Garten von Wassermassen überflutet; auf den Wegen bildeten sich kleine reißende Ströme, die alle auf den Hauptstrom – die Straße nach Cullingford – zueilten. Ich ging früh zu Bett. Mir war kalt, und die ganze Nacht grollte der Donner, und Blitze zuckten, während ich keinen Schlaf fand.

Am nächsten Morgen mußte ich mich sofort um häusliche Belange kümmern, was mir an diesem Tag gelegen kam. Niemandem gelang es, auch nur ein Feuer in Gang zu bringen. Blanche verlangte nach ihrem Frühstück, doch es gab keins. Es gab kein heißes Wasser, die Milch war nicht geliefert worden. Und als der Stallbursche, den ich zum Bauernhof geschickt hatte, zurückkehrte, brachte er katastrophale Nachrichten mit. Die ganze Gegend hatte sich über Nacht in einen Morast verwandelt, Cullingford ertrank in den Fluten, und die Bauersfrau weigerte sich, ihre Kühe zu melken, denn das Ende der Welt sei gekommen. Einzig Beten würde jetzt noch helfen. Und während das Gewitter mit unverminderter Heftigkeit weitertobte und es wie aus Schleusen regnete, gaben meine Dienstmädchen jeglichen Versuch auf, Feuer zu machen, und fielen auf die Knie und beteten.

»Das ist doch Unsinn!» sagte ich, obwohl ich mir dessen gar nicht so sicher war.

Aber sie waren durch nichts zu bewegen, ihre Arbeit wieder aufzunehmen, also schlüpfte ich in ein altes Kleid und machte im Salon Feuer. Blanche las ich Geschichten vor, bis Prudence dann kam. Keine ihrer Tagesschülerinnen war an diesem Morgen gekommen.

Und ihre Pensionärinnen befanden sich in den verschiedensten Stadien der Verwirrung. Ihre so kompetente Mathematiklehrerin hatte sich im Besenschrank eingeschlossen und die allgemeine Panik noch vergrößert. Wenn es nach Prudence gegangen wäre, hätte sie dort für immer bleiben können. Sie war nur gekommen, erzählte sie, um sich zu vergewissern, daß ich in Sicherheit sei. Und wir beide konnten uns jetzt vorstellen, daß sich die Hauptstraßen Cullingfords in reißende Ströme verwandelt haben mußten und die Keller der Häuser in den tiefer gelegenen Stadtvierteln überflutet waren.
Ich zog die Kosakenstiefel an, die Blaize mir aus Moskau mitgebracht hatte, und begleitete Prudence bis zum Ende des Gartens – schließlich wollte ich ihr an Mut nicht nachstehen –, und als ich völlig durchnäßt und schmutzig wieder das Haus betreten wollte, stand ein pudelnasser Liam Adair vor meiner Tür.
»Ich *bin* doch dein Bruder«, sagte er fröhlich und war erstaunt über meine Besorgnis, denn ich hätte doch wissen müssen, daß ein lächerliches Gewitter ihn nicht davon abhalten würde, wo auch immer hinzugehen. »Ich dachte, es ist besser, ich komme vorbei und rette dich, da Blaize ja in London ist.«
Er war schon seit dem Morgengrauen auf den Beinen, erzählte er, und hatte Interessantes erlebt. Die Leute seien alle von Panik ergriffen; welch ein Spaß, sie im knöcheltiefen Wasser waten zu sehen! Sie fluchten und jammerten über ruinierte Teppiche. Aus dem Warenhaus der Mandelbaums kämen die Wollballen angeschwommen. Er hatte einen Wurf junger Hunde aus einem Keller gerettet und wäre dabei fast ertrunken. Er hatte die Gäule eines Bierwagens vor dem Durchgehen bewahrt. Und er war nach Low Cross geritten, das sehr tief gelegen war, und hatte seinem Vater und Nicholas geholfen, Stoffballen und Wolle aus der Fabrik zu tragen, bis er sich langweilte und sich seinen Weg bis *Elderleigh* durchkämpfte. Und hier sei er nun.
»Deine Mutter sagte mir, ich solle nach Celia sehen. Aber du brauchst doch meine Hilfe. Celia hat ja Jonas.«
Aber war Jonas wirklich da? Er war vor ein paar Tagen nach Manchester gereist, wie ich wußte, und von seiner Rückkehr hatte ich noch nichts gehört. Das Haus am Albert Place war auch nicht sehr hoch gelegen und konnte sehr leicht überflutet sein.
Mein Kutscher weigerte sich kategorisch, die Pferde anzuspannen.
»Glaubst du, wir können zu Fuß dorthin gehen, Liam?«
»*Ich* schon. Ob du es kannst, weiß ich nicht.«

Trotz allem machten wir uns auf den Weg. In Null Komma nichts hätte ich meinen Mantel auswringen können. Er war so schwer, daß er mich behinderte. Kurz entschlossen zog ich ihn aus und warf ihn weg. Wir marschierten entschlossen weiter.
Doch Celia würde es an diesem Mut mangeln, sollten wir den Albert Place wirklich erreichen. Auch wäre ich trotz meiner Entschlossenheit nicht dazu in der Lage, Grace auf den Armen bis *Elderleigh* zurückzutragen, noch konnte ich meine Schwester und ihr Kind in einen Karren setzen und sie in Sicherheit bringen, wie andere es taten. Es kam der Augenblick, wo ich glaubte, nicht mehr atmen zu können. Ich zitterte vor Kälte und Erschöpfung, und wäre nicht Georgiana gewesen, ich hätte umkehren müssen.
Kein Mann sei in der Lage, die Pferde bei einem solchen Unwetter unter Kontrolle zu halten, hatte mein Kutscher gesagt. Doch da tauchte sie plötzlich vor uns auf und lenkte den Barforthschen Landauer. Das nasse Haar hing ihr wie Seegras über die Schultern, und ihr grünes Reitkleid war schwarz vor Nässe. Drei Kinder kauerten zusammengedrängt auf den seidenen Kissen und drei weitere auf dem Boden der Kutsche.
»Georgiana!« rief Liam laut. Sein Gesicht leuchtete vor Aufregung und Stolz. »Gute, alte Georgie. Ich wußte, du würdest das tun.« Sie befahl den Kindern auszusteigen und ins nächste Haus zu laufen, dann stemmte sie sich lachend gegen den Wind. Sie war schön, wie immer, wenn sie so voller Leben war.
»Mein Gott! An Wasser mangelt es in der Simon Street heute wahrhaftig nicht. Ich bin schon ein dutzendmal hin und her gefahren, und eine Frau wäre fast in der Kutsche niedergekommen. Komm schnell, Faith, denn ich kann diese Teufel nicht mehr lange halten. Einmal müssen sie noch gehen, ehe sie sich wieder ausruhen dürfen.«
»Aber du bist doch noch nicht fertig«, sagte Liam, der neben sie auf den Kutschbock kletterte.
»Nein«, entgegnete sie, eine Strähne ihres Haars fiel ihr quer übers Gesicht, und ihre kräftigen schmalen Hände hielten die Zügel straff. »In Law Croft retten sie, was zu retten ist. Das mag ja alles recht sein. Aber ich komme von *Galton*, und wir retten lieber zuerst die Tiere. – Celia? Du meine Güte, ja. Wir müssen etwas für sie tun. Seid ihr bereit, euch auf ein Abenteuer einzulassen? Vielleicht brechen wir uns auch die Hälse, aber dann können sie wenigstens etwas Originelles auf unsere Grabsteine schreiben.«

Wir fuhren Celia und Grace nach *Elderleigh* – Celia kauerte schweigend mit geschlossenen Augen im Landauer – und ließen sie in Prudence' Gesellschaft dort. Georgiana tauschte ihre erschöpften Pferde gegen Blaize' aus, und dann machten wir uns wieder auf den Weg nach Cullingford. Irgendwie gelang es Georgiana, Blaize' nervöse Tiere, wenn auch unter großer Gefahr, unter Kontrolle zu halten, während ich in die elenden Behausungen ging, die mein Vater gebaut hatte, und die Jungen und Alten zur Kutsche brachte.

Wenn mir die Arme und der Rücken schmerzten, ich merkte es nicht. Auch hätte Georgiana es nicht erlaubt, daß ich mich beklagte.

»Komm, Faith. Wir haben noch Platz für diesen kleinen Strolch da drüben. – Jetzt werfen wir besser noch einen Blick in die nächste Straße. – Faith, die arme Frau dort sieht aus, als würde sie gleich aus dem Fenster springen. Du mußt sie davon abhalten. Komm, Faith – *noblesse oblige*, das weißt du doch. Ich bezahle zwar nicht meine Schulden, aber ich bezahle für meine Privilegien.«

Und so kämpfte ich mich durch diese stinkende Brühe, ein Kind auf meinem Rücken, ein anderes an der Hand, und zerrte sie in die Kutsche. Dann fuhren wir in die Blenheim Lane und nach Horton Ende, wo die mehr sozial eingestellten Damen der Cullingforder Gesellschaft ihre Häuser öffneten und wo es warme Decken und eine heiße Suppe gab.

»Komm, Faith. Noch eine Tour. Wenn man glaubt, es nicht mehr aushalten zu können, hat man immer noch ein bißchen Kraft übrig – jedenfalls sagt Großvater das immer.«

Doch es kam der Augenblick, als die Pferde zusammenzubrechen drohten. Da schüttelte sie den Kopf und zuckte mit den schmalen Schultern. »Das war's. Pferde sind keine Menschen. Man kann sie nicht bitten, Opfer zu bringen.« Dann fuhr sie langsam nach Hause. Und ich war zu erschöpft, zu schmutzig und derart voller Bewunderung für Georgiana, daß ich mich um Celia nicht kümmerte.

30

Der Himmel hellte sich wieder auf, die Wassermassen flossen ab und hinterließen einen Wust aus gesplittertem Holz, zerbrochenem Glas, toten Hunden und Katzen; und auch Ertrunkene fand man. Die Schäden, die das Unwetter angerichtet hatte, waren beträcht-

lich. Die alten Lagerhäuser am Ufer des Kanals waren wie Kartenhäuser zusammengestürzt und viele Keller überflutet worden.
Jeder in Cullingford hatte etwas verloren, manche ihre gesamte Habe und waren dazu noch obdachlos geworden. Diese armen Menschen wurden im Arbeitshaus, Hospital und auch in den Kirchen einquartiert. Tante Hannah kümmerte sich um die Obdachlosen, verteilte Nahrungsmittel, Kleidung und Medikamente, und Mr. Agbrigg bemühte sich erfolgreich, ihnen wieder zu einem Dach über dem Kopf zu verhelfen, wobei Jonas ihn, im Hinblick auf seine politische Karriere, unterstützte. Prudence und ich waren mit denselben Aufgaben beschäftigt, und selbst Mutter half. Wir waren den ganzen Tag unterwegs und zu beschäftigt, um uns um Celia zu kümmern.
Ihr Haus hatte nicht sehr unter der Überschwemmung gelitten. Zwar waren die Teppiche ruiniert, doch im wesentlichen hielt sich der Schaden in Grenzen. Sie selbst und Grace hatten nicht einmal einen Schnupfen davongetragen. Aus diesem Grund konnte auch niemand verstehen, warum sie nicht in die Geborgenheit ihres Hauses zurückkehren wollte, nachdem die notwendigen Renovierungsarbeiten abgeschlossen waren. Sie behauptete steif und fest, es rieche dort nach fauligem Wasser, und im Keller liege noch Unrat, den die Überschwemmung hineingetragen hätte, herum.
Der Keller wurde gereinigt, getüncht und noch einmal getüncht. Sie weigerte sich, ihn zu betreten. Sie konnte immer noch etwas riechen, beharrte sie. Jonas hatte trotz seiner Gründlichkeit etwas übersehen.
»Darf sie noch eine oder zwei Wochen bei dir wohnen?« fragte Jonas mich. Und der Keller wurde noch einmal gekalkt.
»Es riecht«, sagte Celia ausdruckslos. »Und dieser Teppich hat die Farbe von Schlamm. Wie konntest du ihn nur kaufen.«
»Wahrscheinlich, weil du dich nicht darum gekümmert hast, Celia. Ich werde ihn entfernen lassen und durch einen anderen ersetzen.«
»Ja, tu das nur. Zwei neue Teppiche in zwei Monaten, und jeder wird sich fragen, woher wir soviel Geld haben. Obwohl sich eigentlich niemand wundert . . . die Leute wissen schon, woher es kommt.«
»Celia!« entgegnete Jonas scharf. »Das ist doch alles Unsinn! Du hast ein Zuhause und ein Kind und kannst nicht ewig Faiths Gastfreundschaft mißbrauchen.«
»Oh, sie mißbraucht meine Gastfreundschaft nicht, Jonas. Sie kann so lange bei mir bleiben, wie sie will.«

»Aber sie macht dir Umstände«, sagte Jonas, als ich ihn zu seiner Kutsche begleitete. »Doch wenn du sie noch eine Weile bei dir behalten könntest . . . Um ehrlich zu sein, es fällt mir schwer, sie um mich zu haben, wenn sie in diesem Zustand ist. Ich glaube, ich habe dir einmal erzählt, daß meine Mutter unter einer Nervenkrankheit litt. Sie war eine arme Frau. Ich konnte ihr Leiden verstehen, aber ich kam damit nicht zurecht. Und jetzt komme ich mit Celia auch nicht zurecht. Ich übe mich in Geduld – ich *bin* geduldig –, aber sie merkt, wieviel Anstrengung mich das kostet, und das verschlimmert ihren Zustand nur noch. Doch du hast so ein heiteres Naturell, Faith. Das hilft ihr vielleicht über die Krise hinweg.«

»Mach dir darüber keine Sorgen, Jonas. Schließlich ist sie meine Schwester. Sie kann so lange bei mir bleiben, wie sie will.«

Doch obwohl Blaize außerordentlich höflich war, irritierte ihn Celias ständige Anwesenheit. Ihre gestelzte Konversation hinderte uns beide daran, beim Dinner wichtige Probleme zu diskutieren, und obgleich er mich niemals dazu drängte, Celia zum Aufbruch zu bewegen, fühlte ich doch, daß er es von mir erwartete, denn er hatte seine Rückkehr von einer kurzen Reise nach London hinausgezögert in der Hoffnung, mich allein zu Hause anzutreffen. Und so konnte ich Tante Hannah nur aus vollem Herzen zustimmen, als sie eines Morgens unangemeldet in mein Frühstückszimmer stürmte und erklärte: »Jetzt hör mir einmal zu, Celia. So kann es einfach nicht weitergehen. Du hast einen Schock erlitten, aber da bist du nicht die einzige. Und wenn du noch länger hierbleibst, werden sich die Leute fragen, warum. Und niemand wird dir glauben, daß es wegen dieses eingebildeten Geruchs im Keller ist. Alle werden sagen, daß du dich mit deinem Mann wegen Fieldhead gestritten hast, meine Liebe, und werden von neuem wieder mit diesem ganzen Klatsch anfangen. Es erstaunt mich, daß du die Angelegenheit noch nicht von dieser Seite betrachtet hast, da du dich vor Klatsch doch so fürchtest.«

»Aber dieser Geruch in meinem Keller *existiert*, Tante Hannah.«

Der März verging, und es wurde April, und Celia saß immer noch wie eine kleine Maus in einer Ecke am Kamin. Die Welt schien für sie nur aus bösartigen Katzen zu bestehen, und sie wollte nur ihre Ruhe. Doch es war dann schließlich Blaize, der das Problem löste, indem er ankündigte, er werde mich nach Paris mitnehmen.

»Dann muß ich also dein Haus verlassen, Faith?«

»Liebes . . . du kannst doch kaum allein hier leben.«

»Nein«, sagte sie. »Das geht nicht.« Und mit diesen Worten stand sie

auf und ging aus dem Zimmer, wie ein kleines Mädchen, das von Erwachsenen gescholten worden war.
Am nächsten Tag brachte ich sie zum Albert Place, wo Jonas sie trotz seiner Termine erwartete. Das Haus glänzte vor Sauberkeit, und es roch nicht etwa nach Schlamm oder Brackwasser, sondern nach Bienenwachs. Ein großer Strauß Narzissen stand auf dem Tisch im Vestibül, Hyazinthen verströmten ihren Duft im Salon, und der Teetisch war mit makellosem Damast bedeckt, darauf stand ihr kostbares chinesisches Service und frisch gebackener Kuchen. Der Kaminrost blitzte, und die Figuren auf dem Kaminsims waren so perfekt angeordnet, daß selbst mein Vater nichts daran ausgesetzt hätte.
»Wie schön es bei dir ist!« sagte ich.
»Ja«, erwiderte sie.
»Sitzt du bequem?« fragte Jonas.
»Ja«, lautete ihre Antwort.
Und als wir zusammen Tee getrunken hatten, kümmerte sich jeder wieder um seine eigenen Angelegenheiten: Jonas ging in seine Kanzlei; ich eilte nach Hause, um zu packen, Prudence, die Grace aufgenommen hatte, konnte aus zeitlichen Gründen nicht kommen; Mutter war mit ihrem Haushalt beschäftigt; und Tante Hannah kümmerte sich noch immer um die Obdachlosen und betrachtete es als reine Zeitverschwendung, ihrer Nichte, die den ganzen Tag müßig herumsaß, einen Besuch zu machen.
Vielleicht blieb Celia eine geraume Zeit in ihrem Salon sitzen. Vielleicht läutete sie nach dem Mädchen, um Anweisungen für das Abendessen zu geben. Später kümmerte sie sich um allgemeine Belange im Haushalt, so berichteten ihr Mädchen und ihre Köchin. Sie sei ihnen ein wenig abgespannt und verwirrt vorgekommen, doch das war ja ihr Normalzustand.
Jedoch als Jonas am Abend nach Hause zurückkehrte, war seine Frau nicht da. Niemand hatte sie gehört oder das Haus verlassen sehen. Sie war einfach nicht da. Und erst nachdem Jonas nach Tante Hannah und Bürgermeister Agbrigg geschickt hatte und das Haus von oben bis unten durchsucht worden war, lenkte ein Dienstmädchen ihre Aufmerksamkeit auf die Kellertür. Sie klemmte, wie es schien, durch den neuen Farbanstrich, und als man sie öffnete, lag Celia dort am Fuße der steinernen Stufen: tot. Entweder hatte sie sich zu Tode gestürzt oder war vor Angst gestorben.
Ich konnte den Tod meiner Schwester nicht akzeptieren. »Aber dieser Geruch in meinem Keller existiert«, hörte ich ihre Stimme nachts

flüstern. Und sie war mit einer Kerze in der Hand die Stufen hinuntergegangen, nicht um nachzuforschen, sondern weil sie unter einem inneren Zwang stand, unwiderstehlich von diesen Dingen, die sie so abstießen, angezogen wurde. Und dort, in diesem bedrohlichen Halbdunkel, war sie ihren Urängsten begegnet und hatte sie nicht ertragen können. Sie hätte nur zu rufen brauchen, sicherlich hätte man sie gehört. Was hatte sie dann getan? War sie in Panik geraten, über ihren Rocksaum gestolpert und gestürzt? Das war möglich. Doch eine von Panik ergriffene Frau hätte sicherlich Lärm gemacht, verzweifelt mit den Fäusten gegen die Kellertür geschlagen und keineswegs die halb heruntergebrannte Kerze auf ein Regal gestellt, was Celia gemacht hatte. Eine hysterische Frau hätte daran keinen Gedanken verschwendet. Wie war es also geschehen? Hatte sie sich in diesen inneren Abgrund gestürzt, zutiefst entschlossen, nie wieder daraus emporzutauchen? Und während dieser ganzen Zeit, als sie die nackte Wand anstarrte, hatte ich bei weit geöffnetem Fenster meine Koffer gepackt und mit Vorfreude an meine Reise nach Paris gedacht.

Und Prudence und ich, wir fanden beide keinen Trost, denn wir wußten zutiefst, daß wir Celia nie ernstgenommen hatten.

Ich hatte nicht geglaubt, daß Mutter die Kraft finden würde, zu Celias Beerdigung zu kommen. Aber sie war da und versteckte ihr Gesicht hinter einem Trauerschleier. Tante Verity und Daniel Adair stützten sie. Beide Frauen sahen an diesem Tag alt und sehr müde aus. Caroline war mit ihren Söhnen und Hetty Stone erschienen. Sie hatte Celia immer für verrückt gehalten, aber würde jedem den Mund verbieten, der nur eine leise Andeutung in dieser Hinsicht machen würde, und auf diese Weise demonstrierte sie ganz Cullingford, daß die Chards und auch die South Erins an den Unfalltod meiner Schwester glaubten und die Stadt es ebenso zu tun hatte. Freddy Hobhouse hatte von Nicholas eine Stunde freibekommen und legte beschützend den Arm um Prudence, während Nicholas selbst im letzten Moment erschien, als der Sarg schon in die Grube gelassen wurde. Und ich wußte, daß sein Erscheinen an ihrem Grab Celia überhaupt nicht recht gewesen wäre.

»Geh, Nicholas Barforth!« hörte ich ihre Stimme sagen. »Wenn du Mitgefühl für meinen Mann demonstrierst, werden die Leute nur sagen, daß es geschieht, weil er dir geholfen hat, die Hobhouses aus Nethercoats zu vertreiben und Mrs. Delaney in Fieldhead zu installieren.«

Und vielleicht hörte auch Jonas ihre Stimme. Bleich und unbewegt stand er am Rand ihres Grabes. »Sag, Jonas, bin ich aus Unachtsamkeit gestürzt? Oder war mein Leben – unser Leben – mir so unerträglich, daß ich glücklich war, es fortzuwerfen? Hast du mich umgebracht? Oder hat es mein Vater und deine Mutter und Mrs. Delaney für dich getan? Rate einmal, Jonas. Ich wünsche, daß du dein ganzes Leben lang dieses Rätsel nicht löst.«

Wir kehrten zum Albert Place zurück. Schweigend. Und schweigend saßen wir in dem tadellosen Salon. Mein Blick huschte prüfend über das Teetablett, wie es Celias Angewohnheit gewesen war; das Herz klopfte mir in der Brust, als wolle es zerspringen. Onkel Joels Tod hatte mich tief berührt. Doch er stammte aus einer anderen Generation und hatte sein Leben voll gelebt. Giles' Tod war schmerzlich, aber er war so bewunderungswürdig und perfekt gewesen, mit ihm konnte ich mich nicht vergleichen. Aber der Vergleich mit Celia fiel mir leicht und tat weh. Meine jüngere Schwester Celia, das hätte auch ich sein können: eine Frau, die sterben mußte, noch ehe sie zu leben angefangen hatte. Und trotz meines Kummers spürte ich plötzlich eine Ratlosigkeit in mir; ich hatte das Gefühl, die Zeit würde mir zwischen den Händen zerrinnen, ohne daß ich es verhindern konnte.

Mutter und Daniel Adair tranken ihren Tee und gingen.

»Lieber Jonas«, sagte Tante Verity, das Herz noch schwer und voller Kummer über den eigenen Verlust, »wirst du alleine hier zurechtkommen?«

»Sehr gut, Tante Verity. Ich danke dir.«

Und sie ging auch.

»Du bist in unserem Haus immer willkommen«, sagte Bürgermeister Agbrigg rauh. »Da wir uns jetzt ein paar Tage um Grace kümmern, kannst du ebensogut mit uns kommen.«

»Nein danke, Sir. Ich fühle mich in meinen eigenen Wänden wohler.«

Mich überraschte nur, daß Tante Hannah nicht darauf bestand, Jonas mit nach Lawcroft zu nehmen.

»Es tut mir leid, daß Sir Blaize nicht zur Beerdigung kommen konnte«, sagte sie zu mir, als sie aufbrachen. Ihre Stimme war voller Sarkasmus.

»Ja. Das tut mir auch leid.« Es gab keinen Grund, ihr zu erklären, daß Blaize an diesem Morgen nach Leeds hatte reisen müssen und versprochen hatte, rechtzeitig zurück zu sein. Daß er nicht gekommen war, überraschte mich keineswegs.

Auch Tante Hannah und ihr Mann waren gegangen. Nur Prudence und ich waren noch in diesem leeren Haus geblieben, und Jonas hatte sich so sehr in sich selbst zurückgezogen, daß ich einen verrückten Moment den Eindruck hatte, er wäre überhaupt nicht da, nur ein Schatten, der in das Kaminfeuer starrte.
»Wir gehen jetzt besser auch«, sagte Prudence. Der Schmerz hatte sie zornig gemacht, und ehe ich antworten konnte, murmelte sie: »Ja . . . warum sollten wir denn bleiben? Was kann man denn noch über dieses verschwendete Leben sagen . . .«
»Vielen Dank, Prudence«, entgegnete Jonas, ohne sich zu rühren.
»Du brauchst mir nicht zu danken. Ich bin nicht in der Stimmung, Höflichkeiten auszutauschen.«
»Du fühlst dich schuldig, nicht wahr, Prudence?« fragte er und wandte leicht den Kopf. Für einen kurzen Augenblick nur blickte er sie mit großen, hellen Augen an.
»Ja. Ich fühle mich schuldig. Du nicht?«
»Jonas?« murmelte ich fragend, während Prudence aus dem Salon ging, um sich anzuziehen. Ich wollte ihn an der Schulter berühren, zog meine Hand jedoch wieder unsicher zurück.
«Ja?«
»Ich weiß, daß du leidest. Kann ich dir irgendwie helfen?«
»Bring deine Schwester nach Hause.«
»Jonas . . . sie macht dir keine Vorwürfe. Wenn sie irgend jemandem die Schuld gibt, dann unserem Vater.«
»Wirklich? Dann war es also euer Vater, der den Saum von Celias Kleid auftrennte, so daß ihr Absatz sich darin verfing und sie die Treppe hinunterstürzte? Erstaunlich.«
Ich sah die Qual, die Angst und den Zorn in seinem Gesicht, diese Ohnmacht vor dem ungelösten Rätsel und floh aus seinem Haus.
Ich brachte Prudence zu ihrer Schule und kehrte in mein Haus zurück. Die Vorhänge waren wegen des Todesfalles zugezogen. Der Butler begrüßte mich mit professioneller Anteilnahme, und mein Hausmädchen brachte mir eine Kanne Tee, in ihren Augen das einzige Mittel, alle Übel dieser Welt zu bekämpfen.
»Sie werden sich besser fühlen, wenn Sie Tee getrunken haben, Madam.«
»Ja. Sicher.«
Und ich fragte nicht nach meinem Mann.
Eine Stunde später kam er und war von einem Duft kühler, regen-

feuchter Frühlingsluft umgeben, ein reuevolles Lächeln auf den Lippen, in der Gewißheit, daß ich ihm vergeben würde.
»Liebling . . . du mußt mir verzeihen.«
»Ja. Das sollte ich wohl.«
»Faith, es tut mir wirklich leid. Ich habe mich bemüht, pünktlich zu sein . . .«
»Natürlich.«
»Faith, ich konnte doch nichts dafür, daß ein Güterzug entgleiste und meine Reise deswegen verzögert wurde.«
»Wirklich? Wie schrecklich. Du solltest dich umziehen, denn du bist völlig durchnäßt.«
Wir aßen allein, denn wir waren in Trauer. Wir hatten weder Gäste noch Besucher aus dem Ausland, da wir ja eigentlich selbst im Ausland, in Paris, weilen sollten. Unsere Unterhaltung beschränkte sich auf das Notwendigste. »Soll ich dein Glas nachfüllen?« – »Danke.« – »Diese Sauce ist ausgezeichnet.« Und obwohl ich ihm seine Entschuldigung glaubte, denn er hatte nicht irgendeine dubiose Ausrede erfunden, kam mir sein Fehlen bei Celias Beerdigung wie ein Symbol der Unzulänglichkeit unserer Beziehung vor. Das konnte ich ihm nicht verzeihen.
Mutter hatte sich auf Daniels Arm stützen können. Tante Verity hatte Kraft aus der Erinnerung an ihren Mann geschöpft, dessen Gegenwart in vieler Hinsicht realer erschien als die ihres ältesten Sohnes. Tante Hannah, wie immer unbewegt und selbstbeherrscht, hatte trotzdem dankbar eine Hand auf Bürgermeister Agbriggs Arm gelegt. Selbst Prudence hatte für einen Moment den Kopf an Freddys Schulter gelehnt. Nur ich – und Jonas – waren allein gewesen, nicht nur die halbe Stunde während des Begräbnisses, sondern schon seit langer Zeit. Für Jonas war dieser Zustand vielleicht erträglich, da er immer allein gewesen war, aber ich konnte ihn nicht ertragen.
»Faith«, sagte Blaize, als wir bei Kaffee und Brandy in unserem gemütlich warmen Salon saßen, »bist du nicht etwas unvernünftig?«
»Allerdings.«
»Aber trotzdem verzeihst du mir nicht?«
»Mein Gott . . . was gibt es da schon zu verzeihen? Der Zug hatte Verspätung. Das kommt oft genug vor. Es ist nicht so, daß ich fest mit dir gerechnet hätte . . .«
»Nein. Das hast du sicher nicht getan.«
»Möchtest du noch etwas Kaffee?«

»Bitte. Hat meine Mutter sehr gelitten? Wenn du mir schon nicht glaubst, daß ich deinetwegen gekommen wäre, dann doch ihretwegen. Denn vor kurzem hat sie erst Vater zu Grabe getragen, und diese Beerdigung muß sie an ihn erinnert haben und sehr schmerzlich für sie gewesen sein.«
»Ich glaube nicht, daß sie ihn vergessen will. Sie sah sehr traurig aus, aber sie war nicht allein. Nicholas kam, und selbst, wenn er nicht gekommen wäre, wäre sie nicht allein gewesen. Sie ist niemals allein, glaube ich.«
Blaize zwinkerte. Nicht um Tränen zu verbergen, da er niemals weinte, aber vielleicht, weil er etwas wie Rührung verspürte.
»Ganz recht. Und wie hielt Jonas sich? Er wirkte nicht anders als sonst, als ich bei ihm vorbeischaute.«
»Ja. Doch was willst du damit sagen? Jonas zeigt nie seine Gefühle. Und dir würde er sie sicher nicht zeigen, Blaize. Nach dem, was du ihm angetan hast.«
Er zwinkerte wieder, doch diesmal aus Überraschung.
»Faith, ich habe ihm niemals etwas angetan. Das kann ich dir versichern.«
»O ja. Das hast du – ihr alle habt es. Er war ein Habenichts, seine Mutter trug Holzschuhe, und sein Vater nahm untertänig seine Mütze vor deinem Vater vom Kopf. Und das habt ihr ihn alle spüren lassen. Wenn er stark genug gewesen wäre, hätte er euch alle verprügelt. Aber er war schwächlich und arm; deshalb mußte er so tun, als würde es ihm nichts ausmachen. Und seit der Zeit gibt er immer nur vor, daß nichts ihm etwas ausmacht. Inzwischen glaubt er wohl selbst daran.«
Blaize beugte sich vor und wählte eine Zigarre aus dem fein ziselierten silbernen Kästchen, das ich ihm einmal zu Weihnachten geschenkt hatte. Mit einem fragenden Heben der Brauen erbat er meine Zustimmung, daß er rauchen dürfe – wobei er jedoch eine Ablehnung niemals in Betracht zog. Ich nickte, doch er zündete seine Zigarre nicht an.
»Wie kommt es, daß du soviel über Jonas weißt, Faith?«
»Ach du meine Güte! Ich glaube, er mochte mich einmal ganz gern. Damals gewährte er mir einen kurzen Einblick in sein Innerstes. Doch ganz sicher kann man bei ihm nie sein. Ich weiß nur, daß er jetzt leidet. Das habe ich heute gespürt, und wenn ich ihm helfen kann . . .«
»Kannst du ihm denn helfen?«

»Wahrscheinlich nicht. Ich kann mich gelegentlich um Grace kümmern, da sie sich gut mit Blanche versteht. Und ich kann ihn meiner Zuneigung versichern. Oder kann ich das nicht?«

»Liebling, fragst du mich deswegen um Erlaubnis?« fragte er obenhin, eine Braue spöttisch hochgezogen. »Im Traum würde es mir nicht einfallen, mich einzumischen, wem du deine Zuneigung schenkst. Höchstens würde ich dir raten, damit nicht zu verschwenderisch umzugehen. Wenn Jonas dich einmal gemocht hat, besteht immer die Gefahr, daß er sich in dich verlieben könnte, vor allem, weil er jetzt allein ist und sich niemand um ihn kümmert.«

»Und würde dir das etwas ausmachen?«

»Meine Liebe«, antwortete er vergnügt und lehnte sich bequem im Sofa zurück. Offensichtlich wollte er meine Überlegungen ins Lächerliche ziehen. »Warum sollte mich das stören? Ich habe absolutes Vertrauen in dich, und sollte es dir gefallen, dich in seiner Bewunderung zu sonnen . . . Das ist doch ganz natürlich, und ich sehe keinen Grund zur Aufregung.«

Ich hätte darüber lachen sollen. Der Gedanke allein, Jonas würde mich verehren, bot Grund genug zur Heiterkeit. Doch anstatt diesen leichten Weg zur Versöhnung zu wählen – ich konnte es nicht über mich bringen, ihm zu sagen: »Blaize, ich habe dich gebraucht. Ich habe Angst und bin unsicher. Ich brauche dich jetzt« –, sah ich ihn nur kühl an und war selbst erstaunt, mich sagen zu hören: »Und du, Blaize? Du liebst es doch, der Gegenstand allgemeiner Bewunderung zu sein. Oder gehst du noch weiter?«

»Wie bitte?«

Und obwohl ich eine innere Stimme hörte, die mir zuflüsterte: »Hör auf damit! Wechsle dieses dumme, gefährliche Thema, solange es noch Zeit ist«, konnte ich nicht gehorchen.

»Ich fragte mich, ob du weiter gehst, als dich nur bewundern zu lassen.«

»Ich weiß nicht recht.«

Selbst in diesem Moment, als ich mir seines kühlen Zynismus bewußt wurde, mußte ich einfach weiterbohren.

»Du weißt es nicht? Nun, das ist eine äußerst diplomatische Antwort, Blaize. Und ich bin sicher, du hast noch ein weiteres Dutzend diplomatischer Antworten parat. Offensichtlich bin ich nicht so scharfsinnig, denn ich verstehe dich nicht.«

»Vielleicht weißt du nicht, was du mich gefragt hast.«

»Das: Betrügst du mich?«

»O du meine Güte . . . ich . . . wirklich . . . ich wollte, du hättest das nicht gefragt.«
»Ja. Das kann ich mir vorstellen.«
Er stand auf und stellte sich halb abgewandt neben den Kamin. Seine gepflegte Hand ruhte auf dem Kaminsims. Sein Gesichtsausdruck war äußerst beherrscht.
»Ich will mich so ausdrücken: nein, ich betrüge dich nicht.«
»Das glaube ich dir nicht.«
»Du solltest es aber, Faith.«
»Ich kann es nicht.«
Er seufzte und preßte die Finger gegen den polierten Marmor, ehe er das Gesicht mir zuwandte. »Dann will ich es so sagen: Gelegentlich und nie in Cullingford. Es sind immer nur kurze Affären. Faith, das ist doch alles Unsinn und kann dich nicht schockieren.«
»Habe ich gesagt, daß es das tut? Es kümmert mich auch nicht.«
»Gewiß nicht. Ich habe es auch kaum angenommen. Doch ich habe dieses Gespräch nicht begonnen, Faith. Und ich lege keinen Wert darauf, es fortzusetzen. Du hattest einen schwierigen Tag . . .«
»Das stimmt. Soll ich mich wie Celia mit Kopfschmerzen zu Bett legen, damit ich nicht zum Ärgernis werde?«
»Faith!« sagte er schneidend. Zum ersten Mal schwang ein drohender Unterton in seiner Stimme. »Jetzt ist es genug. Was macht das für einen Sinn? Ich habe niemals vorgegeben, anders zu sein, als ich bin. Ich habe dich so akzeptiert, wie du bist. Ich glaube nicht, daß es dir helfen würde, dieses heikle Thema zu diskutieren. Es tut mir leid, Faith. Falls du dich in einer gefühlsmäßigen Krise befindest, bin ich in der Lage, sie zu verstehen, aber nicht bereit, sie zu teilen. Es ist wohl besser für uns beide, wenn ich zum *Old Swan* gehe, bis du dich wieder gefangen hast.«
Er blickte auf die noch immer nicht brennende Zigarre in seiner Hand und legte sie sorgfältig in das silberne Kästchen zurück. Dann glättete er den Ärmel seines Jacketts.
»Ich will dich nicht verletzen, Faith. Und ich will nicht von dir verletzt werden. Wir haben doch bis jetzt ein sehr angenehmes Leben geführt. Kannst du das leugnen?«
Ich schüttelte den Kopf. Doch ich fühlte mich noch immer elend und war halsstarrig, eine Gefahr für mich selbst und dieses angenehme, aber gekünstelte Leben – diesen Schwindel. In diesem Augenblick wäre mir lieber gewesen, er hätte mich geschlagen, anstatt diese logischen, kühlen Worte anhören zu müssen.

»Gut. Dann gehe ich jetzt.«
Doch er blieb an der Tür stehen und sah mich an, wie ich mit verkrampften Händen im Schoß dasaß. Dann sagte er: »Ich gebe dir alles, was ich dir geben kann. Soweit es in meiner Natur liegt zu geben. Und das ist erheblich mehr, Faith Aycliffe, als du mir gibst.«

31

Sobald die Umstände es zuließen, reisten wir nach Paris. Unser Aufenthalt war eine Kette ungetrübter Lustbarkeiten, und oberflächlich gesehen, hatte sich an unserer Beziehung nichts geändert, nur daß Blaize rücksichtsvoller als gewöhnlich, aber auch weniger zärtlich war. Zwei Abende und einen Nachmittag verbrachte er allein, ohne die geringste Erklärung dafür abzugeben. Ich kaufte Kleider bei Monsieur Albertini, besuchte Theateraufführungen und soupierte hinterher. Ich trank viel Champagner und flirtete, da in dieser leichtlebigen Stadt unter Napoleon III. und der Kaiserin Eugenie der Flirt als passender Zeitvertreib angesehen wurde. Ich war nach außen hin fröhlich, doch von einer inneren Unruhe erfüllt. Ich wurde bald dreißig und war unter meiner sorgfältig einstudierten Haltung eine Frau, die nicht mehr wußte, welchen Weg sie im Leben einschlagen sollte. Und abgesehen von oberflächlichen witzigen oder neckenden Bemerkungen redete Blaize nicht mehr mit mir.
Wie Blaize vorausgesehen hatte, tobte jetzt der amerikanische Bürgerkrieg und rechtfertigte ohne Frage seine Bemühungen, neue Märkte zu erschließen. Schon bald würde er wieder nach Rußland reisen. Doch als wir nach Cullingford zurückkehrten, setzte Nicholas seinen Bruder sofort unter Druck, indem er behauptete, er wäre nie über Blaize' Pläne informiert worden.
Während unserer Abwesenheit hatte es in Low Cross – der kleinsten und ältesten Barforth-Fabrik – Schwierigkeiten gegeben. Bürgermeister Agbrigg hatte in dem alten Gebäude feine Risse entdeckt, worauf Nicholas sofort die Produktion einstellen ließ, bis die altersschwachen Holzbalken durch Eisenträger ersetzt waren. Diese Maßnahme nötigte seinen Feinden einen gewissen Respekt ab, denn es waren Fälle bekannt, wo Fabrikbesitzer solche Warnungen in den Wind geschlagen hatten und die Arbeiter dafür mit dem Leben bezahlen mußten. Doch hätte Nicholas anstelle von Reparaturarbeiten lieber das ganze Gebäude niederreißen und ein neues errichten las-

sen – aber dafür brauchte er Blaizes Zustimmung, was die Frage ihrer Partnerschaft wieder in den Vordergrund rückte.

Ein großer brauner Umschlag lag auf dem Tisch in der Halle. Diesmal hatte ihn der Kutscher von *Tarn Edge* abgeliefert. Und ein paar Tage später folgte ein zweiter Brief.

»Mein Bruder Nick ist ziemlich emsig«, murmelte Blaize, und ich erfuhr – nicht von meinem Mann, sondern von Caroline –, daß er einem Verkauf seines Anteils nicht zustimmen würde, aber unter bestimmten Bedingungen bereit war zu teilen.

»Beide Lösungen scheinen mir untragbar«, verkündete Caroline aufgebracht, die mich schon früh eines Morgens besuchte. Ihre Absicht war klar: Sie wollte, daß ich sie in ihren Plänen unterstützte, eine Trennung des gemeinschaftlichen Erbes zu verhindern. »Die beiden besitzen das größte Unternehmen im Law Valley und sind kluge Männer. Doch sie benehmen sich schlimmer als Dominic und Noel, als sie sich mit fünf um ein Stück Kuchen stritten. Nun, meine Herren Brüder haben sich ihr ganzes Leben lang gestritten, und es ist höchste Zeit, daß sie lernen, miteinander und nicht gegeneinander zu arbeiten. Das solltest du Blaize sagen, Faith. Und hämmere es ihm so lange ein, bis er danach handelt. Georgiana ist ein hoffnungsloser Fall, ihr ist es gleich, was geschieht, aber auf dich kann ich mich verlassen. Ich würde es Matthew niemals erlauben, sich so töricht aufzuführen. Mein Vater hat sein Leben diesen Fabriken gewidmet, und ich will nicht, daß sein Werk zerstört wird. Mein Gott . . . hätte ich die Fabriken geerbt, wäre es nie zu solchen überflüssigen Streitigkeiten gekommen. Setz ihm den Kopf zurecht, Faith.«

Doch als ich mich vorsichtig bei Blaize erkundigte: »Caroline sagt, ihr wollt euch trennen?«, zog er nur die Schultern hoch und entgegnete: »Nun, wenn Caroline das behauptet . . . Aber vielleicht ändere ich schon morgen wieder meine Meinung.«

Es war schwer zu ertragen, daß mein Mann mir nicht mehr vertraute.

»Blaize, ist die Angelegenheit schon entschieden?«

»Liebling, warum fragst du mich ständig danach? Will Caroline wissen, wie es weitergeht?«

Selbst Georgiana war besser als ich informiert.

»Macht dich diese Geschichte nicht auch sterbenskrank?« fragte sie, als sie zum Frühstück bei mir hereinplatzte. »So etwas Ärgerliches habe ich überhaupt noch nicht erlebt. Vor allem weil über nichts anderes mehr geredet wird. Blaize will nicht verkaufen, und Nicky will nicht teilen. Caroline scheint den Verstand verloren zu haben, denn sie glaubt, ich könnte Nickys Entscheidung irgendwie beeinflussen. Selbst meine Schwiegermutter machte mir kürzlich eine Szene. Sollen sie doch tun, was sie für richtig halten. Und während sie zu einem Entschluß kommen, werde ich nach *Galton* gehen und bei meinem Großvater bleiben.«

In jenem Winter folgte der Herzog von South Erin endlich Carolines Einladung nach *Listonby*. Wahrscheinlich war er glücklich, der morosen Atmosphäre Londons zu entfliehen, die durch den frühen Tod des Prinzgemahls Albert bedingt war.

»Er wird euch gefallen«, sagte Caroline, und das klang eher nach einem Befehl. Doch der Herzog stellte sich als eine wenig ältere und gebildetere Ausgabe Matthews heraus, dessen Hauptvergnügen ebenfalls die Jagd und schöne Frauen waren, die über seine Witze lachten.

Natürlich ging ich auf den Ball, den Caroline ihm zu Ehren gab. Ich trug eine Robe aus schwarzem Chiffon, die die ganze Kutsche ausfüllte, und einen neuen Diamantring, den Blaize mir am Morgen in den Schoß geworfen hatte, damit wir Caroline nicht blamierten. Georgiana hatte auch einen neuen Diamantring; Caroline trug ihren gesamten Schmuck – eine beträchtliche Kollektion –; und Tante Verity stand ihrer Tochter in dieser Hinsicht nicht um vieles nach.

»Reizend von Ihnen, sich so viel Mühe gemacht zu haben«, sagte der Herzog am Ende der festlichen Veranstaltung zu Caroline.

»Bei uns gehört das zur Familientradition«, entgegnete Caroline leicht erschüttert. Ihr festes Kinn zitterte einen Moment, und ich wußte, sie hätte eigentlich sagen wollen: »Für Sie habe ich dieses Fest überhaupt nicht veranstaltet. Ich tat es allein für meinen Vater.«

Die Lady-Barforth-Akademie für junge Damen wurde auch durch einen herzoglichen Besuch geehrt, da der adlige Herr sich von den Fortschritten seiner unehelichen Tochter überzeugen wollte. Doch seine väterliche Fürsorge wurde bald von einem anderen Gefühl verdrängt: eine absolute, wenn auch widerwillig eingestandene Bewunderung für Prudence.

»Habe noch nie eine Lehrerin wie Sie kennengelernt«, sagte er. »Intelligente Frauen machen mich verlegen, und diese hier hat mir einen richtigen Schrecken eingejagt.«

Trotzdem wurde die Schule von diesem Tag an mit allerlei köstli-

chen exotischen Früchten und Gemüsen aus den herzoglichen Gewächshäusern versorgt, und ständig trafen Anfragen hochwohlgeborener Herren ein, denen Prudence' Schule empfohlen worden war. An ihrem siebten Geburtstag wurde Blanche auch dort Schülerin. Dadurch erwarb sie zwar keinen akademischen Grad, doch so jung sie auch war, sie hatte schon beschlossen, daß ihr feenhaftes Aussehen, gepaart mit dem Charme ihres Vaters, genügen würde, um das im Leben zu erreichen, was *sie* sich wünschte.
»Sie ist nicht dumm«, sagte mir Prudence. »Auch ist sie nicht faul. Auf ihre Weise ist sie ziemlich intelligent, nur sieht sie nicht ein, warum sie lernen soll. Haben wir einmal einen Besucher, sieht er sich Grace Agbriggs Rechenaufgaben oder Amy Chestertons Schönschrift pflichtschuldigst an. Aber dann fesselt Blanche seine ganze Aufmerksamkeit. Warum sollte sie sich da besonders anstrengen?«
Und ich begriff, daß meine schöne Blanche Prudence weitaus weniger interessierte als die vielversprechende Grace Agbrigg oder Georgianas spitzbübische Tochter Venetia, die – konnte man sie daran hindern, aus dem nächsten Fenster zu klettern und zu verschwinden – einen wachen, wenn auch sprunghaften Geist hatte.
»Blanche wird sich einmal gut verheiraten«, sagte Prudence. »Darin besteht kein Zweifel. Venetia könnte einen Prinzen oder einen Kaminkehrer heiraten. Und Grace . . . da bin ich mir nicht sicher. Ich liebe Grace. Ich wünsche mir, daß Grace etwas ganz Außerordentliches im Leben erreicht.«
Auch Jonas verlor nicht das Interesse an der Schule. Gleichzeitig kümmerte er sich in vollendeter Weise um seine Kanzlei und seine Tochter. Ihre Beziehung zueinander hatte nichts Spektakuläres, doch war sie beiden wohl sehr wichtig und basierte auf gegenseitiger Achtung und dem Interesse und der Sympathie, die ein intelligenter Mann einem intelligenten Kind entgegenbrachte.
»Sie kommen sehr gut miteinander aus«, begeisterte sich Mutter, doch zweifelsohne wollte Tante Hannah – obwohl sie aufrichtig um Celia trauerte – ihren Sohn nicht lange das Leben eines Witwers führen lassen. Seine Lebensumstände hatten sich seit seiner Hochzeit mit meiner Schwester beträchtlich geändert. Er war in jenen Tagen ein distinguierter Mann, dessen Wort im Stadtrat Gewicht hatte. Er war Besitzer einer Villa am Albert Place und einer renommierten Kanzlei. Und obwohl Celias Anteil am Aycliffeschen Vermögen jetzt nach Mutters Tod an Grace fallen würde, war er dennoch ein wohlhabender Mann.

Plötzlich war Jonas wieder ein begehrenswerter Mann, und als die Hälfte der Trauerzeit – die bei Männern wesentlich kürzer als bei Frauen war – sich ihrem Ende zuneigte, hielt Tante Hannah Ausschau nach einer geeigneten Frau für ihn. Ohne Frage würde er wieder heiraten. Einer Witwe war es gestattet, ihr Herz mit dem verstorbenen Mann zu begraben – eigentlich wurde von einer anständigen Frau nichts anderes erwartet –, aber ein Mann mit einem Kind mußte praktisch denken. Und laut Tante Hannah würde sich für Jonas jetzt vielleicht alles zum Besten wenden.

Die meisten Männer in seiner Position hätten natürlich an eine reife Frau in mittleren Jahren gedacht, die sowohl in der Lage war, den Haushalt zu führen, als auch, sich um das verwaiste Kind zu kümmern. Doch Tante Hannah schien all ihren früheren Ansichten abgeschworen zu haben, denn Jonas' häufige Besuche in Prudence' Schule, wo mehrere Damen, die solche Qualitäten aufwiesen, beschäftigt waren, versetzten sie in höchste Alarmbereitschaft.

»Es gefällt mir überhaupt nicht, daß er mit diesen Lehrerinnen auf so freundschaftlichem Fuß verkehrt«, sagte sie mir. »Ich zähle auf dich, Faith, daß du die Augen offenhältst. Du bist eine erfahrene Frau, genauso wie ich, und es ist kein Geheimnis, daß Männer in bezug auf Frauen oft einen Geschmack haben, der sie geradewegs ins Verderben stürzt. Es würde mir keineswegs passen, ließe er sich von einem dieser Blaustrümpfe einfangen. Ich schwöre dir, jede von ihnen würde, ohne zu zögern, ihre Seele verkaufen, wenn sie ihn bekäme.«

Prudence selbst wäre natürlich die ideale Frau für Jonas gewesen, doch ihr Verwandtschaftsgrad verbot eine solche Ehe. Sie war wohlhabender, energischer und intelligenter als Celia. Und ihr gesundes Urteilsvermögen konnte einem Mann, der politische Würden anstrebte, nur von Nutzen sein. Doch auch Rebecca Mandelbaum war eine geeignete Kandidatin. Ihr österreichischer Musiker hatte sie verlassen. Jetzt saß sie sehnsüchtig zu Hause herum, eine Jungfrau von dreiunddreißig Jahren, die mit einer beträchtlichen Mitgift ausgestattet war. Und wollte sie ihn nicht heiraten, gab es da noch die jüngste von den Battershaw-Mädchen, die nicht einmal zwanzig war, aber sehr reif für ihr Alter wirkte, oder vielleicht die beste Partie von allen: die Tochter von Mr. Fielding, unserem Parlamentsmitglied.

Auf Tante Hannahs Drängen hin lud ich alle diese Damen und Jonas zum Dinner ein. Auf die spezielle Instruktion meiner Tante hin ließ ich durchblicken, daß Abmachungen, die mit den Agbriggs getroffen wurden, selbstverständlich auch die Barforths einschlossen. Aber Angelica Battershaw war zu albern, Miss Fielding zu häßlich, und Rebecca trauerte immer noch ihrem Musiker nach. Und ich wünschte mir, daß Jonas jetzt endlich im Leben etwas Wärme und Freude haben sollte.

»Vielleicht ist seine Wahl auf Rebecca gefallen«, sagte ich auf gut Glück, als meine Tante mich bedrängte, weil sie erfahren hatte, daß Jonas einen Abend in ihrer Gesellschaft verbracht hatte. »Er scheint sich in ihrer Gesellschaft wohl zu fühlen, Tante Hannah.«

»Gut«, sagte sie. »Ich muß gestehen, Maria Fielding wäre mir lieber gewesen, doch die Mandelbaums sind geachtete Bürger, da will ich mich nicht beklagen. Kümmere dich um Rebecca, Faith. Schmeichle ihr und zeig ihr, wie man sich elegant kleidet. Währenddessen nehme ich mir die Mandelbaums vor. Naomi ist eine gute Seele und leicht zu beeinflussen, und George ist ein intelligenter Mann. Seine Tochter mag zwar reich sein, aber sie ist nicht mehr jung. Und wenn er sie nach dieser unglücklichen Verlobung verheiraten kann, wird er froh darüber sein. Du könntest sie auch mit Grace zusammenbringen, und wenn Jonas ihr zu Weihnachten einen Antrag macht, können sie gleich im neuen Jahr heiraten. Wirklich . . . eine äußerst passende Verbindung.«

Das war sie. Rebecca würde eine beträchtliche Mitgift in die Ehe einbringen und war eine gesunde, hübsche Frau, die ihre Pflicht tun und nett zu Jonas' Tochter sein würde. Doch eines Abends hatten wir alle zusammen in Prudence' Wohnzimmer gesessen und Wein getrunken. Jonas war bester Stimmung gewesen, entspannt und gelöst, vielleicht, weil die Atmosphäre ihn an seine Studentenjahre erinnerte. Und weil ich ein wenig zuviel getrunken hatte und mich an versäumte Gelegenheiten erinnerte, warf ich ihm beim Aufbruch plötzlich die Arme um den Hals und sagte: »Wenn du wieder heiratest, Jonas, möchte ich, daß deine Frau schön ist und du sie wahnsinnig liebst. Anbeten sollst du sie . . .«

»Wie lieb von dir«, entgegnete er lächelnd und hielt mich fest, da die zweite Lady Barforth beträchtlich schwankte. »Aber diese Zeiten sind für mich vorüber, mußt du wissen.«

»O du meine Güte . . . ist bei dir schon der Winter ausgebrochen? Dann lade ich Becky Mandelbaum am besten wieder zum Dinner ein.«

»Ja«, sagte er sehr ruhig, ein Mann, der nie irgendeine seiner Pflichten vernachlässigt hatte. »Das solltest du wohl tun.«

Im Frühling war Bürgermeister Agbriggs Amtszeit definitiv zu Ende. Dies war ein Ereignis, das die Stadt Cullingford gebührend feiern wollte, denn schließlich hatten die Agbriggs für die Stadt sehr viel getan, sowohl in baulicher als auch kultureller Hinsicht. Ihnen allein war es zu verdanken, daß die Bürger jetzt stolz auf Cullingford sein konnten. Also wurde zu Ehren des scheidenden Bürgermeisters und seiner Frau ein großes Bankett veranstaltet, auf dessen Höhepunkt Ira Agbrigg mit einer goldenen Amtskette ausgezeichnet wurde, die fast zwei Pfund schwer war und die er an jenem Abend zum ersten und wohl auch zum letzten Mal trug.

Jeder ehemalige und amtierende Stadtrat war anwesend, außer Mr. Hobhouse, der taktvoll die Einladung abgelehnt hatte, jeder Industrielle, Vertreter aller Berufsstände, Politiker der verschiedensten Parteien nahmen an der Veranstaltung teil. Jonas, der bald die Amtskette tragen würde, saß neben Rebecca Mandelbaum, seiner zukünftigen Frau, und für Tante Hannah war dieses Bankett – das einzige, das sie in all den Jahren nicht selbst arrangiert hatte – die Krönung ihrer wahr gewordenen Träume.

Noch mußte das Rathaus mit einem Festsaal gebaut werden, wo sie jetzt nicht mehr residieren würde, da ihr Mann es abgelehnt hatte, sich zur Wiederwahl nominieren zu lassen. Im Ashburn-Park sollte ein Museum und eine Kunstgalerie entstehen, auch plante man eine Bibliothek, da jetzt viel mehr Menschen des Lesens mächtig waren. Doch Jonas und seine gelassene Rebecca konnten diese Aufgaben in ihrem Sinne vollenden – sie hatte schließlich den Grundstein für diese Einrichtungen geschaffen –, und noch nie zuvor hatte ich meine Tante so strahlend und glücklich wie an diesem Abend erlebt.

Fünf Tage später fuhr ich Blaize in meiner leichten Kutsche zum Bahnhof, bot ihm zum Abschiedskuß die Wange dar und stellte ihm keine Fragen bezüglich seiner Reise. Er würde mir ohnedies nicht antworten. Als ich das Bahnhofsgebäude verließ, fröstelte ich plötzlich. Ich hatte keine Lust, nach Hause zu fahren, und lenkte die Kutsche daher nach Lawcroft Fold.

Es war ein stiller, ganz gewöhnlicher Tag. Ich fuhr bis zum Gartentor, weil ich eine Begegnung mit Nicholas vermeiden wollte. Jonas' Kutsche stand vor dem Haus, was mich nicht überraschte, doch plötzlich stürmte er aus der Tür und fuhr davon, ohne mich zu grüßen. Ein Blick in sein Gesicht sagte mir, daß irgend etwas nicht stimmte.

Bürgermeister Agbrigg war im Salon, als ich eintrat. Er stand am

Fenster und blickte auf den Fabrikhof. Seine Schultern wirkten noch schmäler, als ich sie in Erinnerung hatte, und sein Gesicht war von tiefen Furchen durchzogen, wie Risse in einem alten Stein.
»Faith, Mädchen . . .« sagte er.
»Onkel Agbrigg . . . was ist geschehen?«
Und als Antwort deutete er auf die alte Dame, die ich kaum als meine Tante wiedererkannte. Ihr Gesicht war grau, bis auf die roten Flecken unter ihren Wangenknochen, und grau war ihr Haar – warum hatte ich nie zuvor bemerkt, daß ihr Haar so grau war? –, und es hing ihr unordentlich ins Gesicht, als hätte sie voller Verzweiflung den Kopf geschüttelt. Und Jonas – denn nur um ihn konnte es sich handeln – war einfach gegangen und hatte sie dem Schmerz ihrer ersten Niederlage im Leben überlassen.
Weigerte er sich, Rebecca Mandelbaum zu heiraten? Hatte er beschlossen, seine Kanzlei zu verkaufen, um eine wissenschaftliche Laufbahn einzuschlagen, selbst wenn er arm dabei werden würde, sich aber wohler fühlte? Das wünschte ich mir von ganzem Herzen. Trotz des offensichtlichen Kummers der beiden. Sie hatten mir einmal in schweren Zeiten beigestanden, und jetzt wollte ich ihnen helfen.
»Tante Hannah«, sagte ich und kniete neben ihrem Sessel nieder. »Laß mich dir helfen, wenn ich kann. Oder willst du, daß ich wieder gehe?«
»Nein«, brachte sie mühsam hervor. »Bleib da. Du wirst schon bald nichts mehr mit mir zu tun haben wollen. Erzähl ihr, Mr. Agbrigg, was man mir angetan hat.«
»Ich nicht. Ich will nichts damit zu tun haben.«
»Er ist dein Sohn, Ira Agbrigg.«
»Nein«, sagte er und wandte uns sein verbittertes Gesicht zu. »*Dein* Sohn, Hannah. Du hast ihn allein erzogen und geformt. Diese Bedingung stelltest du mir, als wir heirateten. Und ich war damit einverstanden. *Dein* Sohn – nicht meiner und nicht der seiner Mutter – *deiner*.«
Tante Hannah stand auf. Ihr Körper schmerzte, dachte ich, vor innerer Qual, einer nie verheilten Wunde. Doch sie war eine Barforth und schenkte diesem Schmerz keine Beachtung, würde ihn nicht einmal beachten, wenn er sie tötete.
»Ganz recht, Mr. Agbrigg. Ich bin sicher, daß meine Nichte, Lady Barforth, mit solchen Dingen nicht belästigt werden möchte.«
Dann wandte sie mir ihr Gesicht zu: eine Maske falscher, qualvoller

Höflichkeit, und sagte obenhin: »Es wird dich interessieren zu hören, Faith, daß Jonas bald heiratet.«
»Ja, natürlich. Das nahmen wir doch alle an . . . im Frühling.«
»Ach ja. Die Vermutung ist zur Gewißheit geworden. Er wird in dem Augenblick heiraten, wo er nicht mehr Trauer tragen muß. Er, ein strahlender Bräutigam über vierzig, und sie, eine blühende junge Frau von fünfundvierzig, fünfzig oder noch mehr. Wer kann das unter der dicken Schminke schon erkennen. Ja . . . er wird die zweite Mrs. Oldroyd heiraten, die üppige Mrs. Delaney, die Witwe von einem Dutzend Männern, ohne jemals mit ihnen verheiratet gewesen zu sein, um die Wahrheit zu sagen. Und ich warne dich, Faith. Solltest du ihr jemals dein Haus öffnen, werde ich dir meines für immer verschließen.«
Tante Hannah setzte sich wieder, und Bürgermeister Agbrigg kehrte zu seinem Fenster zurück. Hilflos stand ich zwischen den beiden und wußte nicht, wie ich sie trösten konnte. In ihren Augen war sie nicht länger die Frau, die die Morgan-Aycliffe-Halle gebaut hatte, sondern die Mutter eines Mannes, der Herr von Fieldhead geworden war, indem er eine Hure heiratete.
»Letztendlich war deine Schwester Celia gar nicht so eine dumme Gans«, sagte sie rauh, mit steinernem Gesicht. »Weder die Fabrik noch das Haus wurden verkauft. Celia wußte, warum und daß niemand von uns ihr Glauben schenken würde. Sie sagte, die Dienstboten würden über Jonas und Mrs. Delaney klatschen. Ja, das sagte sie – und vielleicht hatten sie Grund dazu.«
»Tante Hannah, das kann ich nicht glauben.«
»Warum denn nicht? Er hat sie doch oft genug besucht, nicht wahr? Und als sich Celia darüber beklagte, sagten wir, es sei doch normal, daß ein Anwalt seine Klientin aufsucht. Aber jetzt kannst du das Schlechteste von ihm denken, Faith, weil jeder hier das tun wird. Er pflegte sie zu besuchen, noch ehe Matthew Oldroyd starb – ja, noch ehe er sie heiratete –, um sie bei ihren Investitionen zu beraten, wie er vorgab. Aber kannst du beweisen, daß sie nicht schon zu der Zeit ein Verhältnis hatten? Vielleicht haben sie Matthew Oldroyd gemeinsam in diese skandalöse Ehe hineinmanövriert. Und ich bin die erste, die ihn deswegen verdammt. Warum sollte es sich nicht so abgespielt haben? Emma-Jane Hobhouse *behauptete*, es wäre ein Komplott geschmiedet worden, und wir glaubten ihr ebensowenig, wie wir Celia glaubten. Nun . . . ich muß Emma-Jane schreiben und ihr die gute Nachricht mitteilen. Und wenn es ihr in

den Sinn käme, daß Jonas deine Schwester die Treppe hinuntergestoßen hat, könnte ich ihr diesen Gedanken nicht verübeln.«
»Tante Hannah! Nein! Ich will so etwas nicht mehr hören . . .«
»Dann bist du die einzige, die es nicht hören will und sich darüber hämisch freut. Es paßt doch alles wunderbar zusammen. Wer kümmert sich denn schon um die Wahrheit?«
»Tante Hannah, ich kann das einfach nicht von Jonas glauben.«
Sie stand wieder auf und schritt mit geballten Fäusten im Zimmer auf und ab. Dann blieb sie stehen, starrte mich an und zischte mit zusammengepreßten Zähnen: »Aber ich.«
»Nein, Tante Hannah.«
»O ja, Faith Aycliffe. Ja. Du weißt nicht, wozu er fähig ist. Er würde dich, mich oder seine eigene Tochter an den Höchstbietenden verkaufen. Und jetzt hat er sich als Zuhälter verkauft. Will er jetzt von den Einkünften einer Hure leben, denn was ist Fieldhead denn anderes geworden? Er heiratet eine Frau, die ich nicht empfangen kann, die keine anständige Frau jemals empfangen wird. Und als ich ihn beschwor, es nicht zu tun, ihn daran erinnerte, was ich alles für ihn getan habe – noch immer für ihn tun könnte –, sagte er nur: ›Was für eine Aufregung, Mama! Ich bin doch nur deinen Ratschlägen gefolgt.‹ Ja, das hat er zu mir gesagt.«
Und nach einem Augenblick bedrückenden Schweigens setzte sie sich wieder und sagte rauh: »Noch vor einer Stunde habe ich ihn geliebt.«
Es gab nichts, womit ich sie trösten konnte. Es hatte keinen Zweck, ihr zu sagen, daß sie ihm eines Tages verzeihen würde, denn dieser Tag würde nie kommen. Es hatte auch keinen Zweck zu behaupten, daß der Klatsch bald verstummen würde. Selbst in dem kommerziell denkenden Cullingford machten die Leute einen Unterschied zwischen ehrlich erworbenem und schmutzigem Geld, und Jonas' Ruf war für immer dahin. Natürlich würden die Männer Geschäfte mit ihm machen, von Zeit zu Zeit im *Old Swan* mit ihm speisen. Aber die goldene Amtskette des Bürgermeisters würde jetzt ein anderer tragen. Und was wurde aus Grace?
Noch vor einer Stunde war das Leben meiner Tante voller Pläne. Sie hätte Jonas' Hochzeit ausgerichtet, dann seine Wahl arrangiert. Während des großen Eröffnungsbanketts hätte sie an seiner Seite gesessen, ihn in seiner politischen Karriere unterstützt, die wahrscheinlich mit seiner gloriosen ersten Reise nach Westminster gekrönt worden wäre. Vielleicht hätte sie auch noch mehr Enkelkinder be-

kommen. Und nun, mit einem Schlag, hatte er ihr alles genommen, was sie liebte und wofür sie kämpfte, hatte ihren sowie seinen guten Ruf beschmutzt, hatte sie ihrer Aufgaben in den Komitees und auch ihres Enkelkindes beraubt: Er hatte ihr das Herz gebrochen.

»Was soll ich nur tun?« fragte sie. Nicht mit Jonas, dachte ich, sondern was sollte sie mit ihren langen leeren Tagen anfangen, Tagen, die sie jetzt als einfache Hausfrau verbringen mußte, weil niemand sie mehr brauchte.

»Ich fühle mich nicht wohl«, sagte sie und preßte die Hände gegen ihre Schläfen. Das war das erste Mal, daß ich sie diese Worte sprechen hörte oder diese Geste an ihr sah – die Geste meiner Mutter –, die von weiblicher Schwäche kündete. Dann eilte sie auf die Tür zu, um sich oben in ihrem Zimmer zu verstecken, ganz wie es Celias und Mutters Angewohnheit war.

»Soll ich zu ihr gehen, Onkel Agbrigg?«

»Nein, Mädchen. Dich will sie nicht. Und Jonas wird diese Stufen nie wieder hinaufgehen.«

»Aber es sollte jemand bei ihr sein.«

»Ja. Ich werde gehen. Jetzt bin nur noch ich übrig ... ob ihr das nun gefällt oder nicht.«

»Onkel Agbrigg ... dann willst auch du ihm nicht verzeihen?«

»Nein, Mädchen«, sagte er. Über sein zerfurchtes Gesicht huschte kurz ein Lächeln. »Und das überrascht dich, nicht wahr? Da er doch wieder des Geldes wegen heiratet, genauso wie ich es einmal getan habe. Nein, das werfe ich ihm nicht vor. Ich könnte ihn fast deswegen bewundern, denn selbst wenn ein Mann sich als gefühllos und abgebrüht erkannt hat, braucht es doch Mut, es auszusprechen. Und was die Frau angeht ... Ja, sie ist eine Hure, aber ich sehe sie trotzdem in einem anderen Licht als Tante Hannah. Armut kann aus jedem Mädchen eine Hure machen, glaube ich. Entweder man verkauft seinen Körper oder stirbt vor Hunger, da hat man keine Wahl – und wir wissen nicht, wie Mrs. Delaney aufgewachsen ist. Nein, Mrs. Delaney macht mir keine Sorgen. Ich muß nur an ein Mädchen aus der Simon Street denken und frage mich, was sie aus Jonas gemacht hätte. Vielleicht würde sie mir sagen, daß das alles mein Fehler war.«

Er ging durchs Zimmer und ließ sich schwer in einen Sessel fallen. Dann schloß er die Augen vor Erschöpfung. »Ich glaube, du weißt nicht, Faith, wie ich die Bekanntschaft deiner Tante Hannah machte. Es erleichtert mich, jetzt darüber zu sprechen, denn du bist eine

verständnisvolle Frau. Ich habe mich wirklich aus dem Dreck emporgearbeitet, Faith – einem Sumpf, den weder du noch deine Tante euch vorstellen könnt. Und zu dem Zeitpunkt, als ich Hannah kennenlernte, leitete ich für Joel Barforth die Fabrik in Low Cross und machte auch die schmutzige Arbeit für ihn. Dann wurde die Familie krank. Drei Kinder und meine Frau starben. Und Miss Hannah Barforth half mir. Sie stellte eine Haushälterin ein, kümmerte sich vor ihrem Tod um Ann, meine Frau. Dabei stellte sie fest, daß Jonas etwas Besseres verdient hätte, als in dieser Familie zu leben. Sie war es, die Jonas einredete, er müsse sich wegen seiner Herkunft schämen. Ich ließ es geschehen, denn ich glaubte, dieses Gefühl würde seinen Ehrgeiz anstacheln, damit er sich später im Leben besser durchsetzen könnte. Denn ich wußte, er würde schwer zu kämpfen haben. Stört es dich, wenn ich rauche, Mädchen?«
»Nein. Was geschah dann, Onkel Agbrigg?«
»Ann starb. Ich habe dir schon einmal erzählt, wie bitter ihr Tod für mich war. Aber Männer können sich eine lange Trauerzeit nicht leisten. Ja . . . so passierte es denn. Hannah war damals schon dreißig. Sie hatte ihren Verlobten verloren und genug davon, im Haus einer anderen Frau zu wohnen. Sie konnte zwischen einem Pfarrer wählen, der es nie zum Bischof gebracht hätte, und mir und Jonas. Sie wählte mich. Ihrem Bruder gefiel diese Verbindung überhaupt nicht, aber wenn Hannah sich etwas in den Kopf gesetzt hat, erreicht sie es auch. Also haben wir geheiratet. Durch mich würde sie Macht über die Stadt gewinnen, doch durch Jonas würde ihr die Welt offenstehen. So stellte sie sich das jedenfalls vor. Nun, ich ließ sie gewähren, aber Jonas wuchs zu einem jungen Mann heran, der mir überhaupt nicht mehr gefiel – mit Liebe hat das nichts zu tun. Er ist mein und Anns Sohn. Aber sie hätte wohl auch wenig Gefallen an ihm, wie ich glaube, obwohl sie sich im Grabe umdrehen würde, sollte diese Frau ihn unglücklich machen.«
»Und das bekümmert dich?«
»Nein«, sagte er entschieden. »Es bekümmert mich nicht. Jonas weiß, worauf er sich eingelassen hat. Er hat das Für und Wider sozusagen mathematisch kalkuliert und entschieden, daß der finanzielle Gewinn bei weitem die gesellschaftlichen Nachteile aufwiegt. Das ist diese Frau ihm wert, und mehr ist dazu nicht zu sagen. Es ist Hannah, um die ich mir Sorgen mache.«
»Was willst du jetzt tun, Onkel Agbrigg?«
»Mit Hannah? Nun, am besten gehe ich erst einmal zu ihr und ma-

che ihr klar, daß ich nicht wieder Bürgermeister werde. Denn das ist ihr Wunsch. Doch wir beide sind älter geworden, Faith. Sie wird schwer an dem Verlust von Jonas tragen, was ich verstehe. Aber vielleicht hat diese Tatsache auch ihr Gutes – für Hannah und mich. Und wenn wir uns auch nie geliebt haben, so sind wir doch aneinander gewöhnt – und wir achten uns. Vielleicht mögen wir uns sogar.«

»*Ich* mag dich, Onkel Agbrigg.«

»Nun, darauf kann ich mir aber wirklich etwas einbilden. Dann kommst du also nach Scarborough und besuchst uns, wenn ich deine Tante davon überzeugt habe, daß es für uns am besten ist, dort zu leben – ein kleines Haus, oben auf dem Kliff, weit weg von der schlechten Luft hier. Ich wußte gar nicht, daß mir meine Lungen zu schaffen machen, bis mich Hannah darauf hinwies . . .«

»O ja, Onkel Agbrigg. Ich komme.«

»Gut«, sagte er, stand auf und tätschelte mir unbeholfen die Wange. »Gut. Ich war ein Niemand, als ich sie kennenlernte, Faith. Ein einfacher Mann, der im Leben vorwärtskommen wollte. Doch jetzt habe ich die Stadt mit Wasser versorgt und auch sonst als Bürgermeister keine schlechte Arbeit geleistet. Sie braucht sich meiner nicht mehr zu schämen. Und weißt du, Faith, ich glaube, wir könnten sogar glücklich zusammen sein.«

32

Eine ganze Weile fuhr ich ziellos durch die Straßen. Eigentlich hätte ich nach Hause zurückkehren sollen, konnte mich aber nicht dazu entschließen. Es war schon später Nachmittag; Blanche war bereits aus der Schule gekommen, und ich hatte keine Anweisungen für das Abendessen gegeben. Und trotz dieser Pflichten, die auf mich warteten, konnte ich mein Zuhause in diesem Moment nicht ertragen. Ich trödelte noch eine Stunde wie traumverloren in den Straßen herum, verlor mich in der anonymen Menge, von einem Gefühl unendlicher Traurigkeit durchdrungen.

Und dann fuhr ich zum Albert Place und fragte nach Jonas.

Er war zum Ausgehen angekleidet und wollte sicher Mrs. Delaney besuchen. Doch als ich mich wegen meines unvorhergesehenen Besuchs entschuldigte – eigentlich wußte ich nicht recht, warum ich überhaupt gekommen war –, sagte er:

»Setz dich, Faith. Ich habe es nicht eilig und bin auch nicht überrascht, dich hier zu sehen. Bist du direkt aus Lawcroft Fold gekommen?«
»Ja . . . Das heißt eigentlich nein. Ich bin ein wenig in der Gegend herumgefahren . . .«
»Um erst mit meiner Niederträchtigkeit fertigzuwerden?«
»Wirklich? Darum habe ich mich gar nicht gekümmert.«
»Aber du mußt doch über mein Verhalten schockiert sein?«
»Ja. Das bin ich. Und traurig – so traurig, daß ich es mir nicht erklären kann. Jonas, tust du auch das Richtige?«
Er setzte sich in einen Sessel mir gegenüber, und sein Gesicht wirkte in dem Dämmerlicht müde und ausgezehrt.
»Nun«, sagte er, »dafür danke ich dir, Faith.«
»Wofür? Weil ich mir Sorgen mache, daß es dir schlechtgehen könnte? Ich glaube, deshalb sorgt sich Tante Hannah auch, obwohl sie es nie zugeben würde. Sie wird dich sehr vermissen, Jonas, und niemals darüber hinwegkommen.«
»Ich weiß«, sagte er. »Hat sie sich wieder etwas beruhigt?«
»Nein. Ich glaube, das bringt sie allein gar nicht fertig. Dein Vater wird ihr dabei helfen müssen. Er möchte sich von seinen Geschäften zurückziehen und mit ihr in Scarborough leben, falls sie diesem Plan zustimmt.«
Er lächelte mit halbgeschlossenen Augen.
»Nun, falls ich eine ehrbare Frau geheiratet hätte und Bürgermeister geworden wäre, hätte Vater nie einen solchen Gedanken gehabt. Vielleicht habe ich ihm mit meiner Perfidität noch einen Dienst erwiesen.«
»Ich glaube nicht, daß du perfide bist.«
»Warum denn nicht? Miss Mandelbaum ist da sicher ganz anderer Meinung. Und Celia würde dir auch nicht zustimmen.«
»Über Celia möchte ich nicht sprechen.«
»Ich weiß nicht, wie sich das vermeiden ließe. Du hast mich zu trösten versucht, als sie starb. Mir wird jetzt klar, daß du mich verteidigen willst, und deshalb hast du ein Recht auf die Wahrheit. Faith – wie auch immer du mich in den letzten Monaten gesehen hast, mir vielleicht mehr menschliche Gefühle zubilligst, als du bei mir vermutest –, täusche dich nicht in mir. Ich gebe zu, mit dem Gedanken gespielt zu haben, diese humane Seite in mir zu entwickeln. Ich wäre gern glücklich. Ich würde gern für eine Frau sorgen, der ich etwas bedeute. Doch das ist nie geschehen und wird auch nie geschehen.«

»Jonas . . . es wäre möglich. Du hast es nur nie versucht . . .«
»Unsinn«, sagte er tonlos und zerstörte mit einem Wort mein Wunschdenken. »Wir reden über die Ehe – einen Kontrakt, der von der einen Seite Gehorsam und der anderen das Bestreiten der Lebenshaltungskosten verlangt. Soviel ich unterrichtet bin, ist eine Garantie auf Glück in diesem Vertrag nicht enthalten.«
»Jonas, du versteckst dich wieder hinter deinem Anwaltsjargon.«
»Faith, das ist die Wahrheit. Ich habe deine Schwester wegen ihrer Mitgift geheiratet. Und am Tage ihrer Beerdigung wußte ich, daß der Weg nach Fieldhead mir offenstand. Als ich vom Friedhof zurückkam, wußte ich, daß ich ihn gehen würde. Ich habe keine Entschuldigung dafür, Faith. Ich bin kein armer Mann mehr. Ich könnte ohne weiteres bei meinem Einkommen zusammen mit meiner bezaubernden Tochter hier ein bequemes Leben führen. Grace und ich haben vieles gemeinsam. Wir könnten zusammen lesen, reisen, reden. Ich könnte mich weiterführenden Studien widmen und wäre dabei wahrscheinlich sehr zufrieden. Selbst der alleinige Gedanke daran erfüllt mich jetzt noch mit Freude. Und ich könnte Rebecca Mandelbaum heiraten, die mir recht gut gefällt, und mir mit ihrer Mitgift einen Sitz im Unterhaus kaufen. Politische Macht reizt mich. Jahrelang habe ich dafür gekämpft. Jetzt könnte ich sie erringen. Ich habe dir meine Wahlmöglichkeiten aufgezeigt: Zufriedenheit, Macht oder Geld. Ich habe mich innerhalb eines Augenblicks entschieden. Faith, willst du immer noch für mich Partei ergreifen?«
»Ja.«
»Obwohl du weißt, wie unglücklich deine Schwester mit mir war?«
»Ja. Celia war von sich aus unglücklich. Daran trifft dich keine Schuld.«
»Sie würde dir nicht zustimmen. Nicht einmal ich tue es.«
»Das solltest du aber. Mein Vater hat sie innerlich zerbrochen, Jonas. Er formte sie zu einem künstlichen Wesen, das den Kopf voller Unwichtigkeiten hatte. Das war sein Frauenbild. Und auf diese Weise wurde sie nie zu einer richtigen Frau. Ich weiß nicht, warum Prudence und ich kaum unter diesem verheerenden Einfluß gelitten haben. Vielleicht, weil wir nie an ihn glaubten. Und falls es wirklich so gewesen ist, muß Celia ihn geliebt haben. Arme Celia – das war ihr wahres Unglück, nicht du. Du wolltest nur mehr von ihr, als sie geben konnte. Jeder Mann hätte mehr gewollt.«
Brüsk drehte er den Kopf zur Seite, wie jedesmal, wenn er instinktiv seine Emotionen verbergen wollte, eine Geste des reinen Selbst-

schutzes in einer Welt, die einem Mann aus der Simon Street keine Gefühle zubilligte.

»Ja, Faith. Ich wollte mehr. Sechs Monate vor unserer Hochzeit schienen das Haus hier, die Kanzlei, ein gesichertes Einkommen meine kühnsten Träume zu übersteigen. Und sechs Monate später kam mir das alles äußerst unzureichend vor.«

»Und jetzt, Jonas?«

»Was soll jetzt sein?«

»Wird Fieldhead dir genügen?«

»Wahrscheinlich nicht. Aber ich könnte mir niemals verzeihen, diese Gelegenheit nicht beim Schopf ergriffen zu haben. Durch Fieldhead werde ich fast so reich wie Nicholas Barforth – und reicher als dein Mann. Wie könnte ein Mann meiner Herkunft auf diese Chance verzichten, Faith?«

»Und Mrs. Delaney?«

»Ja . . . Mrs. Delaney.«

»Ist sie . . . dir angenehm?«

Er lächelte bitter.

»Du meinst, ob ich sie begehre? Nicht besonders.«

»Wie kannst du dich dann an sie binden, Jonas? Du kannst dich doch nicht immer zwingen . . .?«

»Auch das könnte ich, falls ich es müßte«, entgegnete er. »Glücklicherweise ist die Situation nicht so schlimm. Mrs. Delaney ist in dieser Hinsicht eine erfahrene Frau und kennt die Bedürfnisse der Männer. Sie gefällt mir – denn wir haben schon körperliche Beziehungen aufgenommen, auf ihren Wunsch hin, nicht meinen. Ich glaube, sie wollte nett zu mir sein, denn sie merkte, daß ich ein frustrierendes Leben führte, und ohne Zweifel hatte sie recht. Sie erfüllte meine sexuellen Wünsche auf äußerst zufriedenstellende Weise, und ich bin ihr dankbar dafür. Doch sehne ich mich nicht nach ihr.«

»Du meinst sicher, du liebst sie nicht.«

»Ja, das meine ich. Ich zögere sogar, das Wort auszusprechen.«

»Liebt Mrs. Delaney dich?«

»Wohl kaum, Faith. Sie hat eine Schwäche für Intellektuelle und Sehnsucht nach einer gewissen Geborgenheit, denn Achtung wird man ihr versagen, wie sie sehr wohl weiß. Sie hat ein unstetes Leben geführt und möchte zur Ruhe kommen. Und ich mußte mich ins Zeug legen, um ihren Ansprüchen zu genügen. Seit Mr. Oldroyds Tod leite ich Fieldhead, aber sie überwacht alle meine Entscheidungen, und ich mußte ihr einen definitiven Beweis meines geschäftlichen Könnens erbringen, ehe sie mir die Verwaltung ihres Vermögens anvertraute. Sie ist eine intelligente Frau, die meine und auch ihre eigenen Grenzen kennt. Natürlich weiß sie, daß ich sie niemals zur Bürgermeisterin machen kann. Sie versteht auch, daß unsere Mütter und viele andere Damen sie niemals empfangen werden. Doch sie wird eine verheiratete Frau und nicht mehr irgendwelchen Mitgiftjägern ausgesetzt sein. In deinen Augen mag das alles nicht viel bedeuten, aber du hast auch nie die rauhen Seiten des Lebens kennengelernt.«

»Und Grace?«

Jonas seufzte.

»Ja, Grace. Wahrscheinlich wird sie meine Entscheidung nicht billigen, aber sie wird dadurch einmal eine der reichsten Erbinnen im Law Valley. Und zusätzlich zu dem, was jetzt schon vorhanden ist, werde ich noch eine Menge Geld verdienen, Faith. Natürlich wird sie in Fieldhead leben, aber ich habe vor, sie von Montag bis Freitag bei Prudence in der Schule zu lassen. Jedenfalls vorläufig. Ich bin Rechtsanwalt, Faith. Mein neues Testament ist schon gemacht und wartet nur darauf, nach der Hochzeit unterzeichnet zu werden. Sollte ich sterben, habe ich dich und Blaize zu ihrem Vormund bestimmt, falls ihr damit einverstanden seid. Glaube mir, bei allem, was Grace betrifft, habe ich nichts dem Zufall überlassen.«

Das Mädchen kam in den Salon und zündete die Lampen an. Ich wußte, daß es schon spät war, hatte jedoch keine Lust, jetzt schon zu gehen.

»Vielleicht wendet sich Grace von dir ab, Jonas.«

»Das weiß ich. Aber eines Tages geht sie sowieso aus dem Haus. Früher oder später wird sie heiraten, und wenigstens verfügt sie dann über eine Freiheit, die mir fehlte. Sie kann es sich aussuchen, wen sie heiraten will. Ja, sie kann es sich sogar leisten, ledig zu bleiben.«

»Dann bist du also fest entschlossen?«

»Ja. Das bin ich.«

»Kann ich dir irgendwie helfen, Jonas?«

Und einen Moment zeichnete Schmerz sein Gesicht, hatte er doch erwartet, daß ich ihn verurteilen würde, und nun bot ich meine Hilfe an.

»Sollte sich Grace von mir abwenden, könntest du dich um sie kümmern. Auch wäre ich dir dankbar, wenn du in der Cullingforder Gesellschaft die Meinung vertrittst, daß der Ruf meiner Tochter in keiner Beziehung zu dem ihrer Stiefmutter steht.«

»Jonas, das hätte ich auf jeden Fall getan.«

»Natürlich hättest du das. Aber dich kann ich darum bitten. Es gibt sonst niemanden, den ich um irgend etwas bitten könnte.«

»Und Prudence?«

»Ja, Prudence. Wahrscheinlich wird sie mir niemals verzeihen, aber sie wird mir helfen. Trotzdem bitte ich *dich*. Das ist der Platz, den du in meinem Leben einnimmst. Und ich will dir erklären, warum, denn ich kann es nicht leugnen, obwohl es eigentlich zu spät ist, darüber zu reden.«

Er stand auf und ging ein paar Schritte im Zimmer hin und her, schuf eine gewisse Distanz zwischen uns, denn seine Worte waren ja fast einer Liebeserklärung gleichgekommen. Dann setzte er sich wieder, das Gesicht beherrscht wie immer, aber freundlicher.

»Du solltest dir um mich keine Sorgen machen, Faith. Du solltest dich lieber um dein eigenes Leben kümmern.«

»Warum sagst du das, Jonas?«

»Weil ich ein verschlagener Mann bin, ein Experte im Entziffern von Beweggründen und Hintergedanken und daraus meine Schlüsse ziehe. Und es ist kein Geheimnis, daß die Barforth-Suppe bald überkocht. Du sitzt mitten drin, Faith, und das macht mir Sorgen. Ich habe kein Recht, dich danach zu fragen, und du brauchst mir auch nicht zu antworten, aber mit deinem Leben stimmt doch irgend etwas nicht. Ich habe dich gern um Hilfe gebeten, und es würde mich sehr freuen, wenn ich dir ebenfalls helfen könnte.«

Lange Zeit hatte ich Jonas' Meinung über sich selbst geteilt. Daß er verschlagen, berechnend und egozentrisch war. Nun erstaunte es mich, ihm dasselbe Vertrauen entgegenzubringen, das ich einst nur Giles geschenkt hatte. Mein ganzes Leben hatte ich meinen Schwager mit den Augen der anderen gesehen: mit Prudence' Feindseligkeit, die glaubte, er würde ihr ihr Erbe vorenthalten; Tante Hannahs ungezügeltem Ehrgeiz, ihrem schon krankhaften Wunsch, sich in ihm zu vollenden; Celias ewigen Nörgeleien und Carolines offener Abneigung gegen den »Agbrigg-Jungen«. Ich hatte ihn für kalt und gefühllos gehalten. Erst vor kurzem hatte ich ihn näher kennengelernt und wußte, wäre er anders aufgewachsen, er wäre heute ein anderer Mann. Und diese Erkenntnis schmerzte mich zutiefst.

»Ich weiß nicht, was mit mir nicht stimmt, Jonas. Nur, daß etwas nicht stimmt.«

»Blaize?«
»Ich kenne Blaize nicht. Einmal glaubte ich, er wäre mein bester Freund, aber jetzt habe ich ihn verloren. Wir führen beide unser eigenes Leben, nur bin ich ihm körperlich treu geblieben . . .«
»Es gibt andere Arten der Untreue.«
»Ja. Das glaubt er wohl auch. Aber ich weiß nicht, wie ich mich verteidigen soll, denn ich weiß nicht, wessen ich mich schuldig gemacht habe. Unsere Ehe mußte schwierig werden. Blaize ist schwierig. Aber daran liegt es nicht. Irgend etwas hat sich zwischen uns gestellt. Etwas Unsichtbares. Und falls Blaize weiß, was es ist, spricht er nicht darüber. Er spricht überhaupt nicht mehr mit mir.«
»Und du hast ihn nicht gefragt?«
»Nein. Das kann ich nicht.«
»Dann hast du also erlaubt, daß Schweigen zwischen euch herrscht, und jetzt kannst du es nicht mehr brechen.«
Mich schauderte. »Nun, ich muß eben irgendwie damit fertigwerden.«
Wieder kam das Mädchen und erinnerte mich daran, daß ich schon längst hätte gehen sollen.
»Himmel! Es ist spät geworden.«
»Ja. Das ist es.«
Unsicher, gegen meinen Willen, stand ich auf. »Ich möchte nicht nach Hause gehen, Jonas.«
»Wo könntest du denn sonst hingehen, Faith?«
»Ich weiß . . . ich weiß.«
»Faith, hör mir zu. Ich kenne mich in der Kunst des Alleinseins aus. Ich habe immer allein und in mich zurückgezogen gelebt und werde das auch weiterhin tun. Doch du bist anders. Wenn sich der Konflikt in eurer Familie zuspitzt und du Stellung beziehen mußt, mußt du zu Blaize halten. Das ist wichtig. Ich hoffe nur, daß du ihn dann auch aus freien Stücken wählst.«
Niemand wollte mich zu Jonas' und Tessa Delaneys Hochzeit begleiten. Mutter und Tante Verity blieben ihr auf Tante Hannahs Drängen hin fern. Prudence war bitter von Jonas enttäuscht und fürchtete um Grace. Sie erklärte, nicht einmal zehn Pferde könnten sie dazu bringen hinzugehen. Blaize war verreist. »Ich begleite dich«, bot Georgiana mir an. »Mr. Agbrigg und Mrs. Delaney sind mir zwar völlig egal, aber dich lasse ich nicht im Stich.« Doch ihrem Großvater, der schon seit ein paar Monaten kränkelte, ging es plötzlich schlech-

ter, so daß sie, anstatt auf eine Hochzeit zu gehen, an sein Sterbebett gerufen wurde. So ging ich allein in die Kirche.

Es war ein schwüler Morgen, spät im August; ein drückender Himmel versprach einen heißen Tag, und als ich aus meiner Kutsche stieg und über den wohlvertrauten Kirchhof ging, hoffte ich, Tante Hannah – wenn auch mit feindseligem Gesicht – unter dem Portal stehen zu sehen. Ich wartete sogar einen Augenblick, doch niemand kam. Die Kirche war fast leer, nur die Kanzleiangestellten und Geschäftsführer von Fieldhead waren anwesend. Und Nicholas Barforth, der dem neuen mächtigen Mann im Law Valley seinen Respekt zollte, wie ich vermutete.

»Guten Morgen, Lady Barforth.«

»Guten Morgen, Nicholas.«

Und ich trat in die Bankreihe neben ihm, weil ich wußte, wie auffällig es wäre, würde ich mich woanders hinsetzen. Da betrat die Braut das Kirchenschiff, so daß wir nicht mehr miteinander reden mußten.

Als wir aus der Kirche traten, schien die Sonne. Mit Nachdruck nahm die zweite Mrs. Agbrigg den Arm ihres Mannes; den schönen Kopf hielt sie stolz emporgereckt, und ein Lächeln der Zufriedenheit umspielte ihre vollen roten Lippen.

»Lady Barforth, wie nett von Ihnen, daß Sie gekommen sind«, sagte sie, keineswegs enthusiastisch, denn sie wußte, ich war Jonas zuliebe hier. »Und Mr. Barforth ist auch da – wie reizend. Sie fahren doch mit uns nach Fieldhead, auf ein Glas Champagner?«

»Natürlich«, entgegnete Nicholas und küßte ihr die Hand, leicht amüsiert, dachte ich, daß sich jemand genauso autoritär gebärdete, wie er es tat. »Das heißt, ich komme gern, wenn mich meine Schwägerin in ihrer Kutsche mitnimmt, da ich meine vor dem *Old Swan* stehengelassen habe.«

»Aber natürlich . . .« murmelte Mrs. Delaney-Oldroyd-Agbrigg. Und obwohl ein Besuch in Fieldhead das Letzte war, was ich tun wollte, fuhren wir zusammen fort und wurden bei unserer Ankunft von dem neuen Herrn begrüßt und in das Haus geleitet, das ich zum letzten Mal betreten hatte, als Mr. Oldroyd Mutter heiraten wollte. Die neue Herrin hatte nur wenig darin verändert, jedoch ihre zwanglose Einladung bestand natürlich nicht nur aus einem Glas Champagner, sondern sie hatte ein erlesenes kaltes Büffet anrichten lassen.

»Liebe Lady Barforth, nehmen Sie doch noch hiervon und ein wenig

davon . . . noch ein Glas?« Ich war wieder den Tränen nahe, weil ich an Celia denken mußte und Jonas – ich wünschte ihm von ganzem Herzen Glück und wußte doch nicht, ob er glücklich werden würde. Ich aß nur wenig und ging dann in den Garten, um die Blumen zu bewundern, ein Glas Champagner in der Hand und ein wenig schwindlig von dem vielen Wein. Plötzlich stand ich vor Nicholas. Wir waren von den anderen durch eine Rosenhecke getrennt, jedoch nicht außer Sicht, und ich fragte mich, ob die neue Mrs. Agbrigg dieses Zusammentreffen nicht arrangiert hatte.
Auch er hatte ein Glas in der Hand und in der anderen die unvermeidliche Zigarre. Sein Teint und sein Haar schienen noch dunkler geworden zu sein, er war schwerer geworden, während Blaize mit den Jahren leichter wirkte. Die Ähnlichkeit zwischen ihnen wurde immer geringer.
»Es muß dich freuen zu sehen, wie dein Schwager im Leben reüssiert«, sagte er mit dieser großartigen Betonung, die auch Jonas' Frau zu eigen war.
»Es würde mich freuen, wenn sie ihn glücklich macht.«
»Oh, daran bestehen doch wohl kaum Zweifel.«
»Ich hoffe, nicht.«
»Da bin ich mir sicher. Sie ist eine vorzügliche Hausfrau und hat ihn zum reichsten Geschäftsmann nach mir hier im Tal gemacht. Und wahrscheinlich hat sie noch andere Vorzüge. Unsere Tessa Delaney weiß genau, was sie will. Jonas hat jetzt sein Schäfchen im trockenen. Ich hoffe nur, es bleibt ihm Zeit, ein oder zwei Angelegenheiten für mich zu regeln. Schließlich ist er immer noch mein Anwalt.«
Und allein die Tatsache, daß er von seinen Angelegenheiten sprach, war ein Hinweis darauf, daß diese Angelegenheiten auch mich etwas angingen.
»Sicher hat er die Zeit dazu.«
»Ja. Nun, ich will austrinken und gehen, denn eigentlich dürfte ich überhaupt nicht hier sein. Ich habe eine Nachricht aus *Galton* bekommen, Mr. Clevedon ist heute nacht gestorben, und eigentlich müßte ich ja hinfahren.«
»Nicholas, das hättest du sofort tun müssen.«
»Das weiß ich, Faith. Aber ich war schon auf dem Weg hierher, als Georgianas Bote kam, und da dachte ich mir . . . nun, da Mr. Clevedon ohnehin keiner Hilfe mehr bedürfe, könnte ich ebensogut die Lebenden unterstützen. Und da ich nun schon einmal hier *bin*, kann ich Jonas auch bitten, sich nach einem Käufer für *Galton* umzusehen.«

Vielleicht war es das grelle Sonnenlicht und der Champagner, die mich schwindlig machten und eine Übelkeit in mir aufsteigen ließen. Doch zutiefst wußte ich: Das war nicht der eigentliche Grund. Denn Nicholas war mir in den Garten gefolgt, um mir genau das zu sagen.
»Nicholas, du *kannst* Georgianas Besitz doch nicht verkaufen.«
Er nahm mir das Glas aus der Hand und stellte es auf ein niedriges Mäuerchen neben seins.
»Du irrst dich«, entgegnete er ruhig. »*Galton Abbey* ist kein unveräußerliches Erblehen. Die Abtei gehört nicht einmal Georgiana. Der älteste Clevedon konnte immer nach eigenem Gutdünken darüber verfügen, und normalerweise ging sie in den Besitz des nächsten männlichen Clevedon über. Doch der Großvater meiner Frau hat anders entschieden. Er hätte sie meinem Sohn überlassen können, doch er setzte Georgiana als Erbin ein. Und da alles, was eine verheiratete Frau erbt, automatisch ihrem Mann gehört, kann ich mit Fug und Recht behaupten, daß *Galton* mein ist.«
»Willst du sie umbringen, Nicholas?«
»Bist du nicht etwas melodramatisch, Faith? Mir gehören doch nur ein paar hundert Hektar Land und ein Haus, dessen Instandsetzung Tausende von Pfund kosten würde, die ich dafür nicht ausgeben will. Mir gehört etwas, das sich als ein Mühlstein um den Hals meines Sohnes herausstellen könnte. Außerdem lenkt ihn *Galton* von seinen wirklichen Aufgaben ab.«
»Weiß Georgiana schon davon?«
»Nein. Sie braucht es nicht eher zu wissen, bis ich einen Käufer gefunden habe, was sicher nicht leicht sein wird. So kann sie sich noch ein wenig länger in diesem schrecklichen Moor vergnügen. Aber Blaize kannst du es erzählen, wenn du willst. Er kennt so viele Leute, und ein Käufer wird schwer zu finden sein, wie ich schon sagte. Ich bin mit dem reinen Marktpreis einverstanden, und der kann nicht hoch sein.«
»Du willst also, daß ich es Blaize sage, Georgiana aber verschweige.«
»Ich bin mir nicht bewußt, daß ich überhaupt etwas von dir will.«
Er redete zwar von Marktpreisen und Käufern, doch dahinter stand ein reiner, absoluter Zerstörungswille, nicht nur Georgianas Vernichtung, sondern auch ein Auslöschen alles dessen, was uns einmal verbunden hatte. Ich konnte es nicht ertragen.
»Auf Wiedersehen, Faith. Ich will mich nur von der Braut und dem Bräutigam verabschieden.«

Doch ich hatte ihm noch etwas zu sagen, und als ich keuchend die Luft einsog, drehte er sich nach mir um und sah mich an.
»Nicholas . . .« Das war die letzte Gelegenheit. Eine andere würde es nicht mehr geben.
»Nicholas. Ich habe dich bereits zweimal verloren . . .«
»Worüber sprichst du eigentlich?«
»Das weißt du sehr gut. Wenn du so grausam sein solltest . . .«
»Ich bin fest dazu entschlossen.«
»Dann wäre es, als ob ich dich zum dritten Mal verlöre.«
»In mir gibt es nichts, was du verlieren könntest.«
»Nicholas . . . ich will das nicht noch einmal durchmachen.«
»Du hast es überlebt.«
»Natürlich habe ich das. Aber du bist mir etwas für dieses Überleben schuldig geblieben, Nicholas. O ja. Du kamst zu mir, als du genau wußtest, daß ich dich liebe. Da erzähltest du mir, daß du Georgiana liebst, und ich wünschte dir Glück. Ich habe mich nicht an dich geklammert und dir mein gebrochenes Herz zu Füßen gelegt. Ich wünschte dir Glück. Kannst du dich daran erinnern?«
Er warf einen schnellen Blick über die Rosenhecke, wo die neue Mrs. Agbrigg ihren Gästen noch immer Kuchen und Champagner aufdrängte, dann nahm er mit festem Griff meinen Arm und zog mich tiefer in den Garten hinein, unter das abschirmende Blätterdach einer mächtigen Kastanie.
»Ich erinnere mich, Faith. Ich habe dir weh getan, doch du hast mich ans Kreuz geschlagen. Wenn es eine Schuld gibt, habe ich sie bezahlt.«
Ich mußte ihn überzeugen, es war lebenswichtig. Uns blieb nicht mehr viel Zeit.
»Ich habe auch bezahlt, Nicholas. Bitte, bitte hör mir zu. Höre, was ich jetzt sage, nicht was ich vorher gesagt habe oder was du glaubst, daß ich gesagt habe. Ich hätte mit dem Skandal leben können, Nicholas. Auch mit der Isolation wäre ich fertiggeworden. Ich habe dich so sehr und so lange geliebt. Ich war bereit, alt zu werden und immer auf dich zu warten. Doch eins konnte ich nicht ertragen. Als Georgiana während ihrer Schwangerschaft mit Venetia krank war, fragte ich mich, was ich fühlen würde, wenn sie stürbe. Und ich konnte nicht damit leben, sollte ihr Tod mein Glück bedeuten. Nicholas . . . ich war bereit, den Rest meines Lebens auf dich wartend zu verbringen. Ich konnte aber nicht den Rest meines Lebens auf ihren Tod warten. Und wenn wir zusammengeblieben wären, hätte ich

unweigerlich diesen Wunsch gehabt. Zwischen uns hätte nur noch Bitterkeit geherrscht – wie jetzt. Aber sie lebt wenigstens. Irgend etwas haben wir gerettet. Nicholas, das darfst du nicht zerstören.«
Ich sah das Grün der Kastanienblätter über mir, die tanzenden Sonnenstrahlen, den tiefblauen Himmel. Und ich sah meine Hand, wie sie sich zitternd ihm entgegenstreckte, mit der Gebärde einer alten Frau. Doch ich war noch jung, nur innerlich fühlte ich mich um hundert Jahre gealtert. Dann sah ich seine kräftige, gebräunte, männliche Hand, die langen Finger, wie sie sich kurz und schmerzhaft um meine schlossen.
»Du mußt gegen mich hart werden, Faith. Wenn die Leute behaupten, daß ich ein hinterhältiger Teufel bin, gib ihnen recht. Es ist doch alles so offensichtlich.«
»Ich weiß es, und ich sehe es. Aber irgendwie kann ich es nicht glauben.«
»Es tut mir leid«, sagte er und ließ meine Hand los. »Wirklich, Faith ... wenn ich es ändern könnte – aber ich kenne mich zu gut. Ich weiß, was du durchgemacht hast. Mir ist es genauso ergangen. Ich wollte auch nicht, daß sie stirbt. Aber irgend etwas ist in mir geschehen, oder irgend etwas ist stärker geworden – ich weiß es nicht. Jedenfalls bin ich nicht bereit, mich zu ändern. Mir gefällt es, wie ich bin. Das Leben ist für mich so viel leichter. Du verstehst schon, was ich meine. Und vergiß nicht, Blaize zu fragen, ob er nicht einen Käufer für mich weiß. Er versteht mich genauso gut.«

33

Blaize kehrte rechtzeitig nach Hause zurück, um an Mr. Clevedons Beerdigung teilzunehmen. Er begleitete mich erst nach *Galton*, dann nach *Listonby*, wo wir das Wochenende in gedrückter Stimmung verbrachten. Wir alle wunderten uns über Georgianas Gefaßtheit. Wohl hundertmal öffnete ich den Mund und wollte Blaize über Nicholas' Pläne die Abtei betreffend unterrichten, doch irgendwie brachte ich es nicht übers Herz. Warum? Ich war mir nicht sicher. War es der wachsende Widerwille, über Nicholas zu reden, oder nur ein Verdacht, daß Nicholas aus ganz anderen Gründen, als er vorgab, wollte, daß ich zu Blaize davon sprach? Und in diesem Fall wäre es nicht gut, wenn Blaize jetzt davon erführe. Und in diesen späten

Augusttagen fühlte ich mich unwohl, bedrückt und schuldig, obwohl ich an einer Schuld trug, die nicht meine war.
Ich kümmerte mich um Georgiana. Ich stand neben ihr auf dem Kirchhof, als Mr. Clevedon zur letzten Ruhe gebettet wurde, und ging mit ihr danach ins Kloster. Nicholas' Augen ruhten forschend auf uns, doch Georgianas ruhige Gelassenheit verriet ihm, daß ich ihr seine Pläne nicht enthüllt hatte.
»Es ist nicht sehr schlimm, daß Großvater jetzt tot ist«, sagte sie zu mir. »Bei Perry war das etwas ganz anderes. Er stand ja noch am Anfang seines Lebens, aber Großvater war alt und wollte nichts mehr aufbauen. Schließlich sind es nur die Gesichter, die sich ändern. Wir sind immer noch hier. Das habe ich dir schon einmal gesagt, und es ist dieser Glaube, der mich am Leben erhält.«
Diese Worte rührten mich zutiefst, denn ich mochte Georgiana sehr, also ging ich sofort zu Blaize und verkündete: »Ich muß dir unbedingt etwas erzählen.«
»Ja, Liebling . . . wenn es so wichtig ist.« Seine fragend hochgezogene Braue ließ mich erstarren. Einen Augenblick später lachte ich hell auf und entgegnete obenhin: »Ach, eigentlich ist es überhaupt nicht wichtig.«
Doch jedesmal, wenn ich Georgiana begegnete, war ich einem Nervenzusammenbruch nahe, bis mir ein Blick in ihr Gesicht verriet, daß die Katastrophe noch nicht eingetreten war.
Nachts lag ich im Bett und versuchte mir einzureden, daß Nicholas seine Meinung geändert hatte, bis ich die Unsinnigkeit dieses Wunschdenkens erkannte und mich immer wieder fragte: »Wie wird sie das ertragen? Wie wird sie es überleben?« Denn ich wußte natürlich, sie würde es nicht überleben.
Es war an einem sehr klaren, fast durchsichtigen Morgen Ende September. Das Gras und die Blumen waren nach der langen Sommerhitze ausgetrocknet, und ein leichter Dunst lag über dem Land. Blanche war in der Schule, und Blaize beschäftigte sich irgendwo im Haus, denn er war nachts aus London gekommen und hatte erst nachmittags eine geschäftliche Verabredung. Die Fenster standen offen, und schwerer Rosenduft strömte durch die Räume; in den Bäumen zwitscherten Vögel. Da hörte ich plötzlich eine Kutsche die kiesbestreute Auffahrt herauffahren und abrupt halten, danach hastige Schritte.
Georgiana sah so aus, wie ich es befürchtet hatte. Ich war darauf vorbereitet. Ich kannte die Gesichter des Schmerzes.

»Blaize?« rief sie, als ich ihr entgegeneilte. Ich nickte nur. Doch Blaize hatte ebenfalls die Kutsche gehört und kam schnell in die Halle. Für beängstigende Situationen besaß er den fein ausgeprägten Sinn einer Katze.
»Georgiana?«
Und als sie sprach, verzerrte sich ihr Gesicht in unendlichem Leid.
»Ich traf einen Mann auf der Straße nach *Galton* . . . einen unserer Pächter . . . wie lächerlich!«
»Ja, Georgiana?«
»Der Mann fragte mich, ob ich nichts dagegen unternehmen könne, den neuen Herrn davon abzuhalten . . .«
»Von was abzuhalten, Georgiana?«
»Von nichts.«
»Was kannst du nicht sagen?«
»Ihn davon abzuhalten, den Besitz zu verkaufen.«
»Mein Gott!« sagte Blaize.
»Ich sagte ihm, das sei doch Unsinn. Aber er entgegnete, jeder im Dorf rede darüber – was nichts zu bedeuten hat, denn die Leute auf dem Land klatschen immer –, deswegen fuhr ich ins Dorf . . .«
»Georgiana, willst du dich nicht setzen?«
»Nicht jetzt, Blaize. Denn wenn es wahr sein sollte, könnte ich es nicht ertragen, das weißt du.«
»Ja. Ich weiß es. Hast du Nicholas gesprochen?«
»Nein. Ich wußte, was zu tun war. Ich bin so schnell wie möglich hierher gefahren. Zuerst war ich in Lawcroft, aber ich *konnte nicht* mit ihm reden. Blaize, ich muß Gewißheit haben.«
»Ja. Ich fahre sofort zu ihm.«
»Gott segne dich dafür, Blaize!« sagte sie und taumelte wie ein sterbender Soldat, der mit letzter Kraft eine Botschaft überbracht hatte. Jetzt sank sie gegen seine Brust, und ich mußte mit ansehen, daß dieser Mann, der mich gewarnt hatte, er wäre niemals ein Felsen für irgend jemanden, Georgianas Felsen war. Sanft geleitete er sie zum Sofa im Salon, tröstete sie, wiegte sie wie ein Kind und flüsterte beruhigend und zärtlich in ihr Haar. Blitzartig zogen vor meinem inneren Auge schmerzhafte Bilder vorüber: alle die Gelegenheiten, wo Blaize Georgianas Partei ergriffen und sie beschützt hatte. Als ich die beiden sah, konnte ich nur noch einen einzigen Gedanken fassen: »Nimm die Hände von dieser Frau!«
Ich ging schnell aus dem Zimmer und erteilte die Anweisung, daß

mein Mann nicht gestört werden dürfe. Dann kehrte ich zur Salontür zurück und konnte es nicht über mich bringen, den Raum wieder zu betreten.
Ich stand vor der Tür, jeder Bewegung unfähig, wie in einem Alptraum, und die Angst in mir wuchs. Ich betrat den Raum und traf dort auf meine Blindheit, meine Unfähigkeit und das flüchtige Wissen, daß ich zu spät gekommen war. Als ich die Schwelle überschritt, blickte Blaize nicht einmal auf.
Georgiana saß alleine da, ein Brandyglas in der Hand. Blaize lehnte über der Sofalehne. Er berührte sie nicht, aber er war da, bereit, ihr zu helfen.
»Versprich mir«, sagte er gerade. »daß du hierbleibst, während ich außer Haus bin. Fahr nicht mit diesem verdammten Wagen fort. Ich weiß nicht, wie lange es dauern wird, da Nicky überall sein kann. In einer der Fabriken oder im Zeughaus. Und wenn ich ihn gefunden habe, kann die Unterredung zehn Minuten oder den ganzen Tag dauern. Du mußt hier sein, wenn ich zurückkomme.«
Sie trank ihren Brandy, stellte das Glas ab und starrte einen Moment auf ihre schmalen Hände. Die Spannung in ihrem Körper war fast greifbar zu spüren und erfüllte mich mit Angst.
»Ich bleibe«, sagte sie, ihre Stimme nicht mehr als ein leises Flüstern. Ihr Blick ruhte noch immer auf ihren Händen, die sie jetzt zu Fäusten geballt hatte. »Und, Blaize – er will doch irgend etwas? Dahinter steckt noch mehr?«
»Aber ja. Davon bin ich überzeugt.«
»Dann sage ihm, daß ich zu allem bereit bin. Es ist sicher nicht klug, Angebote zu machen, ehe man den Preis kennt. Das wenigstens habe ich als Frau eines Fabrikanten gelernt. Aber wenn irgend etwas mit Geld gar nicht zu kaufen ist, ist kein Preis zu hoch. Du hast unbeschränkte Vollmacht . . .«
»Ich weiß«, entgegnete er ruhig und legte ihr leicht die Hand auf die Schulter. Dann stand er auf und ging in die Halle. Mit einem Blick bat er mich, ihm zu folgen.
Wir standen in der geöffneten Haustür und warteten darauf, daß die Kutsche gebracht wurde. Die Arme hielt ich gegen die in mir aufsteigende Kälte verschränkt, obwohl die Sonne schien.
»Du scheinst davon nicht besonders überrascht, Faith.«
»Nein, das bin ich nicht. Ich wußte es bereits.«
»Wie bitte?«
»Ich wußte es bereits. Nicholas sagte es mir an Jonas' Hochzeitstag.«

»Du hast wahrscheinlich einen guten Grund, warum du es mir nicht erzählt hast.«

»Nein. Ich habe überhaupt keinen Grund.«

»Ist das alles, was du dazu zu sagen hast?«

Und Blaize ging die paar Stufen zur Auffahrt hinunter, um sich seinen Ärger nicht anmerken zu lassen, und als er zurückkehrte, war seine Stimme kühl; in seinen Augen stand kein Ärger, aber Enttäuschung und Verachtung zu lesen.

»Faith, wir haben jetzt keine Zeit, darüber zu diskutieren. Nur eins will ich dir sagen: Hättest du mir erzählt, daß Nicholas den Besitz verkaufen will, hätten wir uns diesen Ärger ersparen können. Ich weiß nicht, was mein Bruder will. Vielleicht will er seine Frau loswerden. Und wahrscheinlich denkt er, daß die Abtei einen schlechten Einfluß auf seinen Sohn hat. Das können, müssen aber nicht seine Gründe sein. Ich glaube im Traum nicht, daß er mir den Besitz verkauft. Aber wenn ich vorher davon gewußt hätte, hätte ich einen Agenten einschalten können. Da mir dieser Weg nun verschlossen bleibt, muß ich eine andere Lösung finden.«

Die Kutsche wurde gebracht, und ich begleitete ihn bis dorthin. Mich fröstelte, und ich schlang die Arme fester um mich.

»Faith«, sagte er eindringlich, weil er mir noch eine Chance geben wollte. »Georgiana ist so tief in dieser Erde verwurzelt, daß, wenn man sie ihr nimmt, sie vielleicht nicht sterben, aber dahinsiechen würde. Wenn ich das verhindern kann, werde ich es tun. Das mußt du verstehen.«

»Ja, natürlich.«

»Und willst du mir dabei helfen? Wirst du dich jetzt um sie kümmern?«

»Natürlich.«

»Ich danke dir«, sagte er. Doch seine Augen waren wachsam und fragten mich: »Kann ich dir vertrauen?« Also lächelte ich ihm beruhigend zu, obwohl ich meiner nicht sicher war.

Er stieg in die Kutsche und fuhr fort. Ich ging ins Haus zurück, um ihm zu helfen, wie ich versprochen hatte, und kümmerte mich um Kleinigkeiten, die er vergessen hatte. Ich sandte Prudence eine Nachricht und bat sie, Blanche und Venetia in ihrer Obhut zu behalten, bis nach ihnen geschickt würde, und informierte Tante Verity mit vorsichtigen Worten, daß Georgiana bei mir sei und es ihr gutgehe. Dann entschuldigte ich mich bei der Köchin, daß wir nicht zu Mittag gegessen hatten. Für das Abendessen gab ich ihr keine Instruktionen. Als ich diese Pflichten erledigt hatte, kehrte ich in den Salon zurück und setzte mich. Schwer lastete das Schweigen auf uns. Wir warteten auf den Sturm, der unser beider Leben ändern würde.

Dieses Schweigen währte lange. Georgiana war gar nicht anwesend, sondern weit fort auf den Wiesen und Mooren ihrer glücklichen Kindheit. In Gedanken durchlebte sie noch einmal die Tage an der Seite Perrys. Ich kämpfte um mein Mitleid und meine Zuneigung zu ihr, denn ich konnte nicht vergessen, wie Blaize sie in die Arme genommen hatte, und auch nicht meinen verzweifelten stummen Aufschrei »Nimm die Hände von dieser Frau!«, obwohl ich wußte, daß er sie nie berührt hatte.

Doch war der körperliche Kontakt wirklich so wichtig? Er hatte andere Frauen, schöne Frauen berührt. Und ich hatte diese Tatsache als einen Teil seiner Natur akzeptiert. Doch diese Zärtlichkeit, ja Liebe Georgiana gegenüber konnte ich nicht akzeptieren. Eifersucht überkam mich wie ein bitterer kalter Strom.

»Blaize müßte ihn jetzt gefunden haben«, flüsterte sie schließlich.

»Ja. Das glaube ich auch.« Und meine Stimme war kalt, weil ich nur noch Kälte in mir verspürte.

Georgiana stand auf, ging ein paar Schritte hin und her und setzte sich wieder, die Hände im Schoß.

»Ich wußte nicht, daß du mich so sehr haßt.«

»Du wußtest es nicht?« stieß ich grob hervor, um mich zu bestrafen, weil ich vor so vielen Dingen die Augen verschlossen hatte.

»Faith?« fragte sie überrascht, und der Ton ihrer Stimme brachte mich in die Wirklichkeit zurück. Schließlich konnte ich sie für mein seltsames Verhalten nicht verantwortlich machen.

»Georgiana . . . verzeih mir. Ich weiß nicht, warum ich das gesagt habe, denn es stimmt nicht.«

»Wirklich?« fragte sie und beugte sich zu mir. Ihr schmales Gesicht war plötzlich lebendig.

»Haßgefühle kann ich verstehen, Faith. Wäre Nicky heute morgen bei mir gewesen, als ich vom geplanten Verkauf der Abtei hörte, ich hätte ihn mit meiner Reitpeitsche erschlagen können. Das Gefühl ist zwar nicht schön, aber man lebt dann wenigstens. Es ist kein Schweigen. Und wenn er mich derart bestrafen will, muß er mich doch sicher hassen. Was könnte es anderes sein? Profit wird er bei diesem Verkauf nicht machen, und selbst das Geld, das ich zum Unterhalt der Abtei brauche, kann er leicht entbehren.«

»Das klingt ja, als wünschst du, daß er dich hassen möge.«
»Oh, mein Gott«, sagte sie und preßte ihre Handflächen auf die Augen. »Ich glaube, das will ich. Wie schrecklich . . . außer daß er immer noch so starke Gefühle hat. Vielleicht könnten wir wieder miteinander *reden*. Es würde mir soviel bedeuten.«
»Und *Galton*? Könntest du ihm verzeihen, wenn er es verkauft?«
»Nein«, sagte sie und stand plötzlich wie erstarrt vor Entsetzen da. Ich legte die Arme um sie und hielt sie fest. Sicher gab ich ihr kein Gefühl des Trostes wie Blaize. Wir standen da wie zwei Ertrinkende, die sich aneinanderklammern.
»Faith. Was ist mit dir?«
»Nichts. Beachte mich nicht. Mach dir keine Sorgen. Blaize wird bald zurückkommen. Er wird die Abtei kaufen und sie dir zurückgeben. Irgendwie wird er schon einen Weg finden . . .«
»Und du hast nichts dagegen?«
»Natürlich nicht. Warum sollte ich? Warum *sollte* ich?«
»Ich möchte sie nicht für mich«, flüsterte sie. »Wenn ich sie nur für Gervase retten kann, das genügt mir – und vielleicht ist Nicky damit einverstanden. Ich würde mich verpflichten, nie wieder einen Fuß auf dieses Land zu setzen, wenn ich es auf diese Weise Gervase erhalten kann. Hoffentlich hat Blaize daran gedacht, ihm das zu sagen.«
Doch Blaize kehrte am Nachmittag zurück und hatte nichts erreicht. Er hatte den Fehler gemacht und war zuerst nach Lawcroft gefahren, doch da hatte Nicholas schon den Zug nach Leeds bestiegen.
»Ich habe den Bahnhofsvorsteher gebeten, Nicholas sofort hierherzuschicken«, sagte Blaize. »Jetzt bleibt uns nichts anderes übrig als abzuwarten, was mir nicht gefällt, denn es verschafft Nicky eine günstigere Ausgangsposition. Faith, wenn Nicholas kommt, nimm Georgiana mit nach oben, und bleibt dort.«
Doch der Butler machte einen groben Fehler und geleitete Nicholas direkt in den Salon, wo wir drei versammelt waren.
Georgiana sprang auf die Füße; sie stieß ein leises Wimmern aus, doch Nicholas warf ihr nur einen Blick zu – ihr ganzes Verhalten sagte ihm, woran er war –, und er wandte sich an Blaize.
»Du hast nach mir gesucht?«
»Ja. Sicher weißt du, warum.«
»Das weiß ich.«
Und sofort standen sie sich wie zwei Kampfhähne gegenüber, diese beiden Barforths, die keine Autorität außer ihrer eigenen anerkann-

ten, sich zeit ihres Lebens bekämpft hatten und nun hier in meinem Salon ihren letzten Kampf ausfochten. Und ich fing wieder an zu zittern.

»Du hast dir Zeit gelassen«, sagte Nicholas. »Wenn du eher gekommen wärst, hätten wir den Damen dies ersparen können.«

»Ich habe es nicht früher gewußt.«

»Willst du damit sagen, daß sie es dir nicht erzählt hat?«

»Nein. Sie hat es mir nicht gesagt.«

»Bei Gott!« sagte er, den Mund zu einem sardonischen Lächeln verzogen. »Nun, das *überrascht* mich. Wie schade. Ich wollte nicht, daß soviel Aufhebens davon gemacht wird, doch das läßt sich wohl nun nicht mehr ändern.«

Dann fuhr er mit der Hand in die Manteltasche und zog diesen wohlbekannten braunen Umschlag hervor. Mit einer brüsken Bewegung warf er ihn auf den Tisch.

»Das ist mein neues Angebot für deinen Anteil an den Fabriken, Blaize. Ich mußte die Summe etwas verringern, da die Zeiten immer schwieriger werden. Aber ich bin bereit, dir die Abtei zu überlassen, um die Differenz auszugleichen. Wie gefällt dir das? Solltest du nicht zustimmen, kommt der Besitz natürlich unter den Hammer.«

Ich hörte ein Schluchzen neben mir, das von Georgiana stammen mußte, und dann, einen schrecklichen Augenblick lang, hörte ich nur meinen eigenen Herzschlag, denn irgendeine Teufelei in dieser Art hatte ich mir vorgestellt, jedoch bis zum letzten Moment gehofft, mich zu irren. Haß und Vergeltung hätten einen neuen Anfang ermöglicht, vielleicht sogar eine Versöhnung. Doch wie immer hätte ich es besser wissen müssen. Es ging ihm nur ums Geld, die Befriedigung seines Ehrgeizes. »Persönliche Beziehungen interessieren mich nicht«, hatte er mir einmal erklärt, und ich hatte ihm nicht geglaubt. Doch es war die Wahrheit; jetzt glaubte ich ihm.

»Du gerissener Bastard«, sagte Blaize und setzte sich, weil in diesem Moment wohl die Beine unter ihm nachgaben. Das erste Mal sah er älter als Nicholas aus und zu schwach, um diesen skrupellosen Mann zu bekämpfen.

»Ja . . . du gerissener Bastard. Du hast Oldroyds Hure benutzt, um dir Nethercoats unter den Nagel zu reißen, und *Galton* benutzt du, um mich zu kriegen.« Als Blaize geendet hatte, füllte ein eisiges Schweigen den Raum. Ich zitterte weiter. Falls Blaize auf Nicholas' Angebot einging – wenn seine Gefühle für Georgiana aus irgendwelchen Gründen so stark waren, daß er ihr dieses Opfer brachte –, wäre es mit unserer Ehe vorbei, das wußte ich. Und wenn er es ablehnte und sie deswegen leiden würde, gab es für uns auch keine gemeinsame Zukunft mehr.

Ich sah Blaize nur aus dem Augenwinkel heraus, Nicholas überhaupt nicht. Georgiana stand hochaufgerichtet kalkweiß da, die Hände zu Fäusten verkrampft. Ein Blick in ihr Gesicht sagte mir, daß sie sich sehr wohl des Opfers bewußt war, das ihr Mann von Blaize verlangte. Für mich war die ganze Sache schon vorbei. Noch heute morgen hatten mich ein paar vage Sorgen gequält. Doch jetzt wußte ich, daß ich an meinem eigenen Unglück die Schuld trug. Ich wünschte mir nichts sehnlicher, als zu jenem Abend zurückkehren zu können, an dem Blaize mir die Schwanenkamee geschenkt hatte; Abend für Abend wollte ich auf seine Heimkehr warten, doch ich sah keine Möglichkeit, daß es je wieder so werden würde.

»Du kannst mir deine Entscheidung sofort mitteilen«, sagte Nicholas, der offensichtlich keine Zweifel diesbezüglich hatte, und als ich mich abwandte, weil ich gehen wollte, hob Georgiana plötzlich den Kopf, ihre Wangen glühten jetzt. Sie ging hinüber zu Blaize, blickte Nicholas in die Augen und sagte: »Es ist überhaupt nicht nötig, daß er eine Entscheidung trifft.«

Ich glaube, Nicholas befahl ihr zu schweigen, doch sie unterbrach ihn mit einer herrischen Geste. Und obwohl sie jung und schlank war, eine Frau, hätte ebenso ihr Großvater dort stehen können, ein Mensch, dessen Leben darin bestand, sich für andere zu opfern.

»Bitte, sag nichts, Blaize. Es ist nicht nötig. Denn selbst wenn du dieser Nötigung zustimmen solltest, ich würde es nicht erlauben.«

»Georgiana«, sagte er, »du solltest nicht . . .« Aber sie gebot ihm mit derselben Geste Schweigen, mit einer Geste ruhiger Autorität. Vor uns stand eine Frau, die ich nicht kannte, eine Frau, die zutiefst verletzt worden war, die aber mit diesem Schmerz fertig werden würde. Sie beherrschte den ganzen Raum.

»Ach, Nicholas, wie das doch zu dir paßt«, sagte sie. »Den ganzen Tag habe ich hier gesessen und mich gefragt, warum du mich so sehr haßt. Vielleicht wünschst du mich tot, damit du wieder heiraten kannst, oder du willst mich in den Wahnsinn treiben, damit ich dir aus dem Weg bin. Was für romantische Vorstellungen! Ich dachte, du tust das alles aus Leidenschaft . . . Aber in Wirklichkeit . . . oh, mein Gott . . . geht es dir um etwas ganz anderes. Du denkst nur ans Geschäft, nicht wahr? An was sonst? Und wirklich, Nicky, das wird dir nichts einbringen, weißt du. Glaubst du nicht, daß wir deinen

Bruder und die arme Faith lange genug belästigt haben? Und aus welchem Grund? Wir sollten sie jetzt in Ruhe lassen.«
»Sei vorsichtig«, sagte Nicholas. »Sei sehr vorsichtig, Georgiana . . .«
Obwohl ein drohender Unterton in seiner Stimme lag, war er doch nicht so zwingend, wie ich angenommen hatte. Auch er mußte die Wandlung in seiner Frau gespürt haben.
»Du mußt eine sehr geringe Meinung von mir haben, Nicky, wenn du glaubst, daß ich mein Erbe um diesen Preis beanspruche.«
»Ich halte dich für eine Närrin, falls du es nicht tust«, entgegnete er. Überraschend schnell hatte er sich von seinem Schock erholt und stand Georgiana kampfbereit gegenüber, gewiß, jeden zu besiegen.
»Georgiana«, bat Blaize ruhig. »Du mußt vorsichtig sein. Das ist kein Spiel.«
»Ach nein? Ich denke doch. Wie soll man es denn sonst bezeichnen? Nicky will deinen Anteil an den Fabriken. Zwar hat er das Geld, um dich auszuzahlen, kann dich aber nicht zwingen zu verkaufen. Doch da stirbt mein Großvater, und er setzt alles auf eine Karte. Er glaubt nämlich, daß ich ohne die Abtei nicht leben kann und du nicht zulassen wirst, daß ich zerstört werde. Das gebraucht er jetzt als Waffe. Ein sehr einfaches und effektvolles Spiel – nur, daß ich mich nicht benutzen lasse. Gütiger Himmel, Nicky! Du hast nicht die geringste Chance auf Erfolg. Ich brauche nur zu sagen, ich will *Galton* nicht haben, und du hast ausgespielt.«
»Dann sprich es aus, Georgiana«, sagte er leicht drohend, denn er glaubte ihr nicht. »Sprich es aus, und halte dein Wort.«
»Ich . . .«
»Ja, Georgiana?«
»Ich will *Galton* nicht – nicht zu deinen Bedingungen.«
Er trat einen Schritt von ihr zurück und lächelte dann.
»Ach, ja . . . du präzisierst deinen Standpunkt also. Zu meinen Bedingungen willst du die Abtei nicht . . . Das überzeugt mich aber nicht, daß du wirklich bereit bist, sie aufzugeben.«
»Das bin ich.«
»Und ich bezweifle es. Du glaubst nur, daß ich nicht wage, sie zu verkaufen. Doch täusch dich in dieser Hinsicht nicht. Ich werde es tun. Frag doch Blaize.«
»Er wird es tun«, sagte Blaize, der noch immer sehr bleich war.
»Frag Faith.«
»Er tut es«, antwortete ich mühsam. »Er wird es wirklich tun, Georgiana.«

»Das weiß ich«, sagte sie fast heiter. »Er muß es ja einfach tun, um sein Gesicht zu wahren. Ich weiß . . . Fremde werden dann dort leben . . . Nicky, ich sage das nur, damit du dir die Mühe ersparen kannst, mich weiter zu quälen.« Sie machte eine Bewegung mit der Hand, als schöbe sie etwas Unliebsames von sich. Dann lächelte sie zögernd, aber entschlossen.

»Nicky, ich möchte, daß du mich verstehst. Noch heute morgen glaubte ich, daß kein Preis für *Galton* zu hoch wäre. Ich habe mich geirrt. Das Land der Clevedons ernährt die Clevedons – das habe ich dir oft gesagt, vielleicht zu oft –, doch nur, wenn wir es verdienen. Nein, nein . . . ich rede keinen Unsinn. Sollte ich deinen niederträchtigen Bedingungen zustimmen, würde sicher nicht die Ernte verderben, und die Kühe würden auch nicht sterben, das weiß ich sehr gut. Aber ich hätte meine Selbstachtung verloren und könnte mich nicht länger als eine Clevedon betrachten. Ich hätte kein Recht auf diesen Besitz mehr. Ich wäre eine Fremde in meinen eigenen Mauern. So könnte ich dort niemals leben. Du brauchst mir die Abtei nicht zu nehmen, Nicky. Ich gebe sie dir aus freien Stücken – selbst wo sie dem Gesetz nach nicht einmal mir gehört. Aber das Gesetz zeigt in den wenigsten Fällen gesunden Menschenverstand.«

Sie schwieg, die Hände krampfhaft ineinander verschlungen. Die Anspannung in ihrem Gesicht war schier unerträglich, und doch war sie schön in ihrer Verzweiflung, mit ihrem kupferroten Haar und den tiefgrünen Augen. Tapfer unterdrückte sie ihre Tränen; der Kampf war noch nicht ausgestanden.

»Ja, Nicky – ich verzichte auf den Besitz. Und ich will dir auch sagen, auf was ich verzichte, denn du betrachtest alle Dinge ja nur nach ihrem Geldwert. Davon verstehe ich nichts, aber ich will dir erklären, was mir *Galton* wert ist. Jeden glücklichen Tag in meinem Leben habe ich in diesem Haus verbracht. Mein Vater und mein Großvater liegen dort auf dem Kirchhof – auch mein Bruder, der zwar nichts taugte, aber ich liebte ihn. Doch das spielt keine Rolle mehr. Nimm alles, Nicky, und verkauf es, denn du benutzt *Galton* als Waffe – und unter diesen Bedingungen will ich es nicht mehr haben. Auch mein Großvater hätte es unter diesen Bedingungen nicht mehr haben wollen. Und mein Sohn, sollte er einmal zu jenem Mann heranwachsen, wie ich ihn mir wünsche, würde es um diesen Preis nicht haben wollen.«

»Wie edel«, sagte Nicholas. »Vielleicht suchst du morgen deine Pächter auf und erklärst ihnen, warum sie enteignet werden.« Und ich hätte ihn wegen dieser Worte schlagen können.

»Du kannst sie doch nicht von ihrem Land weisen, oder?«
»Einige von ihnen schon. Die Entscheidung liegt bei dir.«
»Dann tu es, Nicky.«
Er stand schweigend da, und Georgiana wartete mit hocherhobenem Kopf, äußerlich gefaßt, auf den nächsten Schlag.
»Was soll nun geschehen, Nicky?«
»Nur das eine. Geh mir aus dem Weg, Georgiana. Sonst wirst du es bereuen.«
Und diese abgedroschene Drohung überraschte mich. Ich wandte den Kopf und sah ihn an, halb ängstlich, die Niederlage auf seinem Gesicht ablesen zu können. Doch er war jetzt nicht einmal zornig. Weder Schwäche noch Kälte strahlte er aus, nur Berechnung und eine ständige Bereitschaft zur Manipulation. Die Gefühle anderer waren für ihn nichts anderes als Ziffern in einer Bilanz, nicht etwa weil er besonders raffgierig war, sondern aus reiner Lust an der Manipulation.
»Ich denke, du hast recht«, sagte Georgiana. »Ich werde es bereuen. Aber nicht aus den Gründen, die du annimmst. Ich habe manchmal solche Angst vor dir gehabt, Nicky. Doch jetzt, ganz plötzlich, gibt es keinen Grund mehr dafür. Was kannst du mir denn tun? Dem Gesetz nach kannst du über meinen Körper verfügen. Aber ich habe dir schon gesagt, daß das Gesetz in dieser Hinsicht erschreckend wenig Sinn hat. Ich brauche mich nur zu verweigern – immer wieder. Und das *wäre* doch ein sehr verheerender Schritt meinerseits. *Galton* war das einzige, mit dem du mich an dich binden konntest, und nun, wo ich darauf verzichtet habe, bin ich frei. Sehr seltsam, aber wirklich, Nicky, was sonst könntest du mir denn noch nehmen?«
»Das frage ich mich«, sagte er glatt, als würde diese neue Herausforderung ihm Vergnügen bereiten. »Mal sehen. Die Kinder . . .«
Doch selbst dieses Problem – vor dem ich mich gefürchtet hatte – brachte Georgiana nicht aus der Ruhe.
»Natürlich. Die Kinder. Dem Gesetz nach hast du die Erziehungsgewalt, und ich habe keinerlei Rechte. Ich durfte sie nur auf die Welt bringen. Ja, Nicky, ich habe mich erkundigt, niemand kann dich daran hindern, sie mir wegzunehmen. Aber selbst wenn das Gesetz auf deiner Seite steht, bin ich mir nicht sicher, daß du es einfach tun kannst. Sie sind keine Babies mehr, die man einfach im Kinderzimmer einsperren kann. Du kannst mich von *Tarn Edge* fernhalten, aber du kannst Gervase und Venetia nicht immer dort behalten. Außerdem würde dich deine Mutter dabei nicht unterstützen. Wenn sie

mich lieben, werden sie auch zu mir kommen, ganz gleich, was ich getan habe. Das ist zwar gegen das Gesetz, aber es ist die Wirklichkeit. Ich habe keine Angst wegen der Kinder.«

»Dann willst du mich also verlassen?«

»Ja», entgegnete sie ohne Zögern, so, als wäre es das Natürlichste auf der Welt. »Ich denke schon eine ganze Weile daran.«

Und als ich Blaize zuflüstern wollte, daß die beiden jetzt besser allein gelassen würden, gebot er mir mit einer Geste Schweigen. Nicholas und Georgiana hatten davon überhaupt nichts bemerkt.

»Das kann dich doch kaum überraschen, Nicky.«

»Das tut es auch nicht. Ich nehme an, du hattest vor, in *Galton* zu leben?«

»Ja. Ich wollte diskret sein, wie es sich für eine Frau ziemt. Ich dachte, wenn ich erst einmal längere Zeit dort leben würde, hätte niemand einen Grund zum Klatschen gehabt, wäre ich immer dort geblieben.«

»Das könntest du doch immer noch tun, Georgiana.« Doch noch ehe sie den Kopf schüttelte, bezweifelte ich, daß dieser Vorschlag ernst gemeint war. Denn *Galton* war als Waffe nicht mehr tauglich. Was auch immer mit dem Besitz geschehen würde, Georgiana hatte ihrem Mann gezeigt, daß sie ohne ihn leben konnte. Und ich begriff, daß Nicholas mit dieser Möglichkeit nicht mehr spielte, doch sein Verstand würde bald ein anderes Mittel finden, um Blaize in die Knie zu zwingen. Nicholas war nicht besiegt. Die Angelegenheit befand sich noch immer im Schwebezustand.

»Nein, Nicky. Das möchte ich jetzt nicht tun.«

»Und was möchtest du dann?«

Sie senkte den Blick und sagte fast flüsternd: »Ich dachte . . . wäre es nicht möglich, daß wir uns scheiden ließen? Es gibt doch jetzt neue Gesetze, nicht wahr?«

»Ja.«

»Was muß ich dann tun?«

»Bitte . . . nicht hier«, sagte ich voller Angst, denn eine Scheidung war in Cullingford derart undenkbar – Georgiana würde quasi als Ausgestoßene gelten –, daß ich ihr dieses Schicksal ersparen wollte.

Doch sie wandte sich mit einem Lächeln nach mir um und sagte: »Oh, Faith. Es tut mir leid, aber unterbrich mich jetzt bitte nicht, denn dann habe ich vielleicht keine Kraft mehr, um weiterzusprechen. Und es muß einmal gesagt werden. Ich kann mit dir nicht

mehr leben, Nicky. Wir passen nicht zusammen. Ich war dumm und unerfahren und leicht verletzt, und du warst dir nie sicher, ob du mich wirklich liebst. Du hast mich verwirrt. Und als ich dich besser verstehen gelernt habe, befriedigtest du deine Bedürfnisse woanders – und ich war sehr allein. Ich war nicht selbstgenügsam, als wir heirateten. Ich brauchte es nie zu sein. Ich war unter Menschen aufgewachsen, die mich liebten. Wir lebten *zusammen*, nicht jeder für sich allein. Und Schweigen macht mir Angst. Manchmal mußte ich nach *Galton* fahren, nur um zu spüren, daß ich noch lebe. Nun, jetzt kann ich mich besser beherrschen, ich bin auch älter geworden. Ich habe gelernt, daß ich mein Bestes geben muß. Und unser Zusammenleben wäre nicht das Beste. Es wäre nicht ehrlich. Wir haben uns gegenseitig genug geschadet. Manchmal habe ich deinen Vater genauso hart wie dich erlebt. Doch seine Liebe zu deiner Mutter gewann immer die Oberhand. Ich konnte nicht dasselbe für dich tun, Nicky. Und du hast mich nie so akzeptiert, wie ich bin. Du wolltest, daß ich bleibe und trotzdem eine andere bin. Das war zuviel verlangt. Warum sollten wir dieses unglückliche Leben weiterführen und auch noch unsere Kinder darunter leiden lassen? Wahrscheinlich werden die Leute mich noch eine Hure schimpfen, wenn ich dich verlasse. Aber ich fühle mich nicht so, und du weißt, daß ich keine bin. Sollte das denn so schwierig sein?«
Einen Moment glaubte ich, er könnte nicht sprechen, doch dann sagte er heiser: »Mich zu verlassen? Nein, das ist nicht schwierig. Nur hast du kein Geld, und ich wäre nicht verpflichtet, dich zu unterhalten. Eine Scheidung? Die ist ziemlich leicht durchzusetzen – falls du dich des Ehebruchs schuldig bekennst.«
»Ich habe die Ehe nicht gebrochen, Nicky.«
»Nein. Das habe ich auch nie geglaubt. Aber wenn du die Scheidungs willst, gibt es keinen anderen Weg.«
»Könntest du nicht . . .«
»Nein. Ehebruch von seiten des Mannes ist kein Scheidungsgrund. Tut mir leid. Aber ich habe die Gesetze nicht gemacht. In unserem Fall profitiere ich nur davon. Und ich müßte dich wie eine Kriminelle überführen – als solche würde die Gesellschaft dich auch ansehen und behandeln. Ich bin nicht zimperlich, Georgiana, aber das möchte ich dir ersparen. Und sollte unsere Ehe geschieden werden, würdest du alles verlieren: *Galton*, die Kinder, und selbst die paar hundert Pfund, die dein Großvater dir hinterlassen hat, würden rechtmäßig mir gehören – es sei denn, ich wäre großzügig.«

»Und wärst du das?«
»Ich weiß es nicht.«
»Dann wollen wir darüber reden, nicht wahr?«
Doch als Nicholas nicht antwortete, sprach Georgiana für ihn. »Ja, wir werden darüber reden. Mein Gott, auf welch seltsame Weise unsere Gebete doch manchmal erhört werden! Noch gestern hoffte ich, daß wir wieder miteinander reden würden. Und jetzt . . . Nun, ich bin kein dummes Gänschen. Ich werde nicht mehr mit dir zusammenleben, Nicky. O nein. Habe ich nicht bereits heute abend dein Mißfallen erregt? Ich habe deine Pläne durchkreuzt, aber darauf kommt es dir in Wirklichkeit gar nicht an. Schon bald wirst du neue schmieden. Und ich war kühn, ich habe dir Widerstand geboten, was du überhaupt nicht magst. Das weiß ich. Ich weiß auch, daß es mit uns nicht gutgehen würde. Sehr bald würde wieder dieses Schweigen zwischen uns herrschen, und es ist viel besser für uns, wenn jeder für sich wieder zu reden lernt. Oh, ich glaube . . . ja, wirklich, Nicky, jetzt würde ich gern wieder nach *Tarn Edge* zurückfahren. Faith, darf ich mich in deinem Zimmer ein wenig zurechtmachen?«
Und als ich auf sie zuging, brauchte Blaize mir mit seinem Blick nicht zu sagen, daß sie allein bleiben wollte.

34

Ich glaube nicht, daß noch viel gesagt wurde; ich jedenfalls schwieg. Schließlich stand Blaize auf, sah Nicholas an und nickte. Er lächelte bitter; sein Gesicht sah müde aus.
»Mir scheint, diese junge Dame hat heute ganz allein eine Abtei zurückgewonnen«, sagte er.
»Vielleicht – vielleicht auch nicht. Wer kann das schon wissen?« entgegnete Nicholas und nahm den langen braunen Umschlag. Er betrachtete ihn einen Augenblick und riß ihn dann säuberlich in der Mitte durch.
»Gut, Blaize. Das war es also. Ich sehe keine Möglichkeit, daß wir weiterhin zusammenarbeiten. Willst du immer noch die Teilung?«
»Da bin ich mir nicht sicher, aber ich werde ihr zustimmen. Ich glaube, das ist das Beste.«
»Morgen früh werden wir Agbrigg aufsuchen und alles in Ordnung bringen. Dann kannst du dich selbst als Fabrikant profilieren. Mit Ratschlägen gehe ich gewöhnlich sparsam um, aber das eine laß dir

gesagt sein: Du brauchst einen verläßlichen Mann, der sich um die Produktion kümmert.«

»Das weiß ich. Machst du dir jetzt Sorgen um mich, Nicky? Ich habe schon daran gedacht, dir Freddy Hobhouse abspenstig zu machen. Er ist zuverlässig und verdient sich vielleicht lieber sein Geld bei mir als bei dir.«

»Das könnte schon sein. Und ich lege ihm nichts in den Weg – denn ich brauche ihn nicht. Und falls du mir nach einem oder zwei Jahren deine Fabriken wieder verkaufst, hätte ich dann einen fähigen Leiter.«

Blaize lächelte und nickte wieder; wie ein Ritter, dachte ich, dem ein Fehdehandschuh hingeworfen wurde.

»Dann werde ich mit ihm reden. Wer weiß, vielleicht stärkt es sein Selbstvertrauen derart, daß er die Schwester meiner Frau heiratet und daran denkt, wieder reich zu werden – reich genug, um seine alte Fabrik zurückzukaufen. Und Nicky, da wir schon einmal Ratschläge austauschen, verlaß dich nicht zu sehr auf Daniel Adair. Er ist ein guter Mann, aber nicht mehr jung. Das Geschäft ist schwierig geworden. Viel schwieriger als früher.«

»Das weiß ich. Aber ich habe ein, zwei Nachwuchskräfte. Du vergeudest deine Zeit, Blaize, wenn du dir um mich Sorgen machst. Es gibt keinen Grund dafür.«

»Nein, überhaupt keinen. Doch dasselbe kannst du nicht von mir behaupten.«

Dieses Mal lächelte Nicholas. »Ich denke nicht. Wir werden ja sehen, wie es weitergeht. Und sollte es schiefgehen, Blaize, dann traue ich dir soviel Verstand zu, vorher auszusteigen. Denn dann wäre ich nicht einmal bereit, Tarn Edge vor dem Ruin zu retten.«

»Hoffst du das, Nicky? Daß ich versage?«

»Nein. Aufs Hoffen habe ich mich nie verlassen. Ich erwarte es.«

»Ich sehe dich dann morgen früh am Croppers Court.«

»Ja. Und dann gehen wir zum Zeughaus, wenn du noch weißt, wo das ist.«

Georgiana kam zurück. Sie betrat den Salon nicht, sondern wartete in der Halle. Sie hatte es eilig zu gehen und sah wie eine Frau aus, die gerade eine schwere Krankheit hinter sich hat.

»Fährt die Kutsche vor, Blaize? Ich brauche frische Luft.«

Und als die drei nach draußen gingen, um auf Nicholas' Pferd zu warten und auf Georgianas alte Kutsche, stand ich am Fenster und beobachtete sie. Ich zitterte nicht mehr vor dieser inneren Kälte, aber ich war weit davon entfernt, mich wohl zu fühlen.

Ich sah Georgiana, wie sie sich vorbeugte, um ihre Handschuhe anzuziehen; sie sprach mit Blaize und fuhr dann fort. Ich wußte nicht, ob sie Erfolg haben würde, aber ich war stolz auf sie. Ich liebte sie. Ich sah Nicholas, wie er sich auf den Rücken seines Pferdes schwang, seine mächtige Silhouette im Zwielicht. Und als ich ihn davonreiten sah, wußte ich, daß er mich nicht brauchte. Ich hatte beobachtet, wie er sich verändert hatte, und mich dafür verantwortlich gemacht. Doch jetzt wurde mir bewußt, daß er sich im Grunde seines Wesens nicht geändert hatte, sondern nur konsequent den Weg gegangen war, den seine Natur ihm vorschrieb.
Hätte er Georgiana nicht kennengelernt und mich geheiratet, er wäre derselbe harte, unerbittliche Mann geworden. Keinen von uns beiden traf eine Schuld.
Vor langer, langer Zeit hatte ich meiner Schwester erklärt: »Ich bin eine Frau, die Nicholas Barforth liebt.«
Und diese Frau damals hatte die Wahrheit gesprochen. Doch diese Frau hatte sich langsam und schmerzvoll gewandelt. Ich liebte nicht mehr mit dieser selbstzerstörerischen Intensität. Ich wollte nicht länger in einem anderen Menschen aufgehen. Ich hatte Nicholas Barforth geliebt, aber jetzt wollte ich mehr. Ich wollte mit offenen Augen lieben, einen Mann, der mich ebenfalls mit offenen Augen liebte und nicht seine Männlichkeit beweisen mußte, indem er mich zu sklavenhafter Abhängigkeit reduzierte. Und es gab nur einen Mann, der mir je dieses große Geschenk persönlicher Freiheit gemacht hatte.
»Faith«, sagte da plötzlich Blaize irgendwo im Zimmer hinter mir. Ich erkannte den aromatischen Duft seiner Zigarre.
»Ja.«
»Ich war nicht sehr nett zu dir. Es tut mir leid.«
Und eine Weile redeten wir wie die Katze um den heißen Brei, von anderen Leuten. Nur langsam und vorsichtig kamen wir zum eigentlichen Thema.
»Wird Freddy Hobhouse für dich arbeiten, Blaize?«
»O ja. Nicht daß Nicky sich darüber Sorgen macht. Denn wie gut Freddy auch arbeitet, er kann es besser. Er würde wahrscheinlich in Schwierigkeiten kommen, wenn auch Daniel Adair zu mir käme.«
»Aber du willst es nicht?«
»Nein, es geht nicht. Ich habe ihn schon gefragt, aber er hat Verstand genug, dort zu bleiben, wo er gebraucht wird. Und ich brauche ihn nicht. Aber er wird von Nicky eine Gehaltserhöhung fordern, weil ich ihn gefragt habe. Und Freddy wird dasselbe tun. Wenn

nicht, wird Prudence ihm schon auf die Sprünge helfen. Falls sie ihn heiratet, wird sie mir auch durch die Blume zu verstehen geben, daß Freddy mit ihrem Kapital leicht einen eigenen Betrieb gründen könnte – weil sie genau weiß, daß ich dann seine Bezüge erhöhen würde, damit Freddy seine Meinung ändert.«

»Prudence würde nie . . .« sagte ich und änderte schnell meine Meinung, als ich Blaize' fragendem Blick begegnete. »Ja, das würde sie tun.« Und obwohl er mich anlächelte, waren die Zeiten vorbei, wo ich einfach darüber lachen konnte.

»Und Georgiana?«

»Ja?« fragte er jetzt sehr vorsichtig. Ich fühlte den Wandel in ihm und sah wieder vor mir, wie er beschützend den Arm um sie gelegt hatte. Ich zitterte und spürte einen scharfen Schmerz, der sich sofort in Hoffnung verwandelte, als ich merkte, daß er begriffen hatte, warum ich fragte. Und ich wußte, ich konnte ihm alles sagen. Dieser Mann kannte mich, er war mein Freund, mein Geliebter, und er erwartete von mir, daß ich nur ich selbst war. Dieser Mann wollte seine Individualität bewahren, er verweigerte mir aber auch nicht meine eigene. Und ich fühlte mich in seiner Gegenwart wohl.

»Was soll ich dir über Georgiana erzählen, Faith?« Ich wußte, er würde mir jede Frage beantworten, selbst wenn die Antwort mir weh tun sollte, denn ich war nicht mehr das kleine Frauchen, das beschützt werden mußte, sondern eine reife, erwachsene Frau.

»Sie war doch dieses seltene und wunderbare Wesen, nicht wahr? Diejenige, die immer nebenan wartete. Du hast mir einmal gesagt, daß du dir nichts aus anderen Frauen machst. Aber Georgiana war ja die ganze Zeit da. Es war doch Georgiana?«

»Ja«, entgegnete er ganz ruhig. »So war es. Und du mußt begreifen, daß sie das seltene und wunderbare Wesen blieb. Eben weil sie immer wartete.«

»Ja . . . aber hättest du Nicholas' ursprünglichem Handel auch *meinetwegen* zugestimmt?«

»Ich kann mir nicht vorstellen, daß du mich jemals in eine derartige Lage gebracht hättest.«

»Nein. Ich glaube nicht. Dann wäre das also ein Kompliment . . .«

»Es ist ein Kompliment.«

»In diesem Fall muß dir mein Gerede ziemlich töricht vorkommen.« Und wieder waren wir ganz nahe daran, in Gelächter auszubrechen. Doch dann nahm er meine Hand, drückte sie und sagte mit unge-

wohnter Leidenschaft: »Ich habe dich niemals – wirklich niemals – als töricht empfunden oder mich mit dir gelangweilt.«
»Dann möchte ich wissen . . .«
»Ja, Faith. Ich war dreiundzwanzig, als ich Georgiana kennenlernte, und damals war ich zu jung. Wäre ich zehn Jahre älter gewesen, nein, selbst dann glaube ich nicht daran. Kannst du dich erinnern, als sie mit ihrem schmutzbedeckten Kleid damals zu Weihnachten sorglos auf dem kostbaren Teppich meines Vaters herumtrampelte? Da wollte ich sie haben. Was machte ihrem freien Geist schon etwas Schmutz aus? Sie kam mir wie eine Lerche vor, und ich wollte nicht, daß man sie einsperrte. Nicky hat es versucht. Vielleicht hätte es jeder Mann getan, der sie wirklich liebte. Doch heute ist sie aus ihrem Käfig ausgebrochen und wieder frei. Ich bin sehr glücklich darüber – glücklich für sie.«
»Und wird dieser Zustand bei ihr dauern?«
»Wahrscheinlich nicht. Sie ist nicht Prudence, die allein leben kann. Wenn sie wieder auf dem Boden der Tatsachen angelangt ist, wird sie sich vielleicht Julian Flood zuwenden. Er liebt sie, und er braucht sie. Und falls sie mit ihm durchbrennt, damit sie sich scheiden lassen kann, wird er sie sicher heiraten. Ich glaube nicht, daß Nicky ihr noch Schwierigkeiten machen wird. Es ist beruhigender für ihn, sie in sicheren Händen zu wissen. Vielleicht aber fliegt sie sehr hoch und sehr weit weg. Ich möchte ihr nicht folgen, dazu bin ich zu fest mit der Erde verankert. Und das alles einmal ausgenommen . . . Faith, ich habe mit dir eine lange und schöne Zeit zusammengelebt. Es wäre mir nicht recht, wenn irgend etwas unser Zusammenleben stören würde.«
»Warum?«
»Bei Gott!« sagte er und unterdrückte jede, vielleicht noch so witzige Bemerkung, als er die Notwendigkeit meiner Frage erkannte. Denn die alten Grenzen, die wir uns vor langer Zeit gesetzt hatten, waren nicht mehr gültig. Jetzt konnten wir frei miteinander umgehen.
Blaize stand auf, ging zum Kamin und lehnte sich in der für ihn so charakteristischen Weise dagegen. Nachdenklich betrachtete er den Rosenstrauß, den ich auf den Rost gestellt hatte.
»Ich werde dir sagen, warum. Doch erst möchte ich dich bitten, mir etwas zu sagen. Als du erfuhrst, daß die Abtei verkauft werden sollte, warum bist du da nicht zu mir gekommen?«
Und obwohl es mir nicht leichtfiel, mußte ich zu ihm auch von Ni-

cholas sprechen, denn er hatte von Georgiana geredet. Es war nur gerecht.

»Ich glaube, ich tat es nicht, weil Nicholas wollte, daß ich es dir erzählte. Daraus schloß ich, daß es nicht gut wäre, wenn du es wüßtest.«

»Dann hast du ihm also nicht vertraut?«

»Nein.« Ich mußte die Wahrheit sagen. »Nein, Blaize. Vielleicht habe ich ihm nie vertraut. Damals glaubte ich, ich täte es, doch heute sehe ich die Dinge anders. Das ist nicht böse gemeint. Ich will damit sagen, nicht daß ich *ihm* nicht vertraute, sondern seinem Urteil traute ich nie. Das ist ein Unterschied.«

»Ja. Du meinst also, daß seine Art, die Dinge zu sehen, immer nur ihm zum Vorteil gereicht?«

»Ja. So kann man es auch ausdrücken.«

Er starrte wieder nachdenklich auf die Blumen, hob dann den Kopf und schenkte mir ein strahlendes Lächeln. »Faith, ich muß dich warnen. Denn meine Art, die Dinge zu sehen, ist dieselbe.«

»Das weiß ich. Doch dein Vorteil ist auch immer unweigerlich meiner.«

»Ich danke dir«, sagte er, setzte sich neben mich auf das Sofa und nahm meine Hand. »Ich will deine Frage jetzt beantworten. Du fragtest mich, warum ich nicht unser gemeinsames Leben aufgeben möchte. Darauf sollte ich dir eigentlich eine lange und schöne Rede halten können. Doch ich kann es nicht. Meine ganze Redegewandtheit verläßt mich. Vor einiger Zeit habe ich mich einmal gefragt, was ich empfinden würde, falls du mich verläßt. Ich war unfähig, diese Frage zu beantworten.«

»Blaize . . . ich habe nie daran gedacht, dich zu verlassen.«

»Natürlich nicht. Das ist mir völlig klar, und es bedeutet . . . Nun, was bedeutet es? Vielleicht, daß deine Beweggründe, bei mir zu bleiben, nicht so stark sind, wie ich sie mir wünsche? Daß ich sie vertiefen wollte? Gütiger Himmel? Muß ich dir eine Liebeserklärung machen? Du weißt doch, was ich meine. Aber vielleicht gefällt es dir, mich stammeln zu sehen . . .«

Aber er war weit davon entfernt zu stammeln. Er drückte noch einmal meine Hand und stand dann auf, um zum Fenster zu gehen. Dort blieb er mit gespielter Ungeduld stehen.

»Verdammt noch mal, Faith. Ich habe einen sehr anstrengenden Tag hinter mir. Letzte Nacht im Zug habe ich kaum ein Auge zugemacht. Und heute morgen sinkt mir meine Schwägerin halb ohnmächtig in

die Arme; und als ich sie aufhebe, starrt mich meine Frau wie eine wütende Katze an. Dann fahre ich wie der Teufel in die Stadt, auf der Suche nach meinem Bruder, den ich nirgendwo finden konnte. Und als ich wieder nach Hause komme, kümmert sich meine Frau weder um mein Essen noch um meine rasenden Kopfschmerzen. Morgen muß ich früh aufstehen, um endlich den Vertrag, der mir meine Freiheit gibt, zu unterzeichnen, und gerade hatte ich unendliche Mühe, meine Frau davon zu überzeugen, daß es ihre Pflicht ist – und ihr Vergnügen sein sollte –, mich zu ehren und mir zu gehorchen. Und sollte sie mich dann noch lieben, worüber ich mich kaum beklagen würde, im Gegenteil, ich wäre außerordentlich erfreut, sie dann auch zu lieben.«
Ich durchquerte das Zimmer – Tränen schnürten mir die Kehle zu – und legte einen Arm um seine Schulter, mit der anderen Hand hob ich sein Kinn, damit ich sein schalkhaftes Gesicht besser sehen konnte.
»Blaize . . . solch eine Liebeserklärung . . .«
»Wirklich. Noch nie habe ich eine gemacht. Und dazu ist sie noch aufrichtig.«
Als er sich schwer gegen mich lehnte, fragte ich: »Liebling, du bist wirklich müde, nicht wahr?«
»Ja. Das bin ich. Und mein Kopf schmerzt. Ich denke, es ist höchste Zeit, daß du mich zu Bett schickst.«
Er ging nach oben, während ich dem Personal noch Anweisungen für den nächsten Tag gab. Dann ging auch ich langsam die Treppe hinauf.
Er wartete auf mich in unserem Schlafzimmer, das dunkler als gewöhnlich war. Nur die kleine Lampe auf meinem Toilettentisch brannte.
»Ich dachte«, sagte er, »daß du mir vielleicht etwas sagen möchtest.«
»Ja. Ich liebe dich, Blaize.«
Und obwohl er lächelte, sah ich doch, wie bewegt er war, spürte, mit welcher Erleichterung er mich in die Arme nahm und mich mit dieser zärtlichen Wärme festhielt, die ich mir immer gewünscht hatte.
»Gott sei Dank«, sagte er so leise, daß ich seine Worte fast überhört hätte.
»Wie angenehm, immer im Leben recht zu bekommen«, sagte er dann.
»Ja, Liebling?«
»Du mußt mir doch zustimmen. Mein ganzes Leben habe ich be-

hauptet, daß ich es bin, dem man von den Barforth-Söhnen den Vorzug gibt. Und wenn du auch lange gebraucht hast, bis du davon überzeugt warst, schließlich . . .«

»Du hast mich überzeugt.«

Und mehr brauchte ich nicht zu sagen.

Taschenbuch Band 621 272 Seiten

Knaur
Daphne Du Maurier
Träum erst, wenn es dunkel wird